Bette Bao Lord

Freundesschwur

SERIE PIPER

## Zu diesem Buch

Sieben Jahrzehnte chinesische Geschichte, von 1919 bis 1989, bilden den Hintergrund dieses bewegenden Liebes- und Familienromans. Er spiegelt die Lebenswege dreier Freunde: Hoffnungsschwert, Bergkiefer und Sommerwünsche – ein Politiker, ein Schriftsteller und eine gefeierte Schauspielerin. Als Kinder hatten sich die drei Freunde einen unverbrüchlichen Eid geschworen: Was auch immer passiert, sie wollen sich selbst, einander und ihrem Land stets die Treue halten. Obwohl sie aus ganz unterschiedlichem Milieu stammen und ihre private und politische Entwicklung in sehr verschiedenen Bahnen läuft, überdauert das Ideal ihrer Freundschaft alle Schicksalsschläge und Verwicklungen. Doch China ist ein Land voller Wandel und Wechsel, und das Schicksal will es, daß sie immer wieder getrennt werden. Ein opulenter Roman über Liebe und Loyalität im China des letzten Jahrhunderts.

*Bette Bao Lord* wurde in Shanghai geboren und kam im Alter von acht Jahren nach Brooklyn. Nach ihrem Jurastudium begann sie zu schreiben und kehrte 1985 mit ihrem Ehemann Winston Lord, dem US-Botschafter, für einige Jahre in ihr Heimatland zurück.

# Bette Bao Lord
# Freundesschwur

Roman

Aus dem Amerikanischen von
Andreas Rieger

Piper München Zürich

Ungekürzte Taschenbuchausgabe
Piper Verlag GmbH, München
August 2001

Titel der amerikanischen Originalausgabe:
»The Middle Heart«, Alfred A. Knopf, New York 1996

Umschlag: Büro Hamburg
Stefanie Oberbeck, Isabel Bünermann
Foto Umschlagvorderseite: Jake Wyman / photonica
Foto Umschlagrückseite: Berle Cherney
Satz: Utesch GmbH, Hamburg
Druck und Bindung: Clausen & Bosse, Leck
Printed in Germany ISBN 3-492-23144-6

*Für*
*Swifty, Corona und Winston*

# Inhalt

# Teil eins

## *Jade*

## *Schärpenwicklungen*
## *(1919)*

Steinhüters Schritte klangen unter ihrem Fenster wie die Klappern eines blinden Wahrsagers. Hoffte er immer noch, sie würde ihre Meinung ändern, den Mut verlieren? Törichter Mann! Jade lag noch auf dem Bett und spielte an den Armbändern, die sie stets um ihre Handgelenke trug. Voller Genugtuung betrachtete sie den sanften Schwung ihrer Arme, die so weiß und kühl waren wie die Yongle-Vase, die ihr Mann jeden Morgen zärtlich streichelte, wenn er die verblühten Blumen des Vortages vor dem Portrait seiner ersten Frau gegen frische austauschte.

Warum konnte er nicht endlich über die Pockennarben in ihrem Gesicht hinwegsehen? Zehn Jahre lang unter dem gleichen Dach, und er schien noch immer nicht ihre vielen guten Eigenschaften erkennen zu wollen. Nur ein unverbesserlicher Träumer konnte sowohl Schönheit als auch eine ansehnliche Mitgift erwarten. Jeder andere wäre den Göttern dankbar für ein so gerechtes und sachliches Eheabkommen. Wäre ihre Haut makellos gewesen, wäre sie niemals zur Lückenbüßerin für irgendeinen Witwer geworden, schon gar nicht für einen, der in Konkurs geraten war und einen unverschämten Sohn hatte. Sie wäre die Herrin einer angesehenen Familie geworden und nicht die Gnädige Frau einer so trübseligen Sippe, der das Land weggepfändet wurde wie Kleidungsstücke, bis nichts mehr übrigblieb als ein paar verlumpte Hinterhöfe im provinziellen Wen Shui. Sie wäre die …

Aja! Was tat sie da, gab sie sich Phantasien hin? Es war doch sein Versäumnis, nicht ihres. Ungeduldig warf sie die Steppdecke beiseite und ging über den blanken Boden, um das Ritual zu beginnen, das sie jeden Tag vollzog, seit sie die Krankheit überwunden hatte, die sie für alle Zeit gezeichnet hatte. Sie setzte sich an den Umkleidetisch, nahm die Thermoskanne und goß heißes Wasser in die flache Schale. Dann tauchte sie das seidene Taschentuch ein und legte es sich dampfend über ihr Gesicht. Das wiederholte sie dreimal und bedeckte ihr noch heißes Gesicht anschließend mit einer teuren Paste, die aus geheimnisvollen Zutaten hergestellt war, aber nach Honig roch. Erst nach dieser Prozedur schaute sie in den Spiegel. Dann trug sie behutsam Reispuder und Rouge auf und frisierte sich mit Haarlack einen kunstvollen Knoten, wobei sie ihre Stirn hinter langen Ponyfransen verbarg. Aus einiger Entfernung erschien ihr Gesicht nun wie jedes andere, vielleicht nicht unbedingt hübsch, aber makellos.

Endlich zufrieden, öffnete sie die Truhe aus Sandelholz am Ende ihres Bettes und entnahm ihr das Kissen, das mit Halstüchern vollgestopft war. Sie schnitt eine Grimasse. Selbst jetzt noch, wenige Tage, bevor sie das Täuschungsmanöver hinter sich haben würde, sträubte sie sich. Sie besaß einen gertenschlanken Körper und bewegte sich mit großer Anmut. Welch ein Jammer, diese Grazie zu ruinieren. Die Maskerade war gewagt, aber sie hielt sich das Kissen an die Taille, griff erneut in die Truhe, nahm die lange Schärpe hervor und band sie sich um den Körper, so fest, wie ihre Amah damals, als sie sieben Jahre alt war, ihre Füße wickelte und sie zu goldenen Lilien formte. Wenn die Enden des Wickeltuches fest verknotet waren, war es durch keine Bewegung mehr zu lösen.

Es machte keine Freude, unter den Wollkleider auszuwählen, die sie sich von ihrer beleibten Schwägerin geborgt hatte, deswegen kleidete Jade sich schnell an, sobald sie das Kissen korrekt plaziert hatte, und trat an den Altar in der anderen Ecke des Raumes. Sie zündete ein Duftstäbchen an und setzte es in das Räuchergefäß vor das porzellanene Standbild der Gnadengöttin. Mit gesenktem Kopf kniete sie nieder und begann zu beten.

»Oh, barmherzige Kwan Yin, laß das Kind ein Junge werden. Denn wie könnte ich hoffen, ohne einen Sohn meine Verpflichtungen zu erfüllen, die ich gegenüber dem Hause Li habe? Wie könnte ich seiner würdig sein?«

Doch wichtiger noch war für sie die Frage, wie sie anderenfalls je wieder erhobenen Hauptes im Hause Li leben könnte. Zu Anfang war die einstudierte Geringschätzung der Frauen dort erträglich, denn schließlich wurde im Hause ihres Mannes jede neue Braut auf die Probe gestellt, besonders eine wie sie, die sich bei der Hochzeitszeremonie vor dem Portrait seiner ersten Frau niederknien und mit geneigtem Kopf bis zum Boden verbeugen mußte. Selbst jetzt noch konnte sie die unglückliche Amah der Toten weinen sehen, wenn sie das Zimmer der Eheleute herrichtete, ganz so, als hätte die Neue ihre frühere Herrin ermordet.

All das hatte sie mit nüchterner Sachlichkeit hingenommen, ein Charakterzug, den sie von ihrem Vater geerbt hatte, einem besonders gerissenen Kaufmann. Doch selbst nach zehn Jahren grenzten die eingebildeten Li Frauen die Kaufmannstochter noch aus, und egal wie lange sie noch mit ihnen lebte, und wieviel Geld ihres Vaters die Li Frauen noch ausgaben, ohne einen Sohn würde sie von diesen höheren Standespersonen niemals mehr erwarten können als höfliche Geringschätzung.

»Oh, Kwan Yin«, flehte sie, »schenke mir einen Sohn, und ich schwöre dir, ich mache ihn zu einem Führer der Menschen, dir zu Ehren.«

Sie verbeugte sich neunmal und wartete dann eine angemessene Zeit, bevor sie sich erhob, um die Jalousien zu öffnen und das verräterische Tageslicht hereinzulassen.

*

Eine Woche darauf teilte sich Steinhüter mit seiner Frau eine Rikscha, die sie unter den unablässigen Flüchen des Kulis von ihrem Hotel zum Krankenhaus brachte. Der Kuli schimpfte auf seinem mühsamen Weg auf das lärmende Gesindel, das ihn zwang, einen Umweg über mehrere Gassen zu machen. Dieses eine Mal beklagte er seine wirtschaftliche Situation. Hätte er sich eine zweite Rikscha leisten können, müßte er nicht diesen widerwärtigen Geruch ertragen, der die Luft verpestete, sobald Jade in der Nähe war.

Er heftete seinen Blick auf ein hochgewachsenes Mädchen mit Bubikopf-Frisur, das auf einem improvisierten Rednerpult stand und wie ein Soldat gestikulierte, während sie in ein Megaphon schrie: »China erwache!« Hunderte von Jungen und Mädchen – es schien, als habe sich die Schülerschaft aller Mittelschulen Shanghais versammelt – antworteten brüllend: »China, erwache!« Dummköpfe, dachte er, ihr habt ebenso große Chancen, euch gegen die Imperialisten durchzusetzen, wie ich mich gegen meine boshafte Ehefrau. Nichts kann uns retten. Wir sind zu arm. Wir sind zu schwach. Fremde legen unser Land an Ketten, genau wie Jade das Oberhaupt des Hauses Li an Ketten legt. Nichts und niemand kann uns helfen, weder China noch mir.

Beim Krankenhaus angekommen, eilte Jade sogleich auf die Säuglingsstation, was ihm die Gelegenheit gab, in das Zimmer des Mädchens zu schlüpfen. Das Zimmer war eigentlich recht klein, doch die weiß verputzten Wände und der geflieste Boden, unmöbliert bis auf das Eisenbett, ließen es fast großzügig erscheinen. Goldweide rührte sich nicht. Wie jung sie aussieht, dachte er. Noch jünger als sie ist, mit ihren siebzehn Jahren. Ihr aufgelöstes Haar, tintenschwarz, lag wie hingegossen über die weißen Laken und wirkte wie der letzte Federstrich im Schriftzeichen für das Wort »Ewigkeit«. Er beugte sich über sie, doch widerstand dann der Versuchung, ihre Wange zu streicheln.

Irgendwo in einem anderen Zimmer begann ein Baby zu schreien. Die Augen des Mädchens öffneten sich. »Ist das mein … Baby, das da weint?« flüsterte sie.

»Reg dich nicht auf. Bleib ruhig, ganz ruhig.«

Für einen kurzen Augenblick glaubte er, sie streckte ihre zitternden Hände nach ihm aus, doch bevor er sie ergreifen konnte, sanken sie wie von ihrem eigenen Gewicht gezogen wieder auf die Bettdecke zurück, und er hörte, wie sie fragte, »wo ist mein Baby? Wo ist –«

»Das Baby ist bei Jade.«

Aller Glanz in Goldweides Augen schien zu erlöschen. Er beugte sich über sie, um die Furchen von ihrer Stirn zu küssen, doch er hielt auch dieses Mal unvermittelt inne. Warum weinte sie nicht wie andere Frauen auch? Tränen konnte man fortwischen, aber nicht diesen stumpfen Blick, ohne Willen, ohne Bedürfnis. Ihr unzugängliches Wesen war ihm schon aufgefallen, als sie sich nachts getroffen hatten. Er hatte großzügig gezahlt, nur um ihr Erster zu sein; und später in dem Zimmer, im westlichen Flügel des Hauses, als er es so gar nicht eilig hatte zu sehen, wie sie sich entkleidete, als er zufrieden war, ihr sanftes Gesicht zu spüren; und dann wieder, als er der Besitzerin noch etwas draufzahlte, um Goldweide für sich allein zu reservieren. Der Glanz kehrte in ihre Augen zurück, als sie begriff, daß auch er nur ein Sterblicher war wie jeder andere, daß er ihr nichts Böses wollte, daß er eine Frau brauchte, die genauso hilflos ist wie sie, um sie lieben zu können.

Da plötzlich stürmte Jade wie ein überdrehter Kinderkreisel ins Zimmer und trällerte, »mein Sohn ist wunderschön, so wunderschön! Seine Augen strahlen wie Laternen und seine Haut ist so glatt wie der zarteste Bohnenquark.«

Steinhüter wandte ihr verärgert den Rücken zu und murmelte, »das findet die Schwester aber nicht.«

Jade machte eine abweisende Bewegung mit den Händen. »Oh, wenn du das Muttermal meinst – auch das ist wunderschön. Wie ein winziger Eisvogel bei einem Brunnen, seinem Bauchnabel – wenn das kein Glückszeichen ist. Außerdem habe ich bereits meinen Vater gebeten, Schmuck für mich anfertigen zu lassen, auf dem ein kleiner Eisvogel dargestellt ist. Und all meine neuen Kleider werden ...«

Angewidert von dem Gedanken, für den Rest seines Lebens täglich Eisvögel sehen und diesen Honigdunst riechen zu müssen, hätte Steinhüter am liebsten ausspucken mögen. Doch was hätte das schon geändert. Außerdem war sein Mund staubtrocken.

Jetzt befahl Jade ihm und Goldweide, gut achtzugeben, was sie tun würde. Im stillen zählte er bis zehn, doch als er endlich gehorchte, leckte sie sich bloß einen Finger und befeuchtete damit wieder und wieder ihre langen Ponyfransen, bis jede einzelne Haarsträhne zu ihrer Zufriedenheit gerichtet war.

Schließlich räusperte sie sich und wandte sich ihnen zu. »Vor vielen Monaten …«
Nicht schon wieder, dachte er. Er kannte bereits jede Geste und hätte jedes ihrer Worte im Schlaf dahersagen können, und tatsächlich, jetzt schloß dieses erbärmliche Weib die Augen, holte tief Luft, als wollte sie allen Mut zusammennehmen, um ganz nebenbei über das Haus zu sprechen, in dem er Trost in den Armen Goldweides gefunden hatte. Wie hätte er damals ahnen sollen, daß der Preis für Schönheit so hoch sein würde?
»Wenn das Kind ein Mädchen geworden wäre …«
Ja, ja, wir wissen Bescheid. Wäre das Kind ein Mädchen geworden, hättest du, meine allerliebste Frau, keinen Pfifferling darum gegeben, ob es am Leben gelassen oder umgebracht, am nächsten Kinderhort ausgesetzt oder verkauft worden wäre. Sein Blick ruhte auf Goldweide, die zur Decke hinaufstarrte, als könnte sie jeden Augenblick über ihr zusammenstürzen. Wie würden sie jemals ein Leben führen können, wie Jade es geplant hatte?
»Doch meine Gebete sind erhört worden. Das Kind ist ein Junge, ein gesunder, wunderschöner Junge, mein Sohn. Er wird heranwachsen und einmal ein hohes Amt bekleiden. Ja, ja, ein Staatsbediensteter, der so mächtig sein wird wie der Ahnherr von Li, der, wie ihr alle immer behauptet, die Enteignung des Obersten Eunuchen in der Verbotenen Stadt erzwungen hatte. Dann wollen wir sehen, wie eure vornehmen, erhabenen Verwandten vor ihm im Staub kriechen werden. Bis dahin …«
Bis dahin, dachte Steinhüter, werden Goldweide und ich in einem Alptraum gefangen sein, von dem sich die Jungen keine Vorstellung machen und den die Alten nicht ertragen können, deine Vorstellung von der Zukunft ist ein einziges Schreckgespenst.
Jade wies auf Goldweide und erklärte, »du wirst die Amme meines Babys sein, und damit ihr seht, wie großzügig ich gegen die bin, die ihrer Herrin Treue erweisen, will ich dir gestatten, auch deinen verkrüppelten Bruder mitzubringen, damit auch er von meinem Geld lebe.«
Jade hatte also beschlossen, auch den Bruder als Unterpfand zu neh-

men. Ganz die Tochter ihres Vaters, nichts würde sie jemals dem Zufall überlassen.

»Und du, mein Gatte«, erklärte sie, indem sie auf ihn wies, »sollst unserem Sohn ein liebender Vater sein.«

»Was soll ich mit ihm anfangen? Ich habe bereits einen Erben«, erwiderte er in scharfem Ton und fügte dann, sie nachäffend, hinzu, »einen gesunden, wunderschönen Jungen.«

Für einen Augenblick sah Jade nicht mehr so selbstgefällig aus, und es bereitete ihm Genugtuung, sie einen Moment lang zum Schweigen gebracht zu haben. Doch es dauerte nicht lange. Sie wechselte das Thema und gebot ihnen damit Ruhe. Für immer. Sie braucht sich keine Sorgen zu machen, dachte er. Eher wollte er sterben, bevor er die Schmach auf sich nähme, sich ihr bedingungslos zu unterwerfen.

»Ich lasse Goldweide auf meinen Namen eintragen, so werden wir unser Geheimnis mit ins Grab nehmen.« Sie machte eine theatralische Pause und verzog dann ihr Gesicht zu einem breiten Lächeln, das die dicke Maske ihres Make-ups in feine Risse brechen ließ. »Seht ihr, ich habe an alles gedacht.«

Alles, außer ... Was wußte dieses pockennarbige Weibsstück schon vom Verlangen eines Mannes nach Schönheit? Was wußte sie schon von der Qual, sie nahe zu wissen, ohne sie besitzen zu dürfen? Besser Goldweide so zu verlieren, wie er seine eigentliche Frau verloren hatte, als sie Tag für Tag aufs neue begraben zu müssen, in seinem Herzen.

Er ging zum Fenster. Es war ohne Aussicht. Eine Mauer. Mit dem Rücken zu den beiden sagte er, »Frau, wie du nur allzugut weißt, hatte ich keine andere Wahl, als mich mit dieser grotesken Scharade einverstanden zu erklären. Ich bin hochverschuldet. Meine Mittel sind erschöpft. Aber warum mußt du auch sie behalten? Ammen gibt es zuhauf, auch Dienstpersonal. Nimm das Baby, aber laß sie gehen.«

»Nein ... nein, bitte.« Goldweide versuchte sich aufzurichten. »Herr – bitte, Herr, ich möchte ihr dienen. Ich will es. Ich muß bei meinem ... dem Jungen sein.«

Ihre Stimme war nicht kräftiger als das Rascheln fallenden Laubes, doch ihre Worte fuhren in seine Seele wie das Himmelsschwert im Augenblick des Todes.

## *Die Zeremonie des feierlichen Zugriffes (1920)*

Am Tag des feierlichen Zugriffes, an dem das Schicksal eines Kindes vorhergesagt wird, band Goldweide den Haarbüschel, der auf dem rasierten Kopf des Kleinen noch übriggeblieben war, mit roter Seide zusammen, wie es die Tradition forderte, und trat zurück, um ihn zu bewundern. Sein Gewand aus rotem Brokat war mit aufgestickten Lämmern verziert zum Zeichen für das Jahr des Schafes, 1919, das Leidensjahr seiner Mutter. Seine Hosen waren so grün wie die Bäume am 4. Mai, als er geboren wurde. Seine Kleidung wäre dem Sohn eines Herrschers angemessen gewesen.
Sie fühlte so intensiv eine Woge von Stolz in ihr aufwallen, daß ihr Tränen in die Augen schossen. Doch mit der ersten Träne fiel auch die Müdigkeit von ihr ab, die während all der Wochen auf ihr gelastet hatte, während derer sie beim Licht einer rußenden Lampe ihre Stickarbeit verrichtet hatte. Spinnwebenfeine Fäden wie vom Kokon einer Seidenraupe hatte sie in Nadeln gefädelt, die nicht dicker waren als ein einzelnes Haar, weil die Stiche zum zarten Gewebe des Brokats passen sollten. Und sie paßten genau.
Jetzt lief sie, ihren Schatz auf den Armen, vorsichtig um die morschen Dielenbretter der Galerie die Treppen in den Steingarten hinab. Dort in der Mitte verweilte sie trotz der fortgeschrittenen Stunde für einen Moment an dem großen Felsbrocken, der vor vierhundert Jahren auf Geheiß des Kaisers vom Grund des Wuhsi Sees herbeigeschafft und dem Hause Li übergeben worden war, als Anerkennung für ihre Verdienste bei dem Bau des ausgedehnten Deich-Systems, das die Lis

errichtet hatten. Der Felsbrocken war berühmt dafür, mit seiner bizarren Form beim Betrachter eine unendliche Vielzahl von Assoziationen hervorzurufen. Sicherlich würde sie heute ein Lamm erkennen können. Und so war es.

Als sie sich umwandte und weitergehen wollte, trat Steinhüter ihr in den Weg. In seinen Augen lag das gleiche Verlangen, die gleiche Wut, die sie stets in seinem Blick erkannte, wenn sie einander allein begegneten. Sie ließ ihren Blick zum Saum seines Gewandes sinken, an dem noch der Schmutz der vergangenen Woche hing, in der es stark geregnet hatte, und sagte, »ich bitte um Verzeihung, Herr, aber du mußt dich eilig umkleiden. Die Gäste treffen ein.«

»Gäste?«

»Zu Ehren des Geburtstages unseres Sohnes.« Sie streckte ihm den Kleinen entgegen.

Steinhüter starrte das Kind an wie einen Eindringling. »Nicht unseres! *Ihres* Sohnes. Und ich habe nicht die Absicht, den Gastgeber für sie oder ihresgleichen zu spielen, nicht heute und auch an keinem anderen Tag.«

Das Kind fest an sich gepreßt, rang sie verzweifelt nach Mut, und obgleich sie wußte, sie sollte es nicht tun, wagte sie ihn zu fragen: »Wie kann im Herzen eines Vaters kein Platz sein für seinen eigenen Sohn?«

Noch ehe er antworten konnte, glitt sie an ihm vorbei, eilte zum Mondtor und wagte erst, sich umzuschauen, als sie den nächsten Hof erreicht hatte und sich in Sicherheit glaubte. Obwohl er nirgendwo zu sehen war, fühlte sie sich von seinem Schatten stets verfolgt, von seinem Atem, der sich anhörte wie das Hecheln eines herrenlos umherstreunenden Hundes. Sie fühlte seine kalte, feuchte Nase an ihre Hand stupsen, spürte, wie er abends um ihr Bett kreiste und sich für die Nacht an ihrem Fußende niederließ. Selbst im Schlaf verfolgte sie die heulende Stimme des Herren, »nicht unserer. Ihrer. Dieser Junge ist nicht *mein* Sohn!«

In der Nähe des Hauptsaales reckte sich ihr sechsjähriger Bruder, Bergkiefer, so gut es sein lahmes Bein zuließ, und winkte ihnen entgegen. Wie immer wollte das kleine Kind von dem Jungen getragen werden, der es mit seinem schaukelnden Gang wiegte. Es zappelte wie ein riesiger Karpfen im Netz, bis Goldweide sich endlich erweichen ließ und es dem kleinen Bruder übergab.

Während sie auf die Erlaubnis wartete, eintreten zu dürfen, bestaunte sie die Szene im Inneren des Saales. Abgesehen vom Schwarz der vier Li Witwen, die, flankiert von ihren privaten Bediensteten, auf Stühlen entlang der Wand saßen, trugen die versammelten Damen Etuikleider, die so bunt waren wie ein Feld von Wildblumen. Im Zentrum jeder Gruppe kümmerte sich eine Dame der Familie um geladene Gäste ihrer Generation. Von dem karmesinfarbenen Teppich, Geschenk eines Dorfes, das durch die beherzten Entscheidungen eines Li-Patriarchen während der Ming-Dynastie vor der Vernichtung gerettet worden war, waren alle Möbel fortgeräumt worden. Die Papierrollen, die Bewunderer des Hauses während der Ch'ing-Dynastie bemalt hatten, und die zusammen mit dem Teppich zu den wenigen Familienerbstücken zählten, die der Zwangsversteigerung entgangen waren, schmückten die müden Wände mit Seerosenteichen, Libellen und Kirschblüten. Neben dem Ahnenaltar stand ein Tisch, darauf das Tablett, auf dem die verkleinerten Nachbildungen der Arbeitsgeräte der adligen Stände arrangiert waren. All das war für den Jungen. Ihren Jungen. Jades Sohn.

Plötzlich durchfuhr den Saal ein Aufschrei des Entzückens. Bergkiefer war eingetreten, mit dem Kind auf dem Arm. Sogleich riß Jade ihren Sohn an sich und paradierte mit ihm an den Gästen vorbei, um ihn voller Stolz jedem einzelnen vorzuführen, während sie sich voller falscher Demut über deren mitgebrachte Geschenke ausließ. »Sie verwöhnen uns so sehr. Mit welch verschwenderischer Großzügigkeit Sie eine unwürdige Person wie meinesgleichen bedenken.«

Nicht deinesgleichen, sondern meinesgleichen, dachte Goldweide, und wieder füllten sich ihre Augen mit Tränen. Sie schüttelte den Kopf, unter keinen Umständen wollte sie weinen. Doch ein winziger Laut mußte ihr wohl entfahren sein, denn Bergkiefer drückte fest ihre Hand. Sie sah auf ihren kleinen Bruder hinab, der sie mit erwartungsvoll glühendem Gesicht anstrahlte. Da schämte sie sich für ihr eitles

Begehren, denn wer könnte schon den Lauf der Gestirne beeinflussen? Wer wollte sich anmaßen, die Lebenslinien neu zu zeichnen? Während sie sich an den Gästen vorbei ihren Weg bahnte, ihnen Süßigkeiten und Nüsse reichte, Sesam- und Mandelküchlein und eine Auswahl getrockneter und frischer Früchte, hörte sie die Damen von der verblüffenden Ähnlichkeit sprechen, die sie zwischen Jade und ihrem Sohn festzustellen glaubten. Goldweide, die wahre Mutter, nickte nur und lächelte.

Schließlich nahm Jade, die das Kind noch immer auf dem Arm trug, die winzige Hand des Kleinen und entzündete die Räucherkerze auf dem Altar. Dann, nachdem sie drei tiefe Verbeugungen vor den Gedenktäfelchen der Ahnen gemacht hatte, trippelte sie geziert auf ihren Goldlilienfüßchen in die Mitte des Saales und rief jedermann mit vor Stolz schriller Stimme auf, um sie und das Kind herum einen Kreis zu bilden, so groß es ging. Dann, mit einem beiläufigen Kopfnicken zur Amme ihres Sohnes und seinem jungen Diener, verkündete sie endlich den Beginn der Zeremonie des feierlichen Zugriffes.

Goldweide nahm das Tablett mit den Miniaturgeräten. »Denk dran, was wir gestern geübt haben«, flüsterte sie ihrem Bruder zu, während sie in die Mitte des Kreises traten und sich zuerst vor Jade und dann vor den Gästen verbeugten, die einander vergnügt vorwarfen, die Anstandsformen zu mißachten und sich dabei verstohlen etwas weiter nach vorne drängten, um einen besseren Blick zu haben. Mit einem Finger auf den Lippen, gemahnte Jade sie nun alle, still zu sein, woraufhin das Gekicher und Gemurmel verklang.

Bergkiefer nahm das Spielzeugschwert vom Tablett, hielt es in die Höhe, damit es jeder sehen konnte und legte es auf den Teppich.

Wie aus einem Munde sangen daraufhin die Damen, »wenn er heute, wenn er jetzt das Schwert aufnimmt, zum Soldaten hat ihn das Schicksal bestimmt.«

Als nächstes kam die Hacke an die Reihe. »Wenn er heute, wenn er jetzt die Hacke aufnimmt, zum Landwirt hat ihn das Schicksal bestimmt.«

Dann folgte der Hammer, der Tuschstein, der Pinsel, bis alle Minia-

turwerkzeuge, außer einem, kreisförmig nebeneinander auf den Teppich gelegt waren, um den herum die Damen standen.
Nur das Amtssiegel lag noch auf dem Tablett. An diesem Gegenstand, und nur an diesem Gegenstand, hatte Jade ein rotes Band und silberne Glöckchen befestigt. Als Bergkiefer es nun in die Hand nahm, schwenkte er es verführerisch vor dem kleinen Kind hin und her, gerade weit genug, daß es das Siegel mit seinen kleinen Händen nicht erreichen konnte, bevor er es ebenfalls auf den Boden zu den anderen kleinen Gerätschaften legte und den Kreis vervollständigte.
»Wenn er heute, wenn er jetzt das Siegel aufnimmt ...«
Ihre Aufgabe im Rahmen der Zeremonie war damit getan, und Goldweide und ihr Bruder traten durch eine Lücke zwischen den Damen aus dem Kreis heraus, um sich hinter ihnen in diskretem Abstand aufzustellen.
»... zum Staatsbeamten ist er bestimmt.«
Dann wurde es still im Saal, und Goldweide spürte, daß sogar diejenigen, die über solche Rituale spötteln, nun auf einmal unsicher waren, ob das Schicksal nicht vielleicht doch in irgendeiner Weise von Kleinigkeiten beeinflußt werden konnte.
Jade setzte das kleine Kind auf den Teppich, lief eilig an die Stelle im Kreis der Frauen, die dem Siegel am nächsten war, und kniete sich nieder. »Komm hierher, komm zu Mutter«, rief sie. »Nimm das Siegel auf, greife das Siegel.«
Doch das Kind blieb, wo es war und blinzelte feierlich.
Jade machte einen lockenden Ton. Das kleine Kind sah in ihre Richtung und begutachtete dann die Gesichter, die auf es herablächelten. Jade pochte auf den Boden. Da machte der Kleine eine Bewegung auf sie zu, doch dann schien er es sich wieder anders überlegt zu haben, setzte sich auf und zerrte an seinen Schuhen.
Dann plötzlich krabbelte er eilig über den Fußboden.
Einen Augenblick lang konnte Goldweide von ihrem Platz aus nichts weiter als den Ring der Spielwerkzeuge sehen. Nichts war daran verändert worden.
»Warum hast du ihn nicht aufgehalten?«
»Warum hast du nicht?«

»Ich habe noch nie eine Maus gesehen, die sich so schnell bewegt hätte.«
Barmherzige Kwan Yin, dachte Goldweide, was hat meinen Jungen nur veranlaßt, zu Bergkiefer zu krabbeln?
Jade klatschte einmal in die Hände.
Eilig befreite Goldweide den Fußknöchel ihres Bruders aus dem Griff des Kleinen und schickte den Jungen aus dem Saal. Dann setzte sie das kleine Kind noch einmal in die Mitte des Teppichs.
Schließlich griff der Kleine nach dem Siegel. Schließlich war alles gut.

## Der Fluß
### (1932)

An einem für die Jahreszeit ungewöhnlich warmen Tag, als die Sonne den Himmel hell bleichte, lockte ein spielerischer Wind vom Jangtse Fluß Hoffnungsschwert an seine Ufer. Er saß zusammen mit seinem Diener auf einem bröckelnden Damm, der Teil des kunstvollen Deichsystems war, das seine Vorfahren Jahrhunderte zuvor angelegt hatten – der Grund, warum man ihrer Heimatstadt den Namen Wen Shui, Gezähmte Wasser, gegeben hatte. Einstmals hatte der Damm die Wassermassen im Zaum gehalten, nun war er nicht mehr als sein liebster Aussichtsplatz. Er schloß die Augen und versuchte, sich die Erhabenheit dieser Deiche vorzustellen, als sie gerade neu angelegt waren, doch alles, was er sehen konnte, war der Sarg aus Ebenholz, den die wütenden Ströme des Hochwassers im letzten Jahr irgendwo flußaufwärts aus dem Boden gerissen und in die Krone eines überspülten Maulbeerbaumes geschleudert hatten. Dort bieb der Sarg wochenlang hängen, während die Überlebenden der Flutkatastrophe um die Millionen Opfer klagten, deren Schreie den Himmel zerrissen und deren grob gewebte Leichengewänder aus weißem Hanf die Landschaft in ein endloses aschfarbenes Leichentuch verwandelt hatten ...

Er schüttelte die Erinnerungsbilder von sich. Traurige Gedanken waren nie angenehm, schon gar nicht an einem unerwartet freien Tag, und er versuchte noch einmal, Bergkiefer zu einem Spiel zu überreden. Doch es war hoffnungslos. Wenn der Diener, wie jetzt, mit Lesen beschäftigt war, konnte er lange, wie auf seinem Stuhl festgebunden, sitzen. Wieder einmal fühlte sich Hoffnungsschwert einfach übergangen. Er wollte seinem Diener gerade das Buch fortreißen, als einige Tauben mit einem singenden Ton über ihre Köpfe hinwegflogen, der seine Aufmerksamkeit erregte. Es waren seine Tauben, ein Geschenk von Goldweide, die mit ihren geschickten Fingern kleine Pfeifen aus Schilfgras an ihren Schwänzen befestigt hatte. Immer wenn die Vögel sich zum Fluß herabsenkten, wurde der Klang der Flöten tiefer, und stiegen sie in die Luft auf, wurde auch der Pfeifton höher. Er atmete tief ein und dachte, wie gut es doch sei, hier in der Sonne zu faulenzen. Ja, wirklich, alles war besser als in diesem schäbigen Schulzimmer eingesperrt zu sein und wie eine Ente mit antiquierten Moralvorstellungen vollgestopft zu werden.

Er stupste Bergkiefer. »He, wie lange wird es dauern, das Schuldach zu reparieren?«

Bergkiefer rückte seine Brille zurecht, schien ansonsten aber nicht zugehört zu haben. Auf seinen Lippen lag dieses Lächeln ungetrübter Heiterkeit, das immer an ihm auffiel, wenn er las.

»Eine Woche, ein Monat, ein Jahr?«

Immer noch dieses Buddha-Lächeln. Immerzu dieses Buddha-Lächeln. Aja! Es war seit sechs Jahren das gleiche, seit seine Mutter Bergkiefer zu seinem Studiengehilfen gemacht hatte. Hoffnungsschwert hätte lieber die Prügel ertragen, die sein Vater für schlechte Noten und Ungehorsamkeiten verabreichte, als jede Minute des Tages an diesen dürren Bücherwurm gebunden zu sein. Nicht daß er sich nicht von ihm befreien könnte. Fliegender Fuß, wenn auch fünf Jahre jünger, gegen Schrumpfbein, der gut einen Kopf größer war, das war doch keine Herausforderung. Aber das war eben auch das Problem – es war keine Herausforderung. Außerdem, das eine Mal, als

Hoffnungsschwert der Versuchung erlegen war und entwischte, da hatte Jade Bergkiefer mit dem Rohrstock schlagen lassen. War denn der zweite Sohn des Gebieters im Hause Li ein Krieger, der statt seiner einen Krüppel in die Schlacht schickte? Die Antwort war klar. Nur war es eben sein Pech, daß sie auch seiner Mutter klar war!

Seufzend schaute er einem altersschwachen Dampfschiff nach, dessen Rauch den Wind schwarz färbte. Während es vorbeifuhr, gab es die Sicht frei auf ein anderes Schiff, ein Patrouille-Boot, das die japanische Flagge gehißt hatte. Der bloße Anblick der rot-weißen Fahne machte ihn wütend. Sie spottete der Erhabenheit seines Landes, seiner Familie. Sie ließ ihn sich klein und unbedeutend vorkommen. Sie erinnerte ihn daran, wie sein Vater als junger Offizier zur Zeit der demütigenden Niederlage Chinas, im Kriegsjahr 1895, bei zahllosen Zeremonien den Vorsitz führen mußte, wenn die kaiserliche Flagge eingeholt wurde und der Fahne der Aufgehenden Sonne weichen mußte. Ohne diese unaussprechliche Erniedrigung, dachte er, wäre Steinhüter noch immer der bewundernswerte Mann, der er, wie alle sagten, bis zu der Zeit gewesen war, und nicht das gescheiterte Familienoberhaupt, nicht der herzlose Vater, als den Hoffnungsschwert ihn kannte. Ohne diese Erniedrigung würde sich Steinhüter auch um seinen zweiten Sohn kümmern.

Um nicht loszuweinen, ließ Hoffnungsschwert sich auf den Bauch fallen und legte an. »Peng, peng, peng ...« Das für die Eroberung von chinesischem Land. »Paff, paff ...« Dafür, daß ihr Chinas Besitz gestohlen habt. »Peng, peng ...« Er sprang auf und robbte von einem imaginären Maschinengewehr zum nächsten, wobei er eine Salve nach der anderen abfeuerte. Dann, als schließlich das letzte japanische Schiff in die Flucht geschlagen war, nahm er ein Passagierschiff aufs Korn, das am Dock vertaut war, und feuerte, bis der Rumpf des Schiffes von Löchern durchsiebt war und das Boot unterging. Der Held, nach Luft ringend, brach neben Bergkiefer zusammen.

»He, ich hätte gut ein bißchen Hilfe gebrauchen können«, sagte er, sobald er wieder zu Atem gekommen war. Er erwartete keine Antwort, doch dieses Mal überraschte ihn sein Studiengehilfe.

»Sieh dir das an! Dort drüben!« Bergkiefer zeigte auf den Kai. Hoffnungsschwert sprang auf, doch eigentlich sah er gar nichts Ungewöhnliches. »Was soll ich sehen?«
»Den Jungen dort. Da geht er wieder.«
Jetzt sah Hoffnungsschwert ihn, einen Bengel, verstohlen zwischen den halbnackten Rikschakulis, die auf Kundschaft warteten, den Andenkenhausierern, den Bettlern, die ein paar Kupfermünzen hinterherkrabbelten, die ihnen Fremde zugeworfen hatten. Er schien sich auf einen sehr dicken Mann zuzubewegen, der sich wie ein Kolben immer wieder vor dem kümmerlichen japanischen Kapitän verbeugte, der vorne auf der Landungsbrücke des Passagierschiffes stand. Hoffnungsschwert zwinkerte mit den Augen. Ja! Soviel Fleisch konnte nur zu Melonen Wu gehören, ihrem Land einheimsenden Nachbarn, der Wohlstand anhäufte, indem er sich mit Liebedienerei bei den Imperialisten einschmeichelte.
Als Wu sich zum Ufer umdrehte, sprang der listige Junge wieder hervor. Flink wie eine Natter heftete er ein Stück Papier, auf dem in Schwarz ein großes X gemalt war, an den Rücken des fetten Mannes, um dann genauso schnell wieder zu verschwinden. Erst als die Umstehenden zu lachen begannen und mit den Fingern auf ihn zeigten, begriff Wu, was geschehen war. Selbst Bergkiefer mußte lachen, wie der Verräter sich wie ein trächtiges Mutterschwein drehte und wendete, als er versuchte, das Zeichen von seinem Rücken zu reißen, dabei jedoch lediglich seinen Panamahut verlor.
»Ich gehe dem Jungen nach«, sagte Hoffnungsschwert und rannte zum Kai, das Paar schmutziger Füße im Auge behaltend, das gerade hinter der Reihe von Rikschas zu sehen war. Dann bog er um das letzte Gefährt und stürzte sich mit einer Kombination von Schnappschere und Tigerwürgegriff auf den Jungen.
»Freund!« flüsterte er, um keinen falschen Eindruck zu erwecken. Doch der Junge ließ sich nicht überzeugen. Er trat und schlug so heftig um sich, daß Hoffnungsschwert gezwungen war, fester zuzudrücken. »Bleib ruhig«, fauchte er.
Der Junge gab Töne von sich, als müsse er ersticken.
»Hör auf damit!« Es war Bergkiefer.

Hoffnungsschwert ließ los. Der Junge rollte sich auf den Rücken.
»Du mußt meinem Jungen Herrn verzeihen«, sagte Bergkiefer höflich und half ihm aufzustehen. »Ich bin Bergkiefer, er ist Hoffnungsschwert. Wie heißt du?«
»Feuerfrosch.«
Den Namen hatte Hoffnungsschwert noch nie gehört und mußte lachen. Doch er überlegte es sich schnell wieder, als er den bedrohlichen Blick in den funkelnden schwarzen Augen des Jungen sah. »Kannst diese Speichellecker wohl nicht ausstehen, wie?« sagte er statt dessen.
»Nur ein Verräter könnte das!«
Hoffnungsschwert nickte beifällig. »Wie hast du das Stück Papier festgemacht?«
»Kletten.«
»Kletten?«
»Kletten«, wiederholte Feuerfrosch grinsend, und ohne ein weiteres Wort zu verlieren, schlenderten der Straßenjunge, der hinkende Diener und der Junge Herr eines adligen Hauses zusammen zu dem verfallenen Deich, setzten sich und ließen die Füße über dem Wasser baumeln. Hoffnungsschwert zog sich Schuhe und Strümpfe aus. Es war ihm geradezu peinlich, wie sauber seine Zehen waren. »Ich bin der zweite Sohn des Patriarchen im Hause Li«, verkündete er.
Feuerfrosch fiel das Kinn herab. »Das berühmte Haus Li?«
»Genau das.«
Feuerfrosch kratzte sich unter den Armen, während er einen Moment über diese Neuigkeit nachzudenken schien. »Hast du irgendwas zu essen dabei?«
Hoffnungsschwert schüttelte den Kopf.
Feuerfrosch zeigte auf die Hosentasche des Jungen Herrn. »Was hast du da drin?« wollte er wissen.
»Das ist nicht zum Essen«, sagte Hoffnungsschwert und zeigte ihm den Rest von Reis, den er zu einem festen Ball geknetet hatte. »Damit füttere ich die Goldfische.«
»Ich hab' auch Goldfische«, erklärte Feuerfrosch. »Große.«
Bevor der Junge Herr einen ungläubigen Schrei loslassen konnte, hat-

te Bergkiefer den Reisball aus seiner Hand genommen und ihn dem kleinen Aufschneider gegeben.
»Versuch sie mal damit zu füttern«, sagte er.
Der Junge steckte ihn in die Hosentasche.
Hoffnungsschwert schüttelte den Kopf. Sein Studiengehilfe mochte ja eine Menge wissen, aber von Jungen wie diesem hatte er offensichtlich keine Ahnung. »Zeig mir deine Fische«, verlangte er. »Wo wohnst du?«
»Auf einem Boot, einem Fährschiff.«
Er war beeindruckt. »Bring uns dort hin.«
»Das kann ich nicht. Ich meine, ich würde ja, aber ... es ist nicht hier, es ist flußabwärts gefahren.«
Hoffnungsschwert rollte seine Augen himmelwärts, beschloß aber, als er wieder diesen glühenden Blick bemerkte, Feuerfrosch lieber nicht einen Lügner zu nennen und zermarterte sich den Kopf, ein passenderes Thema zu finden. »Spielst du gern?« fragte er schließlich.
»Wer tut das nicht!«
»*Er!*« Hoffnungsschwert, den es plötzlich juckte, machte eine Kopfbewegung in Richtung seines Studiengehilfen, während er sich kratzte.
Feuerfrosch fragte: »Mögt ihr Wettkämpfe?«
»Na klar. Ich gewinne immer.«
»Tust du nicht.«
»Tu ich wohl.«
Immer lauter bestanden beide darauf, recht zu haben, bis Feuerfrosch dem Jungen Herrn in die Rippen boxte und meinte: »Dann beweis es doch. Wer als Letzter drüben auf dem anderen Flußufer ankommt, ist ein Schildkrötenei.«
Hoffnungsschwert schluckte. Es war noch nicht einmal Frühling, der Fluß war viel zu breit und weiß der Himmel wie tief, er würde sich trotz der Sonne was abfrieren. Vor allem konnte er nicht schwimmen. Aber ja, ... Bergkiefer doch genausowenig. Hinter vorgehaltener Hand flüsterte der Junge Herr diesen bedauerlichen Umstand betrübt Feuerfrosch ins Ohr und fügte dann noch, ohne nachzudenken, die

allzeit praktische Entschuldigung hinzu, »er hat ein langes Bein und ein kurzes, weißt du.«

Hoffnungsschwert hatte den Satz noch nicht halb ausgesprochen, da wurde ihm klar, wie dürftig diese Entschuldigung war und wie schnell ihm etwas anderes einfallen müßte, um nicht ausgelacht zu werden. Doch die barmherzige Kwan Yin sagte ihm genau, was er zu tun hatte. Kaum war ihm das letzte Wort über die Lippen gekommen, da sprang er auf, bevor Feuerfrosch reagieren konnte, und rief, »kommt her, oder ihr habt den Wettkampf verloren!« Die anderen hatten keine andere Wahl.

An einer menschenleeren Stelle am Ufer, wo Fischernetze zum Trocknen hingen, zog er eine gerade Linie auf den Boden, lief sie der Länge nach ab und markierte mit mathematischer Präzision genau ihre Mitte. Dann stellte er sich breitbeinig davor, beugte sich nach unten und zeichnete den Umriß seiner Füße in den Staub. Danach malte er in der gleichen Weise an jedem Ende der Linie zwei weitere Fußabdrücke auf den Boden. Feuerfrosch und Bergkiefer sahen einander fragend an. Hoffnungsschwert marschierte an die mittlere Markierung, räusperte sich und befahl seinen Kameraden, ihre Plätze einzunehmen.

Bergkiefer seufzte gelangweilt, stellte sich auf die eine Seite von ihm und fragte, »und was jetzt?«

Hoffnungsschwert ließ sich nicht hetzen. Er streckte sich, rollte den Kopf auf den Schultern, lockerte seine Muskeln, schüttelte seine Beine aus und räusperte sich erneut. Doch gerade als er wieder etwas sagen wollte, schrie Feuerfrosch, der seinen Platz zwar eingenommen, diese Vorstellung aber argwöhnisch beobachtet hatte, »du mußt das aber auch fair machen.«

Hoffnungsschwert fühlte sich beleidigt. »Ich bin doch kein Betrüger«, sagte er. Dann, um die richtige Stimmung wiederherzustellen, nahm er die gesamte Aufwärmprozedur noch einmal vor und verkündete schließlich, »bei diesem Wettkampf spielt es keine Rolle, ob Bergkiefers eines Bein einen Zentimeter zu kurz ist oder so. Und es ist auch egal, daß du klein und mager bist und ich stark und schnell.

Aber bevor wir anfangen können ...« Er machte eine Pause. »Macht

euch bereit …« Er öffnete seine Hosen. »Fertig …« Er ließ sie fallen. »Für ein Wettpinkeln!«
Plötzlich lautes Gelächter.
Hoffnungsschwert wandte sich um. Bergkiefer bog sich vor Lachen und deutete auf die Fußmarkierungen, in denen Feuerfrosch gerade noch gestanden hatte.
»Wo ist er hin?« fragte Hoffnungsschwert.
Der Gehilfe schüttelte seinen Kopf, immer noch lachend. »Wer weiß? Vielleicht bin ich nicht der einzige, dem irgendwo ein Zentimeter fehlt!«

## *Das Fest des Hellen Lichts*

Am Fest des Hellen Lichts, wenn die Weiden blühen und die Familien zusammenkommen, um die Vergangenheit mit der Nachwelt zu vereinigen, knieten die Angehörigen des Hauses Li zwischen den Gräbern der verstorbenen Familienmitglieder, um die alten Riten zu vollziehen. Feierlich intonierte das Familienoberhaupt, Steinhüter, die Worte, die schon seit den Zeiten der Ming-Dynastie an diesem Ort am dritten Tag des dritten Monats des Mondkalenders vorgetragen worden waren: »Oh, Ihr Geister unserer erlauchten Vorfahren, wir, Eure Kinder, sind von nah und fern herbeigereist, um Euch im Leben nach dem Tode beizustehen, Euer in Ehren zu gedenken, Euch zu achten und alle Zeit Eure Werke und Taten in unseren Herzen zu tragen.
Wir, die wir noch in der irdischen Welt leben, bitten Euch, die Ihr für immer in der Unterwelt bleiben werdet, flehentlich unsere Fürsprecher zu sein …«
Hoffnungsschwert, der kaum zuhörte, betrachtete seine Handflächen. Die roten Striemen waren immer noch da. Ihr Geister, rief er still, warum setzt ihr Euch niemals für mich ein? Ihr müßt doch sehen, daß

Vater mich völlig grundlos bestraft. Allerdings, die Tintenflecken auf den Manschetten seines neuen Seidenkittels hatten ihn irgendwie schuldig gemacht. Deswegen hatte er ja so schnell versucht, sie zu verbergen. Vielleicht hat es diesmal ja tatsächlich einen Grund gegeben, ihn zu bestrafen, aber die Geister hätten den Patriarchen wenigstens darauf aufmerksam machen können, als die angedrohten fünf Schläge verabreicht waren.

Ihr Geister, betete er, erweicht Vaters Herz ein wenig, und ich werde genauso gehorsam sein wie Bergkiefer. Und wenn ihr noch Zeit habt, dann bitte, bitte haltet Mutter davon ab, ständig zu geloben, einen Staatsbediensteten aus mir machen zu wollen. Jade hatte Unwohlsein vorgetäuscht, um ihrem Mann nicht zuschauen zu müssen, wenn er am Grab seiner ersten Frau wieder sein Schauspiel zum besten gab, doch selbst in ihrer Abwesenheit konnte Hoffnungsschwert ihre Stimme hören. »Bitte, enttäusche mich jetzt nicht«, quengelte sie mindestens einmal in der Woche. »Du weißt doch, ich lebe nur für den einen Tag, an dem der Glanz deiner Leistungen ein wenig Licht auf mein tristes Dasein wirft.«

Und ich lebe nur für den Tag, an dem du endlich aufhörst, an mir herumzunörgeln ...

Plötzlich war um ihn her alles still geworden. Hatten die anderen etwa auch ihre Stimme gehört und seine respektlosen Gedanken? Hoffnungsschwert ließ den Blick über die Anwesenden schweifen. Alle hatten andächtig die Köpfe gesenkt, selbst seine vier Großtanten, die immer etwas miteinander zu flüstern hatten. Seitdem sie Witwen waren, gluckten diese Frauen ständig zusammen. Er konnte nie begreifen, was sie sich möglicherweise noch zu sagen hätten, was sie einander nicht schon tausendmal zuvor gesagt hatten. Ganz in der Nähe waren seine beiden scheuen Cousinen, die in den innersten Bezirken der Familienresidenz wohnten, von denen er aber nicht eine wiedererkennen könnte, wenn sie eines Tages allein daherkäme, ohne die andere an der Hand zu halten.

Er ließ den Blick auf Große Zuversicht, seinem Bruder, ruhen, dessen westliche Kleidungsstücke, Gamaschen und Panamahut, bezeichnend dafür waren, wie sehr dem Vierundzwanzigjährigen die Privilegien, die ihm von den Ausländern zugestanden wurden, bereits den Kopf verdreht hatten. Hoffnungsschwert störte es wahrhaftig nicht halb so sehr wie Jade, daß Große Zuversicht im Spekulationsgeschäft war, daß er bei jeder Unterhaltung Fremdworte fallen ließ, die kein anderer der Lis verstand, und damit prahlte, welchen Erfolg er an der Börse von Shanghai hätte. Es störte ihn auch nicht einmal, daß Steinhüter nie erwähnte, wie oft die Familie schon die Schulden seines älteren Bruders hatte begleichen müssen. Aber nun hob er mindestens einmal am Tag das eine einzige Mal lobend hervor, als Große Zuversicht vor etwa drei Wochen dem Familienverband tatsächlich einmal seine Schulden zurückerstattete. Da alle Väter traditionell ihre Erstgeborenen vorzogen, war diese Parteilichkeit noch erträglich. Aber die Ahnungslosigkeit, die Steinhüter, der die Japaner haßte, vorschützte, wenn Große Zuversicht in geradezu marktschreierischer Bewunderung von der japanischen Fortschrittlichkeit schwärmte – das ärgerte ihn wirklich. Und woher kam es, daß Große Zuversicht, der nie einen Pfifferling darum gab, ob ihr Vater mit ihm zufrieden war oder nicht, Steinhüter zum Lachen bringen konnte? An Hoffnungsschwert verschwendete der Patriarch nicht einmal ein Lächeln.

»... Im Sieg waren unsere Vorfahren großmütig. Niemals entehrten sie einen Mann von Würde, schon gar nicht einen, den sie bezwungen hatten. Also müssen auch wir uns ebenso verhalten. Erinnert euch an unseren Ahnen, der nicht nur dem Sohn seines erbittertsten Feindes das Leben schenkte, sondern ihm überdies bis ans Ende seiner Tage mit großzügigen Geldzuwendungen ein angenehmes Leben ermöglichte.

Selbst im Falle einer Niederlage waren unsere Vorfahren Ehrenmänner. Also müssen auch wir uns ebenso verhalten. Erinnert euch an unseren Ahnen, der bei Hofe in Ungnade fiel und es vorzog, zehntausend Li weit in die Verbannung zu gehen, als von den Worten abzurücken, die er geschrieben hatte ...«

Als er noch jünger war, hatte Hoffnungsschwert mit Begeisterung die Geschichten über diese heldenhaften Vorfahren gehört, doch in der letzten Zeit verglich er immer öfter die großartigen Taten, die seine

Ahnen für das Kaiserreich vollbracht hatten, mit den leeren Worten, die seine Familienmitglieder jeden Tag daherredeten. Einstmals waren die Lis berühmt dafür, sich selbst für das Leben von Fremden zu opfern; jetzt machten sie sich kaum mehr die Mühe, im Umgang miteinander auch nur die nötigsten Formen der Höflichkeit zu wahren. Es verging kaum eine Stunde, ohne daß seine Eltern miteinander stritten.

»... Also laßt uns, die wir den ehrwürdigen Namen Li führen, nie vergessen, was der große Weise uns lehrte, daß die Kultur in der kindlichen Ehrfurcht ihren Ursprung hatte ...«

Nachdem Steinhüter mit allen Anwesenden die neun Kotaus vor dem zentralen Grabdenkmal gemacht hatte, war die gemeinsame Zeremonie beendet, und die Familienmitglieder gingen in Schwärmen auseinander, um an den vielen verstreuten Grabmälern in der Umgebung ihren nächsten Verwandten zu huldigen. Sie schweiften gemütlich schlendernd über die Hügel, legten Weidenzweige auf die Gräber ihrer Verstorbenen, um böse Geister abzuwehren, stellten Schalen voller Früchte, Teller mit kalten Speisen und Becher gefüllt mit Wein darauf, um sowohl die Toten wie die Lebendigen zu speisen. Hoffnungsschwert bummelte seinem Bruder hinterher.

Auf halbem Weg den Hügel hinab blieben sie am Grab der ersten Frau des Patriarchen stehen, von dem Steinhüter bereits auf den Knien hockend das Unkraut zupfte. Plötzlich war es Hoffnungsschwert, als dränge er sich in eine intime Situation hinein, als störe er bei einem Akt der Zärtlichkeit und Vertrautheit, der nicht für seine Augen bestimmt war. Ihm war, als jätete sein Vater nicht einfach Unkraut von dem Erdhügel, sondern als seien die Gräser, die er aus dem Boden zog, die unordentlichen Fäden eines Kleides, als säuberte sein Vater in Wahrheit das Gewand eines geliebten Menschen.

Als sein Bruder sich neben Steinhüter auf den Boden kniete, trat Hoffnungsschwert zurück und ließ die beiden allein. Zuerst war er sich nicht schlüssig, wo er hingehen sollte, doch dann raste er wie ein Stein, der sich im Laufe der Zeit durch Regen und Schnee aus dem Erdreich gelöst hatte, stürzte Hals über Kopf den Hügel hinunter, bis er schließlich dort ankam, wo das Land an einen Bachlauf grenzte und

hielt an bei dem Gedanken, sich die neue Kleidung zu beschmutzen. Einige Minuten lang versuchte er eine Furt zu finden, doch dann schämte er sich, wie eine alte Frau zu denken, und sprang durch den Schlamm des Bachbettes.
Er schirmte seine Augen gegen das blendende Sonnenlicht ab und hielt Ausschau nach einem Kameraden, doch am Fest des Hellen Lichts arbeitete niemand auf den Feldern. Er lauschte, konnte jedoch nur den Wind hören. Dann versuchte er, nicht mehr an seine Enttäuschung zu denken, und lieferte sich mit einem unsichtbaren Gegner einen Boxkampf und turnte weiter den Pfad hinab, bis die Hütte des Grabpflegers auftauchte. Vielleicht war er ja zuhause und freute sich über etwas Gesellschaft. Von weitem allerdings wirkte die Hütte wie ausgestorben. Als er näher herangekommen war, gab es keinen Zweifel mehr. Sicher war niemand daheim. Risse, notdürftig mit Stroh gestopft, klafften in den Wänden, die längst eingefallen wären, hätte sie nicht jemand mit Bambusrohren abgestützt. War die Hütte schon immer in diesem Zustand? Nur die Lumpen und Knochen, die auf Matten trockneten, die über den Hof verteilt herumlagen, und die Reihe von Schalotten, die am Eingang gepflanzt worden waren und in all dem Schmutz überraschend hübsch anzusehen waren, kündeten davon, daß doch jemand hier lebte.
Die Tür stand halb offen, und er rief in das dunkle Innere der Hütte: »Heh? Heh?«
Niemand antwortete.
Er versuchte es noch einmal. Wieder keine Antwort, und er drehte sich gerade um, als er glaubte, ein schwaches Hüsteln gehört zu haben.
»Irgend … jemand daheim?« Er konnte nichts erkennen. War die Hütte von Geistern bewohnt? »Ich bin vom Haus Li …« Ja, da hustete jemand. Es klang durchaus menschlich und schien von der fernen Ecke des Raumes zu kommen. Doch Hoffnungsschwert zögerte noch. Irgend etwas roch säuerlich. Bergkiefer, der die Weisheiten aller Zeiten auswendiggelernt hatte, sagte immer, daß Menschen furchterregender seien als Geister. Was, wenn der Grabpfleger betrunken war? Oder er eine Mordswut bekäme, weil er sich gestört fühlte?

Seine Augen hatten sich inzwischen an die Dunkelheit gewöhnt, und er konnte an der hinteren Wand des Raumes zwei Feldbetten erkennen, das eine leer, das andere bedeckt mit Stroh und – schaute da nicht ein Arm heraus? War etwa eine Leiche in dem Strohhaufen versteckt? Aber der Arm bewegte sich. Er zuckte etwas und sank dann wieder langsam in seine alte Position zurück. Hoffnungsschwert war schon fast wieder zur Tür hinaus, da hörte er erneut dieses abgehackte, trokkene Hüsteln. Winzige Strohteilchen flogen wie Staub auf und segelten zu Boden.

Er blieb wie angewurzelt stehen. Was, wenn der Grabpfleger todkrank war? Bergkiefer hatte auch gesagt, daß im Lande der vier Meere alle Menschen Brüder seien. Sicherlich konnte der hustende Mensch dort jetzt gut einen Bruder gebrauchen. Außerdem wäre es feige, ihn im Stich zu lassen, und ein Li ist kein Feigling.

Durch den Mund atmend, richtete Hoffnungsschwert sich hoch auf und näherte sich mutig dem Feldbett. Da erkannte er, fast vollständig von Stroh bedeckt, das schweißnasse Gesicht eines Mannes, der viel zu schwach war, um gefährlich werden zu können. »Ist … ist alles in Ordnung?« fragte Hoffnungsschwert.

Der Mann schnappte nach Luft wie ein Fisch auf dem Trockenen. »Wa …«

Hoffnungsschwert beugte sich etwas dichter über das Gesicht des Mannes.

»Wasser …«

Er nickte und sah sich im Zimmer um. Endlich fand er einen Becher in einer Nische über dem Backofen. Doch als er hineinsah, war er gefüllt mit Kletten. Wer macht sich denn die Mühe, so ein Zeug zu sammeln? wunderte er sich. Da plötzlich begriff er. Langsam fuhr er sich mit der Zunge über die Lippen und verzog sie zu einem breiten Grinsen. Er hatte recht gehabt. Feuerfrosch, dieses Schlitzohr, wohnte auf keiner Yaolu. In genau dieser Hütte lebte er, und der Grabwächter mußte sein Vater sein. Nein, wie es aussah, eher sein Großvater.

»Wasser …«

Er nahm ein Kanne und rannte zum Bach hinaus, füllte sie mit Wasser und lief zurück.

Der Grabpfleger konnte nur mit Mühe schlucken.

»Mehr?«

Als keine Antwort kam, beschloß Hoffnungsschwert, daß der Mann wohl Hunger habe, und machte sich in den überall im Raum herumstehenden Gefäßen und Körben auf die Suche nach etwas Eßbarem. Doch außer ein paar getrockneter Bohnen und ungekochtem Reis konnte er nichts finden und ärgerte sich, daß er sich nicht seinen Anteil vom Festmahl in die Ärmel gestopft hatte, bevor er die Zeremonie verlassen hatte. Alles, was bis jetzt nicht aufgegessen worden war, würde den Vorfahren auf die Grabsteine gestellt. Und ... die Speise würde dort nur herumstehen – soweit er wußte, hatte noch nie irgendein Li Hunger erleiden müssen. »Ich bin mal kurz fort, aber ich komme gleich wieder«, sagte er und rannte davon, zur Tür hinaus und den Hügel hinauf zum Friedhof, wo seine Familienmitglieder, die lebenden wie die toten, ihr jährliches Picknick abgehalten hatten und jetzt um den Patriarchen versammelt waren, der gerade wieder damit begonnen hatte, die Geschichte von den Altvordern zu erzählen, die die Schutzdämme angelegt hatten.

Hinter einem Baum wartete Hoffnungsschwert auf den richtigen Augenblick. Endlich, als Steinhüter zum Höhepunkt der Geschichte kam, sah er seine Chance und schlich zum Grab des Urgroßvaters. »Erlauchter Vorfahre«, betete er, »sei nicht böse. Was ist schon eine einzige Opfergabe für dich, wo du doch so viele bekommen hast. Aber für den armen hungrigen Mann bedeutet sie eine Menge.« Dann, nachdem er sich vergewissert hatte, daß niemand ihn beobachtete, nahm er blitzschnell einen Mehlknödel von einem der Teller und ließ ihn in seinem Ärmel verschwinden. Nichts Ungewöhnliches geschah. Vielleicht hatte Urgroßvater ja gar nichts dagegen – schließlich hatte er seinen Pächtern nicht auch den Kredit für Sämlinge erweitert und dann die Schuldscheine zerrissen, als es eine Dürreperiode gegeben hatte? Seine Angehörigen wachsam im Auge behaltend, schlüpfte Hoffnungsschwert von einem Ahnengrab zum nächsten und stibitzte überall etwas von den Opferspeisen. Schließlich, als seine Ärmel voll waren, rannte er den Hügel wieder hinunter und platzte in die kleine Hütte hinein.

Der Grabpfleger war fest eingeschlafen. Hoffnungsschwert fluchte. Ein Wohltäter sollte mit Hochrufen empfangen werden, nicht mit Geschnarche. Was sollte er anderes tun, als die Speisen dort zu lassen und sich wieder unter seine Verwandten zu mischen.
Er war gerade dabei, die letzten Küchlein auf dem Sims des gemauerten Backofens aufzureihen, als sich plötzlich seine Nackenhaare sträubten. Da war noch irgend jemand im Raum. Er schauderte. Für die Plünderung der Gräber würde sein Vater ihm die Hand abhacken. Er sah seine tintenverschmierten Finger, wie sie in einem See von Blut zuckten, den abgeschnittenen Armstumpf …
»Was … treibst du hier?« Die Stimme klang ganz und gar nicht wie die von Steinhüter. Sie gehörte zu jemandem, der viel jünger war. Mutig drehte Hoffnungsschwert sich um.
Feuerfrosch stand in der Tür.
Als der Junge seine Frage jetzt mit noch weniger Strenge in der Stimme wiederholte, kniff Hoffnungsschwert die Augen leicht zusammen. »Das gleiche könnte ich dich fragen. Aber du würdest mir doch nur neue Lügen auftischen. Außerdem …«, er machte eine kurze Pause und verkündete dann triumphierend, »ich weiß genau Bescheid.«
Feuerfrosch warf einen furchtsamen Blick auf den schlafenden Grabwächter und wurde dann plötzlich totenblaß.
Ob das, was auch immer den alten Mann plagte, wohl ansteckend war? Hoffnungsschwert machte einen halben Schritt auf die Tür zu, überlegte es sich dann wieder und starrte auf die splittrige und mit Einkerbungen versehene Tischplatte. Wenn Bergkiefer nur hier wäre.
»Sag es bitte niemandem«, bat Feuerfrosch. »Niemand darf wissen, daß der Grabpfleger krank ist, und ein Mädchen seine Arbeit tut. Wir wüßten nicht, wo wir sonst hingehen sollten. Schwör's, Hoffnungsschwert. Schwör, daß du's nicht verraten wirst, egal was passiert.«
Wovon redete Feuerfrosch da? »Was für ein Mädchen?«
»Ich.«
Hoffnungsschwert konnte nicht mehr an sich halten und brach in

lautes Gelächter aus. Als er wieder zu Atem kam, schlug er sich mit der flachen Hand auf die Brust und rief: »Glaubst du denn, ich bin dumm? Ich kenne den Unterschied zwischen Mädchen und Jungs genau. Warum erzählst du mir solchen Unsinn?«

»Aber ... aber du hast doch gesagt, du weißt Bescheid. Vater hat dir also gar nicht – ?« Feuerfrosch hielt plötzlich inne.

Da, auf einmal fiel Hoffnungsschwert wieder sein Pinkelwettkampf ein. Er stand da mit offenem Mund und brachte keinen Ton hervor. Er wurde vor Scham feuerrot und wollte zur Tür hinausstürzen, doch Feuerfrosch versperrte ihm den Weg. Sie lieferten sich einen wilden und langen Ringkampf, da Hoffnungsschwert es nicht fertigbrachte, sich richtig mit einem Mädchen zu balgen, auch wenn er viel stärker war und das Mädchen wie ein Junge aussah und kämpfte und sogar wie ein Junge roch. Doch schließlich hatte er es im Schwitzkasten fest auf dem Boden.

Aber als er sah, daß es weinte, hörte er auf. »Ich wollte nicht so fest zudrücken. Bist du in Ordnung?«

»Ja, Junger Herr«, sagte sie, und er stand auf und wollte wieder zur Tür. Feuerfrosch hielt ihn an seinem Kittel fest. »Bitte, Junger Herr«, bat sie. »Du mußt einen Augenblick hierbleiben und mich anhören. Keine Lügen, ich schwör's. Ehrenwort. Bitte, Junger Herr, ja?«

Nachdem er die Sache einen Moment lang überdacht hatte, fand er, daß seine Neugierde eigentlich doch größer war als seine Scham. Sie wirkte so verzweifelt. Was wollte sie ihm wohl sagen? »Aber mach's kurz«, sagte er.

Sie begann, den Schmutz von seiner Kleidung zu wischen, und er wich vor ihrer Berührung zurück. Seit er im vergangenen Jahr zwölf geworden war, hatte er nicht einmal mehr Goldweide an sich herumhantieren lassen. »Nicht hier«, sagte er. »Draußen.« Draußen würde sie ihm nicht den Weg versperren können, wenn er beschließen sollte, fortzugehen.

Er saß dort, wo die Schalotten wuchsen, möglichst weit von der Tür und dem Mädchen entfernt, aber immer noch in Hörweite. Regungslos und ohne ein Wort zu sagen, ja, ohne sie auch nur anzusehen, hörte er zu.

»Mein Vater war nicht immer ein Grabpfleger«, sagte sie. »Bevor ihn diese Anfälle überkamen, war er ein freier Fährmann und hatte seinen eigenen Kahn. Er war damals noch sehr stark. Stundenlang konnte er im Takt das lange Ruder handhaben und fuhr jeden Tag von Stadt zu Stadt und von einem Dorf zum anderen. Jeden Kunden kannte er mit Namen und behielt alle Bestellungen im Kopf, egal wie umfangreich sie waren – welche Farbe, Größe oder Qualität – einfach alles. Unter all den Frachtstücken fand er den richtigen Korb, Krug oder Sack meistens schneller heraus, als die Eigentümer selbst. Die Kunden vertrauten ihm. Auch die Ladenbesitzer, die ihn dafür bezahlten, daß er in den Dörfern ihre Spezialitäten verkaufte. Überall grüßten uns freundliche, zufriedene Gesichter.
Jetzt spucken ihn selbst die Bettler an. Wer will schon mit einem Friedhofswärter zu tun haben? Wäre ich bloß nie zur Welt gekommen. Wäre ich bloß nicht verflucht ...«
Auf einmal hörte sie auf zu sprechen. Wie sollte sie diesem Jungen von den glücklichen Tagen erzählen, als ihr schelmischer Bruder verkündete, er sei ein Geist, der, aus der Tiefe geschickt, kleine, schwache Mädchen fangen sollte und heulend wie ein Geist an ihr hochkroch, immer näher und näher. Wie ihre Mutter schließlich herzlich lachen mußte und das andere Ende des Wachstuches, das sie gerade flickte, schützend um ihre ängstliche Tochter breitete? Wie sollte sie diesem Jungen von dem Unglück erzählen, das das Leben ihrer Familie zerstört hatte und alles ihretwegen? Wie sollte sie?
Doch Hoffnungsschwert war näher an sie herangerückt. »Bitte, erzähl weiter«, sagte er sanft. »Hab' keine Angst, es mir zu erzählen.« Sie blickte nur flüchtig zu ihm hin, doch in seinen Augen lag so viel Ernsthaftigkeit und Zuneigung, daß sie sich sicher fühlte und fortfuhr zu erzählen. Immer wieder von Tränen unterbrochen, stieß sie die Worte und Bilder hervor wie jemand, der verzweifelt versuchte, einen zerbrochenen Spiegel zusammenzusetzen, indem er hier eine Scherbe und dort einen Splitter einfügte. Hoffnungsschwert lauschte aufmerksam und voller Anteilnahme und wagte nicht, sie zu unterbrechen. Auf jede noch so nebensächliche Bemerkung achtete er, und ihm entging nichts, dennoch fragte er sich mitunter, ob die Ereignisse,

die ihr so deutlich vor Augen standen, auch tatsächlich geschehen waren.

Ihre Mutter hatte Zwillinge zur Welt gebracht. Zuerst einen gesunden Jungen. Dann ein totgeborenes Mädchen. Es gab nichts, was die Eltern hätten tun können, deswegen beschloß der Vater, die Kinderleiche im Fluß zu versenken. Doch gerade, als er sie an der Seite seines Schiffes ins Wasser gleiten ließ, begann das Kind zu brüllen, es brüllte so laut wie Feuerfrösche, die pfeifen und heulen, wenn ein Feuerwerk gezündet wird. Das Mädchen lebte.

Als sie größer wurde, wollte sie genauso werden wie ihr Zwillingsbruder, genauso unverfroren, kühn und unbekümmert wie er, wollte all die Dinge tun, die er tat, doch natürlich war das unmöglich, denn sie war ja ein Mädchen. Während er kletterte, schwamm und angelte, wusch sie, kochte und nähte. Während er durch die Städte und Ortschaften stromerte wie er wollte, mußte sie auf der Yaolu zurückbleiben und warten, bis er zurückkam und von seinen Abenteuern berichtete. Eines Tages würde er, wie ihr Vater, ein freier Fährunternehmer werden. Sie dagegen würde eines Tages die Familie verlassen müssen, um mit der Familie ihres Mannes zu leben. Wie sie ihn beneidete.

An einem Nachmittag jedoch, als ihre Eltern mit den Abrechnungen beschäftigt waren, und ihr Bruder sich wieder in die Stadt davonmachte, ging sie einfach mit ihm. Dort gab es so unglaublich viel für sie zu sehen, daß sie vor lauter Staunen kaum auf den Weg achten konnte und alle Augenblicke in irgendeinen Passanten hineinlief. Die meisten gingen einfach weiter, doch manche fluchten auch. Aber sie war zu glücklich, als daß sie sich daran hätte stören können.

Und was es alles zu kaufen gab, dabei hatte sie doch nur noch ein paar Münzen übrig von ihrem roten Neujahrs-Umschlag. Sie behielt ihren Bruder die ganze Zeit im Auge, lief durch die Straßen und versuchte, sich für irgend etwas zu entscheiden, bis ihre Wahl schließlich auf eine Orange fiel.

Als ein glitzerndes grünes Auto vorbeifuhr, verrenkte sie sich fast den Hals. Hingerissen sah sie ihm nach, wobei sie rückwärts weiterlief.

Wieder stieß sie mit jemandem zusammen. Der Panamahut des Mannes flog in hohem Bogen auf die Straße, und die Reste der halb aufgegessenen Orange, die sie beim Zusammenprall zerquetscht hatte, klebten auf seinem weißen Anzug. Obwohl sie gleich die Kerne abstreifte und versuchte, den Fleck fortzuwischen, machte sie alles noch schlimmer. Er stieß sie zur Seite. Seine Freunde redeten verärgert und wild gestikulierend auf sie ein, doch sie konnte kein Wort verstehen. Und als sie sich bückte, um das Stückchen der Apfelsine aufzuheben, das noch eßbar schien, da trat der Mann mit dem Fuß nach ihr.

Als sie aufschrie, kam ihr Bruder herbeigerannt, um ihr zu helfen, doch der Mann schlug nach ihm, und ein anderer hieb mit seinem Schirm auf ihn ein, so daß er rückwärts taumelte und zu Boden fiel. Er stürzte mit dem Kopf genau auf einen Stein. Der fremde Mann und seine Freunde verschwanden. Im Nu strömten neugierige Straßenpassanten zusammen, und alles redete durcheinander.

»Japse!«

»Was soll man da machen?«

»Diesen braunen Zwergen ist das Leben eines Chinesen weniger wert als das einer Schmeißfliege.«

Feuerfrosch sah mit Entsetzen, wie ihre Eltern trauerten – ihr Vater wurde immer teilnahmsloser, und ihre Mutter, die am Anfang ununterbrochen geweint hatte, verfiel schließlich in völliges Schweigen und nahm kein Essen mehr zu sich. Beide wußten, daß sie dabeigewesen war, aber niemals hatte sie einer von beiden nach diesem Tag gefragt. Das bestärkte Feuerfrosch noch in ihrem verzweifelten Schuldgefühl und dem Wunsch, doch mit ihrem Bruder tauschen zu können. Mit jedem Tag, der verging, wuchs in ihr die Gewißheit, daß die Götter niemals gewollt hatten, daß sie ihre Geburt überlebte. Sie würden fortfahren, sie zu strafen, bis die göttliche Rechnung beglichen wäre.

Eines Morgens wachte ihre Mutter auf, sie war damals bereits ein wenig verwirrt, und glaubte ihre Tochter sei ihr Sohn. Als Feuerfrosch unwillkürlich antwortete, als ihre Mutter sie mit dem Namen ihres Bruders ansprach, sah sie, wie die vor Trauer fast zerstörte Frau plötzlich lächelte. Das erste Mal seit der Tragödie nahm ihre Mutter wieder ein paar Happen Nudeln zu sich. An dem Tag schnitt Feuerfrosch sich ihr Haar ab, zog Jungenkleidung an und beschloß, von nun an in die Rolle ihres Zwillingsbruders zu schlüpfen. Auf diese Weise würde sie vielleicht ihrer Mutter eine Freude bereiten können, aber vor allem würde sie so den Göttern ein Schnippchen schlagen.

Hin und wieder schien ihre Mutter zu spüren, daß irgend etwas nicht ganz mit rechten Dingen zuging, und stellte Feuerfrosch auf die Probe. »Klettere auf den Mast, mein Sohn«, sagte sie beispielsweise, woraufhin Feuerfrosch hinaufkletterte. »Geh doch ein wenig baden, mein Sohn. Es wäre schön, wenn wir heute Fisch hätten.« Und so ging Feuerfrosch zum Schwimmen und Angeln.

Dann, zur Herbstzeitwende, als sie zum Fest gerade so weit waren, die Mondküchlein zu essen, fragte ihre Mutter unvermittelt, »wo steckt eigentlich Feuerfrosch? Wie sollen wir unser wichtigstes Fest begehen, wenn einer von uns fehlt? Ich geh sie holen.« Dann stand sie vom Tisch auf und rief nach ihrer Tochter.

Ihr Vater erwartete, daß Feuerfrosch etwas unternähme. Aber was hätte sie tun sollen, ihr fiel nichts ein. Gleichgültig, wer sie auch war, ob ihr Zwillingsbruder oder sie selbst, sie waren nunmal nur noch zu dritt. Sie hörte weder, wie das Wasser aufspritzte, noch sah sie ihre Mutter jemals wieder.

Anschließend war der Bootsführer diesen Anfällen ausgesetzt, die ihn ohne Vorwarnung überkamen und wieder verschwanden; die Aufträge blieben allmählich aus, und um die Unkosten für sein kleines Fährunternehmen zu begleichen, mußte er schließlich seinen Kahn verkaufen. Über kurz oder lang hatten sie kein Dach mehr über dem Kopf und wußten kaum noch, wie sie sich ernähren sollten. Dann, eines Tages kurz vor Neujahr, als sie von einem Haus zum anderen zogen und an den Dienstboteneingängen um Almosen baten, wollte es der Zufall, daß sie auch zum Hause Li kamen. Dort erkannte der zweite Koch den alten Fährmann wieder, der ihm so lange ehrlich und gewissenhaft zu Diensten gewesen war. Der Koch bekam Mitleid, und da zu der Zeit gerade einer seiner Verwandten seinen Posten als Grabpfleger aufgab, weil er zu alt geworden war, setzte sich der Koch bei

der Hausherrin ein, für sie einen neuen zu finden. Und die Herrin war einverstanden …
Es folgte ein langes Schweigen. Jetzt waren Feuerfroschs Augen trocken, und es war Hoffnungsschwert, der mit den Tränen kämpfte. Sie tat ihm so schrecklich leid, und er trauerte mit ihr um die Familie, die sie verloren hatte. Er trauerte um die Familie, die er selbst nie gehabt hatte. Während ihrer beider Leben so unterschiedlich waren wie ein Junge und ein Mädchen sich voneinander unterscheiden, verband sie doch gleichermaßen eine ähnliche Traurigkeit. Schließlich fragte er, »aber warum machst du jetzt noch weiter mit dieser Maskerade?«
»Ja, verstehst du denn nicht?« rief sie. »Vater steht stundenlang da und schwenkt den Besen über dem Boden, immer an der gleichen Stelle. Also tue ich dann, wenn er schläft, als wäre ich genauso furchtlos wie mein Bruder und gehe hinaus, um die Gräber zu pflegen. Wenn die vom Hause Li jemals erführen, daß ein schmutziges Mädchen sich um ihre Ahnen kümmert, würden sie uns auf der Stelle hinauswerfen. Wo sollten wir dann hingehen?
Morgens arbeite ich außerdem in einem Teehaus. Wenn der alte Yang wüßte, daß ich nur ein schmutziges Mädchen bin, würde auch der mich rausschmeißen. Wovon sollten wir dann leben?«
Darauf wußte auch Hoffnungsschwert keine Antwort. Feuerfrosch hatte recht: Wüßte seine Familie von ihr, würden sie ihren Vater und sie niemals bleiben lassen. »Du mußt doch irgendwelche Verwandten haben«, sagte er.
Sie nickte.
»Geh zu ihnen! Sie werden dir bestimmt ein Zuhause geben.«
Sie schüttelte den Kopf. »Nur Vater wußte, wo sie leben, aber er hat auch das vergessen.«
Er mußte ihr irgendwie helfen, mußte einen Ausweg finden. Aber was verstand er schon von Mädchen? Alles, was er mit Sicherheit wußte, war, daß sie irgendwann geheiratet wurden. Und ohne weiter nachzudenken, platzte er heraus: »Was, wenn ich Bergkiefer dazu brächte, dich zu heiraten?«
Feuerfrosch brach in Tränen aus.

Hoffnungsschwert war bestürzt. Was war so falsch an dem, was er gesagt hatte? »Aber Bergkiefer wäre ein guter Ehemann«, versuchte er sie zu beruhigen. »Er ist freundlich und zuverlässig und der Gescheiteste in der Schule ...«
Feuerfrosch schüttelte heftig ihren Kopf.
»Wirklich, glaub mir doch!« Dann plötzlich wurde ihm klar, daß seine Mutter es nie zulassen würde, daß sein Gehilfe heiratete, bevor ihr Sohn seine Studien abgeschlossen hätte. Jetzt sagte er nichts mehr.
»Ach bitte, verrate mich trotzdem nicht«, bat sie ihn. »Sag', daß du mir hilfst, sag', daß du mein Freund bist.«
Einen Augenblick lang wußte er nicht, was er tun sollte. Da fiel sein Blick auf eine Klette, die auf dem Boden lag, und blitzartig kam ihm der Gedanke, daß sie ja einen gemeinsamen Feind hatten. Nur wegen dieser heimtückischen Zwerge war ihr Bruder ums Leben gekommen, und nur derentwegen hatte ihr Vater seinen Stolz verloren. Und hätte je ein wahrer Sohn des Hauses Li einen Verbündeten im Stich gelassen, der seine Hilfe brauchte?
Natürlich war es eine Schande, daß ein Junge sich mit einem Mädchen anfreundete, aber wer würde schon dahinterkommen, bei ihrem Haar, das noch kürzer war als sein eigenes, und bei den Füßen, die genauso schwielig waren, wie die eines Rikscha-Kulis. Und solange niemand Verdacht schöpfte, was sollte er sich da Gedanken machen? Bergkiefer mußte selbstverständlich eingeweiht werden, aber der würde niemals etwas verraten. Bergkiefers Fehler war nicht der, daß er keine Geheimnisse für sich behalten konnte, sondern daß er keine Lust hatte zu spielen.
Bei dem Gedanken ans Spielen mußte Hoffnungsschwert unwillkürlich grinsen. Welches Spiel könnte schon besser sein, als diesem unglücklichen Mädchen zu helfen, und obendrein noch die ganze Stadt zum Narren zu halten?
»Schwörst du, dir niemals das Haar lang wachsen zu lassen?«
»Ich schör's.«
»Schwörst du, niemals ein Etuikleid zu tragen?«
»Ich schör's.«

»Schwörst du, niemals deine Füße zu waschen?«
»Ich schwör's.«
Im Fortrennen rief er ihr noch über die Schulter zu: »Wart' am Deich auf uns, morgen nachmittag.«

## *Das Herz der Mitte*

An einem abgelegenen Teilstück eines alten Kanals stand eine verlassene Unterkunft, kaum stabiler als eins jener Wachhäuschen, wie sie zur Erntezeit aufgestellt wurden. Jeder kannte die Geschichte. Vor Jahren hatte die hübsche junge Pächterin, die alle Männer verfluchte, die jemals eine Frau gegen ihren Willen zur Liebe gezwungen hatten, dort ihrem Leben ein Ende bereitet, indem sie sich einen Dolch mitten ins Herz stieß. Danach ging die Geschichte um, daß jeder, der unbefugt die Hütte benutzte, am nächsten Morgen statt seines Penis' eine kleine grüne Raupe vorfände.
Hoffnungsschwert hatte schon lange davon geträumt, diese Hütte, die nicht weit von seiner Schule entfernt war, zu seinem Hauptquartier zu machen. Zwar hatte er in seinem Leben erst zwei weibliche Wesen genauer kennenlernen können, doch fürchtete er, wenn der Geist der Hütte in ähnlicher Weise verdreht sein sollte wie seine Mutter und kein so freundliches Wesen wie Goldweide, er womöglich mit zwei unschuldigen Jungen wie ihm und Bergkiefer einen Streit vom Zaun brechen würde. Doch einem Mädchen, fragte er sich, was sollte dem in der Hütte schon passieren? Überhaupt nichts, dessen war er sich nach kurzer Überlegung sicher. Am nächsten Tag, nach dem Fest des Hellen Lichts, überredete er Feuerfrosch, sich hinein zu wagen. Und als sie schließlich unbeschadet wieder herauskam, lediglich etwas schmutziger als vorher, schien es ihm klar, daß die früheren Bewohner der Hütte eigentlich ganz freundliche Naturen gewesen sein müßten. Von dem Tag an trafen sich Hoffnungsschwert und Bergkiefer, sobald

die Schule vorbei war, und Feuerfrosch den Wischlappen an den Neffen des alten Yang weitergegeben hatte, der am Nachmittag ihre Arbeit übernahm und die Tagelöhner gegen ein Trinkgeld im Teehaus bediente, in der verhexten Hütte, um die Pläne des Jungen Herrn auszuführen.

Beim ersten Mal reinigten sie das Häuschen gründlich, und beim zweite Treffen schnitt Hoffnungsschwert sich selbst und den beiden Freunden in den Daumen und mischte ihr Blut. Gemeinsam legten sie den legendären Eid ab, den schon Liu Pei geschworen hatte, der entfernte Verwandte des Kaisers, sowie Kuang Yu, der Krieger, und Zhang Fei, der Schweineschlächter. Wie die Helden in der *Geschichte der Drei Reiche* schworen sie feierlich: »Wir Drei, auch wenn wir verschiedenen Standes sind, wollen ein Leben lang zusammenstehen. Wir schwören, unser Land zu verteidigen und unser Volk zu schützen. Auch wenn es nicht in unserer Macht lag, zur gleichen Stunde geboren worden zu sein, so geloben wir doch, am gleichen Tag in den Tod zu gehen. Der allmächtige Himmel und Mutter Erde seien unsere Zeugen! Mögen Götter und Menschen uns strafen, wenn wir die Treue brechen und unseren Schwur nicht halten.«

Dann sahen Bergkiefer und Feuerfrosch, wie Hoffnungsschwert eifrig ein riesiges Schriftzeichen auf die rußgeschwärzte Wand kratzte – das Zeichen für Treue. Als er fertig war, ritzte er mit einer schwungvollen Armbewegung genau durch die Mitte einen waagerechten Strich. An Feuerfrosch gewandt, die nicht lesen konnte, erklärte er, daß es sich nun nicht mehr um das Zeichen für ein einziges Wort handele, sondern um verschiedene Worte. Alles zusammen bedeute soviel wie »Zentrum«, doch das obere Zeichen alleine stünde für den Begriff »Mitte«, wie in *das Reich der Mitte*, dem Mittelpunkt der Zivilisation, China; und das untere Zeichen für sich allein gelesen bedeute »Herz«, wie in *ein Herz aus Gold*, es stünde für das mutigste aller Herzen, das Herz eines chinesischen Patrioten.

Feuerfrosch stand mit offenem Mund da und sah staunend zu Bergkiefer. Der nickte nur beipflichtend, um Hoffnungsschwerts Ausführungen zu bestätigen. Dann fragte er müde, »und wie geht es nun weiter?«

Hoffnungsschwert rieb sich in verschlagener Vorfreude die Hände. »Wir gehen jetzt Kletten sammeln und bewerfen damit alle Japaner, die sich noch von hier bis Shanghai herumtreiben!«
Feuerfrosch klatschte begeistert über diesen Vorschlag in die Hände. »Au ja!« rief sie, doch Bergkiefer hatte seine Bedenken. »Das mag ja ganz reizvoll sein«, meinte er, »doch soweit ich gehört habe, sind die Japaner zwar nicht so fett wie Wassermelonen-Wu, aber dafür tragen sie Pistolen mit sich herum. Natürlich besteht immer die Möglichkeit, daß selbst ein Scharfschütze mal danebenschießt, ihr könnt es ja versuchen. Aber ich für mein Teil ziehe es vor, auf Beobachtungsposten zu bleiben. Irgend jemand muß ja am Leben bleiben, um eure Eingeweide einzusammeln.«
»Bist du etwa ein Feigling?« fragte Hoffnungsschwert.
Ohne auch nur eine Sekunde zu zögern, antwortete Bergkiefer, »das bin ich, und zwar jetzt und für immer.«
»Und du, Feuerfrosch?«
Feuerfrosch kratzte sich nachdenklich am Kopf und trat dann nach vorn, um sich Schulter an Schulter neben Hoffnungsschwert zu stellen.
Bergkiefer war überstimmt, doch er schlug jetzt diesen besonders sachlich klingenden Ton an, in dem er immer sprach, wenn er die Aufmerksamkeit seines Jungen Herren erwecken wollte – das war genau so wirksam, als wenn er ihn am Kragen vom Boden hochgezerrt hätte. »Denkt daran, was die Alten über die Kunst des Kriegführens gesagt haben. Siege werden nur mit Hilfe des Volkes errungen. Ohne das Volk versagen selbst die brillantesten Heerführer und die furchterregendsten Krieger. Bevor ihr in die Schlacht zieht, müßt ihr in den Augen des Volkes zu Helden geworden sein.«
»Wie?« fragte Feuerfrosch und kratzte sich wieder.
So dumm kann auch nur ein Mädchen fragen, dachte Hoffnungsschwert. »Indem man Gutes tut, natürlich«, sagte er. Als er sah, daß Feuerfrosch immer noch zweifelnd dreinschaute, fügte er hinzu, »wie meine Vorfahren.« Damit war alles erklärt für jemanden, der in der Umgebung von Wen Shui geboren und aufgewachsen war.
Wie sich herausstellte, war es jedoch gar nicht so einfach, Gutes zu

tun. Ein Blick und egal wo das zerlumpte Gassenkind, der Krüppel und der kleine Vielredner auftauchten, dessen feine Kleidung nur gestohlen sein konnte, überall scheuchte man sie davon. Manche warfen ihnen sogar Münzen zu, um sie schneller wieder loszuwerden. Doch Bergkiefer konnte nichts schwerer ertragen, als bemitleidet zu werden und schob die Geldstücke verächtlich mit dem Fuß fort. Feuerfrosch dagegen kannte solche Bedenken nicht und steckte die Münzen begeistert in die Tasche. Allerdings verletzte sie damit die Berufsehre der professionellen Bettler, die sich als Repräsentanten einer altehrwürdigen Zunft verstanden und Stümper verabscheuten. Als der König der Bettler den unverschämten Dilettanten eine Lektion erteilen wollte und ein Hackmesser in seiner einzigen Hand schwingend auf sie losging, konnten sie nur mit knapper Not entkommen. Die Kulis waren auch nicht viel freundlicher. Spuckend und fluchend warfen sie Steine nach den drei Freunden. Sie sahen ihren Lebensunterhalt bedroht, denn wie sollten sie ihre Familien ernähren, wenn diese drei Weltverbesserer anboten, die Arbeit der Kulis umsonst zu verrichten.

Bergkiefer, der nicht gerade für schnellen Reißaus gemacht war, gab nach diesen Mißerfolgen zu bedenken, daß es vielleicht doch nicht das Klügste war, sich ausgerechnet unter die Armen zu mischen. Doch Hoffnungsschwert, der dessen ungeachtet vorausrannte, schrie zurück: »Würde Kuan Yu etwa aufgeben?« Feuerfrosch rannte hinter Hoffnungsschwert her und wiederholte seinen Schlachtruf wie ein Echo. Was hätte der Gehilfe anderes tun können, als ihnen zu folgen? So ging es weiter, bis sie eines Nachmittags wieder Hals über Kopf vor dem König der Bettler Reißaus nehmen mußten, und Hoffnungsschwert genau in den Lehrer hineinrannte. Durch den Stoß prallte der Lehrer gegen einen Verkaufsstand mit Lebensmitteln, der brach zusammen, und die hübsch arrangierten Teigbällchen kullerten über die Straße. Es erforderte Feuerfroschs ganze Flinkheit, die widerspenstigen Süßigkeiten einzusammeln, Hoffnungsschwerts ganze Kraft, um den Stand wieder aufzurichten und Bergkiefers diplomatisches Geschick, die geschädigten Parteien wieder zu beschwichtigen. Aber der Preis war hoch: Der Gehilfe mußte versprechen, daß der Junge Herr niemals wieder dabei ertappt würde, wie ein Raufbold durch die Stadt zu ziehen. Der Anreiz, das Versprechen zu halten, war beträchtlich, denn beim nächsten Mal würde der Lehrer dem Oberhaupt des Hauses Li ihre Untaten berichten.

Als der Lehrer endlich wieder mit seinem Fahrrad davonfuhr, atmete Bergkiefer erleichtert auf. Feuerfrosch sah den Jungen Herrn an. Hoffnungsschwert, der insgeheim längst den Spaß an guten Taten verloren hatte, sah in der gestrengen Maßregelung eine Möglichkeit, das Gesicht zu wahren, sprang in die Luft und vollführte einen Freudentanz. Dann warf er seine Arme um die Freunde, zog sie nahe an sich heran und verkündete, daß nun die Zeit gekommen sei, in die nächste Phase seines Schlachtplanes einzutreten. Von nun an würden sie sich dem Training ihrer Körper widmen und ihre Fähigkeiten verfeinern, um auf den Kampf gegen den wahren Feind, die Japaner, vorbereitet zu sein. In der nächsten Phase würden sie sich ganz und gar der Selbstertüchtigung verschreiben.

Jedesmal, wenn sie sich trafen, steckten sie von nun an einen Stein mehr in die Beutel aus alten Strümpfen, die sie sich um Arme und Fußknöchel banden, bevor sie mit ruhigen und gewandten Bewegungen die Übungen des T'ai Chi durchführten. In synchronen Bewegungen griffen sie den Schwanz des Vogels, spielten die Gitarre, brachten den Tiger zum Berg, wehrten den Affen ab, krochen wie die Schlange und fädelten am Grunde des Meeres eine Nadel ein. Bei diesen Übungen war Bergkiefer der Beste, denn sie erforderten Gleichgewichtssinn, Harmonie und Konzentrationsfähigkeit.

Als nächstes kamen die Wettrennen an die Reihe, die ohne Ausnahme Feuerfrosch gewann. Ob es darum ging, so schnell wie möglich bis an die Brücke zu rennen, Treppen hinauf- und hinunterzuhüpfen, oder von einem Stein zum anderen über das Wasser zu springen, immer stand sie bereits im Ziel, um ihre Rivalen in Empfang zu nehmen.

Wettkämpfe, die große Ausdauer verlangten, waren die Stärke von Hoffnungsschwert. Wenn die anderen längst atemlos und bewegungsunfähig auf dem Boden lagen, machte er noch seine Kniebeugen und Klimmzüge, kletterte und stemmte.

Doch wie Bergkiefer der Meister der Selbstkontrolle war, Feuerfrosch die Flinkeste, und Hoffnungsschwert die größte Ausdauer bewies, so wuchs doch bei allen drei Brüdern des Herzens der Mitte gleichermaßen von Woche zu Woche Tatendrang und Willenskraft.
Nach jeder Runde der Selbstertüchtigung lungerten sie, wenn dann die Sonne langsam zwischen den Hügeln unterging, wie faule Drachen herum und aßen genüßlich die Überbleibsel der Speisen aus dem Hause Li.
Manchmal sagte Bergkiefer Gedichte auf, die er auswendig konnte.

Du rittest auf dem gelben Pferd,
und ich auf einem Schimmel,
wir ware beide unbeschwert,
Brüder unter'm Himmel.

Manchmal erzählte er auch Geschichten. Hoffnungsschwert mochte besonders die, in denen Feldherren Männer in die Schlacht führten, während Feuerfrosch Geschichten mochte, die von Fremden erzählten, die das Schicksal der Menschen änderten. Bergkiefer kannte viele davon. Doch er selbst mochte am liebsten Erzählungen, die von Moral und Tugend handelten, besonders die eine über den sagenhaften Wundervogel, der sich eines Tages im Garten eines Prinzen niederließ. Der Edelmann war so angetan von seinem Besucher, daß er sogleich die Kunsthandwerker seines Landes zusammenrief, die den schönsten Käfig für den Vogel bauen sollten. Dann ließ er seine Minister zusammenrufen, damit sie ein Festbankett vorbereiteten, zu dem die Würdenträger geladen wurden, damit sie den Vogel bestaunten. Zu Hunderten kamen sie in ihren goldenen und silbernen Roben. Delikatessen der allerbesten Köche wurden gereicht, und Lieder der begabtesten Komponisten gespielt. Keine Mühe und keine Kosten hatte der Prinz gescheut, und alle waren beeindruckt und dachten, dies sei die edelste Geste. Alle bis auf den wunderschönen Vogel, der war in seinem kostbaren Käfig gestorben.

## *Überfahrten*

Hoffnungsschwert fror, als er am Bug des Fährboots stand, auf dem Wege zu seinem Großvater, den er wie in jedem Jahr besuchte. Er wunderte sich, warum die Vorkehrungen dieses Mal anders waren als sonst. Normalerweise saß er an seinem Geburtstag mit seiner Mutter in der warmen Kabine und träumte davon, wofür er den Inhalt des roten Briefumschlags ausgeben wollte, der ihm schon bald ausgehändigt werden würde. Heute war anstelle der Mutter sein Vater dabei, der seinen zweiten Sohn niemals irgendwohin mitgenommen hatte, und bestand darauf, daß sie beide auf Deck im Regen stehenblieben.

Während er mit dem Schirm kämpfte, den er vergeblich gegen die Windböen und das Schaukeln des Schiffes in aufrechter Position zu halten versuchte, wünschte Hoffnungsschwert, Banditen hätten den Boten überfallen, durch den ihre Pläne in diesem Jahr über den Haufen geworfen worden waren. Der Mann hatte ihm seinen ganzen Geburtstag verdorben. Aber warum hatte Steinhüter nicht die Einladung seines Schwiegervaters abgelehnt, wie er das in der Vergangenheit doch immer getan hatte? Vielleicht hatte der Kaufherr eine wichtige Persönlichkeit eingeladen. Aber Vater kannte jedermann und hatte es nicht nötig, irgend jemandem vorgestellt zu werden; wenn einer Empfehlungen brauchte, dann war es doch Großvater.

Ganz verwirrt von solchen Gedanken, verlor Hoffnungsschwert fast seinen Regenschirm. Dann glaubte er in der Ferne etwas erkennen zu können und wischte sich mit dem Ärmel den Regen aus dem Gesicht. Ja, es war der Anlegekai. Dem Himmel und der Erde sei Dank.

Doch selbst jetzt, nachdem alle von Bord gegangen waren, weigerte sich Vater, sich vom Fleck zu rühren. Sie würden das Schiff nicht eher verlassen, bis das Auto vorgefahren sei, sagte er. Minuten vergingen, doch von dem herrschaftlichen schwarzen Ford war nichts zu sehen. Hoffnungsschwert überlegte, ob Großvater es vielleicht nicht gestattet hatte, daß sein wertvollster Besitz bei Regen benutzt würde.

Endlich, als die Besatzung schon die Laufplanken einholte und das Schiff für die Rückfahrt klarmachte, kam ein schlingernder, von Maultieren gezogener Lieferwagen in Sicht, auf dessen Seiten groß »Das Blühende Warenhaus« geschrieben stand. Der Fahrer, der unter einem Schutzdach hockte, brachte die Maultiere zum Stehen und sah dann zu ihnen herüber. Hoffnungsschwert hatte also recht gehabt; Großvater hatte nicht zugelasssen, daß das Auto bei dem Wetter auf die Straße kam. Erwartungsvoll sah er zu Steinhüter, der bewegungslos wie die Marmorlöwen an den Toren vor dem Haus Li dastand. Die Pfeife des Fährboots gellte. »Vater, bitte«, drängelte Hoffnungsschwert. Erst jetzt setzte sich Steinhüter in Bewegung und marschierte wortlos in den strömenden Regen hinaus.

Als Hoffnungsschwert ihn endlich eingeholt hatte, saß Steinhüter bereits im Wagen – allein. Wo war Großvater? Könnte es sein, daß das Geschäft nicht mehr florierte und der Großkaufmann den Ford verkauft und die Dienerschaft entlassen hatte, und selbst im Geschäft bleiben mußte? Aber wenn es so wäre ... würde zum Geburtstag seines Enkels der rote Briefumschlag wohl trotzdem noch überreicht?

Von Steinhüters Mantel tropfte das Regenwasser auf den Boden des Wagens mit einem Geräusch, das so unvorhersehbar und so lästig war wie ein Schluckauf. Steinhüter schien sich jedoch nicht daran zu stören. Er saß starr da und hatte einen Ausdruck im Gesicht, der Hoffnungsschwert an eine Abbildung in einem Buch erinnerte. Es war der Gesichtsausdruck eines zum Tode Verurteilten, der seiner Exekution entgegensah und entschlossen war, nicht mit der Wimper zu zucken, bis die Kugel sein Herz durchbohrte. Aber diese Vorstellung war lächerlich. Großvater, ein Mann von ungewisser Herkunft, verehrte jedes einzelne Haar auf dem Kopf des Patriarchen Li, und zum Entsetzen aller Familienmitglieder stellte er sich mit Vorliebe als Steinhüters Schwiegervater vor.

Als der Wagen endlich hielt, konnte Hoffnungsschwert nicht schnell genug die Türen öffnen und winkte einer undeutlichen Gestalt zu, in der er seinen Großvater zu erkennen glaubte, lächelnd unter der Leuchtschrift-Reklame, die an der hohen Fassade des Ladengeschäfts blinkte. Doch er sah schnell, daß es sich bei der Gestalt nur um eine lebensgroße Puppe handelte, die angezogen war wie ein Mann. Er war so gefesselt vom Anblick der Puppe, daß er nicht merkte, daß sein Vater wieder durch den Regen vorausmarschiert und schon im Warenhaus war. Hoffnungsschwert rannte ihm nach, doch während er durch die Türen ging, die jetzt offenstanden, blieb er wieder stehen und betrachtete die Puppe. Sie trug einen schwarzen Anzug nach europäischem Stil, eine Drahtbrille mit echten Gläsern, braune Lederschuhe und einen Panamahut wie der, den Große Zuversicht hatte. Er war drauf und dran, ein Hosenbein der Puppe anzuheben, um nachzuschauen, ob sie darunter auch noch Strümpfe trug, da hörte er, wie eine Person seinen Vater grüßte und dann in Habachtstellung ging. Der Bürovorsteher war hinter einem der sechs Verkaufstische hervorgekommen, die über die gesamte Länge des Ladens entlangliefen, um Steinhüter den Weg zum Büro des Geschäftsinhabers zu versprerren. »Guten Tag, Herr Li«, sagte er und berührte dabei leicht seinen Panamahut.

Hoffnungsschwert dachte, daß Große Zuversicht wenigstens so klug war, *seinen* Hut nicht auch im Haus zu tragen.

»Der ehrenwerte Handelsherr läßt um Ihr Verständnis bitten«, sagte der Kontorist. »Er hat dringende Geschäfte zu erledigen. Sie mögen einen Augenblick Platz nehmen und eine Tasse Tee genießen.« Dann wies er ihm einen viereckigen Holztisch zu, der im Eingang stand, kurz hinter der Tür, noch nicht einmal ganz im Trockenen.

Hoffnungsschwert war sicher, sein Vater würde sich nun auf dem Absatz herumdrehen und das Haus verlassen. Nach solch einer langen Anreise nicht in Empfang genommen zu werden, wie es sich gehörte, zumal nur eine Tür zwischen den Verwandten lag, das war unverzeihlich, dachte er. Selbst Fremde, die nichts weiter vorzuweisen hatten als die Visitenkarte eines längst vergessenen entfernten Bekannten, wurden im Hause Li willkommen geheißen. Unbegreiflicherweise jedoch nahm Steinhüter Platz.

Hoffnungsschwert fühlte sich in zweifacher Hinsicht gedemütigt; Vater wie Großvater hatten beide das Gesicht verloren. Aber was hätte er anderes tun können, als vorzugeben, es sei nichts geschehen? Also setzte auch er sich hin. Der Teller mit vertrockneten Keksen auf dem Tisch erinnerte ihn an die zwölfgängigen Speisen, derer er und seine Mutter sich bei früheren Besuchen erfreut hatten. Auch ein drohender Bankrott hätte solch einen unhöflichen Willkommensgruß nicht entschuldigen können, doch selbst davon konnte Hoffnungsschwert keine Spur entdecken. Im Gegenteil, er war sicher, daß seit vergangenem Jahr die Decke des Geschäftes höher gehängt und die Wände nach hinten versetzt worden waren, um den Raum zu vergrößern. Im Augenblick befanden sich kaum Kunden im Laden, aber das lag sicherlich an dem schlechten Wetter; die wenigen Frauen, die Schmuck anprobierten und die Stoffballen befühlten, hatten alle ihren Privat-Chauffeur dabei. Es waren mehr Verkäufer da als je zuvor. Sie standen in Gruppen herum und flüsterten miteinander. Ihre schrägen Seitenblicke verrieten, daß sie dank der schroffen Abfuhr des Geschäftsinhabers an seinen hochwohlgeborenen Schwiegersohn, alle Scheu abgelegt hatten, die sie der feineren Gesellschaft gegenüber empfunden haben mochten, und sich nun fast schadenfroh über deren Notlage amüsierten.

Endlich öffnete sich die Tür des Büros, und der Großkaufmann trat heraus. Er war mit einem nagelneuen schwarzen Anzug bekleidet und trug einen punktierten Querbinder zur Schau. In seiner Hand hielt er einen Stoß Zettel, die er an die Verkäufer verteilen ließ, die hinter ihm herliefen wie eine Herde schnatternder Gänse.

Hoffnungsschwert sprang vom Stuhl. »Guten Tag, Großvater«, sagte er und machte eine Verbeugung. »Mutter läßt Ihnen ihre besten Wünsche ausrichten.«

Ohne Steinhüter zu grüßen, der sich ebenfalls erhoben hatte, streichelte der Kaufmann seinem Enkel den Kopf. »Sag ihr, mir geht es gut. In der Tat, ganz prächtig. Und nicht nur hier, auch in meinen anderen Unternehmen.«

»Andere Unternehmen?«

»Hat Große Zuversicht dir nichts davon erzählt?«

Hoffnungsschwert schüttelte den Kopf. Obwohl die Brüder sich täglich sahen, hatten sie seit etwa einem Monat kein Wort miteinander gewechselt; nicht seitdem er Große Zuversicht vorgeworfen hatte, er mache vor den Japanern den Kotau, und Große Zuversicht ihn seinerseits beschuldigt hatte, er verehre die Rückständigkeit.

»Transportwesen, Immobilien.« Der Kaufmann sprach sehr laut. »Die Bankiers balgen sich darum, wem von ihnen die Ehre gebührt, meine verrückten Ideen zu finanzieren. Es wird sogar darüber verhandelt, mir die Leitung eines höchst profitablen Import-Export-Unternehmens zu übertragen.« Er fuhr sich mit dem kleinen Finger ins Ohr, dessen Nagel eigens zu diesem Zweck lang und zugefeilt war. »Aber genug jetzt von mir. Was treibst du?«

Während er die Fragen seines Großvaters beantwortete, wurde Hoffnungsschwert zunehmend unruhiger. Der Kaufmann mußte nun doch endlich auch seinen Schwiegersohn zur Kenntnis nehmen. Immer wieder sah er von einem zum anderen, bis Steinhüter schließlich wieder seinen Platz einnahm. Hoffnungsschwert überlegte, wie er die Kluft zwischen den beiden Erwachsenen überbrücken könnte, da platzte er auf einmal heraus, »Großvater, bitte setzen Sie sich, ich werde Ihnen Tee einschenken.«

Der Kaufmann begann sich vor Lachen zu schütteln, und Hoffnungsschwert wurde ganz verlegen. Was war so witzig daran, ihm eine Tasse Tee anzubieten?

»Ja, unbedingt, schenke nur den Tee ein«, sagte der Kaufmann, Steinhüter immer noch keines Blickes würdigend. »Warmer Tee beruhigt den Hals, das ist sehr angenehm, besonders wenn über Geldgeschäfte zu verhandeln ist. Frag' deinen Vater – oder besser noch deinen Bruder –, der kann dir einiges darüber sagen.«

Nun war Hoffnungsschwert vollständig durcheinander. Soweit er wußte, hatte Große Zuversicht das Geschäft noch nie betreten.

»Mein Enkel«, sagte der alte Mann, immer noch leise glucksend vor Lachen, »eines Tages wirst du ein tüchtiger Kaufmann sein.« Er warf seinen Angestellten einen flüchtigen Blick zu und fügte hinzu, »seid ihr nicht auch der Meinung?«

Wie aus einem Munde antworteten sie, »ein tüchtiger Kaufmann, ehrenwerter Handelsherr.«

Wovon redeten sie? Ein Kaufmann wäre das Letzte, was er werden wollte. Für einen Sohn des Hauses Li hatte Jade entschieden andere Pläne.
»Ja, wahrhaftig«, fuhr der Kaufmann fort. »Wie sehr, sehr erfreulich es doch ist, endlich jemanden in der Familie zu haben, der ein natürliches Gespür für die grundsätzlichen Regeln des Handels besitzt: nämlich daß Gefälligkeiten den Weg zum Erfolg ebnen ...« Mit einer theatralischen Geste warf er die Arme in die Höhe, seufzte schwer und fuhr dann fort, wobei er sich vor allem an den Kontoristen wandte: »Wie grenzenlos dumm müssen doch diejenigen sein, die ihren Wohltätern selbst die geringsten Bitten abschlagen. Und wie dumm ist es erst, anschließend von diesen Wohltätern das gleiche Entgegenkommen zu erwarten wie zuvor ...«
Der Junge schämte sich für seinen Großvater, der offensichtlich nicht genügend Anstand besaß zu wissen, daß es sich nicht gehörte, jemandem in aller Öffentlichkeit eine Standpauke zu halten, nicht einmal einer dummen Gans, schon gar nicht, wenn die Maßregelungen ganz überflüssig waren. Dieser Kontorist würde eher das Grab seiner Ahnen plündern, als seinem Arbeitgeber zu mißfallen.
Zum ersten Mal, seit der Großkaufmann aus seinem Büro gekommen war, sah er jetzt Steinhüter an. »Nun, vielleicht werden diese Leute eines Tages ja begreifen, daß nichts bleibt wie es ist, und daß die, die Erfolg haben, diejenigen sind, die mit der Zeit gehen ...«
Hoffnungsschwert fühlte sich jetzt nicht mehr ganz so überlegen. Wäre es wohl denkbar, daß diese Standpauke letzten Endes gar nicht dem Kontoristen gegolten hatte?
»Selbst die Kaiser auf dem Drachenthron waren nicht so selbstgefällig, jede Bitte abzuschlagen Und auch der dümmste Hund würde sich hüten, die Hand zu beißen, die ihn füttert ...«
Warum sagte sein Vater nichts? Hörte er nicht zu?
»Dennoch, ich bin immer wieder aufs neue überrascht, wie viele eingebildete Menschen es auf dieser Welt gibt, du nicht auch, Hoffnungsschwert?«
Hoffnungsschwert begriff nicht gleich, er war einen Augenblick mit seinen Gedanken woanders gewesen.

Er kniff seinem Enkel leicht in die Wange und wiederholte seine Frage.

»Ich … ich bin nicht … nein, ich meine …« stotterte Hoffnungsschwert. Dann, als er das einfältige Grinsen im Gesicht des Kontoristen sah, sagte er trotzig, »ich kenne nicht so sehr viele eingebildete Menschen.«

»Vielleicht solltest du die Leute um dich her genauer beobachten. Einige der ältesten und angesehensten Familien leben ausschließlich von der Großzügigkeit gewisser Beziehungen, die sie pflegen. Kein Zweifel, dies ist Teil einer uralten Tradition …«

Hoffnungsschwert warf einen verstohlenen Blick auf Steinhüter, der immer noch wie ein Verurteilter dasaß. Sprach der Kaufmann möglicherweise vom Hause Li? Bis zu diesem Augenblick hatte Hoffnungsschwert sich nur selten Gedanken darüber gemacht, wie sein Vater die Unkosten der Familie bestritt. Er wußte, daß es einige Sparmaßnahmen gegeben hatte, und ein paar Höfe an Wassermelonen-Wu verkauft worden waren, und er erinnerte sich, daß die Begeisterung über das Seidenunternehmen nicht von allzu langer Dauer gewesen war; aber nicht einer innerhalb der Mauern des Anwesens, nicht einmal der geschwätzige Pförtner hatte ihm gegenüber jemals etwas über Geld verlautbaren lassen. Das war einfach nie vorgekommen.

Jetzt begann sein Großvater allen Ernstes, damit zu prahlen, wie er dank seiner Klugheit einen Handel nach dem anderen unter Dach und Fach bekommen hatte. Angesichts dieses peinlichen Benehmens durchflutete Hoffnungsschwert eine Woge zutiefst empfundener Scham. Wußte denn der Kaufmann nicht, wie empörend unerzogen es war, dermaßen anzugeben?

Hatte er etwa seinen letzten Gedanken laut ausgesprochen? fragte sich Hoffnungsschwert. Denn nun sprach sein Großvater von Erziehung. »Ich fürchte, ich habe nicht genügend davon mitbekommen. Ich fürchte, ich werde niemals so tun können, als sei Geld nichts wert, als fiele es vom Himmel, ohne jemals durch anderer Leute Hände gegangen zu sein. Wenn das Geld gut ist, was für einen Unterschied macht es dann, wer es zuvor in den Fingern hatte? Ist es nicht so, Hoffnungsschwert?«

Warum fragen Sie das ausgerechnet mich? wollte Hoffnungsschwert sagen, unterließ es jedoch, als er daran dachte, wie sehr er sich doch auf den roten Umschlag freute.

Wieder schien Großvater seine Gedanken lesen zu können. »Ich wette, dir ist es völlig gleichgültig, wer zuvor dein Geburtstagsgeld in den Händen hatte, oder?«

Hoffnungsschwert lächelte matt.

Der Kaufmann tippte an seine Tasse, um dem Jungen zu bedeuten, daß er sie noch füllen müsse, und fuhr dann fort. »Ich bin nun mal Geschäftsmann, und dabei spielt es keine Rolle, wer meine Geschäftspartner sind, solange das Geld gut ist und die Kasse stimmt.«

Jetzt sagte endlich auch Steinhüter etwas. »Zu deinen Geschäftspartnern gehören vermutlich auch die Japaner.«

Von der Anschuldigung nicht im geringsten berührt, zuckte der Kaufmann lediglich die Achseln und bohrte sich mit dem kleinen Finger im Ohr. »Warum nicht? Sie bezahlen gutes Geld. Außerdem haben sie sich heutzutage in so vielen Bereichen des Marktes eingekauft, daß es unmöglich ist, keine Geschäfte mit ihnen zu machen. Ob es dir paßt oder nicht, mein Geschäft ist es, im Geschäft zu bleiben, und unglücklicherweise habe ich keine hilfreichen Verwandten. Natürlich, mit einer herausragenden Ausnahme – einem vielversprechenden jungen Mann von großer Zuversicht, der seinen Blick nach vorne gerichtet hat. Bist du nicht auch dieser Meinung, Mann meiner Tochter?«

Der unverschämte Kontorist kicherte und ließ seinen Panamahut um einen Finger kreisen, so wie Große Zuversicht das zu tun pflegte. Da plötzlich hatte Hoffnungsschwert das Bedürfnis, die Hand seines Vaters zu ergreifen. Er wollte ihn am liebsten bitten, zu erklären, daß alles nicht wahr sei, was ihm jetzt jedoch allzu gewiß geworden war: daß Großvaters Geschäftserfolg etwas mit den Japanern zu tun hatte – daß Große Zuversicht, seines Vaters geliebter Sohn, ebenfalls mit Chinas Feinden kollaborierte – daß Steinhüter sich nur herbeizitieren ließ, weil er Geld brauchte und keine andere Wahl hatte – und daß durch die Anwesenheit des Patriarchen hier Schande über jedes einzelne Familienmitglied des Hauses Li gebracht worden war.

Vater, sag mir, daß alles nicht wahr ist, wollte er am liebsten schreien. Aber wie sollte er? Er sah fort.
Steinhüter ignorierte die Frage seines Schwiegervaters und starrte zum Fenster hinaus in den Regen, als hinge nun alles davon ab, eine gewissenhafte Abrechnung über die Anzahl der Regentropfen vorzulegen.
Der Kaufmann schnalzte mit den Fingern. Sofort war der Kontorist zur Stelle und verbeugte sich eilfertig. »Bring die Schachtel, die mein neuer Assistent, Große Zuversicht, gestern aus Shanghai mitgebracht hat.«
Um nicht loszuheulen, konzentrierte Hoffnungsschwert sich mit starrem Blick auf den Kontoristen, der jetzt in das Büro stürzte und kurz darauf sehr langsam mit einer kleinen Kiste zurückkam. Die Kiste war nicht größer als eine Fußbank, aber allem Anschein nach war sie sehr schwer, denn der Kontorist trug sie nur mit Mühe, während sich Schweißperlen auf seiner Stirn bildeten. Hoffnungsschwert war überzeugt, daß sie nur Gold enthalten konnte.
Es vergingen einige Minuten. Der Kaufmann nahm sich Zeit, den Schlüssel von der Kette seiner Taschenuhr zu lösen. Er entriegelte langsam das aus Messing gefertigte Vorhängeschloß und öffnete noch viel langsamer den Deckel der Kiste, um ihr den roten Umschlag zu entnehmen, der für Hoffnungsschwert bisher stets der einzige Grund für die jährliche Reise gewesen war.
Doch dieser Umschlag konnte nicht für ihn bestimmt sein, er war viel zu dick. Und tatsächlich, bevor er danach greifen konnte, schleuderte der Kaufmann den Umschlag abschätzig Steinhüter zu, so als ob er Kupfermünzen in die Schale eines Bettlers werfe. Als der Umschlag in Steinhüters Schoß landete, platzte er auf.
»Nein!« schrie Hoffnungsschwert auf. Dann sammelte er die heruntergefallenen Banknoten schnell wie der Blitz zusammen und hielt sie in die Höhe. »Danke, Großvater!« rief er. »Danke für mein Geburtstagsgeschenk!«

Es regnete noch immer. Wieder war das Deck der Fähre menschenleer. Alle saßen im Trockenen, außer Steinhüter und Hoffnungsschwert.

Wieder stand der Vater schweigsam da, den Blick auf etwas geheftet, das nur er sehen konnte.
Sie waren weit draußen auf dem Fluß, als plötzlich ein riesiges Frachtschiff vor ihnen auftauchte, das die Flagge mit der aufgehenden Sonne gehißt hatte. Unter Volldampf hielt es Kurs genau auf die Fähre, als wollte es sie rammen. Erst im allerletzten Augenblick drehte es ab, schoß vorbei und ließ die kleine Fähre in seinem Kielwasser tanzen wie einen Holzspan.
Steinhüter hielt sich mit beiden Händen an der Reling fest und schrie: »Ihr braunen Zwerge! Krepiert doch endlich und fahrt zur Hölle!«
Hoffnungsschwert spürte, wie ihm Tränen in die Augen stiegen. Wie durch einen Schleier sah er seinen Vater an und dachte daran, wie er noch wenige Wochen zuvor zwischen den Gräbern gestanden und die Geschichte ihrer Vorfahren erzählt hatte. Wenn sich irgendwann einmal später am Fest des Hellen Lichts die Familie an Steinhüters eigenem Grab versammelte, welche ruhmreichen Geschichten würden dann wohl erzählt werden? Daß der Patriarch Haltung angenommen hatte, als die kaiserliche Flagge eingeholt wurde, um der Aufgehenden Sonne zu weichen? Daß er nur schweigsam dagesessen hatte, als ein einfacher Kaufmann das Haus Li beleidigte? Daß er sein Herz an einen Sohn gehängt hatte, der sich mit den Feinden seines Vaters verbrüdert hatte?
Schluchzend ließ Hoffnungsschwert den Regenschirm fahren, der Steinhüters Rücken streifte. Der Patriarch fuhr herum. »Wie kannst du es wagen zu heulen!« rief er, und seine Hand flog in die Höhe. »Wie kannst du es wagen, mich zu bemitleiden!« schrie er, als der Schlag traf.

## Vollmond

Feuerfrosch goß das restliche Wasser über die Schalotten und wandte dann ihren Blick himmelwärts. Früher konnte sie mit dem Finger auf die Bewohner des Mondes zeigen, so klar und deutlich erschienen ihre Umrisse – die Cassia-Pinie und unter ihren Ästen der Hase, der in dem Mörser die Zutaten zerstampfte, aus denen er das Elixier der Unsterblichkeit braute. Aber seit der Vollmondnacht, als die Götter ihre Mutter heimgerufen hatten, konnte sie nur noch Flecken erkennen, die den Glanz des Mondes trübten. In der letzten Zeit schien sich sein Aussehen immer schneller zu verändern. Ganz wie ihre eigene Erscheinung. Gleichgültig, was für ein gewissenhafter Arbeiter sie war, was für ein zuverlässiger Freund, sie war eben doch nur ein Mädchen.

Mit jedem neuen Aussehen, das der Mond annahm, schien er fragen zu wollen: Wie lange kann Feuerfrosch wohl noch bleiben, was sie zu sein beschlossen hat? Mit gesenktem Kopf betete sie wie jede Nacht zu Kwan Yin, der Göttin der Barmherzigkeit, daß sie noch eine Zeitlang eine Figur behalten könnte, die so schlank und rank war wie ein Bambusrohr.

Ob Hoffnungsschwert sich wohl auch schon gefragt hatte, wie lange noch? War er deswegen so niedergeschlagen? Obwohl die Sonne schien, hatte er sich am Tag nach seinem Geburtstag geweigert, aus der Hütte herauszukommen, oder auch nur ihr oder Bergkiefer zu sagen, was los war. Er saß nur in der Ecke und hielt seine Knie umschlungen, egal, wie sehr man ihn bat, ihn drängte oder ihm schmeichelte. Bergkiefer hatte gemeint, sie solle sich keine Mühe geben und hinzugefügt, »Junge Herren sind wie Büffel, sie kommen schon eigensinnig zur Welt.«

Dann, als sie einen Finger mit Spucke befeuchtete, um einen Schmutzfleck von seinen schwarzen Lederschuhen zu entfernen, hatte Hoffnungsschwert sie fortgestoßen. Ihr wäre es gleichgültig gewesen, aber Bergkiefer nicht. »Ist das für heute deine gute Tat?« fragte er.

Was dann geschah, war schrecklich. Der Junge Herr zog den einen Schuh aus und warf ihn nach ihr. Dann den zweiten. Doch beide Male duckte sie sich rechtzeitig, und beide Male warf er daneben. »Zieh sie an. Deine Füße verpesten ja die Luft!« hatte er gesagt und war dann stampfend aus der Hütte gegangen, wobei er sich die Nase zuhielt. Wenn Bergkiefer ihr nicht versichert hätte, daß sich Hoffnungsschwert beim nächsten Zusammentreffen so verhalten würde, als sei nichts geschehen, hätte sie wohl nie aufgehört zu weinen.

Hoffnungsschwert war später zu ihr gekommen, um sich für sein Benehmen zu entschuldigen, doch genau das hatte sie aus irgendeinem Grunde traurig gemacht. Jetzt, da sie zum Mond hinaufsah, fragte sie sich, ob er sich ihr gegenüber vielleicht so seltsam verhalten hatte, um sie so wütend zu machen, daß sie von sich aus den Bund des Herzens der Mitte verließ, bevor der gutmütige Junge Herr sich gezwungen sah, die Freundschaft mit ihr zu beenden.

*

Das einzig Erwähnenswerte am Teehaus »Die Stiefel des Mongolen« war sein Name. Und selbst den kannten nur die wenigsten Gäste, denn nur Gebildete, denen Lu Yus Klassiker *Das Buch vom Tee* vertraut war, erkannten die Anspielung. Die Hausierer und Krämer, die dort ein und aus gingen, nannten es einfach »Beim alten Yang«, und die Herumtreiber, die sich bisweilen an seinen fünf wakkeligen Tischen niederließen, bevor sie weiterzogen auf der Suche nach irgendeiner Armee, bei der sie sich verdingen könnten, machten sich nie die Mühe, es überhaupt bei irgendeinem Namen zu nennen.

Heute war in einem anderen Stadtteil Markt, und nur einer der Tische war besetzt – von den Onkeln der verstorbenen Frau des Besitzers, die auf die familiäre Beziehung setzten und Mah-Jongg spielten, während sie umsonst tranken. Der alte Yang beschwerte sich nie darüber, doch Feuerfrosch fluchte leise, denn *ihre* Verwandten waren sie schließlich nicht. Alles was sie ihr zukommen ließen, war hin und wieder ein flüchtiges Danke, aber dafür konnte sie sich nichts kaufen.

Als dann endlich drei wirkliche Kunden durch die Tür kamen, waren sie allerdings gar nicht nach dem Geschmack des alten Yang. Die Fremden waren unrasiert und schmutzig. Sie rochen penetrant. Über dem Rücken hatten sie Gewehre hängen.

»Schnell, schnell, der Herd«, rief der alte Yang und erklärte ihr dann in flüsterndem Ton, daß die Fremden Banditen seien.

Sie hatte sofort Angst vor diesen Männern. Banditen terrorisierten die ländlichen Gebiete, raubten Reisende aus und tauchten anschließend in den Zuckerrohrfeldern unter; wenn sie geschnappt wurden, verbrachten sie ein, zwei Nächte im Gefängnis, bis es ihren Kumpanen gelang, die Wachen zu bestechen, die sie dann wieder auf freien Fuß setzten. Als sie zum Herd stürzte und das Feuer anfachte, konnte sie ihren Blick nicht von den Männern wenden.

»He, wo bleibt unser Tee?« schrie der kräftigste der drei Banditen und schlug auf den Tisch. »Wir warten lange genug. In der Zeit kann man das Zeug ja selber pflanzen und ernten.«

»Sofort, sofort.« Sie pumpte noch schneller mit dem Blasebalg.

Während die Banditen tranken, fegte sie möglichst nahe bei ihnen den Boden und hoffte, etwas aufzuschnappen, was sie den anderen erzählen könnte. Doch die Fremden redeten kein Wort, sie bliesen nur in ihre dampfenden Tassen und schlürften geräuschvoll, bis sie leer waren.

»Noch Tee?«

Die Banditen lachten auf.

»Das nennst du Tee?« sagte wieder der Kräftige, der ihr Anführer zu sein schien. »Da war das Gebräu im Knast noch besser.« Plötzlich griff er ihren Arm. »Junge, tanz uns was vor, oder sing uns ein Lied! Wenn einer aus dem Gefängnis kommt, braucht er was zu feiern.«

Feuerfrosch sah sich hilfesuchend um, doch die Verwandtschaft starrte auf ihre Mah-Jongg-Steine, und der alte Yang nickte nur mit dem Kopf, um ihr zu bedeuten, sie solle gehorchen. Wenn es eine Person gab, der sie sich unter keinen Umständen widersetzen durfte, dann war er es. Sie würde also singen, aber tanzen konnte sie nicht. Nachdem sie sich geräuspert hatte, sang sie das einzige Lied, das sie kannte.

Sie hatte noch nicht die erste Zeile beendet, da schlug der Große wieder mit der Faust auf den Tisch. »Du hast wohl Sehnsucht, deinen Urahnen zu begegnen«, schrie er. »Erst dieses ekelhafte Gesöff, und nun das.«
Die anderen hielten sich die Ohren zu.
Das verstand sie nicht. Sie hatte eine gute Stimme. Aus irgendeinem Grund konnten sie das Lied nicht leiden. »Ich kenn kein anderes«, sagte sie.
»Du und diese Ausgeburt eines Affen in der Zelle nebenan. Die ganze Nacht hat er das dämliche Lied gesungen, immer und immer wieder.«
Da, mit einem Mal begriff sie, was Angst bedeutete. Das Lied hatte ihre Mutter sich ausgedacht, und außer ihr selbst gab es auf der ganzen Welt nur noch einen Menschen, der es singen könnte. Ihr Vater. Was war ihm zugestoßen? Sein Feldbett war unbenutzt gewesen, aber das hatte sie nicht beunruhigt. In heißen Nächten, wenn der alte Bootsführer keinen Schlaf finden konnte, ging er manchmal wie von magischen Kräften gerufen zum Ufer des Flusses hinunter. Wenn er dort einen Anfall bekommen haben sollte? »Bitte, Herr ...« rief sie und zerrte ungeduldig am Hemd des Anführers. »Sie müssen es mir sagen. Wie sah er aus, der das Lied gesungen hat? War er groß und hatte etwas schütteres Haar?«
Anstatt ihr einen Schlag zu versetzen, was sie noch am ehesten erwartet hatte, starrte der Bandit sie bloß an, mit einem Ausdruck im Gesicht, als wüßte er nicht recht, ob er sich nun ärgern oder nur wundern sollte.
»Bitte, sagen Sie's mir. War er groß und hatte – ?«
Der starre Blick des Mannes wurde jetzt zu einem argwöhnischen Blinzeln. »Der Junge ist plemplem«, sagte er.
»Komm, laß uns abhauen«, meinte einer seiner Gefährten. »Du weißt doch, ich kann Verrückte nicht ausstehen. Die erinnern mich so an zu Hause.«
Der Anführer versuchte Feuerfrosch abzuschütteln, doch kaum hatte er sich von der einen Hand befreit, griff sie mit der anderen umso verzweifelter zu. Seine Kumpane johlten höhnisch auf. »Laß doch den

Jungen zufrieden!« riefen sie. »Du würdest doch nicht einmal mit einem Mädchen fertig.« Da fürchtete Feuerfrosch um ihr Leben. Was wäre, wenn sie dahinterkämen? Doch sie mußte es wissen. »War er groß – ?«
Der Bandit riß seinen Mund auf, zeigte seine Zähne und biß ihr in die Hand. Doch selbst jetzt ließ sie nicht ab von ihm.
Da schleuderte er sie zu Boden, warf ihr ein paar Münzen für den alten Yang hinterher, und ehe sie wieder auf den Beinen war, hatten die Banditen die Teestube verlassen. Bevor der alte Yang sie aufhalten konnte, war auch sie aus der Tür hinaus, ihnen nach.
Jemand rief ihren Namen. Als sie sich umsah, erkannte sie Hoffnungsschwert und Bergkiefer, die auf der anderen Straßenseite auf sie gewartet hatten.
»Helft mir!« schrie sie und rannte die Gasse hinunter, die zum Gefängnis führte, hinunter zum Fluß, der glatt und glitzernd dalag, als hätten die erbosten Götter eine riesige Öllampe auf dem Boden zerschmettert. Sie brauchte sich nicht umzusehen. Hoffnungsschwert mochte in der letzten Zeit ein wenig unberechenbar gewesen sein, aber er würde niemals zögern, ihr zu Hilfe zu kommen. Feuerfrosch lief schneller als je zuvor, doch es war nicht wie bei einem Wettrennen; sie hatte das Gefühl, als gehörten ihre Füße zu jemand anderem, als seien sie viel zu groß und schwer. Die Straße war vor Schlamm und Morast glitschig wie eine Kloake. Warum wehte heute kein Lüftchen?
Sie mußte kurz anhalten und nach Luft schnappen.
»Was ist passiert? Was ist los?« Hoffnungsschwert hatte sie eingeholt.
Unfähig zu sprechen, rannte sie weiter.
Doch als das Gefängnis endlich in Sichtweite gekommen war, schien ihr, als hielte eine unbekannte Macht sie zurück, als wollte sie, trotz aller Mühe, aus irgendeinem Grund nicht ihr Ziel erreichen. Eine Erinnerung kam in ihr auf. Sie war schon einmal hier gewesen. Nein, nicht hier, etwas weiter flußabwärts, aber an einem Ort, wo es ganz ähnlich aussah wie hier, zweigeschossig, mit Ziegeln gemauert, rundum die Fenster in Zweierreihen – nein, nicht Fenster, Schlitze, nicht

breiter als eine Hand. Innen stand ein langer, schmaler Tisch. Er war emailliert und glänzte wie Reif. Darauf lag ein Junge, so groß wie sie. Seine Augen geschlossen. Irgendwoher aus dem Flur drangen Schritte von steifen Lederschuhen herauf.

Feuerfrosch schüttelte den Kopf, als wolle sie die Erinnerung vertreiben. Die Bilder verschwanden, aber nicht der Klang der Schritte. Sie kamen immer näher. Mit einem flüchtigen Blick zur Seite erkannte sie eine Arbeiterkolonne, die von den Docks herauf marschiert kam. Sie lief weiter.

Gerade als sie durch das Tor wollte, griff eine Hand nach ihr und hielt sie fest. Es war der Wachmann. »He! Du kannst hier nicht einfach rein.«

In dem Augenblick kam auch Hoffnungsschwert an. Als er versuchte, sie von dem Wärter fortzureißen, verlor er das Gleichgewicht, und sie fielen auf den Boden.

Der Wachmann spuckte aus. »Macht, daß ihr fortkommt, oder ich breche euch eure dürren Hälse.«

Feuerfrosch rappelte sich wieder auf. »Bitte, Herr, lassen Sie mich rein. Ich suche meinen Vater.«

»Warum hier? Ist dein Vater ein Dieb?«

»Oh nein, mein Herr.« Noch immer ganz außer Atem sagte sie, was ihr gerade einfiel. »Mein Vater war früher ein freier Fährunternehmer. Die Leute haben ihm vertraut. Sie haben Münzen auf unser Deck geworfen, wenn wir vorbeifuhren. Sie vertrauten –«

»Warum ist er kein Fährmann mehr?«

»Er fing an, die Dinge zu vergessen …«

»Die Dinge anderer Leute?«

»Nein! Er wurde krank. Er konnte sich nichts mehr merken.«

»Jeder Dieb hat eine faule Ausrede parat.« Der Mann streckte seine Hand aus. »Willst du rein?«

Im ersten Augenblick verstand sie nicht gleich. Als ihr klarwurde, daß er Geld wollte, sah sie Hoffnungsschwert an, der in seinen Taschen wühlte. Doch dann schüttelte er seinen Kopf und rannte Bergkiefer entgegen, der gerade eben erst auf dem Platz vor dem Gefängnis ankam. Aber auch seine Taschen waren leer.

Feuerfrosch wischte sich die Augen.
Doch als Hoffnungsschwert sah, wie sich der Wachmann eine Zigarette ansteckte und jetzt begann, mit der bewaffneten Eskorte der Arbeiterkolonne zu schwatzen, erkannte er ihre Chance. Er gab ein Zeichen. Feuerfrosch und Bergkiefer nickten ihm zu. Und auch die Gefangenen schienen begriffen zu haben, was Hoffnungsschwert vorhatte, und schlossen die Reihen, so daß die drei ungesehen durchs Tor schlüpfen konnten.
Etwas zog Feuerfrosch den Flur hinunter, auf eine offene Tür zu. Der Raum dahinter war leer bis auf ein paar Stühle. Sie ging ans Fenster und schaute hinaus auf den inneren Gefängnishof. Dort, an der gegenüberliegenden Wand saß ihr Vater auf dem Boden, Hals und Arme in einen Holzklotz gesperrt. Sein Kopf hing herab wie eine Pfingstrose an einem zerbrochenen Stiel.
Sie kletterte durchs Fenster und rief: »Vater! Vater!« Er sah nicht auf. Sie warf ihre Arme um ihn. Dann schrie sie laut auf.

## Geheimnisse

In dieser Nacht wälzte Hoffnungsschwert sich unruhig im Bett. Noch nie hatte er sich so wenig wie ein Held gefühlt. Man hatte ihn im Gefängnis zurückbehalten, während Feuerfrosch die Leiche ihres Vaters zum Armenfriedhof geleitete, und Bergkiefer fortgeschickt worden war, um Steinhüter zu holen. Die Wachen hatten ihn grob verhört, und der Gefängnisdirektor hatte ihn scharf zurechtgewiesen wegen seiner Unverschämtheit und Aufsässigkeit, und weil er sie alle als Mörder bezeichnet hatte, als sich herausstellte, daß das Herz des Grabpflegers aufgehört hatte zu schlagen. Steinhüter hatte ihn kräftig verdroschen, und als er versucht hatte, seinen Vater davon abzuhalten, auch Bergkiefer mit dem Stock zu traktieren, hatte er gleich noch eine Tracht Prügel bezogen. Auch die Fürsprache seiner Mutter hatten den Zorn des Patriarchen nur noch verschärft. Erst als Goldweide vor dem Patriarchen auf die Knie gefallen war und mit hängenden Armen und hilflosem Blick zu ihm emporgeschaut hatte, hatte Steinhüter den Stock in hohem Bogen fortgeworfen, sich auf dem Absatz herumgedreht und war aus dem Zimmer gegangen.

Während andere schon längst angefangen hätten zu weinen, hatte Hoffnungsschwert nicht eine Träne vergossen. Doch jetzt weinte auch er. Warum hatte der Grabpfleger nur die Schmucknadel finden müssen, die er Feuerfrosch schenken wollte, und warum mußte er auch noch versuchen, sie zu verkaufen? Dabei hatte Hoffnungsschwert seiner Freundin doch helfen und sie nicht zum Waisenkind machen wollen.

Er hörte immer noch, wie sie um ihren Vater weinte, genau wie damals, als sie für Stunden so verzweifelt war, nachdem er seine Schuhe nach ihr geworfen hatte. Ihr trauriges Schluchzen hatte ihn so berührt, daß Scham und Reue zentnerschwer auf ihm lasteten, und er schließlich, als seine nackten Füße auf dem Kopfsteinpflaster zu schmerzen begannen, zurück nach Hause mußte. Dort hatte er dann hinter der Tür seine neuen Geburtstagsschuhe vorgefunden mit einer Botschaft von Bergkiefer: *Deine Schuhe passen nur Dir selbst, und nur Du kannst es wiedergutmachen.*

Er hatte sich deswegen lange Zeit zutiefst geschämt und mußte daran denken, wie ihm selbst nach einer Kränkung zumute war, und wie Goldweide, als er noch klein war, immer da war, um seine Tränen zu trocknen, ihn wieder aufmunterte und mit einem Spielzeug von seinem Kummer ablenkte. Schließlich war ihm klar, was er zu tun hatte. Er mußte Feuerfrosch ein Geschenk machen. Doch woher hätte er das Geld nehmen sollen? Seinen roten Umschlag hatte Steinhüter, und Geld zu stehlen, war zu riskant. Aber nicht, wenn er etwas fortnahm, was niemand brauchte, glaubte er; und seine Mutter besaß eine Unmenge von diesen Schmuckstücken, auf denen ein kleiner Eisvogel abgebildet war. Sie würde eine Anstecknadel sicherlich nicht vermissen.

Er schlug mit der Faust gegen das Kopfbrett seines Bettes. Warum

hatte er die Schmucknadel nicht selbst versetzt und Feuerfrosch das Geld gegeben? Warum mußte er die Nadel in dem Becher mit den Kletten verstecken?
Er hatte Angst, die Augen zu schließen. Jedesmal, wenn er einzuschlafen versuchte, sah er Feuerfrosch, wie sie den toten Mann umarmte und weinte und rief, »mein Vater ist kein Dieb. Mein Vater ist kein Dieb ...«
Er hätte die scheinbaren Beweise für die Schuld des Grabpflegers richtigstellen können, hatte aber nichts gesagt. Und später, während des Verhörs durch die Polizei, hatte er fast gestanden, dann aber letztlich doch lieber geschwiegen. Die Wahrheit, sagte er sich, würde den Grabpfleger auch nicht wieder zurückbringen. Das einzige, was passieren würde, wäre, daß eine winzige Aktennotiz an irgendeine Behörde geschickt würde, in der die Ehrenhaftigkeit eines toten Mannes bestätigt würde, was niemanden interessiert hätte außer seiner Tochter. Außerdem, Feuerfrosch lebte und brauchte einen Freund, kein schwachköpfiges Prinzchen, das, wenn auch unbeabsichtigt, den Tod ihres Vaters verursacht hatte.
Immer und immer wieder sagte er sich, die richtige Entscheidung getroffen zu haben, indem er geschwiegen hatte. Und dennoch ... jetzt war er sich nicht mehr ganz so sicher. War es möglich, daß sein Vater immer schon gewußt hatte, daß sein zweiter Sohn ein Nichtsnutz war und seiner Zuneigung nicht würdig?

Am nächsten Morgen beauftragte Steinhüter Bergkiefer damit, Feuerfrosch aus der Hütte des Grabpflegers zu weisen. Auch auf die Gefahr hin, den Patriarchen für alle Zeit zu verärgern, nahm der Gehilfe Hoffnungsschwert mit, um ihrer gemeinsamen Freundin in angemessener Weise Lebewohl zu sagen.
Schweigend sahen sie zu, wie sie über ihre eigene Jacke und Hose alle Kleidung anzog, die der Grabpfleger hinterlassen hatte. Danach ging sie durch die Hütte und trug verschiedene Gegenstände zusammen – eine angeschlagene Schüssel, eine winzige, aus Streichhölzern angefertigte Yaolu, eine zerschlissene Steppdecke, und legte alles in einen kleinen, eher ovalen als runden Korb von der Art, wie sie die Land-

leute für Eier benutzten. Die beiden hatten für sie etwas zu essen, ein wenig Geld und ein neues Paar Schuhe mitgebracht, die Goldweide für sich selbst angefertigt, aber mit Freuden Hoffnungsschwert überlassen hatte. Wie gewöhnlich bestand Feuerfrosch darauf, daß sie die Speisen gemeinsam aßen. Die Münzen steckte sie in die Tasche. Die Schuhe, auf deren Oberseite ein Lederriemen genäht war, fand Feuerfrosch zu kostbar, um sie zu tragen. Sie stellte sie auf ihr Feldbett und betrachtete sie bis zum letzten Augenblick immer wieder voller Bewunderung.

Schweigend sahen sie ihr zu, wie sie zuerst den Staub zusammenwischte und dann den Raum ausfegte. Der Besen machte ein schabendes Geräusch und hinterließ Kratzspuren auf dem Boden aus gestampftem Lehm.

Zunächst glaubte Hoffnungsschwert, er bildete sich nur ein, eine Melodie zu hören, so sanft und leise sang sie. Doch allmählich wuchs ihre Stimme, wurde immer kräftiger, immer klarer, bis sich nach einer Weile die Wände regelrecht nach hinten zu schieben schienen und ihr Lied den ganzen Raum mit Musik erfüllte, einer sehr ergreifenden Musik, denn in jeder Note lag ihre große Verzweiflung.

Dann, während sie mit dem Gesicht zur Tür gewandt dastand und ihre Hände über dem Kopf gegeneinanderpreßte, begann sie plötzlich in einem fast unwirklichen Ton, all ihre unsägliche Trauer und Sehnsucht hinauszuschreien, die Hoffnungsschwert zu kennen glaubte, auch wenn er nie zuvor einen solchen Schmerzensschrei gehört hatte. Die älteren Diener hatten ihm oft erzählt, wie sie solche Verzweiflungsrufe aus dem Zimmer des Patriarchen gehört hatten, nachdem seine erste Frau gestorben war. Damals hatte der zutiefst erschütterte Ehemann, wie jetzt die Tochter des Grabpflegers, mit lauter Stimme gebetet, daß der über alles geliebte Mensch noch ein letztes Mal zurückkäme, was manche Menschen für möglich hielten. Aber wie inbrünstig und wie lange Feuerfrosch auch betete, der Geist des Grabhüters wollte nicht in der Hütte erscheinen. Ihre Stimme wurde immer matter, und Hoffnungsschwert begann, sich zu fragen, ob es vielleicht an seiner Gegenwart liegen konnte, daß der Fährunternehmer sich nicht zeigte, denn

wie er gehört hatte, war Steinhüter nach drei Tagen und drei Nächten der Abgeschiedenheit schließlich wieder aus seinem Zimmer herausgekommen und soll in seiner Hand einen Fetzen blauer Seide gehalten haben, der von der Totenkleidung seiner Frau stammte.
Feuerfroschs Stimme war schließlich kaum noch ein Flüstern. Völlig entkräftet, als hätte sie allen Mut aufgegeben, den Grabpfleger wiederzufinden, sank sie in sich zusammen.
Minuten vergingen und Hoffnungsschwert wurde immer unruhiger. Würde sie jemals wieder aus ihrer Trauer erwachen? Er warf einen fragenden Blick auf Bergkiefer, der ihm kaum merklich zunickte und mit stummen Gebärden die allzu bekannten Worte formte, »Geduld, Junger Herr, Geduld.«
Endlich richtete sie sich ruckartig auf, als hätte sie sich mit einer Nadel gestochen, und bewegte sich tastend wie eine Schlafwandlerin an ihnen vorbei. Sie fischte hinter dem Ofen eine alte Zeitung hervor und nahm ein Stückchen verkohltes Brennholz aus der Asche. Dann glättete sie das Papier und bat Bergkiefer, indem sie ihm das Holzstückchen reichte, etwas für sie zu schreiben.
»Was soll ich schreiben?«
»Schreib ›Kleiner Flußweiler‹. Dort lebt Baby Wang.«
»Wer ist Baby Wang?«
»Er ist der, dem ich in die Ehe versprochen bin.«
»Du bist was?«
Ein unbezwingbares Schluchzen schüttelte ihren Oberkörper, und als Hoffnungsschwert ihren Arm ergriff, und sie mit monotoner Stimme zu sprechen begann, während sie auf seine Hand hinunterstarrte, war es fast, als redete ein anderer Mensch. »Nicht lange bevor wir hier herkamen«, sagte sie, »hatten Vater und ich einmal bei einem Bauern angeklopft und um Essen gebeten. Der Mann ging, um uns etwas zu bringen, dabei gab er mir das schreiende Kind, das er auf dem Arm hielt. Als er dann mit zwei Maisbrötchen zurückkam, war das Baby eingeschlafen. Der Bauer sagte, die Mutter des Kleinen sei tot. Er wollte nicht wieder heiraten und hatte auch kein Geld für eine neue Amah. Wenn er sich weiter um seine Felder kümmern wollte, müßte er eine Frau für seinen kleinen Sohn finden. Ich

schien ihm geeignet. Er versprach meinem Vater, daß ich es gut bei ihm haben würde und niemals hungern müßte. Mein Vater ging darauf ein. Er meinte, früher oder später müsse eine Tochter ohnehin verheiratet werden, und ohne Mitgift könnte ich nichts besseres erwarten. Ich sagte, daß ich fortlaufen würde. In dem Augenblick begann das kleine Kind wieder zu schreien. Und auch ich schrie, lauter noch als das Baby. Schließlich nahm Vater mich wieder mit, aber der Bauer sagte, daß ich jederzeit zurückkommen und Baby Wang heiraten könnte.«

Hoffnungsschwert warf mit einem leichten Ruck seinen Kopf nach hinten, damit keiner die Tränen in seinen Augen sah. War es wohl schlimmer, gegen seinen Willen von einem notleidenden Vater verheiratet, oder von seinem Vater überhaupt nicht beachtet zu werden?

Als Bergkiefer den Namen des Ortes niedergeschrieben hatte, untersuchte Feuerfrosch die Schriftzeichen, so als wollte sie sich vergewissern, daß auch jeder Strich am rechten Platz war. Dann legte sie das vergilbte Papier in den Herd und kniete nieder.

In dieser Stellung verharrte sie lange, ohne sich zu regen, so daß die Plötzlichkeit ihrer Bewegungen, als sie den Feuerstein schlug, die Jungen fast erschreckte. Endlich gelang es ihr, das Papier anzuzünden, und während es brannte, rief sie mit heiserer Stimme: »Oh, Vater! Oh, Mutter! Oh, Bruder! Laßt mich nicht allein auf dieser Welt. Bitte, bitte, kommt mit, laßt mich nicht allein dorthin.«

Außerstande noch länger mit anzusehen, wie sie litt, ging Hoffnungsschwert ins Freie. War der Schmerz, den sein Vater auf der Fähre empfunden hatte, der gleiche, den er jetzt verspürte? Hatte auch er diese Hilflosigkeit empfunden? Fühlte man sich so, wenn man ein Mann war? Er nahm eine Handvoll Kieselsteine auf und schleuderte sie einen nach dem anderen mit aller Kraft in die Luft. Wenn er nur imstande wäre, einen einzigen Stein hoch genug zu werfen, um die schlafenden Götter im Himmel zu wecken, sicherlich hätten sie Mitleid und würden die Dinge wieder ins Lot bringen.

Wie besessen von diesem Gedanken sammelte er mehr und mehr

Kiesel auf und schleuderte sie in die Höhe. Die Steine fielen links und rechts zu Boden, bis einer ihn genau auf den Kopf traf.
Er betastete die Wunde. Die Götter schliefen nicht mehr. Sie waren wütend auf ihn. Er verdiente es, bestraft zu werden. Er fuhr fort, die Steine höher und höher zu werfen, so lange bis er, ganz in Anspruch genommen von seiner anstrengenden Tätigkeit, endlich merkte, daß Bergkiefer und Feuerfrosch an der Tür standen und seinem Treiben zusahen. Schnell wischte er sich das Gesicht ab. Niemand sollte seinen Schweiß für Tränen halten.
Er ging zu ihnen hinüber, und wie ihm schien, standen sie so eine lange Zeit beieinander wie Liu Pei, Kuan Yu und Zhang Fei. Es war fast, als seien die drei eingeschworenen Brüder im Herzen der Mitte wieder bereit, allen Abenteuern entgegenzutreten. Doch ihre gemeinsame Zeit war vorbei. Es gab nichts mehr zu sagen, nichts wohin sie zu blicken wagten, außer hinab auf die Reihe von Schalotten. Schließlich ging Feuerfrosch in die Hütte und kam einen Augenblick später mit ihrem Korb zurück. Die Spitzen ihrer neuen Schuhe, die sorgsam in den gefalteten Kleidungsstücken eingebettet waren, schauten zwischen den Knöpfen ihrer Jacke hervor. Mit einem Kopfschütteln bedeutete sie, daß sie nicht von ihnen begleitet werden wollte. Dann ging sie davon und ließ nichts zurück als die Spuren ihrer nackten Füße auf dem Weg.

In dieser Nacht lief Hoffnungsschwert aus Furcht vor schlechten Träumen unruhig wie ein angeschirrtes Tier im Steingarten umher, bis ihn schließlich das unüberwindliche Bedürfnis, seinen Studiengehilfen zu sehen, zu den Wohnquartieren der Dienerschaft zog. Obwohl sie nicht weit von dem umzäunten Grundstück des Patriarchen entfernt lagen, war Hoffnungsschwert dort noch nie zuvor gewesen. Während andere Familienmitglieder der Lis, einschließlich Große Zuversicht, bisweilen die Bediensteten besuchten, hatte seine Mutter ihrem Ehemann und ihm selbst, ohne Rücksicht darauf, wer sie hören könnte, strikt verboten, über den Weg am Gemüsegarten hinauszugehen. »Lis sind Lis, und Diener sind Diener«, sagte sie immer. »Drachen haben keinen Platz in Spatzennestern.«

Als er schließlich in dem hinteren Wohntrakt angekommen war, wurde ihm klar, daß er nicht einmal die Tür zu Bergkiefers Zimmer kannte. Er ging zu dem nächstgelegenen Fenster. Es war verschlossen. Mit dem Finger verrieb er ein wenig Spucke auf dem Reispapier, so daß er hindurchsehen konnte. Jetzt erkannte er den Schatten zweier Menschen, einen großen und einen schmalen, die sich auf dem Bett hin und her wälzten. Oder kämpften sie miteinander? Er konnte sich keinen Reim darauf machen, bis er plötzlich Goldweides Stimme erkannte, wie sie hilflos wimmerte, »nein – bitte nicht – du darfst nicht.«
Wurde sie von einem Dieb überfallen? Einem Mörder? Aber was machte das schon für einen Unterschied? Er mußte seiner geliebten Amah zu Hilfe kommen.
Er stürzte in das Zimmer hinein – und erstarrte. Auf dem Bett hockte, halb nackt, seine Hosen wirr bis zu den Fußknöcheln heruntergestreift, der Patriarch des Hauses Li.
Mit einem halberstickten Wutschrei richtete Steinhüter sich auf und gab dabei den Blick auf die völlig zerzauste junge Frau frei, die sich mit einer schnellen Bewegung vom Bett und aus dem Blickfeld rollte. Steinhüter taumelte auf seinen Sohn zu. Er war betrunken. »Du Bastard, ich bring dich um. Ich hab dir dein Leben gegeben, aber ich nehm's dir wieder, nehm' alles wieder zurück ... alles ...« Dann versuchte er mit schlappem Arm nach Hoffnungsschwert zu schlagen, verpaßte ihn jedoch und fiel der Länge nach hin.
Hoffnungsschwert wollte davonlaufen, so schnell er nur konnte fortrennen, doch unfähig, sich auch nur zu bewegen, stand er wie gelähmt da.
Ohne ein weiteres Wort zu sagen, kämpfte sich der Patriarch wieder vom Boden hoch und richtete sich endlich zu seiner vollen Größe auf. Doch er hatte kaum die drei Schritte bis zur Tür geschafft, da übergab er sich, und der beißende Geruch des Erbrochenen füllte den Raum. Jetzt schloß er hinter sich die Tür so sanft und vorsichtig, als wüßte er, die Tür sei nicht aus Holz sondern aus dem dünnsten, zerbrechlichsten Glas gefertigt.
Hoffnungsschwert sank nach hinten und setzte sich, ohne daß er es

gemerkt hätte, auf Goldweides Bett. Doch sobald er die warmen Laken spürte, schreckte er auf, rang nach Luft und wankte zum Fenster. Es war verschlossen. Er hatte nicht die Kraft, es zu öffnen. Seine Beine drohten unter ihm nachzugeben, so daß er sich mit dem Rücken gegen die Wand lehnen mußte.

Wie hatte sein Vater sich ihr aufdrängen können? Wie konnte solch ein Mann der Patriarch des Hauses Li sein? Niemand dürfte je etwas davon erfahren. Niemand! Fast brach er unter der Last dieses neuen Geheimnisses zusammen und glitt auf den Fußboden hinab.

»... hasse ihn nicht.« Sie mußte schon eine ganze Weile gesprochen haben.

»Wie?«

»Du mußt ihn nicht hassen. Er ist kein schlechter Mensch, nur sehr unglücklich.«

»Wer?«

»Dein Vater.«

»Was bedeutest du ihm?«

Sie antwortete nicht, sondern streckte nur ihre Arme nach ihm aus. Einen Augenblick lang war er wieder das Kind, das die Dunkelheit fürchtete, und sie die liebevolle Amah, die sich um ihn sorgte. Er wäre so gern zu ihr gegangen, so gern wieder ein Kind gewesen, das sich bloß vor Trugbildern fürchtete, die sich mit der Morgendämmerung in nichts auflösten. Doch er konnte nicht.

Er fragte sie noch einmal in lauterem Ton, »was bedeutest du ihm?«

Jetzt antwortete sie. »Nichts. Siehst du das denn nicht? Sein einziger Wunsch ist zu sterben.«

»Ich glaube dir nicht.«

»Du mußt.«

*

Jade drohte, sich umzubringen, wenn ihr Sohn nicht bei ihr bliebe. Doch als Hoffnungsschwert seinerseits damit drohte, sich etwas anzutun, wenn man ihm nicht erlauben würde, die Yong Kuang Internatsschule in Nanking zu besuchen, ließ sie sich schließlich erweichen und sicherte Bergkiefer eine Position als Lehrer an der christlichen Missionsschule für Waisenkinder in derselben Stadt, damit der Gehilfe weiterhin ein wachsames Auge auf den Jungen Herrn haben könnte.

Bei seiner Ankunft in der Schule fand Hoffnungsschwert zwischen seinen Reiseutensilien ein Päckchen, das mit einem seidenen Band verschnürt war. Es enthielt einen roten Umschlag seiner Mutter, der mit Geld gefüllt war. Ferner fand er in dem Päckchen einen Apfel, den ihm Goldweide mitgegeben hatte; das Zeichen für Apfel bedeutet in der chinesischen Sprache soviel wie Frieden. Und als drittes schließlich enthielt das Päckchen noch folgenden Brief seines Vaters:

Sohn,

Minister mögen den Kaiser mahnen, doch werden sie ihn niemals im Stich lassen. Denn kraft seines Amtes gebührt ihm unerschütterliche Treue. Hätten die Menschen Chinas nur denen Gefolgschaft geleistet, die stets ohne Fehler, gerecht und reinen Herzens waren, dann hätte das Reich der Mitte nicht überdauert.

Mögen wir in Harmonie miteinander leben,

Vater

Teil zwei

# *Vorsehung*

# Sommerwünsche
(1939)

Noch Jahre nachdem der Grabpfleger gestorben war, wachte Feuerfrosch nachts manchmal auf und sah für einen Augenblick lang wieder ihre Familie vor sich, wie sie an Bord der Yaolu nebeneinander standen, gerade außer Reichweite für sie. Schweigsam und unbeweglich standen sie da – drei hagerere Gestalten, von der Sonne gebräunt, in Totenhemden aus weißem Hanf gehüllt. Manchmal waren sie staubbedeckt, wie nach einer anstrengenden Fahrt; manchmal glänzte ihre Haut, wie nach einem Bad im Fluß. Am Anfang hatte sie gefürchtet, sie seien gekommen, um sie zu tadeln, weil sie wie eine pflichtvergessene Tochter die Gräber ihrer Familienmitglieder vernachlässigt habe, doch mit der Zeit begriff sie, daß sie dort waren, um ihre Ankuft in dem Hafen zu verkünden, in den sie gerade eingelaufen war. Dann lächelte sie. Und obwohl das Bootsdeck in schlingernder Unruhe war, glitt niemals einer ihrer Angehörigen aus, stets bewahrten sie eine würdevolle Haltung. Anmutig und voller Eleganz trieben sie in einer perfekten Reihe mit dem Wellengang aufwärts. Feuerfrosch betrachtete dann immer ganz genau ihre Zehen. Sie waren ihr so vertraut, lange, schmale Zehen, wie ihre eigenen.

Beim ersten Anzeichen, daß ein anderer Passagier an Bord des Schiffes aufwachte, verschwanden sie. Nur das Boot selbst war wirklich – es war keine Yaolu sondern eine Dschunke, *Pavillon der Elfen* genannt, die auf dem Jangtse pendelte wie das Heimatschiff ihrer Kindheit, nur daß auf der Dschunke keine Waren transportiert wurden, sondern sie eher dem Vergnügen diente. Feuerfrosch war seit dem Tag als Schülerin Mitglied der kleinen Chiaoching-Operntruppe an Bord des *Pavillons,* an dem sie auf der Straße von Wen Shui zu Baby Wang einer riesenhaften Frau namens Champignon begegnet war, die sie überredet hatte, vorzusingen. Big Boss hatte ihre Stimme für gut befunden, mehr aber auch nicht. Vor allem hatte er ihren Namen höchst unpassend gefunden. Sozusagen als einen ersten Schritt, aus dem schmutzigen Straßenbalg eine hübsche Bühnenkünstlerin zu machen, hatte er verfügt, daß sie in Zukunft ein Mädchen namens Sommerwünsche sei. Das lag jetzt sieben Jahre zurück, und inzwischen empfand sie sich selbst kaum noch als Feuerfrosch, obgleich sie sich immer noch sträubte, den *Pavillon der Elfen* als ihr Zuhause zu bezeichnen.

Wie jeden Morgen, wenn die Dschunke im Hafen lag, stand Sommerwünsche noch vor Sonnenaufgang auf. Auf ihrer Bettkante sitzend, rieb sie ihre schmerzenden Glieder. Sie war gewachsen, aber die vier Fuß kleine, mit Brettern eingefaßte Katzenecke im Bug nicht. Dort schlief sie, seitdem sie sich der Truppe angeschlossen hatte. Vorsichtig zog sie ihr Kleid unter der Strohpalette hervor und stieg hinein. Dann nahm sie ihre Schuhe in die Hand und schlich behutsam auf Zehenspitzen um Champignon und die übrigen vierzehn Schauspielmädchen herum, die auf dem Boden der großen Kabine schliefen, die gleichzeitig als Schlafsaal wie als Proberaum diente. Sie stieg die Stufen zum Deck hinauf, wo sie sich mit etwas Wasser aus einem Regenfaß das Gesicht befeuchtete. Im fahlen Licht der Dämmerung lief sie dann die Laufplanke hinab und eilte zu dem kleinen Pinienwäldchen auf der Hügelkuppel über dem Dorf.

Die Luft war noch kühl. Violettfarbene Wolkenstreifen durchzogen den Himmel. Dort, wo die Straße zu den Feldern abbog, streifte sie ihre Schuhe ab, raffte ihren Rock und trat auf die Wiese. Sie spürte das taufeuchte Gras an ihren nackten Füßen, und plötzlich rannte sie, lief springend den Hügel hinauf, als ob sie wieder in die Rolle ihres

Zwillingsbruders geschlüpft wäre, stürmte übermütig voran und hielt dann unvermittelt inne, um sich umzuschauen, ob ihr vielleicht irgend jemand folgte, ganz wie ein Reh, das gerade aus seinem Gehege entlaufen ist. Gelegentlich flatterte ein aufgeschreckter Vogel davon, zwei magere Ziegen fuhren hoch, als sie vorbeikam, doch andere Lebewesen sah sie nicht. Sie war in Sicherheit. Sie war frei. Frei, umherzutollen, einherzustolzieren wie Big Boss, ihr langes Haar wie den Schwanz eines Papierdrachens fliegen zu lassen, krumm daherzulatschen wie der Bucklige auf dem Jahrmarkt vergangene Woche, der nicht flach auf dem Rücken schlafen konnte und deswegen im Sitzen schlief.

Sie verspürte sogar ein gewisses Bedürfnis, ihre Augen zu verdrehen. Aber was, wenn »Wer einmal schielt, der immer schielt« die Wahrheit war? All die vielen Übungsstunden, die sie damit verbracht hatte, ihre Augen zu rollen, sie enger und wieder weiter zu machen, auf die Spitze eines angezündeten Räucherstäbchens zu starren, über es hinweg zu blicken, darunter und daran vorbeizuschauen, alle diese Stunden wären dann umsonst gewesen.

Hungrig wie sie war, wünschte sie sich eine Tasse heißer Hirse herbeizaubern zu können, dick wie Teig und mit knusprigen weißen Rüben versetzt. Noch besser wäre ein Entenei mit zwei Glücksdottern, im feinsten Pfefferöl gebacken. Oder wie wäre eine Schinkenhaxe, über Nacht schön zart gedünstet, daß sie im Mund zergeht wie Tofu? Ihr Magen knurrte, und dabei würde für Stunden nicht einmal ein Schluck Wasser über ihre Lippen kommen. Sie hatte ihre Arbeit zu erledigen.

Auf dem Gipfel, wo noch Nebelschleier in den Zweigen der Bäume hingen, zog sie sich wieder ihre Schuhe an und flocht sich das Haar zu einem Zopf, den sie anschließend mit einem Grashalm zusammenband. Dann, ruhig verharrend wie die Pinien, die um sie her emporragten, begann sie, mit langsamem und gleichmäßigem Atem sich mit all ihrer Aufmerksamkeit auf Sommerwünsche zu konzentrieren, die Darstellungskünstlerin, die sie nun war, und Feuerfrosch aus ihrem Wesen zu verbannen.

Obwohl Big Boss seinen Mädchen aufgetragen hatte, ihre Stimmbänder zu trainieren, indem sie mit dem Gesicht zur Wand beispielsweise das Heulen des Windes oder das Rauschen eines Flusses so laut wie möglich imitierten, empfahl ihnen Champignon, ihre Stimmen in den taufeuchten Dünsten der Morgendämmerung mit Gesang zu stärken. Auch wenn Sommerwünsche immer wieder Ärger mit dem Mann heraufbeschwor, der sowohl ihr wie Champignon Arbeit und Brot gab, hörte sie lieber auf die Frau, die sich ihrer jetzt schon so lange Zeit angenommen hatte.

Sie hob ihren Blick und begann zu singen. Es waren Arien, die sie von anderen Sängerinnen gehört hatte. Alle Mädchen kopierten die Vorträge anderer Künstlerinnen. Wie sonst hätten sie sich auch die Verse einprägen sollen oder die Geschichten verstehen können, da doch niemand von ihnen lesen konnte? Andere zu imitieren, die sangen und tanzten, fiel Feuerfrosch so leicht, und es erschien ihr so normal, daß sie anfangs glaubte, es handelte sich dabei um die Fähigkeit zu gehen oder zu sprechen, was doch jeder konnte. Jetzt bemühte sie sich, die Leichtigkeit zu verbergen, mit der sie ihre verschiedenen Rollen meisterte, denn sie hatte gelernt, daß Schauspielerinnen eifersüchtiger als die Götter selbst waren und abergläubischer noch als Witwen. Sie müsse besessen sein, sagten sie, wenn sie ihr zusahen. Nur ein Geist könne Mimik, Tonfall und Gebärden eines anderen so schnell und so täuschend echt nachmachen, als ob sie das Spiegelbild des anderen wäre oder sein Echo.

Big Boss andererseits warf ihr Undankbarkeit vor. Als Gegenleistung dafür, daß er sie mit dürftigen Mahlzeiten versorgte und ihnen einen knapp bemessenen Platz zuwies, wo sie sich nachts zum Schlafen hinlegen konnten, erwartete er von den Mädchen seiner Truppe, daß sie seinen Befehlen widerspruchslos und mit einem Lächeln nachkamen. Doch Sommerwünsche gehorchte nur sehr selten und lächelte nie. Wäre Champignon nicht gewesen, die alle Arbeit für ihn erledigte, angefangen beim Verkauf der Eintrittskarten bis hin zur Inszenierung der Vorstellungen, dann hätte der faule Geizhals die Theaterschülerin längst auf die Straße gesetzt. Doch er weigerte sich immer noch, ihr eine der besseren Rollen zu geben, und setzte sie statt dessen mit Vorliebe als Notnagel ein, wenn ein anderes Mädchen ausfiel, oder schlimmer noch, er teilte sie der Gruppe von Mädchen zu, die bereit waren, auf privaten Festen vorzutanzen, wo Männer sexuelle Gefälligkeiten erwarteten. Aber Champignon war immer zur Stelle und kräftiger als alle diese Spitzbuben. Sie scherte sich einen Dreck darum, wem von ihnen sie auf die Nase schlug oder in die Weichteile trat. Nur so hatte sich Sommerwünsche ihre Tugend erhalten können.

Nachdem etwa eine Stunde vergangen war, und der Nebel sich verzogen hatte, merkte sie, daß die ältere Frau ganz in der Nähe auf einem Felsen saß. Ihr Gesicht strahlte förmlich vor anerkennendem Stolz über ihren Schützling, deren Talent ihren eigenen Ehrgeiz zu befriedigen schien, der sie nicht mehr losgelassen hatte, seitdem ihr Vater seine füllige sechsjährige Tochter für ein paar Sack Reis an den Vater von Big Boss verkauft hatte. Ohne Gruß begann sie jetzt in schwingenden Bewegungen zu tanzen, wobei sie einen Ast in die Höhe hielt, so leicht, als wäre er eine von diesen mit Quasten geschmückten Gerten, mit denen in der chinesischen Oper ein Pferd angedeutet wird. Ihr Tanz war zugleich kunstvoll wie absurd. Vor langer Zeit hatte sie erkannt, daß der Betrachter von kleinen körperlichen Mängeln einer Tänzerin abgelenkt wurde, wenn sie einige seltsam wirkende Figuren in ihren Tanz einbaute.

Augenblicklich hatte Sommerwünsche sich dazugesellt und der improvisierten Parodie angeschlossen – Seite an Seite tanzte sie zu den Versen, die Champignon aus verschiedenen Arien der unmöglichsten Rollenfächer sang. Dann, als hätten sie eine magische Schwelle überschritten, begannen die beiden in tiefem Ernst eine Passage aus *Sehnsucht nach den Freuden des Laienstandes* zu singen.

»Ich lege ab mein Nonnengewand
Ich begrabe die Schriften des Buddha
Ich werfe fort den hölzernen Fisch
Ich lege die Zimbeln zur Seite ...«

Und während ihre reinen und doch so unterschiedlichen Stimmen miteinander verschmolzen, war Sommerwünsche sich wieder einmal gewiß, daß Fröhlichkeit mehr war als nur ein Kunstgriff unter den vielen Darstellungstricks, die sie gelernt hatte.

»Oh, nicht für mich,
das Leben einer Heiligen
Oh, nicht für mich,
das Leben eines Bodhisattva der Südlichen Seen.«

Als sich der letzte Nebel gelichtet hatte, machten sich die beiden Frauen wieder auf den Weg den Hügel hinunter und spazierten dann die Hauptstraße auf und ab, wo sie, von Kindern, Hunden und dem Dorfidioten gefolgt, die Vorstellungen ankündigten, die später am Kai gegeben werden würden. Champignon strahlte, winkte und rief. Sommerwünsche lief dicht hinter ihrer Gefährtin, ohne nur ein einziges Wort zu sagen oder ihren Blick vom Boden zu erheben, während sie betete, das höhnische Geschrei der Dörfler möge endlich aufhören. Unweigerlich warfen ihnen die Männer lüsterne Blicke zu, während sie untereinander mit unzüchtigen Anekdoten prahlten, wie sie dergleichen Frauen mitgespielt hätten. Die Dorffrauen glotzten sie offenmäulig an, schleuderten ihnen Beleidigungen ins Gesicht oder spuckten vor ihnen aus. Champignon ignorierte diese unvermeidlichen Angriffe; für sie waren sie so natürlich und gottgegeben wie Blitz und Donner. Sommerwünsche hingegen glaubte das Recht verwirkt zu haben, auch nur Atem zu holen.

Als die Dörfler sich endlich zerstreuten und nach Hause liefen, um ihre erste Tagesmahlzeit zu sich zu nehmen, schlug Champignon den Weg zur Anlegestelle ein. Doch Sommerwünsche war der Appetit vergangen. Sie zog es vor, noch einen Umweg zu machen, und wollte an dem Wasserlauf entlang gehen, wo der Reis in Garben gebunden zum Trocknen in den Bäumen hing. Wie immer gab ihre Freundin nach und erklärte sich einverstanden. Vor ihnen lag die Brücke der Fraulichen Tugenden. Sie war einer ortsansässigen Witwe geweiht, die nach dem Tode ihres Mannes nie wieder das Frauengemach verlassen oder mit irgend jemandem, der nicht zur Familie gehörte, gesprochen haben sollte, und niemals wieder soll sie einen Gegenstand berührt haben, den zuvor ein Mann in Händen gehabt hatte. Aus

irgendeinem Grunde schien Sommerwünsche sich heute zu dem marmornen Brückenbogen hingezogen zu fühlen.
»Was ist los?« fragte Champignon. »War Big Boss wieder hinter dir her?«
»Nicht mehr als sonst auch.«
»Was ist es dann?«
Sommerwünsche zuckte die Achseln.
»Du denkst doch nicht mehr daran, die Truppe zu verlassen, oder? Überlegst du dir, den Vertrag doch nicht zu unterschreiben? Ich verspreche dir, das Schlimmste ist überstanden. Du bist jetzt eine ausgebildete Bühnenkünstlerin, keine Theaterschülerin mehr. Big Boss wird nicht damit durchkommen, dich weiterhin wie eine unfruchtbare Schwiegertochter zu behandeln. Von jetzt an wird er dich bezahlen müssen – nicht hoch, ich weiß, aber er muß dich bezahlen. Du wirst schon sehen, wie anders das Leben sein kann mit ein paar Münzen im Taschentuch. Kind, du mußt unterschreiben!«
Sommerwünsche wandte den Blick ab. Die sieben endlosen Lehrjahre waren tatsächlich überstanden, aber die Vorstellung, weitere sieben Jahre lang mit Big Boss verbringen zu müssen, und sei es als bezahlte Vortragskünstlerin, entsetzte sie. Eine unendlich viel rätselhaftere Verwandlung als ihre erste, als sie ihrer Mutter zuliebe in die Rolle des Bruders geschlüpft war, hatte sich in ihr vollzogen. Sie war sich selbst fremd geworden. Nach weiteren sieben Jahren wäre möglicherweise selbst diese fremde Person in ihr nicht mehr wiederzuerkennen.
»Was wird mit mir geschehen, wenn ich bleibe, große Schwester?«
Champignon nahm das Gesicht der jüngeren Frau in beide Hände und sprach zu ihr wie zu einem Kind – dem Kind, das selbst zu haben sie nie zu hoffen gewagt hatte. »Schöne Dinge, wundervolle Dinge. Du wirst berühmt und reich sein. Du wirst die Schönheit des Jangtse-Deltas sein, der größte Star, den die Chiaoching-Oper je hatte oder haben wird.«
»Ich möchte kein Star sein.« Sommerwünsche hätte ihre Worte gern sofort wieder zurückgenommen, denn Champignon zuckte zusammen, als hätte ihr der einzige Mensch auf Erden, der sie verletzen konnte, einen Dolchstoß versetzt.

»Sprich nicht solche Lügen aus«, flüsterte Champignon. »Lügen, die andere hören, werden wahr. Ich weiß es. Ich weiß, daß du ein Star werden willst. Wenn nicht, warum solltest du dann Tag und Nacht und Nacht und Tag üben ...?«
Als sie wieder die Achseln zuckte, ergriff Champignon sie und schüttelte sie. Warum, verlangte sie zu erfahren, warum, bis Sommerwünsche stammelte: »D-d-damit die Leute, die mich auf der Straße beleidigen, mich nicht auch noch auslachen, wenn ich auf der Bühne stehe.«
»Ich glaub dir kein Wort. Du trainierst so hart, weil du die Beste sein willst. Außerdem liebst du doch die Oper, nicht wahr?«
Sommerwünsche wußte es selbst nicht. Täglich ein paar Stunden ihres Lebens in eine andere Welt abtauchen zu können, in eine andere Zeit; täglich ein paar Stunden lang Kleider tragen zu können, die für Frauen kreiert worden waren, die ein wohlbehütetes Leben führten wie preisgekrönte Zierblumen hinter hohen Gartenmauern; all das war für sie, als ob sie sich in einem Traum verlor und erschien ihr bisweilen für ihr Wohlbefinden so wichtig zu sein wie Speise und Schlaf. Auf der Bühne wußte sie, was sie zu sagen hatte, und wie sie es sagen mußte, dort wußte sie, was und wann sie etwas zu tun hatte. Dort war sie die Retterin von Eltern und Brüdern, von Königreichen und Herrschergeschlechtern. Dort wurde sie gefeiert. Doch welche Erniedrigungen mußte sie nach den Vorstellungen dafür hinnehmen, welche Demütigungen und Verletzungen? Fragend sah sie Champignon an, als hoffte sie, in den tränenschweren Augen der Freundin die Antwort auf ihre Fragen zu finden.
»Was wäre denn besser für dich, als diesen Vertrag zu unterschreiben, mein Liebling?«
Ohne nachzudenken platzte Sommerwünsche heraus, »ich will, daß sie mich zum Tee einladen.«
Champignon zögerte einen Augenblick und heulte dann in gespielter Überraschung über die scheinbare Belanglosigkeit dieses Wunsches auf. »Ist das alles? Komm«, sagte sie und ergriff die Hand der jungen Frau. »Ich lade dich zum Tee ein – Grünen Tee, Schwarzen Tee, Jasmintee, Chrysanthementee, Drachenwurzeltee ...«

Sommerwünsche riß sich los. »Tu nicht so, als ob du nicht wüßtest, was ich meine«, rief sie. »Keine Mutter würde je zulassen, daß ihr Sohn eine Opernschauspielerin nach Hause begleitet, nicht einmal, wenn er ein weißhaariger Vollidiot wäre!«
Jetzt fehlten selbst Champignon die Worte.
»Siehst du?« sagte Sommerwünsche und fragte noch einmal, »was wird aus mir, wenn ich bleibe?«
»Kind, ich kann dir beibringen, zu singen wie eine Flöte, zu tanzen wie Wasser, jede Rolle zu spielen, von der Jungfrau bis zum Krieger, aber ich kann nicht die Zukunft vorhersagen.«
»Wenn das doch bloß jemand könnte.«
Champignon sagte nichts mehr, doch während sie den Pfad entlangspazierten, kicherte sie pötzlich auf. »Erinnerst du dich noch an die Seherin?« fragte sie.
Sommerwünsche nickte. Sie verspürte ein leichtes Gruseln, als Champignon die Totenbeschwörerin des Dorfes erwähnte. Nur zu lebhaft erinnerte sie sich an die Seherin, wie sie mit ihrer Zaubererei über das Schicksal des Schlachters entschieden hatte, dem man vorgeworfen hatte, seine Frau und ihren Liebhaber enthauptet zu haben. »Füllt den Kübel hier mit Wasser«, hatte sie den Dörflern befohlen. »Füllt ihn halb mit Brunnenwasser, für das, was ruhig und yin ist, und halb mit Wasser aus dem Fluß, für das was rasch dahineilt und yang ist.« Die Dorfbewohner taten, wie ihnen geheißen wurde. Dann tauchte die Seherin die abgeschnittenen Köpfe in den Kübel, rührte das Gebräu mit ihrem Rohrstock neunmal um und erklärte, als sich das Wasser wieder zu beruhigen begann: »Wenn die Köpfe sich so ausrichten, daß die Gesichter einander anschauen, dann waren die beiden Ehebrecher, und der Ehemann ist frei. Wenn nicht, muß auch ihm der Kopf abgeschnitten werden.«
Die Seherin lebte noch hier im Dorf – ebenso der Schlachter. Sommerwünsche nahm all ihren Mut zusammen und sagte: »Bitte, bring mich zu ihr, große Schwester.«
Die Hütte, in der die Seherin hauste, war kaum mehr als ein Haufen Schmutz, aber auf dem Weg dorthin waren überall Bambusrohre in den Boden gesteckt, an denen gelbe und orangefarbene Wimpel flat-

terten, darauf anerkennende Worte über ihre Fähigkeiten, datiert und mit den Unterschriften dankbarer Kunden versehen. Kein Zweifel, der Schmutzhaufen brachte Glück und durfte nicht zerstört werden. Als Sommerwünsche und Champignon sich näherten, erschien die Seherin in der Tür und winkte sie zu sich. Sie hatte verschwommene Gesichtszüge, und ihr Teint hatte das Aussehen von Kork. Ihr weißes Haar klebte wie Moos auf ihrem buckligen Rücken, auf dem ein schwarzer Hahn thronte.

Champignon erklärte ihr Anliegen. Dann hob die häßliche Alte einen Finger, sah Sommerwünsche an und verschwand im Halbdunkel der Hütte. Die beiden Freundinnen folgten ihr. Die Tür schloß sich hinter ihnen.

Die Seherin hockte sich auf den Boden und gab ihnen Zeichen, das gleiche zu tun. Sie saßen kaum, da schien die Alte schon in Trance zu sein. Sommerwünsche wagte nicht zu sprechen, vor Angst, sie könnte die Alte stören, wagte nicht, sich umzuschauen, aus Furcht, Anstoß zu erregen, sie wagte kaum zu atmen, weil sie befürchtete, die anstekkenden Ausdünstungen einzuatmen, die von der Alten auszugehen schienen und den ganzen Raum füllten. Sie starrte nur den Hahn an, der seinerseits sie anstarrte.

Plötzlich zuckte die Seherin so heftig zusammen, als sei ein Schwert durch sie hindurchgefahren. Ihre Lider hoben sich. Nur das Weiße ihrer Augen wurde sichtbar. Die Pupillen waren verschwunden.

Sommerwünsche griff nach Champignons Arm.

»Ich weiß, ich weiß«, säuselte die Alte seltsam.

Dann schlossen sich ihre Augenlider. Erneut durchfuhr sie ein Zittern, aber jetzt war es länger. Dann sprach sie wieder:

»Stimme des Donners,
das Leben der Blitze.
Nichts als Asche
in funkelnder Hitze.«

Sommerwünsche schluckte. Ihr war, als schlug ihr das Herz bis zum Hals. Mit dem Leben der Blitze mußte ihr eigenes Leben gemeint sein, Feuerfroschs Leben. Aber für was stand die Asche?

»Ich weiß, ich weiß«, sagte die Seherin wieder. »Bist du gläubig? Bist du aufrichtig gläubig?«
»Oh ja, ja. Ich glaube.«
»Zeig mir deine Handflächen.«
Sommerwünsche wischte ihre Hände ab und streckte sie ihr hin. Champignon legte in jede Hand eine Münze, welche die Alte ohne Zögern einsteckte. Dann machte sie sich daran, aufmerksam und ohne ein Wort erst die linke, dann die rechte zu betrachten, während sie mit dem Zeigefinger an den Linien entlangfuhr. Mehrmals nickte sie mit dem Kopf. Einmal runzelte sie die Stirn. Sommerwünsche war sich plötzlich nicht mehr so sicher, ob sie tatsächlich ihre Zukunft geweissagt haben wollte. Was wäre, wenn sie schon morgen sterben müßte? Wenn das Schicksal aus ihr eine –
»Mach mal Fäuste.« Die Seherin untersuchte eingehend die Falten der Haut und löste dann langsam einen Finger nach dem anderen, bis alle wieder ausgestreckt waren.
»Nimm deine Hände wieder zu dir. Die Antwort auf deine Frage lautet, geh fort.«
»Geh fort?« Ja, das war die Antwort, die beste Antwort, dachte Sommerwünsche und griff den Gedanken begierig auf. Doch wohin? »Wohin soll ich gehen?« fragte sie plötzlich wieder voller Lebensmut.
»In die Berge, wo die Kiefern stehen. Da wirst du Hoffnung finden. Auch wenn du arm sein wirst, dort wirst du Freunde haben. Man wird dich nicht feiern, aber man wird dich dort schätzen. Doch vergiß nie, was ich gesagt habe – ›Stimme wie Donner, das Leben wie Blitze …‹«
An dieser Stelle verstummte sie.
Sommerwünsche hätte gerne noch genauer nachgefragt, doch die Alte war offensichtlich eingeschlafen. Zuerst stand Champignon vom Boden auf, dann zog sie Sommerwünsche hoch auf ihre Füße.
»Aber …«
»Komm, Schwesterchen.«
Draußen stand die Sonne hoch am Himmel, und aus der Ferne waren die Schreie spielender Kinder zu hören. Sommerwünsche spähte in die Richtung, aus der die Rufe kamen, so als hätte sie die Hoff-

nung, vielleicht für einen kurzen Moment einen kleinen Bengel zu sehen, der ohne Schuhe vorausrannte, gefolgt von einem Jungen Herrn und seinem Studiengehilfen. Doch schließlich waren die vergnügten Schreie so schwach geworden, daß Sommerwünsche sich fragte, ob sie sich vielleicht nur eingebildet hatte, die drei gehört zu haben.

»Was nun?« fragte Champignon. »Was nun?«

Noch immer ganz in Gedanken an Vergangenes, antwortete Sommerwünsche nicht. Wieder war sie unterwegs zu Baby Wang, ohne zu wissen, ob er inzwischen vielleicht eine andere geheiratet hatte; einerseits hoffte sie es, doch auf der anderen Seite wünschte sie gleichzeitig, daß es nicht so wäre. Die Reise hatte schon jetzt zwei Tage länger gedauert, als sie gedacht hatte, und Geld wie Proviant waren verbraucht. Hungrig und erschöpft setzte sie sich an den Straßenrand, um auszuruhen. Wie sie es schon so oft getan hatte, zog sie wieder ihre Schuhe hervor, die sie immer noch säuberlich in ihr Hemd eingewickelt hatte, und betrachtete sie voller Bewunderung. Die Stickereien auf den weißen Sohlen mußten von Händen ausgeführt worden sein, die so überaus geschickt waren wie diese ausländischen Maschinen; die Knöpfe waren rund und glänzend wie Perlen; der Stoff so weich und zart wie –

»He, was soll'n die Schuhe kosten?«

Sie blickte auf. Vor ihr stand die größte Frau, die sie je gesehen hatte und biß gerade in einen dicken, köstlichen Pfannkuchen. »Die sind nicht zu verkaufen«, antwortete Sommerwünsche, »nicht für alles, was ich in einem Jahr aufessen könnte.«

Mit schnellen, geschmeidigen Bewegungen setzte sich die Frau zu ihr, reichte ihr den Pfannkuchen und meinte, »möchtest du den? Kostenlos. Sing mir nur ein Lied.«

Sommerwünsche sah noch genau die blätterige Kruste des Pfannkuchens vor sich, hatte den Geschmack des leckeren, leicht salzigen Mittelstücks noch förmlich auf der Zunge. Aber warum um alles in der Welt sie plötzlich begann, dieser fremden Frau ihr Herz auszuschütten, oder schließlich, trotz der abgrundtiefen Traurigkeit, die noch wie ein Beil in ihrem Herzen steckte, mit der Fremden mitging, um bei Big Boss vorzusingen, das war ihr schleierhaft. Vielleicht war es, wie die Leute glaubten: Selbst wenn man sich nur durch Zufall trifft, man merkt sofort, wenn man tatsächlich zusammengehört.

Dennoch, den ganzen Weg über bis zum *Pavillon der Elfen* mußte sie über das nachdenken, was nun als untrügliche Wahrheit für sie feststand: eine Darstellungskünstlerin, so hervorragend und anständig sie auch immer sein mochte, nie würde sie in den Augen der Menschen höher eingeschätzt als eine dieser geschminkten Frauen, die sich auf den Blumenbooten zur Unterhaltung der Männer hergaben, niemals auch nur ein Stück besser sein, als die, die jedes daherkommende Paar Füße küßten – die Elendsten von allen.

## Eine Gute Nacht
(1940)

Über Chungking stand kein Mond, nur Blitze zuckten Tentakeln gleich in der Ferne am Himmel, von grollenden Donnerschlägen gefolgt, die von den Bergen widerhallten. Es war eine gute, eine ungewöhnliche Nacht. Solange das Unwetter die umkämpfte Hauptstadt einhüllte, würden die japanischen Bomber in Hankow bleiben, die Warnballons nicht hochgehängt, und keine Sirenen heulen. Am Flußufer drängten sich heute nacht in zahllosen Gruppen Männer und Frauen zusammen. Im Schein der kleinen Feuerstellen verbrannten sie ihr Totengeld für all die Unglücklichen, die verdammt waren, bis ans Ende aller Zeiten die Erde zu durchwandern, weil sie ihr Leben lassen mußten, als die Eindringlinge sie abschlachteten; für all die entrechteten armen Seelen, deren Namen niemand kannte.

Hoffnungsschwert und Bergkiefer lehnten am Geländer einer Landungsbrücke und beobachteten, wie die kleinen Streifen von Gold-

und Silberfolie im Spiel der heißen Luft aufblinkten und wieder verloschen, wie ihr Funkeln sich über das Wasser streute, um dann wie erschöpfte Glühwürmchen im Fluß zu versinken. Nach langem Schweigen hörte Hoffnungsschwert seinen Freund, den angehenden Dichter, folgende Zeilen rezitieren:

»Flehend recken ihre Arme
Stumme Geister ohne Zahl
Nach eines Bruders Hand,
Daß er sie heimgeleite.«

Hoffnungsschwert mochte das Gedicht nicht besonders, es machte ihn eher ärgerlich, und dann ärgerte er sich über sich selbst und seinen Ärger. Hatten die vier Jahre als Maschinenbaustudent ihn bereits zu einem so einseitigen und rationalen Menschen werden lassen, daß er das Leben nur noch in Hinsicht auf Zugfestigkeit und Millimetern begriff? Verdammt noch mal, nein, es lag nicht an ihm, sondern an dem Dichter. Bergkiefers Metaphorik hatte den Beigeschmack dieser chinesischen Schicksalsergebenheit, über die sich auch seine Studienkollegen in endlosen Diskussionen auslassen konnten, was ihn immer maßlos aufregte. Lincoln Chen sagte, daß der Schicksalsglaube in China von Generation zu Generation so heimtückisch verfeinert und weiterentwickelt wurde, daß ihn jeder Chinese geradezu mit der Muttermilch aufnahm, und er heute wie Krebszellen in jedem einzelnen latent vorhanden war. Wenn sein Lieblingsdozent recht haben sollte, dann würde früher oder später auch Hoffnungsschwert diesem Virus erliegen. Der Gedanke daran war ihm unerträglich.

Er warf Bergkiefer einen strengen Blick zu. »Wie kannst du nur von den armen Hunden sprechen, als seien sie irgendwelche fiktiven Figuren in einem albernen Volksmärchen?« fragte er vorwurfsvoll. »Die sind nicht einfach so im Schlaf gestorben, weißt du. Denk' doch nur an die Leute in Nanking. Die Frau – bataillonsweise sind die Japse über sie hergefallen und haben sie wieder und wieder vergewaltigt. Den Mann haben sie bei lebendigem Leib einfach vergraben und die Babys wie Abfall in die Brunnenschächte geworfen. Nicht einer –«

Doch plötzlich hielt er inne. Sein Ärger wich ohnmächtiger Enttäuschung. Während er voller Entrüstung auf seinen Studienfreund einredete, stand Bergkiefer nur da und verzog keine Miene; lächelte nur wie eine Buddha-Statue und sah scheinbar völlig ungerührt auf den Fluß, als wäre er kein Chinese, sondern ein unbeteiligter Besucher, den das alles nichts anging. »Bild' dir nicht ein, daß du damit davonkommst, mich einfach zu ignorieren, Bergkiefer! Irgendwann kommt der Tag, dann wirst du dich mir stellen müssen.«
Mit einer Mischung aus Wohlwollen und Spott antwortete der Gehilfe nur, »zweifelsohne, Junger Herr. Zweifelsohne.«
Hoffnungsschwert lächelte wider Willen. Zwar hatte er gestern sein Abschlußdiplom mit der Post erhalten, und Bergkiefer ein Seminar besucht, aber einmal Gehilfe, immer Gehilfe. Aber was hatte er denn erwartet? Eine Prügelei? Nein, das wäre unmöglich gewesen und auch zu bequem. Einmal mehr wunderte er sich, wie jemand, der wie Bergkiefer zum Diener geboren wurde und so hingebungsvoll und hilfsbereit war wie er, gleichzeitig so wenig unterwürfig sein konnte. Ihm zuzuschauen, wie er den Kot vom Klosett kratzte, war, als erlebte man, wie ein Kaiser ein heiliges Ritual vollzieht. Seine Ärmel, so abgewetzt und schäbig sie auch sein mochten, waren stets säuberlich hochgekrempelt. Seine Arbeitsgeräte, so widerlich sie waren, deponierte er immer sorgfältig auf dem Rost über dem Abfluß. Morgens wollte Hoffnungsschwert ihm manchmal am liebsten die Zahnbürste aus der Hand reißen, bevor Bergkiefer sich damit genau fünfzigmal von oben nach unten und fünfzigmal von unten nach oben die Zähne putzte. Er seufzte. Was wäre damit schon gewonnen? Selbst wenn sie beide eines Tages zahnlose Greise sein würden, Bergkiefer würde immer noch die Macht haben, ihm in seiner Nähe das Gefühl zu vermitteln, hilflos wie ein kleines Kind zu sein.
Von hinten kam, heiß wie der Atem eines Drachen, ein heftiger Wind auf, der ihnen das Haar zerzauste. Es war ganz und gar keine verspielte Sommerbrise, wie sie den Jungen Herrn damals vor Jahren an das Ufer des Jangtse gelockt hatte, doch wieder sah Hoffnungsschwert plötzlich vor seinem inneren Auge drei eingeschworene Brüder, die Seite an Seite auf dem bröckelnden Deich thronten und ihre nackten

Füße über dem Wasser baumeln ließen. Er und Bergkiefer waren nie wieder zum Herzen der Mitte zurückgekehrt, nachdem Feuerfrosch fortgegangen war. Und seitdem er sich in der antijapanischen Bewegung in Nanking engagiert hatte, dachte er auch kaum noch daran. In der letzten Zeit hatte er nicht einmal mehr diesen immer wiederkehrenden Traum gehabt, daß er Feuerfrosch in einen Holzklotz schloß, ihr Pfannekuchen zu essen gab und sie dann erschoß.

Jetzt ertappte er sich plötzlich, wie er dabei war, sich über seine sauberen Zehen zu ärgern, und mußte laut auflachen.

»Was ist denn so Komisches passiert?« fragte Bergkiefer.

»Ach, ich mußte nur gerade daran denken, wie ich Feuerfrosch immer um ihre schmutzigen Füße beneidet hatte. Was für ein Dummkopf ich war!«

»Das warst du wahrhaftig«, sagte Bergkiefer. »Wer sonst würde meinen, mit Willenskraft und Leibesübungen Wunder bewirken zu können, als könnte man damit mein lahmes Bein auch nur einen Zentimeter wachsen lassen?« Daß er aber, immer wenn er sich diese albernen, mit Steinen gefüllten Strümpfe abnahm, die sie sich für ihre Übungen um die Füße gebunden hatte, plötzlich mit einer ganz neuen Leichtigkeit laufen konnte, hätte er niemals zugegeben. Ebensowenig hätte er jemals eingestanden, wie sehr ihm die Bibelgeschichten gefielen, die er den Waisenkindern in der christlichen Missionsschule in Nanking vorgelesen hatte, die noch von viel beeindruckenderen Wundern berichteten – oder daß auch die Christen Willenskraft höher schätzten als Verstandeskraft und Freiübungen höher als Rechenübungen. Doch damit endete auch alle Ähnlichkeit. Nur Hoffnungsschwerts Unnachgiebigkeit hatte ihm damals das Gefühl geben können, daß er dazugehörte.

Plötzlich war neben ihnen, wie aus dem Nichts, eine Frau aufgetaucht – eine ältere Frau, schlank, pockennnarbig, mit dichtem Pony, ihre Arme ausgestreckt. Bergkiefer kniff die Augen etwas zusammen. Jade? War sie von den Besatzern ermordet worden? War ihr Geist gekommen, nach ihrem Sohn zu suchen?

Nein, die Frau sprach, noch dazu in einem fremden Dialekt. Sie hatte eine kehlige Stimme, ganz anders als Jade. Das war kein Geist. Doch an Hoffnungsschwerts Gesicht konnte er erkennen, daß auch er die Fremde im ersten Augenblick für seine Mutter gehalten hatte. Gleichzeitig erhoben sie sich aus ihrer legeren Position am Geländer und nahmen Haltung an, um ihr respektvoll ihre Aufwartung zu machen.

Ohne ihnen jedoch Beachtung zu schenken, starrte die Frau mit sich selbst sprechend unverwandt in den nächtlichen Himmel. Sie verstanden nicht, was sie sagte, doch die Bedeutung ihrer Worte waren nur allzu klar – nach der großen Flut in Wen Shui hatten sie in der gleichen Weise Mütter wehklagen gehört, die ihre Kinder verloren hatten.

Minuten vergingen, dann wandte sich die Frau plötzlich um und ging davon, ebenso unerwartet, wie sie aufgetaucht war. Wortlos schauten sie ihr nach, wie sie tiefer und tiefer in die Schwärze der Nacht forttauchte, bis sie wieder in den Traum zurücktrat, dem die beiden nachgehangen hatten, einen fernen Traum von einem fernen Ort, ihrem Zuhause.

Während er auf dem Fluß wieder dem reflektierenden Funkeln der kleinen, unruhigen Feuer nachblickte, dachte Bergkiefer, es ist also wahr, daß jeder irgendwo einen Zwilling hat. Zu gerne wäre er einmal seinem eigenen Zwillingsbruder begegnet und hätte ihn gefragt, wie ein Gehilfe, der untrennbar an seinen Herrn gebunden ist, ein eigenes Leben führen könnte. Er mußte fast lachen. Sicher würde es ihm genauso gehen wie Jade, wenn sie dieser trauernden Mutter begegnet wäre; sie könnten einander nicht verstehen, weil sie verschiedene Sprachen sprachen.

Zum letzten Mal hatte er die Herrin vor drei Jahren gesehen, am Abend als Hoffnungsschwert und er nach Chungking abreisten, wohin alle erfahrenen und gebildeten Patrioten geschickt wurden, um Chiangs Regierung dabei zu unterstützen, das Land zu einigen, als der Krieg unausweichlich schien. Mitten in der Nacht hatte ihn seine Schwester aufgeweckt, und er war ihr in Jades Zimmer gefolgt. Nur einmal, als er noch ein kleiner Junge war, hatte er eintreten dürfen, doch er erinnerte sich noch genau an den intensiven Geruch von Honig, der in dem Zimmer herrschte.

Als er eintrat, dachte er einen Augenblick, die kleine Porzellanstatue der Kwan Yin hätte irgendwie Feuer gefangen. Der ganze Altar schien vor lauter Kerzenlichtern in Flammen zu stehen. Dann sah er, wie Jade inmitten der flackernden Schatten im Kotau auf dem Boden hockte.
Als sich dann Goldweide neben sie kniete, was hätte er anderes tun sollen? Also kniete er ebenfalls nieder. Aber kaum hatte er das getan, da fuhr Jade empor. Zischend wie die zahllosen Kerzendochte, die auf dem Altar brannten, befahl sie ihm, sich um Hoffnungsschwert zu kümmern. »Bergkiefer, schwöre mir bei der Gnadengöttin, daß du dich um das Wohl meines Jungen kümmern wirst, was auch passieren mag, und zwar während der ganzen Zeit, in der er von zu Hause fort ist. Ich schwöre dir meinerseits, mich dann auch um deine Schwester zu kümmern, genau so lange, egal was geschieht.«
Nie zuvor hatte er sich derart verletzt gefühlt. Jemanden schwören zu lassen, etwas zu tun, was, wie sie sehr wohl wissen mußte, er mit Freuden tat, war schlimmer als Erpressung. Hielt sie ihn denn für so wenig vertrauenswürdig, daß sie ihn dermaßen erniedrigen und seine Loyalität auf diese beleidigende Weise einfordern mußte? Und wie sie es getan hatte, einschließlich der unverhohlenen Drohung – ein kurzer Fußtritt wäre freundlicher gewesen. Wie hatte diese Gans nur seinen Freund zur Welt bringen können? Damals bemitleidete er sie. Verfluchte, ja, verabscheute sie für diese Demütigung. Für immer und alle Zeiten. Jade selbst vergab eine Beleidigung niemals. Niemals vergaß sie einen Schwur.
Doch jetzt, als er Hoffnungsschwert ansah, der ganz versunken seinen eigenen Erinnerungen nachhing, fühlte er der Herrin gegenüber so etwas wie Dankbarkeit. Es war natürlich richtig, hätte ihr Sohn ihn damals nicht aus den Trümmern der Bibliothek befreit, hätte ihn wahrscheinlich jemand anderes gerettet. Aber nur Hoffnungsschwert hatte wissen können, wie die Panik aufzuhalten war, die ihn fast um den Verstand gebracht hatte und im Begriff war, aus ihm ein wimmerndes, zitterndes Tier werden zu lassen. »Verdammt nochmal, Bergkiefer«, hatte der Junge Herr gesagt, als er zu ihm vorgedrungen war und durch die freigelegte Öffnung im Schutt zu ihm her-

einblickte; sein Gesicht war wieder genau so schmutzig, wie so oft, als er noch ein Kind war. »Mußt du dich denn ewig hinter Büchern vergraben?!«

Er hatte sich bei Hoffnungsschwert nie dafür bedankt, daß er ihm das Leben gerettet hat, das wurde auch nicht erwartet; was den Jungen Herrn anbetraf, war die Geschichte vorbei und erledigt. Bergkiefer konnte damit jedoch nicht so ungezwungen umgehen; denn diese Schuld, zusammen mit allem anderen, was er dem Hause Li zu verdanken hatte, wog schwer und hatte ihn an Hoffnungsschwert gebunden, wie das kein Schwur der Mutter gegenüber je vermocht hätte. Dennoch, er hatte so lange Jahre als treuer Gefolgsmann gelebt, daß er selten auch nur den Gedanken erwog, ein anderes Leben zu führen. Lediglich dann und wann, wenn er einem Mann seines Alters begegnete, der mit seiner Familie umherspazierte, mochte er sich manchmal fragen, werde ich wohl selbst jemals heiraten?

Eine Stimme antwortete, »ja.« Erschreckt schaute Bergkiefer sich um und sah Hoffnungsschwert, der nickte, während er murmelnd mit sich selbst sprach. »Ja, das müssen wir!« rief er.

»Müssen was?«

»Ebenfalls ein kleines Opferfeuer anzünden.«

»Wie denn? Wir sind doch völlig unvorbereitet hergekommen.«

Hoffnungsschwert versetzte ihm einen freundschaftlichen Stoß. »Du notierst dir doch alle Augenblicke irgendeinen Gedanken. Sieh doch mal nach, ob du nicht irgendeinen Fetzen Papier dabei hast.«

In Gedanken an die Opernkarten in seiner Tasche zögerte Bergkiefer. Sie waren als Überraschung gedacht. Wenn er die jetzt hervorholte, wäre der Abend ruiniert, den er zu Ehren von Hoffnungsschwerts Universitätsabschluß geplant hatte. Denn ganz gewiß hätte der Junge Herr in seiner Heldenhaftigkeit auf eine große Geste bestanden, und die Tickets wären mir nichts dir nichts in Flammen aufgegangen, um die Theatergänger unter den Toten zu beeindrucken.

Aber Bergkiefer war kein Held. Er war eben dieser Diener, der an einen schäbigen, aus Bambus gefertigten Schreibtisch gefesselt war, in der Gasse hinter ihrem Wohnhaus. Seine Aufgabe war es, hart für das Unterrichtshonorar für den Universitätsabsolventen zu arbeiten und ihre täglichen Ausgaben zu bestreiten, während spielende Kinder um ihn her seilchenhüpften und umherstreunende Katzen jagten, und ältere Spaziergänger sich um ihn drängten, um seine Kalligraphie in Augenschein zu nehmen. Die Abschriften brachten nicht viel ein, doch zum Glück fand jemand, der so peinlich sorgsam und genau arbeitete wie er, eine Menge Arbeit. Fachbücher waren nur schwer erhältlich. Hätte er und Hoffnungsschwert nicht zusammen mit tausenden anderer Freiwilliger die Bücher der Bibliotheken eines halben Dutzends von Universitäten die dreitausend Li von den Städten entlang der Küste bis in die Hauptstadt im Landesinneren geschleppt, dann wäre wohl kein einziges erhalten geblieben, das man hätte kopieren können. Und jetzt, bei der japanischen Blockade, wären die Originale unersetzbar gewesen.

Genau wie die Opernkarten.

»Was ist los?« neckte Hoffnungsschwert. »Kann der große Schriftsteller nicht ein oder zwei Blatt Papier opfern?«

Der große Schriftsteller hätte ein ganzes Manuskript entbehren können. Aber nicht die Eintrittskarten. Er würde doch nicht ihre langerwartete Feier opfern, die, wie ihm jetzt klarwurde, nicht nur wegen Hoffnungsschwerts Abschlußexamen stattfinden sollte, sondern zugleich auch das Ende seiner, Bergkiefers Dienerschaft als Studiengehilfe bezeichnete – die Erfüllung eines Versprechens, das er nicht Jade, sondern sich selbst gegeben hatte.

»Nun, steh da nicht so herum«, sagte der Junge Herr in scherzhaft rauhem Ton. »Sieh schon in deinen Taschen nach, sonst werde ich es tun, das kannst du mir glauben.«

Das war also sein neues Leben. Mit gequältem Lächeln durchsuchte Bergkiefer seine Taschen.

»Na und, hast du was gefunden?«

»Nicht einen Schnipsel, nur diese Schachtel Streichhölzer.«

Hoffnungsschwert sah nochmal in seinen eigenen Taschen nach, doch fand er nur ein paar Münzen und das Zigarettenetui, das sein Vater von seiner ersten Frau geschenkt bekommen hatte. Es war ein kunstvolles kleines Meisterwerk, das das Hundertfache seines Gewichtes in

Silber wert war. Doch so hoch auch Steinhüters Schulden mitunter waren, und wie sehr er sich für finanzielle Hilfe hatte erniedrigen lassen müssen, niemals hatte er es verpfändet. Auf seinem Totenbett, ein Jahr nachdem Hoffnungsschwert ins Internat kam, hatte Steinhüter das Etui an Goldweide weitergegeben; und sie wiederum hatte es ihm geschenkt, kurz bevor er und Bergkiefer nach Chungking abgereist waren.

»Dein Vater hatte es mir nur gegeben, weil er sicher war, daß ich es an dich weitergeben würde«, sagte sie. »Das mußt du mir glauben. Du mußt verstehen, warum er es seinem zweiten Sohn nicht selbst ausgehändigt hat. Er fürchtete zu sehr, deine empörten Blicke mit ins Grab nehmen zu müssen.«

Seit diesem Tag hatte er das Etui stets bei sich getragen, obgleich er sich noch immer nicht darüber im klaren war, ob sie die Wahrheit gesagt hatte. Wenn er zurückgekehrt wäre, um am Sterbebett seines Vaters niederzuknien, oder zugegen gewesen wäre, um beim Begräbnis des Patriarchen die silbernen und goldenen Papierstäbe anzuzünden, vielleicht wäre es ihm dann leichter gefallen, ihr Glauben zu schenken. Aber als er das Telegramm erhalten hatte, mit der Nachricht, daß Steinhüter im Sterben lag, hatte er vorgegeben, wegen einer geheimnisvollen Krankheit unter Quarantäne gestellt zu sein.

Jetzt öffnete er das Silberetui und nahm die Zigarette heraus. Zigaretten wie diese, die aus echtem Tabak gedreht und mit einem Mundstück aus Goldfolie versehen waren, hatte er sich lange Zeit nicht leisten können. Doch die hier war keine gekaufte Zigarette. Sie war schon im Etui, als er es erhielt. Zu Anfang hatte er sie nicht geraucht, weil er andere Marken bevorzugte. Doch später erklärte er dann gern in Bergkiefers Anwesenheit, daß er, dank Goldweide, die nicht rauchte, auf diese Weise wenigstens zu seinem Erbe gekommen sei, denn alles, was der Patriarch des Hauses Li seinem zweiten Sohn hinterlassen hatte, sei eine Zigarette, die man übersehen hatte. Er rührte sie nicht an. Aber genausowenig konnte er sie fortwerfen. Immer wenn er sie betrachtete, mußte er unweigerlich daran denken, wie bitter die letzte Zeit daheim gewesen war.

Während er die Zigarette durch seine Finger gleiten ließ, fragte er sich, warum Jades lange Briefe, die trotz des Krieges regelmäßig jede Woche eintrafen, ihm so wenig bedeuteten, während er den einzigen Brief seines Vaters immer in der Brieftasche bei sich trug. Vaters Brief enthielt einschließlich der Anrede und der Abschiedsformel genau vierundfünfzig Worte und dennoch, er erschien ihm unendlich inhaltsreich. Daß Mutters Briefe von irgendeinem gelernten Schreiber verfaßt wurden, dessen Fähigkeiten sich darauf beschränkten, in tausenderlei blumigen Umschreibungen auszudrücken, wie sehr man ihn vermisse, daß er gut schlafen und essen müsse, und ihm jedermann alles Gute für die Zukunft, ein langes Leben und Glück wünsche ..., das war eine gute Ausrede, aber eben auch nur eine Ausrede. Vielleicht, weil Vaters Brief eine solche Rarität war? Oder lag es an seiner Eigensinnigkeit? Allein die Vorstellung, wie Vater über seinen Schreibtisch gebeugt die Worte schrieb, »mögen wir in Harmonie miteinander leben.«
Er hielt die 999er mit dem Goldmundstück hoch und sagte, »wie wär's damit?«
Zu seiner Verwunderung war Bergkiefer offensichtlich erstaunt. »Bist du dir auch ganz sicher?«
Hoffnungsschwert nickte. »Es ist Zeit dafür. Es ist eine gute Nacht.«
Langsam stiegen er und Bergkiefer still die unebenen Steintreppen zum Flußufer hinunter. Dann und wann blieben sie stehen, so als wollten sie die geisterhaften Erscheinungen trauernder Mütter vorbeilassen, die auf ihren Knien die Strecke entlangkrochen. Blitze zuckten hin und wieder auf und ließen ein Gewirr von Hütten aus Lehm und Stroh sichtbar werden, die wie die Nester prähistorischer Vögel an den Felsklippen klebten. Wieviel schöner Chungking doch bei Nacht war, dachte Hoffnungsschwert. Tagsüber schoben sich von Oktober bis Mai Schlammassen und dichter Nebel in die Schluchten der felsigen Steilhänge, im Sommer war die Luft erstickend heiß und feucht, und die Straßen versanken im Morast. Das ganze Jahr über wimmelte es von Ratten. Aber trotz alledem, und gerade in Momenten wie diesem, wenn alle Bewohner aus einem feierlichen Anlaß zusammen gekommen waren, dann gab es keinen Patrioten, dessen

Herz nicht höher schlug vor Stolz und Zuneigung für das menschliche Treibgut, das aus den besetzten Gebieten hierhin geflohen war, um in dieser erbärmlichen Gegend ein neues Zuhause zu finden, um sich immer und immer wieder aus dem Schutt und dem Schmutz zu erheben, und den Ort bewohnbar zu machen.
Sollen die Bomber doch kommen! wollte er am liebsten schreien. Jede Bombe, die auf China fiele, würde seine Landsleute widerstandsfähiger machen; sein Land würde überdauern.
Als sie das Flußufer erreicht hatten, schlug Hoffnungsschwert das goldene Mundstück leicht auf das Etui, um den Tabak der Zigarette festzuklopfen. Er zögerte den Augenblick hinaus, in dem das sichtbare Zeichen der Kluft zwischen Vater und Sohn sich für immer in Rauch aufgelöst haben würde. Endlich nickte er, und während er die Zigarette zwischen die Lippen nahm, entzündete Bergkiefer das Streichholz. Er inhalierte einmal und schmeckte die Würze des Tabaks, der mit der Zeit bitter geworden war. Dann reichte er die Zigarette seinem Freund, der in der gleichen Weise daran zog und sie anschließend feierlich an Hoffnungsschwert zurückgab. Mit beiden Händen hielt er die Opfergabe in die Dunkelheit hinaus und warf sie dann in hohem Bogen in den Jangtse, für all die, die den Tod gefunden hatten.

## Die Oper

Am nächsten Abend torkelten Bergkiefer und Hoffnungsschwert nach einem üppigen Essen im Restaurant ›Dunst der Stadt‹, wo sie Kuttelspieße mit Gemüse in einer Sauce von Paprika, Gewürzen und Öl mit ein paar Flaschen billigen Weins hinuntergespült hatten, dort entlang, wo tagsüber die Hauptverkehrsstraße verlief. Nachts war die Straße ein von Verkaufsständen gesäumter Basar. Im Schein der Laternen wurde hier schlichtweg alles verkauft, von gewöhnlichem Kohl bis hin zu goldhaarigen Äffchen. Nur unter Mühen konnten die beiden Freunde ihr lautes Lachen unterdrücken, während einer den anderen beschuldigte, durch sein Benehmen Anstoß zu erregen.

»Du hast die letzte Flasche bestellt.«

»Und du hast sie ausgetrunken.«

Einkaufende Passanten beeilten sich, den beiden aus dem Weg zu gehen. Es war recht belebt auf der Straße, wenngleich auch nicht so viele Menschen flanierten wie in den Nächten, in denen eine kühle Brise wehte, und keine dicken Gewitterwolken über den Bergen hingen. Neuankömmlinge in der Stadt, die noch nicht mit der stickigen Schwüle und Hitze vertraut waren, zogen es nämlich vor, auf Strohmatten vor ihren Wohnhäusern die Tage zu verbringen und sich für die Nacht einen Platz an den Gehsteigen reservieren zu lassen. Ein Bettler, der gerade im Rinnstein sein Geschäft erledigte, drehte dem unziemlich lauten Freundespaar den Rücken zu. Eine Frau, die angestrengt versuchte, die Hühnereier im Auge zu behalten, die sie waghalsig aufgestapelt in ihren Körben trug, konnte gerade noch anhalten, um nicht frontal in die beiden hineinzulaufen. Ungeschickt schoben sie einander umher, wie ein Trio erbärmlich unbeholfener Tanzschüler, darauf bedacht, einander nicht auf die Füße zu treten, ohne jeden Erfolg, bis die Frau schließlich in höchster Not aufschrie:

»Bleibt endlich stehen!«

Augenblicklich gingen Hoffnungsschwert und Bergkiefer in Habachtstellung wie zwei hölzerne Wäscheklammern. Dann salutierte der frischgebackene Universitätsabsolvent. Er salutierte weiter, während die Frau davonhastete, bis ihre schrillen Verwünschungen im Stimmengewirr der Hausierer, die ihre Ware feilboten, nicht mehr zu hören waren.

»Messer, Messer!«

»Bohnen, Bohnen!«

»Schuhe, Schuhe! Rutschfeste Schuhe. Gleitfeste Schuhe. Schuhe, mit denen man nicht ausrutscht. Schuhe …«

Hoffnungsschwert zog Bergkiefer zu dem Schuhverkäufer, dessen Verkaufsstand kaum größer war als ein Bauchladen, und zeigte auf

die Schuhe, die aus alten Reifen gefertigt waren. »Sieh mal! Sieh! Genau, was ich brauche! Wenn ich nicht bald was anderes an die Füße bekomme, als diese aufgeweichten Stoffschuhe, dann wächst mir bald Moos zwischen den Zehen.«
»Die können wir uns nicht leisten.«
»Wer sagt das?«
»Dein Vermieter sagt das. Beweg deine Schweißfüße, sonst kommen wir noch zu spät zur Vorstellung.«
Hoffnungsschwert schien das nicht weiter zu kümmern, denn gleich am nächsten Weinstand hielt er an und war nicht mehr fortzubewegen, bevor sein Studiengehilfe ihm nicht gut ein dutzendmal zugeprostet hatte, jedesmal ein bißchen ausgelassener. Erst als Bergkiefer die halbleere Flasche aus der Hand glitt und auf dem Boden in Scherben ging, hakten sich die beiden unter und wankten die Straße hinauf, an den Häusern entlang, zwischen denen hier und da die feindlichen Bombenangriffe eine klaffende Lücke gerissen hatten.
Angeregt von den kunstvollen Hinterlassenschaften aus alter Zeit, die irgendwie die Zerstörungswut der Moderne überlebt hatten, blieb Hoffnungsschwert stehen, um das Werk eines Architekten der Chi'ing-Dynastie zu bewundern. Dieser Meister hatte seine Mondpforte so angelegt, daß die junge Zypresse, die davor gepflanzt worden war, in ein paar Generationen, wenn sie sich der Sonne entgegengestreckt haben und ausgewachsen sein würde, genau von der Pforte eingerahmt sein würde. In der Aussicht auf dieses ferne Ereignis grinste Hoffnungsschwert schon jetzt vor Vergnügen. Bald wollte auch er Brücken entwerfen, die über die Zeit triumphieren sollten.
Plötzlich lachte Bergkiefer laut auf.
»Was ist so witzig?«
»Ich ... mußte gerade daran denken« – er wies mit dem Finger weiter vor ihnen auf einen Jungen, der gerade sein Wasser über einem Haufen Bauschutt abschlug – »wie das erste Mal ein Mädchen ... davonlief, als du die Hosen fallen ließest.«
Schwankend kratzte Hoffnungsschwert sich den Kopf und schürzte

sich die Lippen, während er angestrengt konzentriert dreinschaute. Dann, nach einer Weile, verzog er sein Gesicht zu einem Grinsen. »He, wie wär's mit einem Wettpinkeln?« meinte er und begann, sich an den Knöpfen seiner Hose zu schaffen zu machen.

Bergkiefer, mit einem Mal ganz der erzieherische Studiengehilfe, schlug in gespielter Empörung nach den ungeschickt fingernden Händen des Jungen Herrn und zischte, »hör auf damit. Hör auf der Stelle damit auf, oder ich laß dich alle Dichter der T'ang-Zeit aufsagen.«

Als Hoffnungsschwert die Miene verzog, als wollte er im nächsten Augenblick losheulen, zeigte Bergkiefer den Hügel hinauf zu dem flackernden Neonzeichen auf dem Dach eines zweigeschossigen mit Stuck verzierten Gebäudes. »Da ist sie. Die Chiaoching-Flußoper.«

»Was für ein abgewracktes Teil! Laß uns woanders hingehen.« Hoffnungsschwert wollte kehrtmachen, drehte sich jedoch einmal um die eigene Achse. »Als diplomierter Bauingenieur und Beamter in spe im Ministerium für Straßen und Verkehr würde ich das Gebäude für hochgradig einsturzgefährdet erklären; da geh' ich lieber nicht rein.«

Bergkiefer blieb wie angewurzelt stehen. Könnte es passieren, daß er wieder lebendig verschüttet würde? Allein bei dem Gedanken daran schnürte es ihm die Kehle zu, und er spürte, wie sein Herz wild pochend alle Luft aus seinen Lungen drückte. Schlagartig war er nüchtern wie ein Angeklagter, dem man soeben sein Todesurteil verkündet hatte. Hoffnungsschwert hatte recht. Durch welches Wunder war dieses Gebäude stehen geblieben, während alle Häuser rundum in Schutt und Asche lagen?

Hoffnungsschwert mußte Bergkiefers Panik gespürt haben. Auch er schien mit einem Schlag wieder nüchtern, denn er sprach jetzt plötzlich wieder klar und deutlich. »Zur Hölle mit den rechten Winkeln. Laß uns gehen, ich war seit Jahren in keiner Oper mehr«, sagte er.

Bergkiefer war nicht überzeugt. »Vielleicht sollten wir die Eintrittskarten verkaufen und zurück zu dem Schuhstand gehen«, meinte er. Hoffnungsschwert legte seine Hand auf Bergkiefers Schulter und sah

ihm in die Augen, genau so mitfühlend wie damals Goldweide, als sie das erste Mal das verdorrte Bein ihres kleinen Bruders für ein Paar lange Hosen vermessen hatte. »Mein lieber Freund«, sagte er, »du hast zu schwer und zu lange dafür gearbeitet, um die Feier jetzt zu verderben, die du geplant hast.«
Aufrichtig gerührt, schluckte Bergkiefer seine Angst herunter. Entschlossener denn je, Hoffnungsschwert einen schönen Abend zu bereiten, kaufte er ihm eine Schachtel seiner Lieblingszigaretten am Eingang. »Hier, füll das leere Etui auf!« sagte er.
»Was ist über dich gekommen?«
»Freu' dich nicht zu sehr. Alle Welt behauptet, die sind mit Sägemehl gestopft.«
Im Theatersaal fiel Bergkiefer um ein Haar hin, so sehr war er damit beschäftigt, die Decke zu inspizieren, bis Hoffnungsschwert ihm versicherte, daß die Risse nur oberflächlich seien. Sie eilten einen halbdunklen Korridor hinab, der von kleinen Räumen gesäumt war, in denen frischgebackene Hochschulabsolventen einander ausgelassen zuprosteten, bis sie schließlich in eine große Halle kamen, in der es noch lärmender zuging. Menschen aller Altersstufen, aller Stände und aufs unterschiedlichste gekleidet, drängten sich auf den Bänken und wedelten sich wie wild mit ihren Fächern Luft zu. Fast gleichzeitig entdeckten die Freunde eine Bank an der Seite, die noch nicht ganz besetzt war, und drängten dorthin, um zwei Sitzplätze zu ergattern, während sie mit eingezogenen Köpfen den dampfenden Tüchern auswichen, die Saalordner auf Zurufe Theaterbesuchern zuwarfen. Die konnten es kaum erwarten, sich damit die schweißnassen Gesichter abzuwischen.
Endlich auf seinem Platz, wandte Bergkiefer sich an seinen Sitznachbarn, um sich nach dem nächsten Auftritt zu erkundigen, da die Vorstellungen fast ohne Unterbrechung vom Morgen bis Mitternacht liefen. Doch er bereute seine Neugierde sogleich, denn der alte Mann neben ihm wollte gar nicht mehr aufhören, die Frage zu beantworten und erstickte ihn fast mit seiner Knoblauchfahne, während er eine Zehe nach der anderen verspeiste.
»Du mußt unter einem außerordentlich günstigen Stern geboren

worden sein. Die patriotischen Satireeinlagen haben wir bereits hinter uns, genauso wie diese reizlosen Mädchen und pickeligen Jungs in ihrer langweiligen Kleidung, die weder singen noch tanzen oder schauspielern können ...« Der Mann machte eine Pause, um ihm eine Zehe aus seinem Glas mit Lebensverlängerungskeimen anzubieten, worauf Bergkiefer jedoch höflich verzichtete. »Nicht daß ich an der Aufrichtigkeit dieser Universitätsstudenten zweifele, aber die da oben, wofür halten die uns eigentlich? Nur ein Einfaltspinsel würde jetzt noch weiter Wertpapiere für die Kriegsfinanzierung kaufen. Da stecke ich denen mein Geld doch lieber gleich zu und spar mir die Schreibarbeit ...«
Bergkiefer machte seinen Nachbarn darauf aufmerksam, daß die Musikanten, die auf der einen Seite der Bühne saßen, jetzt zu spielen begonnen hatten, obgleich sie in dem allgemeinen Lärm kaum zu hören waren. Der alte Mann nickte nur und fuhr fort, mampfend auf ihn einzureden. »Aber danach hast du mich ja gar nicht gefragt, und weiß der Himmel, darüber will ich auch gar nicht reden. Mein glücklicher Junge, du bist im Begriff einer Vorstellung beizuwohnen, für die ein normaler Sterblicher sein letztes Hemd hergeben würden. Sommerwünsche singt *Zhu Yingtai* ... Allein dabei kommt in mir altem Wahrsager der Wunsch auf, ich könnte mein Leben noch einmal von vorne beginnen, auch wenn es nichts als Kummer und Sorge gebracht hat.«
Nachdem er all seinen lebensverlängernden Knoblauch aufgegessen hatte, setzte der Mann jetzt das Glas an den Mund, um auch die Lake hinunterzustürzen. »Wart' nur, bis du sie von ihren Sehnsüchten singen hörst, wenn sie als Junge verkleidet zur Schule marschiert, und achte dann darauf, mit welcher Raffinesse und Feinsinnigkeit sie versucht, ihrem Klassenkameraden gegenüber, den sie liebt, ihr wirkliches Geschlecht anzudeuten. Und denk daran, was ich dir gesagt habe, du wirst weinen, wenn sie aufhört, auf dem Weg zu ihrer Trauung, am Grab ihrer wahren –«
Das tobende Publikum wurde mit einem Mal ruhig. Buddha sei's gedankt, dachte Bergkiefer, und merkte dann, wie er und alle anderen im Saal völlig in Bann gezogen wurden, als Sommerwünsche auf die

Bühne schwebte. Wie alle anderen lehnte er sich weit vor, um auch nur jedes ihrer Worte zu verstehen, jede Note, um genauestens ihr mandelförmiges Gesicht zu studieren und ihre leuchtenden Augen, als hätte er nie zuvor eine so wunderschöne Frau gesehen. Es mußte wohl am Wein liegen, sagte er sich. Ja, das war es, der Wein. Hübsche Mädchen so unverfroren anzuschauen, war wirklich nicht sein Stil, obgleich er inzwischen akzeptieren konnte, daß Hoffnungsschwert sich in dieser Hinsicht keinen Zwang auferlegte. Sein Lieblingsausspruch war, sein Studiengehilfe sei korrekter als ein Eunuch, der seine Eier im Glas aufbewahre. War es vielleicht wirklich so, wie die Heiratsvermittler immer behaupteten – daß so zurückhaltende Männer wie er den Blitz anziehen wie ein alleinstehender Baum auf flachem Weideland?
Er zwang sich, in eine andere Richtung zu schauen, während er Sommerwünsche zuhörte. Ihre Stimme war künstlerisch vollkommen doch zur gleichen Zeit auch so aufrichtig, so rein und zugleich leidenschaftlich, daß auf einmal der Text, den sie vortrug, so poetisch er auch sein mochte, keine Rolle mehr spielte.
Er fuhr auf. Er hatte sich an Hoffnungsschwerts Zigarette verbrannt. Aber als er die Hand des Freundes ein wenig zur Seite stieß, und sein Freund überhaupt keine Notiz davon zu nehmen schien, dachte er, daß Sommerwünsche auch ihn in ihren Bann gezogen hatte, und für einen kurzen Augenblick war ihm, als fühlte er fast so etwas wie einen plötzlichen Anflug von Verlustangst. Seine Blick wendete sich wieder zur Bühne.
Die Heldin war gerade im Begriff, sich in das offene Grab ihres Liebsten zu stürzen, als die Sirenen aufheulten und Luftalarm gaben; ein unerträglicher Lärm, der sich anhörte, als brüllten verrückt gewordene Bären mit quiekenden Schweinen im Chor. Doch erst als Sommerwünsche die Bühne verlassen hatte, erhoben sich endlich auch die Zuschauer und maulten wie Kinder, die von ihrem vergnügten Spiel auf dem Schulhof plötzlich in die Klassenzimmer zurückgerufen werden. Die Platzanweiser riefen: »Hier entlang! Ein Schutzraum ist ganz in der Nähe. Hier entlang!«
Bergkiefer und Hoffnungsschwert hatten dem alten Wahrsager noch

auf die Füße geholfen, ihn dann aber aus den Augen verloren, während sie selbst zu den Ausgängen gedrängt wurden. Es herrschte keine Panik; schon so oft war Luftalarm gegeben worden, daß man sich inzwischen fast daran gewöhnt hatte. Dennoch sprachen alle nur im Flüsterton, als sei zu befürchten, der Feind könnte bei normaler Lautstärke seine Opfer zu leicht aufstöbern.
Draußen hatten sich die Wolken verzogen, und der Mond schien nah und hell. In seinem glänzenden Licht zog sich der Fluß mit seinen vielen Armen wie funkelnde Goldbänder um Chungking und ließ die Stadt wie ein Willkommensgeschenk für die Bomber erscheinen.
Der Eingang der Höhle in der steilaufragenden Klippe war jetzt ganz nahe vor ihnen zu sehen. Bergkiefer war es, als schnürte es ihm die Kehle zu. Wieder begann sein Herz wie wild zu schlagen, und alle Luft aus seinen Lungen zu pumpen. Er wollte stehenbleiben und wäre am liebsten auf der Stelle umgekehrt und davongerannt, doch hinter ihm drängten andere nach, die keine solchen Beklemmungen hatten, und schoben ihn hinein. Die Luft stank, und von den feuchten Felswänden nieselten Wassertropfen herab, die im Handumdrehen alle bis auf die Knochen durchnäßten, selbst die Schuhe verursachten beim Gehen ein bedrohliches, schlürfendes Geräusch. Doch unbarmherzig fühlte Bergkiefer sich von den Schutzsuchenden weiter vorwärtsgedrängt, an Sitzbänken vorbei, die schon jetzt von Menschen überquollen, tiefer und immer tiefer in die Höhle hinein. Das Licht der Öllampen in den kleinen Felsnieschen schien schwächer zu werden. Er hatte einen Geschmack wie Schimmel im Mund und bekam dann einen dieser Hustenanfälle.
Hoffnungsschwert rieb ihm den Rücken, während er geduldig wartete, bis sich der Anfall wieder gelegt hatte. Dann lächelte er ihm aufmunternd zu. »Dich können nur Bücher erledigen, mein Freund, und davon ist nicht eines in Sicht.«
Bergkiefer nickte mühsam.
Endlich lockerte sich das Gedränge ein wenig auf, und sie fanden einen Sitzplatz. Bergkiefer wartete angestrengt auf den zweiten Alarm, der die tatsächliche Ankunft der japanischen Bomber über

Chungking verkündete. Je eher der Alarm erfolgen würde, desto eher wäre der Luftangriff auch vorbei, dachte er. Doch manchmal erfolgte überhaupt kein zweiter Alarm, und es gab die ganze Nacht über keine Entwarnung. Hoffnungsschwert schlief bereits. Bergkiefer beneidete ihn.

Es war nicht der Tod, den er fürchtete. Der drohende Tod wecke noch einmal alle Erinnerungen in einem, hieß es, aber was war schon der Erinnerung wert von seinem Leben auf Erden. Wovor sonst fürchtete er sich also? Eher schon davor, daß sein Leben zuende sein würde, ohne daß er es recht gelebt hatte. Als das Dach der Bibliothek einstürzte, war der letzte Luftangriff schon Tage her gewesen. Er war völlig allein. Der Raum sah aus wie immer – nüchtern, aber schön mit seiner gewölbten Decke und den grauen Stahlregalen, vollgestellt mit Büchern, die älteren in weiche Deckel gebunden, auf der Seite liegend, und die neuen aufrecht stehend. Einmal hatte er Hoffnungsschwert gegenüber bemerkt, daß die hölzernen Dachsparren so kräftig wirkten wie die Querbalken des gewaltigen Schiffes, mit dem Admiral Cheng Ho fast ein Jahrhundert vor Columbus' erster Seereise nach Madagaskar gesegelt war. Dann, auf einmal, ohne jegliche Vorwarnung, waren die schweren Kreuzträger von einem Augenblick zum nächsten herabgestürzt.

Ungläubig sah er, wie selbst die Gesetze der Schwerkraft keine Gültigkeit mehr zu haben schienen, denn die Bücher, die von den oberen Regalbrettern heruntergerutscht waren, schienen in der Luft zu hängen wie die ersten unschuldigen Schneeflocken vor einem alles erstickenden Unwetter. Er hatte nur dagestanden und beobachtet, wie sie auf ihn zugeflogen kamen. Wenn er überhaupt irgendeine Regung verspürt hatte, dann war es wohl dieses bittersüße Gefühl, mit dem er seinem grünen Apfel nachtrauerte, den er sich als Belohnung neben den Tintenstein gelegt hatte, für den Fall, daß er es schaffen sollte, die ganze Nacht durchzuarbeiten, sowie einen gewissen Ärger darüber, daß er nun all die herabstürzenden Buchbände – alte und neue, dicke wie dünne – nie mehr würde lesen können. Eins der Bücher landete schließlich ganz dicht neben ihm. Dann noch eins. Der Apfel kullerte in unerreichbare Ferne.

Als er merkte, daß er weder etwas sehen noch sich bewegen konnte, fragte er sich schwach, ob er vielleicht schon tot sei, begriff dann aber, daß es noch nicht so weit war. Er konnte noch hören. Er war ganz sicher, das knarrende Geräusch mußte von dem schweren Eichenpult kommen, das ihm einstweilen das Leben gerettet hatte. Ohne eine größere Unruhe zu empfinden, als die, die er gehabt hätte, wenn er die ungestüme Umarmung eines Kindes erwartet hätte, sah er dem Augenblick entgegen, in dem das Eichenpult über ihm nachgeben und ihm den Brustkorb zertrümmern würde.

Maßloses Entsetzen überkam ihn erst, als er die Stimmen der Bergungsmannschaft hörte und dann viele Stunden später, nachdem Hoffnungsschwert ihn gefunden hatte. Doch seitdem war er es nie wieder losgeworden, jedenfalls nicht vollständig. Es war natürlich nicht mehr die gleiche Panik, die ihn damals ergriffen hatte, als er sah, wie sein Freund zu ihm hinunterlugte, und er sich plötzlich zum ersten Mal darüber klargeworden war, wie dicht davor er war, niemals wieder ein menschliches Gesicht sehen zu können; jetzt war es eher ein Engegefühl im Hals und in der Brust, ein plötzlicher Drang, sich irgendwie zu bewegen, nicht mehr …

Er begann, im stillen Verse aufzusagen. Das tat er immer, wenn er sich beruhigen wollte. Doch diesmal waren es nicht die geliebten Zeilen des Tu Fu oder von Li Po, sondern die, die er Sommerwünsche hatte singen hören, und dann wurde ihm auf einmal klar, daß diese Schutzhöhle dem Opernhaus am nächsten lag und sich höchstwahrscheinlich auch alle Darsteller hier befanden. Auch Sommerwünsche mußte hier sein.

Er stand auf. Eine Hand hielt ihn auf. »Du willst doch nicht fortgehen, oder?« fragte Hoffnungsschwert.

»Nur zum Eingang, ein wenig Luft schöpfen«, sagte er über sich selbst erstaunt, warum er log. »Mach dir keine Sorgen.«

Während er an den Bänken entlanglief, suchte er sie zunächst unter den Frauen, die Bühnenkostüme trugen, aber nicht eine ähnelte ihr auch nur im entferntesten. Hatte sie sich möglicherweise noch die Zeit genommen, ihr Kleidung zu wechseln? Er ging noch einmal zurück und suchte sie jetzt unter den Frauen, die tiefer im Dunklen

saßen. Wo konnte sie sein? Vielleicht brauchte sie auch frische Luft. Als er sich dem Eingang näherte, mahnte ihn der Wächter, nicht hinauszugehen. Er nickte abwesend und fragte sich, was er sagen würde, wenn sie plötzlich wirklich auftauchen sollte.
Er überlegte, ob er zurück an seinen Platz gehen sollte, aber die frische Luft tat wohl und die Stadt lag noch immer friedlich im Mondlicht. Einen Augenblick lang hatte er das Gefühl, jemand beobachtete ihn, dachte sich dann jedoch, er bildete sich das nur ein. Würde dieser närrische Tag denn nie zu Ende gehen?

*

Während sie auf den zweiten Alarm wartete, wickelte Sommerwünsche die Decke fester um ihren Kopf. Die Decke war häßlich grau, doch die magischen Zeichen in der einen Ecke hatten die Kraft, Bomben sicherer abzuhalten als der härteste Fels. Davon war sie fest überzeugt. Es machte für sie auch keinen Unterschied, daß der Wahrsager die Zeichen als Wäschestempel identifiziert hatte, welche die Decke als Eigentum der Vereinigten Staaten von Amerika kennzeichnete.
Wenn der Talisman wirklich nur ein Stück ausgefranster Wolle sein sollte, warum hätte der Tagelöhner, der hungrig genug war, selbst Dreck zu essen, dann einen so horrenden Preis für die Decke verlangt? Und warum hätte er sich einer so abstrusen Lüge bedienen sollen, wenn er denn tatsächlich gelogen haben sollte? Vielleicht wußte der Mann ja, daß Theaterleute wie sie dem Aberglaube genau so ausgeliefert waren wie Bettler ihren Läusen, und daß sie nie widerstehen konnten, wenn es einen Glücksbringer zu kaufen gab. Andererseits entsprach es aber vielleicht auch der Wahrheit, daß er einer der wenigen war, die dem Massaker von Nanking entkommen waren – und alles nur, weil ein paar fremde Teufel ihm eine Decke gegeben hatten. »Schon beim bloßen Anblick des mächtigen Vogels«, hatte er erzählt, »sind die wildesten Krieger, die den allerheiligsten Buddha-Statuen die Köpfe abgeschlagen hatten, wie die Hasen davongerannt.«
Sommerwünsche hoffte sehr, daß er die Wahrheit gesagt hatte, doch

in jedem Fall hatte sie schon vor langer Zeit für sich entschieden, daß alles, was in irgendeiner Weise Trost spendete, gut für sie war.
Sie schloß die Augen in der Hoffnung, während all der Stunden ein wenig schlafen zu können. Doch sie fand keine Ruhe. Alle möglichen Fragen kamen ihr in den Sinn. Wie lange würden sie sich hier noch versteckt halten müssen? Ob Champignon sich wohl die Mühe gemacht hat, einen Schutzbunker aufzusuchen, oder war sie einfach im Bett geblieben? Würde das Theater einen weiteren Bombenangriff überstehen? Wie viele Luftangriffe noch, bevor alles zu Ende war? Ihr ging eine Frage nach der anderen durch den Kopf, und auf keine hatte sie eine Antwort. Normalerweise war sie nach den nächtlichen Theatervorstellungen noch Stunden nach ihrer letzten Verbeugung auf der Bühne derart aufgedreht, daß sie immer erst sehr spät einschlief. Doch heute nacht war an Schlaf überhaupt nicht zu denken.
Da sie nicht wußte, was sie sonst tun sollte, begann sie, die Leute um sich her zu studieren. Da war zum Beispiel dieser Vater, der seinem Kind zuliebe ein ruhiges und gefaßtes Gesicht aufgesetzt hatte, während er vor Nervosität gleichzeitig pausenlos seinen Fingerring hin und her drehte; oder der Mann, der an ihr vorbei auf den Eingang zuhumpelte, und dabei mit auffallend wachem Blick in die Gänge der Höhle schaute, als ob er nach jemandem Ausschau hielt; oder die alte Witwe, die sich erst so schrecklich aufgeregt hatte, weil sie schon wieder eine Nacht auf ihren Schlaf verzichten müßte und dann ganz ausgelassen vor Vergnügen wurde, als neben ihr der –
Doch dann richtete sie ihre Aufmerksamkeit wieder auf den Mann, der sich am Bein verletzt hatte. Möglicherweise ja, als er versucht hatte, sich rechtzeitig in der Höhle in Sicherheit zu bringen. Wen er wohl suchte? Aber warum sollte sie sich darüber Gedanken machen? Doch irgend etwas zwang sie, aufzustehen und zu ihm zu gehen. Das war eigentlich gar nicht ihre Art. So allein sie sich mitunter auch fühlte, sie war immer für sich geblieben. Diejenigen, die sich mit einer Schauspielerin angefreundet hätten, ließ sie abblitzen, und diejenigen, mit denen sie sich angefreundet hätte, wiesen sie zurück.
Ob er ein Student war? Vielleicht hatte er die drei Mädchen von der

Hochschule begleitet, die aus den besten Familien von Chungking sein sollten und heute abend eine kleine Vorstellung auf der Bühne gegeben hatten, ungeschminkt natürlich und nicht gleichzeitig mit ihr. Seine Brille, die Blässe in seinem Gesicht und die abgetragene Kleidung, all das paßte gut zu dem äußeren Erscheinungsbild von Studenten, wie sie sie aus dem Kino kannte oder von weitem einmal gesehen hatte, aber da sie über diese hohe Gesellschaftsschicht sonst nichts Genaueres wußte, war sie sich nicht ganz sicher. Und wenn er nun nicht wegen einer Verletzung hinkte, die er sich erst vor kurzem zugezogen hatte – waren Behinderte denn an der Universität zugelassen?

Sie drängte sich zwischen den anderen Leuten hindurch neben ihn. Vom Profil her kam er ihr fast ein wenig bekannt vor. Gerade wünschte sie, er möge doch nur einmal seinen Kopf drehen, da wandte er sich plötzlich tatsächlich um. Für einen kurzen Augenblick trafen sich ihre Augen; dann heftete er seinen Blick auf ihre Füße.

Sie hatte noch nie als erste das Wort an einen fremden Mann gerichtet, aber wieder fühlte sie sich durch irgend etwas in ihr getrieben, und sie wagte es. »Kommst du aus der Gegend weiter unten am Fluß?«

Er nickte, ohne etwas zu sagen. War sein Verhalten abweisend? Nein, sie war sich ziemlich sicher, er war nur scheu. Deshalb verhielt er sich so.

»Ich auch«, sagte sie. »Aus der Nähe von Shanghai.«

Er räusperte sich ein wenig umständlich und sagte dann, »ich kenne dich.«

»Ja? Woher?«

»Heut nacht, im Theater.«

»Ach.« War das alles? Sie drehte sich um und wollte fortgehen.

»Bitte, bleib doch noch. Du warst wunderbar.«

Plötzlich erkannte sie ihn. »Bergkiefer?«

»Ja?« Er sprach genau wie vorher. War er so bezaubert von der Schauspielerin, daß er gar nicht gemerkt hatte, daß sie ihn bei seinem Namen nannte? Lachend faßte sie ihn am Ärmel. »Erkennst du mich denn nicht?«

Sprachlos starrte er auf ihre Hand.
»Sieh mich an!« rief sie.
Er hob langsam seinen Blick und sagte, »du bist Sommerwünsche.«
»Nein, nein ...« Sie zog noch fester an seinem Ärmel. »Natürlich bin ich das. Aber ich habe noch einen anderen Namen. Denk mal zurück. Lange zuvor, als du – « Mitten im Satz verstummte sie. Konnte er es vergessen haben? Nein, das war unmöglich. »Hör mal, hör zu«, drängte sie ihn immer noch lachend, immer noch an seinem Ärmel ziehend. »›Auch wenn es nicht in unserer Macht lag, zur gleichen Stunde geboren worden zu sein –‹«
»›– so geloben wir doch, am gleichen Tag in den Tod zu gehen.‹«
Sie schrak zusammen. Das war nicht Bergkiefer gewesen. Die Stimme war von irgendwo hinter ihr gekommen. Sie drehte sich um. Selbst in dem trüben Licht konnte sie erkennen, daß er ein außergewöhnlich hübscher junger Mann war.

## *Wiedervereinigung*

Am Horizont dämmerte ganz allmählich der Tag herauf. Die Feuer im nördlichen Teil der Stadt schwelten noch, aber die Bomber waren längst zu ihren Stützpunkten zurückgekehrt und die Menschen zu Bett gegangen. Die Tagelöhner, die die Stadt mit Wasser versorgten, tauchten bereits wieder ihre Eimer in den Fluß und begannen ihren endlosen Marsch die Klippen hinauf und hinab, und die Straßenhändler rührten den Mehlteig für die ersten frischen Nudeln. Die Aufräumbrigaden versammelten sich schon mit Picken, Schaufeln und Schubkarren. Die Stadt war bereit für den Wiederaufbau.
Alles war dunkel, bis auf den Schein einer einzelnen nackten Glühbirne über dem Spieltisch, der auf der Bühne des Opernhauses stand. Wie drei Sonnenhungrige lungerten die Jugendfreunde im Lichtkegel der Lampe. Das erste heftige Redebedürfnis war verebbt,

und wortlos genossen sie das Wunder ihrer Wiedervereinigung. Ab und zu, ohne ersichtlichen Grund, ein Kopfschütteln, ein Lächeln. Gelegentlich gähnte einer, doch niemand machte Anstalten zu gehen. Jetzt, nachdem ihnen die Worte ausgegangen waren, brachte ein warmes, zwangloses Schweigen alte Erinnerungen zurück, an die Tage unten am Fluß, wo sie so zarte und unerklärliche Stimmungen empfunden hatten. Dann kehrten auch die Worte wieder. Plappernd, unsinnig und zusammenhanglos, ließen sie erneut die Jugend erstehen, die so lange her zu sein schien. Ob wichtig oder unbedeutend, alles was der Junge Herr, sein Studiengehilfe und der Sohn des Grabpflegers in jenem Frühling erlebt hatten, erwachte in ihrem Gespräch wieder zu neuem Leben. Sie beklatschten und bejubelten jede Kleinigkeit. Über alles staunten sie, wie Goldwäscher, die sich den Arbeitsschweiß aus den Gesichtern spülten und dabei in ihren hohlen Händen den schimmernden Staub des kostbaren Metalls entdeckten.

»Erinnerst du dich, wie du ihn umstoßen wolltest und dann –«

»Wie sollte ich das vergessen? Und als –«

»– am Nachmittag, als wir –«

Als ob drei Taschenspieler ihre magischen Halstücher aus dem Nichts hervorgezaubert und in die Höhe geworfen hätten, so schienen jetzt die aneinandergereihten bunten Fetzen ihrer Erinnerungen herabzuschweben.

Mit einem Mal trat aus der Dunkelheit ein hagerer alter Mann mit einem Besen und begann, nachdem er sich für die Störung entschuldigt hatte, stumm die Bühne zu fegen. Nur einmal bat er sie, die Füße zu heben. Wie hypnotisiert saßen die drei Freunde auf ihren Stühlen, starrten dem Besen nach und horchten auf das wischende Geräusch, bis die Arbeit erledigt war, und der Alte mit einer Verbeugung wieder in die Dunkelheit zurücktauchte, eine Tür öffnete und wieder schloß.

Jetzt herrschte wieder Schweigen. Aber es war ein anderes Schweigen. Es war ein unangenehmes und peinliches Schweigen, das wie eine Mauer von Geheimnissen zwischen ihnen zu stehen schien.

Sommerwünsche suchte angestrengt in ihren Erinnerungen nach

einer anderen »Wißt-ihr-noch«-Anekdote, um die unbeschwerte Fröhlichkeit zwischen ihnen wiedererstehen zu lassen. Aber alles, was ihr in den Sinn kam, schien jetzt einen traurigen Unterton zu haben. Verzweifelt bat sie Hoffnungsschwert, ihr mehr über seine und Bergkiefers Reise nach Chungking zu erzählen, doch noch bevor er antworten konnte, bereute sie ihre Bitte. Was wäre, wenn er die gleiche Bitte an sie richten sollte? Was würde er von der übelriechenden Bettlerin halten, die jeden Tag in den Gaststuben und Garküchen die Reste aus den Tellern der Kunden gefressen hatte, bevor die Wirtsleute sie hinausjagen konnten; wie würde jemand über sie denken, für den allein die Vorstellung entsetzlich sein mußte, wie schmutzverkrustet sie das ganze jämmerliche Jahr über gewesen war, als sie und Champignon der Weisung der Seherin folgend in die Berge gezogen waren? Wenn Hoffnungsschwert eine Ahnung davon hätte, was würde er dann von dieser Nacht, was von morgen nacht denken?

»Na ja ...« Hoffnungsschwert rieb sich grinsend die Hände. »Die ersten zwölfhundert Li von Nanking bis Hankow sind wir mit einem Dampfschiff gereist, glaube ich. Was weiß ich, welchen Motorantrieb das Schiff hatte. Wir waren dort jedenfalls derart zwischen Menschen und Bücherkisten zusammengepfercht, daß ich zwei Wochen lang meine Hände und Füße nicht mehr zu Gesicht bekam. Aber wenigstens konnte ich danach noch laufen. Leider, könnte ich auch sagen, denn wir zwei Internatsschüler von Nangking *mußten* dann eine Strecke zu Fuß laufen, weit mehr als zwölfhundert Li. Wir haben wie die Kulis geschuftet, Schritt für Schritt haben wir diese verdammten Bücherkisten geschoben, gezogen und gezerrt, bergauf, bergab, von einem erbärmlichen Dorf zum nächsten. Wir alle zusammen – Schüler und Lehrer gleichermaßen ...« Er machte eine Pause und dachte daran zurück, wie stolz er damals gewesen war, als sie ihn zum Anführer der Schülerkolonne seines Internats erklärt hatten. Zwar waren sie nur zwanzig von vielen Tausenden, die mit der heiklen Aufgabe betraut waren, Chinas große Lernzentren ins Landesinnere zu verlegen, doch er und seine Kolonne transportierten die Bücher und Laborausstattung, die unentbehrlich waren für die Ausbildung der

Ingenieure. Diese Ingenieure würden eines Tages erforderlich sein, alle entstandenen Schäden zu reparieren, und dem Reich der Mitte wieder seinen rechtmäßigen Platz zu geben. Diese Ingenieure würden erforderlich sein, China wieder zu einem Land zu machen, das Respekt und Macht genug besäße, daß kein anderes Land je wieder einen Angriff wagen würde.

Sommerwünsche weinte fast. Zu betteln war unerträglich, aber daß der Junge Herr die Arbeit eines Tagelöhners verrichtete, war schlimmer. Sie selbst hatte keine andere Wahl gehabt: übelriechende Bettler waren nun einmal abstoßend. Aber wenn er gewollt hätte, so hätte er mit einem Flugzeug nach Chungking fliegen können.

»Nun sieh doch nicht so traurig drein«, sagte Hoffnungsschwert. »Überall, wo wir auftauchten, jubelten uns die Leute zu. War es nicht so, alter Freund?«

Bergkiefer saß mit finsterer Miene da. »Nun sag ihr schon, was sie wissen möchte«, meinte er. »Und verschon' uns um Himmels willen mit diesen dramatischen Ausführungen, die du immer zum besten gibst, wenn Frauen in der Nähe sind, gleichgültig ob sie jung oder alt sind.« Kaum hatte er das gesagt, tat es ihm leid. Er kam sich selbst vor wie ein Flegel. Glaubte er denn, sie würde dadurch, daß er sie warnte, besser von ihm denken, und dafür Hoffnungsschwert, der so mühelos die Aufmerksamkeit auf sich lenken konnte, mit anderen Augen betrachten? Es waren nicht so sehr seine unbedingt hübsch zu nennenden Gesichtszüge, die den Jungen Herrn auszeichneten, sondern eher die begeisterungsfähige Art, die er hatte, selbst wenn er nichts sagte.

»Dieses Mal«, sagte Hoffnungsschwert, »waren wir Helden, waren wir wirkliche Helden.« Sommerwünsche senkte den Blick. Sie durfte ihn nicht so anstarren.

»Doch genug davon«, sagte er. »Was gibt es von dir zu berichten? Du hast dich offensichtlich ganz schön verbessert.« Er grinste. »Was für eine Vogelscheuche du damals warst. Jetzt bist du ein wahrer Traum. Stimmt's nicht, Bergkiefer?«

»Hör doch auf, solchen Unsinn zu reden.« Wieder hatte Bergkiefer eigentlich gar nicht so übellaunig klingen wollen. Doch Sommerwün-

sche sollte merken, daß Komplimente die Spezialität des Jungen Herren waren.
Hoffnungsschwert war durchaus nicht gekränkt. »Ich bin klug genug«, sagte er, »nicht zu versuchen, einer brillanten Schauspielerin etwas vorzumachen – ganz zu schweigen von Feuerfrosch, diesem blitzgescheiten Balg. Aber die war ja nun wirklich kaum der Typ, jemanden zu beeindrucken.«
Da hast du unrecht, dachte sie.
Wieder Schweigen. Sie spürte, wie er sie betrachtete. Warum sagte er nichts? Wenn er schwieg, dann müßte sie etwas sagen. Aber was? Sie konnte ihm doch nichts von ihrem Schauspielerleben erzählen. In ihrem Kopf herrschte völlige Leere. Warum wußte sie immer nur auf der Bühne, was sie tun mußte? ... Ja, das war's. Sie konnte ihn bezirzen, ihn verwirren wie eine Schauspielerin das eben machte, den Helden mit überbordenden Gesten, spöttischen Augen und einem Lied anflehen, seine Geschichte zu erzählen. Und genau das tat sie.
Bergkiefer applaudierte begeistert. Als Hoffnungsschwert kapitulierte und die Hände hob, sang sie einen letzten triumphierenden Triller und streckte anmutig ihre Handfläche aus, wie um ihm das Wort zu übergeben.
Hoffnungsschwert kratzte sich den Kopf. »Du mußt mir weiterhelfen. Sag mir, was du wissen möchtest.«
»Hattest du in Nanking kein Heimweh?«
»Warum sollte ich? Ich hatte mich doch selbst für Nanking entschieden. Außerdem war ich viel zu sehr damit beschäftigt, an die Zukunft zu denken, da hatte ich keinen Sinn für Vergangenes.«
Sommerwünsche schluckte vor Enttäuschung. Sie hatte ständig an ihre gemeinsame Zeit denken müssen. Ihr allerwertvollster Besitz war immer noch jenes Paar Schuhe. Allerdings waren die Knöpfe matt geworden, und der Stoff war verschlissen, aber nicht vom vielen Tragen, sondern weil sie die Schuhe im *Pavillion der Elfen* sieben Jahre lang unter ihrem Kopfkissen gehabt hatte, wenn sie schlief. Die anderen Mädchen, die von ihren Eltern für weit weniger verkauft worden waren, als die Schuhe wert waren, hätten sie gestohlen, wenn sie gekonnt hätten.

»Schau nicht so bestürzt, Sommerwünsche. Unser guter, treuer Bergkiefer war genauso froh, endlich dort fortzukommen, stimmt's nicht?«

»Stimmt.«

»Wenn man ein Zuhause hat, wie kann man es dann nicht vermissen?« fragte Sommerwünsche. »Besonders wenn es ein so großartiges Heim ist, wie das Haus Li.« Sie schloß die Augen und sah wieder die Gartenmauern vor sich und die gewölbten Dächer, auf die der freie Bootsmann und Feuerfrosch damals ganz ungläubig gestarrt hatten, während sie all ihren Mut aufbringen mußten, um am Hintereingang anzuklopfen. »Die Stadtbevölkerung hatte immerzu davon gesprochen, wie wundervoll es ist ...«

Gewesen ist, dachte Hoffnungsschwert. Es hatte schon damals Seltenheitswert. Und heute? Heute stand das Haus Li auf besetztem Gebiet, und dieser Verräter von einem Halbbruder war für die Japse in Wen Shui der bevorzugte Mittelsmann bei allem, was mit Handel und Verwaltung zu tun hatte. Es würde ihn nicht wundern, wenn das Heim seiner Vorfahren in ein Bordell für diese braunen Zwerge verwandelt worden wäre. Hatte Große Zuversicht nicht schon damals im Blühenden Warenhaus ganz unterwürfig für ihre Unterhaltung gesorgt, bevor Wen Shui verloren gegangen war? Er konnte ihn förmlich vor sich sehen, wie er mit ihnen im Festsaal, in dem seine Vorfahren den Bau der großen Deiche beschlossen hatten, anstieß und ihnen zuprostete. Während Sommerwünsche immer weiter plapperte, wie großartig und wundervoll das Haus Li sei, hielt es Hoffnungsschwert auf einmal nicht mehr auf seinem Stuhl. Er konnte es einfach nicht mehr mit anhören. Er stand auf und schlenderte bis zum Bühnenrand hinüber, dann machte er kehrt und kam wieder zurück, langsam zunächst, dann wurde sein Schritt immer schneller und schneller, bis er schließlich in eine ungestüme Gangart verfiel, die an einen Tiger im Käfig erinnerte.

Sommerwünsche verstummte. Die rastlose Art, in der er die Bühne abschritt, beunruhigte sie.

Bergkiefer, dem ihre Besorgtheit nicht verborgen blieb, ergriff Hoffnungsschwerts Arm und zog ihn heftig auf seinen Stuhl zurück. »Du

hast noch ein ganzes Leben lang Zeit, dir über Widerwärtigkeiten Gedanken zu machen«, sagte er. »Für heute reicht es.«
Sein alter Studienkamerad hatte wie gewöhnlich auch jetzt wieder recht. Hoffnungsschwert holte tief Luft und setzte ein Lächeln auf. »Ich muß mich entschuldigen, Feuerfrosch. Du weißt, wie glücklich, wie wirklich glücklich ich bin, daß wir alle uns wiederbegegnet sind.«
Da ist es wieder, dachte sie. Der gleiche teilnahmsvolle Blick, den sie acht endlose Jahre lang nicht aus ihren Gedanken hatte verbannen können, oder von dem die bloße Tatsache des Älterwerdens sie hätte befreien können. Nun war es zu spät. Sie hatte ihn wiedergesehen, den Blick. Es gab ihn also wirklich.
Verlegen steckte sie sich eine Haarsträhne hoch, dann noch eine und eine weitere und sogar eine, die sich gar nicht gelöst hatte. Schließlich faltete sie die Hände und legte sie fest in ihren Schoß, als ob sie fürchtete, ihre Finger könnten sich verselbständigen und nach seinen Händen greifen, um sie nicht wieder loszulassen. Doch eben das durfte nicht geschehen. Sicherlich war Hoffnungsschwert darauf vorbereitet, genau solches Verhalten von einer Schauspielerin zu erleben. Kein Mensch durfte sie jemals für eine Frau halten, die, wie manche Mädchen in ihrer Schauspieltruppe, zur Befriedigung ihrer eigenen Ansprüche anderen Leuten gefällig war. Schon gar nicht er. Kein Mensch durfte je glauben, sie sei eine Frau, die je nach Laune ihre Augen aufleuchten lassen oder Tränen verschütten konnte. Schon gar nicht er. Sie mußte –
Plötzlich stand Bergkiefer auf. »Es ist schon fast neun«, sagte er. »Ich muß noch eine Menge Abschriften anfertigen.«
»Geh noch nicht, du kannst jetzt nicht fortgehen!« rief sie. Was sollte geschehen, wenn sie mit Hoffnungsschwert allein bliebe und sie ihre Hände nicht mehr unter Kontrolle halten könnte?
»Hoffnungsschwert braucht ja für die nächsten paar Wochen seinen Lebensunterhalt noch nicht selbst zu verdienen. Er kann von mir aus gerne noch bleiben.«
»Bitte.«
Dieses Mal war es Hoffnungsschwert, der Bergkiefer auf seinen Stuhl

zurückzog, und um ihn abzulenken, damit er nicht fortginge, fragte Sommerwünsche ihn, ob es jetzt zu spät sei, auf sein Angebot einzugehen, das er ihr damals im Herzen der Mitte gemacht hatte. Als Bergkiefer nicht antwortete, fragte sie, »erinnerst du dich nicht mehr daran, daß du mir damals angeboten hast, mir das Lesen beizubringen?«

»Das hab' ich wohl.«

Bevor wieder irgend etwas dazwischenkommen konnte, drängte sie ihn, gleich jetzt Ort und Zeit für den Unterricht zu vereinbaren. Sie waren noch mitten in ihren Verhandlungen über einen Stundenplan, da unterbrach sie Hoffnungsschwert völlig unerwartet.

»Das hier ist eine Feier. Laßt uns tanzen.«

Sie hatte Angst. Bevor sie sich's versah, hatte sie schon viel zu laut gerufen: »Die Kuo-min-tang verbietet das!«

»Die Partei verbietet eine ganze Menge. Trotzdem machen die Leute, was sie wollen.« Hoffnungsschwert zog sie von ihrem Stuhl hoch und tanzte mit ihr im Walzertakt um den Tisch herum, ins Licht hinein und wieder hinaus, wobei er mit kräftiger Stimme eine alte ausländische Melodie sang, die jeder mochte und mitsummen konnte.

Sie hatte keinerlei Mühe, seinen Tanzschritten zu folgen. Dies war ganz und gar anders, als wenn sie mit Champignon tanzte, für die Tanzen immer wie ein Kriegsakt war – wie eine Veranstaltung, bei der man lernen mußte, sich gegen die Grapschereien irgendwelcher Widerlinge zur Wehr zu setzen. Im Gegensatz zu Champignon war Hoffnungsschwert nicht zu groß und genausowenig hielt er sie am ausgestreckten Arm von sich. Sie fühlte sich, als ob sie in eine dieser Geschichten hineintanzten, die sie so mochte, in denen plötzlich ein Fremder auftaucht und das ganze Leben verändert.

Wie lange mochten sie getanzt haben? Sie hätte es nicht sagen können. Wenn sie nur ein paar Runden getanzt hatten, warum war sie dann so außer Atem? Wenn sie ein ganzes Lied lang getanzt hatten, warum war ihr dann der Tanz so kurz erschienen? Sie erinnerte sich noch aus früherer Zeit, daß er immer etwas Übermütiges im Blick hatte, aber lachten seine Augen ihr jetzt zu, oder forderte sein Blick sie selbst zu einem Lachen auf?

Bergkiefer war in seinem Stuhl zusammengesackt, mit dem Kopf auf der Brust. »Er ist eingeschlafen!« rief sie wieder ganz aufgeregt.
»Sieht ganz danach aus.«
Sie rief seinen Namen. Doch er rührte sich nicht.
»Laß ihn schlafen. Worüber sprachen wir gerade?«
Sie hatte keine Ahnung mehr. Dann tanzten sie wieder.
Ihre Hände waren kalt. Mit großer Mühe befreite sie sich aus seinen Armen und breitete umständlich ihre Decke über Bergkiefer, um ihn warm zu halten. Erst als sie wieder sicher auf ihrem Stuhl saß, wurde ihr klar, daß es Sommer und ein heißer Tag war.
Hoffnungsschwert zog seinen Stuhl nahe an ihren heran.
Warum mußt du mich so anstarren? dachte sie.
Als ob er ihre Gedanken lesen konnte, antwortete er, »ich bin noch nicht daran gewöhnt, dich so zu sehen. Wie ich schon gesagt habe, du hast dich verändert, wirklich verändert.«
»Tatsächlich?«
Er nickte ernst und sah ihr in die Augen, als ob er suchte, wo die Bühnenschauspielerin das Leuchten und die Tränen wohl verborgen hätte. Mit einem Mal warf er den Kopf zurück und lachte. »Oh ja, und wie du dich verändert hast. Allein in dem einen Punkt, daß du dich die ganze Nacht noch nicht ein einziges Mal gekratzt hast.«
Erneut zog er sie vom Stuhl hoch und nahm sie in den Arm. Dieses Mal sang oder summte er nicht. Dieses Mal tanzten sie zu einer Melodie, die erst noch komponiert werden mußte, einer Melodie, zu der sich ihre Körper in leichtem Gleichklang kaum merklich wiegten, bis sie schließlich in den Schatten eintauchten und stillzustehen schienen. Sacht legte er ihre Wange an seine Schulter und streifte sanft eine Haarsträhne hinter ihr Ohr.
So friedlich gegen ihn gelehnt kamen Erinnerungen in ihr auf, an die warme Sonne, als sie noch Feuerfrosch gewesen war und an den Nachmittagen ein faules Nickerchen an Deck der Yaolu hielt, wo sie, ohne sich zu bewegen, jemanden berühren konnte, mit dem sie ein gemeinsames Zuhause geteilt hatte, schon bevor einer von ihnen überhaupt geboren war. Sie hatte befürchtet, die Gefühle, die ihr einmal vergönnt gewesen waren, und die sie verloren hatte, seien für

immer fort. Jetzt dachte sie, daß sie sich nie zuvor, nicht einmal in den glücklichsten Träumen ihrer Kindheit, jemals so herrlich lebendig gefühlt hatte.

Plötzlich ließ Hoffnungsschwert sie los und steckte seine Hände in die Taschen. Er ging aber nicht fort, und seine Stimme klang auch noch rauh, nachdem er sich geräuspert hatte. Dann begann er sie zu drängen, ihm mehr davon zu erzählen, wie das Leben einer gefeierten Schauspielerin sei.

Sie hatte kaum eine andere Wahl, als auf seine Forderung einzugehen. Also schilderte sie ihm einige komische Mißgeschicke, die sich am Theater zugetragen hatten – einige, die ihr selbst passiert waren und andere, von denen sie nur gehört hatte ... Sie konnte nicht aufhören zu erzählen, aus Furcht, er würde Fragen stellen, die sie nicht zu beantworten bereit war. Sie erzählte, wie es plötzlich dunkel wurde, obwohl es erst Nachmittag war, wie plötzlich mitten auf der See Schutzwälle aufgetaucht waren, der Diener anstelle des Königs hingerichtet worden war. Während sie sich selbst so reden hörte, fragte sie sich plötzlich, was sie an all diesen Vorkommnissen letzten Endes noch sonderbar fand; das Gefühl, ihre Wange gegen seine Schulter zu legen, erschien ihr unendlich viel fremdartiger und seltsamer.

Ganz verwirrt hatte sie vergessen, was sie noch sagen wollte.

»Sommerwünsche?«

»Ja.«

»Hast du je versucht, uns wiederzusehen?«

Sie schüttelte den Kopf und dachte daran, wie Feuerfrosch immer, wenn Big Boss seine ungehorsame Eleve dazu zwang, auf den Basaren vor Strauchdieben und Straßenräubern neben tanzenden Äffchen und halbnackten Ringkämpfern eine Vorstellung zu geben, in der Menge nach ihren beiden eingeschworenen Brüdern Ausschau gehalten hatte – und wie sie gleichzeitig insgeheim stets gebetet hatte, sie mögen sie so nie erleben.

»Wir haben uns immer gefragt, was wohl aus dir geworden sein mochte. Wir hielten es für ausgeschlossen, daß du dir nichts mehr aus uns machen könntest. Und wir waren doch keine dummen Jungs, die sich nur eingebildet hatten, deine Freunde zu sein, oder?«

Nein, das hatten sie sich nicht nur eingebildet. Aber das durfte sie nicht sagen. Ihre Stimme hätte sie verraten. An ihrer Stimme würde er erkennen, wie sehr und wie lange sie sich etwas aus ihnen gemacht hatte, wie sehr sie noch heute an ihnen hing. Kaum merklich schüttelte sie den Kopf und sagte leise, »wir waren doch nur Kinder ...«

»Waren wir?«

»Nur Kinder.«

»Nein, ob wir dumme Jungs waren, die sich das alles nur eingebildet hatten?«

Wie unkompliziert er damals im Sommer alles erscheinen ließ, dachte sie. Doch Bergkiefer hinkte immer noch, und sie –

»Gib mir eine Antwort. Haben wir es uns nur eingebildet?«

»Ich ... habe mir etwas aus euch gemacht ...« Sie wollte noch etwas hinzufügen, doch er schien kein Interesse mehr zu haben, sondern nahm sie ungestüm in die Arme, und da tanzten sie schon wieder, schneller und immer schneller im Kreis herum, und sie war sicher, sie würden im nächsten Augenblick gegen den Tisch stoßen oder einen Stuhl umwerfen, als er plötzlich unerwartet wieder innehielt.

Vielleicht ist Bergkiefer aufgewacht, dachte sie, und sah zu ihm hinüber. Er saß unverändert auf seinem Stuhl.

Hoffnungsschwert zog das Zigarettenetui aus seiner Tasche und entzündete nach einigen vergeblichen Versuchen ein Streichholz. Sie war gespannt, ob er ihr eine Zigarette anbieten würde. Damen von gutem Ruf rauchen nie. Aber ob Sommerwünsche rauchte?

»Was würden wohl deine Bewunderer denken?« fragte er, »wenn sie dich sehen könnten, wie du damals warst: ein Lumpenbündel und ein Paar rabenschwarzer Füße?«

Feuerfrosch nahm ihm die Zigarette ab und inhalierte tief. Sie verzog das Gesicht.

»Tut mir leid, das ist nur Sägemehl.«

Sie begriff nicht.

»Ich hätte dich warnen sollen. Wer immer dem Ding die Aufschrift ›Zigarette‹ verpaßt hatte, sollte erschossen werden.«

Sie warf die Zigarette auf den Boden.

Hoffnungsschwert hob sie wieder auf und begann irgend etwas zu erzählen, irgend etwas über eine letzte Zigarette, eine Geschichte, die nicht recht schlüssig schien. Sie gab vor, zuzuhören, doch mit ihren Gedanken war sie woanders. Sie hörte die Wellen gegen die Yaolu plätschern und das Lied ihrer Mutter, ein Wiegenlied. Schnell faltete sie fest die Hände.

## *Nebel*
## *(1942)*

Hoffnungsschwert eilte von einem Flur zum nächsten, lief suchend von einem Büro zum anderen, von Kammer zu Kammer. An jeder Wand, in jeder Nische war ein Portrait von Steinhüter. Er fühlte sich von den Augen seines Vaters regelrecht durchbohrt. Irgendwo mußte er es finden. Aber was? Erwartungsvoll öffnete er eine Tür. Der Raum dahinter war leer. Dann eine weitere Tür und noch eine …

Als er diesen Augen endlich entkommen konnte und aufwachte, dämmerte bereits der Morgen herauf. Wegen der Inflation wohnten sie noch immer in dem kleinen Zimmer, auch wenn keine Studiengebühren mehr zu bezahlen waren. Es herrschte eine Kälte wie in den Höhlen.

Er setzte sich auf und sah sich um. Hol dich der Teufel, Bergkiefer! Sein Stubenkamerad war fortgegangen, und es wartete kein warmes Frühstück auf ihn, das es ihm ein wenig leichter gemacht hätte, diesen klirrend kalten Tag zu beginnen. Verdammtes Wetter! Er zog die Dekken bis zum Kinn hoch und starrte mit leerem Blick auf die Zimmereinrichtung aus Bambus. Wie satt er diese Unterkunft hatte; diese schmutzig-verrußten Gipswände, die über und über mit blutigen Schmierern erschlagener Mücken und Fliegen besät waren; die zugigen Fenster, die sie mit Brettern vernagelt hatten, weil Glasscheiben, wie alles in diesen Tagen, nichts mehr taugten. Sie wären zu dünn

gewesen und zersprungen, wenn bloß einer in der Nähe geniest hätte, ganz zu schweigen davon, wenn es auch nur den leisesten Hinweis auf eine Bombe gegeben hätte; der Sekundenzeiger der Uhr, der sich von Ziffer zu Ziffer bewegte … Schließlich hielt er es nicht mehr aus und sprang zähneklappernd aus dem Bett.
Schon wenige Minuten später war er in einen langen, gefütterten Mantel gehüllt und trat mit Schal und Hut bekleidet hinaus auf die Straße. Obgleich er kein Ziel hatte, lief er schnell, um zu verhindern, daß ihm das Blut in den Adern gefror. Ihm war gleichgültig, wohin er ging, solange es nicht das Ministerium für Straßen und Verkehr war. Der Gedanke, sich in das Heer seiner Bürokraten-Kollegen im Haupthof des Gebäudes einzureihen und gemeinsam mit ihnen aus Leibeskräften zu brüllen »Vereinten Geistes streben wir! Vereinten Herzens kämpfen wir!«, machte ihn körperlich krank. Und anschließend dort in Habachtstellung zu stehen, um sich den Arsch abzufrieren, während eine anonyme Stimme aus dem Lautsprecher quakte und eine dieser pedantischen, kindischen und unsachlichen Ansprachen hielt; eine dieser nie endenwollenden Reden, in denen auf ganz ungebildete Weise die Sprache verunstaltet und er der Worte beraubt wurde, mit denen er sein eigenes Verständnis von Vaterlandsliebe hätte ausdrükken wollen.
Er stieg die Steinstufen hinauf, die den Bewohnern von Chungking als Fußwege dienten und so steil bergan- und wieder hinunterführten wie Giebeldächer. An Bergen von Schutt und leergebombten Grundstücken vorbei, auf denen einst Tempel gestanden hatten, vorbei an verkohlten Fassaden, Schornsteinen und zerfallenden Mauern. Hier und da stand noch trotzig ein stuckverziertes Haus – immer höher stieg er, bis er ganz außer Atem war, und der verfluchte Himmel nur noch ein Steinwurf weit entfernt schien.
Er sehnte sich nach Sonne. Aber was wäre, wenn sie tatsächlich schiene, und die Nacht klar genug würde für einen Luftangriff der japanischen Bomber? Das Geld, das der Feind für Flugzeuge, Ersatzteile, Treibstoff und Munition bei einem einzigen Luftangriff ausgab, überstieg bei weitem die Kosten, die aufgewendet werden müßten, um ganz Chungking wieder aufzubauen. Vor einer Woche erst

hatte er das aus blanker Neugier einmal durchgerechnet, als er in seinem fensterlosen Arbeitskabuff zwischen muffigen Kisten saß, die sich bis unter die Decke stapelten. Außer den Büroangestellten, von denen gelegentlich einer auftauchte, weil er irgendeine Kopie aus den toten Aktenmappen brauchte, bestand sein einziger menschlicher Kontakt in dem verblödeten Hausmeister, der, aus Sorge um sein Mittagessen, die paar übelriechenden Fischköpfe auf dem Fußboden unter Hoffnungsschwerts Schreibtisch versteckte. So war es während der gesamten zwei Jahre gewesen, in denen er schon im Ministerium für Straßen und Verkehr beschäftigt war. Es gab dort nichts zu tun, jedenfalls nichts Sinnvolles, schon gar nicht irgend etwas, das mit der Konstruktion von Brücken zu tun gehabt hätte.

Die vielen Toten, die solche Luftangriffe kosteten, hatte er bewußt nicht in seine Rechnung miteinbezogen. In seiner gegenwärtigen Gemütsverfassung war Krieg eben Krieg, und der Tod sein Preis.

Er trat in einen Hauseingang, um sich eine Zigarette anzustecken, aber nicht ein einziges Streichholz zündete, bis die Schachtel leer war. Sie waren feucht geworden und genauso nutzlos wie er selbst. Sein Bedürfnis zu rauchen wurde übergroß, und er reihte sich vor dem nächsten Mauerloch in eine Menschenschlange. Doch als er sah, wie die Kundschaft nur verfroren auf der Stelle trat und dabei keinen Fußbreit vorrückte, fühlte er sich unangenehm an die Kundgebungsversammlung am Ministerium erinnert. Ihm war fast, als müßte im nächsten Augenblick aus irgendeinem Lautsprecher diese widerliche Kommandostimme ertönen. Bei dem Gedanken schauderte ihm, und er machte sich wieder davon.

Plötzlich ging es nicht mehr weiter. Mitten auf der Kreuzung stand ein Lastwagen und versperrte den Durchgang. Er schrie dem Fahrer zu. Aber ohne den Blick von seinem Witzblatt zu lösen, wies dieser nur mit einer gelangweilten Geste auf seinen Kollegen, der auf der Verkehrsinsel ein Plakat anklebte: »Bürger, achtet auf Sauberkeit!« Wieder eines dieser Gebote von Tschiang Kai-schek, die jeder Realität hohnsprachen. Wasser war knapp. Heißes Wasser teuer. Ein Stück Seife überhaupt nicht erhältlich, es sei denn, man konnte es sich leisten, sein Gewicht in Gold zu zahlen. Doch gleichgültig, wie viele entscheidende Aufgaben unerledigt blieben, Tschiangs Bewegung des Neuen Lebens mit ihren zahllosen Geboten und Verboten, tu dies, laß jenes, sämtlich seinem privaten Konglomerat methodistischer und konfuzianistischer Lehrmeinungen entnommen, hatte Vorrang. Jede Woche wurden mit penetranter Regelmäßigkeit die alten Plakate gegen nagelneue ausgetauscht. Früher hatte er sich noch über diese völlig blödsinnigen Maßnahmen lustiggemacht. Jetzt brachten sie ihn zur Weißglut.

Er verspürte den starken Drang, den Plakatekleber mit einem gezielten Tritt aus dem Weg zu räumen und in großen Zügen Kaiser Hirohitho auf das Plakat zu malen, bis zu den Ohren in Seifenschaum sitzend. Nur die Tatsache, daß er nicht zeichnen konnte und die Furcht, seine steifgefrorenen Finger könnten bei dem Unternehmen abbrechen, hielten ihn davon ab. Aber was wäre damit auch schon gewonnen? Man hätte ihn lediglich ins Gefängnis gesteckt. Für den Generalissimus waren die Japaner nun nicht mehr der Feind Nummer Eins, denn kaum daß Amerika in die Kampfhandlungen eingetreten war und die Bombardements nachgelassen hatten, bildete sich die Kuo-min-tang bereits ein, den Krieg gegen Japan so gut wie gewonnen zu haben, und man ging wieder dazu über, die Kommunisten zu bekämpfen. Kaum schien das Überleben wieder gesichert, drängten auch schon die Schieber und Profitmacher wieder nach vorn. Die Korruption, die sich vordem ungehemmt an der Staatsspitze ausbreiten konnte, war nun überall zu finden: Generäle ließen Lohnlisten verschwinden, Quartiermeister verschoben Lebensmittelzuteilungen, und die Soldaten machten sich mit allem aus dem Staub, was sie transportieren konnten, am liebsten gleich die Flugzeuge der Japaner. Zumindest wußte man damals, als das Chaos noch halbwegs überschaubar war, wo die Feinde saßen.

Als er wieder durch die Sraßen lief, merkte Hoffnungsschwert, daß er ohne nachzudenken geradewegs die Richtung zu dem Haus eingeschlagen hatte, in dem Sommerwünsche wohnte. Etwas in ihm wußte offensichtlich genau, wo er am besten seine schlechte Laune loswerden konnte. Denn so oft er Sommerwünsche in der Mansardenwohnung besuchte, die sie sich mit Champignon teilte, machte er die gleiche überraschende Erfahrung – in dem Augenblick nämlich, in dem er eintrat, wurde ihm deutlich, daß man Chungking nicht nur als Chiaroscuro sehen mußte, sondern ihm, wie einem bunten Gemälde, leuchtende Farben geben konnte. Von der Holzdecke hingen an Bambusstangen Kostüme aus Seide und Satin in sattem Pflaumenblau, lindgrün, khakifarben, oder bunt wie ein Granatapfel, jedes Kleidungsstück geschmackvoll bestickt mit Ziermünzen und Perlen aus Glas und Perlmutt. Doch die Wohnung stand nicht nur in farbenprächtigem Kontrast zu dem unbarmherzigen Grau der Stadt, sie war ein Refugium für freudehungrige Seelen.

Und Sommerwünsche, die Hüterin dieser heiligen Stätte, huschte eifrig bald hierhin, bald dorthin, und erweckte in einem wahren Wirbel von Geschäftigkeit die Kleider zum Leben, bis er den Eindruck hatte, überall nur tanzende Mädchen zu sehen. Sie war anders als jede Frau, die er kannte. Auf schöne Dinge ging sie so zielstrebig und instinktsicher zu, wie ein Vogel mit schmutzverklebtem Gefieder dem Wasser zustrebt, und auf weniger angenehme Dinge reagierte sie mit Anflügen einer so wundersamen Phantasie, daß jeder vernunftbegabte Mensch erschrak, wenn er sich darauf einließ, die Welt mit ihren Augen zu betrachten.

Als Hoffnungsschwert einen Zeitungsjungen rufen hörte »Kaufen Sie die Montagszeitung! Zeitungen hier!«, blieb er stehen. Natürlich, Bergkiefer würde dort sein, und, schlimmer noch, montags spielten er und Sommerwünsche ja Schule. Verdammt! Auch das noch. Der Gedanke allein, die beiden über ein Kinderbuch gebeugt zu sehen, trieb ihn in den Selbstmord. Diese endlosen Unterrichtsstunden waren nicht nur reine Zeitvergeudung; in der letzten Zeit schienen die beiden nichts weiter zu tun, als sich den Mund über ihn zu zerreißen, was für ein Flegel er geworden sei.

Am Zeitungsstand entdeckte er ein Foto von Lincoln Chen auf der *Chungking Tageszeitung*. Doch er hielt es nicht für nötig, ein Exemplar zu kaufen. Was auch immer nach Meinung des Artikelschreibers für die Regierungspolitik am förderlichsten wäre – ob man Intellektuelle nun verurteilen oder ihnen lobhudeln sollte –, würde der Artikel die Aktivitäten seines Lieblingsprofessors entweder als schändlich bezeichnen oder als vorbildlich. Auf einmal hielt er es für dringend notwendig, mit diesem Mann zu sprechen, der ihn damals, als sie nach Chungking gezogen waren, zum Anführer der Kolonne ernannt hatte, und dessen Gesellschaft er während der ganzen Studienzeit immer wieder gesucht hatte, anstatt die Freundschaft seiner in unterschiedliche Cliquen eingebundenen Studienkollegen. An der Straßenecke drängte er sich durch die Menschenmenge, die zwischen den Eisengeländern der Bushaltestelle eingepfercht waren, und zwängte sich auf den nächsten Autobus, der quer durch die Stadt fuhr. Doch er hätte ebenso gut laufen können. Der Bus hielt selbst zwischen den Stationen alle Nasen lang. Einige Häuserblocks vor seinem Ziel hatte er es leid und stieg aus.

Als er in die Ostwind-Allee einbog, stutzte er. Vor dem altvertrauten zweistöckigen Haus, auf dessen Balkon Blumentöpfe mit rotem Paprika standen, schritten zwei stämmige Männer im Gleichschritt auf und ab. Sie trugen identische dunkle Kappen, die sie sich tief in die Stirn gezogen hatten. Schläger der Kuo-min-tang! Seit wann waren die hier eingesetzt? Für die Soldaten an der Front reichten die Staatsgelder nie aus; aber um die Spitzel daheim zu bezahlen – immer. In Nanking hatte dieses Geschmeiß auf ihn und andere Studienkollegen bei einer Demonstration wie besinnungslos eingeschlagen. Dieser Abschaum der Menschheit hat seine Schulkameraden in die Arme der Kommunisten getrieben. Im Gegensatz zu seinen Kameraden war er politisch neutral geblieben, in der Hoffnung auf ein vereinigtes China. Aber heute …

Was hatte er schon zu verlieren? Seinen Arbeitsplatz? Er marschierte geradewegs auf die zwei Männer zu und bat sie um Feuer. Überrascht fischte der ältere ein Feuerzeug hervor, ein teures. Hoffnungsschwert verbeugte sich. Er nahm den Hut ab und zeigte in provozierender Manier sein Gesicht, erst das linke, dann das rechte Profil. Dann nannte er unaufgefordert Name und Alter, seine Büroanschrift und die Heimatadresse und fügte hinzu, »um eure grauen Gehirnzellen nicht übermäßig zu beanspruchen, hier ist meine Visitenkarte.« Dann sprang er, zufrieden, daß der Tag nun doch nicht

ganz verschwendet gewesen war, in großen Sätzen die Treppenstufen hinauf.
Oben zögerte er jedoch für einen Moment. Wenn nun, wie es oft der Fall war, die Wohnung voll war von Studenten, die ihrem bewunderten Professor einen Besuch abstatteten? Er horchte an der Tür. Alles war ruhig. Dann ließ er die Zigarette fallen und klopfte an.
Die Tür ging auf. Ein Mann in den Fünfzigern stand vor ihm. Er trug einen wattierten Kittel, der so ausgebleicht und über und über geflickt und gestopft war, daß es unmöglich war, zu erraten, welche Farbe er ursprünglich gehabt hatte. Chen wirkte, als sei er gerade einer antiken Schriftrolle entstiegen, in der ein Einsiedler beschrieben wird, der alle weltlichen Verbindungen abgebrochen hatte, um mit sich allein auf dem Gipfel eines Berges zu hausen.
»Guten Morgen, Professor«, sagte Hoffnungsschwert.
Angestrengt blinzelnd versuchte Chen, den Grüßenden zu erkennen, und näherte sich Hoffnungsschwert, bis die dicken Gläser seiner Brille das Kinn seines ehemaligen Studenten berührten. »Hoffnungsschwert?« Der graue Star hatte dem Professor nahezu das Augenlicht geraubt, doch durch die geschwächte Sehkraft schienen seine Bewegungen irgendwie schneller geworden zu sein. Wie ein Trainer nach einem Fußballspiel stürmte er bereits wieder zurück in sein mit Bücherregalen vollgestelltes Arbeitszimmer. »Gut, gut. Einen kleinen Augenblick nur. Ich will noch schnell die Unterlagen zusammenstellen, die ich brauche.«
In dem makellos sauberen Studierzimmer, wo jede Kleinigkeit an dem ihr zugewiesenen Platz war, setzte Hoffnungsschwert sich gegenüber dem Schreibtisch auf einen Stuhl und sah zu, wie sein Lehrer an den Bücherreihen entlang der Wand auf- und abtauchte, mit dem Gesicht immer dicht an den Bücherrücken. Er nahm bald dieses, bald jenes Buch vom Regal und entfernte die Notizen, die er auf zahllosen Zetteln zwischen die Seiten geheftet hatte. Hoffnungsschwert hatte schon bei dieser Prozedur zugeschaut, doch es war ihm bis zum heutigen Tage ein Rätsel, nach welchem System der Professor vorging. Es hatte fast den Anschein, als verließ er sich bei dieser Arbeit auf

seinen Geruchssinn. Bei dem Gedanken mußte er unwillkürlich lächeln, das erste Mal an diesem Tag. Der Professor amüsierte und erstaunte ihn gleichermaßen.

»Hoffnungsschwert, du bist genau im richtigen Augenblick gekommen. Mein letzter Assistent hat gerade beschlossen, daß ihm das Klima nicht bekommt, und die Stadt vergangene Nacht verlassen.«

Hoffnungsschwert dachte, zweifellos ist er nach Yenan gefahren, dem Garten, in dem nichts als der Kommunismus gedeiht, doch er sagte nur, »der wievielte ist das schon?«

»Der Zwanzigste, oder Dreißigste vielleicht. Wer zählt da noch mit?«

»Und die Schläger da draußen?«

Chen machte eine abweisende Handbewegung. »Die hab ich mir selbst ausgesucht, höchstpersönlich.«

Hoffnungsschwert lachte laut auf. »Womöglich schreibst du ihnen auch noch die Berichte, damit sie sich nicht verausgaben, oder?«

Der Professor zupfte an seinem Bart, wie das seine Angewohnheit war, wenn er besonders zufrieden mit sich war. Dann sah er sich um, und wunderte sich, wo sein Gast den Mantel aufgehängt hätte.

»Nirgendwo. Ich habe ihn noch an.«

Diese Bemerkung löste einen detaillierten Vortrag aus, klug zu differenzieren, ob sich etwas im Freien oder im Hause abspielte. »Es wäre sehr kurzsichtig, wenn ausgerechnet einer meiner vielversprechendsten Studenten diesen überaus kritischen Aspekt des Lebens nicht beherzigen sollte. Für den Fall, daß es dir noch nicht aufgefallen sein sollte, es besteht ein grundlegender Unterschied darin, sich in einem Haus aufzuhalten oder im Freien zu sein. Wie groß dieser Unterschied sein mag, hängt entscheidend von der Jahreszeit ab. Und ich bin der Überzeugung, daß sich die Jahreszeit nun schnell ändert. Glaub nicht, dich ginge das Klima nichts an, mein lieber Freund.«

Ja, er war diesen atmosphärischen Umständen gegenüber tatsächlich völlig gleichgültig geblieben. Selbst während der Jahre, in denen er die Studentendemonstrationen gegen die Untätigkeitspolitik der Regierung angeführt hatte, war er immer stolz darauf gewesen, ein Patriot zu sein, der Menschen und ihre Politik einzig an ihrer Leistung maß, ohne zu bedenken, welcher Partei sie zugehörten. Im Grunde machte er Nationalisten und Kommunisten gleichermaßen verantwortlich für die mißliche Lage, in der China sich befand. Eben schworen sie noch, eine gemeinsame Front bilden zu wollen, und im nächsten Moment schienen sie sich wieder gegenseitig an die Kehlen zu wollen, stritten sich um Waffen und Land, um die Befehlsgewalt und natürlich um Geldmittel. Und dann passierte wieder, was immer geschah, daß sich Bruder gegen Bruder erhob und sie sich gegenseitig dafür umbrachten, wer nun den besseren Platz am Tisch beanspruchen durfte, während der gemeinsame Feind ihre Häuser abfackelte. Im übrigen langweilten ihn Ideologien zu Tode.

Doch auf der internationalen Bühne sprach Tschiang Kai-schek für China, und hier in Chungking regierte die Kuo-min-tang. Wenn er gegen sie agitierte, hatte er zumindest die Chance, etwas aufzubauen, was die Ehre wieder herstellen würde. Das hatte er wenigstens während seiner Studienzeit geglaubt, und als er seine Arbeit am Ministerium begann. Aber jetzt …

Er sah zum Fenster hinaus. Der Nebel war dichter geworden. Es war allerhöchste Zeit für ihn, daß er etwas veränderte. Irgend etwas. Das Versprechen, das er seiner Mutter gegeben hatte, daß er seinen Universitätsabschluß machen und ein Staatsbediensteter würde, hatte er erfüllt. Doch selbst sie würde sich für einen Sohn schämen, der nicht mehr zustande brachte, als lediglich Fußabdrücke im Schnee zu hinterlassen. Wie er es auch drehte und wendete, ihm fiel beim besten Willen nicht ein, was er verändern könnte, um an seinem Arbeitsplatz irgend etwas zu verbessern. Also wäre es doch besser, den Arbeitsplatz zu wechseln.

Er sprang vom Stuhl auf. »Professor, was hältst du von einem neuen Assistenten – einem, der zu jeder Zeit und auf jeden noch so leisen Wink zur Stelle ist?«

»Wenn du dich selbst damit meinst, muß ich leider ablehnen.«

Er war sprachlos. Gerade erst war er noch einer von Chens vielversprechendsten Studenten gewesen. Aufgebracht rief er: »Aber warum?«

»Du bist noch nicht soweit, eine so schwere Verantwortung tragen zu können. Arbeite noch eine Weile am Ministerium.«
»Arbeiten? Was habe ich dort schon zu arbeiten? Im Ministerium gibt es nichts für mich zu tun, als herumzusitzen und Strichmännchen zu malen, damit ich nicht einschlafe.«
Er wollte noch hinzufügen, daß er nach seinem letzten Besuch bei Chen und nach dem, was ihm der Professor über sein Tunnelprojekt im Gebiet der Kommunisten gesagt hatte, in seinem öden Büroraum ein ganzes Netzwerk von Tunneln gezeichnet hatte, merkte aber rechtzeitig, wie albern das geklungen hätte.
»Halte deine Augen noch eine Weile auf«, sagte Chen und wandte sich wieder den Bücherregalen zu. »Während ich hier noch die restlichen Notizen zusammenstelle, die ich dich lesen lassen möchte, sortiere du schon mal die übrigen Aufzeichnungen. Und denk von nun an einmal daran, auch Eintönigkeit zu ertragen und dich in Geduld zu üben. Betrachte es als Teil deiner Ausbildung.«
Hoffnungsschwert fluchte leise vor sich hin, tat aber, was ihm gesagt wurde. Dann entdeckte er auf dem Schreibtisch einen antiken Grillenkäfig, der dem glich, den Steinhüter immer auf seinem eigenen Pult hatte, und der aus einem Flaschenkürbis gefertigt war. Der Anblick dieses kleinen Käfigs und die Strafpredigt seines Professors versetzten ihn plötzlich wieder in seine Kindheit zurück, und seine Laune wurde noch unerträglicher.
Das Arbeitszimmer seines Vaters war viel kleiner als dieses hier. Über Generationen war es Teil des Empfangsraumes gewesen, aber als die verschiedenen Höfe des Gebäudekomplexes nach und nach verkauft werden mußten, wurden auch die Säle neu unterteilt. Schließlich war Steinhüters Arbeitsraum nicht mehr als ein kleines Zimmer mit einem einzigen Fenster, in dem die übermächtige Glasvitrine und der schwere Schreibtisch, der gegen die Wand gerückt war, alle Gesetze der Symmetrie verletzten. Auf dem Boden stapelten sich Bücher in wilder Unordnung, im Winter roch das Zimmer nach Morast, und im Sommer nach Schimmel. Selbst wenn der Geruch auch Steinhüter aufgefallen sein sollte, er hatte sich nie darüber beklagt.

Während er so in Lincoln Chens Studierzimmer stand, mußte Hoffnungsschwert daran denken, wie er als Kind oft im Arbeitsraum des Vaters auf einem Waschbrett knien mußte: aufrecht und bewegungslos, auf dem Kopf einen Tintenstein balancierend. Selbst jetzt noch konnte er spüren, wie der Stein immer schwerer zu werden schien, seine überspannten Muskeln zu schmerzen begannen, und die Riffelung des Waschbrettes ihm in die Schienbeine schnitt; er konnte noch das Zirpen aus dem antiken Grillenkäfig des Patriarchen hören und sah wieder den Rauch vor sich, der von dem Duftstäbchen im Räuchergefäß aufstieg. Erst wenn es vollständig zu Asche verbrannt war, hatte er seine Strafe verbüßt.
Während seiner Qual saß Steinhüter auf der anderen Seite des großen Schreibtisches über seinen Abakus gebeugt, als wäre er allein, und als ob es einzig darauf ankäme, die Schulden zusammenzurechnen, als ob das Arbeitszimmer der Thronsaal des Kaisers selbst wäre und jedes seiner Worte unumstößliches Gesetz. Wer hatte ihn beauftragt zu herrschen? Wer?
Hoffnungsschwerts ganzer Ärger richtete sich nun gegen dieses preisgekrönte Vieh von einer Grille, die sein Vater in stundenlanger Geduld in die Falle gelockt hatte. Er wagte nicht, den Käfig zu beschädigen; den zinnoberroten Flaschenkürbis mit seinem Deckel aus herrlicher Jade, der ein altes Erbstück war, das von einem Patriarchen an den nächsten weitergegeben wurde. Aber diese Grille, die seiner Qual gegenüber genauso gleichgültig war wie ihr Besitzer – das war eine andere Geschichte. Mit einer einzigen schnellen Bewegung hatte er, genau vor Steinhüters Nase, und ohne den Tintenstein auf seinem Kopf fallen zu lassen, den Käfig ergriffen und mit der Hand die Luftlöcher zugehalten. Es dauerte nicht lange, bis das Zirpen erstarb, doch als Steinhüter die pötzliche Stille bemerkte, stand der Käfig bereits wieder ordnungsgemäß an seinem Platz …
Lincoln Chen stieß Hoffnungsschwert leicht zur Seite und unterbrach seine Tagträumerei. »Steh da nicht so herum, Hoffnungsschwert«, sagte Chen. »Fang an zu lesen. Und wenn du fertig bist, dann geh und mach dich wieder an deine Arbeit!«

Als Hoffnungsschwert beim Ministerium ankam, nachdem er möglichst lange in einem einfachen, gutbesuchten Restaurant herumgetrödelt hatte, sah er, wie eine attraktive Frau, mit einem modernen und offensichtlich teuren roten Mantel bekleidet, in wilden Bewegungen vor dem Wachsoldaten in seinem Häuschen herumgestikulierte. Natürlich völlig ergebnislos, denn Wachposten sind darauf gedrillt, regungslos wie Bäume dazustehen. Hoffnungsschwert konnte nie widerstehen, einer jungen Dame in Not zu Hilfe zu eilen, und sofort war er zur Stelle, lüpfte seine Kappe und verbeugte sich leicht.
»Kann ich behilflich sein?«
»Oh ja, bitte. Dieser Mann versteht nicht einen der Dialekte, die ich spreche. Wie finde ich das Büro des Stellvertretenden Ministers Tang?«
Tang! Den ganzen Monat lang hatte er schon versucht, einen Termin bei Tang zu bekommen, um ihn um eine etwas sinnvollere Tätigkeit zu bitten. Wenn dieses reiche Mädchen eine Verwandte von ihm wäre, könnte sich der Tag vielleicht endlich doch noch zum Guten wenden. Höflich stellte er sich vor, setzte sein charmantestes Lächeln auf und reichte ihr die Hand. »Ich wäre glücklich, Sie geleiten zu dürfen.«
Sie zögerte einen Moment und sah flüchtig über den schmucklosen Komplex einheitlich flacher, grauer Gebäude. Dann streifte sie den rechten Handschuh ab und willigte ein, seine Hand zu schütteln.
Um kein verlegenens Schweigen aufkommen zu lassen, während sie durch die endlos scheinenden Korridore liefen, entlieh er einen von Bergkiefers Monologen und unterhielt sie mit einem improvisierten Kommentar über die kostbaren Bilder, die links und rechts an den nackten Wänden der Gänge des Ministeriums hingen, so als geleite er sie durch eine imaginäre Gemäldegalerie. Ein paarmal bat er sie, einen Augenblick stehen zu bleiben, um hier oder da die blanke Wand ein wenig genauer zu betrachten.
»Sehen Sie doch, wie geschickt Huang Kung-wang die dreidimensio-

nale Wirkung dieses Gemäldes erzielt, mit welcher Strichführung er Breite, räumliche Tiefe und Höhe darstellt ...
Das Geheimnis dieses Gemäldes scheint mir seine geradezu vergeistigte Harmonie, die natürlich jenseits dessen lieg, was in Worten faßbar wäre ...
Und dies ist mein Lieblingsbild. Kann mir jemand ein anderes Gemälde zeigen, das auch nur im entferntesten diese ausgeprägte Feinheit erreicht?«
Das Mädchen schien amüsiert zu sein, denn obwohl sie ihn nicht mit Fragen zu weiteren Ausführungen anspornte, machte sie auch nicht den Eindruck, den Besichtigungsrundgang möglichst bald beenden zu wollen.
Die Empfangsdame im Vorzimmer ignorierte ihn. »Fräulein Tang, Ihr Vater wurde zu einer Besprechung gerufen und bedauert, nicht mit Ihnen zum Tee gehen zu können.«
Eine Tochter war entschieden besser als eine bloße Verwandte, und sogleich sagte Hoffnungsschwert, »Fräulein Tang, würden Sie mir die Ehre erweisen – ?«
Doch sie schüttelte den Kopf, noch bevor er seinen Satz beenden konnte, und das Erscheinen des Bürodirektors Ling, einem der Wachhunde des Stellvertretenden Ministers, beendete seine Galanterie.
»Cassia?« Ling war offensichtlich erstaunt, sie hier zu sehen.
»Welch nette Überraschung, Onkel Ling.«
Hoffnungsschwert nickte dem ehrenwerten Onkel zu und wich nicht von der Stelle, während die Zwei Neuigkeiten über ihre Familien austauschten. Er räusperte sich. Erst jetzt nahm Ling Notiz von ihm und fragte ohne allzu große Höflichkeit, warum er bei der Kundgebung am Morgen gefehlt habe. Als Hoffnungsschwert keine Entschuldigung vorbrachte, begann er über Disziplin und Pflichtgefühl zu schwadronieren, und daß man mit gutem Beispiel voranzugehen habe, ganz ohne Rücksicht darauf, welche offenkundige Betretenheit er damit nicht nur bei dem pflichtvergessenen jungen Staatsbediensteten auslöste, sondern auch bei der Tochter seines Vorgesetzten. Um sich der peinlichen Situation zu entziehen, schaute Cassia mit vorge-

täuschtem Interesse zu dem einzigen Bild, das in dem Raum hing, eben jenem unausweichlichen Tschiang-Kai-schek-Portrait, das jedes Regierungsbüro zierte, während Hoffnungsschwert überlegte, ob er nicht vielleicht einen Scherentritt oder etwas ähnlich Verrücktes ausprobieren sollte. Für diese öffentliche Schelte hatte es beim besten Willen keinen Anlaß gegeben.

Plötzlich wandte Cassia sich abrupt um, sah Hoffnungsschwert das erste Mal keck in die Augen und ergriff seinen Arm. Hoffnungsschwert war erstaunt. Was hatte sie vor? Sie schnitt Ling das Wort ab und sagte scherzhaft, doch zugleich mit der gehörigen Portion Autorität, um den Untergebenen ihres Vaters daran zu erinnern, wen er vor sich hatte, »ach, du darfst Hoffnungsschwert seine heutige Abwesenheit nicht vorwerfen. Es war meine Schuld. Es ist etwas Unerwartetes vorgefallen, und ich brauchte ihn.«

Ganz verwirrt über ihr Interesse an diesem doch recht aussichtslosen Freier, fand Ling jedoch die richtige Antwort: »Ja, natürlich. Glaub es oder nicht, aber ich war auch einmal jung.«

Ebenso verwundert über ihren augenscheinlichen Sinneswandel war auch Hoffnungsschwert schlagfertig genug, die Gelegenheit, die sie ihm geboten hatte, beim Schopfe zu fassen. »Mein Herr, in Anbetracht dieser Tatsache werden Sie sicherlich auch nichts dagegen haben, wenn ich den Rest des Tages freinehme?« sagte er, während er ihre Hand tätschelte. »Cassia bat mich zum Tee und zu einer Vorstellung, die wir uns miteinander ansehen wollen.«

Ling lächelte verbissen. »Ja, natürlich«, sagte er wieder. »Aber Cassia, sieh zu, daß er bei der Kundgebung nächste Woche dabei ist.«

»Das wird er«, erwiderte Hoffnungsschwert freundlich und drängte das Fräulein Tang sacht zur Tür hinaus, bevor der Mann noch etwas sagen konnte.

Sie rächte sich für seine Dreistigkeit, indem sie sein Portemonnaie leerte. Nachdem sie im Café des Amerikanischen Hotels, ihrem liebsten und obendrein dem teuersten von ganz Chungking, belegte Brote und Kuchen bestellt hatte, rührte sie die Speise kaum an. Er tat so, als fiele es ihm gar nicht auf. Wie hoch der Preis auch sein mochte, das Unternehmen würde ihn wert sein. Ein Wort von ihr an den Stell-

vertretenden Minister, und er würde endlich damit aufhören können, Strichmännchen zu zeichnen, und statt dessen die Brücken und Tunnel entwerfen können, die sein Land so nötig brauchte.
Aber bevor er noch den kniffligen Schachzug einleiten konnte, mit dem er gedachte, sie zu seiner Fürsprecherin zu machen, schlug Cassia vor, weiterzugehen und im Kino einen ausländischen Film anzusehen. In Anbetracht seiner gegenwärtigen Finanzlage blieb ihm nichts anderes übrig, als die hochgeborene junge Dame mit charmanten Worten davon zu überzeugen, daß es woanders doch viel unterhaltsamer sei, wenngleich der Ort nicht allzu einnehmend wirkte und ehrlich gesagt sogar ein wenig heruntergekommen sei, aber es würde dort etwas geboten, was kein anderes Theater oder Kino aufzuweisen hätte – die Sensation der Chiaoching Oper, seine Freundin Sommerwünsche.
Bei dem Wort »Freundin« blitzte ein wissender Blick in Cassias Gesicht auf, der langsam einem nachsichtigen Lächeln wich; eben jener Blick, der allen seinen Standesgenossen im Gesicht stand, wenn Hoffnungsschwert ihnen die hübsche Schauspielerin in seiner Begleitung vorstellte; jener Blick, in dem seinesgleichen ihre blasierte Weltoffenheit und gönnerhafte Bewunderung darüber zum Ausdruck brachten, daß einer aus ihren Reihen es fertiggebracht hat, seine sexuellen Gelüste zu befriedigen, ohne seine Attraktivität als Kandidat für eine zufällig anwesende potentielle Ehefrau aufs Spiel zu setzen, die vielleicht weniger gefällig und anmutig, aber doch unendlich viel akzeptabler war. Hoffnungsschwert verachtete diesen Blick fast genauso wie Sommerwünsche. Seine Verachtung hatte jedoch einen komplizierten Hintergrund. Er fühlte sich schon aus Loyalität gegenüber der Jugendfreundin dazu gezwungen, diesen Leuten zu beweisen, daß sie falsch lagen, indem er Sommerwünsches Tugendhaftigkeit Hochachtung zollte. Doch eben damit bewies er nichts weiter, als was für ein Narr er war – und zwar sich selbst gegenüber. Nur ein Narr würde auf die Möglichkeiten eines prachtvollen Lebens verzichten, um eine Beweisführung anzutreten, die zwangsläufig zum Scheitern verurteilt war, weil diejenigen, die er überzeugen wollte, nicht einmal begreifen konnten, daß er überhaupt etwas beweisen wollte.

Jetzt aber ertrug er Cassias wissenden Blick ohne Murren. Es war nicht der Augenblick, seine romantischen Probleme zu lösen. Er mußte Tangs Tochter überreden, mit ihm in die Oper zu gehen, ohne auszuplaudern, daß die Oper der einzige Ort in der ganzen Stadt war, an dem man ihm Kredit gewährte.
Nach der Aufführung schlug Cassia vor, hinter die Bühne zu gehen, »um deine ... Freundin zu treffen«, meinte sie, »den Star.«
Es war eine schreckliche Idee. Sommerwünsche würde den wohlgeborenen Eindringling mit einem Wutanfall begrüßen, wie sie das in der letzten Zeit immer öfter getan hatte, aus ohnmächtigem Ärger über die Unvereinbarkeit ihrer langen Freundschaft mit der Tatsache, daß Ruhm ihren Status als bloße Unterhaltungskünstlerin nie würde ändern können. Aber was für eine Wahl hatte er schon? Also lächelte er ein wenig gezwungen und ging voran.
Hinter der Bühne ging es noch chaotischer und unruhiger zu als sonst. In heller Aufregung sprang Sommerwünsche im Raum umher, stieß Requisiten um und warf mit allem um sich, was sie zu fassen bekam. Wie eine Wilde kramte sie in Schubläden und Schränken auf der Suche nach ihrem Talisman, den sie zu ihrer Verzweiflung nirgendwo finden konnte. »Wenn ich dieses Weibsstück von einer Diebin zu fassen kriege, reiß ich ihr jedes Haar einzeln aus!« kreischte sie. »Sie wird ihr verdammtes Läusenest nicht wiedererkennen, wenn ich hier fertig bin!«
Hoffnungsschwert versuchte Cassia zu bewegen, dieses Tollhaus wieder zu verlassen, doch sie amüsierte sich über Sommerwünsches Auftritt und zog ihn hinter einen Wandschirm, damit die Szene durch ihre Anwesenheit nicht gestört würde. Mit unterdrücktem Kichern flüsterte sie, »was, um Himmels willen, sucht sie denn?«
»Eine Decke.«
Er mochte überhaupt nicht, wie sie sich verhielt, als sie nun offen loslachte; ja, er mochte es noch weniger als Sommerwünsches Betragen.
»Laß uns gehen«, sagte er.
»Nein, laß uns bleiben«, erwiderte sie, als Sommerwünsche rückwärts in die Zimbeln stolperte, sie von ihrem Gestell stieß und in Tränen

ausbrach. Immer noch hinter dem Wandschirm, hätte Hoffnungsschwert am liebsten vor Erleichterung den Kotau gemacht, als Bergkiefer nun mit der Decke ins Zimmer gehumpelt kam, die er sich über die Schultern gelegt hatte.

»Was ist denn los?« fragte Bergkiefer schläfrig.

Schlagartig nahm Sommerwünsche wieder die entspannte Haltung einer vollkommen vernünftigen Person an. »Gar nichts«, erwiderte sie gelassen. In dem Augenblick trat Cassia applaudierend hinter dem Wandschirm hervor, womit sie ihre und Hoffnungsschwerts Anwesenheit zu erkennen gab.

Ihm war, als durchquerte er einen Raum mit einem Teppich giftiger Spinnen, als er versuchte, den richtigen Ton und die richtigen Worte zu finden, diese hochmütige Tochter des Stellvertretenden Ministers der Schauspielerin vorzustellen ... als ob er solch eine Aufgabe jeden Tag zu erledigen hätte. Bergkiefer war überhaupt keine Hilfe. Er schob die Hände in die Ärmel seiner Jacke und verbeugte sich in der traditionellen Art bis zum Boden – ein Zeichen dafür, daß Cassia ihm vom ersten Augenblick an unsympathisch war, und er ihr keine Chance geben wollte, ihm die Hand zum Gruß zu reichen – dann machte er sich daran, die Spuren von Sommerwünsches Gemütsausbruch zusammenzusammeln und die Dinge wieder an ihren Platz zu stellen.

»Ihr Bühnenspiel war ganz einzigartig. Ich fürchte, ich werde so leicht keine bessere Vorstellung erleben«, sagte Cassia recht höflich zu Sommerwünsche, doch ein herablassender Ton war unverkennbar.

»Oh, Sie beschämen mich. Ich hoffe, Ihnen nicht die Freude am Theater genommen zu haben«, erwiderte die Schauspielerin schamhaft und sich in der üblichen Weise bescheiden gebend. Doch sie musterte mit aufmerksamen Blicken die erste Frau, die Hoffnungsschwert je mit ins Theater gebracht hatte.

»Ganz im Gegenteil. Ich werde Ihre Vorstellung zum Anlaß nehmen, mir alles anzusehen, von Shakespeare bis zum Äffchen des Leierkastenmannes.«

»Ich sah Shake –« Sommerwünsche stockte für einen Moment und begann dann erneut: »Ich sah meinen guten Freund, den alten She sooft auf der Bühne, daß ich es nicht mehr zählen kann. In welcher Rolle gefällt er Ihnen am besten?«

Hoffnungsschwert war außer sich, doch er bewahrte die Haltung und lächelte. Cassia genoß das demütigende Spiel, das sie mit Sommerwünsche trieb, und er war nicht überrascht, als sie mit einem neuen, schrecklichen Einfall aufwartete – ein Abendessen bei ihr zu Hause.

Sommerwünsche erklärte sich sogleich einverstanden, ohne die üblichen Ausreden vorzubringen.

»Und selbstverständlich gilt meine Einladung auch« – hier machte Cassia eine kurze Pause, um Hoffnungsschwert ein Lächeln zu schenken – »meinem heutigen Gastgeber, der mir einen unterhaltsamen Abend versprach und damit wirklich nicht übertrieben hat, und« – wieder machte sie eine Pause, und an Bergkiefer gewandt fügte sie, fast eine Spur zu liebenswürdig, hinzu – »diesem jungen Mann, dem ich noch nicht die Ehre hatte, vorgestellt worden zu sein.«

Noch ehe Bergkiefer die Einladung hätte ablehnen können, hatte Hoffnungsschwert ihn zur Seite gezogen und raunte ihm zu, »Sommerwünsche braucht einen Freund. Du mußt mitkommen.«

»Einen Dreck muß ich. Du hast sie da hineingeritten, also holst du sie da auch wieder raus.«

Sommerwünsche beendete ihren Streit, indem sie erklärte, »nach jeder Vorstellung essen Bergkiefer und ich gemeinsam zu Abend. Wenn ich also gehe, wird er mitkommen.«

Das Haus des Stellvertretenden Ministers hatte geschwungene Dächer und war von Gartenmauern umgeben; in niedrigen Tontöpfen gepflanzte Zwergbäume säumten auf ihren steinernen Postamenten den Eingangsweg und führten zu einer Veranda, die mit farbenprächtigen Querbalken dekoriert war. Es erinnerte an die Gemälde eines Li Ahnen, der vor über hundert Jahren in Szetschuan amtiert hatte.

Dem Bediensteten, der ehrerbietig am Eingang wartete, sagte Cassia: »Bitte lassen Sie meinen Vater wissen, daß wir zum Abendessen Gäste haben, und fragen Sie, ob er uns Gesellschaft leisten möchte.«

Hoffnungsschwerts Gesicht leuchtete auf. Vielleicht war es doch keine allzu schlechte Idee, hierhin gekommen zu sein.
Die Empfangshalle war schlicht ausgestattet: Sofas in westlichem Stil waren geschmackvoll in Kontrast zu antikem Mobilar aus Rosenholz arrangiert. An den Wänden hingen auf Papier getuschte Gedichte namhafter Künstler, die sie dem Haus in Gedenken an ihr Zusammentreffen mit dem Stellvertretenden Minister gewidmet hatten. Ein Flügel stand in der einen Ecke, und auf dem Notenständer lag eine Querflöte.
Als der Tee serviert wurde, betrat ein hochgewachsener Mann mit einem kastanienbraunen pelzgefütterten Seidengewand den Raum. Ohne Uniform erkannte Hoffnungsschwert den Stellvertretenden Minister kaum wieder, und erst jetzt fiel ihm auf, daß Bergkiefer eine seiner eigenen abgelegten Hosen trug, die Champignon verlängert hatte, indem sie den Saum ausgelassen hatte, und daß Sommerwünsche, bis auf ihre leuchtend roten Pumps, fast genauso gekleidet war wie das mit Kittel und Hose bekleidete Dienstmädchen.
Tang war jedoch sehr freundlich, und ihm war anzumerken, daß er es gewohnt war, in Gesellschaft aufzutreten und unerwartete Gäste zu empfangen, obgleich sein Lächeln einzig Cassia reserviert blieb, während sie die Besucher vorstellte.
Bei einer ersten Zusammenkunft war es üblich, daß der Ältere im Gespräch die obligatorische Nachforschung nach einem bekannten Namen unter den Familienmitgliedern der Gäste betrieb. Während Hoffnungsschwert es sorgfältig vermied, irgend jemanden zu nennen, der in besetztem Gebiet lebte und Große Zuversicht als offenen Kollaborateur kennen mochte, fiel ihm endlich ein entfernter Verwandter ein, dem der Stellvertretende Minister einmal begegnet war, wenn auch nur flüchtig; er unterließ es freilich, zu erwähnen, daß er selbst bisher noch nicht das Vergnügen hatte, diesen Verwandten je getroffen zu haben. Von hier aus vertieften sie dann ihre Nachforschungen, jetzt unter den Verstorbenen, und Hoffnungsschwert atmete entspannter. Er hatte keine Schwierigkeiten, den Gastgeber mit berühmten Vorfahren zu beeindrucken. Zufrieden ließ der Stellver-

tretende Minister sich herab, Hoffnungsschwert eine von seinen Zigaretten anzubieten.
Bei Tisch, wo jeder vor einer Reihe verschiedener Weingläser und einer Fülle von Eßgeschirr saß, wurde die Unterhaltung jedoch recht peinlich, nachdem ihr Gastgeber Hoffnungsschwerts wiederholte Versuche, sein berufliches Anliegen in das Gespräch einzubringen, kurzerhand mit der Feststellung beendete, das Ministerium daheim lieber nicht zum Gegenstand der Konversation machen zu wollen. Hoffnungsschwert versuchte dann noch einmal, die Unterhaltung aufleben zu lassen, indem er das trostlose Wetter beklagte, doch auch dieser Gesprächsstoff war schnell erschöpft. Cassia, so fand er, bemühte sich ganz heldenhaft um eine entspannte Unterhaltung, doch Bergkiefer blieb schweigsam wie ein Schatten, während Sommerwünsche, aus Furcht, irgend etwas von sich zu geben, das ihm in Gegenwart seines Vorgesetzten zum Schaden gereichen könnte, sich darauf beschränkte, jedes einzelne Gericht, das serviert wurde, über die Maßen zu loben. Doch gerade ihre zügellose Schwärmerei löste bei jedem Anwesenden gleichermaßen peinliche Betretenheit aus.
Nun machte Cassia einen neuen Versuch, das Gespräch zu beleben. »Wie lange kennen Sie Hoffnungsschwert schon?« fragte sie Bergkiefer.
Bergkiefer antwortete nicht gleich, und erst als der Stellvertretende Minister die Frage wiederholte, wurde Hoffnungsschwert klar, daß sein Freund nicht das Bedürfnis hatte, die wahre Natur ihrer Beziehung offenzulegen. Hoffnungsschwert wollte das Thema beenden und antwortete an Bergkiefers Stelle, »schon immer.«
Er war verwundert, als Bergkiefers Miene nun noch finsterer wurde. Hatte sein Studiengehilfe seine Absicht mißverstanden? Könnte er womöglich glauben, der Junge Herr schämte sich für ihn? Vor der heutigen Nacht wäre diese Vorstellung undenkbar gewesen. Eilig bemühte Hoffnungsschwert sich, den Schaden wieder gutzumachen, indem er in höchsten Tönen Bergkiefers Gelehrsamkeit und die Eleganz seiner Verse lobte.
Niemandem am Tisch entging, wie Cassia plötzlich ihre Augen miß-

trauisch zusammenkniff. Offensichtlich hatte sie ernsthafte Zweifel daran, daß Hoffnungsschwert die Wahrheit sagte, und er fügte schnell hinzu, daß sein Freund schon bald für die besten Zeitschriften schreiben würde.

In diesem Augenblick unterbrach ihn Bergkiefer. »Um präzise zu sein, ich kenne Hoffnungsschwert bereits seit seiner Geburt. Meine Schwester war seine Amme, und ich sein Diener.«

Selbst Cassia, die vollendete Gastgeberin, war daraufhin sprachlos.

Als sie sich vom Tisch erhoben, wünschte sich Hoffnungsschwert, er und seine Freunde könnten sich nun empfehlen, doch wagte er angesichts der gespannten Atmosphäre nicht, den Vorschlag zu machen, obgleich wohl jeder genau den gleichen Wunsch hatte. Die Entfernung zwischen Speisezimmer und dem Empfangsraum schien unendlich viel länger zu sein als zuvor. Die Sohlen von Bergkiefers Schuhen quietschten. Sommerwünsches hohe Absätze schienen durchs ganze Haus zu hallen.

Endlich nahmen sie wieder auf den Sofas Platz. Hoffnungsschwert rutschte unruhig hin und her. Vater und Tochter schienen konzentriert auf eine imaginäre Wand in halber Entfernung zwischen sich und den Gästen zu starren. Sommerwünsche vermied es, Hoffnungsschwerts Blick zu begegnen, und Bergkiefer saß mit verschränkten Armen da. Bedienstete erschienen in der Tür und huschten dann wieder davon, ohne hereinzukommen. Hoffnungsschwert zog sein Zigarettenetui aus der Tasche und öffnete es. Es war leer. Dieses Mal bot sein Gastgeber ihm keine an.

Während sich das allgemeine Schweigen in kaum mehr erträglicher Beklemmung in die Länge zog, wünschte Hoffnungsschwert sonstwo zu sein, selbst in seinem übelriechenden Kabuff von einem Büro, nur nicht mehr hier.

Plötzlich wies Sommerwünsche auf den Flügel. »Wer spielt?« fragte sie.

»Wir musizieren beide«, antwortete Cassia. »Vater spielt auf dem Klavier und ich die Flöte.«

»Könnten Sie nicht etwas vorspielen, bitte? Ich liebe Musik. Wir alle.«

»Wenn Sie das gerne hätten.«

Der Stellvertretende Minister war entgeistert über die Idee, doch ließ er sich endlich vom Drängen seiner Tochter erweichen. Die Art und Weise, in der er schließlich nachgab, erinnerte an die schreckliche Höflichkeit, die ein Mandarin zur Schau stellen mochte, wenn er einer unendlich verhaßten Pflicht nachkommt.
Cassia machte viel Aufhebens um die Wahl des Musikstückes und verwarf eine bekanntere Komposition nach der anderen, bis sie sich schließlich mit einem Stück einverstanden erklärte, das ein wenig getragen war und speziell für Querflöte arrangiert. Vater und Tochter spielten gut, und als Cassia einen flüchtigen Blick auf Hoffnungsschwert warf, lächelte er anerkennend und applaudierte ihr pantomimisch zu. Er hatte nicht bemerkt, daß Sommerwünsche sich von ihrem Platz erhoben hatte, und bemerkte sie erst, als sie sich voller Anmut zu den anderen beiden an den Flügel gesellte. Im ersten Augenblick dachte er, er bildete sich nur ein, die Stimme zu hören, so zart und sanft begann sie zu singen. Dann, langsam und überaus kunstvoll, erhob sich ihre Stimme, bis sich die dumpfe Nacht in hellen Tag zu wandeln schien, und die leuchtenden Strahlen der Sonne in sein Innerstes drangen und ihn erwärmten. Jetzt war sie wieder ganz und gar Sommerwünsche, die Künstlerin. Voller Stolz schaute sie zu ihm herüber. Sie sang auf Englisch. Er konnte nicht begreifen, wie das möglich war.

## *Der Tempel*

Als der Nebel sich hob, um der ersten Frühlingshitze zu weichen, und die Bombenangriffe überraschenderweise eine Zeitlang ausgeblieben waren, begannen in ganz Chungking Eisdielen – manche kaum größer als Marktbuden, andere weiträumige Geschäftsfluchten – wie Pilze aus dem Boden zu schießen. Sommerwünsche jubelte vor Freude, und dank ihrer analytischen Neigungen und ihrer Freude für unerwartete Entdeckungen fand sie schnell heraus, was diese beiden glücklichen Umstände in unerbittliche Abhängigkeit voneinander gebracht hatte.

Daß gewaltige Kräfte den Feind abgelenkt hatten, war unbestreitbar. Doch diese Kräfte mußten mächtiger und schwerwiegender sein als die Gründe, die Hoffnungsschwert anführte – daß nämlich die japanischen Bomber ihre Luftangriffe jetzt gegen amerikanische Soldaten, Schiffe und Flugzeuge flögen, wodurch sich der Kriegsschauplatz vergrößert hätte, so daß die Bombardements gegen Chungking vorübergehend ausblieben. Doch welche anderen Mächte hätten dies sein können? Für Sommerwünsche lag die Antwort auf der Hand. Für sie kamen nur die Gewalten in Frage, die dem Wind und dem Wasser innewohnten, nur – feng shui – die kosmischen Energien selbst. Durch das Auftauchen der neuartigen Eisdielen war das elementare Kräftefeld in Unordnung geraten, wodurch die Stadt sich wiederum erneut an ihrer natürlichen Umgebung ausrichten konnte, was eine größere Harmonie zur Folge hatte und den Menschen Glück brachte.

Sommerwünsches Auslegungen waren außerordentlich schlüssig, und es gab für diese Sicht der Dinge zahllose Beispiele aus früheren Zeiten. Bevor die Kaiser etwa den genauen Verlauf für einen Damm oder Kanal festsetzten, versäumten sie niemals, Wahrsager hinsichtlich des feng shui für das Baugelände zu konsultieren. Jedermann verfuhr so, vom armseligsten Hausierer bis zum reichsten Bankier. Jeder befragte zunächst einen Seher, bevor er ein Geschäft gründete oder ein Haus baute, ob es nun um eine behelfsmäßige Hütte ging oder um ein prunkvolles Gebäude. Auch jeder gute Sohn hielt es so, der für seinen Vater eine Begräbnisstätte erwerben wollte, und ebenso Sommerwünsche, bevor sie ein neues Zimmer mietete oder ihr Bett darin aufstellte.

Die Eisdielen waren demzufolge außerordentlich bedeutsam für den Erhalt des Glücks und für die Fortdauer der Feuerpause am Himmel von Chungking; und um sicherzustellen, daß mit den Eisdielen alles so bliebe wie es war, nahm Sommerwünsche es auf sich, diese lebenswichtigen Einrichtungen mit der gleichen Andacht zu frequentieren, als handelte es sich um Tempel. Die Deckenventilatoren, die gestreiften Markisen und die kratzigen Melodien, die aus den Grammophonen drangen, gewannen für sie die gleiche Bedeutung wie Duftstäbchen, geweihte Umhängetücher und das Absingen von Sutren. Die Studenten, die an den Tischen lernten, avancierten in ihren Augen zu verehrenswürdigen Luohanen, deren Gelehrsamkeit die Mysterien des Himmels und der Erde ergründete. In ihrem Eifer, es ihnen gleichzutun, trug auch sie bald stolz eine randlose Brille auf der Nase, kleidete sich in ein weites blaues Qi-pao aus Baumwolle und trug weiße Socken, die sie adrett über den Fußknöcheln umgeschlagen hatte, sowie feste, schwarze Schuhe. Den Preis, den sie für zwei Kugeln Orangeneis zu bezahlen hatte, betrachtete sie als Spende, aber das Eis zu verspeisen, erschien ihr doch zu ergötzlich, als daß sie hierbei von einem Opfer sprechen wollte, deshalb gab sie als Almosen zusätzlich maßlos hohe Trinkgelder.

Champignon, in der Regel sehr nachsichtig, wurde angesichts dieser Extravaganz schrecklich ärgerlich. Was sie fünf Jahre früher noch für drei Fuß Brokat bezahlt hatte, reichte bei den heutigen Preisen gerade mal für eine einzige Rolle Zwirn. Ihre Mittel waren erschöpft, und diese gefrorenen Leckereien zwei-, dreimal am Tag waren nur schwerlich als Notwendigkeit zu bezeichnen. Dazu zweimal im Jahr ein Paar neuer Schuhe, die nächsten waren in weniger als acht Wochen fällig, und wo sollte das Geld herkommen für die neuen Kostüme, die sie in Auftrag gegeben hatte? Doch gleichgültig wie sanft oder wie schrill sie um pekuniäre Mäßigung bat, Sommerwünsche reagierte darauf so verstört wie eine buddhistische Nonne, die zum Essen fettiger Schweinshaxe geladen wird.

»Dann werde ich eben die alten Kostüme tragen«, sagte sie entschlossen.

»Das kannst du nicht! Du bist die Attraktion des Theaters.«

»Champignon, du wirst schon damit fertig«, schmollte sie. »Du findest immer einen Ausweg.«

Champignon warf die Arme hoch. »Was soll's? Du bist und bleibst eben eine abergläubische Verschwenderin und ich so schrecklich tüchtig, daß ich mit allem fertigwerde.«

Jetzt schlenderten die beiden Frauen mit Bergkiefer und Hoffnungsschwert zur Bushaltestelle, um die Linie Drei zu besteigen, die sie in die Nähe eines Jahrmarktes bringen würde, draußen, am Rande der Stadt, wo noch eine der wenigen Eisdielen war, die sie bis jetzt vernachlässigt hatten. Nur sie vier auf einer Pilgerfahrt, so hatte Sommerwünsche es geplant. Ohne Cassia. Nicht auch noch dieser Weibsteufel, dessen Gegenwart all ihr Harmonie- und ihr Glücksgefühl zerstörte. Hoffnungsschwert mit einer anderen Frau teilen zu müssen, war, als liefe eine Maus über die Bühne. Aber ihn mit Cassia teilen zu müssen, war für Sommerwünsche, als müßte sie auf einer Bühne spielen, auf der es von Ratten nur so wimmelte. Cassia war eine Frau, von der jeder Ehestifter nur träumen konnte. Sie war nicht nur hübsch und von perfektem Wuchs, sie brachte auch eine Aussteuer mit, die ausreichte, eine ganze Karawane von Kamelen im Sand versinken zu lassen. Doch was Sommerwünsche am meisten beunruhigte, war die Tatsache, daß die Ahnenreihe der Tangs ebenso bedeutsam war wie die Kette berühmter Vorfahren des Hauses Li.

Die Krönung des Ganzen aber war, daß dieser Traum jedes Heiratsvermittlers einen Vater hatte, der in Hoffnungsschwerts eigenen Träumen eine bedeutende Rolle spielte.

Seit dem gemeinsamen Abendessen neulich im Hause des Stellvertretenden Ministers hatte Hoffnungsschwert den aufmerksamen Freier gespielt, während Cassia all ihre Freunde in die Oper einlud, nur zu dem einen Zweck, mit Hoffnungsschwert anzugeben, der nicht genügend Geld hatte, um die Frau anderswo auszuführen. Als ob das nicht schlimm genug war, strömten die Horden dann nach dem letzten Akt zu ihr hinter die Bühne, wo sie der Vorstellung ihrer schwierigsten Rolle beiwohnten – nämlich glaubwürdig als Cassias Vermittlerin aufzutreten – und zwar ohne Entgelt.

Was hätte sie sonst tun können? Es handelte sich bei diesen Leuten um die Lieblinge der bekanntesten und einflußreichsten Familien Chinas, wenn nicht gar der wohlhabensten, ob sie nun Nationalisten waren, Kommunisten oder Familien aus den besetzten Gebieten. Doch auch sie war nicht ganz schuldlos. Da sie selbst außerstande war, Hoffnungsschwert dabei zu helfen, der zu werden, der er schon immer werden wollte, hatte sie ihn stets gedrängt, sich die Gunst derer zu sichern, die dazu in der Lage waren. Nun spielte sie Nacht für Nacht schwärmerisch die Gastgeberin für ihre Rivalin, während sie innerlich kochte. Was würde geschehen, wenn Cassias Zuneigung zu ihrem Herzensgalan zu intensiv würde, zu ernsthaft? Was, wenn Hoffnungsschwert Gefallen daran fände, derart gemocht zu werden?

Heute war einer der seltenen Tage, an denen sie freihatte. Heute würde Cassia ohne Sommerwünsches Helden auskommen müssen.

Während sie jetzt an einem Tisch im Freien saßen, von dem aus sie einen ausgezeichneten Blick auf den Jahrmarkt hatten mit seinen zahllosen Vergnügungen und den umherziehenden Menschen, erinnerte Sommerwünsche die Freunde daran, daß dies ihr Tag war, und die anderen sich deshalb an ihre Spielregeln halten mußten: Kein Wort über die Oper oder über Haushaltsgeld; kein Wort über Bücher; kein Wort über irgend jemanden, der auch nur im Entferntesten etwas mit dem Ministerium für Straßen und Verkehr zu tun hatte; kein Wort von Arbeit und auch nicht davon, daß die Arbeit nicht die richtige sei; kein Wort über Spione, über Korruption, Verräter, Politik oder Krieg.

Ihre Begleiter wollten erfahren, welches Thema ihnen denn überhaupt noch bliebe.

Sie überlegte einen Augenblick; dann, als sie mit den Fingern das Päckchen 999er mit dem goldenem Filterstück in ihrer Tasche fand, das sie Hoffnungsschwert bei einer günstigen Gelegenheit geben wollte, schlug sie vor, von ihren Bewunderern zu sprechen, vor allem von diesem alten Mann, diesem alten Wahrsager, der ihr die Zigaretten geschenkt hatte.

Bergkiefer konnte sich noch gut daran erinnern, wie er das erste und letzte Mal diesem Knoblauchzehen kauenden Mann begegnet war, der nie einen von Sommerwünsches Auftritten versäumt hatte. Instinktiv faßte er sich an die Nase. »Was ist mit ihm?« fragte er.

»Wißt ihr ...«, flüsterte Sommerwünsche, wobei sie die Freunde mit einer Handbewegung aufforderte, ein wenig näher zusammenzu-

rücken, »er hat mir neulich prophezeit, daß ich demnächst zu Geld kommen werde.«
Champignon bekam ganz runde Augen bei dem Stichwort Geld. »Noch rechtzeitig, um unsere Haushaltskasse aufzustocken und deine neuen Kostüme zu zahlen?«
Hoffnungsschwert klopfte auf den Tisch. »Champignon, du verstößt gegen die Regeln«, sagte er. »Dein Haushaltsgeld ist tabu, erinnerst du dich? Auch das Geld, das der alte Wahrsager prophezeit, ist kein Thema, es sei denn, ihr habt es bereits in der Tasche.«
Champignon seufzte. »Worüber sollen wir denn sonst reden?«
»Wir können ja zur Abwechslung über *meine* Bewunderer sprechen – vor allem über die Tagalen-Drillinge. Gestern baten sie mich, zu entscheiden, welche Nüsse sie kaufen sollten …«
Sommerwünsche fluchte innerlich. Indem sie sich jedes Gespräch über das Ministerium verbat, hatte sie der Gefahr vorbeugen wollen, daß Cassia und ihre Freunde zum Thema wurden, aber dabei nicht an die drei hübschen Klassenkameradinnen gedacht, die sich stets gleich kleideten, ihr gelocktes Haar in der gleichen Weise frisierten und Hoffnungsschwert an jeder Ecke auflauerten. Vergangene Woche, als er sie mit Bergkiefer und Champignon zum Theater begleitet hatte, waren die drei Mädchen wieder einmal wie aus heiterem Himmel aufgetaucht und hatten Hoffnungsschwert gebeten, für sie die Melonen auszusuchen, die sie kaufen sollten. Als er daraufhin prahlerisch mit drei grasgrünen Melonen herumzujonglieren begann, hatte Sommerwünsche ihre Freundin vorgeschoben und behauptet, Champignon kenne sich ganz besonders gut mit Melonen aus, Melonen seien sozusagen ihre Spezialität. Champignon, die Hoffnungsschwert das Jonglieren beigebracht hatte, schnappte eine unreife Melone nach der anderen aus der Luft, musterte sie einen Augenblick und erklärte schließlich, daß dies die besten Melonen überhaupt seien – um sich den Magen zu verderben –, dann drückte sie den drei schamlos koketten Mädchen ihren Trostpreis in die Hände und schickte sie fort.
Dieses Mal hatten sie offensichtlich darauf geachtet, daß Sommerwünsche nicht in der Nähe war …

»... Also bin ich blindlings um den Verkaufskarren herumgelaufen und habe von den Erdnüssen gekostet, den Haselnüssen und Walnüssen, habe die Maronen probiert und irgendwelche exotischen Nüsse, die ich nie zuvor gegessen hatte, und die ich hoffentlich auch nie wieder essen muß, wenn Kwan Yin nur einen Funken Barmherzigkeit für mich übrig hat. Die waren hart wie Stein, um ein Haar hätte ich mir die Zähne daran ausgebrochen ...«
Bergkiefer, der in Sommerwünsches Blicken bereits Gewitterwolken aufziehen sah, suchte nach einem Kellner, der endlich die Bestellungen entgegennehmen und diesem Monolog ein Ende bereiten würde. Tatsächlich wollte er jedoch auch selbst, daß dieser Monolog aufhörte, weniger, um nichts mehr über die Verehrerinnen des Jungen Herrn zu hören, sondern weil er ihn um seine Unbefangenheit beneidete. Er wollte nicht mehr an sein eigenes linkisches Wesen erinnert sein, nicht mehr daran denken, daß man ihn selbst immerzu nur vorstellte und dann links liegen ließ. Hoffnungsschwerts ungezwungener Charme gab ihm immer das Gefühl, als sei er selbst nicht mehr als eine kotfarbene Schnecke, die zuschauen muß, wie die Goldammern von Baum zu Baum fliegen.
»... Der Straßenhändler belehrte mich schließlich, daß man diese exotischen Nüsse Trockenbohnen nennt!«
Mit dieser Pointe hatte der humorige junge Mann wieder einmal prächtig vorgeführt, was für ein Witzbold er sein konnte. Champignon und Sommerwünsche lachten sich schief und auch Bergkiefer konnte sich ein Lächeln nicht verkneifen. Hoffnungsschwert war schon ein toller Bursche.
Dann tauchte mit gequältem Grinsen der Kellner auf.
Sie hatten gerade ihr Speiseeis aufgegessen, als eine Frau ihre Aufmerksamkeit erregte, die nicht größer war als ein Affe und einen Jungen am Ohr zog, der die Gestalt eines Bären hatte. Mit der Hand an seinem Ohr ziehend, flitzte sie um ihn herum, während er nur schwerfällig daherpolterte, bis sie mit einem Mal zu schreien begann, »oh, Schande, warum mußte ich nur einen Säugling heiraten! Warum mußte gerade ich dem eigenen Ehemann die Worte ›Mama‹ und ›Papa‹ beibringen! Warum mußte ausgerechnet ich vierzehnmal

Frühling, Sommer, Herbst und Winter warten, bis an seinem Kinn ein einziges Haar sproß!«
Sommerwünsche war durch das Paar keineswegs amüsiert. Zu sehr war sie an Feuerfrosch und den kleinen Baby Wang erinnert. Sie wollte gerade vorschlagen, aufzubrechen, als der Ehemann sich mit einem Mal umwendete und seiner Frau einen entsetzlichen Schlag verpaßte. Jedem stockte der Atem vor Schreck, doch die Frau heulte nur und freute sich, »oh, Kwan Yin ist barmherzig, endlich ist mein Gatte zum Mann geworden!«
Glücklichen Endes applaudierte selbst Sommerwünsche. »Was für ein Auftritt!« meinte sie, und mit verschwörerisch gedämpfter Stimme fügte sie hinzu, »Darüber mußt du schreiben, Bergkiefer.«
Zu dem Thema sollten in den vergangenen zweitausend Jahren schon viele überredet werden, dachte Bergkiefer. Aber wie gewöhnlich war er von der eigenen freundlichen Art und Weise, in der Sommerwünsches diesen Vorschlag machte, wieder ganz überwältig, so naiv sie sich bisweilen auch anhören mochte. »Nur wenn du in dem Stück die Hauptrolle spielst«, antwortete er.
»Warum nicht ich?« fragte Champignon.
»Meine Liebe, der Mann, der dich zu schlagen wagt, der muß erst noch geboren werden!«
Als daraufhin alles in Gelächter ausbrach, am lautesten lachte Hoffnungsschwert, da hatte Bergkiefer auf einmal das Gefühl, der Schnekke seien Flügel gewachsen, und sogleich winkte er dem Ober, eine zweite Runde Eis zu servieren.
Während die anderen damit beschäftigt waren, ihre Portion zu verspeisen, bevor das Eis schmolz, beobachtete Sommerwünsche, die ihr Speiseeis weich bevorzugte, zwei wohlbeleibte Frauen, deren Kleidung derart eng saß, daß man den Eindruck haben konnte, jede ihrer zahllosen Fettrollen sei einzeln verpackt. Sie schoben und zerrten an einem Ballen von schwarzgoldenem Stoff herum und kreischten dabei, wer nun den Stoff als erste in der Hand gehabt hätte. Er hatte ein auffällig schönes Muster und Sommerwünsche seufzte versonnen, »ach, Champignon, wie viel besser würde uns dieser Stoff doch kleiden.«

Als sie das sagte, blickte auch Hoffnungsschwert auf, doch als er das japanische Motiv auf den Stoffbahnen erkannte, wurde er plötzlich fürchterlich wütend. Eingeschmuggelte Produkte aus Feindesland lagen scheinbar überall zum Verkauf aus, und er mußte an Große Zuversicht und das Kaufhaus denken und an sein eigenes fortgesetztes Unvermögen, irgend etwas zu unternehmen, obwohl er doch Cassia seine Aufwartung machte. »Scheißdreck ist das«, erklärte er. »Japanische Scheiße, die irgendwelche verräterischen Arschlöcher über die Grenze schmuggeln, damit gefräßige Scheißer den Plunder an Idioten verkaufen, die sich einen Scheißdreck um irgend etwas kümmern. Ich wette, die Maschine, mit der sie das Speiseeis herstellen, ist auch aus Japan!« fügte er hinzu und schlug mit der Hand auf den Tisch.

Sein Eisbecher, den er noch nicht ganz aufgegessen hatte, flog in hohem Bogen in den Schmutz.

Die anderen am Tisch taten, als hätten sie nichts gemerkt. Sie kannten solcherlei Wutausbrüche. Hoffnungsschwert konnte mitunter schon mal recht seltsam werden, doch gingen diese Anwandlungen meistens ebenso schnell wieder vorüber, und es war immer das Beste, nicht weiter Notiz davon zu nehmen. Im Übrigen hatten sie derlei Reden schon öfter von ihm gehört. Einzig der Kellner reagierte und kam herbeigerannt, um den Eisbecher zu retten, zog sich aber gleich wieder zurück, als Hoffnungsschwert schließlich seine hübsche Begleiterin anfauchte, »überlaß es anderen, sich derart schamlos zu verhalten.«

»Und was ist so schamlos daran, etwas Neues zu tragen?« fragte Champignon mit giftigem Blick.

Champignon war die einzige Person, mit der anzulegen Hoffnungsschwert sich nicht leisten konnte. Spöttisch hob er die Hände, als ob er vor ihr kapitulierte. »Nichts, ganz und gar nichts. Nur bitte nicht diesen Stoff.«

Sommerwünsche hörte jedoch schon gar nicht mehr zu. »Das klingt wie Trommeln«, sagte sie und erhob sich von ihrem Platz.

»Und Violinen und Trompeten und Flöten«, ergänzte Hoffnungsschwert, wie um sich für seinen flegelhaften Wutausbruch zu entschuldigen. In den verschiedensten Marktbuden um sie her spielten Grammophone und veranstalteten ein Konzert schräger Mißklänge, als ob jeder Musikant eines Orchesters voller Hingabe partout sein jeweiliges Lieblingslied spielen mußte.

»Nein. Richtige Pauken. Da muß irgendwo eine Hochzeit stattfinden!« Sommerwünsche mochte Hochzeiten über alles. »Laßt uns hingehen und zuschaun!«

»Meine Beine finden es hier gerade schön gemütlich«, stöhnte Champignon.

»Meine auch«, sagte Bergkiefer. Als Vierter an der Reihe zu sein, war eine Sache, als Dritter jedoch etwas ganz anderes.

Sommerwünsche faltete flehentlich die Hände. »Hoffnungsschwert?«

Er zögerte.

»Bitte. Es ist doch mein freier Tag.«

Wer war schon in der Lage, sich einer so bezaubernden und bedürftigen Bittstellerin wie Sommerwünsche zu widersetzen? Hoffnungsschwert konnte es jedenfalls nicht, und schon stürzten sie sich gemeinsam in die Menschenmenge, vorbei an den Krabben- und Aalverkäufern, den Kräuterhändlern, Schlossern und Korbflechtern, immer weiter in die Richtung, aus der die Pauken tönten.

An der Kreuzung wies Sommerwünsche nach rechts hinüber. »Schau, dort!« Gerade oberhalb der terrassierten Reisfelder, die wie fliegende Teppiche schimmerten, die im nächsten Augenblick davonschweben mochten, schlängelte sich ein schmaler Fußpfad den Berg hinauf. Dort sahen sie die leuchtend rot und gold bemalte Sänfte, in der die Braut getragen wurde, die sich in dem fensterlosen Abteil verbarg, dessen Tür mit karmesinroten Papierstreifen versiegelt war. Es war kein aufwendiger Prozessionszug: nur zwei Männer, die die Kesselpauken schlugen, zwei weitere, die eine Stange auf den Schultern trugen, an der die Truhe mit der Aussteuer hing, sowie eine kleine Gruppe von Gratulanten.

Sommerwünsche und Hoffnungsschwert eilten die Treidelpfade entlang, die quer durch die Reisfelder führten, bis ein felsiger Abhang, der zu einer Bambuspflanzung führte, ihnen den Weg versperrte. Als

sie endlich oben ankamen, war von dem Prozessionszug nichts mehr zu sehen und die Pauken kaum noch zu hören.
Der kühle Schatten der Bambuspflanzung umfing sie angenehm. Sommerwünsche zauderte. Das erste Mal waren sie und Hoffnungsschwert allein. Plötzlich schien der Hochzeitsumzug sie nicht mehr zu interessieren, aber schließlich war es ja auch nicht ihr eigener, dachte sie. »Ich bin zu erschöpft, hinter der Prozession herzulaufen«, log sie unverhohlen, in der Hoffnung, der Vorschlag, ein wenig hier im Schatten zu bleiben, würde auch ihm gefallen. »Wir können jetzt im Frühling jeden Tag Neuvermählte sehen, wenn wir wollen. Laß uns ein wenig ausspannen.«
Lächelnd öffnete er sein Zigarettenetui. Es war leer.
Sie zog das Päckchen 999er mit den goldenen Mundstücken hervor und schenkte sie ihm.
»Das hättest du nicht tun sollen«, sagte er. »Die kosten doch ein Vermögen.«
»Ich hab sie nicht gekauft, sie sind ein Geschenk von – « Sie hatte kaum den Satz beendet, da wünschte sie, lieber nichts gesagt zu haben. Sein Gesicht war wie versteinert.
Er ging weiter und ließ sie stehen, mit den Zigaretten in der Hand.
Während sie sich bemühte, seinem Schritt zu folgen, dachte sie, wie unfair er doch sei. Sie ließ Champignon fast jedes der zahllosen Geschenke zurückbringen, die Verehrer hinter die Bühne schickten, bis auf die gelegentlichen Aufmerksamkeiten, die der alte Wahrsager ihr zukommen ließ, von dessen unbedingter Harmlosigkeit auch jede noch so argwöhnische Schwiegermutter auf den ersten Blick überzeugt wäre. Seine bescheidenen Geschenke waren Zeichen der Verehrung, nicht verführerisch teure Kleidungsstücke aus Seide oder aufwendiger Schmuck. Mit Sicherheit niemals etwas, das er sich nicht hätte leisten können. Und bezahlte in diesen unsicheren Zeiten nicht auch fast jeder etwas dafür, sich sein Glück wahrsagen zu lassen?
Als Hoffnungsschwert einem Jungen ausweichen mußte, der einige mit Brennholz beladene Esel führte, gelang es ihr, seinen Ärmel zu fassen. »Ich habe nichts verbrochen. Wirklich nicht.«

Er stieß ihre Hand fort und stürmte weiter.
Sie rannte ihm nach, konnte aber nicht mit ihm schritthalten, so daß die Entfernung zwischen ihnen immer größer wurde. Sie mußte etwas unternehmen, vielleicht einen ihrer Wutanfälle vortäuschen? Nein, er war kein Bühnenarbeiter und auch keiner der Musikanten, die leicht einzuschüchtern waren. Sie mußte an seine edleren Instinkte appellieren. Sie ließ sich auf ein weiches Graspolster fallen und rief stöhnend: »Hoffnungsschwert, hilf mir! Komm zurück, ich bin gestolpert!«
Er blieb stehen, doch ging nicht zu ihr. Zweifellos täuschte sie den Sturz nur vor, dachte er.
»Bitte hilf mir, Hoffnungsschwert.«
Ihre Stimme war so mitleiderregend, sie hätte ein steinernes Herz erweichen können. Als er sich umsah, saß sie auf dem Boden und rieb sich den Fußknöchel. Sie schien hilflos wie ein Spatz mit gebrochenen Flügeln. Tat er ihr vielleicht doch unrecht, ihr Absicht zu unterstellen? Er ging langsam zu ihr zurück, und als er ihr dann vom Boden aufhalf, steckte sie die Zigarettenschachtel in seine Tasche. »Ich habe das Geschenk des Wahrsagers nur deinetwegen behalten.«
»Und warum ausgerechnet meinetwegen?«
Sommerwünsche dachte einen Augenblick lang nach. »Du bist mein Freund.«
Er schüttelte empört den Kopf.
»Aber wir *sind* doch Freunde, jeder weiß das. Und wozu sonst sind Geschenke da, als sie Freunden zu geben?«
»Die Geschenke anderer Männer?«
»Was ist daran nicht in Ordnung?«
Er warf die Zigarettenschachtel fort und ging weiter. Sie lief ihm nach, rannte dann aber zurück, um das geschenkte Päckchen Zigaretten aufzuheben und wieder an sich zu nehmen. Sie wischte den Schmutz von der Zellophanhülle und eilte wieder zu ihm. »Ich bin nicht wie die anderen … So bin ich nicht«, beteuerte sie.
»Ich auch nicht.«
Sie lief hinter ihm her, bis sie einen hohen Mischwald erreichten. Er

sprach kein Wort, und auch sie wußte nicht, was sie sagen sollte. Das Licht des Himmels, das durch das prächtige, ausladende Laubdach der Bäume drang, hatte eine zartgrüne Färbung; es schien eher wie Mondlicht, als wie das Licht der Sonne. Auch die Luft hatte hier nicht mehr den staubigen Beigeschmack, sondern schien so quellfrisch wie Wasser aus einem endlos tiefen Brunnen. Von irgendwoher trällerte unsichtbar eine Drossel. Der Fußweg war wie ausgestorben, keine Menschenseele weit und breit.

Er verlangsamte seinen Schritt und ließ sie aufholen.

»Wirklich, ich wollte dich nicht unglücklich machen«, sagte sie und bemühte sich zu lächeln. »Ich habe doch nur an dich gedacht.«

»Ich weiß.«

Sie schlenderten nun einen Weg entlang, der durch einen Eukalyptus- und Kiefernwald führte, wo das üppige Duftgemisch der verschiedenen Gerüche ihr fast den Atem nahm. An einem schwierigen Abschnitt des Weges legte er hilfsbereit seinen Arm um Sommerwünsche. Dabei kam er mit seinem Gesicht so dicht an das ihre heran, daß sie seine Züge nur noch wie durch einen Schleier erkennen konnte. Hier im Wald war von den Kesselpauken des Hochzeitszuges nun entgültig nichts mehr zu hören; doch sie klangen so rein und kräftig in ihr, als hörte sie ihr eigenes Orchester, wenn sie auf der Bühne sang. Die Paukenschläge schienen immer lauter und schneller zu tönen, daß es kaum noch erträglich war. Sie fürchtete fast, die Besinnung zu verlieren.

»Warum bist du so schweigsam, Sommerwünsche?« fragte er.

»Und du, warum sagst du nichts?«

Er hatte seinen Arm wieder zurückgenommen, doch jetzt gingen sie Hand in Hand den Pfad entlang.

Das ist kein Traum, dachte sie. In ihren Träumen wußte sie genau, was er tun und was er sagen würde. Nie veränderten sich diese Traumszenen, genauso wenig wie sich von Vorführung zu Vorführung die Geschichten der Oper veränderten. Er würde ihr seine Liebe gestehen. Danach würde er seiner Mutter schreiben, und einige Tage darauf würde dann ein freundlicher Mann mit einer Kappe auf dem Kopf und Messingknöpfen an der Jacke an ihrer Tür erscheinen. Keinen simplen Brief hätte er in der Hand, sondern ein kostspieliges Telegramm: »Das Haus Li gibt sich die Ehre, Sommerwünsche zu empfangen.«

Ein Zweig knackste. Vögel flatterten durch die Luft und ließen sich auf anderen Ästen nieder.

Ohne es bemerkt zu haben, mußte sie stehengeblieben sein, denn er fragte, ob sie zu müde sei, weiterzugehen.

Wie hätte sie es müde sein sollen, so durch den siebenten Himmel zu schweben?

»Denk' dran, je länger wir laufen, desto weiter ist der Rückweg.«

Seine Besorgtheit war viel unsinniger als all die Phantasien, denen sie nachhing, und über die er sich lustig zu machen schien. Ach, wie albern! Lachend zog sie ihn weiter. Auch er lachte. Wie hätte er sich von ihrem fröhlichen Wesen, diesem wahren Bollwerk von Glückseligkeit, auch nicht mitreißen lassen können?

Sie kamen an einer Stelle vorüber, wo der Waldboden übersät war von wilden, noch nicht erblühten Lilien, und unwillkürlich fielen ihr die Schalotten ein, die einst am Eingang der Hütte des Grabpflegers wuchsen, und sie mußte an den sich wandelnden Mond denken, der unaufhörlich auf seiner Bahn dahinzieht. Mit einemmal war ihr, als ob alles, was ihr je widerfahren war, heute auf irgendeine Weise seinen Höhepunkt erreichte, und daß alle Zukunft, die noch vor ihr lag, eben in diesem Tag ihren Ursprung haben würde.

Während sie so durch den Wald schlenderten, und ihr dieses Gefühl immer mehr zur Gewißheit wurde, sahen sie plötzlich rechts vom Weg einen kleinen zugewucherten Trampelpfad abgehen, auf dem die Gräser heruntergetreten waren. In wortlosem Einverständnis folgten sie diesen Spuren. Bald darauf kamen sie an eine Pflanzung stattlicher Kiefern, die wie Säulen eines majestätischen Geländers in genau bemessenem Abstand zueinander wuchsen. Der Pfad führte sie weiter um einen gewaltigen Felsblock herum, bis sie unvermittelt auf eine kleine verlassenen Tempelanlage stießen. So unerwartet war der Anblick, daß Sommerwünsche, selbst als sie näher herantraten, ihren Augen kaum trauen wollte und fast glaubte, dieses kleine Bauwerk sei nur eine Sinnestäuschung ... und doch war das

Heiligtum so ehrfurchtgebietend, daß sie die Priester mit ihren Haarknoten und den wehenden safranfarbenen Gewändern förmlich vor sich sah, wie sie sich vor ihnen verbeugten, um sie willkommen zu heißen.

Die uralten Treppenstufen waren stellenweise schon halb im Boden versunken, doch das ehrwürdige Dach war immer noch himmelwärts geschwungen, drapiert mit einer Hülle gesprenkelten Lichts. Aus Furcht, den Zauber durch Worte oder Gesten zu zerstören, wagte sie nicht, ihm zuzurufen, um ihn auf ein Rehkitz aufmerksam zu machen, das gerade ins Dickicht verschwand. Sicherlich war es ein später Nachkomme der Rotwildherde, die vor Jahren hier von den Mönchen geweidet worden war.

Sie bewegten sich so behutsam, als wollten sie vermeiden, auch nur einen Kieselstein oder einen Grashalm in Unordnung zu bringen. Die Holztür des Tempels, aus den Stämmen mächtiger Eichen gefertigt, war dick und massiv, doch sie schwang bei der leichtesten Berührung auf. Einen Augenblick verharrten sie im Eingang. Wir stehen hier genau auf der Grenze, dachte Sommerwünsche, an der Schwelle zwischen Kulissenraum und Bühne, zwischen Vergangenheit und Zukunft, an der Grenze zweier Lebensabschnitte. Sie schloß die Augen, um für immer dieses Gefühl in ihrem Herzen zu bewahren, von dem sie sicher war, daß auch er es verspürte – einer köstlichen Vorahnung, gleichermaßen unerträglich wie erhaben.

Und wieder, in wortlosem Einverständnis, als ob ihnen ein Stichwort gegeben worden wäre, traten sie ein. Merkwürdig, es gab keinen Staub, kein Spinnengewebe im Inneren des Tempels, das jetzt von einem einzelnen Lichtstrahl geteilt war. Wie war das möglich? Vielleicht spielten ihr ihre Augen nur einen Streich. Vielleicht war der Kehricht von einem Novizen entfernt worden, der während all der Jahre gewissenhaft seine Pflicht tat.

Ganz bewegt von soviel aufrichtiger Treue, fiel sie vor dem Altar auf die Knie. »Oh, Kwan Yin«, betete sie schweigend. »Wie kann ich dir dafür danken, daß du mich diesen Tag erleben läßt?«

Sie hörte ein Geräusch, ein fast menschliches Ächzen. Es kam von der Tür, die Hoffnungsschwert schloß.

Auch wenn sie in der Dunkelheit des Raumes nicht erkennen konnte, spürte sie, wie er sich näherte. Mit angehaltenem Atem wartete sie, daß er die wenigen Schritte zu ihr an den Altar gekommen sein würde, und es schien, als sei er tausend Li entfernt.
Warum fürchtete sie sich nicht? Hatte sie keine Angst? Die gleichen Fragen, die man sie immer wieder stellte, bevor sie die Bühne betrat. Nie hatte sie eine Antwort, außer, daß es schon immer so gewesen sei. Doch jetzt wurde es ihr mit einem Mal bewußt: Diese Gelassenheit war diejenige von Träumern, die sich in unbekannten Gefilden bewegten und nicht in realen Welten. Auf der Theaterbühne erfüllte sie die Träume anderer Menschen; hier erfüllte sie sich ihren eigenen.
Bereits beim Geräusch des ersten Regentropfens, der auf das Dach des Tempels fiel, war ihr gewiß, daß sie einander, noch lange nachdem der Schauer vorüber sein würde, fest in den Armen halten würden. Doch auch über den schrecklichen Preis war sie sich im klaren, den der Gott einfordern würde, der einstmals diesen Altar bewohnt hatte, auf dem sie sich liebten. So unvermeidlich ihre Hingabe und alle innige Umarmung, so unvermeidlich würde ihr Traum für immer verloren sein ... *nichts als Asche in funkelnder Hitze.*

Es war dunkel. Er hatte sie lange wortlos in den Armen gewiegt. Kaum merklich holten sie Luft. Ihr Atem ging harmonisch und so schwach, als wollten sie den Rhythmus ihres Herzschlages verlangsamen. Nie zuvor hatte er sich so hellwach und zufrieden gefühlt.
Voller Zärtlichkeit ertastete er mit den Fingerspitzen ihr Gesicht, als wollte er ihre Züge in der Dunkelheit des Raumes klarer erkennen. Zu seiner eigenen Verwunderung war ihm, als sei die Bühnenkünstlerin, die er bereits seit ihrer Mädchenzeit kannte und der er in den vergangenen zwei Jahren beinahe täglich begegnet war, nicht die gleiche Person wie die Frau, die er jetzt mit seinem Herzen erspürte. Ihre Anmut und Schönheit hatten ihn so betört, daß er Sommerwünsche erst jetzt in ganzer Klarheit zu erkennen glaubte. Während er nach Worten suchte, seine Liebe zu ihr zu erklären, kam ihm der Titel des Gedichtes in den Sinn, das Bergkiefer gleich nach ihrer Wiederbegeg-

nung zu schreiben begonnen und nie beendet hatte: »Eine Perle, ein Glanz, ein Körnchen Sand ...«

Mit einem Mal zerbrach der Gleichklang zwischen ihnen. Zunächst war ihm nicht klar, ob sie erzittert war, oder er geschaudert hatte, doch dann erkannte er, daß sie sich fürchtete. Auch er fürchtete sich. Sie wagte weder zu sprechen noch sich zu rühren. Ihr Körper fühlte sich anders an. Sie schien jetzt leichter zu sein, viel leichter.

Er zog sie nahe an sich und hielt sie in den Armen. Es war, als seien ihre Rippen zwischen die seinen gepaßt wie die Finger zweier gefalteter Hände – und dennoch schien sie seiner Umarmung zu entgleiten.

Schnell! Er mußte sie wieder halten. Er flüsterte, und seine Worte klangen ihm fremd, wie eine längst vergessene Sprache, obgleich das kleinste Kind täglich eben dies sagen mochte. Von heute an würde er lachen, wenn sie lachte, flüsterte er, und weinen, wenn sie weinte; wenn sie fortgehen müßte, wäre es, als verlöre er ein Teil von sich selbst.

Warum erschien sie noch immer so fern?

Sie glaubt mir nicht, dachte er. Doch wie könnte sie ihm nicht glauben? Dieses Mal war, was er sagte, die reine Wahrheit ...

Sein Ärmel war feucht.

Sie behauptete, vor Glück zu weinen, doch er wußte, daß sie log.

Wie hätte er ihr begreiflich machen sollen, was er selbst nicht verstand? Das war unmöglich. Er begriff lediglich, daß seine Zuneigung zu ihr, die er ein halbes Leben lang in sich getragen und keinen Augenblick in Zweifel gezogen hatte, im Verlaufe dieses Nachmittags zu aufrichtiger Liebe geworden war. Vielleicht war ja seine Zuneigung zu ihr schon immer Liebe gewesen. Doch vielleicht war unausgesprochene Liebe, die nicht beim Namen genannt wird, gar keine echte Liebe?

Er hoffte, wenn Worte sie nicht zu überzeugen vermochten, würde seine Leidenschaft ihr beweisen, wie sehr er sie liebte, und küßte sie lang und inniglich. Dann flüsterte er: »Glaub mir doch bitte, mein liebster Schatz. Was soll ich tun? Wie sonst kann ich dir zeigen, was ich für dich empfinde?«

Lange verharrte sie schweigend und bewegungslos, und er brauchte fast ebenso lang, bis ihm endlich klarwurde, daß sie längst nicht mehr bemüht war, sich von ihm loszumachen, sondern vielmehr wie ein Schulmädchen nach Worten suchte für die richtige Antwort.
Endlich zog sie stolz und vor Glück lachend aufgeregt an seinem Hemdsärmel. Er müsse eine ihrer Goldfilter besetzten 999er in seinem silbernen Zigarettenetui aufbewahren, meinte sie, länger noch als die, die seinem Vater gehört hatte.
Auch er mußte lachen und gelobte feierlich, ihr Geschenk zu bewahren, bis auch er die Gelben Wasser ins Jenseits passieren würde. Erst dann würde er ihre Zigarette rauchen und mit jedem Zug all des Guten gedenken, das ihm in diesem Leben widerfahren sei.

## Eine Hochzeit

Zwei Tage später wartete Hoffnungsschwert vor der Oper auf Sommerwünsche. Er hatte sich gegen den Kotflügel des Jeeps gelehnt, der dort geparkt war. Das Fahrzeug war ihm zur Verfügung gestellt worden – ein deutliches Zeichen dafür, daß sich seine Aussichten durch die Freundschaft zu Cassia verbessert hatten. Von morgen an würde seine Karriere einen neuen Anfang nehmen.
Als er beim Mittagessen verkündet hatte, daß er in wichtigem offiziellen Auftrag nach Kunming führe, waren Sommerwünsche und Champignon ganz aus dem Häuschen geraten, als hätte er eine Fahrkarte in die Ewigkeit gewonnen. Einzig Bergkiefer hatte ihm nicht vor Begeisterung auf die Schulter geklopft. Der eingefleischte Pessimist hatte nur gewarnt, nicht mit einer Tigerin zu spielen, als handele es sich um ein possierliches Kätzchen. Während diese Ermahnung nur ein wenig verletzend klang, so hätte man seinen Kommentar, daß Hoffnungsschwert dieses Mal nicht mit grünen Melonen jongliere, sondern mit scharfer Munition, auch geradezu als Beleidigung ver-

stehen können – einerlei, wie richtig Bergkiefer die gegenwärtige Situation einschätzte.

Hoffnungsschwert warf einen Blick auf die Uhr. Warum spielte das Orchester immer noch? So chaotisch die Proben für eine neue Opernaufführung auch immer verlaufen mochten, um diese Zeit hätten sie längst zu Ende sein sollen, obgleich er zugeben mußte, daß selbst auf diese Distanz und für sein ungeübtes Ohr die Musik so dissonant und schräg klang wie Bergkiefers Kommentare kürzlich. Doch in einem Punkt hatte Bergkiefer recht: Der Auftrag war tatsächlich keine echte Herausforderung. Jeder der bis drei zählen und ein Auto chauffieren konnte, hätte die Lagerbestände in Kunming kontrollieren können. Und doch hatte der Stellvertretende Minister ihn höchstpersönlich für diese Aufgabe ausgewählt, und zwar nicht, weil er einen Führerschein besaß oder der jüngste der Bauingenieure war, sondern, wie Tang sich ausgedrückt hatte, »weil du der einzige bist, dem ich wirklich vertrauen kann.«

Wieder warf er einen Blick auf die Uhr und machte sich daran, noch einmal den Staub von seinem Jeep zu wischen. Nach dem Fronteinsatz war der Wagen mit all seinen Einschußlöchern nicht mehr gerade ein Schmuckstück, aber was machte das schon? Mit Sommerwünsche auf dem Beifahrersitz würde selbst eine verrostete Schubkarre den Neid der Götter hervorrufen. Bei dem Gedanken an sie mußte er vor lauter Glücksgefühl lächeln.

Allein der Gedanke daran, daß er den Nachmittag, den sie gemeinsam verbracht hatten, fast verdorben hätte, als ihm klar geworden war, wozu der Tempel in Wahrheit diente. Innen leer, aber peinlich sauber; außen völlig verlassen, ohne auch nur eine Fußspur, außer dem Trampelpfad in den Gräsern fast ein Li weit entfernt – ein perfekter Schlupfwinkel für Schmuggler oder Schwarzmarkthändler? Als ihm das klargeworden war, hatte er sich so schnell wie möglich davonmachen wollen. Er hatte schon die Tür geöffnet, als ihm einfiel, daß er ja nicht allein gekommen war. Doch als er sich umschaute und Sommerwünsche sah, wie sie vor dem leeren Altar kniete und betete, da war ihm plötzlich alles einerlei, so gefangen war er vom Anblick ihrer Anmut und Schönheit dort im Schein des gleißenden Sonnenlichts, das sich durch die geöffnete Tür über sie ergoß.

Er hoffte von ganzem Herzen, daß Champignon nicht auftauchen würde, um die gefeierte Schauspielerin wie üblich nach Hause zu geleiten, sondern daß sie in der Dachstube bleiben würde, wie sie es Sommerwünsche versprochen hatte, um die neuen Kostüme zu Ende zu schneidern. Beim Anblick des Jeeps würde sich die schwere Frau sofort auf den Rücksitz fallenlassen und einmal mehr zum besten geben, daß sie noch nie von irgend jemandem gehört hatte, der im Vollbesitz seiner Sinne war und dennoch einen Hochzeitszug aus den Augen verloren haben wollte, Wald hin oder her; derjenige müßte schon durch irgend etwas anderes vollständig in Anspruch genommen sein. Ungeduldig suchte er mit dem Blick die Straße ab. Doch weit und breit war nichts von ihr zu sehen.

Er gab dem Wagen einen zärtlichen Klaps und dankte innerlich seinem Verräter von Halbbruder. Hätte dieser eingebildete Bastard nicht mit seinem Chef um den gesamten Benzinverbrauch eines Jahres gewettet, daß er jeden, wen auch immer der Großkaufmann zu benennen wünschte, hinter das Steuerrad seines glitzernden nagelneuen Mercedes locken könnte – und sein Großvater hatte seinen, Hoffnungsschwerts Namen genannt –, dann hätte er wohl niemals Auto fahren gelernt. Natürlich, er war damals sehr jung gewesen, aber selbst heute machte es ihn noch ganz ärgerlich, wenn er daran dachte, wie billig er, der entschlossenste Feind von Großer Zuversicht, sich hatte kaufen lassen. Auch daß der alte Spieler, um seine Wette zu gewinnen, bis nach Nanking hatte reisen müssen, war kein Trost, denn er hatte die Provinzhauptstadt oft besucht, um der hübschen Tochter eines führenden Wissenschaftlers den Hof zu machen. Zum Glück hatte sie ihn schließlich zurückgewiesen. Oder wäre es besser gewesen, sie hätte sich auf ihn eingelassen? Hoffnungsschwert wußte nicht recht, was von beidem schrecklicher war: jung zu sterben wie sie, die bei dem Überfall auf Nan king zu Tode gekommen war, oder ein Leben lang die Frau eines notorischen Verräters zu sein.

Ein regelrechter Sturm von Geschäftigkeit brach los, als Sommerwünsche schließlich aus dem Theater gestürzt kam, verfolgt von ein paar ratlos verwirrten Musikern. Sie hatte einige Mühe, in den Jeep zu klettern, doch sobald sie sich auf dem Beifahrersitz aufgebaut hatte wie eine Kaiserin auf ihrem Thron, vertrieb der Star der Oper die tobenden Kollegen mit dem Befehl, sich zurück an die Musikinstrumente zu begeben und zu üben, bis sie in der Lage sein würden, einen sauberen Ton zu spielen.

Als die Männer daraufhin davontrotteten, drückte sie leicht auf die Hupe und sagte, »laß uns losfahren. Wir müssen uns beeilen, damit wir vor Einbruch der Dunkelheit die Hochzeitsgesellschaft finden.«

Hoffnungsschwert glaubte, nicht recht verstanden zu haben. »Von wessen Hochzeit sprichst Du?«

»Das ist doch gleichgültig. Hauptsache irgendeine Hochzeit. Eine Hochzeit ist immer ein so fröhliches Ereignis und bringt Glück für deine Reise, Glück für deinen zukünftigen Erfolg« – scheu und zugleich hinterlistig lächelnd fügte sie nach einer kurzen Pause hinzu – »Glück für uns.«

Er griff zum Steuer, um ihr nicht an die Kehle zu springen. Sommerwünsches verschrobener Aberglaube mochte ja einer ihrer besonders liebenswerten Charakterzüge sein. Aber doch nicht heute. Nicht an ihrem letzten Abend, bevor sie sich für Wochen trennen mußten. Nicht nach dem, was im Tempel geschehen war.

Sie machte seine Hände vom Steuerrad los und hielt sie an ihr Herz. Dann suchte sie seinen Blick und schaute ihm ernst in die Augen. »Bitte, Hoffnungsschwert«, flüsterte sie, »soll ich denn einfach zusehen, wie du fortgehst, und dein Glück dem Zufall überlassen? Es war nicht recht von uns, zu ... Wir hätten der anderen Hochzeitsprozession folgen und nicht ... am Tempel anhalten sollen. Aber wenn wir gleich jetzt, heute noch, einer anderen Hochzeit beiwohnen, dann bringen die Götter vielleicht vor lauter Arbeit die Tage oder Namen und Gesichter von Braut und Bräutigam durcheinander und sind uns nicht böse.«

An dem eigensinnigen Schimmern in ihren Augen erkannte er sogleich, daß es ganz unmöglich war, ihr diesen neuesten Einfall auszureden. Jetzt an ihre Vernunft zu appellieren, wäre ebenso unnütz gewesen wie damals, als er sie von ihrem Glauben an die Mächte des feng shui abbringen wollte. Mit welcher Geduld und Mühe er versucht hatte, ihr die strategischen und taktischen Erwägungen zu erklären, die offensichtlich bei der Entscheidung, die Luftangriffe zu unterbrechen, im Spiel gewesen waren. Ihre Antwort waren zwei weitere Kugeln Orangeneis.

Sie drückte seine Hand. »Bitte«, flüsterte sie noch einmal.

Er seufzte schwer und fragte dann, »wo sucht man denn am besten nach einer Hochzeitsgesellschaft?«

»Nicht in der Stadt. Wir müssen wieder auf's Land hinaus, wo die Feierlichkeiten im Freien veranstaltet werden, hinaus in der Gegend, wo wir ... beim Tempel ...«

Als die untergehende Sonne den Himmel in ein herrlich dunkelrotes Licht tauchte, und Hoffnungsschwert an einer Abzweigung des Schotterweges, wo nur Bäume zu sehen waren, auf Sommerwünsches Entscheidung wartete, welche Richtung sie einschlagen sollten, hörten sie schließlich in der Ferne den schwachen Klang von Kesselpauken. Sie stand von ihrem Sitz auf, inspizierte die Landschaft wie ein fronterfahrener General und wies schließlich nach rechts, wo ein kleiner gewundener Fußpfad herabführte. Dann beugte sie sich zu ihm hinüber und küßte ihn auf die Wange. Das nächste Mal, mein Lieber, solltest du ein wenig mehr Vertrauen zu mir haben, dachte sie und betete innerlich. Ach, möge es doch ein gutes Omen sein, ein gutes Vorzeichen für eine strahlende Zukunft, die noch vor uns liegt.

Auf einmal schwiegen die Pauken. Auch ihr Herz schien aufzuhören zu schlagen. War die plötzliche Ruhe etwa ein Zeichen dafür, daß die Götter nun doch von Neid ergriffen waren? Die Ankündigung ihres Rachedurstes? Sicherlich waren die Götter grenzenlos neidisch auf sie und die geradezu überirdischen Glücksgefühle, die sie dem Leben stahl.

Hoffnungsschwert mußte ihre Furcht gespürt haben, denn er nahm sie sacht in die Arme und meinte beruhigend, ihre Liebe sei vom Himmel gesegnet. Noch bevor sie fragen konnte »woher weißt du

das?«, fuhr er den Jeep in die hohen Gräser und sprang aus dem Wagen. »Mach schnell, wir dürfen nicht zu spät kommen«, sagte er.
Den Rest des Weges rannten sie und hielten erst an, als sie nahe genug waren, das Zeremoniell zu beobachten, ohne zu stören. Da begannen bereits die Pauken wieder zu schlagen. Überglücklich zog Sommerwünsche ihn zu einem hohen Strohhaufen, auf den sie flink wie eine Ziege hinaufkletterte, ohne ihm auch nur die geringste Chance zu lassen, schneller zu sein. Sie ließ sich nieder. Der Ausblick war perfekt, und vor Entzücken hätte sie am liebsten laut aufgeschrien.
Brennende Fackeln markierten den Rand des Dorfdreschplatzes, ein zementiertes Viereck in der Größe eines Innenhofes. Im Hintergrund dienten Türen, die aus ihren Scharnieren gehängt und auf niedrige Holzböcke gelegt waren, als Tische. Sie bogen sich förmlich unter der Last eines guten Dutzend übervoll mit Speisen gefüllter emaillierter Schüsseln. Um die Tische waren umgestülpte Kessel als Stühle plaziert und warteten auf die vielen Gäste, die vor einem in rotes Tuch gehüllten und mit einem riesigen Hochzeitssymbol aus Goldfolie verzierten Altar standen. Darauf waren zahlreiche Porzellanschalen aufgereiht, die edle Speisen enthielten, Opfergaben für die Geister.
Ein älterer Mann riß das Papier entzwei, mit dem die Sänfte der Braut versiegelt war, und öffnete die Tür. Mit Hilfe der Dorffrauen entstieg der Sänfte eine zierliche Person, die von Kopf bis Fuß in leuchtend roten Stoff gehüllt war. Sommerwünsche seufzte. Was für eine wunderschöne Braut! Ganz matt vor Hingerissenheit, lehnte sie sich an Hoffnungsschwert.
Er lachte leise. »Man könnte meinen, du seist den ganzen Tag über in dem Schwitzkasten dort eingesperrt gewesen, und nicht sie.«
»Ist sie nicht wunderschön?«
»Woher soll ich das wissen? Von ihr ist doch keine Spur zu sehen. Wer weiß, wie sie – ?«
»Ist sie nicht wunderschön?« flüsterte Sommerwünsche wieder.
Ihm wurde klar, daß sie ihn gar nicht gehört hatte. Wieviel sie mir doch bedeutet, dachte er und betrachtete gerührt das Profil ihres Gesichtes …

Er konnte sehen, wie Sommerwünsche jeden Schritt, den die Braut machte, im Inneren nachvollzog. Immer, wenn sich die Braut vor Gästen oder Mitgliedern ihrer neuen Familie niederkniete, beugten sich auch ihre Knie, und jedesmal, wenn die Braut den Kotau machte, senkte Sommerwünsche die Brauen.
Erst als sich die Braut vor dem Altar auf die Knie niederließ, überkam sie eine dunkle Ahnung, daß irgend etwas nicht mit rechten Dingen zuging. Die Braut vollzog immer noch die Verbeugungen und Demutsgesten des Kotau, denen Sommerwünsche innerlich voller Hingabe folgte, doch jetzt schien es, als sei der Boden bei der Berührung unnachgiebig und kalt wie eine Grabplatte. Plötzlich hörten die Pauken auf zu schlagen.
Obgleich Sommerwünsche nur flüsterte, klangen ihr die Worte wie der Schrei ihrer Mutter in den Ohren, den sie damals in der Herbstnacht ausgestoßen hatte, kurz bevor sie für immer verschwand. »Hoffnungsschwert, wo ist der hübsche Bräutigam?«
Er schloß sie ein wenig fester in die Arme. »Er ist …«
Sie rieb sich die Augen, wie um die Szene dort unten genauer erkennen zu können. Neben der Braut war niemand, nur ein Schatten. Nein, das flackernde Licht der Fackeln täuschte. Kein Schatten. Irgend etwas stand dort neben ihr, aber kein Mann. Es war eine hölzerne Gedenktafel.
»Wo ist der …?«
Anstatt zu antworten, preßte er seinen Mund auf ihr Haar und verharrte so.
Was war es, das er nicht zu sagen wagte? Die Konturen des rotverhüllten Geschöpfes verschwammen jetzt in ihren Tränen. Sie schüttelte ihn. »Was hat das zu bedeuten? Du mußt es mir sagen. Was hat das alles zu bedeuten?«
Er drehte ihren Kopf seinem Gesicht zu und, indem er mit der Hand ihre Augen beschirmte, sagte mit sanfter Stimme, die ihr noch zarter zu klingen schien als damals, als sie gemeinsam auf dem geheiligten Boden des Tempels beieinander lagen, »der Bräutigam … ist nicht mehr.«
»Wie ist das möglich? Dies ist sein Hochzeitstag, und dort ist seine

wunderschöne Braut.« Sie ließ jetzt ihren Tränen freien Lauf. »Sag, daß es ihm gut geht.«
»Es geht ihm gut.«
»Sag mir, daß er nicht leidet.«
»Das tut er nicht.«
Sie hätte nicht ertragen, auch nur einen weiteren Blick auf das Wesen in Rot zu werfen, oder ihr Herz wäre zersprungen. Sie durfte keine Fragen mehr stellen. Sie wollte die Wahrheit aus seinem Munde nicht hören, die sie jetzt selbst begriffen hatte, daß der Bräutigam die Wege der Gelben Wasser in die Ewigkeit gegangen war.
Doch er sprach es aus. Er sagte, der hübsche Bräutigam warte wie die wunderschöne Braut voller Treue auf den Tag, an dem sie wieder zusammenkommen und für immer als liebendes Paar fortleben würden.
Sommerwünsche zitterte.
Dem Tod war selbst ein Bollwerk von Glückseligkeit nicht gewachsen.

Hand in Hand stiegen sie die Treppe zu der Mansarde hoch. Ab und zu blieben sie stehen, um sich inniglich zu umarmen. Als sie die Tür öffneten, sahen sie, daß Champignon am Nähtisch eingeschlafen war. Sommerwünsche bat ihn flüsternd, einen Augenblick zu warten.
Als sie zurückkam, hielt sie hübsch gefaltet ihren Talisman, die Glücksdecke, auf beiden Händen.
»Bitte, nimm sie mit«, flüsterte sie und reichte ihm die Decke. »Sie wird dich vor Schaden bewahren.«
Natürlich war dieser Aberglaube zutiefst lächerlich, aber kein anderes Geschenk hätte ihr mehr Opferbereitschaft abverlangt. Mit beiden Händen nahm er die fadenscheinige graue Decke entgegen, verbeugte sich in feierlichem Ernst und ging schweigend davon.

# Die Reise

Der Tag dämmerte herauf. In der Ferne lugte verschämt die blasse Morgensonne hinter den Bergen hervor. Vergnügt vor sich hin pfeifend, fuhr Hoffnungsschwert aus Chungking heraus, als in einer gefährlichen Kurve plötzlich der gähnende Schlund einer Höhle auftauchte, in der sich irgendeine lebenswichtige Industrieanlage oder Rüstungsfabrik verbarg. Mit argwöhnischen Blicken starrten ihm die Wachposten entgegen. Seht nur genau her, dachte er, einen Glückspilz wie mich werdet ihr den ganzen Tag nicht mehr zu Gesicht bekommen. Übermütig winkte er ihnen im Vorbeifahren zu.

In dem Augenblick aber, als er die Hand vom Steuer nahm, scherte der störrische alte Jeep aus und näherte sich, schwer beladen mit den zwei Fässern Treibstoff, die für die Reise nötig waren, bedrohlich dem Abgrund auf der anderen Straßenseite. Er hatte große Mühe, den Wagen unter Kontrolle zu bringen, doch irgendwie gelang es ihm durch die Haarnadelkurve zu kommen, ohne den steilen Abhang hinunterzustürzen. Als dann die Fliehkraft auch noch die Tür des alten Autos aufspringen ließ, und es ihn an den Rand seines Sitzes zerrte, war ihm vor Schreck speiübel geworden. Dieses Unwohlsein verließ ihn auch nicht, als der Jeep nunmehr im Schneckentempo eine lange steile Anhöhe hinaufkroch. Er hätte, um sich wieder zu beruhigen, dringend eine kurze Pause einlegen müssen, doch er hielt nicht an, aus Furcht, den Motor abzuwürgen, was das Ende der Reise gewesen wäre, bevor sie überhaupt begonnen hätte. Wie er bereits zuvor herausgefunden hatte, als er fast jemanden um die peinliche Hilfe hätte bitten müssen, den Wagen anzuschieben, wenn er nicht glücklicherweise auf einer leicht abschüssigen Straße geparkt hätte, hatte der Anlasser des Jeeps seine Macken. Außerdem, wenn er nicht achtgäbe, könnten die Bremsen vielleicht noch die Strecke bis Kunming, aber nicht zurück überdauern – mehr als zweitausend Li auf der Karte, in Wirklichkeit entschieden mehr, denn die Straße verlief in tausend Schleifen um das Daliang Bergmassiv herum. Atemlos und schweißnaß wünschte er sich selbst zum Teufel. Wie hatte er so unvernünftig sein können? Wie hatte er sein eigenes Leben derart leichtfertig aufs Spiel setzen, schlimmer noch, seinen Auftrag gefährden können? Von jetzt an wollte er darauf achten, die Hände am Steuer zu lassen und sich auf die Straße zu konzentrieren.

Er fuhr jetzt vorsichtig und mit gleichbleibender Geschwindigkeit. Nur wenn ein Trupp Soldaten die Straße kreuzte, hielt er den Wagen an, um sie passieren zu lassen. Es waren Bauernjungen, fast ohne jegliche militärische Ausbildung, viele gewaltsam zum Kriegsdienst gezwungen. Alle waren sie lehmverschmiert, und selbstverständlich nur die Offiziere mit Gewehren bewaffnet. Den Soldatenjungen folgten die unvermeidbaren Trägermannschaften, gebeugt unter den mit Tarnplanen verhüllten Lasten. Verwundete humpelten hinterher, so gut sie eben konnten. Welchen Feind hatten sie bekämpft? Heutzutage hätte jedermann ihr Gegner gewesen sein können.

Einmal machte er eine längere Pause, als er auf die Hejiang-Fähre warten mußte. Während er eines von Champignons speziellen Eiern schälte – hartgekocht, in Sojasoße, Gewürzen und Tee – beobachtete er ein Fischerboot, auf dessen Deck ein magerer kleiner Junge ein Huhn jagte. Er mußte grinsen. Gerupft hätte dieser fette Vogel als Warzenmelone durchgehen können, während der kleine Junge ihn an Feuerfrosch erinnerte.

Er winkte noch, als das Boot längst außer Sichtweite war.

Im Dämmerlicht der untergehenden Sonne fuhr er schließlich von der Straße ab und bereitete sich ein Nachtlager auf einem Flecken voller Wildblumen. Als Kopfkissen benutzte er den Koffer, den Tang ihm mit der Bitte mitgegeben hatte, ihn einem früheren Bediensteten in Kunming auszuhändigen, wenn er die Zeit erübrigen könnte. Der Koffer enthielt nur abgetragene Kleidung, aber im Gegensatz zu den Benzinfässern oder gar dem Jeep selbst, wäre er einfach zu stehlen gewesen. Von ganz anderem Wert war natürlich die Decke, die ihn umhüllte, und während die Sterne heller und heller funkelten – nie hatte er erlebt, daß sie so zahlreich am Himmel standen und so nahe erschienen –, da entglitt er in träumerischen Gedanken an die unerwartete Fülle seines augenblicklichen Lebensgefühls in einen sanften Schlaf.

Bei Tagesanbruch war er bereits wieder auf der Straße. Vor ihm lagen die Berge von Kweichow, die aus der flachen Landschaft der Ebene emporragten wie ein Batallion granitener Krieger. Die Fahrt war hier besonders tückisch durch die blanken Felsspitzen, die immer einmal wieder aus der Straßendecke hervorschauten, doch er kam gut voran und empfand an den längeren abwärtsführenden Wegstrecken sogar ein gewisses Vergnügen, wenn das mühsame Schnaufen des Motors einer wohltuenden Stille wich, weil er, um Benzin zu sparen, den Wagen im Leerlauf dahinrollen ließ.

Spät am Nachmittag fuhr er einen völlig kurvenlosen Abschnitt der Straße entlang. Es ging ein starker Wind, der ihm Sand in Mund und Augen wehte und ihm fast die Sicht nahm. Plötzlich tauchte mitten auf der Fahrbahn ein Gegenstand auf, doch es war zu spät zum Bremsen. Im letzten Moment riß er das Steuerrad herum, so daß der Jeep um Haaresbreite am Straßengraben vorbeischleuderte, bis er schließlich, wundersamerweise ohne daß der Motor abstarb, quietschend zum Stehen kam. Als er sich nach dem obskuren Gegenstand auf der Straße umschaute, hatte er den Eindruck, es handele sich um einen Haufen Lumpen, der wahrscheinlich von einem der vorbeifahrenden Fahrzeuge gefallen war. Bisher war ihm noch kein Handwagen, Ochsenkarren oder Auto begegnet, kein Lastwagen oder Bus, der nicht hoffnungslos überladen gewesen wäre mit Flüchtlingsfamilien und dem bißchen Habe, das ihnen noch verblieben war.

Plötzlich schien sich das Lumpenbündel zu bewegen. Nur ganz leicht, doch er zitterte vor Schreck, als ob die Erde unter dem Jeep zu beben begonnen hätte. Unwillkürlich mußte er an die Geschichten denken, die er über den Kinderturm gehört hatte, in dem Menschen ihre Säuglinge zum Sterben aussetzten. Ob sich in dem Lumpenbündel womöglich ein kleines Kind befand? Als er näher herankam, konnte er tatsächlich ein menschliches Gesicht erkennen – nicht das Gesicht eines Kindes, sondern das eines Mannes, der dort im Staub saß.

Als Hoffnungsschwert sich neben ihn auf den Boden kniete, sah er, daß der Mann, der etwa so alt sein mochte wie er selbst, anstelle seiner Beine nur noch zwei Stümpfe hatte.

»Ist alles in Ordnung?« fragte Hoffnungsschwert.
Keine Antwort. Der Mann atmete kaum merklich, wie ein Yogi. »Ist alles in Ordnung?« fragte er noch einmal. Da hoben sich die halbgeschlossenen Lider, doch wo die Pupillen hätten sein sollen, war nur vernarbtes Gewebe.
Hoffnungsschwert sah sich um, aber auf der Straße war weit und breit kein Mensch zu sehen. Offensichtlich hatte die arme Familie des Mannes ihn den Göttern preisgegeben; seine Kleidung war, wenn auch mit Flicken übersät, makellos. Einen Augenblick lang fragte sich Hoffnungsschwert, wer wohl eher zu bedauern sei – jemand, der kein Heim hatte, oder derjenige, der wohl ein Zuhause besaß, dem der Weg dorthin jedoch versperrt war.
»Warte hier!« sagte er. »Ich bringe dir Wasser und etwas zu essen.«
Er rannte zum Jeep zurück. Erst als er den Wagen erreichte, wurde ihm klar, wie lächerlich es von ihm war, den Mann anzuweisen, dort auf ihn zu warten.
Als er ihm Sommerwünsches Decke um die Schultern legte, nickte der Mann, doch als er ihm die Feldflasche an die Lippen setzte, schüttelte der Mann den Kopf, riß sie an sich, drehte sie um und schüttete das Wasser aus, um sich die Hände damit zu waschen. Bevor Hoffnungsschwert recht verstand, was hier vor sich ging, hatte der Mann bereits Hoffnungsschwerts Hemd ergriffen und sich seine Hände daran abgetrocknet. Dann verschlang er mir nichts dir nichts die beiden letzten von Champignons Soja-Eiern.
»Hast du mehr davon?« fragte der Mann.
»Du kannst ja sprechen.«
»Dir wäre es wohl lieber, die Hundesöhne hätten mir auch noch die Zunge herausgeschnitten? Gute Eier. Hast du mehr davon?«
Bei dem Befehlston des Mannes ging Hoffnungsschwert automatisch in Abwehrstellung. »Leider nicht«, sagte er mit verächtlichem Unterton. »Das war alles, was ich an Nahrung bei mir hatte.«
»Dann also weiter.«
Weiter mit was? War er hier an einen Verrückten geraten?
Der Mann stieß einen schrillen Pfiff hervor. Wie von Geisterhand krabbelten daraufhin Menschen aus dem Straßengraben hervor und

kamen herbeigerannt. Ehe Hoffnungsschwert sich aufrichten konnte, war er von ihnen umstellt. Es blieb ihm kaum Zeit, sich zu fürchten. Er hatte nur den einen Gedanken: Jetzt werde ich sehen, ob es wahr ist, daß im Augenblick des Todes das ganze Leben noch einmal blitzartig an einem vorbeizieht ...

Doch zu seiner Verwunderung war dieser Augenblick offensichtlich noch nicht gekommen. Nicht einer von ihnen machte Anstalten, ihn zu schlagen oder zu durchsuchen. Wenigstens noch nicht. Es mochte ein gutes Dutzend Leute sein, die Jüngsten gerade mal so alt wie der kleine Junge gestern auf dem Fährschiff, und manche schienen noch älter als Professor Chen. Nicht einer, dem nicht ein paar Zähne fehlten, und alle, genauso wie der Krüppel, der ihr Anführer zu sein schien, waren mit zusammengeflickten Stoffresten bekleidet, die sie zweifellos ihren Opfern vom Leib gerissen oder in ihren Häusern zusammengestohlen hatten.

Plötzlich fiel ihm Steinhüters silbernes Zigarettenetui in seiner Hintertasche ein und der Jeep, der mit immer noch laufendem Motor ein paar Schritte entfernt stand; vielleicht weil die Männer ihn nicht angegriffen hatten, machte er den törichten Versuch, zum Auto zu rennen. Schnell wie die Zunge einer Eidechse schoß der Arm des verkrüppelten Mannes aus dem Lumpenumhang hervor und packte sein Opfer mit eisernem Griff beim Fußknöchel. »Sachte, sachte«, meinte er in höhnisch besänftigendem Ton, womit er bei seinen Gefolgsleuten brüllendes Gelächter auslöste.

Das kann doch nicht möglich sein, dachte Hoffnungsschwert. Wie hatte er auf den ältesten Banditentrick der Welt hereinfallen können? Er zwang sich, ruhig zu bleiben und zu überlegen.

Wieder ein schriller Pfiff des Krüppels, und alle waren augenblicklich ruhig. »Jetzt, da ich gespeist habe und alle meine Beine präsent und abmarschbereit sind« – mit einer Geste wies er auf sein Gefolge – »ist es Zeit, dich heimzubringen«, sagte er.

Fragen über Fragen schossen Hoffnungsschwert durch den Kopf. Wo mochten sie ihn wohl hinbringen? Wäre es nicht viel einfacher, sie würden ihn hier an Ort und Stelle ausrauben und auf der Straße liegenlassen? Wollten sie ihn womöglich gegen ein Lösegeld gefan-

genhalten? Nein, das war unwahrscheinlich. Entführer suchten sich ihre Opfer mit größter Sorgfalt aus. Diese Männer hatten irgend etwas anderes vor.
Zwei der Wegelagerer falteten die Decke zusammen, trugen dann ihren Anführer zum Jeep und setzten ihn auf die Rückbank. Ein dritter, der einzige, der ein Gewehr hatte, stieß unterdessen Hoffnungsschwert mit der Waffe in Richtung Fahrersitz, wobei er bei jedem Schritt von lautem Gegacker und noch lauterem immer wiederkehrenden »Warte hier, warte hier«, begleitet wurde. Zu seinem Entsetzen zwängten sich die Banditen bis auf den letzten Mann in das Fahrzeug und klammerten sich fest.
Als der Jeep dann wie ein bärbeißiger Hund anfuhr, hinter dem ein Schwarm von Hummeln her war, mußte Hoffnungsschwert auf einmal laut loslachen. Seine Fahrgäste nahmen sein Gelächter jedoch in ihrem lauten Johlen und Brüllen gar nicht wahr. Irgendwie verkehrte sich seine mißliche Lage durch diesen plötzlichen Ansturm von Heiterkeit zur Farce; es war fast, als säße er nicht am Steuerrad des Jeeps, sondern als befände er sich im Theater, wo gerade eine Komödie aufgeführt wurde. Er ahnte plötzlich, daß genau diese heitere Furchtlosigkeit seine einzige Chance war. Sich von der Angst beherrschen zu lassen, hieße, die Gewehre für seine eigene Hinrichtung zu laden. Er mußte sich nach dem Anführer der Banditen richten, durfte sich nicht unterkriegen lassen.
Während sie fuhren, gab der abgebrochene Mann von einem Banditenhäuptling Anweisungen, in welche Richtung Hoffnungsschwert fahren sollte. »Fahr geradeaus, ein Li weit. Wenn du dann einen Haufen Steinplatten siehst, die wie Kuhfladen aufeinandergestapelt sind, bieg' links ab.«
»Links? Aber das heißt ja, von der Straße runter!«
»Bieg' links ab.«
»Das wird der Jeep niemals aushalten. Nicht mit sovielen –«
»Willst du dich mit mir anlegen?«
Hoffnungsschwert bog links ab. Als er den Wagen auf Geheiß des Banditenführers in den Straßengraben fuhr und, ohne Schaden zu nehmen, auch wieder heraus, wurde ihm klar, daß der Blinde seine

Augen gar nicht zu benötigen schien. Er war nicht nur in der Lage, die richtigen Anweisungen zu geben, das Fahrzeug sicher zu steuern, sondern sogar imstande, in die Zukunft zu sehen.
Nach einer endlosen, holprigen Wegstrecke, auf der die Banditen nach und nach alle vom Wagen fielen oder abspringen mußten, bis nur noch der Anführer, der Mann mit dem Gewehr und Hoffnungsschwert übriggeblieben waren, kamen sie in einen Wald, wo niedrighängende Äste sie alle Augenblicke zwangen, sich zu ducken, den Kopf einzuziehen oder sich zur Seite zu lehnen, um nicht von einem Zweig getroffen zu werden. Hier waren die Chancen für eine Flucht besser, und Hoffnungsschwert wurde immer nervöser bei dem Gedanken, ob er es wagen sollte.
»Vergiß es gleich wieder! Versuch gar nicht erst, einen Umweg zu fahren!« schrie der verkrüppelte Gedankenleser und befahl ihm dann mit der aristokratischen Lässigkeit einer älteren Dame von Stand, die ihrem Chauffeur Anweisungen gibt, rechts abzufahren, ein ausgetrocknetes Bachbett entlang, das kaum so breit war wie der Jeep.
Schließlich endete das Kieselbett, und vor ihnen tat sich eine Lichtung auf, in der weitere Banditen um einen verlassenen Wachturm lungerten, den irgendein Kriegsherr, lange bevor Hoffnungsschwert geboren war, hatte errichten lassen, um seinen Hoheitsbereich gegen eben solche Individuen wie diese zu sichern. Als der Jeep in Sicht kam, schwenkten sie mit triumphierndem Geheul die Daumen, aber es schien, als sei solch ein Fischzug bereits Routine für sie, denn nicht einer machte sich die Mühe, die Beute ein wenig genauer zu betrachten.
»Park den Wagen irgendwo«, sagte der Anführer, und fügte dann, als Hoffnungsschwert die Handbremse festgezogen und sich den Schweiß von der Stirn gewischt hatte, mit einer großzügig einladenden Geste hinzu, »willkommen in unserem bescheidenen Heim!«
Hoffnungsschwert stolperte, immer wieder von dem Gewehrlauf gestoßen, hinter dem versehrten Mann auf seinen vier ausgeborgten Beinen her, auf den Wachturm zu. Nur durch die T-förmigen Schieß-

scharten, in denen früher die Geschütze installiert waren, drang etwas Licht ins Innere, und es dauerte ein paar Augenblicke, bevor sich seine Augen auf das Halbdunkel eingestellt hatten.

Jetzt ließ der Krüppel, zwischen zwei Reissäcke auf dem Lehmboden gestützt, die Talisman-Decke von seinen Schultern gleiten und forderte Hoffnungsschwert auf, sich hinzusetzen. »Ich selbst«, sagte er und machte eine kurze Pause, wie, um seinen Witz auszukosten, »... ziehe es vor, zu stehen.«

Hoffnungsschwert, der die bewaffneten Wachposten im Eingang sah, rührte sich nicht vom Fleck.

»Komm, komm, steh da nicht so feierlich rum«, meinte der Bandenchef und klopfte mit der Hand auf den Boden. »Setz dich hin, irgendwohin. Nenn mich Onkel.«

Einen Teufel werde ich tun, dachte Hoffnungsschwert. Doch ihm war auch klar, daß er von den Wachposten nichts zu befürchten hatte, solange ihr Anführer bei guter Laune blieb. Also ließ er sich auf den Boden nieder, wobei er jedoch darauf achtete, so weit es der enge kreisförmige Raum eben zuließ, dem Banditen und seinem eisernen Griff nicht zu nahe zu kommen. Jetzt hätte er gern eine Zigarette geraucht, aber er fürchtete immer noch zu sehr um sein silbernes Etui.

»Erinnere mich daran, daß ich mich nie auf ein Kartenspiel mit dir einlasse, mein Neffe. Selbst der gerissenste Heiratsvermittler würde für einen Geschäftstip von dir fürstlich zahlen ...«

»Was meinst du für ein Geschäft?«

Statt einer Antwort holte der Mann genüßlich zu einem Vortrag über seine eigene Person aus. »Weißt du, dein Onkel hier ist ein Ehemaliger der Kleinen Roten Teufel. Denen hab ich mich '33 angeschlossen. Damals war ich erst dreizehn. Hab' im Kuo-min-tang-Territorium heimlich Botschaften hin- und hergeschmuggelt. Zwei Jahre lang, dann haben sie mich geschnappt. Tschiangs Scheißkerle haben mir die Augen ausgestochen und die Beine abgeschnitten, um sicher zu gehen, daß ich nicht mehr weit komme. Etwa auch Kuo-min-tang?«

»Nein.«

»Hm, hab ich auch nicht vermutet.«
»Möglicherweise lüge ich ja.«
Der Bandit nickte nachdenklich.
Hoffnungsschwert hatte den Eindruck, der Mann wollte ihn irgendeiner Prüfung unterziehen. Aber einfach so, zum Vergnügen? Das konnte er sich nicht vorstellen.
»Zu lügen wäre ziemlich schlau. Die Jungs da vorn« – er zeigte mit dem Kinn zur Tür – »täten nichts lieber, als die Eingeweide der Kuomin-tang zu fressen.«
»Sind das auch Rote Teufel?«
»Die meisten sind Versprengte vom Langen Marsch, aber einige haben sich auch von Tschiangs Truppen abgesetzt. Doch genug von uns. Erzähl mir von dir.«
Wenn man mit einem Gedankenleser zu tun hat, wie diesem ehemaligen Angehörigen der Kleinen Roten Teufel, dachte Hoffnungsschwert, dann war es wohl angebracht, sich möglichst an die Wahrheit zu halten. »Ich bin Ingenieur«, sagte er.
»Habt ihr das gehört?« schrie der Bandit seinen Wachposten zu. »Ist ja kaum zu glauben! Ein ausgefuchster Held der Massen wie ich, von einem akademischen Grünschnabel ausgetrickst! Ich sag's ja immer. In Zukunft wird es auch hier einiges mehr zu Lesen und zu Lernen geben.«
Hoffnungsschwert war platt vor Staunen. »Soll das heißen, hier gibt es eine Schule?«
»Ist denn ein Blinder nicht genug?« Der Bandit schürzte sich die Lippen, und als ob er sich über sich selbst ärgerte, schüttelte er hämisch den Kopf. »Sieh dir doch nur mal an, was du für ein Geschäft gemacht hast, wie du es fertig gebracht hast, mich über's Ohr zu hauen.«
Wovon, zum Teufel, redete dieser Mann und was brachte ihn so zur Verzweiflung? Hoffnungsschwert wünschte fast, der Bandit würde mit seinen schändlichen Geschäften Erfolg haben, was auch immer das für Geschäfte waren. »Was für ein Geschäft meinst du?« fragte er. »Und inwiefern habe ich dich übervorteilt?«
»Dazu komme ich gleich ...« Einen Augenblick lang lehnte der Bandit dort regungslos zwischen seinen Reissäcken, dann machte er ruckar-

tig mit einem Arm eine weitausholende Bewegung, fing mitten im Flug eine Fliege und schleuderte sie auf den Boden. Während Hoffnungsschwert noch ungläubig staunte, ob er sich diesen bemerkenswerten Zwischenfall nicht nur einbildete, kam bereits einer der Leibwächter und goß Wasser über die ausgestreckten Hände des Blinden. Der Mann trocknete sich an den Hosen des Wächters ab und fuhr fort, als sei nichts geschehen. »Erstens, daß du mir zu Hilfe gekommen bist, hat dir das Leben gerettet.«

Unbeabsichtigt seufzte Hoffnungsschwert erleichtert auf. Der Verstümmelte hatte ihn also tatsächlich nur auf die Probe gestellt. Doch wozu nur? Er mußte aufpassen, nicht wieder auf irgendeinen Ganoventrick hereinzufallen, dachte er.

»Zweitens, für die Decke will ich dir Augen und Beine lassen. Und drittens sollst du für den Guß Wasser und die Eier dein Benzin und deinen Jeep behalten.« Der Bandit spuckte aus. »Aber verdammt! Bin ich denn völlig verrückt geworden? Ein Mann in meiner Situation kann einen Jeep wahrhaftig gut gebrauchen.«

Hoffnungsschwert, der noch vor einer Stunde der Überzeugung war, daß er nun bald umgebracht werden würde, konnte sich jetzt kaum beherrschen, um den Jeep zu betteln, »nicht den Jeep. Bitte laß mir den Jeep.«

Der Bandit zuckte mit den Schultern. »Was soll's. Ein Mann, ein Wort. Ein Ehrenmann nimmt nicht zurück, was er gesagt hat. Es sei denn …« Hier unterbrach er sich plötzlich und wiegte den Kopf wie ein verträumtes Schulmädchen. »Es sei denn, du bestündest darauf.«

Hoffnungsschwert dachte, es sei jetzt an der Zeit, selbst einen Vorstoß zu wagen. »Bevor wir unseren Handel abschließen«, sagte er, »vergiß bitte nicht, ich hätte dich auch einfach über den Haufen fahren und alles behalten können, oder stimmt das nicht?«

»Irrtum! Meine Leute hätten dich zu meinen Füßen verscharrt, damit du mir im nächsten Leben zu Diensten stehst.«

Hoffnungsschwert warf einen Blick auf die Leibwächter. Die nickten nur mit blödem Grinsen, wobei sie ihr Zahnfleisch entblößten. Er antwortete, indem er selbst seine Zähne bleckte. Das Spiel wurde allmählich fade. Er mußte es jetzt selbst in Schwung bringen, dachte

er. »Warum hast du mich eigentlich auf die Probe gestellt?« fragte er. »Wofür hälst du uns denn? Vielleicht für Wegelagerer?«
Hoffnungsschwert hielt die Frage für rein rhetorisch und antwortete nicht.
»Ich hab dich gefragt, wofür du uns hälst?« sagte der Bandit jetzt in fast ein wenig gereiztem Ton.
»Ich ... du sagtest doch, ihr seid Soldaten der Roten Armee.«
»Darauf kannst du dein Leben verwetten, daß wir das sind.« Die Wachposten, die allem Anschein nach bereits eine ganze Reihe von Geiseln ins Jenseits geschickt hatten, hielten diesen Satz ihres Anführers offensichtlich für enorm witzig.
Der Bandit schnippte ihnen mit den Fingern zu, und sogleich tauchte einer von ihnen zu der niedrigen Tür hinaus ins Freie und kam wenige Augenblicke mit Tangs Koffer zurück, den er vor Hoffnungsschwert auf den Boden stellte.
»Also, zurück zu unserem Handel«, sagte der Bandit. »Ich glaube, es gehört sich so, daß ein Besucher seinem Gastgeber ein Geschenk macht, und mein Herz hängt nunmal an diesem Koffer. Was hälst du davon?«
Hoffnungsschwert platzte völlig verwundert in unschuldiger Ehrlichkeit hervor: »Aber der Koffer gehört mir doch gar nicht. Ich habe ihn nur für jemand anderen dabei.«
Der Bandit fuhr fort, als habe sein Gefangener nichts gesagt. »Und da wir ja schließlich nicht zu unserem Vergnügen hier sind, machen wir mein Geschenk jetzt einfach mal auf, wenn du nichts dagegen hast«, meinte er.
»Aber –«
»Kein Aber.« Der Krüppel streckte, nun gar nicht mehr so wohlwollend, seine Hand aus. »Den Schlüssel.«
Hoffnungsschwert zuckte die Achseln. Er wollte sich mit dem Mann doch nicht wegen eines Koffers voller alter Kleider anlegen. Er nahm den Umschlag aus seiner Tasche, in dem sich der Schlüssel befand und brach das Wachssiegel auf. »Soll ich ihn aufschließen?«
»Und mir den Spaß verderben? Du hast genug getan. Laß mich den Rest besorgen«, sagte der Bandit und zog den Koffer zu sich herüber.

»Inzwischen solltest du begriffen haben, daß ich für Überraschungen immer etwas übrig habe.« Gestikulierend wie ein versierter Teeverkoster, begann er den Koffer zu streicheln, und beugte sich herab, um seinen Geruch einzuatmen. »Ah ... echtes Schweinsleder.« Er öffnete das Schloß und hob dann den Deckel gerade so weit, daß er eine Hand hineinschieben konnte. Er strahlte übers ganze Gesicht. »Oh, das war doch wirklich nicht nötig. So ein Geschenk ist doch viel zu kostbar ...«

Hoffnungschwert ging auf das Spiel ein und antwortete im gleichen Ton: »Im Gegenteil, Onkel, das Geschenk ist viel zu gering für dich. Du mußt mir verzeihen, aber ich muß dich auf etwas hinweisen, was du selbst mit deinem geübten Griff kaum ertasten kannst – die Kleidungsstücke sind nicht neu, es ist lauter abgelegtes altes Zeug, das ein Freund seinem früheren Bediensteten überbringen läßt. Selbstverständlich, wenn du damit etwas anfangen kannst, sollst du alles haben. Aber wenn du Bares bevorzugst, bezahle ich dir auch gerne den Gegenwert des Koffers mit dem Geld, das ich noch habe.«

Der Bandit schien über dieses Angebot unverhältnismäßig lange nachzudenken und schlug dann mit der flachen Hand den Kofferdeckel wieder zu. Er brüllte vor Lachen. Jetzt war Hoffnungsschwert wirklich völlig durcheinander. Was war an den alten Klamotten nur so witzig?

»Mein lieber Neffe, irgendein Saukerl scheint dich für ein riesengroßes Schaf zu halten und rammt dir sein Ding so tief rein, daß du aufpassen mußt, daß es dir nicht eines Tages zwischen den Zähnen wieder rauskommt.«

Dieser zotige Einfall erschien den Wachen derart witzig, daß sie sich vor Lachen fast überschlugen und der eine, indem er die Metapher seines Anführers aufgriff, wie ein Schaf zu blöken begann. »Baa baaaaa, baa baaaaa ...«

Hoffnungsschwert fröstelte leicht. Er hätte selbst darauf kommen müssen, daß sich in dem Koffer noch etwas anderes befinden mußte als abgelegte Kleidung. Warum hätte wohl jemand seine alte Kleidung in einem echt schweinsledernen Koffer einschließen sollen? »Was ist denn in dem Ding?« fragte er.

»Baa baaaaa ...«
Der Bandit kratzte sich nachdenklich am Kopf und sagte dann mit spöttischer Fistelstimme, »vielleicht Eure Aussteuer, meine Gnädigste?«
Wieder prusteten die Wächter vor Lachen.
Hoffnungsschwert rutschte vorsichtig ein wenig näher an den Koffer heran, doch sofort nahm der Bandit ihn mit einem blitzschnellen Griff an sich. »Also schämt Euch. Selbst die älteste Jungfer sollte doch in der Lage sein, ihre Begierde zu zügeln.«
Hoffnungsschwert war es nun völlig gleichgültig, ob er augenblicklich erschossen würde. Er mußte wissen, was sich in dem Koffer des Stellvertretenden Ministers befand und was für ein Tölpel er eigentlich war. »Verdammt, nun laß mich endlich sehen, was drin ist!«
Lachend schleuderte der Bandit ihm den Koffer zu und stellte erneut seine ungeheuren Kräfte unter Beweis, denn wäre Hoffnungsschwert nicht ausgewichen, hätte ihn die Wucht des Koffers unweigerlich niedergestreckt. Als der Koffer auf den Boden schlug, sprang der Deckel so auf, daß er den Inhalt nicht sehen konnte. Mit einem Fußtritt wollte er eigentlich den Koffer umdrehen, doch statt dessen flogen winzige Dinge herum, von denen eins auf seinem Schoß landete. Er brauchte es sich gar nicht näher anzusehen. Er wußte sofort, um was es sich handelte. Eine Chininpille. Es waren Tausende und Abertausende, ein Vermögen auf dem Schwarzmarkt – und genug, eine ganze Armee umzubringen.
Tang füllte sich also nicht nur die eigenen Taschen, möglicherweise machte er sogar gemeinsames Spiel mit den Feinden, indem er ihre Waffen lud. Bilder wirbelten ihm durch den Kopf wie kunterbunt vom Himmel fallende Spielkarten, die langsam zu Boden segelten: Cassia, wie sie den Handschuh abstreift, um ihn zu begrüßen; wie Tang ihm eine Zigarette anbietet, sein Großvater, der ihm seinen roten Umschlag zuwirft; wie Große Zuversicht die Tür seines Mercedes öffnet; Steinhüters Konterfei, das ihn immer wieder im Traum heimsucht und mit diesem stechenden Blick verfolgt; wie sein Vater als junger Offizier in Habachtstellung zuschaut, wie der Feind seine Flagge mit der aufgehenden Sonne hißt ...

Ein heftig stechender Schmerz wie von einem spitzen Bajonett ließ Hoffnungsschwert plötzlich laut aufschreien: »Ich bring ihn um, ich bring diesen korrupten Bastard um!«

Danach mußte er wohl durchgedreht sein, denn als er wieder bei klarem Verstand war, befand er sich an einem Tisch sitzend, völlig durchnäßt und verdreckt, und seine Fingerknöchel bluteten. Ihm gegenüber saß der Rote Teufel und schlürfte lautstark aus einer alten Konservenmilchdose. Er konnte den billigen Wein riechen.

»Beruhige dich wieder, kleiner Neffe«, sagte der Mann. »Wir müssen jetzt gut überlegen, was wir tun.«

»Ich bring ihn um, diesen –«

»Wenn hier irgend jemand umgebracht wird, dann bist du es, sobald du zurückgehst.«

Hoffnungsschwert brauchte eine Zeitlang, bevor er begriffen hatte, daß das, was der Mann da sagte, vollkommen richtig war. Selbst wenn sie ihn hier mit den Pillen fortließen, würde er nicht so tun können, als sei nichts geschehen, denn spätestens bei der Übergabe würde man merken, daß der versiegelte Umschlag geöffnet worden war. Und wenn er sich an die Behörden wenden oder festgenommen werden würde, wie hätte er beweisen sollen, daß der Koffer dem Stellvertretenden Minister gehörte? Und selbst wenn es ihm irgendwie gelingen sollte, glaubhaft zu machen, daß die Pillen Tang gehörten, wie hätte er beweisen sollen, daß er nichts von ihrer Existenz gewußt oder schlimmer noch, daß er sie nicht gestohlen hatte? Bestenfalls stünde Tangs Wort gegen das seine, und wer dort bei den zuständigen Behörden würde ihm schon Glauben schenken? Niemand.

Er griff nach dem Wein, stellte ihn aber gleich wieder auf den Tisch. Er durfte jetzt nichts Unüberlegtes tun. Er mußte einen klaren Kopf behalten …

Der Bandit schnalzte mit den Fingern. »Darf ich einen Vorschlag machen?«

Hoffnungsschwert fuhr auf. »Warum nicht?« sagte er.

Der Mann spielte jetzt fast ein wenig sarkastisch den lieben Onkel

und meinte, »weißt du, da gibt es nur eins, aus diesem Schlamassel wieder herauszukommen. Du mußt dich selbst umbringen, bevor die anderen es tun.«
Dieses Mal begriff Hoffnungsschwert sofort. Davonlaufen wäre keine Lösung. Es wäre vielmehr wie ein Eingeständnis seiner Schuld. Deshalb fragte er nur, »wirst du mir helfen?«
»Frag mal die anderen«, sagte der Bandit. »Probleme zu lösen ist meine Spezialität.«

Es war Mitternacht. Am sternenklaren, wolkenlosen Himmel leuchtete hell die feine Sichel des Mondes.
Hoffnungsschwert stand auf einem Felsvorsprung und blickte in den Abgrund, dessen bodenlose Schwärze ihm vorkam wie seine eigenen Gedanken. All seine Wut schien bei dem Gedanken, so ohne Abschied von Bergkiefer und Sommerwünsche zu verschwinden, einer tiefen Traurigkeit zu weichen. Bergkiefer, all seinen Exzessen gegenüber blind, hatte zugesehen, wie sich sein Leben entfaltet hatte. Und Sommerwünsche, die ihm eine Liebe geboten hat, die er sein ganzes Leben lang niemals wieder zu finden hoffen konnte, und zu der er gesagt hatte, *von nun an werde ich lachen, wenn du lachst, und weinen, wenn du weinst; wenn du fortgehen mußt, wird es sein, als verlöre ich ein Teil meiner selbst …*
Und dennoch, wenn er jetzt zu ihnen zurückkehrte, würde er auch sie in Gefahr bringen. Und wären sie jetzt hier bei ihm, was hätte er ihnen schon sagen können? Daß alles bald wieder gut wäre … daß er bald wieder zu ihnen zurückkommen würde?
Er nahm sein silbernes Zigarettenetui hervor. Noch drei waren darin, zwei billige und die 999er mit dem Goldfilter. Er rauchte eine und dann die andere und mußte an das Versprechen denken, das er Sommerwünsche im Tempel gegeben hatte, und daran, wie sie aussah, dort, vom Glanz des Sonnenstrahls umkränzt. Er strich über seinen Ärmel, und es war, als spürte er die Feuchtigkeit ihrer Tränen, obwohl der Ärmel trocken war.
Als er den letzten Zug der zweiten Zigarette nahm, hielt er den Rauch so lange in den Lungen, bis seine Brust schmerzte, dann warf er die

Kippe auf den Boden vor seine Füße und beobachtete, wie die Glut allmählich verlosch. Während der ganzen Zeit betete er. Bitte, paßt aufeinander auf. Um meinetwillen. Laß sie wissen, daß ich diese letzte Zigarette nicht geraucht habe. Und laß mich bitte am Leben, damit ich wieder zurückkommen kann.

Er küßte die 999er mit dem Goldfilter und schloß das Etui. Dann betrachtete er, wohl zum allerletzten Mal, das ins Silber des Etuis geätzte Ideogramm. Er mußte an den Patriarchen des Hauses Li denken, wie er fürsorglich über das Grab seiner ersten Frau gebeugt war. »Oh Vater«, flüsterte er, »wie gut ich dich jetzt verstehe.«

Als er zum Jeep zurückging, winkte einer der Wachmänner schon ungeduldig. »Heh, hast du eine ganze Schachtel geraucht?«

»Ich mußte einen Moment allein sein.«

»Du wirst bald genug Zeit dafür haben. Alles ist vorbereitet. Der Rest ist deine Sache.«

Er streifte die Uhr vom Arm, nahm den Gürtel ab und legte alles zusammen mit dem Füllfederhalter und dem Zigarettenetui unter den Fahrersitz. Einen Augenblick zögerte er, auch sein Portemonnaie zurückzulassen. Das Geld war bereits für verschiedene Vorkehrungen draufgegangen; nur Schlüssel und Steinhüters Brief waren noch darin.

»Heh, was ist denn jetzt wieder los?« sagte der gleiche Wachposten.

»Gar nichts«, antwortete Hoffnungsschwert und warf das Portemonnaie in den Jeep. Warum sollte er es darauf ankommen lassen, daß man den Brief bei ihm fand? dachte er. Kannte er doch jedes einzelne der neunundvierzig Worte auswendig. Während er zurücktrat, lächelte er wehmütig. Nichts, dachte er, ist von dem jungen Ingenieur übriggeblieben, außer der Decke, die der Kleine Rote Teufel wie einen Umhang um die Schultern trug – Sommerwünsches Talisman, den sie ihrem Liebsten überlassen hatte.

Während der eine Wachmann die Deckel von den Benzinfässern schraubte, und der andere ein Bündel Stroh anzündete, das er mit der Hand vor dem Wind schützte, ging Hoffnungsschwert davon.

Er ging weiter, selbst als der Jeep den Abhang hinunterstürzte und explodierte. Vor sich konnte er den Pfad so klar sehen, als sei es Tag.

Hinter einem Korb voller Schmutzwäsche, den sie in den Armen hielt, rief ihm die Vermieterin entgegen, »Sie sind spät dran! Gleich nachdem Sie fortgegangen waren, habe ich einen Besucher in ihr Zimmer geführt«, und bedeutungsvoll fügte sie hinzu, »eine hübsche, wundervoll gekleidete Dame.« Bevor die alte Klatschbase ihren Wäschekorb absetzen und loslegen konnte, ihn auszufragen, bedankte sich Bergkiefer und machte, daß er fortkam. So schnell es die schweren Bücher zuließen, die er bei sich hatte, eilte er die Treppe hinauf. Heute erwartete er eigentlich niemanden, aber möglicherweise hatte der tatterige Bankier aus Ningpo wieder einmal seinen Tee über den Unterlagen verschüttet und jetzt seine Sekretärin damit hergeschickt. Als er jedoch sah, daß die Tür geschlossen war, verlangsamte er seinen Schritt. Offensichtlich war der Besucher, wer auch immer es gewesen sein mochte, wieder gegangen. Er seufzte. Der Bankier zahlte immer gut.

Aber als er die Bücher auf den Boden legte, um den Schlüssel hervorzuholen, hörte er ein Klicken. Die Tür ging auf. Vor ihm stand Cassia. Er hätte nicht verwunderter sein können, wenn ihm Madame Tschiang Kai-schek persönlich entgegengetreten wäre. Irgendwie gelang es ihm, ihr einen Gruß zuzumurmeln und ihr zu bedeuten, daß Hoffnungsschwert die Stadt verlassen habe.

»Ich weiß«, sagte sie. Ihre Stimme klang unsicher.

Jetzt erst erkannte er, daß sie nervös zu sein schien, und glaubte, sie hätte sicherlich Wind davon bekommen, daß Hoffnungsschwerts Verhältnis zu Sommerwünsche mehr war als nur die Begeisterung eines Bewunderers zu einer gefeierten Bühnenkünstlerin.

»Ehrlich gesagt ... bin ich gekommen, um dich zu sprechen«, sagte sie. »Darf ich mich setzen?«

Fast hätte er laut aufgelacht. Als ob sie die ganzen Stunden über in dem Zimmer nur auf und ab gegangen wäre.

»Natürlich«, sagte er und wies auf einen der Stühle am Tisch. Er bemerkte, daß sie ein kleines Paket bei sich hatte. Sie reichte es ihm.

»Was ist das?«
Sie verbarg nur ihr Gesicht in den Händen und begann zu weinen.
Er wurde ganz ärgerlich. Zwanzig Jahre lang Hoffnungsschwerts Studiengehilfe zu sein, reichte ja wohl; sollte er jetzt auch noch verdonnert werden, sich wie ein Eunuch um die Frauengeschichten des Hohen Herrn zu kümmern? Nein, mein Freund, hätte er am liebsten geschrien, deine Liebesaffären mußt du schon selbst ausbaden! Aber Hoffnungsschwert stand nicht zur Verfügung, um ihn anzubrüllen, und Cassia wollte und wollte nicht aufhören zu weinen. Was hätte er also sonst tun sollen, als ihr eines seiner Taschentücher anzubieten?
»Danke dir«, sagte sie, als sie sich wieder etwas beruhigt hatte. »Du bist freundlich, sehr freundlich. Ich dachte, daß ich selbst kommen sollte. Immerhin warst du sein bester Freund.«
»Warst?« Hatten diese Frau und ihr Vater Hoffnungsschwert etwa dermaßen umgekrempelt, daß sich der Junge Herr die zugegebenermaßen etwas beleidigenden Kommentare seines Studiengehilfen über die Tigerin und die Melonen zu Herzen genommen hätte? Nein, das konnte nicht sein. Aber es war unbedingt möglich, daß Cassia versuchte, ihren Verehrer auf ihre intrigante Art vor irgendeiner Peinlichkeit zu bewahren. »Wie meinst du das, ›warst‹?« fragte er.
»Es gab einen Unfall.«

Auf halber Höhe die Treppe hinauf zu dem Mansardenzimmer fühlte Bergkiefer sich plötzlich so schwach, wie nach einem längeren Anfall, wenn er buchstäblich all seine Kraft hinausgehustet hatte. Er mußte stehenbleiben und ließ sich völlig erschöpft gegen das Treppengeländer sinken.
»Großvater, bist du krank?« fragte ein Nachbarkind. »Ich hol' Mutter.«
»Laß nur. Es geht mir gut.« Unter Mühen richtete er sich auf.
Als das kleine Mädchen ihn erkannte, errötete es vor Scham. »Ach, du bist es, Onkel. Ich dachte … ich glaubte … du sahst so alt aus.«
»Geh wieder spielen.«

»Möchtest du, daß ich dir helfe? Ich bin ganz schön stark.«
Er schüttelte den Kopf und versuchte zu lächeln. »Nein, nein. Geh nur. Es war mein Bein ... es war eingeschlafen.«
Das kleine Mädchen nickte ernst, so als wollte es ihm zeigen, daß es mit seiner Erklärung einverstanden war, doch es beobachtete ihn wachsam, wie er sich am Handlauf des Treppengeländers zum dritten Stock hinaufzog. Irgendwie sagte ihm jener sechste Sinn, der sprachlose Kreaturen vor einer Gefahr warnt, daß er nicht nach unten schauen dürfe. Sommerwünsche saß oben auf dem Treppenabsatz im vierten Stock, das Kinn in beide Hände gestützt, und sah völlig versunken in eine Zeitschrift und »las«. Obgleich sie noch nicht mehr als ein paar Dutzend Schriftzeichen entziffern konnte, war sie in der Lage, alles, was er ihr je vorgelesen hatte, auswendig aufzusagen. Als er sie dort sitzen sah, wurde ihm klar, daß heute ja Mittwoch war. Mittwochmorgens nahm Champignon immer ihr Bad. Offensichtlich saß sie gerade in dem Mansardenzimmer in der Wanne.
Vielleicht sollte er sich lieber aus dem Staub machen. Ja, das wäre besser. Er würde bei einer günstigeren Gelegenheit wiederkommen.
Er lehnte sich gegen die Wand und streckte sich, um zu Atem zu kommen, bevor er sich wieder davonmachen wollte. Aber wie hätte er Sommerwünsche, die dort oben völlig glückselig in ihrem Liebesgefühl mit den Fingern den Schriftzeichen folgte, in ihrer Ahnungslosigkeit belassen können?
Einen Augenblick lang machte er ihr fast einen Vorwurf daraus, zuhause zu sein, gerade jetzt. Begriff sie denn nicht, daß er mehr Zeit brauchte, viel mehr Zeit?
»Hätte Hoffnungsschwert denn nicht selbst viel mehr Zeit verdient?« mahnte ihn eine innere Stimme, und er schämte sich schrecklich für seine Gedanken. Sich selbst zu bedauern, so unangebracht das in jedem Fall war, schien in dieser Situation geradezu grotesk. Und dennoch wuchs sein Selbstmitleid in dem Maß, in dem er sich dafür schämte. Hatte er etwa das Recht, seinen Kummer an ihr abzulassen? Nein, genausowenig wie er ein Recht hatte, den Jungen Herrn für seine eigenen Frustrationen, seine unerfüllten Sehnsüchte und Übel-

launigkeiten verantwortlich zu machen. Doch wieder tönte in ihm die mahnende Warnung, die ihm seit ihrem Treffen damals nach so vielen Jahren, als Hoffnungsschwert und Sommerwünsche miteinander getanzt hatten, immer wieder durch den Kopf ging, die er jedoch niemals ausgesprochen hatte. »Junger Herr, laß sie in Frieden, laß sie in Frieden.«
Dann gaben seine Beine plötzlich unter ihm nach, und er glitt die Wand herab und sackte auf die Holztreppe. Das Geräusch verriet seine Anwesenheit.
»Bergkiefer, bist du's?«
Er hielt den Atem an.
»Bergkiefer, bist du's?« Wie immer lag in ihrer Stimme diese liebenswerte Eilfertigkeit.
»Nein!« hätte er am liebsten gerufen. »Noch nicht!« Sie kam die Treppe herunter. An dem blaßgelben Umschlag der Zeitschrift erkannte er, daß seine Schülerin sich gerade mit seiner letzten Geschichte beschäftigt hatte.
Jetzt hatte er keine andere Wahl mehr, als ihr alles zu sagen. »Guten Morgen«, sagte er.
»Du kommst früh.«
»Nein – ich mein ja! Macht doch nichts.«
Sie reichte ihm die Hand und schaute mit einem verschwörerischen Lächeln hinauf zu ihrer geschlossenen Zimmertür. »Jetzt wird es nicht mehr lang dauern. Wenn sie noch länger in der Wanne bleibt, wird sie aussehen wie eine verschrumpelte Qualle.«
»Vielleicht wäre es besser, wenn ich später noch einmal wiederkäme.«
»Nein, geh nicht fort.«
»Aber …« Er platzte mit der erstbesten Entschuldigung heraus, die ihm einfiel. »Ich hab' doch noch nicht einmal Tee getrunken.«
»Ich brüh dir einen auf, sobald wir drin sind. Komm, setz dich zu mir.«
Die Treppenstufen waren schmal, so daß sich ihre Knie berührten. »Bergkiefer, geht es dir nicht gut? Du siehst blaß aus.« Sie legte ihre Hand auf seine Stirn.
Er schob ihre Hand ein wenig gröber fort, als er eigentlich beabsich-

tigt hatte und beeilte sich dann, sie auf andere Gedanken zu bringen. »Wie gefällt dir meine Geschichte?«
Normalerweise war er ganz versessen darauf, sich ihr Lob anzuhören und ihre anerkennenden Worte, auch wenn er sich völlig im klaren darüber war, wie unkritisch, maßlos und lächerlich sie bisweilen waren. Doch heute empfand er ihr Lob fast als Beleidigung. Wie konnte sie so blind sein, nicht zu erkennen, was für eine erbärmliche Lohnschreiberei das war, nur angelegt, den Zensoren zu schmeicheln und seine Reisschale zu füllen? Jede Person in seiner Geschichte war so dürftig und charakterlos wie eine Papierpuppe; jede Szene nichts weiter als ein primitiver Appell an seichte Gefühle, und nichts, was aus seiner eigenen Feder stammte, war recht stimmig; das wenige, das stimmte, hatte er sich sonstwo ausgeborgt.
Er mußte ziemlich finster dreingeschaut haben, denn sie begann nun, mit ihren kühlen Fingern seine Stirn zu glätten. Doch wieder stieß er ihre Hand fort. Und wieder lächelte sie ihm zu, und immer noch lobte sie ihn. Wie konnte sie nur so blind sein, so ignorant, nicht zu verstehen, daß einzig ihre Wunschvorstellung seinen verbrieften Schwachsinn zu einer traumhaft phantastischen Geschichte werden ließ?
»... Du wirst sehen, eines Tages werden unsere Enkel und Urenkel deine Geschichten in der Schule lesen.«
Er wünschte, er wäre tot.
Da flog die Tür auf, und Champignon erschien oben auf dem Treppenabsatz. Sie war bereits angezogen und trug wieder ihre gewohnte schwarze Bluse und Hosen, doch ihr Haar war noch tropfnaß. »Kommt rauf«, dröhnte sie.
Er wandte sich ab. Ihre laute Stimme schmerzte ihm fast in den Ohren.
»Ich hatte nicht beabsichtigt, euch so lange hier draußen warten zu lassen«, sagte sie nun sogar noch lauter. »Es ist nur, daß Brennholz inzwischen so teuer ist, daß ich mich kaum warm waschen konnte; eigentlich hab' ich mich nur abtupfen können.«
Plötzlich kam Bergkiefer die Idee, er könnte die schreckliche Aufgabe ja an Champignon abtreten, doch er verwarf den Gedanken sogleich

wieder. Er durfte jetzt kein Feigling sein. Sicherlich hätte Hoffnungsschwert genau das von ihm erwartet, daß er es Sommerwünsche selbst mitteilte und zwar dann, wenn die beiden eingeschworenen Brüder im Herzen der Mitte unter sich waren.
Während Sommerwünsche den Kessel aufsetzte und das Frühstück vorbereitete, hielt Bergkiefer wie gebannt seinen Blick auf Champignon gerichtet, wie ein verängstigtes Kind, das seiner Mutter zuschaut. Doch sobald sie ihn ansah, tat er so, als sei er ganz vertieft in das Schundblatt, in dem seine Geschichte abgedruckt war. Er mußte abwarten, bis sie die Hausarbeiten beendet hatte. Um nur bloß keinen Tropfen Wassers zu vergeuden, wusch sie in dem Badewasser immer erst die Wäsche, dann putzte sie damit die Möbel und schließlich wischte sie mit dem restlichen Wasser noch die Fußböden. Erst danach würde sie zum Markt gehen. Vor Verzweiflung hätte er am liebsten gewünscht, daß sie mit den Putzarbeiten zu tun haben würde, bis sie ins Theater müßten. Er brauchte mehr Zeit. Unbedingt mehr Zeit.
Dann war er plötzlich allein mit Sommerwünsche. Sie saßen an dem viereckigen Tisch, und er hatte seinen Tee ausgetrunken.
»Soll ich sie dir jetzt vorlesen?« fragte sie.
»Was?«
»Na, meine Lektion ... ob ich sie vorlesen soll?« Wieder legte sie ihre Hand auf seine Stirn. »Ich fürchte, du hast erhöhte Temperatur.«
»Nein, mir geht's gut.« Er fragte sich, warum der Tod immer die Falschen trifft? Früher hätte er oft gern mit Hoffnungsschwert getauscht, aus den verschiedensten Gründen. Er schluckte, und dann sagte er, »ich muß dir was sagen.« Er ergriff ihre Hände. Das hatte er noch nie getan, und die Geste mußte sie in höchste Unruhe versetzen, denn sie richtete sich schlagartig auf und sah ihn mit großen Augen an, wie ein Rehkitz, das von den Schritten eines Jägers aufgeschreckt worden ist.
»Es – es geht um Hoffnungsschwert«, stotterte er.
»Ist er zurück?«
»Nein.«
»Nein, natürlich nicht. Er kann ja erst frühestens nächste Woche kommen.«

Er schüttelte den Kopf. »Er ... er hatte einen Unfall. Der Jeep ist ausgebrannt.«
Sie zog die Hände zurück und begann gezwungen zu lachen. Ihr Lachen wurde immer unheimlicher und schriller, sie schien gar nicht mehr aufhören zu wollen, und man hätte fast meinen können, sie würde gleich daran ersticken. Doch schließlich brachte sie ganz atemlos hervor, »aber Hoffnungsschwert konnte sich natürlich in Sicherheit bringen.«
Er schüttelte den Kopf.
»Das glaub ich dir nicht.«
Er zog das Päckchen aus seiner Tasche, das Cassia ihm gegeben hatte. Seine Hände zitterten, als er es öffnete und den Inhalt vor ihr ausbreitete. Es enthielt eine Uhr und eine Gürtelschnalle, die jedem gehört haben könnten, sowie das ramponierte und vom Feuer versengte silberne Zigarettenetui, das unverkennbar seins war.
Sie starrte die Gegenstände lange an, als ob sie versuchte, sie mit ihren Blicken vom Tisch zu zaubern. Er glaubte, daß sie jeden Augenblick zu weinen beginnen müßte, doch sie vergoß keine einzige Träne. Dann griff sie zur Uhr und berührte sie kurz, zog jedoch gleich wieder ihre Hand zurück.
Bergkiefer schloß die Augen und betete, daß Champignon schnell zurückkäme.
Als sie endlich etwas sagte, war es kaum mehr als ein Flüstern. »Darf ich die Sachen behalten?«
»Natürlich. Sie gehören dir.«
»Nein, nein, du verstehst mich falsch«, sagte sie lächelnd. Es war das Lächeln einer Schauspielerin. »Ich will sie nur für ihn aufbewahren. Wenn er nach Hause kommt, gebe ich sie zurück.«
Zuerst glaubte er, er hätte nicht recht verstanden, doch als er den ausdruckslosen und gleichzeitig fast ein wenig verrückten Blick ihrer Augen sah, fragte er, »hast du denn nicht begriffen? Er ... wird nicht mehr zurückkommen.«
Sie nickte. »Ja, ja. Das habe ich schon verstanden. Das hast du mir gesagt. Nicht heute. Und auch nicht nächste Woche. Aber er wird zurückkommen. Er wird zurückkommen. Er wird ...«

Hör endlich auf, wollte er schreien. Dieses Mal kannst du nicht so tun als ob. Du darfst nicht. Nicht einen Augenblick lang.
Sie blickte ihn spöttisch an, als ob er derjenige sei, der Unsinn redete. Wie sollte er es ihr begreiflich machen? Hoffnungsschwert hatte seinen Frieden. Es war sie, die jetzt in Gefahr war.
»Hör mir mal gut zu, Sommerwünsche. Hoffnungsschwert ist ...« Es war zwecklos; er brachte es nicht fertig, das Wort auszusprechen, das sie nie hätte ertragen können. Wieder nahm er Zuflucht zu einer Umschreibung. »Er ist fort und wird niemals wiederkommen.«
»Du lügst!« schrie sie. Jetzt war ihr Blick nicht mehr leer, sondern wild. »Du kannst mir nichts vormachen. Immer schon hast du gewünscht, er sei fort. Aber trotzdem wird er wiederkommen. Er wird wiederkommen. Und ich werde auf ihn warten.«

Als Champignon zurückkam, war Sommerwünsche immer noch damit beschäftigt, das ramponierte Zigarettenetui zu polieren. Sie putzte und putzte es, obwohl es bereits glänzte wie nie zuvor. Ohne mit dem Polieren aufzuhören, sah sie auf und lächelte. »Champignon, laß uns heute Nudeln essen. Nudeln, damit wir lange leben. Du magst doch Nudeln, Bergkiefer, oder nicht?«
Er merkte, daß Champignon nicht wagte ihn zu fragen, was los sei. Irgend etwas Wildes lag in der Luft. Sie setzte ihren Korb ab und nahm lautlos auf einem der Stühle Platz, ganz als fürchtete sie, eine zu plötzliche Bewegung von ihr könnte Sommerwünsche in diesen imaginären Abgrund stürzen lassen, den außer ihr selbst nur diejenigen empfinden konnten, die ihr sehr nahe standen und sie liebten. Oberflächlich betrachtet, schien sich nichts Ungewöhnliches abzuspielen, doch in Sommerwünsches Innerem herrschte das reine Chaos. Während sie Wasser in den Topf goß und den Tisch deckte, sang sie. Es war ein fröhliches Lied über einen, der heimkehrte. Aber sie sang es so langsam, so schmerzenstraurig, daß es gar nicht mehr von dieser Welt zu sein schien. Als das Wasser kochte, erhob sich Champignon automatisch von ihrem Platz, um die Nudeln aus dem obersten Schrankfach zu holen, das so hoch war, daß nur sie heranreichte. Sommerwünsche riß ihr die Nudeln aus der Hand und stieß Cham-

pignon dann so unsanft zur Seite, daß die riesenhafte Frau um ein Haar zu Boden gestürzt wäre.

»Ich mach das. Du bist so nachlässig, immer so wahnsinnig nachlässig mit den Nudeln. Weißt du denn nicht, daß sie alle in einem Stück gekocht werden müssen? Nicht eine einzige darf zerbrochen werden, weißt du das denn nicht? Ihr seid alle beide schrecklich achtlos. Ihr seht euch nie vor mit den Nudeln. Aber ich. Oh ja, ich schon.«

Jetzt sang sie wieder, nahm eine einzelne Nudel, die längste, und tauchte sie vorsichtig in den Topf.

Teil drei

# *Loyalität*

## *Kürbisfelder*
## *(1944)*

Hoffnungsschwert saß in einem Feld von Kürbissen und beobachtete, wie der Fuhrmann des Dorfes, der auf dem Dach seiner Hütte hockte, die Umgebung absuchte und ständig gespannt in die Ferne sah, so, als ob er am Horizont irgend etwas Verdächtiges ausgemacht hätte. In der Hand hielt er ein von den Japanern gestohlenes Megaphon. Ohne das Megaphon hätte sich Zhou, der Fuhrmann, der zwar die schärfsten Augen und die lauteste Stimme des Dorfes hier im Osten besaß, sich aber vor allem möglichen fürchtete und beileibe nicht nur unter Höhenangst litt, niemals freiwillig als Spähposten gemeldet. Doch ausgerüstet mit diesem Verstärker, war er ein regelrechtes Alarmsystem.

Während Hoffnungsschwert voller Bewunderung seinem abgemagerten Genossen zuschaute, mußte er wieder, wie fast jeden Tag, seitdem ihn die Partei von Yenan aus hierhin geschickt hatte, um die einsturzgefährdeten Tunnelgänge abzustützen, daran denken, daß er selbst wahrscheinlich nicht mehr am Leben wäre, wenn es Buschige Augenbraue nicht gegeben hätte. Wenn die Kaderführung irgendwelche Schwierigkeiten hatte, war ihm, dem Hauptmann, fast immer eine Lösung für das Problem eingefallen. Auch die Idee mit dem Megaphon stammte von ihm.

Bis Hoffnungsschwert jedoch die Geschichte in Erfahrung gebracht hatte, die sich hinter diesem Einfall verbarg, hatte er Monate warten müssen. Genaugenommen hatte er sie sich selbst zusammenreimen müssen, wie alles, was er inzwischen über Land und Leute hier wußte, aus gelegentlichen Bemerkungen und Andeutungen, die so selten waren wie der Schnee, der südlich des Jangtse vom Himmel fällt. Es hatte alles vor dem Krieg begonnen. Damals hatte Zhou, der Fuhrmann, auf seinen Fahrten bisweilen auch mal ein Kino besucht. Um die Wunder, die er dort zu sehen bekommen hatte, waren in seiner Gegend schließlich regelrechte Legenden entstanden; doch besonders hatte ihn dieser teiggesichtige Ausländer mit seiner Haartolle beeindruckt, der durch ein Megaphon sang.

Wer hätte damals gedacht, daß solch ein Blechtrichter über Tod oder Leben entscheiden könnte? Sobald das Warnsignal ertönte, verschwanden die Bauern in den Tunnelschächten, in denen sie auch die Ernte versteckt hielten. Nur so hatten sie verhindern können, bei den feindlichen Säuberungsaktionen gefangengenommen zu werden, die in dieser Gegend bereits im Gange waren, seitdem das Getreide reif geworden war. Noch erstaunlicher erschien ihm, wie die Reise mit dem störrischen alten Jeep geendet hatte. Wer hätte damals gedacht, daß ein Grünschnabel von Ingenieur, der er ja letztlich noch war, mit diesem Posten jenseits der feindlichen Linien betraut werden würde? Oder daß er eines Tages ein Partisanenführer sein würde, ein Mitglied des kommunistischen Kaders, verantwortlich für die Sicherheit von zehn Dörfern in der Provinz Hopeh?

Mit einem Mal begann Zhou, der Fuhrmann, mit der ganzen Kraft seiner Stimme ein Lied der Hopeh Region zu singen, wodurch die kleine Ansiedlung in helle Aufruhr versetzt und die Warnung bis weit ins nächste Dorf getragen wurde – ja, es war fast, als sei die ganze Gegend wie elektrisiert, bis hinüber, wo die endlose Ebene mit dem wolkenlosen blauen Himmel zu verschmelzen schien. Wie aufgescheucht wuselten die Landleute aus ihren Hütten, manche beladen mit Strohmatten oder mit Eimern voller Erde, Besen und alten Autoreifen, und alle rannten sie zur Straße. Wieder andere trugen Kürbisse, die so riesig waren, daß sie sie mit ihren Armen kaum umfassen konnten, und eilten zu den Feldern.

Sie arbeiteten schnell. Die mit den Strohmatten deckten die Löcher in den Straßen ab, in die sie in der Nacht zuvor selbstgebaute Minen hineingelegt hatten, die bei der leisesten Berührung explodierten. Danach kamen die mit der Erde und schütteten sie über die Strohmatten, zogen sie mit den Besen glatt und rollten anschließend die mitgebrachten Reifen über die derart präparierten Stellen in der Straße, so daß es aussah, als seien hier Autos entlanggefahren. Die Männer in den Feldern arrangierten ihre großen Kürbisse zwischen kleineren, noch festverwurzelten Pflanzen derart, daß sie einen verminten Korridor markierten, den die Kaderführung bei Bedarf zur Explosion bringen konnte.

Ebenso schnell wie sie aufgetaucht waren, verschwanden die Dörfler wieder spurlos, obgleich von dem feindlichen Konvoi, der aus Furcht vor Fallen nur sehr langsam fuhr, noch immer nichts zu sehen war, lediglich Zhou, der Fuhrmann, hatte ihn genau im Blick.

Hoffnungsschwert saß jetzt geduckt in einer Feldfurche und betrachtete vergnügt grinsend und voller Stolz die Kürbispflanzung. Die ganze Operation hatte nicht länger als acht Minuten gedauert – drei Minuten weniger als beim letzten Mal. Das war allerdings bereits einige Monate her; aber nach den letzten Übungen, bei denen fast alles schiefgegangen war, hatte er schon geglaubt, die Dorfbewohner hätten allen Mut verloren, und es kümmerte sie kaum noch, was mit ihnen geschehen würde. Doch jetzt begriff er, daß sie es nur satt gehabt hatten, sich auf den Ernstfall vorzubereiten.

Er untersuchte noch einmal die Drähte, die mit den Minen verbunden waren und aus den Seiten der Feldfurchen ragten wie beim Umgraben freigelegte Wurzelenden, und verglich sie mit dem Lageplan auf einem Stück Sackleinen, in dem er jeden einzelnen Sprengsatz mit einem Kreis markiert hatte.

Da kamen überraschenderweise Augenbraue und vier weitere Männer – die einzigen, die nach sieben Jahren Krieg noch von der örtlichen Bürgerwehr übriggeblieben waren – und gesellten sich zu ihm. Er fluchte. Was, zum Teufel, hatten sie hier zu suchen? Es war doch alles genau besprochen. Jeder kannte seine Aufgabe. Jeder einzelne Dörfler, einschließlich dieser Männer, hatte den Auftrag, sich in den Tunnels in Sicherheit zu bringen, bis der Feind wieder abgezogen war.

Er versuchte, die fünf zu überreden, sich an den Plan zu halten, doch sie gingen in keiner Weise auf ihn ein, sahen ihn nicht einmal an, sondern hockten sich einfach auf den Boden und lugten angespannt durch das Bohnenspalier, das sie gegen die Straße abschirmte. Er mußte lächeln. Er mochte sie gern, diese Bauern, aber es war sinnlos, auf sie einzureden. Er hätte ebensogut versuchen können, einen Haufen steinerner Zierfrösche zu überzeugen.

Schließlich waren sie kaum mehr als ein paar hilflose Zielscheiben, und zwar seit dem Tag, an dem ihnen die Munition ausgegangen war, und sie ihre wertvollen Waffen und die vielleicht noch kostbarere Ernte in den Tunnels vergraben hatten; drei normale und fünf Mauser-Gewehre sowie ein paar alte Pistolen, die sie irgendwelchen toten Banditen abgenommen hatten, Ausreißern aus den Reihen der Kuomin-tang, japanischen Rekruten und sinnlos verheizten Soldaten. Doch was sollte er tun, wenn einer dieser Männer ihm versehentlich in die Quere kam und unbeabsichtigt ihr Versteck verriet, bevor er die Falle zuschnappen lassen könnte? Keiner von ihnen wurde hier gebraucht, doch genausowenig ließ sich einer von ihnen überzeugen, wieder von hier zu verschwinden.

Er sah auf die Uhr. Jetzt würde es nicht mehr lange dauern. Es war sinnlos, sie noch einmal aufzufordern, sich in den Tunnels in Sicherheit zu bringen, bevor es zu spät wäre. Also ließ er es bleiben. Wieder mußte er lächeln, doch jetzt war er eher über sein eigenes Verhalten amüsiert. Seit fast zwei Jahren schlief er nun wie sie auf dem Boden auf harten Strohmatten, aß mit ihnen aus dem gleichen Topf und arbeitete Seite an Seite mit ihnen auf den Feldern. Er war inzwischen, wie jeder einzelne dieser Bauern, wortfaul geworden. Der Befehl an die Kaderführer lautete, Widerstandskämpfer in den Partisanenkrieg zu führen und aus den Dörflern Kommunisten zu machen. Er tat sein Bestes, aber offensichtlich war das nicht genug. Selbst hatte er in Yenan nur eine zweiwöchige Einweisung erhalten, bevor Lincoln Chen, den er noch in Chungking vermutet hatte, plötzlich auftauchte und ihn prompt in dieses Dorf schickte, mit dem Auftrag, die einsturzgefährdeten Tunnels wieder instandzusetzen.

Was hätte ein verwöhnter Junger Herr mit einem Hochschulabschluß als Ingenieur schon wissen sollen über die Anforderungen, die an einen Gebietsleiter gestellt werden? Zwar war er jetzt Mitglied der Kaderführung, doch gleichzeitig so unbedarft, daß er keine Ahnung hatte, was er mit den flachen Steinen anfangen sollte, die ihm die Kinder bei seiner Ankunft überreichten. Am Anfang hatte er geglaubt, daß dieser Papierersatz dafür da sei, um weiß der Himmel was zu schmücken, bis er dann eines Tages dort auf diese Steinchen traf, wo Augenbraue gerade sein Geschäft verrichtet hatte.

Aber er hatte es verstanden, die Tunnelgänge mit gestohlenen Gleisschwellen abzustützen, was mehr wert war, als das, was seine Vorgänger gewußt hatten. Daraufhin waren die Dörfler einverstanden, seinen Plänen zu folgen und das einsturzgefährdete Tunnelsystem, das eher einer Falle als einem Schutzbunker glich, in ein mehrstöckiges Labyrinth zu verwandeln, vollgestopft mit Abwehrsystemen und Sprengsätzen gegen mögliche Eindringlinge. Es gab Kammern für die Lagerung des Getreides und sichere Verstecke, sowie ein Netz unterirdischer Gänge, über die das Dorf mit den übrigen Ansiedlungen der Umgebung verbunden war. Sie verhielten sich ihm gegenüber tatsächlich genauso ehrerbietig wie gegenüber ihren verstorbenen Vorfahren.

Was seine Weisungsbefugnis anging, so lagen die Dinge jedoch etwas anders. Ideen, die zufällig mit ihren eigenen übereinstimmten, nahmen sie sofort an, genauso wie diejenigen, mit denen sie nicht einverstanden waren – bis sie ihn dann in Momenten wie diesem vor vollendete Tatsachen stellten, unvorhersehbar, unabdingbar.

Zu Anfang hatten sie wegen seiner Jugend und seiner Herkunft und in Erinnerung an die Neigung seines Vorgängers, während der feindlichen Angriffe in den abgedunkelten Tunnelgängen den Frauen nachzustellen, ausnahmslos jeder, die mehr als einen Zahn im Mund hatte, ob verheiratet oder nicht, davongescheucht. Aber das war anders geworden, nachdem sie gemerkt hatten, daß er nicht wie sein Vorgänger war, sondern wie einer der Kommunisten, von denen die Kaderführer immer in ihren Geschichten erzählten – wie einer der Männer, die sich von den Freuden des Lebens verabschiedet und mit Leib und Seele der Revolution verschrieben hatten.

Der Melonen-Jongleur von Chungking gehörte auch tatsächlich längst der Vergangenheit an, und in Augenblicken wie diesem konnte er sich kaum noch vorstellen, geschweige denn begreifen, wie er jemals hatte annehmen können, Bergkiefer würde bis in alle Ewigkeit zu ihm gelaufen kommen, sobald er ihn dazu aufforderte, oder Sommerwünsche würde ein Leben lang neben ihm auf dem Bett liegen. Obgleich er die beiden stets im Herzen hatte, schienen sie so weit fort zu sein wie der erste Kaiser Chinas.

Als er noch einmal den Zündmechanismus überprüfte, kam ihm der Gedanke, daß seine Genossen, die ganz offensichtlich nicht die Absicht hatten fortzugehen, vielleicht doch zu etwas nütze sein könnten. Er drehte sich zu den Männern um. »Kameraden«, sagte er, »wenn ihr unbedingt hier bleiben wollt, paßt mal auf.« Dann nahm er einen Draht nach dem anderen auf, zeigte ihnen die Lage der jeweiligen Mine auf dem Kürbisfeld und ihre Position auf dem Lageplan und fädelte anschließend die Drähte durch die entsprechenden Kringel auf dem Sackleinen. Wenn ihm jetzt etwas passieren sollte, könnten sie im richtigen Zeitpunkt den richtigen Draht ziehen, um die entsprechende Mine hochgehen zu lassen und die Angreifer in die Luft zu sprengen.

Als Hoffnungsschwert sein provisorisches Schaltbrett angeschlossen hatte, bekundete Augenbraue, stellvertretend für die übrigen Männer, durch ein kurzes Brummen, daß sie verstanden hatten, und heftete dann wieder seinen Blick auf die leere Straße. Wie immer war das Abwarten der härteste Teil der Operation, Warten und die bange Frage, ob dies der Tag sei, an dem der Feind die Tunnels entdecken würde. Die Japaner kamen immer bei Tag. Bei Nacht verkrochen sie sich in den Städten oder in Wachtürmen, um die sie Schutzgräben gezogen hatten, während er und die Dörfler nachts unterwegs waren, um ihre Fallen zu legen. Früher hatte er nach Goldweide gerufen, die Lampe an seinem Bett anzumachen und die Ungeheuer zu vertreiben, die sich in dunkle Zimmer schlichen und kleine Jungen stahlen, sobald sie die Augen schlossen; jetzt betete er um Dunkelheit.

Als er nun seine Zigaretten aus der Tasche nahm, fiel ihm auf, daß auch seine Genossen zu ihren Tabaksbeuteln griffen, aber ohne sich ihre Zigaretten zu drehen. Hatten sie keinen Tabak mehr? Er reichte ihnen seine Packung, doch alle schüttelten sie den Kopf. Er hatte wohl zu lange gezögert. Oder lehnten sie aus Stolz ab oder aus Höflichkeit? Es war unmöglich, die Antwort in ihren Gesichtern zu lesen. Er begann zu rauchen und versank ebenfalls in Schweigen.

Wer hätte gedacht, daß ein Mann wie er, der, wie Bergkiefer es einmal ausgedrückt hatte, in der Lage war, mit seinem charmanten Geplauder selbst die giftigste Natter zu besänftigen, daß er vor diesen schlichten Menschen wortlos würde kapitulieren müssen? Natürlich, vom einfachen Volk zu lernen, war ein Grundsatz der kommunistischen Lehre, aber als er hier herkam, hätte er sich nie träumen lassen, daß dahinter mehr steckte als ein bloßer Slogan, um die Gefolgschaft der breiten Massen zu gewinnen. Möglicherweise waren Hochschulabsolventen wie er tatsächlich in noch viel stärkerem Maße ein Produkt ihrer bürgerlichen Erziehung, als sie sich selbst einzugestehen bereit waren. Doch trotz ihrer Mängel waren sie bei der Partei gern gesehen. Und mit welcher Begeisterung hatte er sich bekehren lassen! In Yenan, wo er die Sozialtheorie von der Gleichheit aller bereits verwirklicht sah, war er sofort überzeugt gewesen. Und er war durchaus kein Ausnahmefall gewesen. In Chungking hatte er nichts davon gemerkt, aber tausende von chinesischen Intellektuellen, wie etwa Lincoln Chens ehemalige Studenten, hatten bereits auf berufliche Stellung und alle Bequemlichkeit verzichtet und Heim und Familien verlassen, um sich einem entbehrungsreichen Leben in Selbstzucht und Mühsal zu widmen.

Politik langweilte ihn eigentlich nach wie vor – sobald auf Parteitreffen etwa über das Gedankengut irgendwelcher bärtiger Ausländer diskutiert wurde, war er immer noch genauso angewidert wie damals, als er sich bei den Kundgebungen in den Höfen des Ministeriums diesen im Kommandostil vorgetragenen Schwachsinn anhören mußte – aber daß im Unterschied zu der nationalistischen Hauptstadt, wo nichts als Korruption herrschte, man in Yenan, dem Mittelpunkt der kommunistischen Bewegung, echte Kameradschaft erlebte, war schon gewaltig und beeindruckte ihn sehr. Wie sich dort alle Menschen ob hohen und niedrigen Standes schlicht und einfach kleideten, die Leute aller Stände dort gemeinsam auf den Feldern oder an den Webstühlen arbeiteten und Seite an Seite in den in die Lößhügel getriebenen Höhlen lebten! Und vor allem, wie dort die Menschen auf das eine große Ziel hinarbeiteten, den Krieg gegen die Japaner zu gewinnen! Mit solchen Menschen zusammenleben zu können, hatte ihm geholfen, endlich nicht mehr über diese selbstsüchtige Brut der Tangs nachzudenken.

Seine Wut über alles, was das Ministerium und der Stellvertretende Minister ihm angetan hatten, seinen Kummer über alles, was er hatte zurücklassen müssen, seine Ängste, Zweifel und seine Einsamkeit – in Yenan hatte er gelernt, das alles mit dem berauschendsten Gebräu herunterzuschlucken, das es auf der Welt gibt: Hoffnung.

Es war ein Wunder, daß die Kaderführung ihn bei seiner Ankunft nicht für einen unfähigen Spion gehalten und kurzerhand eingesperrt hatte: immerhin war er fremd, entstammte den höheren Ständen und hatte behauptet, ein abtrünniger Staatsbediensteter aus Chungking zu sein. Er hätte es wirklich niemandem übelnehmen können. Doch zu seiner großen Verwunderung hatte sich bereits eine einflußreiche Persönlichkeit für ihn verbürgt – Lincoln Chen. Als was für ein gewitzter Vogel sich der halbblinde Professor schließlich entpuppt hatte! Er war nicht nur dem Netz der Spitzel entwischt, das sich in dem Augenblick zuzog, als diejenigen, die seine Aktivitäten schon immer mißtrauisch beobachtet hatten, plötzlich die politische Macht in Händen hielten, sondern Chen hatte es auch geschafft, noch vor Hoffnungsschwert nach Yenan zu kommen, und zwar genau auf die gleiche Weise wie seine zahllosen Assistenten. Und dort hatte es nur eines Wortes von ihm bedurft, um für Hoffnungsschwert jede Tür zu öffnen, einschließlich derjenigen, die ihm ermöglichte, in diesen Distrikt zu kommen und endlich eine sinnvolle Arbeit zu verrichten.

Während er langsam den bitteren Rauch seiner Zigarette inhalierte, mußte er, der sonst immer nur gelangweilt die Achseln zuckte, wenn auf Parteitagungen wieder einmal private Unzulänglichkeiten angeprangert wurden, sich plötzlich insgeheim selbst gewisse Charakterschwächen eingestehen, die er noch von seinem früheren Dasein an sich hatte. Er kaufte sich noch immer fabrikfertige Zigaretten. Gleichzeitig dachte er, wie hübsch doch die selbstgefertigten Tabakbeutel waren, die seine Genossen um den Hals hängen hatten. Keiner glich dem anderen. Jeder Tabakbeutel war kunstvoll mit Stickereien verziert, war das Geschenk einer liebenden Tochter an ihren Vater, das sie ihm überreicht haben mochte, bevor sie die Brautsänfte bestieg, oder das die Braut ihrem Bräutigam in der Hochzeitsnacht verehrt hatte. Er dachte auf einmal, wie schön es wäre, wenn Champignon Sommerwünsche beigebracht hätte zu sticken.

In der Ferne rührte sich noch immer nichts. Selbst die beiden Pappeln, auf die das Auge unweigerlich fiel, und in deren Wipfeln sich die leichteste Brise verfing, standen regungslos in der eintönigen, flachen Landschaft. Bei ihrem Anblick kamen ihm wie so oft wieder die saftigen Berge in den Sinn und den Banditenanführer dort, den er, genauso wie diese Bauern hier, gleichermaßen verflucht wie bewundert hatte. Wie seltsam sich die Dinge doch entwickelt hatten.

»Nun scheiß dir nicht in die Hose – ich bring dich schon durch«, hatte der beinlose Rote Teufel geprahlt. »Und zum Spaß werde ich es genau vor der Nase dieser Gangster und Spione von der Kuo-min-tang tun, die von hier bis Yenan überall entlang der Straße auf der Lauer liegen, nur um dir deine Beine abzuschneiden.«

»Wenn du nichts dagegen hast, würde ich lieber am Stück dort ankommen, nicht scheibchenweise wie ein gewisser Roter Teufel, den ich kenne.«

»Du stellst ganz schöne Ansprüche für einen lausigen Akademiker, der auf dem besten Wege ist, bei lebendigem Leib gegrillt zu werden. Aber laß mal gut sein, ich bin heute gerade bei Laune. Du hast mein Wort darauf, daß du genauso unentdeckt und unbeschadet in Yenan ankommen wirst wie diese nackten Jungfrauen, die in Teppiche verpackt von Eunuchen in den Palast des Kaisers gebracht wurden mit dem edlen Auftrag, ihm endlich das Licht auszublasen.«

»Meinst du das ernst?«

»Wenn es um die Ehre geht, mache ich nie Witze.«

»Was habe ich zu tun?«
»Zieh dich aus!«
So in Erinnerung versunken, mußte er wohl plötzlich laut aufgelacht haben, denn Augenbraue warf ihm einen ängstlichen Blick zu. Hoffnungsschwert wollte dem Hauptmann beschwichtigend auf den knochigen Rücken klopfen, da streifte er mit der Hand den Hang des Grabens, so daß ihm Erde den Nacken herabrieselte. So ging es ihm immer: gerade gestern hatte er seit langem endlich einmal das seltene Vergnügen gehabt, sich ordentlich waschen zu können. »Verdammt!« Wieder löste er verstörte Blicke aus. Was war nur los mit ihnen? Er suchte mit den Augen die Landschaft ab, doch nichts rührte sich weit und breit.

Vielleicht sollte er seinen wartenden Genossen ein wenig Entspannung verschaffen und ihnen erzählen, was ihn gerade so amüsiert hatte. Selbst steinerne Frösche müßten vor Vergnügen quaken bei der Vorstellung, wie ihr ehrenwerter Kader in ein Kleid aus rotem Satin gehüllt, unter einem regelrechten Berg von Brautschleiern, zierliche Schuhchen an den Füßen und einen glitzernden Kopfschmuck übergestülpt, schwitzend und wie eine maßlos überbezahlte Hure in einer gestohlenen Sänfte hockend, sechs Wochen lang getragen worden war, zu Fuß, auf Fähren und Lastwagen, vom Wachturm in Kweichow bis in die Außenbezirke von Sian.

Einmal herzlich zu lachen, würde den Männern sicherlich nicht schaden. Aber vielleicht sollte er es doch lieber bleibenlassen. Noch nie hatte er erlebt, daß sie derart unter Spannung waren. Sie fingerten immer noch nervös an ihren Tabaksbeuteln herum. Ihre Kaumuskulatur bebte. Was war nur mit diesen kriegserprobten alten Hasen geschehen? Sie hatten doch weiß Gott schon mehr als eine solche Nachtwache absolviert.

Allmählich kam Hoffnungsschwert der Verdacht, daß sie irgend etwas über den bevorstehenden Angriff wußten, wovon er keine Ahnung hatte. Sie hatten irgendeinen Grund, hier im Graben zu sein. Bestimmt waren sie nicht da, um ihm Gesellschaft zu leisten. Verdammte Bauern! Was hatten sie nur vor? Mißtrauten sie ihm? Aber was glaubten sie? Wozu sollte er denn nicht in der Lage sein? Was gab

es schon, was er noch nicht gesehen hätte in diesem Krieg, in dem jeder stehlen, verbrennen und töten mußte?
Doch ebenso schnell wie sein Zorn aufgeflackert war, erlosch er wieder. Ihnen war beim besten Willen nichts vorzuwerfen. Was hatten sie schon noch vom Leben als Verzweiflung und Enttäuschung? Sie waren doch die Betrogenen und Verratenen. Wie oft hatte er sie davon singen gehört?

> Wenn nicht Sonne, dann Regen.
> Wenn nicht Überschwemmungen, dann Trockenheit.
> Wenn nicht der Grundbesitzer, dann der Kriegsherr.
> Wenn nicht der Soldat, dann der Straßenräuber.
> Wenn nicht mein Huhn, dann meine Ziege.
> Wenn nicht meine Frau, dann meine Schwiegermutter.

Das Leben hatte sie gelehrt, daß auf nichts und niemanden Verlaß war, einzig auf die Familie.
Jemand klopfte ihm leicht auf die Schulter. Er wandte sich um. Es war Augenbraue. Er zeigte auf irgend etwas, wobei er viel zu laut rief: »Sieh mal!«
Hoffnungsschwert beschirmte sich mit der Hand das Gesicht. Noch weit jenseits der Pappeln konnte er jetzt eine kleine Staubwolke erkennen. Er behielt sie geduldig im Auge. Sie schien jetzt allmählich immer dunkler und größer zu werden, wie ein Schwarm Heuschrekken, die sich versammelten, um über das Land herzufallen und jedes Blatt und jedes Korn zu verschlingen. Als sich die wabernde Wolke den beiden Bäumen näherte, war ihm, als hörte er ein Rumpeln, das zunächst nur ein fernes Summen gewesen war, doch jetzt zu einem lauten Dröhnen anzuwachsen schien. Sein Herz ging schneller. Jetzt gleich. Er konnte fast die Detonationen hören, den Schwefel riechen. Doch statt dessen blieb es totenstill.
Als sich die Staubwolke auflöste, konnte er nicht genau ausmachen, ob dort an den Pappeln mehr als die zwei, drei Mannschaftswagen parkten, die sie erwartet hatten. Was für ein sentimentaler Dummkopf er war! Wie hatte er sich nur von diesen greisen Weibern dazu hinreißen lassen können, die alten Glücksbäume nicht zu fällen?

Auf einmal schoben ihn die Milizionäre unsanft zur Seite, um seinen Platz an der sackleinenen Schaltstelle zu übernehmen. Was zum Teufel ging hier vor?

»Geht zurück an eure Plätze«, fauchte er sie durch zusammengebissene Zähne an. »Die Minen hochzujagen, ist meine Aufgabe.«

Doch sie schüttelten nur den Kopf.

»Kamerad«, flüsterte Augenbraue mit heiserer Stimme, »vergangene Woche haben die Japse unsere verheirateten Töchter im Nachbardorf als Geiseln genommen. Wir wußten, daß sie die Frauen zwingen würden, ihnen den Weg zu zeigen. Also haben wir den guten Mädchen von unserer verminten Straße erzählt, und die haben es den Japsen weitergesagt. Aber sie wissen nur von der Straße.« Der Hauptmann warf einen flüchtigen Blick auf die Kürbisreihen.

»Warum habt ihr mir das nicht gesagt? Wißt ihr denn nicht, daß ich mit Vergnügen die Ernte kochen und die ganze japanischen Armee einschließlich Hirohito füttern würde, bevor ich auch nur einem einzigen Unschuldigen etwas zuleide tue?«

Der Mann nickte. »Doch, das wissen wir.«

Hoffnungsschwert packte den Mann und zischte ihn an, »was wollt ihr dann?«

»Wir müssen die Drähte ziehen, nicht du. Wir brauchen unsere Rache.«

Hoffnungsschwert wußte nicht, ob er lachen oder weinen sollte. Er hatte recht gehabt. Sie trauten ihm nicht. »Also, meinetwegen. Aber zieht keinen Draht, bevor eure Töchter nicht an dem letzten großen Kürbis vorbei sind. Nein, nein, gebt ihnen lieber noch etwas mehr Raum, damit sie auch ganz sicher nicht gefährdet werden – wartet, bis sie das Bohnenspalier erreicht haben. Habt ihr verstanden? Das Bohnenspalier!«

Die Männer nickten.

Er war überzeugt, so würde es gehen. In der Vorahnung, daß die Japaner Einheimische zwingen könnten, ihnen den Weg zu bahnen, hatten die Männer, die über die Dörfer zogen, um die Jauchegruben zu leeren, überall verbreitet, die Straßen zu meiden und auf den Feldern zu bleiben und nach Möglichkeit die Soldaten durch die Korridore zu führen, die diesen Monat mit übergroßen Kürbissen markiert waren. Auf diese Weise konnten, sobald alle Chinesen aus der Gefahrenzone heraus sein würden, die Minen gezündet und nur die Feinde getötet werden, die ihren Geiseln immer mit einem gewissen Sicherheitsabstand folgten.

»Es tut sich was.«

Hoffnungsschwert sah gespannt, wie die puppenhaft kleinen Gestalten jetzt von den Mannschaftswagen kletterten, aber er hätte nicht sagen können, ob darunter auch Frauen waren. Sie schienen sich nicht zu wehren. Sie sammelten sich in einzelnen Gruppen und rückten zusammen. Offenkundig wurden ihnen jetzt Anweisungen gegeben. Dann bildeten sie Reihen und marschierten nebeneinander auf die Kürbisfelder zu. Erst als er erkannte, daß in der führenden vorderen Gruppe nicht ein Mensch ein Gewehr trug, war er sicher, daß auch Chinesen darunter waren.

Er verspürte unendliches Mitleid mit dieser Landbevölkerung. Es war kaum vorstellbar, welche Qualen die Schweinehunde diesen armen Menschen bereits zugefügt hatten.

Als die führende Gruppe schießlich den verminten Korridor erreichte, sah er, daß es nur Frauen waren. Sie bewegten sich in einer breiten Kette vorwärts, um die Hüften mit einem langen Seil aneinandergebunden. Erleichtert sah er, daß das Seil nicht gespannt war, denn das bedeutete, daß die Frauen etwas Spielraum hatten, der ihnen eine gewisse Bewegungsfreiheit auf ihrem Marsch in das Minenfeld ermöglichte.

Vergeßt nicht, die Schweinehunde zwischen die großen Kürbisse zu führen! spornte er die Frauen in Gedanken an. Dann pusten wir die Brut geradewegs nach Tokio zurück.

Die Frauen rückten sehr langsam vor, machten winzige, zierliche Schritte, indem sie erst die Fußspitzen und dann die Fersen aufsetzten. Ein Dutzend japanischer Soldaten war ihnen auf die Felder gefolgt, in sicherem Abstand, die Gewehre schußbereit.

Hoffnungsschwert atmete kaum, als die Töchter seiner Bauernmilizionäre bis auf die Hälfte des verminten Korridors herangekommen waren, so überwältigt war er von ihrem Mut. Die Sprengsätze bedeuteten tatsächlich keine Gefahr für sie. Aber ließ sie der Gedanke denn völlig kalt, daß sie bei der kleinsten falschen Bewegung, oder wenn ein einziger Soldat die Nerven verlöre, von einem regelrechten Sperrfeuer von Gewehrsalven zerfetzt würden? Selbstverständlich ließ sie das nicht kalt, und dennoch schritten sie ohne zu zögern voran. Ihre Bewegungen waren dabei so anmutig, daß man meinen konnte, man hätte einen kleinen Prozessionszug vor sich, der mit seinem Tanz die Götter pries, um für erwiesene Gnaden zu danken.

Jetzt konnte er deutlich die Züge ihrer sonnenverbrannten Gesichter sehen. Darin lag nichts, was ihre verzweifelte Lage hätte erkennen lassen. Nicht eine von ihnen weinte. Er warf seinen Kameraden einen raschen Blick zu. Ihre Gesichter waren ausdruckslos. Doch jede einzelne dieser jungen Frauen mußte die Lieblingstochter ihres Vaters gewesen sein, denn die Väter hatten für sie Männer ausgewählt, die gleich im nächsten Dorf lebten, damit ihre Töchter in ihrer Nähe blieben.

Plötzlich kam, wie auf Kommando, ein kurzer Ruck in den kleinen Prozessionszug. Es war, als ob ein unsichtbarer Puppenspieler die Schnüre gezogen hätte, mit denen die Frauen aneinandergebunden waren, so daß die acht zierlichen Marionetten plötzlich eine Überraschungsvariante tanzten. Doch nur einen winzigen Augenblick später gingen sie wieder wie vorher.

Die Soldaten, die immer noch gut ein Dutzend Schritte hinter ihnen herkamen, schienen dadurch keineswegs beunruhigt zu sein. Auch sie gingen wie zuvor.

Er mußte sich das nur eingebildet haben.

Aber als er seine Aufmerksamkeit wieder auf die Frauen richtete, sah er, daß sie jetzt in jeder Hand einen Schuh hielten und barfuß gingen. Das war es also. Sie hatten ihre Schuhe ausgezogen. Aber warum? Warum, zur Hölle?

Er würde sie bald genug selbst fragen können. Jetzt hatten sie fast den Rand des Feldes erreicht. Gleich würde ihre Qual ein Ende haben. Wieder ermahnte er sie in Gedanken: Rennt nur nicht. Sie werden auf der Stelle auf euch schießen, wenn ihr rennt. Rennt nicht.

Dann, nur wenige Schritte, bevor sie in Sicherheit gewesen wären, ließen plötzlich alle acht Frauen ihre Schuhe fallen, ihre langen weichen Schatten glitten über das langstielige Blättergeflecht der Kürbisse auf dem Boden, sie sanken auf ihre Knie und riefen: »Mein Vater, bitte, du mußt, du mußt!« während sie sich ehrfürchtig im Kotau verbeugten.
Die Detonationen erfolgten nicht nacheinander, sondern alle zu gleicher Zeit.
Er sprang auf. Unfaßbar. Er wandte die Blicke ab. Seine Stimme dröhnte in seinen Ohren. »Nein! Nein! Nein! ...«
Von den Pappeln kamen Schüsse.
Jemand stieß ihn aus dem Graben, zerrte ihn fort von den Feldern, schleppte ihn in Augenbraues Hütte und preßte ihn auf den Boden. Wie gelähmt vor Entsetzen – Fleischfetzen, Knochen und Schuhe kamen durch die Luft geschossen wie Ahornblätter, die ein Herbststurm erfaßt hatte – erkannte er schwach, wie zwei der Milizionäre mit dem Flaschenzug den doppelten Boden emporhoben, auf dem der gemauerte Herd stand, in dem noch Feuer brannte und einen riesigen Wasserkessel aufheizte. Darunter kam einer der Tunneleingänge zum Vorschein. Dort wurde er hineingestoßen.
Er nahm all seine Kraft zusammen und wollte sich wehren, doch sie waren stark, so unglaublich stark – Landleute. Er verlor den Halt und stürzte in den Tunnel. Dann folgten ihm die anderen.
Vorwurfsvoll starrte er auf seine Retter. Nur Buschige Augenbraue weinte nicht. Es dauerte ein, zwei Minuten, bevor er genügend Atem in seine Lungen bekommen hatte, um zu sprechen. »Warum nur? Warum habt ihr das getan? Eure eigenen Töchter! Sag mir. Warum?« Er suchte die Augen des Hauptmanns. Sie glänzten. Die Furchen in seinem Gesicht schienen tiefer und tiefer zu werden, während Hoffnungsschwert ihn anstarrte, bis er endlich mit lebloser Stimme sagte: »Wie hätten wir unseren eigenen Töchtern ihren letzten Wunsch abschlagen können? Der Tod ist eine Gnade für Frauen, die wie Schuhe besudelt und beschmutzt wurden.«

Hoffnungsschwert stand im Zubringertunnel, in Hörweite von dem geheimen Einstieg entfernt, unter dem Herd in Augenbraues Hütte. Wieder blieb ihm nichts anderes übrig als zu warten. Seine Kameraden hatten sich den anderen Dorfbewohnern angeschlossen, die etwa sechshundert Schritte weiter in einer Kammer der Tunnelanlage warteten, wo sie die Vorräte lagerten. Da der Feind jetzt zwangsläufig im ganzen Dorf jedes Zimmer jedes einzelnen Hauses absuchen würde, einschließlich der Küche über ihm, blieb nur noch die Frage, ob sie den Einstieg tatsächlich finden würden.

Immer noch schien er Gespenster zu sehen, auch wenn sich seine Augen längst an die Dunkelheit dort unten gewöhnt hatten.

Überall sah er die Körper der Frauen wie handbestickte Puppen zwischen den Kürbissen auf dem Feld herumliegen. Eine blutige Hand, die zuckte. So viele dunkle Augen, die nur starrten. Auf dem verkohlten Gesicht von Augenbraues ältester Tochter hatte ein strahlendes Lächeln gelegen.

Immer gereizter griff er nach den Zigaretten in seiner Tasche. Wenn er wenigstens rauchen könnte, vielleicht würden die grauenhaften Bilder dann verschwinden. Doch das war ausgeschlossen. Der Geruch wäre bis hoch in die Küche gedrungen.

Er schloß die Augen, als ob er so die Flut der schrecklichen Bilder eindämmen könnte, die ihm durch den Kopf schossen wie die Wassermassen des Jangtse – Bilder aus seiner Vergangenheit, die sich mit den blutüberströmten Gliedmaßen mischten, dem gelben Fleisch der Kürbisse und der Schwärze seiner Wut und Trauer, bis auf einmal Augenbraues jüngste Tochter vor ihm stand, allein: ein so scheues Mädchen, daß es selbst jetzt, im Tod, nicht wagte, seinen Blick zu heben, und dem Mann ins Auge zu sehen, dessen Leben es gerettet hatte. Versteinert vor Entsetzen hatte er ihr nachgestarrt aus seinem Versteck im Schilf, wie sie davonrannte und die feindlichen Soldaten auf eine falsche Fährte brachte, sie ablenkte von dem kleinen Teich, dem Schilf, von ihm. Familienangehörige und Nachbarn hatten ihr nachgeschaut, wie sie davonrannte. So, wie sie das Mädchen hatten aufwachsen sehen, sahen sie jetzt, wie sie kleiner und kleiner wurde, hatten ihr nachgeschaut mit diesem ungerührten, milden Blick, den Jahrhunderte der Entbehrung nachgerade zum Merkmal dieser Menschen hatten werden lassen.

Jetzt stand der Schmied vor ihm. Er war damals gerade als ihr neuer Kaderführer im Dorf angekommen, um seinen ersten Posten anzutreten, als die Japse die Dorfbewohner zusammentrieben und drohten, ihren Hauptmann mit dem Bajonett aufzuspießen, wenn sie den Fremden aus Yenan nicht herausgäben, der sich unter ihnen versteckt hielt. Schweigend hatte der Schmied dagestanden, die Arme über der Brust verschränkt, und unerschütterlich wie ein Amboß war er bereit, den Todesstoß entgegenzunehmen. Seine wütenden Augen waren weit geöffnet, als er starb. Auch jetzt waren sie auf, doch seine Stimme war nur ein gespenstisches Flüstern. »Wie kann ich Ruhe finden, solange diese Barbaren noch am Leben sind? Räche mich ... räche mich!«

Dann verschwand der Schmied so geheimnisvoll wie er gekommen war, und statt dessen sah Hoffnungsschwert wieder den schmalen Rücken des scheuen Mädchens, seinen langen Zopf, der hin und her schwang als es davonlief. Überzeugt, daß die Parteizentrale so etwas nicht hatte voraussehen können, wollte er sich allen Befehlen zum Trotz stellen. Aber irgend jemand hatte ihn bereits gepackt. Von harter Arbeit rauh geworden, fühlten sich die Hände an wie derbe Kienäpfel, kaum noch wie menschliches Fleisch. Mit eisernem Griff hatten sie ihn unter Wasser gestoßen, und Knie wie Felsblöcke hielten ihn im Schlamm. Die Schüsse hatte er dennoch hören können.

Lange nachdem der Feind wieder abgezogen war, hatte er noch in dem Teich gekniet, tränenleer bei dem Versuch, seinen Schmerz zu artikulieren, doch die Landleute hatten nicht zugelassen, daß er die Schuld auf sich nähme. »Es war wohl ihre Zeit«, meinten sie. »Es war Schicksal.«

Doch er konnte seine Trauer nicht einfach wortlos ertragen und hatte sie überschüttet mit seinen Selbstvorwürfen, bis sich einer nach dem anderen davonmachte, und er schließlich allein mit der Großmutter des Mädchens zurückgeblieben war. Als er dann versuchte, auch der alten Frau gegenüber, die ein Gesicht hatte wie eine Walnuß und deren Füße so eng gewickelt waren, daß sie kaum noch die Größe einer Erbsenschote hatten, seinen Refrain von Kummer und Schmerz zu wiederholen, schrie sie: »Aija! Es reicht. Du hast doch nicht das Gewehr auf sie gerichtet, nicht abgedrückt. Du hast sie doch nicht ermordet. Ich habe in meinem Leben schon zwei kleine Töchterchen meines Sohnes ertränken müssen, als sie Babys waren, damit ihre Brüder nicht verhungerten. Hab' Erbarmen, erzähl' mir nichts von Traurigkeiten.«

Das tat er auch nicht, nie wieder – nicht an dem Tag und auch nicht, als die Söhne der Milizionäre auf dem Dreschplatz bei lebendigem Leib gehäutet wurden, oder später, als ihre jungen Witwen im Gänsemarsch davongeführt wurden, ihre Körper so angespannt wie Wäsche, die an der Leine zu Eis gefroren ist. Ihre Peiniger hatten sie an einem langen Draht abgeführt, den sie durch die Löcher ihrer Ohren gezogen hatten, an denen noch der seit Generationen in Ehren gehaltene Goldschmuck baumelte.

Er wollte Rache. Das Ohr an die Wand gedrückt, begann er zu fluchen. Wo blieben die Japse? Mit drei, vielleicht mehr Mannschaftswagen waren sie doch genügend Soldaten, um die Toten davonzutragen und die Verwundeten zu verarzten. Nun könnten sie doch allmählich in Augenbraues Küche aufkreuzen.

Wieder gingen ihm diese Bilder durch den Kopf. Dagegen war nichts zu machen. Er würde sie ertragen müssen, wie auch die Dörfler die Wirklichkeit auf sich nehmen mußten …

Da hörte er plötzlich, wie über ihm Gegenstände auf den Boden aufschlugen. Die Japse hatten die Küche erreicht. Er lauschte auf Hinweise, daß der Herd ihr Interesse erregt hätte. Bei dem Geräusch von spritzendem Wasser zuckte er zurück und stieß sich an einer der Streben den Kopf, mit denen die Lehmdecke über ihm abgestützt war. Dann hörte er es zischen, als sie das Feuer im Herd löschten. Er hatte sich bereits auf den Weg gemacht. In Gedanken zählte er die Schritte, während er nach links einem schmalen Gang folgte, der in einem Bogen auf eine tiefere Ebene führte und dann geradeaus weiterging

bis an eine andere Stollenöffnung. Dort müßte der Meldeposten sein. Der Raum dahinter war nur auf allen Vieren zu begehen und diente als Lagerkammer für die Vorräte.
... fünfhundertachtundneunzig, fünfhundertneunundneunzig, sechshundert. Hier mußte es sein. Richtig, da war der Mann.
Er klopfte ihm dreimal auf die Schulter, das Zeichen dafür, die Dorfbewohner von hier fortzubringen. Jede Sekunde zählte. Sie mußten dorthin, wo die Stollen abzweigten und mußten sich dann verteilen und unterirdisch getrennte Wege zu den verschiedenen Ausgängen gehen, einige Li entfernt.
Als der gedämpfte Klang der Fußtritte verhallt war, machte er eine Kehrtwendung und tastete nach dem Riegel, der in der Tunneldecke gleich außerhalb der niedrigen Stollenöffnung zum Vorratsraum verborgen war. Da! Er zog. Erde fiel herab, bis der Eingang versperrt war, für den Feind genauso wie für ihn.
Er ging denselben Weg zurück, den er gekommen war. Nach hundert Schritten begann er, indem er mit dem rechten Fuß über dem Boden an der Tunnelwand schlurfte, nach der erdverkrusteten Einstiegsluke zu suchen, hinter der sich das Versteck befand, das etwa fünf Schritt von dem bogenförmigen Abschnitt des Ganges in die Tunnelwand gegraben war. Da! Er öffnete die Luke und stieg hinein.
Für den Fall, daß die Schweinehunde Gas einsetzen würden, nahm er jetzt aus der Kürbisflasche, die er sich um die Taille gebunden hatte, ein paar in Knoblauchwasser getränkte Lappen hervor und bedeckte sich damit das Gesicht. Wieder einmal blieb nur das Warten.
Warten, bis alle Japse sein Versteck passiert haben würden. Warten, bis er sich wieder herauswagen könnte, ohne daß ihm etwas geschah, dann den Bogengang entlang und das Stroh anzünden, das in den Deckenverstrebungen steckte, und hinaus, den gleichen Weg, den er gekommen war – durch die Bodenöffnung unter dem Herd. Es war natürlich möglich, daß ihn in Augenbraues Küche ein, zwei Japse in Empfang nehmen würden. Na, wenn schon. Eine Gelegenheit, sie aus allernächster Nähe abzuknallen, käme ihm gerade recht. Außerdem, lieber ein Bajonett oder eine Kugel im Leib, als im Rauch der bren-

nenden Strohfackeln zu ersticken. Allein bei dem Gedanken daran wurde ihm schwindelig.
Um sich selbst zu beruhigen, dachte er an die friedlichen Bambushaine, wo sie für die Belüftung der Tunnelgänge die hohlen Stengel geschnitten hatten, und sagte sich ein Gedicht von Wang Wie auf, einem von Bergkiefers Lieblingsdichtern.

Der Bambushain
hallt wider vom Plappern der Wäscherinnen
auf ihrem Heimweg;
Unruhig wiegen die Seerosen
des Fischers Boot.
Der Frühlingsduft
ist längst verflogen,
doch bleibt viel,
das Auge zu erfreuen
– selbst das eines Prinzen.

Er zwang sich, ruhiger zu atmen. Sein Herz schlug langsamer. Ironie des Schicksals, daß er, der zu keinem einzigen Gott betete, womöglich seinen allerletzten Tag erlebte und ihn wie der allerfrommste Mönch in eine Urne gestopft zubrachte. Wenn er seiner absurden Situation wenigstens ein Grinsen abgewinnen könnte.
Dann hörte er plötzlich laut polternde Geschäftigkeit aus der Küche dringen. Versuchten sie, den Herd fortzurücken? Das würde nicht lange dauern. Er überprüfte seine Streichhölzer. Jeden Augenblick würde das säbelbeinige Geschmeiß jetzt bei ihm aufkreuzen.
Zu seinem Erstaunen war es plötzlich wieder ruhig. Was zum Teufel hatte dieses Gesocks vor? Es war undenkbar, daß sie einen Eingang aufgespürt hätten und ihn anschließend nicht näher untersuchten. Vielleicht fordern sie Verstärkung an oder machen eine Zigarettenpause. Was soll's. Früher oder später würden sie schon kommen.
Plötzlich hörte er ein so unerwartetes Geräusch, daß er einen Moment brauchte, bevor er begriff, daß es ein Schwein war, was da oben wie in Panik quiekte. Sind die Japse jetzt völlig übergeschnappt, in einem Augenblick wie diesem ein Schwein zu schlachten?

Nein, da war irgend etwas anderes zugange ... sie versuchten wahrscheinlich, das Schwein in den Tunnel zu schieben. Aber warum? Wozu? ... Aus dem gleichen Grund, aus dem er bei seiner Ankunft hier im Dorf den Bauern befohlen hatte, ihre Hunde zu töten. Mit einem Stück Schnur konnte man aus einem Hund oder einem Schwein einen vierbeinigen Gaskanister machen.

Augenblicklich kroch er aus seinem Versteck heraus. Er goß sich das restliche Knoblauchwasser über den Kopf. Dann zog er die Jacke aus und riß die Fütterung auf. Das Quieken kam näher, dann klang es wieder weiter entfernt. Jetzt wieder näher. Anscheinend war das Schwein schon durch den Bogengang hindurch. Ja, jetzt konnte er es ganz nahe hören.

Er betete, daß die Kreatur, die den Kanister mit dem ausströmenden Gas hinter sich herzog, ein Ferkel und keine ausgewachsene Sau war. Er schloß die Augen, atmete tief ein und hielt die Luft an; dann stürzte er sich, indem er die aufgerissene Jacke wie einen Sack benutzte, auf das Tier. Die gedämpften Schreie des Schweines klangen fast wie die eines Menschen. Er band die Ärmel der Jacke um die sich windende Masse und schob das Schwein mitsamt dem Kanister in das Versteck hinein. Mit dem Rücken hielt er die Luke geschlossen und tastete nach seiner Pistole. Doch dann fiel ihm rechtzeitig ein, daß er mit einem Schuß auch den Kanister treffen könnte, wodurch noch mehr Gas ausströmen würde. Statt zu schießen, nahm er die Pistole und steckte sie in die Öffnung am unteren Rand der Luke, um sie auf diese Weise zu verriegeln. Immer noch mit angehaltenem Atem und dicht geschlossenen Augen gegen die Gasschwaden, die einem zuerst die Lungen und dann die Augen verätzten, bevor man endlich daran starb, machte er sich davon.

Er rannte und orientierte sich mit ausgestreckten Armen an den Tunnelwänden. Ihm war zumute, als würde er gleich vor Sauerstoffmangel platzen. Er mußte jetzt unbedingt Luft holen. Am stärksten war das Gas oben, unter der Tunneldecke. Er legte sich flach hin und atmete tief ein, mit der Nase auf dem Boden. Dann krabbelte er weiter. Die Japse würden jetzt noch nicht hinter ihm herkommen, wenigstens nicht so bald. Gas war heimtückisch. Jetzt arbeitete es zu seinen Gunsten.

Durch die Gasschwaden waren die Ratten aufgeschreckt worden, die jetzt, während er sich auf dem Lehmboden voranrobbte, um ihn her und über ihn hinweghuschten. Ihr pfeifendes Gequietsche schien ihm direkt ins Gehirn zu dringen. Doch etwas Gutes war daran: Solange sie derart aufgeregt umherliefen, würde er weiterkrabbeln. Als sie sich schließlich wieder verkrochen hatten, richtete er sich auf und schnupperte. Die Luft roch frisch.

Er war in Sicherheit. Er lächelte. Draußen dürfte inzwischen die Abenddämmerung eingesetzt haben. Dies war der Zeitpunkt, an dem der Feind in der Regel seinen Rückzug in die Stadt antrat. Bald würden er und die Dörfler ihre fast zu einem nächtlichen Ritual gewordene Tätigkeit wieder aufnehmen, die eisernen Bolzen an einem Gleisabschnitt gegen hölzerne auszutauschen.

Während er so durch die Dunkelheit stolperte, verfluchte er das Ferkel. Ohne seine wattierte Jacke würde er heute nacht frieren müssen; was hieß heute nacht? Jede Nacht, denn es war ziemlich unwahrscheinlich, daß er eine andere Jacke finden würde. Um die Jacke zu entlausen, hatte er sie jeden Morgen über den Herd gehalten; und immer wenn er in den Regen gekommen war, hatte er das gleiche getan, bis die Baumwollfütterung ganz hart und klumpig geworden war. Trotzdem hatte er an ihr gehangen. Schließlich war es ja auch die einzige Jacke, die er besaß. Jetzt würde er seine Garderobe wie die Milizionäre mit Kleidungsstücken toter Japse ergänzen müssen.

Plötzlich blieb er stehen. Von dem Geruch des Knoblauchs war ihm auf einmal ganz übel geworden. Wo war er? Er fühlte sich, als müsse er sich übergeben. Sein Herz schlug ihm bis zum Hals. War er rechts abgebogen? Oder links? War er mehr als einmal abgebogen? Hatte er fünfzig oder hundert Schritte gemacht?

Er hob einen Fuß, um einen Schritt zu tun, doch zog er ihn dann vorsichtig wieder zurück. Einen Schritt weiter könnte eine Mine liegen. Er blieb absolut regungslos stehen und zwang sich, ruhig zu werden – nachzudenken.

War er östlich oder westlich gegangen? Was war das hier für ein Abschnitt? Einer, der ins Freie führt oder in eine Falle? Denk nach!

Es war hoffnungslos. Er konnte sich nicht erinnern, wie er an diesen Punkt des Tunnelsystems gelangt war. Er wußte nur, daß ein einziger falscher Schritt fatale Folgen haben könnte. Er selbst hatte die Gänge so geplant. Am liebsten hätte er laut losgeschrien: Ich bin zu jung, zu jung zum Sterben. Eine Stimme in ihm lachte. Augenbraues beide Töchter waren jünger gewesen.
Ob der nächste Schritt ihn nun in Sicherheit führte oder in ewige Vergessenheit, er konnte hier nicht einfach stehenbleiben. Sein Verstand drängte ihn zu gehen, geh endlich, geh! Doch seine Beine wollten nicht. Ebensowenig seine Arme. Sie waren fest gegen die Tunnelwände gestemmt.
Plötzlich hörte er ein Geräusch hinter sich. Das Rascheln von Ratten? Nein, es klang metallen. Die verdammten Zwerge hatten offensichtlich Gasmasken aufgesetzt.
Er ging einen Schritt nach vorn, hielt dann wieder an. Wenn dort vorn Minen lagen, würde er schnell genug tot sein. Lieber auf sie warten und das Geschmeiß hinter sich herlocken – sie mit sich ins Grab nehmen.
Wenn ich überlebe, Sommerwünsche ... Wenn ich überlebe, Bergkiefer ... Er lächelte bitter. Er würde sie nie wiedersehen.
In der Dunkelheit hinter ihm tauchte ein schwacher Lichtbogen auf. Sie kamen. Er befahl sich selbst, sich nicht zu rühren. Beweg dich nicht. Keinen Schritt, bevor nicht das Licht auf deine Schuhe fällt. Kommt schon, ihr Scheißkerle, bewegt eure Säbelbeine, kommt her!
Der Lichtbogen war jetzt zu einem leuchtenden Kegel angewachsen, der über den Boden kroch und immer heller wurde. Es schmerzte fast in den Augen. Er preßte sich flach gegen die Wand, wobei er sich an irgend etwas Scharfem den Rücken verletzte. Er zuckte zusammen, gab jedoch keinen Laut von sich.
Dann gab es plötzlich einen ohrenbetäubenden Knall und Funken stieben ihm um die Ohren.
Er fand sich auf dem Boden wieder. Staub lag in der Luft. Es war wieder pechschwarz. Hatten sie eine der Minen ausgelöst? Oder eine Granate geworfen? Er hörte Stimmen irgend etwas auf Japanisch schreien, dann wieder Stille.

Was ging da vor sich? Vielleicht war der Tunnelgang zwischen ihm und den Japsen blockiert. Vielleicht war es auch schon später als er geglaubt hatte, und die Feiglinge hatten sich, bevor es draußen völlig finster wird, zum Rückzug entschlossen. Aber wenn er sich irren sollte, müßte er ihnen wenigstens etwas hinterlassen, über das sie sich ein paar Gedanken machen konnten. Er nahm die Kürbisflasche, die er sich um die Taille gebunden hatte und stellte sie auf den Boden. Selbst der dümmste Japs hatte inzwischen begriffen, daß er sich vor seltsamen Gegenständen auf dem Boden in acht nehmen mußte.
Er wartete und lauschte. Immer noch war alles still. Er wollte sich schon beruhigen und dachte, es würde wohl niemand mehr auftauchen, da fiel ihm das Gas ein und wie lautlos es daherkam, um zu töten. Worauf wartete er noch? Er stürzte davon.
Die Tunneldecke wurde immer niedriger. Er gelangte an eine Abzweigung. Ja, ja! Plötzlich wußte er wieder, wo er war. Er ging links hinein in eine Sackgasse, trat sechs Schritte zurück und tastete im Boden nach dem Rand einer großen, mit Erde gefüllten Schale. Er hob sie heraus, zwängte sich durch die sich verjüngende Öffnung und erreichte eine noch tiefere Ebene der Tunnelgänge. Er kroch auf allen Vieren. Auf den Karten, die er von den Gängen angefertigt hatte, war dieser Abschnitt nur ein paar Zoll lang. Doch in Wirklichkeit betrug die Länge des Stollens gut ein Li. Ihm schien die Strecke endlos, wie er da auf Händen und Knien entlangkroch.
Als er endlich das erste Anzeichen von sauberer, frischer Luft wahrnahm, mußte er fast weinen. Die Nervenprobe war jetzt so gut wie überstanden. Er schloß die Augen wegen der Helligkeit des Tageslichts, das ihn gleich blenden würde, und kroch weiter, bis er am Ende des Tunnelgangs angelangt war und an den Ausgang kam, der in einem Brunnen, gleich über dem Wasserspiegel, versteckt war.
Er reichte hinunter, schöpfte etwas Wasser und trank. Kein Wein der Erde hätte besser schmecken können. Er bedeckte mit den Händen seine Augen, erst dann öffnete er sie und spreizte langsam die Finger, um seine Augen allmählich an das Licht zu gewöhnen. Beim Anblick des lächelnden Gesichtes, das dort unter ihm auf der Wasseroberfläche trieb, mußte er grinsen.

## *Unbekümmerte Gelassenheit (1947)*

In der Nacht, bevor sein Aufenthalt im Kloster der Unbekümmerten Gelassenheit zu Ende ging, saß Bergkiefer in seiner Zelle vor der großen Kohlenpfanne und legte das letzte seiner Manuskripte in die Glut. Er sah, wie sich eine Ecke des Deckblattes von der Hitze nach oben hob, sich kräuselte und sich dann die Seiten allmählich aufzublättern begannen, so als wollten die Flammen so freundlich sein, die Gedichte noch einmal genau durchzusehen, bevor das Feuer sie endgültig zerstörte. Doch derlei Freundlichkeit half Dummköpfen wie ihm auch nicht weiter, dachte er; denn wirklich, nur ein Dummkopf hätte fast zwei Jahrzehnte damit zubringen können zu schreiben und zu schreiben, während er doch all die Zeit über genau gewußt hatte, daß bei der ganzen Schreiberei ohnehin nichts herauskommen würde.

Letztendlich sind Schriftsteller eben leidenschaftliche Geschöpfe, die auf der Suche nach irgendeinem großartigen Einfall bereit sind, ihre seelische Ausgeglichenheit herzugeben; er dagegen war von Natur aus vernünftig und mit seinen zweiunddreißig Jahren viel zu gesetzt in seiner Art, um aufzubegehren. Kein Wunder also, daß in nichts, was er zu Papier brachte, diese einheitliche Stimme und diese authentische Kraft zu spüren war, die er in den Arbeiten anderer so sehr bewunderte, ganz gleich, was er zusammenschrieb und worüber oder in welcher literarischen Form. Einzig seine ihm eigene kritische Sichtweise war wahrhaftig.

Er fröstelte. Das Fenster stand offen, damit der Rauch abziehen konnte; sein Pullover war bereits verpackt. Er zog den Stuhl näher ans Feuer, und während er sich die Hände wärmte, war ihm zumute wie einem, der sein Leben damit zugebracht hatte, hölzerne Buddhastatuen zu schnitzen, für die kein Pilger auch nur einen Pfifferling zu zahlen bereit gewesen war. Das wärmende Feuer ließ ihn eine bittersüße Genugtuung darüber empfinden, doch noch einen halbwegs guten Preis erzielt zu haben für seine Schnitzarbeiten, die er letzten

Endes wenigstens noch als Brennholz hatte an den Mann bringen können.

Aber dieses vage Gefühl von Zufriedenheit erwies sich als sehr flüchtig. Obwohl er entschlossen war, bei Tagesanbruch wegzugehen, konnte er sich nicht entscheiden, was er in Zukunft tun sollte. Natürlich würde er nach Chungking gehen, aber sollte er dort bleiben? Würde er es ertragen, so nahe bei Sommerwünsche zu sein? Konnte er ertragen, nicht in ihrer Nähe zu sein? Alle zwei Wochen war sie, ohne auch nur einen einzigen Besuch auszulassen, regelmäßig zu ihm gekommen, beladen mit Taschen, die vollgestopft waren mit Pillen und Arznei, Nahrungsmitteln, Kleidung und Büchern und natürlich auch immer mit diesem Zaubermittelchen, das gegen Tuberkulose helfen sollte, und das sie zu einem horrenden Preis irgendeinem Quacksalber abgekauft hatte. Immer, wenn sie sich wiedersahen, hatte sie Tränen vor Glück vergossen und jedesmal, wenn sie sich wieder verabschiedeten, hatte sie vor Traurigkeit geweint. Doch während dieser zwei Jahre, vier Monate und sechzehn Tage, die er in dem Kloster verbracht hatte, hatte sie Hoffnungsschwert mit keinem Wort erwähnt. Dabei war sie ganz versessen darauf, den Kranken bis ins Detail mit banalsten Neuigkeiten über Cassia und ihren Vater zu versorgen – die Länge ihres Haares, als sie ihren Oberst geheiratet hatte, der Tangs Namen annahm, damit der ungeborene Sohn der beiden der rechtmäßige Erbe des Familienbesitzes würde, des Vermögens, das ihr Vater, der inzwischen zum Landwirtschaftsminister avanciert war, angeblich nach dem Krieg durch Spekulationen mit Sojabohnen und Reis erwirtschaftet hatte; die Größe von Cassias Hut, den sie auf dem Photo trug, das vor sechs Monaten in allen Zeitungen abgebildet war, als sie und ihr Mann, beide in identische weiße Zweireiher gekleidet, den kürzlich in den Ruhestand getretenen Minister auf einer Ferienreise nach Singapur begleitet hatten, von der sie offensichtlich noch nicht zurückgekehrt waren, und die zu Bergkiefers Erleichterung endlich das Ende von Sommerwünsches Besessenheit für die Tangs zu sein schien.

Genau daran, daß Hoffnungsschwerts Name in keiner ihrer Unter-

haltungen je gefallen war, erkannte er, daß sich in all der Zeit nichts, aber auch gar nichts geändert hatte.
Solange sein Freund am Leben gewesen war, hatte er immer befürchtet, in ihrer Nähe fehl am Platz zu sein, und mit seiner bloßen Gegenwart ihre Intimsphäre zu stören, nach der sich Liebende so sehr sehnen; jetzt aber, da derjenige, dem all ihr Verlangen gilt, seit mehr als fünf Jahren nur noch ein Phantom war, würde Bergkiefer ihr mit seiner permanenten Gegenwart nicht unweigerlich zu nahe treten und sich selbst dafür verachten müssen? Es war besser, sparsam mit ihrer Freundschaft umzugehen.
Doch würde er andererseits in der Lage sein, in diese wunderbaren, wachen Augen zu blicken, und ihr auf den Kopf zuzusagen, er bliebe nicht in Chungking? Das war unmöglich, das würde er nicht fertigbringen, solange sie nicht selbst schon einmal diesen Gedanken erwogen hatte, nicht nach all dem, was sie für ihn getan hatte, nach all ihren Opfern. Ohne sie wäre er schon tot. Wie die vier Mönche gemeint hatten, die ihn abwechselnd Löffel für Löffel gefüttert, seinen Körper Zoll für Zoll massiert und außer Luftholen sechs Monate lang alles für ihn getan hatten, was sie konnten, während er im Bett lag und Blut hustete – wie die vier Mönche gemeint hatten, wäre er um ein Haar gestorben. Ihm selbst wäre es noch egal gewesen. Aber ihr war es nicht gleichgültig gewesen. Wenn er sie damals nicht hatte verlassen können, als er lieber gestorben wäre, bevor er auch nur noch einmal mehr husten müßte, wie sollte er sie jetzt verlassen können? Dennoch …
Nach monatelanger Unentschlossenheit hatte er wenigstens eines für sich entschieden: Er würde nicht mehr für andere Manuskripte kopieren und korrigieren. Nicht zuletzt, weil seit Kriegsende, und seitdem zahlreiche Universitäten geschlossen worden waren, die Auftragslage schlecht geworden war, und er folglich nicht sagen konnte, wann er in der Lage sein würde, Sommerwünsche die großzügigen Beträge zurückzuzahlen, die sie inzwischen für ihn ausgegeben hatte. Glücklicherweise hatte ihr der alte Wahrsager gut zehnmal soviel hinterlassen.
Aber war er bereit, das bestehende Angebot der Christlichen Mission

für Waisenkinder in Nanking anzunehmen? Es schloß Unterbringung und Verpflegung ein sowie einen gewissen Betrag in fremder Währung, was heutzutage einer Fuhre Yuan vorzuziehen war. Doch allein die Vorstellung, dort in Nanking diesen Posten zu bekleiden ... nein, das ging nicht.

Als er die Asche aufwischte, die auf den Boden geweht war, dachte er plötzlich, daß er doch eigentlich ganz zufrieden sein könnte, nun, was auch passierte, nie wieder auf ein leeres Blatt Papier starren zu müssen, bis der Tag auf geheimnisvolle Weise endlich vorbeigegangen sein würde, und er zu hungrig und müde wäre, um noch länger zu starren; nie wieder die Sehnsucht nach Gesellschaft, wenn er allein an seinem Schreibtisch säße; und nie wieder das Verlangen, endlich allein an seinem Schreibtisch sein zu können, wenn er mit anderen zusammen wäre.

Er stieß das Fenster etwas weiter auf und sah in den Himmel. Die Nacht war so klar, daß die Sterne zum Greifen nah schienen. Er seufzte. Solche hellen Nächte würden ihm fehlen. Und die Bergluft. Diese Wälder, in denen die Bäume so dicht standen wie die Zähne eines Kammes. Die Gesellschaft von Menschen, die keinerlei Gesellschaft nötig hatten. Selbst diese Brühe aus Ziegeneuter, die er dreimal täglich zu sich nehmen mußte, und die er inzwischen zu seinem eigenen Erstaunen ganz hervorragend fand.

Vielleicht sollte er im Kloster bleiben. Hier konnte er das schlichte Dasein jener Eremiten führen, die sich während der verschiedensten Dynastien von den Unruhen ihrer Zeit und dem Krieg in ihren Herzen distanziert und hierhin zurückgezogen hatten. Vielleicht sollte er sich den Schädel rasieren, die Gelübde ablegen und sich für den Rest seines Lebens der Abschrift von Sutren widmen. Er hatte diese Idee erst vor wenigen Wochen ganz offen ausgesprochen, als er mit dem alten Mönch im Wald Wurzeln und Wildkräuter gesammelt hatte. Der wollte lieber über seine Erfahrungen in der Heilkunst sprechen, als schweigend mit dem Kosmos zu kommunizieren. »Könntest du dir mich als Novize vorstellen?«

»Dich? Dich?« Der Mann kicherte und zeigte mit dem Finger auf Bergkiefer wie ein Kind, das entdeckt hat, daß seine Amah größere und häßlichere Flecken auf ihr frisches Kleid gemacht hatte als es selbst.

Er war überrascht. »Warum nicht? Armut und Ehelosigkeit hab ich im Blut.«

»Du bist immer noch fiebrig.«

»Das ist nicht wahr. Schon seit Monaten nicht mehr.«

Der Mönch kniete sich auf den Boden, um einen Pilz zu untersuchen, der unter einer Kiefer wuchs.

»Oh, ich spreche nicht von dem Fieber, das man in Grad mißt«, sagte er. »Ich spreche von dem Fieber weltlicher Begierde.«

Genau wie damals wurde Bergkiefer jetzt wieder rot vor Scham. Auch wenn seine Gedichte in diesem Augenblick zu Asche verkohlten, suchte der Schriftsteller in ihm doch bereits wieder in jeder Kleinigkeit selbst dieses Momentes nach Beute, hortete Empfindungen, plünderte seine eigene Verwirrtheit, spielte mit Worten. Es war zwecklos. Was niemand jemals vermutet hatte, hatte der alte Mönch sofort erfaßt. Bergkiefer brannte vor Begierde. Während andere sich mit Wohlstand, Ruhm oder Macht zufriedengaben, war sein Ehrgeiz nicht so leicht zu befriedigen. Was die Liebe betrifft, so hatte er sich inzwischen damit abgefunden, Sommerwünsche einen festen Platz in seinem Herzen einzuräumen. Nein, dieser Sterbliche verlangte nach einem anderen, noch erhabeneren Glück als der Freude, die ein Schriftsteller empfindet, wenn der staatliche Zensor eines seiner Werke passieren läßt, und sein erstes Kind endlich das Licht der Welt erblicken darf. Er träumte davon, daß eines Tages ein paar Menschen, die jetzt noch nicht geboren waren, sich später einmal wenigstens an ein, zwei Zeilen erinnern würden, die er geschrieben hatte; er sehnte sich danach, noch aus dem Grab heraus zu den Menschen sprechen zu können, ein Sandkorn zu sein am Strand der Unsterblichkeit.

Ob er dazu wohl imstande sein würde?

Ihm war, als nickten die funkelnden Sterne am Himmel ihm wohlwollend zu, und er lächelte. Hatte der alte Mönch ihm nicht vorausgesagt, eines Tages würde er ein Buch schreiben? Irgendwann würde dieser Tag kommen. Aber wann? Eine Stimme in ihm sagte, wenn der

Himmel umgestülpt und ein Studiengehilfe selbst ein Junger Herr sein wird, wenn China sich eines Tages tatsächlich verändert haben wird.

Nach achtjährigem Kampf, nach Rückzug, Stillstand und erneuter Schlacht, war der Krieg gegen die Japaner endlich gewonnen. Doch der Sieg hatte keinen Frieden gebracht, sondern zu einem Bürgerkrieg zwischen der Kuo-min-tang und den Kommunisten geführt. Bergkiefer hatte sich keiner der beiden Seiten angeschlossen. Er mißtraute ihren hochtrabenden Versprechungen und verachtete die Methoden beider Parteien gleichermaßen. Ebensowenig schloß er sich denen an, die für eine demokratische Koalition eintraten. Sie waren Träumer. Sie brachten nichts anderes zustande, als sich selbst um Kopf und Kragen zu diskutieren. Besser war es, sich neutral zu verhalten wie die meisten seiner Landsleute, den Kopf gesenkt zu halten und abzuwarten, welche der Parteien als Sieger aus der Schlacht hervorgehen würde. Er wußte, daß, wer auch immer den Kampf gewinnen sollte, als Herrscher gefeiert, und der Verlierer als Verbrecher gebrandmarkt werden würde. Wie den meisten seiner Landsleute war es ihm gleichgültig, welche Seite siegen würde; er wünschte nur, daß die Entscheidung möglichst bald fiele.

Als er sich umschaute, um sich zu vergewissern, ob der Rauch inzwischen vollständig aus dem Zimmer abgezogen war, fiel sein Blick auf die altersschwache Truhe am Fußende seines Bettes, in der er die Briefe aufbewahrte, die er von den verschiedenen Verlegern erhalten hatte; ob der jeweilige Brief aus einer einzelnen Zeile bestand oder mehrere Seiten lang war, die Botschaft war stets die gleiche. Außerdem waren in der Truhe noch einige mit leuchtend buntem Papier eingewickelte Päckchen, die mit roten Bändern zugebunden waren – Geschenke, die er vor länger als sieben Monaten anläßlich des Frühlingsfestes bekommen hatte. Er hatte sie nie geöffnet, nicht etwa, weil er sich nichts aus Geschenken machte, sondern eher, weil er so das Gefühl von gespannter Erwartung, Staunen und Überraschung auskosten konnte, was ihm fehlen würde, wenn die Päckchen erst einmal geöffnet wären.

Heut nacht war er selbst dieses harmlosen Selbstbetrugs überdrüssig.

Mit dem gleichen scharfen Blick, mit dem er den Wust von Worten durchgesehen hatte, aus dem seine Gedichte bestanden, schien er jetzt durch das bunte Packpapier der Geschenke hindurchzusehen. Die Christliche Mission hatte ihm sicherlich einen Kalender geschickt mit Photographien fremder Landschaften; von Champignon war ein dunkelfarbiger, handbestickter Pullover dabei; von Sommerwünsche ein Gedichtband, den er immer schon gerne besessen hätte, sich aber nie leisten konnte, und den sie ihn vielleicht irgendwann aus dem Regal eines Buchladens hatte nehmen sehen, wie er den Staub abgeblasen und es ehrfürchtig betastet hatte, bevor er es wieder an seinen Platz stellte.

Gab es denn nichts, auf das er sich jetzt noch freuen könnte?

Als die letzten Funken in der Kohlenpfanne verglühten, gab er einen Löffel der Wildkräuter, die der alte Mönch für ihn zusammengestellt hatte in eine angeschlagene Tasse. Sie war blau und nichts besonderes, Teil eines Geschirrsatzes, den Hoffnungsschwert einmal in einer Anwandlung von Großzügigkeit einem fliegenden Händler abgekauft und später fallen gelassen hatte, als er sich ausnahmsweise einmal herabgelassen hatte, den Abwasch zu erledigen. Als der arme Diener, als der er sich fühlte, hatte Bergkiefer die Tasse wieder aus dem Müll gefischt und sie seitdem selbst benutzt.

Er war zu lange Diener gewesen. Was Sommerwünsche betraf, so betrachtete sie ihn immer noch als den Diener des Jungen Herrn. Und dennoch hatte Hoffnungsschwert, der sein Freund und stets auch Kavalier gewesen war, solange er noch unter ihnen weilte, seinem Leben Form und Sinn gegeben. Er seufzte. So erniedrigend Loyalität auch sein mochte, irgendwie zahlte sie sich auch aus.

Er goß Wasser aus der Thermosflasche und stürzte das Tonikum in einem Zug herunter. Es war ein bitteres Gebräu.

# Der Besuch

Sommerwünsche übergab ihre Visitenkarte dem Pförtner an der ›Residenz der Bedeutungslosigkeit‹, was, wie jeder in Chungking wußte, der Wohnsitz des berüchtigten und mächtigen Geschäftsmanns C.C. war. Nachdem der Pförtner, der in eine prachtvolle Livree aus blauer Serge mit Goldborte gekleidet war, die Visitenkarte eingehend betrachtet hatte, ließ er Sommerwünsche wissen, daß sein Herr sich derzeit in Shanghai befände. Sommerwünsche antwortete mit der gleichen Autorität, die auch in seiner Stimme gelegen hatte: »Hatte ich gesagt, daß ich zu C.C. wolle? Ich möchte gern die Dame des Hauses sprechen.«
Der Mann winkte den Gärtner herbei, um für einen Augenblick seinen Platz zu übernehmen, hob wie ein General die Hand an die Kappe und marschierte davon.
Sie stöberte erfolglos in ihrer Handtasche nach einem Taschentuch; dann streifte sie verstohlen einen Handschuh ab und tupfte sich die Stirn, während sie aufmerksam beobachtete, wie der Pförtner den langen gepflasterten Weg zur Villa ging, die aus rotem Backstein und buntem Glas bestand. Das Gebäude, das den Krieg unbeschadet überstanden hatte, wirkte wie Hohn. Es strahlte geradezu Verächtlichkeit aus mit seinem zur Schau gestellten falschen Flair und den völlig unpassenden Verzierungen. Es schien fast spöttisch auf ihr modisches aber schlichtes blaues Kostüm, auf ihre Kappe herabzublicken, schien sich geradezu über sie lustig zu machen. War diese Übelkeit in der Magengegend, die sie empfand, das Unwohlsein, das ihre Kollegen am Theater bei Premieren erlitten?
Um sich von dem bevorstehenden schrecklichen Besuch abzulenken, faßte sie zwei Jungen ins Auge, die an der Bordsteinkante hockten und lachten. Der eine hielt die beiden Enden von etwas, das aussah wie ein Stück schmutziger Schnur, während der andere das Ding mit seinem noch viel schmutzigeren Daumennagel auseinanderschnitt. Dann merkte sie plötzlich, daß es sich nicht um ein Stück Kordel handelte, sondern um einen langen Wurm; jetzt waren es zwei.

Fast hätte sie laut aufgeschrien, doch noch während sie den Schrei unterdrückte, wunderte sie sich, warum sie der Anblick derart aus der Fassung brachte. Was gab es an einem zerteilten Wurm schon zu sehen, verglichen mit dem Anblick des kostspieligen ausländischen Geisterbeschwörers, den sie an dem Tag verpflichtet hatte, als sie das Theater gekauft hatte, und der die Sitzreihen rauf- und runtergerannt war und dabei einen geköpften Truthahn schwang, aus dem das Blut spritzte, das dem Theater Glück bringen sollte? Daß ihr jetzt übelgeworden war, hatte zweifellos etwas zu bedeuten. Aber was?
In dem Augenblick hörte sie, wie sich jemand räusperte. Es war der Pförtner. »Bitte, hier entlang«, sagte er. »Die Gnädige Frau wird sie in wenigen Minuten empfangen!«
Der Empfangsraum war mit dicken Teppichen aus Tientsin ausgelegt, und jede Wand wies eine ganze Sammlung kunstvoll gearbeiterter Uhren auf. Völlig hingerissen vergaß sie ihre böse Vorahnung und begann im Zimmer umherzuschlendern, ganz fasziniert mal die eine, dann die andere Uhr anstarrend – die Tänzer, die Soldaten und die Bären auf Fahrrädern. Der Sperling in einem hohlen Baumstamm sah erstaunlich lebendig aus, und sie wollte gerade die Hand ausstrecken, um ihn zu berühren, als plötzlich die Tänzer umherzuwirbeln, die Soldaten zu marschieren und die Bären auf ihren Fahrrädern zu fahren begannen, und der Vogel plötzlich aus seinem Baumhaus herausschnellte, sich verneigte und schreiend verkündete, daß es drei Uhr geworden war. Überrascht schreckte sie zurück. Dabei entglitt ihr die Handtasche, und all ihr Kleingeld fiel auf den Boden. Konnte sie es wagen, die Münzen wieder einzusammeln? Was würde die Hausherrin denken, wenn sie das Zimmer beträte und eine fremde Person auf den Knien herumkriechen sähe? Schnell hob sie ihre Tasche auf und schob dann die Münzen mit dem Fuß unter das Sofa.
Wie hatte sie sich von Champignon nur überreden lassen können, in dieses Haus zu kommen? Es war eine schreckliche Idee gewesen. Doch ihr war einfach nichts besseres eingefallen, deswegen hatte sie sich schließlich bereit erklärt, die einzige Person um Hilfe zu bitten,

die möglicherweise in der Lage wäre, C.C.s Meinung zu ändern: seine Mutter. Was aber, wenn die Frau ärgerlich mit ihr würde und sie aus dem Hause werfen sollte?
Sommerwünsche zog sich wieder zum Kamin mit seinem reichverzierten Sims aus Marmor zurück, über dem ein vergoldeter Spiegel hing – und keine beunruhigende Uhr. Auf dem Kaminsims standen Photographien von C.C. zusammen mit anderen einflußreichen Leuten, wohlhabenden oder berühmten Persönlichkeiten: C.C. mit einer Gruppe von Generälen, C.C., wie er die Hand eines Ausländers schüttelte, C.C., wie er vor einem ganzen Saal voller Geschäftsleuten einen Trinkspruch ausbrachte, C.C., wie er einer jungen Braut den Arm umlegte, die nach westlichem Stil ein Kleid aus weißer Spitze trug, neben ihr der Bräutigam in einer Offiziersuniform. Erst als sie das kleine Hochzeitsfoto etwas genauer betrachtete, erkannte sie, daß die lächelnde Braut niemand anders war als Cassia. Noch ehe sie sich's versah, hatte sie das gerahmte Foto mit der flachen Hand auf die Marmorplatte geschlagen. »Hexe!« murmelte sie. »Unglückshexe!«
Obwohl sich die beiden Frauen, seitdem der Jeep verunglückt war, nie wieder begegnet waren, hatte Sommerwünsche nicht aufgehört, Cassia vorzuwerfen, ihr Leben zerstört zu haben. Wäre sie nicht gewesen, hätte der Stellvertretende Minister Hoffnungsschwert niemals auf diese Reise nach Kunming geschickt, und Sommerwünsche wäre eine viel schönere Braut geworden als sie, mit einem viel hübscheren Hochzeitskleid, in der Farbe des Glücks, in Rot; und nicht in Weiß, der Farbe der Trauer …
Doch jetzt war keine Zeit, daran zu denken.
Sie mußte hier weitermachen, mußte die Bilder betrachten. C.C. auf einem Pferd, C.C., wie er in ein Mikrophon spricht, C.C … Auf dem letzten Foto erkannte sie sich selbst. Es war zwei Jahre zuvor, um 1945, aufgenommen worden, bei der Eröffnung des Theaters. Es zeigte sie mit C.C., umgeben von den Waisenkindern, für die die Benefizvorstellung veranstaltet worden war. Alle lächelten. Der Krieg war gerade zu Ende gegangen, und dieser Friedenstag sollte für das ganze Land und für sie ein neuer Anfang werden.
Das Bild zeigte C.C. als ihren freundlichen Wohltäter, und selbst

jetzt konnte sie ihm nicht vorwerfen, daß er seine Auslagen von ihr zurückforderte ... Er hatte nie versucht, den gönnerhaften Ehrenmann herauszukehren, sondern war stets er selbst gewesen: ein Mann, dessen Vergangenheit halb entdeckt und halb im dunkeln lag, über den die unterschiedlichsten Gerüchte kursierten, die niemand zu überprüfen wagte; ein Mann, der selbst einen Minister zum Rücktritt zwingen konnte, wenn dieser sein Mißfallen erregt hatte, der Unternehmen in den Bankrott treiben und Menschen verschwinden lassen konnte; ein Mann, dessen Leidenschaft die Oper war.

Nicht ihm, sondern ihr selbst war die Schuld zu geben. Noch Monate nach Hoffnungsschwerts Unfall hatte sie sich in einer Weise aufgeführt, die jeden um sie her zutiefst erschreckt hatte, und als sie sich endlich ein wenig beruhigt hatte, verbot sie, in ihrer Gegenwart auch nur seinen Namen zu erwähnen. Auch sie selbst sprach niemals von ihm, auch wenn sie jeden Abend sein Zigarettenetui hervorholte und es polierte, während sie sich fragte, ob wohl noch die eine 999er mit dem Goldfilter darin wäre, die er feierlich geschworen hatte, nicht eher zu rauchen, bis daß er sicher wüßte, daß sein letztes Stündlein geschlagen hatte.

Sie hatte nicht den Mut, das Etui zu öffnen. Wie sollte sie auch, da sie doch glaubte, das Vorhandensein der 999er bedeutete, daß er noch am Leben war. Diese Überzeugung auf die Probe zu stellen, hieße, allen Trost, den sie daraus bezog, so dürftig er sein mochte, alle Hoffnung und Hingabe, das ganze Ritual ihrer Liebe zu gefährden. Dennoch hatten zu viele schlaflose Nächte voller Sehnsucht in den vergangenen Monaten und Jahren in ihr das Bedürfnis geweckt, den Bann zu brechen, der sie gefangenhielt seit der Zeit, in der Hoffnungsschwert ihr nahe gewesen war. Wo war er jetzt? fragte sie sich immer und immer wieder. Warum ist er nicht zurückgekommen?

Dann war der alte Wahrsager gestorben und hatte durch sein Testament seine eigenen Weissagungen wahrwerden lassen. Der Betrag kam sehr gelegen, denn Bergkiefer war krank geworden und außerstande gewesen, zu arbeiten. Doch als er begann, Blut zu husten, da

wußte Sommerwünsche, daß es niemals ausreichen würde. Aus Not und Ärger, Enttäuschung und Eigensinn beschloß sie schließlich, das zu tun, was Hoffnungsschwert ihr insgeheim schon immer unterstellt hatte, und sie teilte Champignon mit, daß sie von nun an für ihre Gefälligkeiten auch eine entsprechende finanzielle Entschädigung verlangen würde. Wie hätte Bergkiefer ohne Geld genesen sollen? Und wenn er nicht wieder gesund werden würde, was nutzte dann all ihre Tugendhaftigkeit? Deswegen mußte sie reich werden: reich genug, um Bergkiefer die beste medizinische Versorgung zukommenlassen zu können, und für Champignon ein Theater zu kaufen, in dem sie schalten und walten könnte, wie sie es für richtig hielte; reich genug, um Stücke zu inszenieren, in denen sie, Sommerwünsche, die unbestreitbare Attraktion sein würde; reich genug, um endgültig zu vergessen, wie arm sie einmal gewesen war.
Champignon war klug genug, diesem Einfall nicht zu widersprechen. Statt dessen schlug sie vor, daß sich die Schauspielerin an C.C. heranmachen sollte – einen überzeugten Junggesellen, geradezu süchtig danach, schönen Frauen den Hof zu machen, ohne mit ihnen ins Bett zu wollen, und dessen Aufwartungen sie immer ausgeschlagen hatte. Als C.C. begeistert auf den Vorschlag einging, ihr Erbe für sie anzulegen, brachte Sommerwünsche die Sprache darauf, ihr vielleicht einen Kredit einzurichten. »Wenn Bergkiefer irgendwas zustieße, würde ich ...« Sie wagte nicht, das unheilvolle Wort auszusprechen, sondern begann, C.C. von ihrer Freundschaft zu dem jungen Dichter zu erzählen. Doch C.C. schnitt ihr das Wort ab und erklärte, er wisse bereits alles, was es über sie zu wissen gab.
Als sie fragte, wie das möglich sei, war seine Antwort sehr einfach. »Es gibt keine Geheimnisse vor mir«, meinte er.
Sie betrachtete ihn aufmerksam – seinen gleichgültigen Blick und sein rundes Gesicht, so unnatürlich sorgenfrei für einen Mann von Fünfzig – und sie war überzeugt, daß er damit nicht übertrieben hatte.
»Mein Kind«, fuhr er fort, »mach dir keine Sorgen. Überlaß' alles mir.«
Jetzt hörte sie Schritte. Eine kleine alte Frau kam in den Raum, die sie

an die Witwen erinnerte, die mit einem Napf und einem Geldstück in den ausgestreckten Händen immer darauf warteten, daß der Fährmann ihnen ein bißchen Speiseöl eingoß. Genau wie sie, war die alte Frau ganz in Schwarz gekleidet, von dem streng gebundenen Kopftuch, unter dem sie ihr Haar verbarg, bis zu den mit Tuch besohlten Schlüpfschuhen, die sie trug; nur ihr Obergewand war aus Satin und neu, nicht aus Baumwolle und voller Flicken. Konnte diese Frau C.C.s Mutter sein?

Mit strahlendem Gesicht begrüßte die alte Dame sie. »Willkommen, willkommen. Sie sind die Sängerin auf der Photographie.« Sie setzte sich, ohne jedoch ihren Gast aufzufordern, Platz zu nehmen. »Ist es schon wieder Zeit für die Festspiele?« Noch bevor Sommerwünsche auf die Frage antworten konnte, fuhr sie fort, »aber warum so ein schlichtes Kostüm? Die anderen kamen immer gekleidet wie Damen vom Hofe.«

Sommerwünsche hatte keinen Schimmer, wovon die alte Frau sprach, und fragte sich, ob die einzige Person, in die sie noch Hoffnung gesetzt hatte, möglicherweise schon zu verwirrt war, um helfen zu können.

»Nun schauen Sie nicht so sorgenvoll drein«, sagte die Hausherrin. »Ich werde Ihnen genauso einen geben, ganz genauso einen, ganz genauso einen.« Sie stand auf und trippelte zu ihrem Handarbeitskorb auf dem Rosenholztisch, griff hinein und trippelte dann mit einem roten Umschlag wedelnd zurück zu ihrem Platz. Erwartungsvoll legte sie den Kopf etwas zur Seite. »Der ist für Sie, aber zuerst ...«

Jetzt begriff Sommerwünsche endlich. Die alte Frau glaubte, sie sei von ihrem Theaterdirektor geschickt worden, um sie um finanzielle Unterstützung anzugehen. Automatisch spulte die Schauspielerin ihren Standardspruch ab, obgleich sie ihn seit der Zeit am *Pavillon der Elfen* nicht mehr benutzt und es immer verachtet hatte, ihn herzusagen: »Möge alle Welt Euren Namen rühmen, und Reichtum in Eure Kassen sprudeln wie die Quellen des mächtigen Jangtse!«

Die Hausherrin lächelte freundlich und griff dann nach Sommerwünsches behandschuhten Armen, um einen nach dem anderen in die Höhe zu heben. »Was, keine endlos langen Ärmel? Aija, ich bin wohl schon zu lang auf dieser Welt. Wie viel besser mir doch die alte Art gefallen hat ... keine artigen kleinen, roten Umschläge, einfach normale, klingende Geldstücke ... keine auf und abgehenden Treppen, einfach ein Stückchen Land, erden und flach ...«

Sommerwünsche hatte den Eindruck, die alte Dame sei den Tränen nahe, und um sie aufzuheitern, schob sie den roten Umschlag in ihren Ärmel und ging dann wieder zu ihrem Rollenpiel über. Sie richtete sich hoch auf und vollführte dann mit den Armen voller Anmut eine weitausholende, kreisförmige Bewegung und brachte ihre beiden Hände auf ihrer linken Hüfte zu liegen; dann beugte sie ein Knie zum Boden, neigte den Kopf und sagte, »ich danke Euch sehr, ehrenwerte Gebieterin.«

Die Hausherrin seufzte. »Das letzte Mal, als sich meine Knie noch so beugen ließen, war, als Yüan Shih-k'ai Präsident war, noch bevor wir mit C.C. nach Chungking umsiedeln mußten und es losging, daß ich Wasser in den Knochen bekam.« Dann schloß sie die Augen, begann sich hin und her zu wiegen und dabei ihre Knie zu reiben, während sie sich immer mehr in sich selbst zurückzuziehen schien, bis sie schließlich regungslos dasaß.

Barmherzige Kwan Yin, betete Sommerwünsche, bitte laß sie nicht gerade jetzt einschlafen.

Als ob die alte Dame Sommerwünsches Stoßgebet gehört hätte, schlug sie auf einmal die Augen wieder weit auf und verkündete: »Dein Kostüm ist nicht so hübsch wie die Kleidung der anderen, die hier waren, aber ich könnte mir gut vorstellen, daß du entschieden besser singen kannst als sie.« Wieder neigte sie voller Erwartung den Kopf zur Seite.

Sommerwünsche mußte lächeln: die Frau war fest entschlossen, auch etwas für ihr Geld zu bekommen. »Soll ich eine Arie Eurer Lieblingsoper singen, oder besser ein Lied aus Eurer Heimatgegend?«

»Oh, das ist doch nicht nötig, es ist wirklich nicht nötig, daß Sie mir etwas vorsingen«, meinte die alte Dame und traf dabei genau den Tonfall zwischen großmütigem Verzicht und unleugbarer Neugier.

»Aber es wäre mir eine Ehre, Euch etwas vortragen zu dürfen«, sagte Sommerwünsche.

»Nur wenn Sie darauf bestehen.«
»Ich bestehe darauf. Was soll es sein?«
»Wählen Sie aus. Wählen Sie aus.«
Sommerwünsche entschied sich für ein Volkslied über den Jangtse, an dessen Ufern sie als Kind mit der Yaolu gesegelt war. Ein Volkslied, das die alten Frauen dort immer gesungen hatten, während sie Streichholzschachteln füllten, um sich ein paar Fen dazu zu verdienen. Der Text des Liedes änderte sich von Strophe zu Strophe kaum. Immerfort sang Sommerwünsche das Lob des Flusses während des Frühlings, während des Sommer, im Herbst und im Winter, bis sie schließlich zum Ende kam, und die letzte Note des Liedes im Raum schwebte. Da plötzlich stimmte die alte Dame in das Lied ein, griff den Schlußton auf und sang tiefgerührt, in unbeholfenem Ton, fast wie ein Kind, wodurch die Melodie noch naiver klang, und hängte noch eine weitere Strophe an zum Lob des Flusses bei Morgendämmerung und Sonnenuntergang. Als das Lied zu Ende war, saßen sie beide bewegungslos da, als ob sie geheimnisvolle Stimmen singen hörten, die dem Lied noch einen allerletzten Refrain hinzufügten.
Bevor sie begonnen hatte, das Lied zu singen, hatte Sommerwünsche sich noch gefragt, wie sie es anstellen sollte, die Sprache auf C.C. und das Geld zu bringen. Doch jetzt merkte sie plötzlich, wie sie völlig unbefangen die Geschichte von Feuerfrosch erzählte, die als Tochter eines selbständigen Fährmannes geboren wurde, wie ihre Familienangehörigen einer nach dem anderen gestorben waren, bis sie im Alter von zwölf Jahren zur Waisen geworden war und ganz allein im Leben stand. Sie erzählte, was dann geschah, wie ein Jahr nach dem anderen verging, bis sie als Zwanzigjährige schließlich zu der erfolgreichen Schauspielerin namens Sommerwünsche geworden war.
Als die alte Dame sich eine Träne aus dem Gesicht wischte, sagte Sommerwünsche, die ganz und gar in die Rolle der Bittstellerin geschlüpft war, »verehrte Dame, ich bitte Euch, mir zu glauben. Mein Vater hat mich gelehrt, stets alle meine Schulden zurückzubezahlen, und wenn es sein muß, werde ich arbeiten, bis ich für immer die Augen schließe, um alles, was ich mir je geliehen habe, bis auf den

letzten Heller zurückzugeben. Das verspreche ich. Ich schwöre es. Aber ich kann nicht ... ich kann einfach nicht ...« Sie verbarg ihr Gesicht in den Händen.
»Was hat mein Sohn von dir verlangt?«
»Er war sehr anständig, aber ...«
»Was?«
»Es ist alles meine Schuld. Ich hab' das angerichtet. Ich hätte ihn niemals um einen Gefallen bitten dürfen. Nicht, daß wir ein Verhältnis gehabt hätten oder er mir in irgendeiner Form verpflichtet gewesen wäre. Doch ich wußte, daß jeder Mann, und sei er noch so geduldig, irgendwann einmal die Geduld verliert.«
»Und dann?«
»C.C. hat mich gebeten, der Bühne Lebewohl zu sagen, und ihn zu heiraten ...«
An dem Ausdruck in ihrem Gesicht erkannte Sommerwünsche, daß die alte Dame genauso bestürzt war wie sie selbst, als C.C. ihr diesen Vorschlag gemacht hatte. Aus Furcht, die alte Frau würde sich gleich schrecklich aufregen, fuhr sie schnell fort. »Ich ... ich habe mich damit einverstanden erklärt. Ich hatte Angst, nein zu sagen. Aber es hätte niemals gutgehen können. Er ist ein Mann von Rang. Ich dagegen bin nur eine Schauspielerin. Darüber hinaus wäre ich sicherlich eine miserable Hausfrau und Ehefrau. Alles, was ich kann, ist Singen, ist –«
Zu ihrem Entsetzen sah sie, wie die alte Frau ihr Gesicht zu einem Grinsen verzog.
»Aber, liebes Kind, hier braucht keine Frau derlei Qualitäten, nicht in diesem Haus. Wir haben hier so viele Bedienstete – zu viele, nach meinem Geschmack. Ich darf nicht einmal zum Einkaufen ins Geschäft gehen; die Geschäfte kommen zu mir. Ich darf nicht die Blumen gießen oder im Garten eine abschneiden, oder in irgendeiner Vase auch nur eine welke Blüte abknipsen. Darf nicht von Enkelchen sprechen ...«
C.C.s Mutter sprach jetzt nicht mehr laut, sondern fügte in fast flüsterndem Ton hinzu: »Kannst du dir das vorstellen? Mein Sohn hat sogar jemanden eingestellt, der für mich stickt! Aber damit habe ich

ihn angeschmiert, ich ... oh doch, sie bekommt ihre Bezahlung, aber – erzähl es niemandem weiter – in Wirklichkeit sticke und umsäume ich jeden einzelnen Stich selbst.« Dann mußte sie herzhaft lachen. Es war das Lachen eines Kindes, das immer noch mit der abgegriffenen Puppe, die ihre älteren Geschwister fortgeworfen hatten, zu Bett geht. Auch Sommerwünsche lachte und triumphierte mit ihr.
Die alte Frau winkte ihr liebevoll mit dem Finger. »Weißt du, ich mag dich gern!« sagte sie. »Heirate ihn und du kannst trotzdem weitersingen, was du willst und jeden Tag, für mich.«
»Es wäre mir eine große Ehre, aber ...« Sommerwünsche senkte den Blick, schluckte und nahm dann allen Mut zusammen, um dieser freundlichen Frau zu erklären, daß sie ihren Sohn nicht heiraten wollte, daß sie überhaupt niemanden heiraten wollte.
Die Hausherrin erwiderte höflich aber sehr bestimmt »jede Frau muß heiraten. Wie sollten wir sonst Mütter werden? Und wer soll dein Grab pflegen, wenn du keinen Sohn hast?«
»Ich bin nicht wie andere Frauen. Ich bin Schauspielerin.«
»Aber du mußt dir doch Kinder wünschen.«
Da log sie und sagte nein.
»Unsinn!«
»Vielleicht haben die Götter mich verflucht und mich deswegen Schauspielerin werden lassen. Aber was kann man schon gegen das Schicksal ausrichten?«
Dieses Mal nickte die alte Dame zustimmend. Da ergriff Sommerwünsche ihre knochigen Hände und flehte sie an, »bitte, sprechen Sie mit C.C. Sagen Sie ihm, daß ich nicht zu ihm passe – daß ich zu jung bin, zu gewöhnlich, zu leichtfertig, sagen Sie ihm, was Sie wollen. Sagen Sie, daß Sie ihm verbieten, mich zu heiraten.« Als sie die Verwirrung in den alten Augen sah, fuhr sie fast verzweifelt fort: »Wie kann ich es ihnen nur begreiflich machen? Früher wollte ich am liebsten nichts mehr mit dem Theater zu tun haben, aber jetzt ist es mein Leben geworden. Oh, ich meine nicht, daß ich unbedingt mein eigenes besitzen muß, aber ohne die Bühne habe ich kein Zuhause, keine Familie, keinen Namen. Wie sollte ich das alles wieder aufgeben können? Nicht noch einmal.«

Plötzlich begann wieder dieser Vogel zu schreien, der sie schon zuvor erschreckt hatte, und zusammen mit ihm gerieten all die anderen Tiere in Bewegung.

Die alte Frau hielt sich die Ohren zu. »Aija! Wie oft habe ich meinen Sohn gebeten, diesen Vogel zum Schweigen zu bringen? Aber er ist ein so eigensinniger Mensch ... Ja, selbst als er noch ein kleiner Junge war und Kuhfladen sammelte, hat er mir nie gehorcht.«

Als Sommerwünsche hörte, daß C.C. sich offensichtlich einen Pfifferling darum scherte, was seine Mutter sagte, wollte sie aufgeben. Verzweifelt wischte sie sich mit dem Handschuh eine Träne aus den Augen.

»Bitte, wein doch nicht«, sagte die alte Dame. »Wenn hier jemand weinen muß, dann bin ich es, aber ich bin zu alt zum Weinen.«

»Helfen Sie mir. Ich habe Angst vor ihm.«

Da seufzte die alte Frau so tief, daß Sommerwünsche fast erschrak. »Ich habe selbst Angst vor ihm, so große Angst manchmal, daß ich ...« Sie hielt inne und verbarg das Gesicht in ihrer Armbeuge. »Barmherzige Kwan Yin, vergib mir, wenn ich so rede, aber ... manchmal wünschte ich, mein Sohn und nicht mein Mädchen hätte die Cholera bekommen und wäre ...«

Was hatte C.C. getan, seine Mutter so tief zu verletzen? Wäre er wohl imstande, das gleiche auch seiner Frau anzutun? »Gibt es denn gar nichts, was ihn von seiner Idee abbringen könnte?« flehte sie. »Gibt es nicht irgend etwas, das ich tun kann?«

Die Hausherrin bat um ihren Handarbeitskorb.

Als Sommerwünsche den Korb auf dem Schoß der alten Frau abgesetzt hatte, zog diese eine Photographie daraus hervor und zeigte sie Sommerwünsche. Es war das Bild eines jungen Mädchens, das über das ganze Gesicht vor Freude strahlte. »Meine Tochter.«

»Ist sie ...?«

Die alte Dame nickte nur und sprach dann wie zu sich selbst über ihren Sohn, und daß alles, was er haben wollte, immer nagelneu sein mußte, daß er mit gebrauchten Dingen nichts zu tun haben wollte. »Selbst seine Socken wirft er nach einmaligem Tragen fort. Verstehst du, was ich sagen will?«

Sommerwünsche begriff ganz und gar nicht und schüttelte nur den Kopf.

»Ein Mann wie er würde niemals eine Frau heiraten, die schon mal einen anderen Mann hatte.«

»Aber ich war doch noch nie verheiratet.«

»Heirate so schnell wie möglich, noch bevor C.C. aus Shanghai zurückkommt. Jemanden, dem es gleichgültig ist, daß du ihm keine Kinder schenkst, jemanden, der sich nichts daraus macht, daß du vor Fremden singst und tanzt. Kennst du solch einen Mann?«

Ja, das tat sie. Jemanden, der sie schon seit Jahren liebte und sie immer lieben würde, auch wenn er seine Zuneigung für sie noch niemals nur mit einer Silbe angedeutet hatte, vielleicht, weil er ihre Gefühle um keinen Preis der Welt verletzen wollte. »Aber würde es C.C. nicht wütend machen, wenn ich jemand anderen heirate?« fragte sie. »Wütend genug, sich an uns beiden zu rächen?«

»Mein Sohn haßt es, seinen Willen nicht durchzusetzen, aber er wird dir kein Haar krümmen. Er wird dich zufrieden lassen.«

»Wie können Sie da so sicher sein? Ich habe gehört, daß er Leute sogar hat umbringen ... verletzen lassen.«

Die alte Dame saß lange da und starrte schweigend auf die Photographie ihrer Tochter. Als sie endlich antwortete, lag ein harter Ton in ihrer Stimme. »Eine Mutter kennt ihren Sohn besser, als er selbst sich kennt. Ich verspreche dir, mein Sohn würde eher seine Zunge verschlucken, als es publik werden zu lassen, daß ihm eine Schauspielerin einen Korb verpaßt hat. Egal, wie sehr ihm danach zumute wäre, er würde dich niemals belästigen. Es würde sofort die Runde machen. Nicht einmal der große C.C. kann die Leute daran hindern, hinter seinem Rücken über ihn zu kichern. Und genau das würde er niemals riskieren. Deswegen heirate, zahl ihm sein Geld zurück und geh möglichst weit fort von hier. Er wird dich zufrieden lassen.«

Sommerwünsche schüttelte den Kopf und bedauerte auf einmal ihren aufwendigen Lebensstil der letzten Zeit. »Selbst wenn ich das Theater verkaufen würde und alles, was ich besitze, das Geld würde nicht ausreichen.«

»Zahl soviel du kannst, ich übernehme den Rest.«

Sommerwünsche wollte ihren Ohren nicht trauen, aber die Entschlossenheit in ihrer Stimme war unmißverständlich. »Warum?« fragte sie. »Warum sollten Sie das für eine Fremde tun?«
C.C.s Mutter warf ihr einen verstohlenen Blick zu, und zum ersten Mal erkannte Sommerwünsche eine gewisse Ähnlichkeit zwischen Mutter und Sohn. »Ich habe meine Gründe. Auch ich habe Geld. Außerdem, es geht ja nicht verloren – es geht nur von einer Tasche in die andere, unter dem gleichen Dach. Und du bist keine Fremde. Wir singen ein und dasselbe Lied.«
Sommerwünsche fiel vor ihr auf die Knie.
Die gutherzige Frau wollte sie vom Boden hochziehen. »Oh, das darfst du nicht. Steh auf, steh auf. Die Zeiten haben sich geändert. Ich weiß noch, als man vor einer alten Frau den Kotau machen mußte, immer zum Frühlingsfest . . . als Eltern noch Eltern waren, und ein Sohn ein Sohn. Aber das ist lang her ... so lang her. Damals hat noch ein kleiner, barfüßiger Junge Stroh für den Herd geholt. Man hat ihn Schlüsselchen gerufen. Damals hat noch niemand in der Welt je von einem Mann namens C.C. gehört.«

Nachdem sie die ›Residenz der Bedeutungslosigkeit‹ verlassen hatte, ging Sommerwünsche nicht ins Theater, wo Champignon auf sie wartete, um zu erfahren, wie der Besuch verlaufen war, sondern lief statt dessen zurück nach Hause. Sie schickte den Bediensteten mit Erledigungen fort, verschloß die Tür und zog den Telefonstecker aus der Wand. Für einen Moment ließ sie den Blick durch das Zimmer schweifen und suchte nach Perle, einem streunenden Kater, mit dem sie sich, nachdem Hoffnungsschwert fortgegangen war, angefreundet hatte. Aber dann fiel ihr wieder ein, daß er ja, seitdem sie in diese Wohnung gezogen war, die C.C. ihr besorgt hatte, verschwunden war. Doch sie hatte den Eindruck, als ob ihr ein Paar Augen folgte, als sie ins Schlafzimmer ging, wo sie das silberne Zigarett'enetui aus der Schreibtischschublade nahm. Es fühlte sich kühl an, als sie es in die Hand nahm, und noch kälter, als sie es an ihre Lippen führte.
Sie hielt das Etui an ihr Herz und flüsterte mit leiser Stimme, wie eine Mutter mit ihrem Baby spricht, das gerade noch geschrien hat und

jetzt satt an der Brust schläft. Warum hast du meinen Talisman nicht um die Schultern gelegt? War er nicht gut genug? Nicht schön genug? Neu genug? Oder hast du ihn vor lauter Eile, endlich fortzukommen, nur vergessen? Wie konntest du nur? Es war der allerwertvollste Talisman. Vielleicht hätte ich ihn dir niemals geben sollen; vielleicht hätte seine Zauberkraft niemals geteilt werden dürfen. Aber ich habe ihn dir gegeben, und nun ist er fort, seit fünf Jahren fort, und es wird niemals einen anderen geben. Was sonst kann ich tun als vergessen?

Als die Dunkelheit hereinbrach, saß sie am Fenster und polierte das Etui mit dem Saum ihres Kleides. Immer wieder bearbeitete sie mit den Fingern erst die eine Seite, dann die andere, fast automatisch, als ob es nicht ihre eigenen Hände waren, die das Etui polierten. Als ihre Finger schließlich ganz verkrampft waren, hielt sie inne und hob den Blick, um ihr Spiegelbild in der Fensterscheibe zu betrachten. Es schien fast leibhaftiger, als sie selbst sich fühlte.

Dann löste sie den Schnappverschluß und öffnete es.

## *Das siegreiche Blatt*

Früh am nächsten Morgen ließen Bergkiefer und Sommerwünsche sich im Personenstandsregister als Eheleute eintragen. Das Standesamt bestand aus einer schäbigen Schreibstube, in der ein nuschelnder Beamter den Dienst versah. Sie baten Champignon, für sie die Angelegenheiten in Chungking zu erledigen, schickten ein Telegramm an das Haus Li, in dem sie ihre Heirat und ihre baldige Rückkunft mitteilten, und schifften sich dann auf dem nächstbesten Boot ein, das flußabwärts fuhr.

Die einzige Kabine, die noch zu haben war, lag weit unterhalb des Hauptdecks, und das Bullauge war derart lehmverschmiert, daß sie vor Dunkelheit kaum die stahlgraue Farbe der Wände erkennen konnten. Auszupacken war unmöglich; es gab keinen Platz, um etwas abzulegen, ebensowenig wie eine Sitzgelegenheit, außer auf der unteren Koje, die an verrosteten Ketten über dem Boden hing. Wie zwei Fremde saßen sie nebeneinander und starrten die Tür an, die zugefallen war und gleichermaßen die Welt ausgesperrt und sie hier unten eingeschlossen hatte.

Je länger das Schweigen andauerte, desto gewisser wurde sich Bergkiefer, daß ihre Heirat ein verhängnisvoller Fehler gewesen war. Niemals hätte er sich darauf einlassen dürfen. Aber alles war so schnell gegangen ...

Müde von der Busfahrt, war er in einem billigen Hotel abgestiegen, hatte seine Sachen ausgepackt und dann im Theater die Nachricht hinterlassen, daß er zu Bett gehen wollte und die Frauen morgen treffen würde. Doch als er im Bett lag, hatte er noch lange die Risse in der Decke angestarrt, als handelte es sich dabei um die Maserung auf einem alten Zauberknochen, an dem er die Zukunft hätte ablesen können. Stunden später war er immer noch wach, und ihm kam plötzlich ein Gedicht von Yuan Mei in den Sinn.

Seit Jahren schon quält mich die gleiche Krankheit,
und ich werde sie nicht los.
Wie ein Vogel in der Luft
steige ich auf, nur um wieder herabzusinken.
Wie ein Fisch im Teich
komme ich herbei, nur um wieder fortzuschwimmen.
Den Hafen steuere ich an, nur um schleunigst wieder
in See zu stechen.
Gerade rollt der Streitwagen an,
da reißen sich schon die Rosse los.
Wir sollen Gottes Kinder sein!
Aber das Kind ist Er,
wir Sterblichen doch nur das Spielzeug, mit dem Er sich vergnügt.

Bei Tagesanbruch hatte es hartnäckig an der Tür geklopft.

Als er öffnete, war Champignon keuchend hereingestürzt und verkündete nach einigen Fehlversuchen immer noch ganz atemlos, daß

Sommerwünsche sich nun endlich doch mit Hoffnungsschwerts Tod abgefunden habe. Dann stopfte sie seine Sachen in einen Koffer und bereitete alles vor, überließ es lediglich ihm selbst, sich anzukleiden, während sie ihm gleichzeitig die schwierige Situation und den Plan der alten Dame auseinandersetzte. Die Nachricht von seiner und Sommerwünsches bevorstehender Heirat hatte ihn zutiefst verwirrt. Da sollte ein Traum in Erfüllung gehen, den er sich nicht einmal zu träumen gewagt hatte. Während der ganzen verrückten Hetzerei zu heiraten und rechtzeitig an Bord der *Lotus* zu sein, bevor C.C. nach Chungking zurückkommen würde, hatte er kaum ein Wort gesagt; doch selbst wenn es den Frauen aufgefallen sein sollte, sie hatten sich nichts anmerken lassen.

Doch andererseits, selbst mit längerer Bedenkzeit, was wäre ihm schon übriggeblieben, als sich einverstanden zu erklären? Die Frau, die er seit dem Augenblick liebte, seit dem er sie vor sieben Jahren wie eine Erscheinung über die Bühne des Opernhauses schweben sah, war in ernsthaften Schwierigkeiten. Auch seine Erkrankung war an seiner Situation schuld. Was könnte für Sommerwünsche jetzt selbstverständlicher sein, als ihn um Hilfe zu bitten? Nicht sie klagte er an, sondern sich selbst machte er Vorwürfe. Er hätte an dem Tag ihres Wiedersehens aus ihrem und Hoffnungsschwerts Leben verschwinden sollen. Schon damals, als der Junge Herr und die Schauspielerin miteinander in den matten Lichtkegel hinein- und hinaustanzend sich in ihrer ganz eigenen Welt bewegten, da hatte er gewußt, daß ihn dieses Bild eines tanzenden, anmutigen Paares ein Leben lang verfolgen würde.

In der Dunkelheit der Kabine fühlte er sich genauso unwohl und fehl am Platz wie damals, als er vorgegeben hatte zu schlafen, nur um die Tanzenden nicht zu stören; als er so getan hatte, als sei er ganz entspannt und mit seinen eigenen Gedanken beschäftigt, nur damit sich das Liebespaar unbeobachtet fühlen konnte. »Sommerwünsche, begreifst du denn nicht?« hätte er jetzt am liebsten laut aufgeschrien. »Begreifst du denn nicht, daß ich niemals, egal wie sehr wir beide uns bemühen, daß dein Mann niemals mit dir Walzer tanzen können wird?«

Er warf einen flüchtigen Blick auf ihr abgewandtes Profil und wünschte von Herzen, sie würde etwas sagen, irgend etwas. Doch sie schwieg und saß da wie versteinert. Sie war mit den Gedanken sonstwo. Sicherlich dachte sie gerade an Hoffnungsschwert und wünschte, daß er doch anstelle von Bergkiefer hier wäre. Auch wenn sie seit dem Unfall ihre Gedanken an Hoffnungsschwert für sich behalten hatte, so hatte sie doch jede andere Kleinigkeit mit ihm besprochen. Jetzt schwieg sie beharrlich. Am liebsten hätte er sie angefleht: »Sprich mit mir, schließ mich nicht aus aus deiner Welt. Begreifst du denn nicht, daß Schweigen die schmerzhafteste aller Lügen ist?« Doch seine Vernunft sagte ihm, daß er jetzt klug sein müsse, klug genug für sie alle beide. Auch er blieb stumm.

Das erste Mal seit seiner Genesung hatte er das Gefühl, daß der Husten jeden Augenblick wieder von neuem beginnen würde. »Ich muß diese Gefängniszelle von einer Schiffskabine verlassen«, dachte er. Aber er blieb, wo er war.

Während all der Jahre, in denen sie den Toten in ihren Gedanken künstlich am Leben erhalten hatte, hatte er gelernt, sich in einer Art und Weise zu bescheiden, die jedem anderen unerträglich gewesen wäre. Genau wie sie. Die Mauern ihres selbstgeschaffenen Gefängnisses hatten sie jedoch gleichermaßen eingeschränkt wie beschützt. Hätte sie ohne diese imaginären Mauern nicht vielleicht längst begonnen, den Mann zu verachten, den sie gerade erst geheiratet hatte? Wäre ihre Freundschaft möglicherweise nicht vergiftet und inzwischen unweigerlich zerbrochen, und hätte sie ihn dann nicht schon längst mutterseelenallein in dieser Welt zurückgelassen?

»Sommerwünsche?«

Sie drehte sich zu ihm um.

Um ihr die Qual zu ersparen, ihn ansehen zu müssen, ließ er den Blick starr geradeaus gerichtet. »Heutzutage bleiben Verheiratete nicht mehr ein ganzes Leben zusammen. Man kann sich scheiden lassen und erneut heiraten. Das geschieht häufiger, als du vielleicht glaubst ...«

»Willst du mich denn nicht als deine Frau?«

»Doch natürlich, aber ...«

»Warum sprichst du dann von Scheidung, Bergkiefer?«
»Weil du mich niemals geheiratet hättest, wenn ...«
»Wenn was?«
»... wenn Hoffnungsschwert noch am Leben wäre.«
»Aber er ist fort ...« Dabei schloß sie die Augen, wie sie es immer tat, wenn sie vor einem Auftritt die Frau aus sich verbannte, die sie war, um in die Rolle derjenigen zu schlüpfen, die im nächsten Augenblick hinaus auf die Bühne treten würde. »Hoffnungsschwert ist tot«, sagte sie endlich.
Diesen Satz das erste Mal aus ihrem Mund zu hören, erfüllte ihn nicht mit der Erleichterung, wie er erwartet hatte, sondern mit einer tiefen Traurigkeit. Er mochte sie mehr, wenn sie den Namen des Jungen Herrn nicht aussprach. »Aber gäbe es nicht C.C., wäre Hoffnungsschwert noch sehr lebendig für dich«, sagte er.
»Wie kommst du darauf?«
Er antwortete nicht. Er hätte nicht aussprechen können, was auf der Hand lag, ohne nicht seinen Rest von Selbstachtung unwiederbringlich zu zerstören.
»Wie kannst du so etwas behaupten?« sagte sie. »Meinst du denn wirklich, Bergkiefer, du seist der einzige Mann von Chungking, der bereit war, mich zu heiraten?«
»Nein, das glaube ich nicht.«
»Also, was ist dann los?«
Was hätte er sagen können? Alles war falsch. Er wußte nicht, wen er mehr bemitleiden sollte, sich selbst oder sie.
»Sieh mich an«, sagte sie.
Er gehorchte und sah in ihren dunklen, milden Augen diese unendliche Freundlichkeit. Doch es war nicht Freundlichkeit, wonach er sich sein Leben lang gesehnt hatte, und als sie weitersprach, war der Klang ihrer Stimme so sanft, daß ihm noch weitaus unwohler zumute wurde.
»Bei aller Barmherzigkeit Kwan Yins, als mein Bruder für immer von uns ging, war ich felsenfest davon überzeugt, daß meine Mutter es lieber gesehen hätte, wenn ich an seiner statt zu den Gelben Quellen aufgefahren wäre. Auch heute noch bin ich mir dessen ganz sicher.

Aber in jener Vollmondnacht, als sie umherlief und meinen Namen gerufen hatte, habe ich etwas sehr Wichtiges über sie, über mich selbst und über die Liebe gelernt.
»Wenn ich nur je die Gelegenheit gehabt hätte, es ihr sagen zu können ..., daß es nämlich ganz gleichgültig ist, wie sehr viel mehr sie an meinem Bruder gehangen hatte, daß es ja völlig ausreicht, zu wissen, daß sie auch für mich Liebe empfand.«

Nachdem der Dampfer an dem Kai festgemacht hatte, an dem sich die Brautleute zum ersten Mal begegnet waren, verweilten sie noch eine Zeitlang an der Reling, etwas abseits vom Lärm der Gongs, Pfeifen und Glocken. Sie sahen den anderen Passagieren zu, die ihnen in ihrer Eile, ihre Reisebegleiter und ihre Gepäckstücke einzusammeln um von Bord zu kommen, vorkamen wie diese schrecklichen Kreditspekulanten, die täglich schreiend und streitend die Banken stürmten.
Bergkiefer genoß die wärmende Sonne und die freundliche Brise und konnte endlich wieder frei durchatmen. Er fühlte sich so überschwenglich, als gehörte ihm die ganze Welt. Da fiel sein Blick auf eine Reihe Dschunken, die den Strom entlangglitten. Zu Sommerwünsche gewendet fragte er, ob sie nicht auch fände, daß die schmukken Segel, so in Reih und Glied und scheinbar völlig bewegungslos, aussähen wie aufgefächerte Spielkarten, wie das siegreiche Blatt, das der Mächtige Herrscher der See dort ausbreitete.
Sie nickte versonnen. Ja, meinte sie dann, und die Segel seien heutzutage tatsächlich etwas anders geschnitten als früher.
»Bleib du nur bitte immer die Sommerwünsche, die du bist«, dachte er bei sich.
Dann, das Spiel aufgreifend, das sie während der Woche an Bord gespielt hatten, zeigte nun Sommerwünsche ihrerseits mit der Hand nach rechts hinüber. »Und dort, was sieht mein Gemahl da?«
Er sah die Bambusflöße nicht gleich, die dort miteinander vertäut und schwerbeladen mit Fässern, Körben, Stoffballen und Töpferware mitten in der Fahrrinne schwammen, weil er seinen Blick kaum losreißen konnte von seiner jungen Frau. Bekleidet mit einem schlichten Etui-

kleid aus gelber Seide, hatte sie ihr langes Haar in einem einzigen Zopf nach hinten frisiert und trug keinerlei Schmuck als den, mit dem die Natur sie ausgestattet hatte.
»Nun was?« wollte sie wissen und zupfte ungeduldig an seinem Pullover.
Er dachte einen Augenblick nach. »Wie wär's mit ... einer Kamelkarawane, die auf Dünen von goldenem Sand lagert?«
»Und dort?« Sie deutete auf einen Schwarm von Flachkähnen, die gleich unter ihnen auf dem Wasser auf und ab tänzelten.
»Das ist leicht. Das sind deine verzückten Bewunderer.«
Sie lehnte sich weit über die Reling, als ob sie so besser sehen könnte, und sah lange zu den kleinen Schiffen hinüber. Dann wandte sie sich plötzlich wieder ganz verwirrt ihm zu. »Aber was haben denn Kähne mit meinen Bewunderern zu tun? Ist das irgend etwas aus einem Gedicht oder einem Buch?«
»Nein.«
»Ich gebe auf«, sagte sie und fügte dann, mit gerunzelter Stirn, hinzu, »versprich, mir jeden Tag etwas vorzulesen, damit ich lerne, das zu sehen, was mein Gemahl sieht und eines Tages« – sie stockte und errötete leicht – »auch unsere Kinder sehen werden.«
Er mußte sich zusammennehmen, sie nicht in aller Öffentlichkeit in die Arme zu schließen.
Dann plötzlich verlangte sie wie eine launische Bühnenkünstlerin in fast gebieterischem Ton: »In der Zwischenzeit wirst du mir ja wohl erklären können, warum diese schmuddeligen, verwahrlosten Schiffe wie meine erlauchten Bewunderer sein sollen!«
Jetzt konnte er nicht mehr widerstehen und zog sie an sich. »Das war doch nur ein schwacher Versuch von mir, auch einmal etwas Witziges zu sagen. Ich meinte damit doch nur, daß du hier oben auf der Bühne stehst, und die Schiffchen dir wie deine Bewunderer unten im Zuschauerraum zu Füßen liegen.«
Sie dachte einen Moment über das nach, was er gesagt hatte, und schüttelte dann den Kopf. »Aber so ist es ja gar nicht. Sie sind schließlich im Wasser.«
»Ja, wörtlich genommen hast du recht, aber im übertragenen Sinn

liegen sie dir eben, Gänsefüßchen unten, ›zu Füßen‹, Gänsefüßchen oben.«
Auf einmal sah er alles ganz verschwommen und begriff nicht sofort, was geschehen war. Sie hatte ihm seine Brille abgenommen und behauptete, die verdammten Dinger in den Fluß geworfen zu haben. Vor Blindheit außerstande, ihr Gesicht zu deuten, wußte er nicht, wie er auf diesen Schachzug reagieren sollte. Hatte er sie mit seiner improvisierten Lektion etwa gekränkt?
Sie lachte auf. »Ich bin einfach eifersüchtig – eifersüchtig auf alles, was du außer mir noch brauchst«, sagte sie.
Noch bevor sie ihm die Brille wieder aufgesetzt hatte, und er die Welt um sich her wiedererkannte, mußte er herzlich lachen, so herzlich, wie der glücklichste Mensch auf Erden.
Arm in Arm schlenderten sie zum Bug und blieben dann stehen, um das Getümmel am Kai zu bestaunen. Obwohl fünfzehn Jahre vergangen waren, seit sie sich in jenem Frühling zu den Rittern des Herzens der Mitte zusammengefunden hatten, schien sich nicht viel verändert zu haben. Es gab lediglich nicht mehr ganz so viele Rikschas und lange Gewänder, dafür mehr Autos und zerlumpte Bettler. Eine Weile lang schwelgten Braut und Bräutigam in Erinnerungen und plapperten ungezwungen über Hoffnungsschwert, als hätte es die Zeit niemals gegeben, in der sie sich verbeten hatte, auch nur seinen Namen in den Mund zu nehmen.
»Wenn unser Junger Herr damals nicht auf und davongerannt wäre, um einen kleinen Bengel namens Feuerfrosch einzufangen, wer weiß, wo wir heute wären?«
»Genau hier«, sagte sie schlichtweg. »Du und ich, wir sind füreinander bestimmt.«
Er nickte ganz verzaubert von ihren Worten, doch dann fiel sein Blick auf einen Bund verblühter Rosen, der unter ihnen auf dem Wasser schwamm, und ihn überkam eine tiefe Traurigkeit. Wie lange würde ein Glück schon andauern können, wie das, was er zur Zeit erlebte – den Göttern abgetrotzt, wenn nicht gar einem anderen Mann gestohlen?
Wieder tat das Schiff einen Ruck. »Es sind schon alle von Bord. Sollten wir nicht auch an Land gehen?«

»Warte noch eine Minute.« Ihm war wieder das Gedicht von Yuan Mei in den Sinn gekommen, und er hatte Angst, von Bord zu gehen. *Den Hafen steuere ich an, nur um schleunigst wieder in See zu stechen …*

»Was ist los?« Sie schmiegte sich ein wenig enger an ihn, und von ihm abgewandt flüsterte sie fast, als versagte ihr die Stimme, »wenn du … mich irgend etwas fragen möchtest? Es macht mir nichts aus. Frage. Du weißt doch, daß du mich alles fragen darfst.«

Ja, er hatte Fragen, die ihre Zukunft betrafen, aber nicht ihre Vergangenheit; doch bevor er noch etwas sagen konnte, neigte sie den Kopf und begann stockend von dem Tag zu sprechen, als sie alle vier zum Eisessen auf den Jahrmarkt gegangen waren und sich über die kleine Frau amüsierten, die ihren viel zu großen Mann am Ohr gezogen hatte.

»Erinnerst du dich. Ich hatte plötzlich diese Pauken gehört und dachte – « Plötzlich hielt sie mitten im Satz inne, als ob sie versuchte, allen Mut zusammenzunehmen, um ihm zu erzählen, was passiert war, nachdem sie und Hoffnungsschwert davongestürmt waren, um den Hochzeitsumzug einzuholen.

»Sag nichts.« Er legte seine Hand auf ihre Lippen. »Es ist überhaupt nicht wichtig. Du mußt mir nichts darüber erzählen.«

Sie sah zu ihm empor. Ihre Augen leuchteten vor Dankbarkeit. Dann schluckte sie. »Als ich von der Residenz der Bedeutungslosigkeit heimkam, hab ich es aufgemacht. Ich habe es endlich aufgemacht.«

»Was?«

»Sein Zigarettenetui.«

»Aber wenn du geglaubt hast, daß eine Nachricht darin war, warum hast du es nicht gleich geöffnet, als ich es dir gegeben habe? Warum hast du fünf Jahre lang damit gewartet?«

»Kannst du nicht begreifen, daß ich absolut und hundertprozentig sicher sein mußte, daß er nicht mehr am Leben war?«

»Versteh ich nicht.«

Sie schüttelte den Kopf und sagte, »es war mir unmöglich. Ich konnte es einfach nicht. Ich hatte Angst. Du mußt doch verstehen …«

Natürlich verstand er. »Und war eine Nachricht darin?« fragte er sanft.
»Nein, keine Nachricht, aber ein Zeichen ...«
Anders als Hoffnungsschwert hatte er ihren Aberglaube immer mit Humor genommen. Schließlich war daran nichts Gefährliches und bedeutete für sie doch eine Quelle unentbehrlichen Trostes, dessen er niemanden, schon gar nicht sie, berauben wollte. Doch die plötzliche Erkenntnis, daß etwas so Willkürliches wie eine ihrer abergläubischen Eingebungen zwischen seinem alten und dem neuen Leben stehen sollte, ließ ihn mit einem Mal ganz schwindelig werden. Er klammerte sich ein wenig fester an das Geländer der Reling und fragte, »was war es?«
»Eine 999er mit Goldfilter. Hoffnungsschwert hatte mir versprochen, sie immer aufzubewahren. Wenn sie noch im Etui gewesen wäre, hätte das bedeutet, daß er mich nicht verlassen hat. Aber das Etui war leer, und ich wußte plötzlich, was ich schon manchmal tief im Herzen gespürt hatte – daß meine erste Liebe gestorben war.«
Schweigend dankte er dem Fremden, der das, was von Hoffnungsschwerts Habe übriggeblieben war, aus dem Autowrack geholt hatte, denn sicherlich hatte dieser Mensch auch in das Etui geschaut und sich die Zigarette angezündet, ohne darüber nachzudenken, daß sie vielleicht irgend jemand vermissen würde.
»Können wir jetzt von Bord gehen, mein Gemahl?«
Als er seiner Frau die Landungsbrücke hinunter folgte, beobachtete er voller Stolz die bewundernden Blicke, die Sommerwünsche auf sich zog. Die Bediensteten am Kai schwärmten um sie herum und boten ihr ihre Dienste an, während sie ihn selbst offensichtlich für ihresgleichen hielten und links liegenließen. Wie hätten sie auch etwas anderes annehmen sollen.
Sommerwünsche schien alle ehrerbietigen Aufmerksamkeiten ihres Volkes zu ignorieren und bedeutete ihren ungehobelten Untergebenen mit herrschaftlicher Geste, den Weg zu räumen. Sie schritt einher wie eine Kaiserin. Als ob zu den Klängen silberner Flöten der gesamte Hofstaat auf den Knien läge, schien alles Volk nur darauf zu achten, seiner Herrscherin den geringsten Wunsch von den Augen abzulesen.

Aber dann geschah etwas, das ihn wirklich in allerhöchstes Erstaunen versetzte, denn sie schickte sich an, dieses hochherrschaftliche Verhaltensmuster, das sie so mühevoll und gewissenhaft einstudiert und zur Perfektion gebracht hatte, über Bord zu werfen. Zum Entsetzen der Leute ergriff sie plötzlich seinen Arm. »Nun seht mal gut zu, ihr Einfaltspinsel. Das hier ist mein Mann«, sagte sie. »Und in unserer Familie ist er der ganz große Boß.«

## *Der rechtmäßige Platz*

Braut und Bräutigam fuhren schweigend in einem offenen Karren, der von einem Maulesel gezogen wurde und so viel Staub aufwirbelte, daß es kaum möglich war, sich zu unterhalten. Die Stadt wirkte noch heruntergekommener und irgendwie kleiner als damals, als sie das Schicksal hier zusammengeführt hatte. Es schien, als sei durch die Besatzung nicht nur der Stolz der Stadt gebrochen, sondern als sei auch die Architektur ihrer Gebäude armseliger geworden. Doch wenn man davon absah und auch den Bunkern nicht weiter Beachtung schenkte, die die Japaner errichtet hatten, sowie die weißgeputzten Wände, auf denen der Feind sein Emblem der aufgehenden Sonne gemalt hatte, so war mehr oder weniger alles noch so, wie Bergkiefer es in Erinnerung hatte. Die Straßen waren kaum breiter als der Eselkarren, in dem sie fuhren, und an den Straßenrändern reihten sich nach wie vor die armseligen Verkaufsstände aneinander, in denen Handwerker aller Zünfte, ganz wie ihre Vorfahren, immer noch ihre Waren ausstellten, vom Kochtopf bis zum Sarg. Noch immer taten die Fußgänger so, als sähen und hörten sie nichts von den Bettlern, die mit ausgestreckten Händen die Geschichte ihrer Not zum besten gaben. Noch immer schöpften alte Frauen Wasser aus den Brunnen, und nach wie vor arbeiteten die Kulis wie Ochsen. Einzig die Kinder spielten, als gäbe es keine Sorgen auf diesen Straßen.

Wie es schien, hatte sich nichts geändert – doch dann bog der Karren ab und fuhr auf die Allee der Unendlichen Würde, wo er zum ersten Mal wieder das Haus der Li erblickte. Der Weg zum Haupteingang lag im Schatten einer Reihe von Maulbeerbäumen, die halbzerfallene Gartenmauer war wieder aufgebaut und dahinter schimmerten grüne Ziegel auf den nagelneuen Dächern. Wie konnte das möglich sein? Nicht einer von Goldweides Briefen hatte einen Hinweis darauf gegeben, daß sich im Leben der Lis irgend etwas geändert hätte. Monat für Monat hatte ein pensionierter Kanzlist, der an einem Tisch im Freien gesessen haben mochte, fast die gleichen Sätze geschrieben, die auch Jade ihrem Sohn hatte zukommen lassen. Gerade wollte er sich bei dem Kutscher erkundigen, als ihm noch rechtzeitig einfiel, daß Große Zuversicht mit den Japanern zu tun gehabt hatte, so daß er lieber Abstand davon nahm, seine Frage auszusprechen. Hoffnungsschwert hatte mehr darüber gewußt, doch offensichtlich war es ihm peinlich gewesen, darüber zu sprechen, denn er fluchte nur immerzu über seinen Bruder. Wie dem auch sei, in diesen Zeiten, in denen durch die grassierende Inflation jeder selbst sein letztes Hemd verloren hatte, konnten die Lis solche Reichtümer unmöglich mit ehrlichen Mitteln angehäuft haben.
Als sie zwischen den Steinlöwen standen, weigerte sich zu Bergkiefers Ärger der Pförtner, ihre Ankunft zu melden. »Ich gehe nirgendwo hin. Sie warten hier. Es wird schon jemand aus dem Haus kommen.« Von dem ungewöhnlich hohen Wuchs des Mannes, sowie von seinem Akzent her glaubte Bergkiefer, daß er aus Shandong stammen müsse; seinem groben Verhalten nach zu urteilen, handelte es sich wahrscheinlich um einen dieser ehemaligen Soldaten, die sich nach dem Krieg als bezahlte Schläger verdingt hatten.
Als Bergkiefer durch die Tore schaute, erkannte er, in welchem Zustand sich das Anwesen hinter der Eleganz des Hauptweges, den wieder aufgebauten Gartenmauern und den neuen Dächern tatsächlich befand. Die Höfe schienen völlig verwahrlost. Die Bäume waren verwildert, und überall wuchsen Büsche und Unkraut. Ob der Hausherrin etwas zugestoßen war? Oder hatte der Familienverband das Anwesen verlassen? Hatten sie möglicherweise auch das, was nicht oh-

nehin bereits veräußert war, an Wassermelonen-Wu oder sonst einen Kollaborateur verkauft, der schließlich aus der Stadt gejagt worden war, nachdem die Japaner den Krieg verloren hatten?

Jemand rief plötzlich seinen Namen, und dann kam Goldweide herbeigelaufen, die offensichtlich schon an einem Fenster auf sie gewartet hatte.

Sie umarmte ihn ganz ungestüm und ließ die Tränen ungeniert laufen, als sei er noch kein Mann, sondern immer noch ihr kleines Brüderchen. Er wußte nicht recht, wohin mit seinen Händen, oder was er sagen sollte. Noch nie zuvor hatte er seine Schwester weinen sehen, nicht einmal an dem Tag, als er und Hoffnungsschwert ins Landesinnere abgereist waren. Sie war gealtert, doch er hätte nicht beurteilen können, ob die Falten ihre Schönheit geschmälert hatten. In seinen Augen würde sie bis in alle Ewigkeit wunderschön bleiben.

Jetzt plötzlich lachte sie, ergriff Sommerwünsches Hand und faßte mit fliegenden Blicken erst den Bräutigam, dann die Braut und dann wieder den Bräutigam ins Auge, schaute das Paar immer wieder ganz entzückt an, während sie langsam zum Innenhof schritten. »Meine Schwägerin ist die wunderschönste Frau, die ich je in meinem Leben gesehen habe, und du, lieber Bruder, bist ganz verlegen. Warum?«

Da kam Sommerwünsche ihm zu Hilfe. »Und du, große Schwester, du bist genauso freundlich und warmherzig, wie dein Bruder und Hoffnungsschwert mir immer erzählt haben.« Als der Name des Jungen Herrn fiel, trat plötzlich eine Pause ein, und einige Augenblicke lang sprach niemand ein Wort, denn es war ganz natürlich und auch der Situation angemessen, daß jeder von ihnen unweigerlich einen Moment lang tief in seinem Inneren schweigend an denjenigen denken mußte, der niemals mehr würde heimkommen können. Dann schweiften Bergkiefers Gedanken zu dem großen Stahlschloß an der offenen Gartenpforte, das damals angebracht worden war, um die Pläne des kleinen Hoffnungsschwert zu durchkreuzen, davonzulaufen. Wie unüberwindlich es damals gewirkt hatte, doch wie sinnlos es während der Zeit der Besatzung gewesen sein mußte.

Seltsamerweise warf in diesem Augenblick gerade ein Nachbarjunge – oder war es ein Geist? – einen Kieselstein über die Gartenmauer, der genau vor seinen Füßen landete. Noch immer ganz in Erinnerungen verloren, bückte sich Bergkiefer und steckte den Stein in die Tasche.

Goldweide brach das Schweigen. »Kommt schnell«, sagte sie, »die Herrin wartet schon. Nur dürft ihr nicht Hoffnungsschwerts Tod erwähnen.«

Bergkiefer erklärte sich sofort damit einverstanden. Was hätte man einer Mutter auch sagen können, um sie über den Tod des einzigen Sohnes hinwegzutrösten? Selbst wenn es solche Worte gäbe, wie hätte ausgerechnet er sie aussprechen können? Er war es schließlich, der bei seinem Leben mit einem Kotau vor Kwan Yin geschworen hatte, auf Hoffnungsschwert zu achten.

Während sie so zum Wohngebäude des Patriarchen eilten, fiel ihm auf, daß die Schlagläden und Türen, die zu den angrenzenden Gebäuden führten, nicht nur verschlossen, sondern mit hölzernen Balken verriegelt waren. Die Empfangshalle war zwar noch genauso eingerichtet wie früher, aber es fehlte die Schar von Verwandten und Bediensteten. Jade saß in ihrem Stuhl aus Rosenholz und war ganz allein. Als er sie sah, senkte er den Blick, um seine Gedanken vor ihr zu verbergen. Gewiß, Sorge und Zeit hatten Goldweide altern lassen. Aber wie unbarmherzig hatten die Jahre die Hausherrin gezeichnet! Ihr Haar war grau und unordentlich. Ihre Hände glichen Klauen, die einen Stock umkrallt hielten. Ihr pockennarbiges Gesicht, so ohne Rouge und Puder, war fürchterlich anzusehen.

Sie erwiderte seine tiefe Verbeugung mit einem leichten Nicken und fragte augenscheinlich ohne besonderes Interesse, ob sie eine ruhige Schiffahrt gehabt hätten.

»Sehr ruhig, Herrin.«

»Willst du mir sagen, es sei nichts Verhängnisvolles geschehen?« Der Ton ihrer Stimme ließ Enttäuschung erkennen.

»Nein, nichts.«

»Wie ist das möglich? Man spricht doch heute von nichts anderem als von dem Ärger, den die Kommunisten machen«, sagte sie.

»Weiter im Norden oder Süden, glaub' ich.«
Sie fuhr fort, als hätte er nichts gesagt. »Sie teilen sich die Frauen, eignen sich fremden Besitz an, schlachten die gebildeten und besitzenden Stände ab, vergehen sich an allem, was heilig ist. Die sind schlimmer als Banditen ... schlimmer noch als diese Japaner. Und da es dir dort flußaufwärts so gut erging, und du dich in Sicherheit fühlen konntest, laß dir von mir einmal ein, zwei Dinge sagen über diese stinkenden, krummbeinigen Scheißkerle, diese barbarische Ausgeburt, diese ...«
Er zuckte zusammen, bei der Wahl ihrer Worte. Auch das war neu. Offensichtlich hatte sie noch ganz andere Kraftausdrücke in ihrem derzeitigen Repertoire, doch als sie innehielt, um Atem zu holen, ergriff seine Schwester geschickt die Gelegenheit und trat nach vorn, um Sommerwünsche vorzustellen. Die Augen der Hausherrin wurden klein wie Striche. Sie nickte nicht einmal, um die tiefe Verbeugung ihres Gastes zu erwidern, und er erinnerte sich wieder daran, daß Jade außer Goldweide noch nie eine Frau in ihrer Gegenwart hatte ertragen können, die Anmut und Eleganz besaß.
»Willkommen im Hause Li«, sagte sie mit einer Stimme, die so tonlos war wie eine zersprungene Glocke.
Wie weiträumig die Wohnhäuser auch sein mochten, dachte er, hier dürften sie sich nicht lange aufhalten. Doch Sommerwünsche schien völlig blind gegenüber der gefährlichen Mißgunst, die sie mit ihrem bloßen Erscheinen ausgelöst hatte. Mit aufrichtiger Rührung und Ernsthaftigkeit stammelte sie, »oh, gnädige Herrin, ich bin sicher, daß Sie es schon tausendmal gehört haben ... so oft, daß Sie es sicherlich müde sind, aber jetzt, da ich Ihnen begegnen durfte ... oh, bitte verzeihen Sie mir ... es ist nur, daß ich gar nicht anders kann ... ich muß ihnen unbedingt sagen, wie sehr ich in Ihnen Ihren Sohn wiedererkenne, besonders in Ihren wunderbar ausdrucksvollen Augen.«
Damit hatte seine Frau ein wahres Wunder bewirkt und die Hausherrin vollständig entwaffnet, denn Jade hätte nach dieser Bemerkung wirklich nicht mehr liebenswürdiger sein können. Höchstpersönlich schenkte sie den Tee aus und stellte Sommerwünsche unendlich viele Fragen über das Theater. Hin und wieder lächelte sie sogar.

Doch sie ließ kein Sterbenswort darüber verlauten, was mit dem Hause Li während der vergangenen Jahre geschehen war, oder auch nur irgend etwas über die gegenwärtige Situation. Es war fast, als wollte sie Diskretion wahren, weil neben ihnen die übrigen Damen des Hauses saßen, und sie eine Schar von Bediensteten umgab.

»Das Theater gehörte also Ihnen?« fragte sie zum dritten Mal. »Das heißt also, daß Sie als Schauspielerin tatsächlich auch die Eigentümerin waren? Wie sehr sich die Zeiten doch geändert haben.«

Er hatte wohl aus lauter Nervosität begonnen, mit den Fingern zu trommeln, denn Goldweide legte ihre Hand darüber und flüsterte, »du weißt nicht, wie gut es für die Gnädige Frau ist, endlich wieder Gesellschaft zu haben. Sie ist schon zu lange allein.«

Er nickte, obgleich diese Bemerkung ihn noch viel mehr beunruhigte.

Nachdem Jade sich zurückgezogen hatte, um sich ein wenig auszuruhen, verzichtete er darauf, seine Schwester gleich an Ort und Stelle über den Stand der Dinge im Haus auszufragen, denn er wollte Sommerwünsches Triumphgefühl nicht beeinträchtigen. Statt dessen bat er sie, ihnen ihr Zimmer zu zeigen.

Sie führte sie nicht in das Wohnhaus für die Bediensteten, sondern zu Steinhüters Arbeitszimmer, das nur wenige Schritte von der Empfangshalle entfernt war. Er hatte nicht damit gerechnet, daß es nur mit einem wackeligen Bett und einem primitiven Kleiderschrank ausgestattet war. Ob wohl auch alle übrigen Zimmer ausgeräumt worden waren?

Als Sommerwünsche gähnte, ergriff er die Gelegenheit und meinte, »liebe Frau, du bist sicherlich müde. Leg dich ein Weilchen hin, während ich mit meiner Schwester einen Spaziergang mache.«

Sie gingen durch die Gartentore hinaus in den Schatten der Maulbeerbäume, und Goldweide begann zu flüstern. Doch umriß sie alles Geschehene nur knapp, und es war eindeutig, daß sie angewiesen worden war, auf keinen Fall mehr zu erzählen. Er wagte es nicht, weiter in sie zu dringen.

Nachdem Hoffnungsschwert und Bergkiefer ins Landesinnere abgereist waren, hatten Jade und Große Zuversicht nicht einmal mehr den äußeren Rahmen freundlicher Umgangsformen miteinander zu wahren versucht. Schlimmer noch, der junge Patriarch hatte es schließlich vollständig unterlassen, seine Stiefmutter bei ihrem richtigen Namen zu nennen, sondern sprach von ihr nur noch als »diese Frau«. Ohne einen rechten Namen hatte sie auch keine Autorität mehr und war bald der Geringschätzung aller Lis anheimgestellt.

Doch Jade sann auf Rache und verlangte, daß ihr Vater Große Zuversicht aus dem Geschäft werfen sollte. Zunächst hatte sich der Großkaufmann geweigert, denn schließlich hatte er seinen Schützling jahrelang dabei beobachten können, wie er Konkurrenten in den Ruin getrieben hatte; ihm war wohl klar, welche Folgen es haben könnte, sich diesen Mann zum Feind zu machen. Doch als seine Tochter schließlich mit Selbstmord drohte und ankündigte, das Haus Li in Verruf zu bringen, wenn er sich ihr nicht fügte, tat er, was sie von ihm verlangte, denn er wußte, daß sie ihre schreckliche Drohung wahrmachen würde.

Jetzt war es an Großer Zuversicht, sich zu rächen. Er überzeugte die japanischen Hintermänner, daß es besser sei, die Darlehen einzuklagen, die sie dem Großkaufmann gewährt hatten, und statt dessen ihm die Geschäfte zu übertragen. Bald darauf war der neue Geschäftsinhaber der einflußreichste Kollaborateur und bei allen wahren Chinesen der bestgehaßte und meistgefürchtete Mann im ganzen Bezirk. Dann ließ er den Friedenssicherungstruppen befehlen, seinen ehemaligen Förderer festzunehmen und hinrichten zu lassen. Sie taten, was man ihnen sagte.

Auf diese Weise wurde der Großkaufmann über Nacht zum Helden, der für sein Vaterland den Märtyrertod gestorben war. Jade nutzte diesen Umstand, öffentlich gegen die Schurkereien der Feinde Chinas zu protestieren. Sie verließ das ehrlose Haus der Li demonstrativ und zog in eine armselige Mietwohnung. Nur von Goldweide begleitet, wartete sie dort auf das Ende der Okkupation und Hoffnungsschwerts Rückkehr, wartete auf den Tag, an dem sie gemeinsam mit ihm Rache nehmen und die Ehre des Hauses Li wiederherstellen würde. In der Zwischenzeit verzichtete sie auf jeglichen Komfort – selbst auf die von ihr über alles geschätzten Kosmetika, mit denen sie stets ihr von Narben entstelltes Gesicht geschminkt hatte – und führte das Leben eines frommen Opferlammes. In der Gewißheit, daß sich um eine Verrückte niemand weiter scheren würde, saß sie Tag und Nacht an ihrem Fenster und ergötzte Vorbeigehende mit einer Litanei von Beleidigungen und Beschimpfungen gegen die Person ihres Hasses, gegen Große Zuversicht.

Goldweide gegenüber behauptete sie, daß es ihr niemals besser gegangen sei. Sie schwelgte in ihrem Unglück und glaubte, dadurch ihre heilige Wut nur zu steigern und ihre unvermeintliche Rache immer gewaltiger ausfallen zu sehen. Sie redete kaum noch von etwas anderem und war felsenfest davon überzeugt, daß nichts auf der Welt ihre Pläne durchkreuzen könnte.

Doch genau das trat ein – in Form von Bergkiefers schicksalsschwerem Brief.

Jade hatte ihn, ohne eine Träne zu vergießen, auf der Stelle verbrannt. Mit ihrem letzten goldenen Armband hatte sie den Mann, der ihr den Brief vorgelesen hatte, bestochen, unverzüglich die Stadt zu verlassen und nach Shanghai zu ziehen. Sie hatte Goldweide gedroht, sie würde sie auf der Stelle erwürgen, wenn sie nicht aufhörte zu heulen. »Wenn es bekannt wird, daß mein Sohn nicht mehr lebt, kann ich meinen einzigen Anspruch auf das Haus Li begraben. Also kein Wort. Es ist heute nichts geschehen, und es wird auch an keinem anderen Tag irgend etwas geschehen.«

War aus Jades vorgetäuschter Verrücktheit durch die Nachricht vom Tod ihres Sohnes möglicherweise tatsächlicher Wahnsinn geworden? Oder war sie vor lauter Rachedurst nicht mehr in der Lage, Trauer zu empfinden? Goldweide hätte es nicht sagen können. Doch Jade hatte einen so starken Willen und verhielt sich so überzeugend, daß Goldweide sich mitunter fragte, ob Bergkiefers Brief vielleicht wirklich nie existiert hatte.

An dem Tag, als die Besatzung aufgehoben wurde, wurde Große Zuversicht wegen Hochverrats hingerichtet. Die verängstigten Familienmitglieder hatten sich verstreut und wer weiß wo versteckt, so daß Jade als die einzige Angehörige des Hauses Li, die sich nichts hatte

zuschulden kommen lassen, zur alleinigen Herrin des Anwesens geworden war. Endlich an ihrem rechtmäßigen Platz, hatte Jade alle erdenklichen Vorsichtsmaßnahmen getroffen. Sie lebte weiterhin sehr bescheiden, nur mit Goldweide und dem Pförtner als ihren einzigen Bediensteten, und residierte, nachdem sie alles verkauft hatte, was die Familienmitglieder nicht ohnehin abtransportiert hatten, in den Gebäuden, die ihr noch verblieben waren.
Mehr wollte Goldweide nicht sagen, und als Bergkiefer die Geschichte Sommerwünsche erzählte, bat er sie, sich nicht weiter bei Goldweide nach Einzelheiten zu erkundigen. »Jetzt, da wir so viel wissen, und die Hausherrin darüber Bescheid weiß, fragen wir am besten nicht weiter nach.«

Eines Morgens, nachdem sie bereits mehrere Wochen lang Jades Gäste gewesen waren, wurde Bergkiefer bei der Hausherrin vorstellig und bat sie um die Erlaubnis, in einem Raum des Anwesens Schüler empfangen zu dürfen, um ihnen Unterricht zu geben. »Selbstverständlich werde ich eine Miete entrichten.«
Jades knappe Antwort, sie werde es sich überlegen, verbarg jedoch kaum, wie begeistert sie über diesen Vorschlag war.
Zunächst kamen nur drei Schüler – der Sohn des Metzgers, ein Nachbarkind sowie eine offensichtlich gelangweilte Frau, die mehr redete als zuhörte. Auf diese Weise blieb ihm nichts anderes übrig, als jedem seiner Schüler Einzelunterricht zu erteilen. Mit seinen Einkünften konnte er das Essen nicht bezahlen, geschweige denn die Miete. Dennoch verschob Sommerwünsche von Tag zu Tag ihre Rückkehr ans Theater. »Laß mich warten, bis Champignon kommt«, sagte sie. »Ohne sie als Vermittlerin behandeln mich die Theaterleute kein Stück besser als einen Kuli.«
Jade ärgerte sich zwar immerzu schrecklich darüber, daß nur so wenige Schüler erschienen, doch drängte sie nicht auf mehr Geld. Sommerwünsches Ansicht nach lag der Grund für diese Großzügigkeit klar auf der Hand – Jade hatte nämlich einerseits begriffen, daß sich die Einstellung der Leute und die Gesellschaft insgesamt geändert hatten, daß die gewaltigen Umwälzungen, die der Krieg bewirkt hatte,

nicht einfach wieder umgekehrt werden konnten, doch andererseits war sie auch nicht gerade erpicht darauf, daß sich die Städter die Mäuler zerrissen, weil im Haus Li eine Frau zu Gast sei, die sich beruflich auf einer Theaterbühne produzierte.

Als Champignon endlich kam, war es Winter geworden, und Sommerwünsche erwartete ein Kind.

Nun konnte Champignon ihre einzigartigen Fähigkeiten überaus einträglich zum Einsatz bringen. Ebenso unermüdlich wie sie früher die Dörfer stromauf und stromab nach potentiellen Kunden fürs Theater abgegrast hatte, überzeugte sie jetzt mit zuckersüßen Tönen und geradezu demagogischem Geschick selbst die unwahrscheinlichsten Kandidaten, sich in Bergkiefers Schule einzuschreiben. Sie machte die allerschönsten Versprechungen: höheres Einkommen, niedrigere Steuern, keine Gebühren mehr für den Briefeschreiber, für Medizinmänner oder Wahrsager, einen wohlhabenden Ehemann, eine wundervolle Frau, gehorsame Kinder und allseitigen Respekt insbesondere von Schwiegermüttern. Sie versprach ihnen den Himmel auf Erden, eine Karriere als Staatsbediensteter. Als Gegenleistung bezahlten die Schüler nicht in wertlosen Yuan, sondern in Naturalien und Dienstleistungen.

So kam es, daß der Bürgerkrieg im Land tobte und zur gleichen Zeit im Hause Li die friedlichste Harmonie herrschte. Sommerwünsche schenkte ihrem Mann einen gesunden Sohn, und der stolze Vater begegnete Jade mit ausgewähltem Respekt, da sie nun nicht länger die häßliche zweite Frau des Patriarchen war, sondern die lokale Schirmherrin der Gelehrsamkeit.

## *Der Assistent*

*(1948)*

Mit lauter, krächzender Stimme plapperte Zhou, der Fuhrmann, pausenlos auf Hoffnungsschwert ein, während sie über die mondbeschienene leere Straße fuhren. Immer wieder hatte Hoffnungsschwert seinem Reisegefährten anzudeuten versucht, daß er nichts mehr hören wolle, und sich tiefer in seinen Mantel verkrochen und vorgegeben zu schlafen. Doch umsonst. Ob es dem jungen Führungsoffizier gefiel oder nicht, der arme Tölpel hatte sich nun mal in den Kopf gesetzt, sich bei dem Kader beliebt zu machen, indem er wie ein Papagei das gesamte Parteiprogramm aufsagte.

»... Aber dank der Weisheit des Vorsitzenden Mao, des Mutes des Achten Infanterieregiments und des Führungsstabs der Partei, kann das chinesische Volk nun endlich alle Bitterkeit fahren lassen und sich wandeln ...«

Natürlich hätte es nur eines einzigen Wortes von Hoffnungsschwert bedurft, um ihn zum Schweigen zu bringen. Aber wie hätte er so grob sein können? Der arme Hund hätte schließlich längst gemütlich in seinem warmen Strohsack schnarchen können. Statt dessen hatte er seine Heimfahrt verschoben und dem Kaderoffizier angeboten, ihn zu dem Dorf zu fahren, in dem Hoffnungsschwert während der Säuberungsaktionen der vergangenen Jahren hin und wieder gewohnt hatte, und das jetzt Gegenstand seines nächsten Berichtes war.

»... Der blutige Tribut ist entrichtet und die lokalen Tyrannen entmachtet. Nicht mehr lang, dann wird auch der Verbrecher Tschiang Kai-schek, der Speichellecker der Imperialisten, vernichtet sein ...«

Hoffnungsschwert reckte sich, um seine verspannten Schultern zu lockern. Ihn hatte plötzlich eine seltsame Wehmut ergriffen. Fast ein wenig sehnsüchtig mußte er an die Jahre zurückdenken, in denen er sich tagsüber versteckt hielt und nachts seine Fallen aufbaute, an die Zeiten, in denen seine Gegner noch Uniform trugen, und sie zu besiegen bisweilen ebenso einfach und befriedigend war, wie das Anlegen von flachen Wasserbecken an den Eingängen der Tunnelschächte, durch die zwar jeder Zweibeiner hindurchwaten konnte, aber vierbeinige Gaskanister unweigerlich ersoffen.

All das lag weit zurück. Der Mensch, um den Bergkiefer und Sommerwünsche getrauert haben mochten, als sie von dem Unfall mit dem Jeep gehört hatten, erschien ihm jetzt selbst unendlich fremd. Doch hätte er kaum sagen können, wann genau der junge Ingenieur gestorben war. Vielleicht in dem Augenblick, als das Mädchen die Feinde auf eine falsche Fährte lockte und vom Schilf fort in eine andere Richtung lief? Vielleicht als der Schmied seine Brust freimachte, um den Todesstoß mit dem Bajonett zu empfangen, oder als die Frauen über das Kürbisfeld liefen und plötzlich ihre Schuhe auszogen, oder als der Krieg gewonnen war, und er beschloß, sich nicht bei Jade, Goldweide, Sommerwünsche oder Bergkiefer zu melden? Er wußte hingegen ganz genau, daß der Revolutionär, der in diesen drei Jahren, als er hinter den feindlichen Linien gearbeitet hatte, geboren worden war, ein Produkt eben jener Landleute war, zu deren Schutz er gekommen war. Sie hatten ihn ersonnen, geformt, genährt und und zu leben gelehrt. Ihnen hatte der neugeborene Hoffnungsschwert seine Existenz zu verdanken und ihnen wollte er nun seinerseits behilflich sein, ein neues und besseres Leben aufzubauen.

Er mußte grinsen bei dem Gedanken an das Triumphgefühl, das er empfunden hatte, als er nach den feindlichen Säuberungsaktionen in dem Dorf damals sein Spiegelbild im Wasser des Brunnenschachtes erblickt hatte. Wie erleichtert war er gewesen, als er später erfuhr, daß alle Dorfbewohner wohlbehalten aus den Tunnels herausgekommen waren, nachdem die Japse den versteckten Eingang unter dem Herd gefunden hatten. Doch sein Siegesglück war überschattet von dem Gedanken an den schrecklichen Preis, den sie dafür hatten zahlen müssen. Vor dem Rückzug der Japaner 1944 und ein Jahr später auch aus Hopeh war es in seinem Distrikt noch einmal zu verstärkten Säuberungsaktionen gekommen, denen viele Chinesen zum Opfer gefallen waren. Auch wenn wie durch ein Wunder alle seine Dorfbewohner mit dem Leben davongekommen waren und selbst seine Tunnel hielten, bis die Landleute die hölzernen Stützpfeiler abtransportierten, um ihre Häuser damit wieder aufzubauen, so hatten die Verluste an Menschenleben, so tragisch sie waren, seinen Willen nur gestählt und ihn in seiner Überzeugung bestätigt. Nie wieder hatte er sich dazu hinreißen lassen, eine Träne zu vergießen.

Als der Krieg zu Ende war und die Japaner wieder auf der Insel saßen, auf die sie gehörten, hatte er erneut dieses starke Verlangen, mit Lincoln Chen darüber zu sprechen, wie er der Sache am besten dienen konnte. Der Professor hatte ihn nun endlich für reif genug befunden, sein Assistent zu werden.

»Geh zurück nach Hopeh und finde für mich heraus, was in den Herzen und Köpfen der Menschen vorgeht und setze ihnen den Gedanken unserer Revolution auseinander. Ich brauche dir sicherlich nicht zu sagen, daß dies keine Mission für einen Helden ist, aber sieh dich dort für mich um und sei darauf vorbereitet, während deiner Studien dort nicht nur Schönes zu erleben.«

Nach dem Sieg der Alliierten, während der immer noch andauernde Bürgerkrieg gegen die Kuo-min-tang in strategisch wichtigeren Distrikten ausgefochten wurde, war er dann drei Jahre lang allein, in einem ständig größer werdenden Gebiet, von einem befreiten Dorf zum anderen gereist. Die Versammlungen auf den verschiedenen Etappen seiner Rundreise dauerten oft wochenlang. Er saß dann immer steif hinter irgendeinem Tisch und befragte die Anführer und jede einzelne Familie des Dorfes, hörte sich an, was sie zu den jeweils herrschenden Zuständen zu sagen hatten, ob Fortschritte zu verzeichnen waren, wie sich die Dinge entwickelten: Geburtenrate und Todesfälle; der Bau einer Schule; die Eröffnung eines neuen Betriebes; Erfolge und Mißerfolge während der Pflanz- oder der Erntezeit; der Besuch einer Schauspieltruppe; und natürlich, was sich vor, während und infolge der Landreform getan hatte. Doch so mühsam diese Versammlungen auch waren, weil irgendwelche Aktivisten ihn mit ihren Parolen und Vorwürfen anstrengten, oder andere sich mit schönfärberischem Gerede bei ihm beliebt zu machen versuchten, während die meisten nur fromm nickten und sich mit allem einverstanden erklärten, was die neuen Dorfvorsteher verkündeten oder vorschlugen, erlag er jedoch, ganz im Sinne seines Auftrags als Lincoln Chens Assistent, nie der Versuchung, sich einzumischen oder vorschnelle Schlüsse zu ziehen, sondern notierte gewissenhaft jede Facette dieser historischen Umgestaltung seines Heimatlandes für seine vertraulichen Berichte.

Überall gab es Anzeichen dafür, daß die jeweiligen Ortsvorsteher Günstlingswirtschaft betrieben, und auch die willkürlichen Methoden der Landverteilung schienen äußerst fraglich. Ein paar Leute mußten immer fürchten, während dieser Kampfversammlungen aufs Korn genommen und vorgeführt zu werden, wenn die Kader die Dorfbewohner dazu anstifteten, ihrem Ärger Luft zu machen und Vergeltung zu fordern für erlittenes Unrecht, sei es ihnen jetzt oder in der Vergangenheit zugefügt worden. In der Regel hatten diese Leute auch allen Grund, sich zu fürchten. Die Furcht vor einem Sieg der Kuo-min-tang und den Repressalien, die dann unweigerlich folgen würden, war allgegenwärtig, obgleich niemand davon sprach, und die Chancen dafür inzwischen ziemlich gering waren. Desgleichen litten seit der Landreform die mittelmäßig begüterten Bauern unter der ständigen, aber stets unausgesprochenen Furcht, möglicherweise plötzlich wieder als reich eingestuft zu werden, was die Konfiszierung ihres Besitzes zur Folge gehabt hätte, der dann an die als arm klassifizierten Bauern verteilt würde.

Zurückblickend lagen die vergangenen Jahre wie in einem dichten Nebel. Ein Tag war wie der andere gewesen, und er hatte sich schrecklich allein gefühlt. Um seine Autorität zu wahren und unparteiisch zu bleiben, hatte er sich ausnahmslos jede Vertraulichkeit seitens seiner früheren Kampfgefährten und seitens derjenigen, für die er damals verantwortlich gewesen war, verbeten. Selbst Lincoln Chens Briefe waren niemals mehr als bloße Weisungen. Er hatte Verständnis dafür, daß auch sein alter Professor seine Autorität wahren und unparteiisch bleiben mußte. Und er hatte begriffen, daß es viel einfacher war, Brücken zu errichten, die stolz die Jahrhunderte überdauerten als Straßen der Hoffnung zu bauen und den Menschen wieder Zuversicht in die Herzen zu setzen. Andere in der Partei hätten zweifellos gesagt, daß er sich durch seinen hingebungsvollen Einsatz für das Wohl aller Menschen erfolgreich von seinem bourgeoisen Bedürfnis befreit habe, die Ehre seiner Familie wieder herstellen zu müssen. Er fühlte sich unter keinerlei Rechtfertigungsdruck, er sah nur, wie die Revolution das chinesische Volk allmählich veränderte und Stück für Stück das Krebsgeschwür der Schicksalsergebenheit aus den Herzen der Menschen schnitt.

Trotz alledem, wenn er manchmal auf der Schwelle eines leeren Tempels stand, die Dämmerung langsam hereinbrach, und er die Dorfbewohner beobachtete, wie sie zurück zu ihren Familien nach Hause gingen, dann fühlte er sich so einsam, als müsse er ein zweites Mal sterben.

Wann würde er nach Hause gehen können? Zuhause, wo war das eigentlich?

Andere mochten in solch einer Situation zum Himmelsgewölbe aufblicken, um die Antwort dort oben versteckt in den Bahnen der Gestirne zu finden. Doch so einfältig war Hoffnungsschwert nicht. Wie hätte der Himmel auch einem Staubwölkchen, das sich über den Ebenen von Hopeh kräuselte, Beachtung schenken sollen?

»... Wenn ganz China erst unter dem Kommunismus vereinigt sein wird, dann hat jedermann ein unteres Stockwerk und ein oberes, elektrisches Licht und Telefon ...«

Er fluchte leise. Warum zum Teufel mußte dieser Mann nur in einem fort diese Zitate daherplappern?

»... Generation für Generation erduldeten wir Bauern Unterdrükkung und –«

Zu Hoffnungsschwerts Verwunderung unterbrach sich Zhou, der Fuhrmann, plötzlich mitten im Satz. Als er über den Rand seines hochgeschlagenen Kragens äugte, erkannte er, daß sie sich einem Friedhof näherten. Es war eben jener Friedhof, in den der Ausgangsstollen der Tunnelanlage mündete, den die Dorfbewohner während der feindlichen Säuberungsaktionen immer benutzt hatten. Die Bäume, unter denen der geheime Ausgang verborgen war, und die so charakteristisch in der Landschaft gestanden hatten, waren inzwischen alle gefällt und zu Feuerholz zerhackt worden. Jetzt unterschied sich der Platz in nichts von jedem anderen Ort, auf dem sich Grundbesitzer hatten begraben lassen, und von dem sich ihre Familienangehörigen davongemacht hatten, manche sogar noch bevor die Japaner aufgekreuzt waren. Andere waren erst vor kurzer Zeit verschwunden, im Zuge der Landreform. Die wenigen, die geblieben waren, mochten es wie er vorgezogen haben, ihre familiären Beziehungen aufzugeben. Jetzt, da sich niemand mehr um die Gräber kümmerte, lagen die kahlen Erdhügel ebenso verloren wie bedrohlich da.

Die Ruhe aber war köstlich. Welch eine Ironie, dachte er bei sich, daß ihm nun eine weitere Runde eifrig vorgetragener Revolutionssprüche erspart bleiben würde, weil der Fuhrmann plötzlich von seinem altmodischen Aberglauben heimgesucht wurde und ganz in Anspruch genommen war von seiner Furcht vor Gespenstern.

Schneller und schneller knallte die Peitsche des Fuhrmanns, doch immer in der Luft, ohne jemals dem wertvollen Maultier auch nur ein Haar seines Felles zu krümmen. Vielleicht war das ja das Malheur, dachte Hoffnungsschwert, als das Biest nach einem halbherzigen Versuch, auf Trab zu kommen, schließlich wieder in einen müden Trott verfiel, um dann unvermittelt genau vor dem Eingang zu dem kleinen Fußweg stehenzubleiben, der sich zwischen den Gräbern hindurchschlängelte. Von dort war es nicht mehr vom Fleck zu bewegen. Zhou, der Fuhrmann, saß vor Angst tief geduckt da, die Peitsche fest vor der Brust umklammert, und zitterte wie das emporgehobene Bein eines jungen Welpen, der seine Duftnote ausgerechnet da setzen wollte, wo ein riesiger schwarzer Kater sein Lager hatte. Zweifellos befand er sich bereits im neunten Kreis der Hölle, wie er da mit wilden Blicken um sich schaute und die Geister suchte, die das Fuhrwerk zum Stehen gebracht haben mußten.

Am liebsten hätte Hoffnungsschwert sich gemütlich zurückgelehnt und dieser Posse noch ein wenig zugeschaut, doch es war schon spät. Also erbarmte er sich des armen Fuhrmanns und sprang vom Wagen, um das Tier aus der Gefahrenzone zu führen. Erst sprach er ihm freundlich zu, dann zog er es am Zaumzeug, zog fester. Doch das Maultier blieb störrisch und weigerte sich, auch nur einen Huf zu bewegen, bis es endlich das erledigt hatte, was es offensichtlich schon die ganze Zeit vorgehabt hatte.

Dampfende Schwaden stiegen über der Pisse auf, während sie wieder anfuhren, und bald verstummte auch das verlegene Kichern des Fuhrmanns, und er begann voller Inbrunst, Revolutionslieder zu singen. Doch jetzt klang seine Stimme keineswegs krächzend, sondern leidenschaftlich, natürlich und ergreifend zugleich. Hoffnungsschwert, der Zhou, den Fuhrmann, zum ersten Mal ohne sein Megaphon singen hörte, war zutiefst erstaunt über diese unerwartete Verwandlung. Denn während Zhou sein runzeliges, lebhaftes Gesicht verzog und mit seltsamen Bewegungen zum Mond gestikulierte, schien er alle seine Hemmungen abzulegen, die ihm, der ein Leben lang anderen gefällig sein mußte, fast zur Natur geworden waren. Er genoß es sichtlich, dem Klang seiner eigenen Stimme zu lauschen und schien für einen seltenen Moment lang zu begreifen, daß er auf dieser Welt nur einem einzigen Menschen zu gefallen brauchte, nämlich sich selbst.

Wie zuweilen selbst auf den anstrengendsten Versammlungen oder völlig unerwartet wie jetzt, empfand Hoffnungsschwert plötzlich die tiefe Gewißheit, daß er und Zhou, der Fuhrmann, nicht lediglich eine kleine Staubwolke waren, die über die trostlosen Ebenen trieb, sondern daß sie zwei Reisende auf der Straße der Hoffnung waren. Wieder hatte einer dieser einfachen Landleute etwas im tiefsten Inneren des jungen Kaderoffizieres angerührt, das laut und stark war, wenngleich auch nicht mit Worten auszudrücken und bisweilen kaum noch haltbar – nämlich seinen tiefen Glauben an die Revolution.

Ohne es gemerkt zu haben, hatte Hoffnungsschwert in das Lied eingestimmt, bis sich der Fuhrmann auf einmal gegen die Schulter des Kaders lehnte, und sie beide begannen, sich im Rhythmus des Liedes hin und her zuwiegen.

»Wir marschieren und kehren nicht zurück, bevor nicht unsere Hügel und Flüsse wieder unser Vaterland sind. Wir marschieren und kehren nicht zurück ...«

An der Abzweigung, wo immer noch die beiden Glückspappeln stan-

den, bogen sie in den Feldweg ein und fuhren durch die Kürbisfelder, die braun und vertrocknet in der winterlichen Kälte lagen. Die Spalierwände waren kahl und der Graben leer. Die Dorfbewohner, die er seit Beginn der Landreform im vergangenen Frühling nicht mehr gesehen hatte, schliefen alle sicher in ihren Betten.
Sie fuhren zum Tempel, wo sich jetzt wie in fast allen kommunistisch verwalteten Dörfern das Parteibüro befand. Sobald der Karren am Tempel angehalten hatte, schnappte Zou, der Fuhrmann, seinen Eimer und rannte davon, um Wasser für sein Maultier zu holen. Er ließ den Kader ohne ein Wort zurück. Hoffnungsschwert mußte grinsen. Soviel für heute an revolutionärem Eifer, dachte er. Er griff nach seinem zusammengerollten Bettzeug, doch da er selbst Durst hatte, ging auch er zum Brunnen, um etwas zu trinken.
Zhou war dermaßen überrascht über das plötzliche Auftauchen des Führungsoffiziers, daß er von neuem vor lauter Furcht zusammenfuhr. »Ehrlich«, sagte er. »Ich wäre gleich wiedergekommen, um zu helfen. Ich wollte nur« – er stockte einen Moment und sah den Kader mit einem blöden Lächeln an – »mein Leben lang schon immer wenigstens ein Bein von einem Maultier besitzen, und bin dabei niemals auch nur nahe genug an eines herangekommen, um wenigstens einen Furz riechen zu können. Und dann hat die erhabene Kommunistische Partei die Früchte der Landreform verteilt, daß ich vor Freude ganz aus dem Häuschen geriet. Inzwischen ist es so weit mit mir gekommen, daß ich lieber bei diesem räudigen Vieh schlafe als neben meiner Frau. Mach nur zu, Meister, tritt mir in den Hintern. Ich nehm es dir nicht übel.« Dann drehte er sich um und streckte dem jungen Kaderoffizier seinen geflickten Hosenboden entgegen.
Hoffnungsschwert wußte nicht, wer bedauernswerter gewesen wäre – der Sklave, der sich so unterwürfig auslieferte, oder der hohe Herr, der zauderte, ihm tatsächlich einen ordentlichen Tritt zu verpassen. »Nun sei kein Esel, Kamerad«, sagte er. »Ich bin nur gekommen, um etwas zu trinken, das ist alles.«

Es dämmerte bereits, als Hoffnungsschwert sein Frühstück aus Man Tou und getrockneten weißen Rüben aß. Das Brot war bereits einige Tage alt, schwer zu kauen und noch viel schwerer herunterzuschlukken, aber die knusprigen, salzigen Rüben schmeckten köstlich. Was er wie gewöhnlich am meisten vermißte, war eine Tasse Tee. Doch bis die Dorfbewohner später am Morgen ihre Öfen anzünden würden, und er ihnen heißes Wasser und etwas Ordentliches zu Essen abkaufen könnte, würde er sich mit Brunnenwasser zufriedengeben müssen.

Er rollte Schlafmatte und Bettzeug zusammen, wusch sich, kleidete sich an und ging dann zu seinem bewährten Ritual über, indem er an dem Tisch, der vor dem Möbel stand, das einmal der Altar gewesen war, in etwas steifer Haltung Platz nahm und in den alten Zeitungen zu lesen begann. Wenn sie ihn in dieser Pose sahen, wagten die Landleute für gewöhnlich nicht, ihn umständlich zu begrüßen, unnötig viel zu reden oder ihm in allzu überschwenglicher Weise ihre Gastfreundschaft anzubieten. Nie war es nötig, sie von der Ankunft des Kaders in Kenntnis zu setzen. Irgendwie wußten sie immer Bescheid.

Er las nicht lange. Erst erschienen die lokalen Anführer und dann folgten die Leute, die keine Parteimitglieder waren. Obwohl er den ganzen Tag über hauptsächlich zuhörte und seine Fragen erst stellte, nachdem jeder die Gelegenheit gehabt hatte, zu ihm zu sprechen, empfand er die Sitzung als äußerst anstrengend. Den ganzen Tag über dazusitzen und so zu tun, als ob er keinem von ihnen je zuvor begegnet wäre, weder zu der Zeit, als er unter ihnen lebte, noch während seiner mehrmaligen Besuche, die er ihnen seitdem abgestattet hatte, war so, als ob er von morgens bis abends eine sperrige, ausdruckslose Maske vor dem Gesicht trüge.

Als er wieder allein war, erhob er sich vom Platz, ging ein paar Schritte im Raum auf und ab und ordnete dann seine Notizen, um seinen Bericht über die Meinungen zur Landreform zu schreiben. Doch nachdem er seine Pflichten erfüllt hatte, war ihm weder nach schlafen noch essen zumute. Was er jetzt brauchte, war frische Luft. Er ging hinaus und machte einen Spaziergang.

An dem wolkenlosen Himmel hing der Halbmond, und die Pfade waren herrlich menschenleer. Nur die rauchenden Schornsteine der Häuser verrieten, daß das Dorf nicht völlig ausgestorben war. Am Brunnen blieb er stehen und setzte sich auf den Rand, wie er es immer getan hatte, als er ihr Führungsoffizier geworden war und darauf wartete, daß die Dorfbewohner ihre Kürbisflaschen mit Wasser füllten, bevor sie gemeinsam zu ihren Sabotageaktionen aufbrachen und die Eisenbahnschienen zerstörten. Er hatte ihnen damals allerlei Fragen gestellt, und sie hatten ihm geantwortet:

»Welche Maßnahme kann China zum Sieg führen?«

»Wir müssen ihr Verkehrsnetz und ihre Verbindungswege zerstören.«

»Bin ich euer Lehrer?«

»Nein, du bist unser Genosse.«

Jetzt mußte er lächeln, als er daran dachte. Mehr als einmal hatte ihr schallendes Gelächter geradezu die Pappeln erbeben lassen, als sie gemächlich zurück nach Hause schlenderten, und er – zu stolz, um einen Schluck Wasser zu bitten, zu stolz, sich eine Extra-Flasche mitzubringen – plötzlich auf den Brunnen zurannte und um ein Haar hineingefallen wäre. Er hoffte, daß die Dorfbewohner auch heute Nacht noch dort in ihren Hütten, wo sie sich unbeobachtet fühlen konnten, über ihren durstigen Kaderoffizier lachen würden.

Obwohl das Land inzwischen in Parzellen unterteilt und an die Bauern verteilt worden war, und sich das Leben generell sehr geändert hatte, war für ihn beim Anblick des Ortes jetzt, mitten im Winter, fast alles beim Alten geblieben. Alles rief Erinnerungen in ihm wach: die Einschußlöcher in den Lehmwänden, die nahen Felder und der Bambushain dort draußen. Hauseingänge.

Den Blick auf das höchste Strohdach des Ortes geheftet, summte er gedankenverloren das Lied, das Zhou immer gesungen hatte, wenn er auf seinem Spähposten stand und Alarm gab. Genau von dem Dach hatte der junge Kaderoffizier damals, in dem Jahr, als die Japse abgezogen waren, zum Frühlingsfest das Feuerwerk und die Knallfrösche abgeschossen.

Wieder mußte er lächeln. Vielleicht war dies hier sein wahres Zuhause.

Da plötzlich war er fest entschlossen. Einmal nur wollte er seine selbst aufgestellte Regel brechen und Buschige Augenbraue einen Besuch abstatten.

Als die Tür aufging, hieß der Ältere ihn willkommen und bat ihn einzutreten. Während er dem jungen Kader eilfertig einen Platz auf der mit einer Strohmatte bedeckten Bank anbot, betonte er ein über das andere Mal, daß ein alter Bauer wie er die Ehre eines solch hohen Besuches nicht verdiene. Auf der ziegelsteingemauerten Bank, die von dem Herd aufgeheizt wurde, tauten Hoffnungsschwerts frostkalte Glieder schnell wieder auf. Es war das gleiche Bett, auf dem er damals geschlafen hatte; der gleiche Herd, der den geheimen Tunneleingang getarnt hatte.

Das Zimmer schien größer, als er es in Erinnerung hatte. Vielleicht erschien es ihm auch nur so, da Augenbraues Mutter und seine Frau gestorben waren, und der Mann, der keine Söhne hatte, hier alleine lebte. Die ehemals weißverputzten Wände wirkten wie tränenverschmiert vom Regenwasser, das im Laufe der Zeit durch das Dach eingedrungen war. Der alte Lehmboden war so abgenutzt, daß er ganz brüchig geworden war. Dennoch lag so etwas wie Würde in dem spärlich möblierten Raum, der zu diesem Mann zu passen schien, der das Dorf während der gesamten Kriegszeit geführt hatte.

Dann eröffnete Buschige Augenbraue das rituelle Begrüßungszeremoniell. »Hast du heute gegessen?«

»Es geht mir gut, danke. Und wie steht es mit dir?«

»Mir geht es gut.«

Der alte Mann eilte zu der Nische in der Wand, wo er seine Pfeife aufbewahrte, und entzündete sie gleich beim ersten Versuch mit einem brennenden Span aus dem Herd. Er paffte mehrmals, damit sie ordentlich zog, bevor er sie seinem Gast anbot. Während die alten Waffenkameraden abwechselnd die Pfeife rauchten, hatte Hoffnungsschwert den Eindruck, daß Augenbraue, den er als schweigsamen Mann in Erinnerung hatte, überraschend redselig geworden war – ebenso wie die anderen, die ihm den ganzen Tag gegenübergesessen hatten. Augenbraue sprach hauptsächlich über das Wetter, die Landarbeit auf den Äckern und von der gemeinsamen Zeit während des

Krieges, doch vermied er, auch nur mit einer Silbe die Kürbisfelder zu erwähnen. Hoffnungsschwert lauschte Augenbraues vertrauter Stimme, doch gleichzeitig hörte er noch eine andere, altbekannte Stimme in seinem Inneren – es war die Stimme seines Studiengehilfen, der das Gedicht rezitierte, das er den Jungen Herrn als Kind einmal gelehrt hatte, das Gedicht, das Hoffnungsschwert von allen immer am liebsten gehört hatte:

»Du reitest ein stolzes Pferd, während ich Staubschuhe trage.
Wenn wir einander begegnen, lächeln wir und verbeugen uns tief.
Du schulterst ein Bündel Heu, während ich einen seidenen Mantel trage.
Wenn wir einander begegnen, lächeln wir und verbeugen uns tief.«

Schließlich brachte Hoffnungsschwert das Thema zur Sprache, um dessentwegen er gekommen war. »Warum hast du das Stück Land abgelehnt, das du, wie alle glauben, verdienst?«
Er beantwortete die Frage mit einer Gegenfrage. »Und was meint ihr wohl, soll ein alter Mann wie ich damit anfangen?«
»Andere haben ihren Anteil weiterverkauft.«
»Na schön, aber ich halte es für schändlich, ein Stück Land gegen ein Stück Papier einzutauschen, oder in diesem Fall, gegen Silber.«
Da hatte er recht. »Und wie steht es um andere Dinge aus dem Besitz geflohener Großgrundbesitzer, die enteignet wurden?« fragte er. »Du könntest doch sicherlich einen Stuhl gebrauchen oder einen Schrank?«
»Ich bin all die Jahre ohne diese Dinge ausgekommen. Sie stünden mir nur im Weg.«
»Wie wäre es mit einer Hose, einer gefütterten Jacke oder einer warmen Decke?«
Als gäbe es darauf keine passendere Antwort, erwiderte er mit dem gespielt interessierten Blick einer alten Jungfer, die ihre letzte Chance wahrnimmt, »sag mal, Kamerad, willst du tatsächlich diesen alten Mann vom Fleck weg heiraten?«
Sie mußten beide lachen, und es war ein herzliches, unverkrampftes Lachen, Hoffnungsschwert versuchte trotzdem noch einmal,

den alten Mann zu bewegen, etwas aus den konfiszierten Beständen anzunehmen. »Vielleicht einen Handkarren. Jemand, der Bohnenquark verkauft, kann doch immer mal einen neuen Handkarren gebrauchen.«
»Da ist etwas dran.«
Hoffnungsschwert schlug mit der flachen Hand auf die Matte. »Also abgemacht. Du nimmst einen neuen Handkarren.«
»Hab ich dir jemals von meinem Karren erzählt?«
Was hatte der alte Teufelsbraten vor? Er hatte Hoffnungsschwert noch nicht einmal etwas von seiner ältesten Tochter erzählt. »Du hast mir zwar alles beigebracht, was ich hier wissen mußte«, antwortete er darauf, »aber du hast mir niemals Geschichten erzählt.«
Der alte Bauer kratzte sich am Hals und sagte, »das ist wohl wahr ... Wie dem auch sei, vor langer Zeit pflanzte mein Vater einmal einen Setzling und wässerte ihn gewissenhaft. Als der Schößling groß geworden war, fällte er den einzigen Baum, den wir je besaßen, um für mich einen Handkarren daraus zu tischlern. Wie könnte ich also einen anderen als diesen Karren benutzen? Was für ein Sohn wäre ich dann?«
Hoffnungsschwert fehlten die Worte, und lange wußte er nicht, was er darauf antworten sollte. Er betrachtete den alten Bauern neben sich – das Gesicht, das kaum mehr war als Wangen- und Kiefernknochen –, der ein Leben lang Bohnen geschrotet hatte, und dessen Hände knorrig geworden waren; mit seiner über und über geflickten Kleidung – er beneidete ihn fast.
Es war der Ältere, der schließlich das Schweigen brach. »Bitte, Kamerad, versteh' mich nicht falsch. Ich weiß, daß du mir nur helfen willst, aber einen alten Baum verpflanzt man nicht mehr, und ich bin zu alt und zu langsam, um mich noch zu verändern.«
»Irgend etwas muß es aber doch geben, das du gebrauchen kannst.«
»Ich kann immer nur ein Paar Hosen tragen, und das habe ich an. Genauso kann ich immer nur an einer Stelle sitzen, und wo ich in diesem Augenblick sitze, hier auf meiner Strohmatte, fühle ich mich ganz und gar wohl. Ich kann auch nicht aus zwei Näpfen zur gleichen Zeit essen, und dabei besitze ich einen für mich und noch einen von

meiner Mutter und einen von meiner Frau. Die sind für meine Gäste. Auch meine einzige Pfeife reicht mir völlig aus. Ich bin glücklich, wenn ich sie mir mit einem Freund teilen kann.«

»Getreide! Dein Vorratskrug ist fast leer.«

Dieses Mal hatte der Mann nicht gleich eine Antwort parat, und Hoffnungsschwert meinte schon, zumindest eine Runde nach Punkten gewonnen zu haben.

Doch der Mann schüttelte auch zu diesem Vorschlag den Kopf. »Erinnerst du dich noch an die vier Milizionäre, die damals mit uns im Graben waren?«

»Allerdings. Drei von ihnen sind jetzt Parteimitglieder, und ich habe gerade erst einen Tag mit ihnen verbracht.«

»Haben sie dir auch von dem Vierten erzählt?«

»Kann sein. Ich erinnere mich nicht mehr.«

»Gleichgültig. Er lebt nicht mehr im Dorf. Nachdem sein reicher Cousin dieses Frühjahr das Weite gesucht hatte, überließ er jedem seiner armen Verwandten, einschließlich dieser drei Milizionäre, ein bißchen von dem Land. Unser Kamerad ist also zum Großgrundbesitzer gworden. Es wäre sein Getreide, mit dem du meinen Vorratskrug fülltest. Wie sollte ich auch nur einen Bissen davon herunterkriegen? Unsere Töchter sind zusammen vor unseren Augen zu Tode gekommen.«

*

Hoffnungsschwert reiste weiter von Dorf zu Dorf und berichtete über die jeweiligen Verhältnisse, während im Norden die Kommunisten die großen Schlachten für sich entschieden und mehr und mehr Truppen der Kuo-min-tang zu ihnen überliefen. Ende Januar des nächsten Jahres hatte sich auch Peking kampflos ergeben.

Seine Befehle erhielt er von Lincoln Chen, der, ohne einen offiziellen Rang einzunehmen, die Drähte hinter den Kulissen zu ziehen vermochte und größten Einfluß auf diejenigen ausübte, die sich in Peking voller Ehrgeiz nach der politischen Macht drängten. »Die Zeit ist gekommen, ein neues China zu errichten. Fangt mit dieser grooen Aufgabe ganz unten an.« Mit diesem Befehl trat Hoffnungsschwert, der inzwischen Offizier der regulären Streitkräfte der neuen Staatsführung geworden war, auf den Spuren der siegreichen Volksbefreiungsarmee seine lange Reise in den Süden an, zum Jangtse, dorthin, wo er geboren worden war.

Teil vier

# *Visionen*

## *Abzweigungen*
## *(1949)*

Über Nacht wurde Wen Shui mit roten Fähnchen geschmückt. Diejenigen, die das neue System und die neuen Verhältnisse fürchteten, waren geflohen, und diejenigen, die geblieben waren, sehnten sich nach Ordnung und Frieden. Jedermann wußte, daß China nicht so bleiben konnte, wie es war. Zum Einkaufen mußte man beispielsweise einen Karren voller Banknoten mit sich führen. Das Geld war wertlos, und selbst die Bettler machten mit den Noten ein Feuerchen, um sich die Hände daran zu wärmen.

Die Veränderung war in Gestalt einer Armee scheuer Bauernjungen gekommen, die in Uniformen aus handgesponnener Baumwolle singend durch die Straßen marschierten. Die Menschen empfingen sie mit Freudenrufen und großer Erleichterung. Sie waren so anders als die furchterregenden Söldnertruppen, die viele erwartet hatten. Wenn ein Schulmädchen einem Soldaten eine Blume ansteckte, wurde er vor Scham fast röter als die Blüten selbst. Verwirrt kamen diese Jungen dann aus dem Tritt und begannen angestrengt ihre ärmlichen Strohsandalen zu studieren, als ginge es darum, das göttliche Geheimnis zu lüften, wie sich wohl aus einem Schritt der nächste ergäbe. Es war diese Unschuld, die die Herzen der Menschen – der zynischen Regierungsverwaltung müde und der Korruption überdrüssig, die in diesen Kreisen wütete wie eine ansteckende Krankheit – wieder mit Freude und Hoffnung erfüllte.

Bergkiefer hob das Kind auf seine Schultern, damit sein Sohn, Kleiner Panda, den Löwentanz, die Stelzenläufer und die Musikanten sehen konnte. Mit seinen kleinen Fäusten griff das Kind in Bergkiefers Haar, hielt sich daran fest und hüpfte vor Vergnügen auf und nieder. Vor Überraschung und aus vorgetäuschtem Schmerz schrie Bergkiefer auf.
Champignon schimpfte: »Willst du wohl augenblicklich aufhören, am Haar deines Vaters zu zerren.«
»Sitz ruhig, Kleiner Panda!« sagte Sommerwünsche.
Doch Bergkiefer lachte nur. »Das macht doch nichts. Er kann mir nicht wirklich wehtun.«
Das kleine Kind gluckste vergnügt und zog noch fester.
»Welch ein Griff!« rief Bergkiefer begeistert. »Unser Sohn könnte einen Drachen reiten.«
In gespielter Strenge warf Sommerwünsche ihm einen mißbilligenden Blick zu. »Du darfst ihn nicht so verwöhnen. Wirklich, das darfst du nicht.«
Als er ihr darauf ganz hilflos in die Augen schaute, versuchte sie vergeblich, ihre Rührung zu verbergen und wandte das Gesicht ab, damit er ihr Lächeln nicht sähe.
Bergkiefer richtete sich wieder auf. »Glaub es oder nicht, Kleiner Panda, es gibt Leute, die behaupten, deine Mutter sei eine großartige Schauspielerin.«
Der Stelzenläufer beugte sich herab und gab dem Kind einen freundlichen Klaps, daß es vor Freude nur so quietschte. Dann ging er weiter und verkündete seine Botschaft: »Seht ihr? Wir Kommunisten wollen niemandem Böses. Hört nicht auf solches Geschwätz. Tschiang und seine räudigen Hunde werden nie wiederkommen. Macht eure Läden wieder auf, Leute, geht wieder an eure Arbeit. Ihr Schüler, geht zurück in den Unterricht. Alles wird wieder gut. Der Friede ist gekommen.«
Dann zogen noch mehr Soldaten vorbei und sangen ihr verheißungsvolles Lied, das sie schon auf dem gesamten Marsch gesungen hatten, der sie aus den nördlichen Provinzen bis hierher geführt hatte:

»Nie und nimmer werden wir stehlen!
Keine alte Nadel!
Keinen Faden!
Keinen Schluck Wasser!
Wir Soldaten werden aufräumen!
Werden allen Schmutz aus dem Land kehren!«

Ihre Stimmen dröhnten. Ihre Gesichter strahlten. Die Fröhlichkeit war ansteckend, und Bergkiefer, der dort mit seinem Kind auf den Schultern zwischen den Menschen stand, dachte bei sich, »vergiß diesen Tag niemals, mein Sohn.«
Den Männern folgten Jungen, die Trommeln schlugen – sie hatten Tücher um den Kopf gewickelt, wie sie die Männer aus Yenan trugen, der Hochburg der Revolution –, und Mädchen mit geflochtenem Haar, die rote Bänder schwangen, tanzten und »Das Lied vom Reis-Sprößling« sangen. Auf einmal jedoch scherten sie aus der Marschformation aus, schoben und zogen die erstaunten Zuschauer und überredeten sie, doch ihre Scheu zu überwinden und sich der Parade anzuschließen. Die Kinder verkrochen sich noch schüchtern hinter ihren Eltern, doch Champignon bedurfte keiner weiteren Einladung, sondern schnappte sich eines der Bänder, stürmte los und begann, wackelnd, wippend und trunken vor Freude zu tanzen. Die Umstehenden applaudierten begeistert. Selbst ein altes Mütterchen mit streng gewickelten Füßen ließ sich von dem Jubel mitreißen und fing nun ihrerseits voller Glück zu tanzen an.
Sommerwünsche zog Bergkiefer am Ärmel. »Hättest du etwas dagegen?«
»Dagegen? Ich wäre stolz.«
Sie zögerte.
»Geh! Tanz für uns beide.«
Vor Glück strahlend reihte sie sich ein in den ausgelassen fröhlichen Umzug, und als ob sie mit jedem Wink ihrer Hand, ganz wie eine Märchenfee mit ihrem magischen Fächer, die Kinder um sich her verzauberte – ganz so wie die Mädchen und Jungen des Waisenhauses in der Nachbarschaft, das die Schauspielerin den Mönchen des Klosters

Der Unbekümmerten Gelassenheit zuliebe regelmäßig besuchte – kamen die Kleinen selig aus ihren Verstecken hervorgehopst und schlossen sich ihr an.
Jetzt kamen noch mehr Soldaten, die riesige Portraits des Parteivorsitzenden trugen; im Vorbeimarsch sangen sie: »Der Osten ist Rot, die Sonne ist aufgegangen. China hat einen Mao Tse-tung hervorgebracht ...«
Reihe für Reihe defilierten hagere, sonnengebräunte Gesichter, eines kaum vom anderen zu unterscheiden. Wäre der Soldat ganz am Schluß nicht allein marschiert, wäre er Bergkiefer niemals aufgefallen, denn er trug haargenau die gleiche Uniform wie alle anderen, und auch seine Schuhe waren aus Stroh. Nur die roten Quasten, die an seinem Pistolenhalfter über der Hüfte befestigt waren, verrieten einen höheren militärischen Rang. In dem Augenblick aber, als Bergkiefer auf ihn aufmerksam geworden war, konnte er seinen Blick nicht mehr von ihm abwenden. Irgend etwas war an diesem Mann. Vielleicht sein Gang? Er ging sehr anmutig, doch mit einem fast wiegenden Schritt. Oder sein Gesicht? Obgleich es von der Kappe beschattet war, schien es fein, fast vergeistigt.
Als er vorbeimarschierte, versuchte Bergkiefer, sich durch die Menschenmenge hindurchzuschlängeln und so gut er konnte mit ihm Schritt zu halten. Immer mehr beschlich ihn eine Ahnung, daß dieser Mann kein Fremder war, daß er ihm irgendwo einmal begegnet sein mußte. Er schrie ihm Grüße zu, obwohl ihm klar war, daß sie im Lärm der Menschenmenge nicht zu hören sein würden. Schließlich konnte er ihm nicht mehr folgen und verlor ihn aus den Augen.
Jetzt erst bemerkte Bergkiefer, daß Kleiner Panda eingeschlafen war. Behutsam hob er den Jungen von seinen Schultern, und ihn an seiner Wange wiegend, ging er zurück nach Hause.
Am Eingangstor warteten einige Soldaten, doch der faule Kerl aus Shandong war nirgendwo zu sehen. Warum Jade den Mann nicht schon längst entlassen hatte, war ihm ein Rätsel.
Seitdem vor einigen Tagen die Vorhut des Truppenverbandes der kommunistischen Soldaten in der Schule einquartiert worden war, hatte Bergkiefer oft angehalten, um sich ein wenig mit den Män-

nern zu unterhalten, deren Leben ein Spiegelbild seines eigenen hätte sein können, wäre er kein Studiengehilfe geworden. Doch dieses Mal war er nicht in der Stimmung, einen anderen möglichen Lebensweg zu erfahren und winkte nur. Er deutete auf seinen schlafenden Sohn, um seine Eile zu erklären und ging geradewegs ins Haus.

In dieser Nacht fand er keinen Schlaf. Es war ihm unerklärlich, warum die alten Depressionen ihn gerade jetzt wieder heimsuchten, da er neue Hoffnung für die Zukunft geschöpft hatte, da Heirat und Vaterschaft die Melancholie seiner Jugend verscheucht hatten. Als Sommerwünsche ihn fragte, was ihn beunruhige, nahm er sie in die Arme und flüsterte, »es ist nichts. Alles wird gut, ganz bestimmt.«, doch ihm klangen seine eigenen Worte wie ein Gebet.

Am Morgen, während Sommerwünsche versuchte, Jade zu beruhigen, die befürchtete, die Roten mochten ihre Schule möglicherweise nicht wie versprochen nach ein paar Nächten wieder verlassen, sondern das Haus akquirieren, bevor sie selbst die Genugtuung haben würde, ihre angeheiratete Verwandtschaft wieder in die Stadt schleichen zu sehen, sie um Verzeihung bitten und um Hilfe anflehen zu sehen, ging Bergkiefer, um nach den Soldaten zu sehen. Doch er fand alles in bester Ordnung: Selbst die Türblätter, die aus den Angeln gehoben und über Stühle und Tische gelegt als Betten gedient hatten, waren wieder eingehängt. Das Bettzeug war bereits verpackt. Alle waren ausgeflogen bis auf einen Soldaten mit bandagiertem Kopf, der in der Diele weiße Rüben schälte.

Die Vorstellung, mit der Meldung zurück ins Haus zu gehen: »Es ist nichts zerstört worden, die Soldaten werden die Schule noch heute verlassen.«, ließ ihn aus irgendeinem Grunde lieber in die Diele gehen.

»Guten Morgen, Kamerad. Hast du gut geschlafen?«

Der Mann sprang vom Stuhl auf. »Wie ein Stein.«

Um die Unterhaltung fortzuführen, sagte Bergkiefer einfach das, was ihm gerade in den Sinn kam. »Von euch hat sicherlich niemand mehr Probleme einzuschlafen. Wahrscheinlich habt ihr gelernt, in jeder noch so ungemütlichen Situation schlafen zu können.«

»Der einzige Ort, an dem ich zur Zeit nicht schlafen kann, ist mein Bett zu Hause.«
»Wie lang warst du schon nicht mehr dort?«
»Sieben Jahre.«
»Nicht mal Heimurlaub?«
Der Mann lachte trocken. »Wir sind Soldaten, keine Schuljungen.«
»Bist du verheiratet?«
»Seitdem ich sechzehn war, und einen Sohn hab ich auch.«
Bergkiefer versuchte sich vorzustellen, wie es wäre, solange von Sommerwünsche und Kleiner Panda getrennt zu sein. Er könnte es nicht.
»Schau nicht so besorgt drein, Lehrer! Du bist in Sicherheit. Wir haben jetzt alle Freiwilligen zusammen, die wir brauchen! Wer sollte sich für ein ordentliches Stück Land nicht der Armee anschließen wollen?« Dann, mit gesenkter Stimme, fügte er vertraulich hinzu: »Aber glaub' nicht, daß uns Veteranen der Sold gereizt hätte. Wir sind Soldaten geworden, um Japse umzubringen. Unser Kommandant zum Beispiel. Er ist hier in der Stadt zu Hause, aber ist er etwa davongerannt, um seine Familie zu sehen? Nein, er geht mit gutem Beispiel voran. Er ist durch und durch ein Mann der Partei.«
»Wie heißt er?«
Der Mann zuckte mit den Schultern.
»Wie sieht er aus?«
»Hab ihn noch nie von nahem gesehen. Aber er ist nicht anders als wir alle. Familien haben zu warten, bis auch das übrige China befreit ist. Das Volk bedarf noch einer Menge Arbeit.«
Zurück im Haupthaus begann Bergkiefer, den Frauen von seiner Unterhaltung zu berichten, doch unterbrach er sich alsbald. Ihn überkam wieder dieses leichte Unwohlsein. Er war sich sicher, daß der Kommandant der Mann gewesen sein mußte, der ihm in der Parade aufgefallen war. »Ich geh mal in der Stadt nachsehen, was da los ist«, sagte er. »Wartet nicht mit dem Essen auf mich.«
Stundenlang lief er umher, vorgeblich um zu sehen, ob die Geschäfte wieder normal liefen, und welche Befehle ausgegeben worden waren. Doch er hielt nirgendwo an, um sich nach dem Stand der Dinge

zu erkundigen, er las nicht einmal die Bekanntmachungen, die überall angeschlagen waren. Statt dessen suchte er nach roten Quasten an den Pistolenhalftern von Soldaten. Schließlich fand er sich am Kai wieder, wo zahlreiche Truppen darauf warteten, sich auf den Fähren einzuschiffen. Jetzt, da die Soldaten der Kuo-min-tang wie aufgeschreckte Kaulquappen in Scharen desertierten und eine Stadt nach der anderen zurückerobert wurde, ohne daß auch nur ein Schuß gefallen wäre, würde es nicht mehr lange dauern, bis China vollständig befreit wäre. Das Wort hatte plötzlich einen eigentümlichen Klang.

Er kaufte einem Straßenhändler einige Stücke Zwiebelkuchen ab und aß sie, während er langsam am Ufer entlangschlenderte. Ein leichter Windstoß fuhr ihm durchs Haar. Der Fluß hatte für ihn immer etwas Geheimnisvolles – nein, Magisches – und jetzt hatte er das untrügliche Gefühl, mit jedem Schritt, den er tat, im wahrsten Sinne zurück in die Vergangenheit zu gehen. Er sah den Schiffen zu, die ans gegenüberliegende Ufer fuhren, und kam sich dabei wieder wie der Studiengehilfe vor, der mit seinem Jungen Herrn auf der Uferböschung saß. Er blickte in den Himmel und erwartete fast, im nächsten Augenblick einen Schwarm Vögel zu sehen, denen kleine Flöten aus Schilfgras an die Schwänze gebunden waren, oder gleich zu hören, wie ein kleiner Junge Krieg spielte und das Geräusch von Maschienengewehrsalven nachahmte.

Ein Stein flog und ließ Kreise kleiner Wellen auf dem Wasser entstehen. Dann noch einer. Er sah sich um. Etwas weiter rechts erkannte er die Gestalt eines Mannes, die sich schattenhaft gegen die Uferböschung abhob. Bergkiefer schirmte seine Augen gegen die Sonne ab. Es war ein Soldat. Die Ähnlichkeit war geradezu unheimlich. Nein, das war unmöglich. Seine Phantasie spielte ihm einen Streich. Er blinzelte. Die Erscheinung war immer noch dort. Er trat einen Schritt zurück und wedelte mit der Hand, wie um sie zu verscheuchen. Doch dann flog – nein, schwebte – erneut ein Stein durch die Luft und noch einer und noch einer, und er fühlte, wie es ihm die Kehle zuschnürte, wie seine Lungen zu versagen drohten, fürchtete fast, ersticken zu müssen, hatte wieder genau diese Angst, wie seit Jahren nicht mehr.

Er rannte los, nur weg, doch er stürzte und fiel zu Boden. Er wagte nicht aufzublicken. Wie hätte dieser Mann Hoffnungsschwert sein können und nicht bloß sein Geist?

»Kamerad, hast du dich verletzt?«

Als er die altvertraute Stimme erkannte, richtete er sich kerzengerade auf.

Als Hoffnungsschwert sich zu ihm herabbeugte und sie einander ins Gesicht sahen, mußte Hoffnungsschwert unvermittelt laut lachen, und er schloß Bergkiefer in seine Arme.

Der jedoch, als sei er betäubt, konnte sich nicht rühren. Seine Kinnlade war schlapp nach unten gefallen, und seine Arme lagen kraftlos am Boden. Als müßte sein Verstand diesen plötzlichen Ausfall einiger seiner Körperteile wettmachen, raste sein Gehirn, und in Gedanken war er nicht mehr hier an diesem Ort der Überraschung und Verwirrung, sondern bei seiner Frau, und er konnte plötzlich spüren, wie ihr zumute sein müßte, fände sie sich plötzlich in Hoffnungsschwerts Armen wieder.

»Alter Freund, du siehst keine Gespenster. Und ich bin auch nicht von den Toten auferstanden. Ich lebe.«

Bergkiefer redete sich ein, daß dies alles nicht wirklich stattfinden konnte, daß alles wieder gut sein würde, wieder alles gut, in einer Minute.

»Hab ich mich denn so verändert? Erkennst du mich nicht mehr?«

Er konnte nicht aufhören, ihn anzustarren.

»Wie geht es dir? Was hast du getrieben in den vergangenen sieben Jahren? Wann hast du Chungking verlassen? Bist du anschließend direkt wieder hierher zurückgekommen? Du mußt mir alles erzählen!«

Irgendwie gelang es Bergkiefer zu sagen, »zuerst du.«

Hoffnungsschwert zog ihn hoch und half ihm auf die Beine. »Komm, wir wollen uns dort hinsetzen, wo wir als Jungen immer gesessen haben. Ich werde dir alles erklären.« Wieder lachte er. »Es ist eine erstaunliche Geschichte. Du bist genau der Richtige, sie aufzuschreiben. Du schreibst doch noch, oder?«

Er schüttelte den Kopf.

Hoffnungsschwert schlug ihm liebevoll auf den Rücken. »Paß auf, meine Geschichte wird dich sicherlich wieder zum Schreiben bringen.«
Fast hätte er laut aufgeschrien: »Ich will gar nicht wieder schreiben. Deine Geschichte interessiert mich einen Dreck. Warum bist du nicht geblieben, wo du warst? Warum bist du zurückgekommen?«
Hoffnungsschwert begann bei seiner Reise nach Kunming.
Während Bergkiefer ihm zuhörte, sah er am Himmel einer einzelnen Möwe zu, die dort ihre Kreise zog, und ihm kam ein Gedicht von Li Po in den Sinn:

> Wie beschwerlich die Reise doch ist,
> wie sehr beschwerlich,
> so oft schon hab ich die Richtung geändert,
> und jetzt, wo mag ich jetzt wohl sein?

Als Hoffnungsschwert seinen Bericht über die vergangenen Jahre beendet hatte, warteten am Kai keine Soldaten mehr. Bergkiefer hatte während der Erzählung kaum ein Wort gesagt, hatte nur bruchstückhaft begriffen, was ihm da berichtet wurde – sich nur wieder und wieder gefragt, wann die Reihe an ihm sein würde, seine Geschichte zu erzählen, hatte sich gefragt, was dann geschehen sollte.
»… Nachdem ich gesehen hatte, daß alle Soldaten sicher an Bord Richtung Süden waren, wollte ich meine Mutter und deine Schwester aufsuchen, aber ich hätte nie gedacht, auch dir hier in der Stadt wiederzubegegnen. Was für ein wundervoller Zufall, ich kann es kaum glauben. Verdammt! Es ist phantastisch, dich wiederzusehen. Es ist wunderbar, am Leben zu sein. Im Ernst, nach all den Jahren hätte ich mir nicht träumen lassen, mich je wieder wie der alte zu fühlen. Es ist so lange her, daß ich mit jemandem sprechen konnte, den ich –«
Die Freude in seiner Stimme erschien Bergkiefer mit einem Mal fast unerträglich, und unangemessen heftig bat er ihn, doch bitte endlich aufzuhören. »Du mußt jetzt zuhören, du mußt mich etwas sagen lassen.«
Hoffnungsschwert lachte. »Na endlich hast du deine Stimme wieder-

gefunden. Ich hatte schon befürchtet, du würdest dich von dem Schock nicht mehr erholen.«

»Hoffnungsschwert, ich bin nicht ...« Die Worte blieben ihm wie ein Kloß im Halse stecken.

»Was bist du nicht?«

»... allein zurückgekommen. Sie ist mit mir zurückgekommen.«

»Sommerwünsche! Sie ist auch hier? Warum hast du das nicht gleich gesagt? Was für eine Heimkehr das ist!« Er sprang auf und wollte auch Bergkiefer hochziehen. »Bring mich zu ihr – jetzt auf der Stelle!«

»Nein, noch nicht.« Mit einem kraftvollen Griff, den er sich selbst nicht zugetraut hätte, zwang er Hoffnungsschwert, sich wieder zu setzen. »Zuerst mußt du noch etwas anderes hören.«

»Später, später. Du hast noch so viel Zeit, mir alles später zu erzählen.«

Bergkiefer mußte fast weinen, als er plötzlich in dem Mann wieder den kleinen Jungen von damals entdeckte. Als ob der Junge Herr wieder vor ihm stünde, sagte er in strengem Ton, »Hoffnungsschwert, du kannst nicht vergessen haben, daß wir alle glaubten, du seist tot. Sie ... sie ...«

»Was ist mit ihr?«

»Sie hatte sich monatelang – nein, jahrelang – geweigert zu glauben, daß du tatsächlich für immer fort sein würdest. Aber niemand, auch sie nicht, kann ewig trauern. Du hättest wissen müssen, daß sie eines Tages ... daß sie ...«

»Du meinst ... sie hat geheiratet?«

Er nickte. Und als er sah, daß aller Glanz aus Hoffnungsschwerts Augen wich und ihn eine tiefe Traurigkeit befiel, da legte Bergkiefer voller Mitgefühl seinen Arm um die Schultern des Soldaten und sagte, »weißt du, wenn jemand mit der ganzen Kraft seiner Sehnsucht verhindern könnte, daß im Herbst die Blätter von den Bäumen fallen, oder daß Schnee an der Sonne schmilzt, sie hätte den ganzen Erdball zum Stillstand gebracht und auf dich gewartet. Aber der Frühling mußte vergehen, und was einmal war, ist nicht mehr ...«

Er merkte, daß er nicht nur zu Hoffnungsschwert sprach, sondern fast versuchte, sich selbst Mut zu machen. Aber dann schrie er auf: »Warum hast du nicht wenigstens ein einziges Mal versucht, uns Nachricht zukommen zu lassen?«
Hoffnungsschwert schüttelte den Arm des Freundes von seinen Schultern, nahm einen flachen Kiesel und schleuderte ihn auf den Fluß, daß er über das Wasser hüpfte. »Hast du denn nicht zugehört?« sagte er bitter. »Wie hätte ich denn?« Dann warf er einen weiteren Stein übers Wasser und noch einen und noch einen.
Hinter den Hügeln in der Ferne versank lautlos die Sonne.
Hier und da glühten noch wie verglimmende Asche einige Wolken schwach am Horizont.
Als Hoffnungsschwert endlich wieder zu sprechen begann, war seine Stimme ruhig. Kein Ärger, nicht einmal Trauer war ihm anzumerken. Er wirkte wie ein müder, alter Soldat, der all seine jungen Rekruten überlebt hatte und allein weitermarschieren mußte. »Weißt du, mein Freund, zu Anfang habe ich versucht, die Leere in meinem Herzen mit Erinnerungen zu füllen, mir die Welt schönzufärben mit Gedanken an früher. Ich hatte eine Zigarette zurückgelassen …« Er schwieg für einen Augenblick, als ob er die 999er mit dem Goldfilter vor sich sähe. Dann blinzelte er und fuhr fort. »Aber als ich hinter den feindlichen Linien kämpfte, wurde alles anders. Ich mußte mich ändern, und das hab ich getan. Ich mußte immerzu vorgeben, mehr zu sein, als ich war.
Und als ich die Vergangenheit endlich begraben hatte, dachte ich, daß sie nun keine Rolle mehr spielen würde. Aber das war ein Irrtum. Gerade, just vor einem Augenblick, als ich erfuhr, daß Sommerwünsche ganz in der Nähe ist, war es, als sei sie plötzlich wieder zum Leben erwacht, als hätte es die vergangenen sieben Jahre nicht gegeben, als ob sie immer noch ein Teil von mir wäre, als ob wir immer noch zueinander gehörten. Aber du, mein Freund, weißt besser als jeder andere, was für ein Dummkopf ich manchmal sein kann. Ich … ich habe einfach vergessen …«
Der Wind ging heftiger. Die Nacht hatte die Welt am anderen Ufer des Flusses verschluckt. Sie saßen lange da, ohne ein Wort zu sagen.

Bergkiefer war dankbar, daß die Sonne untergegangen und der Mond nirgendwo zu sehen war. Dennoch konnte er erkennen, daß Tränen in den Augen des Soldaten standen. Weinte er vor Wut, oder waren es Tränen der Erleichterung, war es Liebe oder Selbstgerechtigkeit, Treue oder Verrat? Er wollte es nicht wissen.

Schließlich bat Hoffnungsschwert ihn, ihm den Mann zu beschreiben, den sie geheiratet hat. »Ist er ihrer wert? Ist er freundlich? Ist er gut zu ihr?«

»Er ist nur ein blasser Schatten des ersten Mannes, den sie liebte, aber er ist wahrhaftiger als sein Geist.«

»Wer ist es?«

Bergkiefer suchte Hoffnungsschwerts Hand, um sie in die seine zu nehmen. Sie war kalt. Der Groll, den er zuvor verspürt hatte, war gewichen. Er empfand nur tiefes Mitgefühl für unglückliche Sterbliche, wie sie beide.

»Wer ist er?«

»Er war und wird ewig dein treuer Freund bleiben.«

## *Heimkehr*

Kaum war Bergkiefer durch das Tor des Hauses Li getreten, da flogen ihm bereits die vier Frauen entgegen und umschwirrten ihn wie ein Schwarm aufgescheuchter Bienen, indem sie alle durcheinander auf ihn einredeten.

»Wo hast du gesteckt?«

»Bist du in Ordnung?

»Wir haben uns Sorgen um dich gemacht.«

»Warum hast du uns denn keine Nachricht zukommen lassen?«

Er bat um Verzeihung und lächelte, als Sommerwünsche ihre Hand auf seine Stirn legte. »Es geht mir gut. Nur ein bißchen erschöpft vom Laufen.«

Jade stieß pochend mit ihrem Stock auf den Boden. »Nun spann' uns nicht auf die Folter. Wie viele Hinrichtungen hast du gesehen?«

Nur eine, dachte er.

Jade, die glaubte, sein Zögern bedeutete, es widerstrebe ihm, davon zu sprechen, hob eine Augenbraue. »So viele also?«

»Es tut mir leid, Gnädige Frau, Sie zu enttäuschen, aber es ist nichts dergleichen vorgefallen.« Er bot ihr seinen Arm. »Wollen wir doch erst einmal hineingehen. Bei einer Tasse Tee werde ich Ihnen dann alles genau erzählen, das verspreche ich.«

Während Champignon und Goldweide vorauseilten, kam Sommerwünsche auf die andere Seite und bot Jade ebenfalls ihren Arm, um sie mit den jüngsten Heldentaten, die ihr Kleiner Panda heute vollführt hatte, zu zerstreuen. Während sie so über das unbeleuchtete Grundstück zum Haupthaus gingen, merkte Bergkiefer, wie ihn wieder diese altgewohnte depressive Stimmung beschlich und sich in seinen Knochen einzunisten schien; mit jedem Schritt fiel es ihm schwerer, sein verkrüppeltes Bein zu bewegen.

Er hätte nicht sagen können, was in der Zwischenzeit geschehen war, als ihm plötzlich die Teetasse aus der Hand glitt. Es konnten höchstens ein, zwei Sekunden vergangen sein, bevor er sein Taschentuch hervorzog, um die Spritzer abzutupfen, doch es schien ihm eine Ewigkeit zu spät. Die Flecken, die auf dem edlen und vielgepriesenen Teppich entstanden, für den Jade, wie sie einmal gesagt hatte, lieber verhungern wollte, als ihn zu verkaufen, ließen ihn erstarren. War dies nicht genau die gleiche Stelle, an der er während der Zeremonie des feierlichen Zugriffes gestanden hatte, als das Geburtstagskind ohne jede Vorwarnung plötzlich nach seinem Fußknöchel gegriffen hatte? Er war sich ganz sicher.

Champignon stieß ihn zur Seite, um die Angelegenheit zu übernehmen. Er wandte sich Jade zu und mußte wohl irgend etwas zu ihr gesagt haben, denn sie schnitt ihm herrisch das Wort ab, »laß das nur. Setz dich und erzähle.« Er sah hilfesuchend zu Sommerwünsche, die ihm daraufhin mit einem aufmunternden Lächeln ihre Teetasse zuschob.

Er nahm einen Schluck.

Dann war ein dumpfes Pochen zu hören. Es kam von Jades Stock. »Und nun, nun ...?«

Er räusperte sich. Er hatte einen Geschmack wie Asche im Mund. Er konnte sich nicht mehr erinnern, inwiefern sich die Stadt verändert hatte; irgendwie gehörte der Morgen in ein anderes Leben. Nervös rieb er sich die Hände. »Wo war ich?« fragte er.

Champignon rollte die Augen. »Eben das, mein Freund, würden wir gern von dir erfahren.«

Er konnte sie nicht länger warten lassen. Irgend etwas mußte er jetzt sagen. Er beschloß, ihnen zu erzählen, was sie zu hören hofften: wie festlich die Stadt aussah, wie sich die Soldaten gebärdeten als seien sie Gelehrte, und wie die Bewohner aus ihren Häusern hervorkamen, um den Fremden Schalen gefüllt mit Nudeln anzubieten, um ihnen ein langes Leben zu wünschen. »Alles in allem ... ich glaube, daß ... ja, die Geschichten, die wir darüber gehört haben, was in anderen Städten geschehen ist, waren keine Lügen. Ja, alles ist tatsächlich genau so. Oder vielleicht sogar noch besser ...«

»Hör nicht auf. Erzähl uns mehr.«

Ihre Begeisterung zwang ihn weiterzumachen. »Nun, da war auch ein Bauer aus Hopeh, der ein ganzes Dorf gerettet hatte, indem er ...

Oh ja, da war ein Lehrer aus Yenan, der war in die Sümpfe geraten und konnte nicht mehr heraus ...«

Es war fast Mitternacht, ehe sie ihm gestatteten, zu Bett zu gehen. Er gab nicht einmal Kleiner Panda einen Gutenachtkuß. Irgendwie kleidete er sich aus. Nie in seinem Leben hatte er sich so müde gefühlt, nicht einmal damals, als er auf dem Weg nach Chungking mit leerem Magen wochenlang Bücher die Berge rauf- und runtergeschleppt hatte.

Er schloß die Augen und dachte, daß es doch viel leichter sei als er befürchtet hatte, sein Versprechen einzuhalten und nicht zu verraten, daß Hoffnungsschwert wieder zurückgekommen ist. Es war leicht, erstaunlich leicht, die Wahrheit für sich zu behalten und zu lügen.

Am nächsten Tag, als Kleiner Panda nach dem Essen seinen Mittagsschlaf hielt und Goldweide zum Einkaufen gegangen war, saßen die anderen noch bei Tisch zusammen. Wie ein Kind, das seine Lieblingsgeschichte immer und immer wieder hören will, befahl Jade pausenlos, daß Bergkiefer ihr ein übers andere Mal die gleichen Geschichten neu erzählen sollte, die inzwischen jeder auswendig kannte.
Er wollte gerade beginnen, ihr ein drittes Mal die Geschichte von den Kürbisfeldern zu erzählen, als es plötzlich an der Tür klopfte. Er schluckte. Dieser verdammte Taugenichts! Was sollte man mit einem Pförtner anfangen, der sich einfach weigerte, die Gäste anzukünden? Dann noch ein Klopfen. Während er noch allen Mut zusammennahm, zur Tür zu gehen, sah er, wie Champignon bereits durchs Zimmer lief. Als sie öffnete, stockte ihr der Atem, dann taumelte sie rückwärts, unfähig etwas zu sagen.
Hoffnungsschwert trat ein. Er machte eine förmlichen Verbeugung und sagte, »Mutter, es ist so schön, dich wiederzusehen.«
Bergkiefer, der diesen Moment erwartet hatte, meinte, daß Jade sicherlich einen Ohnmachtsanfall bekommen würde, und einen Augenblick saß sie auch da, ohne zu atmen, und in ihrem Gesicht lag ein Ausdruck blanken Entsetzens, fast wie man es von Karikaturen her kennt. Doch dann sprang sie auf und rannte, zu seiner höchsten Verwunderung ohne die Hilfe ihres Stockes, auf ihren Sohn zu und rief: »Ich wußte doch, daß du zu mir zurückkommen würdest!«
Während Hoffnungsschwert ihr frenetisches Geschrei und ihre fast rasenden Umarmungen über sich ergehen ließ, hielt Bergkiefer den Blick nur auf Mutter und Sohn gerichtet, um nicht zu Sommerwünsche hinüberzusehen. Er brauchte mehr Zeit, viel mehr Zeit, obgleich er schon vor dem Morgengrauen stundenlang wachgelegen hatte, und sich voller Verzweiflung auszumalen versuchte, was wohl geschehen würde. Er wollte innerlich auf diese schicksalhafte Heimkehr vorbereitet sein. Immer wieder hatte er sich Sommerwünsche vorstellen müssen, wie sie sich ihre Freudentränen vom Gesicht trocknete; hatte ihre Stimme gehört, wie sie Hoffnungsschwerts Namen rief; hatte den Windhauch gespürt, als sie hinter dem Rücken ihres Mannes vorbei zu Hoffnungschwert eilte. Und doch konnte er sich selbst

nicht trauen, fürchtete, die Kontrolle über sich zu verlieren und loszuheulen wie ein wildes Tier, wenn sie, was unweigerlich eintreten müßte, den ersten Schock überwunden haben würde und plötzlich begriffe, daß der Mann, den sie über alles liebte, zu ihr zurückgekommen ist.

Jetzt war der Moment gekommen. Wie lange würde er noch der Wahrheit widerstehen können? Wie lange noch Mutter und Sohn anstarren, den Stäubchen in der Luft nachgaffen? Wieviel länger würde er sich noch beherrschen können, ihr nicht ins Gesicht zu blikken, um in ihren Augen nicht die Liebe sehen zu müssen, die sie zum ersten Mal und nur für einen Menschen auf dieser Welt empfand? Er drehte sich um.

Ihr Stuhl war leer. Einen kurzen Augenblick lang glaubte er, sie könne womöglich ohnmächtig geworden sein, und warf einen flüchtigen Blick auf den Boden. Doch dort war nur der schwache Schatten von verschüttetem Tee auf dem Teppich. Er schaute sich um. Sommerwünsche war nirgendwo zu sehen. Aber hatte sie denn nicht neben ihm gesessen, als es an der Tür klopfte? Ihre Tränen hatte er erwartet, ihre Freude, aber nicht dies.

Er starrte auf das Sitzkissen des Stuhles, auf dem sie gesessen hatte. Es war mit einer Fülle gestickter Blumen verziert, doch er nahm nur den Schmetterling wahr. Ihm war zumute, wie der Philosoph Zhuang Ze sich gefühlt haben mußte, der nicht wußte, ob er nun ein Mensch sei, der davon träumte, ein Schmetterling zu sein, oder ein Schmetterling, der träumte, ein Mensch zu sein. Er streckte die Hand aus, um den Schmetterling zu berühren. Die Wärme ihres Körpers lag noch auf dem Kissen. Nein, sie war kein Traum gewesen. Seine Frau gab es wirklich.

Sie war geflohen. Er würde ihr nicht nachlaufen. Welchen Trost hätte er ihr auch geben können? Sie würde ihm jedes Wort übelnehmen, nein, sie würde ihn verachten, was auch immer er sagte, seine Berührung, ja, seine bloße Gegenwart. Jetzt war er ihr Kerkermeister.

Er würde genau das tun, was er geplant hatte: abwarten, Fassungslosigkeit vortäuschen, und dann, wenn Jade und Champignon zur Seite träten, dem Geist die Hand anbieten.

Hoffnungsschwert begrüßte ihn, als seien sie Fremde, und obwohl er lächelte, sprach er förmlich und in korrekter Höflichkeit – so ganz und gar nicht wie der alte Freund, der ihn erst gestern auf der Uferböschung so stürmisch umarmt hatte. Plötzlich wurde Bergkiefer bewußt, daß Hoffnungsschwert während all der emotionalen Ausbrüche der Frauen nicht einen Moment lang den verlorenen Sohn herausgekehrt hatte, sondern, ganz im Gegenteil, sich verhielt wie ein General, der zwar in ehrlich empfundenem Mitgefühl aber mit einer gewissen Unerbittlichkeit der Familie eines seiner Soldaten die traurige Nachricht vom Tod des Mannes überbringt. Wer war dieser Mensch? Dieser Fremde?
Hoffnungsschwert bewegte sich nun auf die Tür zu. Noch einmal bedauerte er, daß sie sich seinetwegen soviele Sorgen machen mußten, sprach dann jedoch schnell weiter und erklärte, daß dringende Pflichten seine Aufmerksamkeit erforderten, daß weiterreichende Erklärungen über die Tatsache hinaus, daß er die vergangenen sieben Jahre lang der kommunistischen Sache dienen mußte, noch zu warten hätten, bis sich eine günstigere Gelegenheit ergeben würde.
»Du kannst nicht einfach wieder gehen«, rief Champignon. »Du hast dich nicht einmal einen Moment hingesetzt.«
»Pflichten erwarten mich.«
Champignon versuchte, Jade zu veranlassen, ihrem Sohn zuzureden, noch nicht zu gehen. »Sie müssen ihn aufhalten. Sie müssen ihm befehlen zu bleiben.«
Jade schlug herrisch nach der aufdringlichen Hand. »Bist du blind? Kannst du denn nicht sehen, daß sich mein Sohn verändert hat? Begreifst du nicht, daß er ein bedeutender Staatsbediensteter geworden ist, daß er mit außerordentlich wichtigen Aufgaben betraut ist? Solange habe ich gewartet, jetzt werde ich auch noch bis zu Ende abwarten können. Was zählt ist, daß er zurückgekommen ist. Der rechtmäßige Erbe des Hauses Li ist zurückgekehrt.«
Hoffnungsschwert verbeugte sich erneut. »Danke, Mutter, daß du so verständig bist.«
Champignon stieß ihn zur Seite, um die Tür zu versperren. »Ich versteh dich nicht. Du hast noch nicht ein Wort zu Sommerwünsche gesagt.«

»Aber wie sollte ich?« erwiderte der Soldat. »Sie ist nicht hier.«
Bergkiefer fühlte sich wie gelähmt. Als er sich nicht von der Stelle rührte und Hoffnungsschwert erneut Anstalten machte, zur Tür zu gehen, begann Champignon zu rufen, »Sommerwünsche! Sommerwünsche!«
»Ich komme.« Dann war das Geräusch eiliger Schritte zu hören.
Sommerwünsche erschien. In ihren Armen trug sie ihren schlaftrunkenen Sohn. Sie schob das Kind Hoffnungsschwert in die Arme und trat dann rasch zurück, als ob sie an einem tiefen Abgrund stünde und sich schnell in Sicherheit bringen wollte. Ohne ihn zu grüßen oder auch nur seinen Namen zu sagen, fragte sie, »Sieht mein Baby nicht genau wie Bergkiefer aus?«
Seinen Blick fest auf das kleine Kind geheftet, nickte Hoffnungsschwert voller Ernst. »Auch wenn Jahre vergangen sind, und ich vieles vergessen habe, wie sollte ich nicht die Gesichtszüge meines ältesten Freundes erkennen?« Dann, indem er das Kind fest an sich drückte, küßte er es lange und zärtlich auf die Stirn und sagte nicht im Tonfall eines Fremden, sondern mit der Stimme, die einstmals durch diese Räume gehallt hatte, »mögest du niemals die, die du liebst, verlassen und hinaus in den Krieg ziehen müssen.«

## *Gesuche und Repressalien (1956)*

Hoffnungsschwert rauchte eine Zigarette nach der anderen und starrte auf das unbeschriebene Blatt auf seinem Schreibtisch, bis ihn der grelle Glanz des jungfräulich weißen Papiers so unerbittlich zu blenden schien wie die Sonne selbst. Sein Schädel hämmerte. Während all der sieben Jahren als Parteisekretär im Distrikt Wen Shui hatte er bisher jeden Termin fristgerecht eingehalten, doch jetzt war sein Bericht bereits eine ganze Woche überfällig, und er wußte immer noch nicht, was er zu den Kollektivierungsmaßnahmen sagen sollte. In Gruppen zu arbeiten und die Produktionsmittel zusammenzulegen, um so die Gewinne zu steigern, hielten alle für eine außerordentlich sinnvolle Entscheidung, nur nicht die Bauern. Anstatt mitzumachen hatten sie absichtlich und systematisch ihre Gerätschaften zerstört und ihre Materialvorräte und, was noch schlimmer wog, ihr Saatgut vernichtet. Ohne Saatgut war es nur eine Frage der Zeit, bis die Leute nichts mehr zu essen haben würden.

Es war eindeutig, daß die politischen Beschlüsse in diesem Punkt fehlgeschlagen waren. Aber war tatsächlich die Politik dafür verantwortlich zu machen? Oder lag es an den Kaderoffizieren vor Ort? Er hatte seine Überlegungen zu diesem Thema in seinen Berichten dargestellt, aber was bedeuteten schon seine wenigen Vorschläge zur Umgestaltung des Landes angesichts der Riesenhaftigkeit Chinas, angesichts seiner Bevölkerungsdichte, seiner Armut und Rückständigkeit?

Aus blanker Verzweiflung notierte er einfach die Fragen, auf die er keine Antwort wußte, in der Hoffnung, daß vielleicht der physische Akt des Schreibens irgendwie die Idee für einen ersten brauchbaren Satz auslösen würde. Warum konnten Bauern nie ein wenig tiefer blicken, als bloß bis auf den Boden, den sie beackerten? Warum hatten sie nicht genügend Vertrauen in die Partei, um der neuen Politik eine Chance zu geben? Wie konnten sie so dumm sein, sich den Arm abzutrennen, in der Meinung, damit dem Schneider zu schaden?

Er unterstrich das Wort ›Vertrauen‹; dann zeichnete er, geistesabwesend wie ein Schuljunge, der seine Schönschreibübungen macht, die gleichen Schriftzeichen in allen möglichen Varianten, vom Stil alter Bronzegefäße bis hin zu den Schriftbildern modernster Leuchtschrift-Reklametafeln, und hinter jedes ›Vertrauen‹ setzte er ein Ausrufungszeichen. Als das Blatt voll war, drehte er es um und begann auf der Rückseite von vorn.

Plötzlich ging mit lautem Krachen die Tür auf, und ein Gehilfe mit völlig durchnäßter Hemdbrust kam ins Zimmer gestürzt, in den Händen noch ein seifiges Wäschestück. Hoffnungsschwert ließ das Blatt

Papier mit den Kritzeleien in eine Aktenmappe gleiten und wollte dem Mann gerade eine Standpauke halten, doch dann zuckte er nur die Achseln. Anzuklopfen konnte für Genosse Kuo kaum mehr sein als eine ziemlich dumme und unnütze Nettigkeit, auf die man genauso gut verzichten konnte. Vor der Befreiung hatte Kuo mit den Mitgliedern seiner Familie, die drei verschiedenen Generationen angehörten, unter einem Dach gehaust, wobei sie sich den einzigen Raum auch noch mit einer Schar Hühnern geteilt hatten.
Er wandte Hoffnungsschwert sein Hinterteil zu und vermerkte mit der Förmlichkeit eines Gerichtsdieners, »ein Brief für den ehrenwerten Parteisekretär des Distriktes Wen Shui.« Dann, als ob er völlig vergessen hatte, wo er sich befand, fügte er hinzu, »so wie sich der Briefumschlag anfühlt, dürften es drei Blatt sein.«
Hoffnungsschwert zog den Brief aus der Gesäßtasche des Mannes und wollte den Umschlag gerade aufreißen, als er bemerkte, daß Kuo keinerlei Anstalten machte, den Raum wieder zu verlassen, wohl um zu sehen, ob er recht gehabt hatte.
»Das dürfte wohl alles sein«, sagte Hoffnungsschwert und gab ihm dann in strengem Ton noch die Warnung mit auf den Weg, »daß ich dich nicht noch einmal dabei ertappe, wie du die Wäsche im Toilettenbecken wäschst, hast du gehört!«
Hoffnungsschwert hatte Schwierigkeiten damit, die Antwort auf sein Gesuch zu entziffern, an einen anderen Standort abkommandiert zu werden. Die kindischen Sätze waren voller unbeabsichtigter Homonyme. Er lächelte traurig. Derjenige, der da über sein Schicksal bestimmte, war anscheinend wieder einer der Bauern, die durch Verdienste, die sie sich durch besondere Tapferkeit während des Krieges oder durch langjährigen Eisatz für die Sache der Revolution erworben haben mochten, in den Genuß gekommen waren, nun nicht mehr in der Glut der Sonne auf den Äckern arbeiten zu müssen, sondern statt an kühlen Abenden irgendwelche Erdarbeiten zu erledigen, jetzt in Papieren herumfuhrwerkten, von denen sie nichts verstanden. Hoffnungsschwert überflog den Text des Schreibens und las erst bei dem letzten Abschnitt weiter, wo die unbeholfenen, tintigen Schriftzeichen offensichtlich mehrfach verbessert und neu geschrieben worden

waren. Der Abschnitt begann mit einer Lobpreisung der Pflichten nach einem Zitat des Parteivorsitzenden Mao und endete mit dem Kommentar »Gesuch abgelehnt.«

Er zerknüllte den Brief. Was zum Teufel ging da vor? Er bat schließlich nicht darum, seinen Dienst unterbrechen zu dürfen, wie damals, als er sich freiwillig zum Koreakrieg gemeldet hatte. Doch 1950, weniger als ein Jahr nach der Befreiung, hatte die Partei beschlossen, daß er in Wen Shui nötiger gebraucht würde. Rückblickend war er auch sehr dankbar dafür, etwas mehr Zeit gehabt zu haben, die Schäden, die Große Zuversicht angerichtet hatte, wieder in Ordnung zu bringen, sowie mit dem Wiederaufbau der Schutzdeiche beginnen und auf diese Weise die Ehre des Hauses Li wiederherstellen zu können.

Aber jetzt ... Er schleuderte den zusammengeknüllten Brief gegen die Wanduhr. Es war ja nicht so, daß er verlangte, befördert oder nach Peking abkommandiert zu werden; alles, worum er bat, war eine schlichte Versetzung in eine andere Gegend, einfach irgendwo anders hin.

Die Aktenordner stapelten sich inzwischen überall in dem weiträumigen Amtszimmer, so daß er nicht einmal mehr auf und ab gehen konnte, sondern gezwungen war, um seinen Schreibtisch herumzulaufen. Vielleicht sollte er eindeutigere Forderungen stellen, sich um eine bestimmte Aufgabe bemühen. Vielleicht hätte er auch seinen Stolz herunterschlucken und von seinen Beziehungen Gebrauch machen sollen. Das wäre ein leichtes gewesen und nicht so grob, wie sich mit einem Geschenk in der Hand durch die Hintertür zu irgendeinem Vorgesetzten zu schleichen; er bräuchte in einem seiner Briefe an Lincoln Chen doch nur ganz beiläufig seinen Wunsch nach einer Ortsveränderung anzudeuten. Sein alter Professor würde sofort den Telefonhörer in die Hand nehmen, und er säße einen Augenblick später im Zug nach Peking.

Er fluchte. Zur Hölle mit Offenheit, Nachgiebigkeit und Stolz! Das nächste Mal würde er nicht wieder so dumm sein. Aber auf das nächste Mal würde er auch noch mindestens ein Jahr warten müssen.

Er trat so fest gegen eine der Schubladen seines Schreibtisches, daß eine Kerbe in dem massiven Messinggriff zurückblieb, den er wegen seiner Einzigartigkeit immer besonders gemocht hatte. Er seufzte. Er verbrachte sein Leben in Gebäuden, die wie aufquellender Hefeteig ohne ein einziges Zugeständnis an Tradition oder Geschmack aus dem Boden gestampft worden und innerhalb weniger Monate während der Besatzung zu gräulichen Zementhaufen verkommen waren; nicht zu unterscheiden von den zahllosen anderen mausgrauen Zementhaufen, die inzwischen das ganze Land verunzierten. In einem davon arbeitete er, und in einem anderen schlief er.

Während er mit dem Finger über den lädierten Messinggriff strich, dachte er, daß diese Kerbe in Zukunft sicherlich unwiderstehlich seine Aufmerksamkeit beanspruchen würde, genau wie man mit der Zunge immer wieder unwillkürlich über einen ausgezackten Zahn fährt. Verdammt nochmal, hatte er denn gar nichts mehr unter Kontrolle?

Dann hörte er plötzlich johlendes Gelächter, wie man es aus Fußballstadien kennt. Er warf einen Blick zur Tür. Sie war geschlossen. Während das Gejohle allmählich verklang, begann er sich zu fragen, ob es vielleicht einen verborgenen Grund für die Ablehnung seines Gesuches gäbe. Ein besonders naheliegender Grund hätte ihm sofort eingeleuchtet: Wenn nämlich das Landvolk endlich begriffen hätte, daß Bürokratie in Wahrheit nichts anderes bedeutete, als die Hände in den Schoß zu legen und den Dingen ihren Lauf zu lassen. Aber was wäre, wenn irgend jemand, den er einmal zurechtgewiesen, übergangen oder überlastet hatte, sich nun in den Kopf gesetzt hatte, die Pläne des Bezirkssekretärs zu durchkreuzen? Das wäre ja nicht das erste Mal, und es wäre auch nicht schwer. Gelegenheiten für einen verärgerten Genossen, auf einer dieser Sitzungen, in denen jeder seine Kritik einbringen konnte, eine zweideutige Bemerkung fallen zu lassen, gäbe es genug. Genau aus dem Grund fand Hoffnungsschwert diese wöchentlichen Veranstaltungen ja so geschmacklos. Sie förderten nur das Mißtrauen und leisteten dem Denunziantentum Vorschub, so wie eine schmuddelige Bettdecke für Läuse zu einer idealen Brutstätte wird.

Andererseits jedoch, wie sollte China jemals den Anschluß an die Moderne schaffen, was nun seit Jahrhunderten erfolglos versucht worden war, solange sich keine Chinesen fanden, die bereit waren, das Alte zu zerstören, um das Neue einzuführen, so mangelhaft und überstürzt die Mittel auch zunächst noch sein mochten?
Es war wirklich ein Gang durch die Hölle, Vertrauen zu schaffen!
Bei dem Gedanken mahnte er sich selbst, sich nicht voreilig für die Falschen einzusetzen. Ein revolutionstreuer Kader würde niemals alles in Frage stellen; ein Zweifler wäre naturgemäß illoyal. Er mußte vorsichtig sein, sonst würden sich diese zweibeinigen Maden, die in den Amtsfluren lauerten, ehe er sich's versähe, sich an dem Gerede über ihn gütlich tun.
Er zündete sich eine neue Zigarette an. Sie schmeckte nach billigem Knaster. Also drückte er sie wieder aus.
Da kam ihm auf einmal eine scheinbar unschuldige Bemerkung in den Sinn, die einer der Genossen dazwischengerufen hatte, als er gerade bei einer kürzlich einberufenen Sitzung in irgendeinem Versammlungsraum unten am Ende des Flures eine kurze Ansprache gehalten hatte. Obwohl der ganze Saal vor Lachen brüllte, hatte er sich über den Zwischenruf keine Gedanken gemacht, bis jetzt. »Du hast dich aus lauter bourgeoiser Rührseligkeit entschlossen, ein Revolutionär zu werden. Wir armseligen Bauern dagegen sind von Geburt her Revolutionäre, wir haben die Revolution im Blut.« Mit anderen Worten, Hoffnungsschwert war nicht wirklich einer von ihnen. Menschen seines Standes waren immer schon vertrauensunwürdig und unberechenbar. Sie änderten ihre Meinung genauso oft wie das, was sie aßen oder anzogen. Ihre Herzen waren wie der sich wandelnde Mond.
Wieviel leichter sein Leben wäre, wenn sein Herz tatsächlich so wandelbar gewesen wäre.
Er nahm die Zigarette, die er kurz zuvor ausgedrückt hatte, und zündete sie wieder an. Doch jetzt, ohne einen erkennbaren Grund, kam ihm bei diesen nebensächlichen und tausendfach wie im Schlaf ausgeführten Handgriffen plötzlich eine längst vergessen geglaubte Erinnerung in den Sinn. Er mußte plötzlich daran denken, was für ein

Gesicht Sommerwünsche machte, als sie vor Jahren einen Zug von seiner Zigarette genommen hatte, und wie er sich anschließend bei ihr entschuldigte für das billige Kraut, das wie Sägemehl schmeckte. Sie hatte die Zigarette dann fortgeworfen, und er sie anschließend wieder vom Boden aufgehoben.

Wie könnte er in der gleichen Stadt leben wie sie? Es war unmöglich, ihr aus dem Wege zu gehen: Zu seinen Aufgaben gehörte auch, die kulturelle Szene vor Ort neu zu beleben, und Sommerwünsche, die nach der Befreiung wieder an die Bühne zurückgekehrt war und in einer Vorführung zur Unterstützung des Neuen China die Hauptrolle spielte, war für die Menschen am unteren Jangtse die Verkörperung von Kunst schlechthin geworden. Überdies hatten die Kader am Theater sie gerade erst als neues Ehrenmitglied der Partei vorgeschlagen. Wenn sie sich, was höchst wahrscheinlich war, damit einverstanden erklären sollte, dann hätten sie unweigerlich sogar noch häufiger miteinander zu tun. Erstaunlicherweise schien selbst Bergkiefer die Idee dieser Auszeichnung zu befürworten und hatte ihm gegenüber das Thema gerade erst bei der Eröffnungsvorstellung vom »*Weißhaarigen Mädchen*« angesprochen.

»Tu für sie bitte, was in deiner Macht steht, ja?«

»Das habe ich bereits.«

»Diese Auszeichnung bedeutet ihr soviel.«

»Mir erstmal«, dachte Hoffnungsschwert. Ihr unerschütterliches Vertrauen in die Revolution konnte seinem eigenen Glauben in die Neuordnung nur zuträglich sein.

Bergkiefer mußte gewußt haben, was für ein Gedanke ihm durch den Kopf gegangen war, denn er fügte schnell noch hinzu: »Und wenn sie die Auszeichnung annimmt, dann kümmere dich bitte um sie. Wirst du das tun? Wir beide wissen genau, wo ihre Grenzen liegen. Laß es nicht zu, daß sie in Dinge hineingezogen wird, die sie ohnehin nicht verstehen kann.«

Selbstverständlich war er auch damit einverstanden. Ihre Popularität bei den Menschen wäre ein großer Gewinn für die Partei. Aber sie drei- bis viermal im Monat zu sehen, anstatt drei- bis viermal im Jahr – wie sollte er hoffen, auf diese Weise weiterhin den

Vorzeige-Kader spielen zu können, der nichts anderes als Parteiarbeit im Sinn hätte?
Das war unmöglich. Das konnte er nicht einmal jetzt. Er hatte es wirklich versucht. Genaugenommen war der Brief von der Provinzzentrale bereits die zweite Absage in diesem Monat. Und am ersten November hatte er Genossin Ying gebeten, ihn zu heiraten. Es stimmte schon, er liebte sie nicht. Aber dennoch hatten sie vieles gemeinsam: bedeutende Vorfahren, einen Universitätsabschluß, sie bekleideten beide verantwortungsvolle Posten, und vor allem, das hatte er immer besonders überzeugend gefunden, ihre wiederholte Bekräftigung, daß für sie die Parteiarbeit und nicht irgendwelche irrationalen Gefühlsduseleien ausschlaggebend sei für ein privates Glück. Er hatte argumentiert, daß diese gemeinsamen Eigenschaften und die Tatsache, daß sie beide einsam seien, einen Erfolg ihrer Ehe garantierten. Liebe zwischen Mann und Frau sei letztlich nichts weiter als eine spießbürgerliche Idee. Sie hatte daraufhin zu weinen begonnen. Sie wollte mehr. Als er in ihrem Alter war, wollte er auch noch mehr. Aber wie dem auch sei, selbst wenn die Partei, ganz zu schweigen von Jade, ihre Vermählung zweifellos begrüßt hätte, am Ende war er doch heilfroh gewesen, als Genossin Ying schließlich wieder davonging und die Tür hinter sich geschlossen hatte.
Er ging zum Bücherbord hinüber, um sich von dem obersten Regalbrett ein Glas zu nehmen. Dabei fiel sein Blick auf den zusammengeknüllten Brief, der neben dem Schrank gelandet war, und er hob ihn auf. Dieses Mal las er die drei Seiten etwas aufmerksamer. Es war nicht der leiseste Hinweis auf irgendeine Kritik zu finden, im Gegenteil, der Brief war voll des Lobes für die Arbeit der Distriktsekretäre; dank ihrer Mithilfe hätte die Inflation gestoppt werden können, sei die Arbeitsmoral gestärkt und die Sache der Partei unterstützt worden, ihnen sei Dank für Produktions- und Ertragssteigerung, für die Wahrung der Ordnung, die Einrichtung von Schulen, die Ausbildung von Kadern und anderes mehr. Die Auflistung solcher erfolgreichen Maßnahmen der Distriktsekretäre war im wesentlichen der ganze Inhalt des Briefes, wobei bis auf wenige

Ausnahmen auf die Aktivitäten Bezug genommen wurde, die er selbst veranlaßt hatte. War er denn vielleicht genauso ein Querkopf wie die Bauern? Seine eigenen Bedürfnisse über die der Partei zu stellen, war in jedem Fall charakterlos, aber jetzt hartnäckig einzig auf seine ganz privaten Anliegen zu bestehen, in einer politisch und wirtschaftlich angespannten Situation wie dieser, das war unverzeihlich.

Mit einem schweren Seufzer beschloß er, die Sache als erledigt zu betrachten. Er würde ohne Groll, ohne Ach und Weh ein weiteres Jahr in Wen Shui bleiben.

Dann schraubte er die Thermosflasche auf dem Fensterbrett auf. Die Teedose daneben war leer. Sie war schon seit Wochen leer, aber genaugenommen fehlten ihm die Teeblätter kaum; ebenso gern trank er einfach heißes Wasser. Es erinnerte ihn an die Zeiten, als er noch in Hütten mitten unter den Bauern gelebt hatte, deren Frauen manchmal weite Strecken zurücklegen mußten, um ihre Wassereimer in irgendeinem See oder Flußlauf zu füllen. Für diese Leute war eine Schale heißen Wassers der Inbegriff der Gastfreundschaft und bedeutete ihnen mehr als ein goldener Kelch, randvoll mit feinstem Mao Tai gefüllt.

Bauern. Wie er sie bewunderte. Und wie sehr er sie doch gleichzeitig auch verachten konnte.

Von ihnen hing damals alles ab. Ohne sie hätte der Krieg gar nicht geführt, geschweige denn gewonnen werden können. Ohne sie wäre China immer noch auf Gedeih und Verderb solchen Leuten wie den Tangs ausgeliefert. Haben die Bauern sich damals nicht das Recht erstritten, die wahre Führerschaft zu übernehmen? Warum sollten andere, die an nichts glaubten, niemals gekämpft oder geblutet hatten, ihren Platz einnehmen? Vielleicht weil sie besser lesen und schreiben, besser addieren und subtrahieren konnten? Wäre das etwa Grund genug?

Natürlich nicht. Doch solche Zeitgenossen hatten sich in allen Winkeln des Systems eingenistet und brachten ihn fast zum Wahnsinn: Bienenköniginnen, die keine Eier legten, Arbeitsbienen, die keinerlei Bedürfnis verspürten zu arbeiten; selbst die Drohnen waren impotent. Wenn sie nicht Karten spielten oder quatschten, beriefen sie irgendwelche idiotischen Propagandaveranstaltungen ein, die manchmal tagelang dauerten, und auf denen sie sich meistens selbst zu Tode langweilten. Wenn sie unter Entscheidungsdruck gerieten, gaben sie sich schrecklich nachdenklich und ergingen sich in spitzfindigen Repliken und Explikationen, mit denen sie am Ende überhaupt nichts aussagten. »Es ist nicht einfach, in diesem Punkt die richtige Entscheidung zu treffen. Alles will wohlüberlegt und analysiert sein. Ich habe bereits Genosse Soundso konsultiert, der sich seinerseits mit dem Genossen Parteisekretär XY beraten hat.«

Endlos wurde die Bearbeitung der Angelegenheit bis in die höchsten Verwaltungsspitzen von einem zum anderen gereicht, während sich absolut nichts tat, und sich die Situation in dem jeweiligen Betrieb, der Fabrik oder der betreffenden Geschäftsstelle inzwischen vollkommen verändert hatte. Was war die Antwort auf solche Mißstände? Gab es darauf überhaupt eine Antwort? Wie kam es, daß man denen, die solche Auswüchse hätten beheben können, nicht das nötige Vertrauen entgegenbrachte, und diejenigen, die das Vertrauen genossen, völlig unfähig waren?

Er nippte an seinem Glas Wasser und sah zum Fenster hinaus. Die Straßen dort unten waren pieksauber, von jeder Art Müll befreit, selbst die Bettler waren nicht mehr zu sehen, die früher die Gehwege bevölkert hatten. Passanten gingen behutsam um die Arbeiter herum, die den Straßenbelag ausbesserten. Sein Blick blieb bei dem Gartenarbeiter hängen, der auf der anderen Seite einen jungen Baum einpflanzte, der noch nicht viel mehr war als ein blattloser Zweig. Er stellte sich vor, wie der Schößling aussehen würde, wenn er erst blühte.

Hinter der halbfertigen Begrenzungswand der Gebäudeanlage hüpfte eine Gruppe von Grundschülern wie auf Sprungfedern auf und ab und reckte ihre kleinen Gesichter über die Mauer, um einen Blick auf den Soldaten zu werfen, der im Hof mit seinem widerspenstigen Pferd alle Hände voll zu tun hatte. Abwechselnd redete er dem Tier gut zu und schimpfte dann mit ihm, während er es mit der einen Hand am Halfter zog und mit der anderen seinen Hals tätschelte. Das

Pferd bäumte sich auf, wieherte und schnaubte weißen Dampf durch die Nüstern, der sich in der frostkalten Herbstluft verlor. Hoffnungsschwert nickte beifällig. Irgendwie sympathisierte er eher mit dem Tier als mit seinem Genossen dort unten.

Da flog die Tür wieder krachend auf, und Kuo stand im Zimmer. »Genosse, es ist Samstag und schon fast zwölf Uhr.«

»So?«

»Deine ehrenwerte alte Mutter hat mich gebeten, sicherzustellen, daß du rechtzeitig das Haus verläßt, um pünktlich zum Essen zu erscheinen. Sie erwartet dich.«

Jade wartete immerzu auf ihn; wartete, daß er zum Mittagessen käme, daß er ihr Enkel bescheren würde. »Mach dich nützlich«, sagte er. »Lauf hinüber und mach ihr klar, daß ich mich entschuldigen lasse.«

»Hab Mitleid, Genosse. Nicht schon wieder. Mir tun schon die Beine weh. Und ich kann ja kaum noch sprechen. Diesen Samstag mußt du hingehen. Es ist der Geburtstag deiner Mutter.«

Ein Grund mehr, nicht zu gehen, dachte er. Seine Gegenwart würde die Feier nur ruinieren. Es war schon schwierig genug, Sommerwünsche, der Schauspielerin, bei offiziellen Anlässen zu begegnen, aber die Frau seines ältesten Freundes privat zu erleben, war ihm ganz unmöglich.

Genosse Kuo ließ ein schweres, mitleidvolles Seufzen hören; dann schüttelte er den Kopf und begann, genau wie der Kaderoffizier, um den Schreibtisch herumzulaufen, wobei er eine traurige, flehentliche Miene aufsetzte.

»Sieh her!« brüllte Hoffnungsschwert und fächerte die Papiere durch, die sich auf dem Bürotisch stapelten. »Alles Reden vor Betriebsbelegschaften, Schulen, Arbeitern. Bei Zusammenkünften der Bauerngenossenschaften, Frauenvereine, Ortskomitees. Personalentscheidungen, die noch getroffen werden müssen. Berichte über alles mögliche, von der Preiskontrolle bis zur Verfügbarkeit von Düngemitteln, von der Bildungsreform bis zur Sicherung der öffentlichen Ordnung. Ganz zu schweigen von –«.

An dieser Stelle beging er den Fehler, eine Pause einzulegen, um Luft zu holen. Genosse Kuo ergriff die Gelegenheit und drängte Hoffnungsschwert rückwärts zwischen zwei Aktenschränke. Dann stellte er sich vor ihm auf, wobei er die Arme an seinem mageren Körper herabbaumeln ließ wie ein toter Tintenfisch, und beschwor den Kaderoffizier: »Hab doch Mitleid. Bitte, geh, sonst wird mich deine ehrenwerte alte Mutter die Straße hinunterjagen und mich vor allen Menschen zusammenstauchen.«

Er hätte wirklich nicht behaupten können, daß der Mann übertrieb.

»Sie wird mich einen faulen Nichtsnutz nennen oder mich sonstwie beschimpfen, und alle werden mich auslachen.« Kuo sprach in so schlichter Offenheit, daß man meinen konnte, daß es nicht das Wasser war, das ihm von seinen klitschnassen Haaren übers Gesicht tropfte, sondern daß er in Tränen schwamm.

Es war sinnlos. Gegen einen Bauern hatte er keine Chance. Er riß seine gefütterte Jacke von der Stuhllehne, verließ den Raum und warf mit lautem Krachen die Tür hinter sich ins Schloß. Während er durch die lauten, überfüllten Korridore marschierte, verfluchte er seine Genossen, die nicht an Tischen aßen, sondern von ihren Knien.

An der frischen Luft atmete er tief durch, um seine Lungen von dem üblen Gestank eingelegten Kohls zu befreien, der hartnäckig wie Farbdämpfe im ganzen Gebäude gehangen hatte. Am Tor hielt er kurz an, um einen etwas genaueren Blick auf das widerspenstige Pferd zu werfen. Er mußte fast ein wenig mitleidig lächeln. Die arme Kreatur lief im Hof gefügig wie ein frommer Esel im Kreis herum. Auf seinem Rücken thronte ein junges Mädchen mit Zöpfen, das mit großen Augen vor sich hinkicherte. Sie winkte ihm einen scheuen Gruß zu, und irgendwie besänftigte ihn diese kleine Artigkeit tief im Herzen.

Ohne Eile, rechtzeitig beim Mittagsstisch zu erscheinen, nahm Hoffnungsschwert weder den Dienstwagen noch sein Fahrrad, sondern ging zu Fuß quer durch die Stadt zum Haus Li und trieb sich, als er bereits fast dort war, noch eine Weile vor dem Geschäft der Witwe Xu herum. Schon als er ein Junge war, gehörte das Geschäft zu seinen Liebingsplätzen, und er konnte noch die einzelnen Seiten der ausländischen Zeitungen vor sich sehen, die unter die Decke geklebt waren, damit kein loser Putz in die Leinensäcke voller Bohnen, Reis oder Mehl herabfiel – er erinnere sich noch ganz genau an die bunten Bilder der schnittigen Automobile darauf, der riesenhaften glühenden Kessel mit geschmolzenem Stahl, der Wolkenkratzer und merkwürdigen modernen Apparaturen, deren Bedeutung er sich nie hatte erklären können. Wie stolz er immer gewesen war, wenn die Witwe ihn bat, die Schildchen für sie zu beschriften; und wie sehr er sich geschämt hatte, wenn er dann seinen Studiengehilfen um Rat fragen mußte, weil er die entsprechenden Schriftzeichen für »Pilze« oder »Canellrinde« nicht kannte. Dort war es auch, wo er zum ersten Mal erfolglos eine Zigarette zu erstehen versuchte, weil er unter den verschiedenen Sorten statt auf den Preis nur auf die Markennamen geachtet hatte: Feuerrad, Tapferer Soldat, Flugmaschine, Stahlpferd ...

Als er die vertraute schwarze Tür öffnete, saßen einige Männer mittleren Alters hinter dem Verkaufstisch, die gerade ihre Schalen voller Nudeln aßen, allerdings ohne die Witwe Xu, die sich bereits vor einigen Jahren zur Ruhe gesetzt hatte, als man in dem Distrikt damit begann, die Geschäfte von Privatpersonen in genossenschaftliche Konsumläden umzuwandeln. Die Decke war immer noch mit Zeitungspapier tapeziert, aber jetzt mit den schwarz-weiß bedruckten Seiten des *Völkischen Tageblatt*. Er blätterte in einigen Zeitschriften herum und hätte sich gern noch ein paar Illustrierte mehr angesehen; aber ihm ging das Geräusch auf die Nerven, das der eine Verkäufer verursachte, indem er ungeduldig eine Orange in die

Höhe warf und wieder auffing, während er nervös darauf wartete, daß sich sein Kunde endlich entschied, was er haben wollte. Er kaufte eine Flasche mit Jades bevorzugtem Kräutertonikum und eine Pakkung Zigaretten sowie fünf Lutscher, von jeder Farbe einen, und verließ das Geschäft.

Erst als die anmutig geschwungenen Dächer der ehrwürdigen Residenz seiner Vorfahren vor ihm auftauchten, wurde ihm klar, was sich in dem Geschäft noch alles verändert hatte. Die Witwe Xu hatte immer einige Räucherstäbchen vor dem winzigen Altar brennen lassen, der bei der Schachtel mit den Bleigewichten stand, die jeweils eine Schlinge aus blauer Schnur um den Griff gebunden hatten. Genau daneben hatte die bronzene Waage gestanden, die schon seit Generationen im Besitz ihrer Familie gewesen war. Er erinnerte sich noch an den Tag, als die Witwe Bergkiefer gestattet hatte, anhand der Waage seinen Schülern das Prinzip der Hebelkraft zu demonstrieren, und er war froh, daß sie das alte Stück mit nach Hause genommen hatte.

Als er Goldweide am Eingangstor warten sah, beschleunigte er seinen Schritt. Wie lange mochte sie wohl schon in der Kälte auf ihn gewartet haben? Er versuchte, eine Entschuldigung hervorzubringen, doch sie faßte ihn nur lachend bei der Hand, als sei er immer noch ihr lieber Lausebengel, und plötzlich spürte er eine tiefe Freude in sich aufsteigen, als sie ihn mit sich zog zu dem Felsblock vom Wuhsi See und mit neugierigem Vergnügen die Gestalt eines Affen darin erkannte als gutes Ohmen zu Ehren von Jades Geburtstag.

Doch ebenso plötzlich war alle Freude wieder aus seinem Herzen gewichen, als die Tür hinter ihnen ins Schloß fiel.

Er wurde ganz steif vor lauter Förmlichkeit und fühlte sich wie seine eigene Karikatur als Parteisekretär. Wie sollte er auch nicht?

Immer wenn sie ihren Sohn sah, begann Jade zu heulen und erbärmlich zu jammern.

Und auch Bergkiefer schien immer regelrecht zusammenzuschrumpeln, wenn er die erste Liebe seiner Frau zu Gesicht bekam. Tatsächlich war der arme Kerl, der ohnehin schon sein ganzes Leben lang sehr zurückhaltend gewesen war, nun außerhalb des Hauses – und wenn er nicht gerade seine Unterrichtsveranstaltungen abhielt – geradezu stumm geworden, so als wollte er auf keinen Fall die Aufmerksamkeit auf sich lenken. Schon gar nicht, wenn es um Politik ging, denn inzwischen waren nach und nach die Werke fast aller Schriftsteller, die er verehrte, offiziell als parteischädigend gebrandmarkt worden. Vor einiger Zeit hatte Hoffnungsschwert sogar miterlebt, wie sein alter Studiengehilfe vor einem Fremden zurückwich, der ihn auf der Straße angesprochen hatte, um nach dem Weg zu fragen. Dabei war der Mann völlig harmlos, nur ein Student in flachen Lederschuhen, der aus dem Ausland heimgekehrt war, um beim Aufbau des neuen China mitzumachen.

Wenn Champignon ihn sah – sie war der festen Überzeugung, daß jeder Parteisekretär ein perfekter Verstellungskünstler sein mußte – faßte sie ihn immer fachmännisch ins Auge, so als wollte sie seine ganze Erscheinung zurechtrücken: wie er aussah, wie er atmete, dastand oder ging, wie er seine Sprüche sagte.

Wenn Sommerwünsche den Fremden sah, der er geworden war, nahm sie ihren Sohn, Kleiner Panda, der inzwischen eigentlich bereits zu alt war, um noch auf ihrem Schoß zu sitzen, und legte sich seine Arme um den Hals wie früher ihren fadenscheinigen Talisman, ohne den sie nicht hatte leben können, den sie aber trotzdem ihm überlassen hatte. Glaubte sie wirklich, sie müßte ihn daran erinnern, daß sie nun eine verheiratete Frau und Mutter war? Wie konnte sie ihn nur derart falsch einschätzen?

Genau wie bei vorangegangenen Besuchen hätte er die kleine Runde fast begrüßt, so wie er auch das Wort bei einer Tagung an die versammelten Parteigenossen gerichtet hätte, die bei seiner Ankunft bereits alle artig an ihren Stühlen warteten: »Genossen, bitte fangt an.« Das einzige, was ihm statt dessen einfiel war, sich zu verbeugen.

Zu seiner Erleichterung verhielt sich wenigstens Goldweide normal. Sie nahm ihm lächelnd seinen Mantel ab, an dessen Ärmel sie einen kleinen Riß entdeckt hatte, was sie mit einem winzigen Kichern quittierte. Dann zupfte sie ihm den Hemdkragen gerade, als ob sie ihn zur Schule schicken wollte. Aber selbst seine geliebte Amah fand keine Worte, um den Abgrund von Befremdung zu überbrücken, der sich

durch seine Zurückhaltung und Abwesenheit zwischen ihnen aufgetan hatte. Sie setzte sich nur schweigsam hin und begann, andächtig seinen Mantel zu flicken.
Hoffnungsschwert handelte wie unter Zwang, als er sich einen Stuhl nahm, um zwischen seiner Mutter und Bergkiefer Platz zu nehmen, während er sich gleichzeitig nach ihrem gesundheitlichen Befinden erkundigte. Champignon begann unterdessen, eilfertig zwischen der Küche und dem Eßtisch hin und her zu laufen, und ein dampfendes Gericht nach dem anderen aufzutragen, bevor auch sie sich hinsetzte, und Jade, ganz atemlos vor Erregung, anfing, die Schilderung ihrer letzten Großtaten als Mitglied des örtlichen Nachbarschaftskomitees vom Stapel zu lassen.
Was für ein kolossaler Fehler es von ihm gewesen war, sie zum Beitritt ermutigt zu haben! Vor ungefähr einem Jahr war es ihm ganz harmlos vorgekommen, eben nur ein Versuch, sie von ihren fortgesetzten Bemühungen abzulenken, ihn unter die Haube zu bekommen, was gleich am Tag seiner Rückkehr angefangen und ihn fast in den Wahnsinn getrieben hatte. Wer hätte es auch für möglich gehalten, daß sie sich förmlich über Nacht in eine so glühende Fanatikerin verwandeln oder es wagen würde, sich zum Spitzel der Partei zu machen und jede noch so kleine Unterlassungssünde und Schwäche derjenigen, die mit ihr im Komitee tätig waren, ihrem Sohn zu hinterbringen. Das hatte zur Folge, daß einer nach dem anderen mit dem Vorwand, unter Bluthochdruck zu leiden, die Mitgliedschaft aufkündigte. Die Tatsache, daß er als Parteisekretär auch nicht ein einziges Mal auf die Denunziationen seiner Mutter reagiert hatte, wog weniger als die Möglichkeit – so gering sie auch war –, daß er dies eines Tages eben doch tun könnte.
»Bitte, Mutter, keine Berichte an deinem Geburtstag.«
»Aber was ich zu sagen habe, ist wichtig. Es ist dienstlich. Du mußt –«
»Später. Später.«
Als sie weiter darauf bestand, versuchte er sie zu ignorieren. Er zog plötzlich die Lutscher aus der Tasche, hielt sie über seinen Kopf und winkte damit – eine Geste, die schon fast zum Ritual geworden war;

das heißt, wenn bei der Unregelmäßigkeit, mit der er dem Hause seine Besuche abstattete, überhaupt irgend etwas, das er tat, als Ritual bezeichnet werden konnte. Am Anfang hatte Kleiner Panda sich immer auf den Teppich plumpsen lassen, um dann auf allen Vieren zu der verlockenden Beute zu krabbeln. Hoffnungsschwert nahm das kleine Kind dann mit einem Schwung zu sich auf den Arm und hielt ihn, bis er eingeschlafen war.

Heute schien der Junge, der an ihm hochsprang und nach den Süßigkeiten schnappte, sich geradezu den Regeln der Schwerkraft zu widersetzen. Hoffnungsschwert gab ihm einen freundlichen Klaps. Daran, Kleiner Panda in den Arm zu nehmen, war jetzt gar nicht mehr zu denken. Als er Farbflecken an den Ärmelaufschlägen des Jungen sah, mußte er lächeln und wollte gerade fragen, ob das Bild, das er mit Champignon an die Wand ihres Zimmers malte, fertig sei, als ein Nachbarjunge anklopfte; zu schüchtern, um einzutreten, wartete er an der Tür auf seinen Freund. Kleiner Panda sagte: »Onkel, es tut mir leid. Ich muß gehen. Beschützer des Vaterlandes und ich sind Partner bei einem Tischtennis-Turnier.«

»Wo? Ist es weit dorthin?«

»An unserer Schule Nummer Drei. Wir sind noch bei der ersten Runde.«

Hoffnungschwert hätte fast gebeten, mit ihnen gehen zu dürfen, hatte es dann aber lieber sein lassen. Als Sommerwünsche aufsprang, den Tischtennisschläger zu holen, um ihn ihrem Sohn zu geben, wagte er nicht, ihr nachzuschauen. Selbst als sie wieder ins Speisezimmer zurückkam, tat er so, als nähme er keine Notiz von ihr. Wie sehr er sich danach gesehnt hätte, wenigstens den Duft der Wangen ihres Kindes einzuatmen.

Sobald die Jungen gegangen waren, erklärte Bergkiefer voller Stolz, wie ausgezeichnet Kleiner Panda Tischtennis spielen konnte, daß sein wahres Talent jedoch die Fähigkeit sei, ein hervorragender Freund zu sein, denn kein anderes Kind sonst hätte den kleinen Jungen zum Partner haben wollen, weil er einen verunstalteten Fuß hatte. »Doch in Wahrheit hatte Sommerwünsche den Kleinen davon überzeugt, daß die Mannschaft ohne ihn und seine stabilisierende Mitwirkung,

wie sie sein faktisches physisches Handikap so nett umschrieb, keine Chance hätte zu siegen. Es bedarf nur eines einzigen Wortes von ihr, und jedes Kind hält sich für unbesiegbar.«
Sommerwünsche errötete leicht und wollte das Kompliment zurückgeben, indem sie Hoffnungsschwert fragte, ob er sich den Papierdrachen anschauen wollte, den zu basteln Bergkiefer den beiden Jungen geholfen hatte, und der die Form eines Schwarms von Fischen hätte. Doch bevor er zustimmen konnte, fing Jade wieder an:
»... und ich war gezwungen vorzuschlagen, sich zu einer weiteren Sitzung zusammenzufinden, um das Impfprogramm zu diskutieren ...«
Sie wollte nicht lockerlassen, doch dieses Mal verlor Hoffnungsschwert fast die Geduld und herrschte sie grimmig an: »Jetzt nicht, Mutter! Bist du taub? Ich habe dir gesagt, jetzt nicht.«
Als sie sich daraufhin beleidigt schweigend in sich zurückzog, was sie inzwischen zu einer Geste stilisiert hatte, die so selbstverständlich geworden war, wie sich eine Schildkröte bei Berührung in ihren Panzer verkroch, begann Hoffnungsschwert mißmutig, sich seinen Teller berghoch vollzuladen. Niemand im Raum wagte, sich zu rühren. Immer lauter schien das Mahlen seiner kauenden Zähne zu werden, während die anderen betreten schweigend vor sich hinstarrten.
Hoffnungsschwert wußte selbst nicht, ob er seiner alten Mutter zuhilfe kommen oder sein eigenes Gesicht wahren wollte, als er schließlich die Eßstäbchen aus der Hand legte und höflich erklärte, daß eine solch wichtige Meldung seiner ungeteilten Aufmerksamkeit bedürfe, und er es daher für besser hielt, zu warten, bis der Tisch abgeräumt sei, und er Stift und Notizbuch hervornehmen könnte, um ihre Beobachtungen zu protokollieren.
Als ob sie seine Erklärung als Erlaubnis betrachtete, genau das zu tun, was zu unterlassen er sie gerade erst gebeten hatte, richtete Jade sich in ihrem Stuhl auf und nickte hochmütig in die Runde, wie ein Mitglied des Politbüros persönlich. »Nicht nötig, jetzt Notizen zu machen. Ich werde meinen Bericht nach Tisch gern wiederholen, aber laß mich unterdessen schon mal beginnen. Alle Bewohner der Nachbarschaft sind auf mich angewiesen, wenn sie ...«

Während des restlichen Mahles plapperte Jade selig darauflos, während die anderen ihr ermutigend zunickten und gelegentlich Suggestivfragen stellten wie die stolze Zuhörerschaft einer international bejubelten, wenngleich in die Jahre gekommenen Gastrednerin. Hoffnungsschwert widerstand der Versuchung zu fragen, wie trotz strenger Proviantzuteilung ein so reichhaltiges Angebot an Speisen auf die Tafel kommen konnte. Die Antwort war offensichtlich. Lamm- und Schweinefleisch, Hühnchen und Eier konnten natürlich nur Geschenke sein, die dem aufopferungsbereiten und unermüdlichen Mitglied des Nachbarschaftskomitees übergeben worden waren, die rein zufällig auch noch die Mutter des örtlichen Parteisekretärs war. Es war das Beste, nicht zu wissen, wer für diese reichlichen Bestechungsgeschenke bezahlt hatte, aber gleichzeitig war es unbedingt nötig, daß er dieser Unrechtmäßigkeit ein Ende bereitete. Eine neue Mutter konnte er sich natürlich nicht beschaffen, aber er konnte Jade aus dem Komitee entfernen und damit zumindest denjenigen den Wind aus den Segeln nehmen, die glaubten, für ihre Bestechungsversuche eine leicht zu durchschauende Ausrede gefunden zu haben.

»... Mein Sohn, wie sollte die Partei sonst von den skrupellosen Großgrundbesitzern erfahren, die sich wieder heimlich in die Stadt eingeschlichen haben, von den Kindern, die nicht geimpft worden sind, den Waren, die verloren erklärt oder gestohlen –«

Er schnitt ihr das Wort ab. »Mutter, du arbeitest viel zu hart.«

Jade senkte in scheinheiliger Demut den Kopf. »Ja«, sagte sie. »Aber frag, wenn du willst. Jeder wird dir bestätigen, daß, egal wie schwach ich mich fühle, wie kalt das Wetter auch sein mag, ich meine Runden mache. Ich klopfe an jede Tür und bleibe für Stunden. Du bist nicht der einzige, der sich mit all seiner Energie für die Sache des Volkes einsetzt!«

»Selbstverständlich ist die Partei dir außerordentlich dankbar. Aber als dein Sohn möchte ich sagen, daß du inzwichen mehr als dein Teil geleistet hast, und schließlich, so jung und stark bist du auch nicht mehr. Mutter, vielleicht solltest du ja einmal darüber nachdenken, dich zur Ruhe zu setzen.«

Jade zuckte zusammen. Alles Blut war aus ihrem Gesicht gewichen. Erst jetzt fiel ihm auf, wie die Pockennarben und Falten im Laufe der Zeit ineinander übergegangen waren und ihre Gesichtshaut zerfurcht hatte wie gescheckte Rattan; dennoch ließ er sich nicht erweichen, sondern fuhr fort, ihre Leistungen über den grünen Klee zu loben und sich wie ein guter Sohn besorgt um ihr Wohlergehen zu geben. Es würde nur eine Frage der Zeit sein, dachte er, bis sie sich aus freiwilligen Stücken von ihrer Tätigkeit als Komiteemitglied verabschieden werde. Der Beweis für die Fähigkeiten eines Parteisekretärs lag in der Macht seiner Überzeugungskraft.

»Die Genossen hätten viel Verständnis dafür. Sie wissen, wie hingebungsvoll du dich für die Sache eigesetzt hast. Warst du nicht für alle das Vorbild an Opferbereitschaft, als du das Haus der Li dem Volke überschreiben ließest? Und ohne dich gäbe es keine Schule Nummer Drei, die Jungen wie Kleiner Panda besuchen könnten. Du hast mit Sicherheit genug geleistet. Mit Sicherheit –«

Jade hielt mit Mühe die Tränen zurück, während sie nach ihrem Stock tastete, mit gequältem Kopfschütteln jede Hilfe ablehnte, und sich daran emporzog; dann ging sie, ohne ein Wort zu sagen, langsam aus dem Zimmer.

Noch lange nachdem sie den Raum verlassen hatte, konnte er das Pochen ihres Krückstocks hören.

Dann wendete er sich den anderen zu. Sie sahen ihn nicht an.

Als er sich von seinem Platz erhob, hatte nur Goldweide den Mut zu sprechen. »Nicht doch. Du darfst die Dinge nicht noch schlimmer machen, indem du im Ärger davongehst. Oh, Hoffnungsschwert, du verstehst nicht, du verstehst nicht …«

Die Worte, der Tonfall ihrer Stimme klangen ihm seltsam im Ohr, so als habe sie aus weiter Ferne zu ihm gesprochen. Er war schon fast an der Tür, als er sich plötzlich wieder erinnerte. Damals hatte er genau das gleiche flehentliche Bitten vernommen, als er in den verdunkelten Raum geplatzt war und Steinhüter und seine Amah im Bett vorgefunden hatte.

Er wandte sich um und starrte die Frau an, die ihre Herrin hintergangen hatte. Was nahm sie sich heraus, ihn zurechtzuweisen?

»Natürlich verstehe ich«, sagte er kalt. »Ich verstehe sogar sehr gut.«
Goldweide ließ sich nicht einschüchtern und trat dicht an ihn heran. »Was ist es, das du verstanden hast?«
»Mutter hat keinen müden Heller bezahlt, weder für das Hühnchen noch für das Rindfleisch oder das Lamm, für nichts von alledem, was heute auf ihrem Tisch stand, oder? Oder?«
Zu seinem Erstaunen war es Sommerwünsche, die jetzt antwortete. »Es waren Geschenke.«
Jeden anderen hätte er angeschrien, »das sind keine Geschenke, das nennt man Bestechung!« Doch der Klang von Sommerwünsches Stimme entwaffnete ihn immer. »Nun«, sagte er kleinlaut, »Mutter hätte sie nicht annehmen sollen. Sie hätte auch ohne all diese edlen Speisen auskommen können.«
»Natürlich hätte sie«, sagte Goldweide. »Oh, Hoffnungsschwert, hast du denn nicht bemerkt, daß sie kaum einen Bissen zu sich genommen hat? Die Gnädige Frau hat seit Jahren keinen Appetit mehr gehabt, nicht seitdem du verschwunden warst. Sie macht sich überhaupt nichts aus Essen. Die Geschenke sind völlig unwichtig.«
»Für mich sind sie wichtig. So viel stehen zu lassen, während für alle die Vorräte knapp geworden sind.«
An dieser Stelle mischte sich auch Champignon in die Auseinandersetzung ein. »Ich habe noch nie in meinem Leben Speisen verkommen lassen. Noch nie auch nur ein Reiskorn fortgeworfen!« knurrte sie wütend. »Ich bringe Mahlzeit für Mahlzeit das gleiche auf den Tisch, bis jeder Teller so sauber ist, als hätte ihn eine Katze abgeleckt.«
Warum Bergkiefer, der seit Hoffnungsschwerts Ankunft kaum einen Ton von sich gegeben hatte, ausgerechnet in diesem Augenblick das Wort ergreifen mußte, war ihm schleierhaft, aber wenn sich sein Studiengehilfe einbildete, die Situation entschärfen zu können, dann lag er völlig falsch. »Ich kann nur bestätigen, was Champignon sagt. Sieh doch nur mal heute – die gleichen Speisen wurden auf dem Geburtstagsfest deiner Mutter aufgetragen *und* auf ihrer Überraschungsparty anläßlich ihres baldigen Ruhestandes.«

Hoffnungsschwert ließ ihn links liegen und knurrte an Champignon gewandt zurück: »Wie oft du die gleichen Speisen aufträgst, geht vollkommen an dem vorbei, auf das es hier ankommt! Der Punkt ist, warum sollten alle anderen ihren Speiseplan auf schlichte Kost reduzieren, wenn ich, der ich die Leute zur Enthaltsamkeit dränge, eine Familie habe, die davon nichts hält?«

Goldweide zog ihn am Ärmel. »Bitte, streite nicht, Hoffnungsschwert, von jetzt an werde ich die Geschenke heimlich wieder zurückbringen. Aber ...« Sie legte die Hände zusammen, als ob sie ein Gebet spräche, und flehte ihn an, »ach Hoffnungsschwert, laß unsere alte Herrin doch bitte ihren Posten im Komitee behalten. Es war das einzige, das ihr wieder etwas Selbstachtung geben konnte. Das einzige ...«

»Nun, wenn es Anerkennung ist, was sie braucht, ich kann eine Feier veranstalten und ihr eine Urkunde überreichen lassen, die gespickt voll ist mit jeder Menge offizieller Stempel, und dazu eine rote Papierblume, die sie sich anstecken kann, und die so riesig ist, daß sie kein Mensch übersehen wird, auch nicht im dichtesten Nebel. Ich werde das gleich veranlassen. Morgen! Aber danach werde ich auch nicht das leiseste Anzeichen von Unredlichkeit mehr dulden. Danach ist Mutter beurlaubt.«

Er sah sich in der Runde um in der Erwartung, daß ihm jemand beipflichten würde, doch stieß er nur auf mißbilligende Blicke. Er fühlte sich gekränkt – sowohl durch ihr Verhalten wie durch sein eigenes –, und gleichzeitig fühlte er sich irgendwie hinters Licht geführt. Da nahm er plötzlich, was er schon lange nicht mehr getan hatte, zu einer alten Gewohnheit Zuflucht und wandte sich nach einer Erklärung suchend an seinen Studiengehilfen. »Bergkiefer, raus mit der Sprache, sag mir, was hier wirklich vor sich geht.«

Und ebenfalls wie in alter Gewohnheit, gab Bergkiefer in bewährter pädagogischer Manier die Frage an seinen Schützling zurück: »Welcher wohlerzogene Sohn käme da nicht selbst drauf?«

Hoffnungsschwert war einigermaßen verblüfft über Bergkiefers unerwartete Reaktion, doch wollte er der Bemerkung nicht allzuviel Bedeutung geben. »Bitte, behandele mich nicht wie einen dummen Schuljungen, sondern beantworte mir einfach meine Frage.«

Bergkiefer sah sich jedoch keineswegs veranlaßt, seinen verächtlichen Tonfall zu ändern. »Kriegst du denn nicht in deinen dicken Schädel, daß deine Mutter Angst hat? Siehst du denn nicht, daß sie nichts lieber getan hat, als dir zu Ehren dieses Festessen auszurichten, obwohl sie fürchtete, dir gerade damit einen Vorwand zu liefern, daß du am nächsten Samstag nicht mehr kommst, und überhaupt an keinem Samstag mehr? Glaubst du denn, sie hätte nicht gemerkt, daß der verehrte Herr Parteisekretär selbst am heutigen Samstag, am Geburtstag seiner eigenen Mutter, am liebsten gar nicht auf der Bildfläche erschienen wäre? Daß sie fürchtet, du interessiertest dich inzwischen mehr für ›alle anderen Menschen‹ als für sie? Und wenn sie aus dem Komitee ausschiede und keine Berichte mehr über ›alle anderen Menschen‹ anfertigen könnte, du niemals mehr kommen würdest, um sie zu besuchen?«
Hoffnungsschwert stand wie angewurzelt da und fragte sich, wann das letzte Mal jemand gewagt hatte, ihn derart ins Gebet zu nehmen. Vielleicht hätte er sich jetzt weniger gedemütigt gefühlt, wenn es öfter passiert wäre.
Goldweide und Champignon räumten den Tisch ab. Es war nur das Klappern des Geschirrs zu hören.
Schließlich hörte er Sommerwünsche seinen Namen sagen. Sie hatte den Kopf gebeugt. Mit sanfter Stimme machte sie ihn darauf aufmerksam, daß nicht alle siebzig Jahre alt seien und nicht jeder sein ganzes Leben dem Hause Li geopfert hätte. Wie immer fühlte er sich durch ihre Freundlichkeit verletzter, als es irgendein Feind vermocht hätte. Sie sah ihm das erste Mal an diesem Tag direkt ins Gesicht und warf ihm ein kurzes Lächeln zu. »Vor der Befreiung, als ich noch abergläubisch war, hätte ich dir auch zu bedenken gegeben, daß es Unglück bringt, wenn man am Geburtstag seiner eigenen Mutter in Wut gerät.«
Er konnte sich nicht erinnern, wann er in diesem Zimmer das letzte Mal Gelächter gehört hatte. Dann ging er wieder zu seinem Platz und warf einen verstohlenen Blick auf Sommerwünsche. »Ja, meine Mutter hat recht«, dachte er. »Ihr Sohn würde tatsächlich keine Ausrede scheuen, um nicht nach Hause kommen zu müssen.«

Nach dem Tee zogen Goldweide und Champignon sich zurück, um die drei alten Freunde alleinzulassen. Hoffnungsschwert, der plötzlich seine Einsamkeit mehr denn je zu spüren meinte, dachte – wie er seit dem Einmarsch in Wen Shui jedesmal gedacht hatte, wenn er dieses Haus betrat –, daß es besser gewesen wäre, wenn er nie zurückgekehrt wäre von den Toten; daß er besser im Norden geblieben wäre, wo er schlafen konnte, ohne träumen zu müssen, und wo ihm nicht die Versuchung am Tisch gegenübersäße.

Sommerwünsche fragte, ob er rauchen wollte. Ohne eine Antwort abzuwarten, stand sie vom Tisch auf und kam mit dem silbernen Zigarettenetui zurück, das gefüllt war mit jenen 999ern. Erst als er sicher sein konnte, daß seine Hand nicht mehr zitterte, nahm er eine heraus. Sie zündete ein Streichholz an und hielt es ihm hin. Er vermochte nicht, den Blick abzuwenden von ihren anmutigen Händen, die so zart und warm berühren konnten. Dann beugte er sich leicht zu ihr hinüber, setzte seine Zigarette in Brand und blies das Streichholz aus.

Er bemühte sich, irgend etwas Harmloses zu sagen, doch was ihm auch einfiel, wäre in dem Augenblick, in dem er es ausgesprochen hätte, alles andere als harmlos gewesen. Mit jedem einzelnen Satz hätte, er unweigerlich ein Geheimnis preisgegeben, das er geschworen hatte, niemals zu verraten. Wenn nur sein Gesuch auf Versetzung – oder sein Heiratsantrag – nicht abgeschlagen worden wären; wenn sein Bürogehilfe ihn wenigstens nicht an Jades Geburtstag erinnert hätte; wenn er nur eben nicht solch einen Wirbel gemacht hätte; wenn er nur nicht …

Wieder war es Sommerwünsche, die das Schweigen brach. Im ersten Augenblick schien sie ein wenig zu schnell zu sprechen, ihre Stimme eine Nuance zu hoch zu klingen, doch schon nach kürzester Zeit sprach sie ebenso natürlich wie damals in Chungking, als sie von ihr mit den Ereignissen ihrer letzten Vorführung unterhalten worden waren.

»… Das Volkstheater war bis auf den letzten Platz besetzt. Uns blieb gar nichts anderes übrig, als ihn auf einen Karren zu laden und auf die Bühne zu fahren, so betrunken war er. Wir haben Champignon zu ihm in den Karren gesteckt, und sie mußte dann seinen Kopf drehen, seine Arme bewegen und seinen Text sprechen. Weiß der Himmel, wie wir es schaffen konnten, das Stück je über die Bühne zu bekommen, aber es ist uns gelungen. Nein, nein! Lacht jetzt noch nicht. Das ist noch nicht das Ende der Geschichte.«

»Noch nicht?« fragte Bergkiefer.

Und Hoffnungsschwert sagte: »Da kommt noch mehr?«

Sommerwünsche nickte so eifrig, daß eine ihrer Haarspangen heruntergefallen wäre, hätte ihr Mann sie nicht wieder ordentlich ins Haar zurückgeschoben. »Noch Wochen danach hatte der Mann sich geweigert, auch nur ein Wort mit Champignon zu sprechen. Wochenlang ist er herumgegangen und hat sie angeschwärzt ...« An dieser Stelle schwieg sie dramatisch.

»Aber warum?« fragten beide gleichzeitig wie auf Kommando.

Ihre Augen leuchteten wie der Mond.

»Warum?«

»Er unterstellte ihr, ihm Alkohol in den Tee geträufelt zu haben, um sich seine Rolle anzueignen.«

»Na, der war ja wohl nicht bei Sinnen!«

»Weißt du denn nicht, Hoffnungsschwert, daß Schauspieler in der Tat Verrückte sind?«

»Wie steht's mit Schauspielerinnen?«

»Das muß sich der Junge Herr selbst beantworten.«

Ihr Gelächter war so einladend, daß Goldweide und Champignon zurück an den Tisch kamen. Und schließlich auch Jade. Und während sie in der Weise allmählich vom Mittagstisch zum Abendessen übergingen, vergaß Hoffnungsschwert die Uhrzeit, seine Arbeit und alle Unzufriedenheit, die ihn geplagt hatte, und schwelgte in der altvertrauten Ungezwungenheit einer Freundschaft, die so selten, so tief und reich war, daß er glaubte, sich wohl bis in alle Ewigkeit an diesen Augenblick erinnern zu können als einen Moment, an dem er wirklich nach Hause zurückgekommen war.

Als er nach Mitternacht in seinem Bett lag, fragte er sich, wie es möglich war, daß derjenige, der von allen auf dem verlorensten Posten

gewesen zu sein schien, eine Möglichkeit gefunden hatte, sie durch das dichteste Unterholz und an den gefährlichsten Fallen vorbei zurückzuführen – zurück zum Treuebündnis des Herzens der Mitte; dorthin, wo ein Junger Herr, dessen Büchergehilfe und die Tochter des Grabwächters sich zum ersten Mal begegnet waren.
Wieder betete er, wie er schon während all der Jahre seiner Heimkehr gebetet hatte: Gib mir genug Charakterstärke, den Versuchungen der Liebe widerstehen zu können.

## *Erdlöcher*

Es war eine mondlose Nacht. Hoffnungsschwert stand auf einem Brachfeld, das mit Fackeln beleuchtet war und durch eine Unzahl wahllos verstreuter Erdhaufen und Bodenlöcher wie entstellt schien; nur die frostkalte Nachtluft, die seinen Atem zu einer weißen Dampffahne gefrieren ließ, verriet ihn, sonst hätte eine umherhuschende Eule ihn für eine ausgediente Vogelscheuche halten können.
Es war ein langer Tag gewesen. Gestern hatte er mit der Post einen Brief aus der Provinzzentrale erhalten, in dem er für seine nachlässige Dienstauffassung gerügt wurde. Vor allem aber wurde darin die unbestreitbare Tatsache beanstandet, daß sein Bericht über die Kollektivierungsmaßnahmen längst überfällig war. An diesem Morgen war er fest entschlossen in sein Büro gekommen, den Bericht zuende zu bringen, noch bevor die Hausverwaltung die Heizungsanlage des Gebäudes befeuern und der offizielle Arbeitstag beginnen würde. Er hatte wieder über dem makellos weißen Bogen Papier gesessen, bis ihm die Finger vor Kälte schmerzten, und war dann, zu unruhig, es auch nur einen Moment länger auf seinem Stuhl auszuhalten, in die Schirrmeisterei gegangen, war in das nächstbeste Auto gestiegen und ohne konkrete Vorstellung, was er eigentlich zu tun gedachte, aufs

Land hinaus gefahren. Er mußte einfach fort. Fort von dem Bericht, den zu schreiben ihm aus irgendeinem Grunde nicht gelingen wollte, fort vom Haus Li, nichts wie fort, denn nach dem abschlägigen Bescheid auf sein Versetzungsgesuch, nach Yings Zurückweisung und dieser brieflichen Maßregelung heute und mit seinem wiedererstarkten Selbstwertgefühl durch seinen Besuch zu Hause war ihm zumute, als müßte er platzen.

Mit krummem Rücken, die Schultern nach vorn gezogen, umklammerte er das Steuerrad, als versuchte er auf diese Weise zu verhindern, daß der alte Motor des Gefährts abstürbe. Es schien, als ob er auf der Flucht sei und der kleine Abstand zwischen seinem Rücken und der Lehne des Sitzes darüber entschiede, ob er davonkäme oder man ihn schnappen würde. Während er Gott weiß wie lange an den langweiligen Feldern vorbeifuhr, die allesamt gleich aussahen, und er ein ums andere Mal an die weißen Papierbögen auf seinem Schreibtisch und dann wieder an das Desaster denken mußte, das die nächsten Jahre wahrscheinlich für ihn parathielten, kam ihm plötzlich eine Idee. Ihm fiel ein, wie er möglicherweise beide Probleme in den Griff bekommen könnte. Er wollte auf der Stelle ein paar Bauern überraschen und sie graben lassen, bis ihnen die Arme abfielen; vielleicht würden sie ja etwas von dem Saatgut, das sie angeblich vernichtet hatten, »wiederfinden«, und er könnte endlich ihre Gegenwehr und Kurzsichtigkeit stoppen. Er trat auf die Bremse, setzte mit heulendem Motor zurück, fuhr von der Hauptstraße ab und raste zum Sitzungssaal des nächstliegenden Gemeindehauses.

Jetzt, nach stundenlanger Dunkelheit – die Felder waren bereits an allen Enden aufgerissen und mit Kratern übersät wie die Oberfläche des Mondes – stand er immer noch da und überwachte die widerspenstigen Landleute bei ihrer Grabearbeit. Noch hatten sie nicht ein einziges Saatkorn zutage gefördert. Es war ein sehr, sehr langer Tag gewesen. Ihm war schwindelig und seine Glieder schmerzten, als ob sie völlig unterkühlt mit kochendem Wasser überbrüht worden wären, doch er konnte nicht einmal einen Anflug von Ärger aufbringen, denn es gab niemanden, den er dafür verantwortlich machen konnte als sich selbst. Er hatte ihnen die Essensration gekürzt, hatte die lokalen Kader sogar verächtlich zurückgewiesen, als sie sich anboten, an seiner Stelle Wache zu halten. Desgleichen hatte er sich bis zu diesem Moment standhaft geweigert, sich auf den rot überzogenen Sessel zu setzen, den vier der Männer irgendwo im hintersten Winkel des Gemeindehauses aufgestöbert und keuchend und schwitzend und so vorsichtig, als handelte es sich um ein Tablett voller Goldstaub, durch das Chaos von Hacken, Sägeböcken, Eimern und Fischernetzen, die darauf warteten, geflickt zu werden, hinaus aufs Feld geschleppt hatten, damit es sich ihr hoher Besuch darauf gemütlich machen könnte.

Wie geile Einfaltspinsel hatten sie mit lüsternem Blicken davon geschwärmt, wie gemütlich der Sessel sei, hatten lauthals verkündet, seine samtene Sitzdecke sei weicher als der Busen einer Jungfrau und geräumiger als der Schoß einer Hure. Der Sessel war tatsächlich mit all seinen Schnörkeln und Verzierungen eine exakte Kopie, die im Auftrag des Großgrundbesitzers Wang nach einem Bild angefertigt worden war, das einen bärtigen englischen König in den Polstern solch eines Sitzmöbels zeigte, der einen Leibesumfang hatte – zweimal so groß wie der eines Bullen. Welch ein Jammer, spotteten sie scheinheilig, daß dieser Volkstyrann, der letzte von Generationen ausbeuterischer Großgrundbesitzer, nie die Gelegenheit bekam, sich daran zu erfreuen. Als nämlich das Meisterstück zu Beginn der Landreform endlich fertiggestellt wurde, war es zu spät. Da hatte man dem Mann bereits das Gehirn aus dem Schädel getreten.

Während er so den kleinen Haufen grabender Landleute beobachtete, die er alle irgendwann auch wieder nach Hause entlassen mußte, stellte Hoffnungsschwert sich die Frage, ob er vielleicht die übertriebene Besorgtheit der Kader falsch eingeschätzt haben könnte. Hatte er möglicherweise zu sehr auf das Geplapper und die Mätzchen der Bauern geachtet und zu wenig auf ihre tatsächlichen Absichten? Er betrachtete den lächerlichen Polstersessel und begann ihn mit anderen Augen zu sehen: Er schien ihm jetzt weniger Ausdruck eines mitleidigen Versuchs von Untergebenen, sich bei ihrem Vorgesetzten lieb

Kind zu machen; plötzlich sah er ihn ganz und gar nicht mehr als Zeichen von Gutmütigkeit ... er empfand ihn jetzt geradezu als Bedrohung.
Er blickte finster. Sollten diese Witzfiguren es etwa wagen, ihn zu bedrohen? Natürlich nicht. Wie absurd! Er war nur durchgefroren, gelangweilt und entkräftet, nachdem er einen ganzen Tag lang den Landleuten zugesehen hatte, wie sie ohne irgendeinen Erfolg geschaufelt, gegraben und in der Erde herumgebaggert hatten. Außerdem, warum um alles in der Welt hätten sie versuchen sollen, ihn einzuschüchtern? Sie waren sich zuvor ja nicht einmal begegnet.
Er versuchte auf andere Gedanken zu kommen, doch ließ ihn die Vorstellung, daß sie vielleicht doch etwas gegen ihn im Schilde führen konnten, keine Ruhe ... War es nicht die Partei, die ihnen aufgetragen hatte, sich zu Fürsprechern des Volkes zu machen und Land von den Reichen zu nehmen, um es an die Armen zu verteilen? Hatte nicht auch die Partei ihnen später befohlen, den Armen das Land wieder abzunehmen und dem Kollektiv zu übergeben? Aber daß bei der Durchsetzung der letzteren Verordnung die Familienangehörigen und Nachbarn ihren sogenannten Fürsprechern ins Gesicht spucken würden, das hatte die Partei ihnen nicht gesagt. Und wer war es überhaupt, der hier den Willen der Partei verkündete? Niemand anderes als der Parteisekretär. Niemand anderes als Hoffnungsschwert selbst.
Er schloß die Augen, wie um ein plötzlich aufsteigendes Zittern zu beherrschen. Als er sie wieder öffnete, konnte er sich kaum der Vorstellung erwehren, er sähe den Polstersessel des toten Mannes dort vor sich in einer Lache von Blut. Schnell wendete er den Blick ab und heftete ihn auf die grabenden Landleute. Sie schaufelten langsam, aber kontinuierlich, wie bis zum Umfallen übernächtigte Menschen, die gezwungen wurden, noch vor der Morgendämmerung ihre Tai Chi Übungen zu absolvieren. Er hatte Mitleid mit ihnen. Und er bedauerte auch sich selbst. Wie hatte eine gute Politik so schiefgehen können?
Doch darüber wollte er jetzt nicht nachdenken. Er wünschte nur, daß die Graberei etwas schneller vonstatten ginge, doch je länger er zusah,

desto mehr hatte er den Eindruck, verdammt zu sein, immer und immer wieder den gleichen Augenblick zu durchleben, denn egal wie viele Schaufeln voller Erde ausgehoben wurden, der Haufen wollte nicht wachsen. Er ging etwas näher an die Grabenden heran, doch die qualmenden Fackeln, die im Wind flackerten, warfen einen Teppich unruhig zitternder Schatten über die Gruppe, daß es kaum möglich war, auch nur die Frauen von den Männern zu unterscheiden. Vielleicht hatte er zu dieser nachtschlafenden Zeit und vor lauter Ungeduld, endlich mit der allmählich immer sinnloser scheinenden Schatzsuche fertig zu werden, das Gespür verloren, wie lange die Landleute tatsächlich auf der Seite des Feldes hier, wo eine spindeldürre, blattlose Weide stand, gegraben hatten. Aber nein, das war es nicht. Irgendwie schienen sich die Leute dort beim Schaufeln seltsam zu bewegen. Und selbst wenn sie allesamt zu derselben Familie gehören sollten, hätten sie alle gleichzeitig mit einem steifen Bein gestraft sein können? Sie mochten ihn für dumm genug halten, nicht zu essen, solange es etwas zu Essen gab, oder nicht ins Warme zu gehen, wenn es draußen frostkalt ist, aber sie sollten, weiß der Teufel, nicht glauben, er hätte keine Augen im Kopf.

Er verschränkte die Arme vor der Brust und ließ den Kopf hängen, als ob er dagegen kämpfte, nicht im nächsten Augenblick einzuschlafen ... Dann, als sie etwas unvorsichtiger wurden, sah er, was da vor sich ging. Während sie gruben, stießen die Neunmalklugen mit dem Fuß heimlich wieder Erde in die Löcher, die sie ausschaufelten. Endlich! Das mußte die Stelle sein, an der sie ihr Saatgut vergraben hatten.

Sein Gesicht verzog sich langsam zu einer boshaft grinsenden Grimasse. »He!« rief er. Doch als er gerade loslegen wollte, ihnen die Leviten zu lesen, da sah er, wie sie ihn mit fast anklagenden, trauerumflorten Augen anschauten, als hätte er eine Meute alter, getretener Hunde vor sich. Was sollte es, schließlich war er nicht daran interessiert, die Namen der Schuldigen zu hören, oder sie zu bestrafen, sondern hatte ihnen und ihren Gefährten nur eine Lektion erteilen wollen. »Genug gegraben«, sagte er nur. »Ihr könnt jetzt gehen.«

Doch sie rührten sich nicht vom Fleck. Sie blinzelten nicht einmal. Verdammtes Bauernvolk. »Geht!« brüllte er und machte Handbewegungen, als wollte er sie davonscheuchen. »Geht, geht, geht!«
Doch sie rührten sich nicht.
»Was ist los mit euch? Macht, daß ihr fortkommt!«
Es schien, als befürchteten sie irgendeine Falle. Um sie zu beschwichtigen, brummte er sie dieses Mal nur schläfrig an, sie sollten auch ihre Schaufeln mitnehmen. »Es ist spät. Ich bin müde.«
Da plötzlich huschten sie wie die Feldmäuse in die Dunkelheit davon.
»He!« schrie er ihnen nach. »Kommt bloß nicht auf den Gedanken, die Schaufeln zu behalten. Die gebt ihr morgen wieder beim Kollektiv ab!«
Einigermaßen zufrieden mit sich selbst begann er, eine alte Melodie vor sich hinzupfeifen. Was konnte es schon schaden, die armen Bastarde ziehen zu lassen? Auf das Saatgut kam es an.
Dann ging er zu den anderen Erdhaufen hinüber. Genau wie er vermutet hatte, lag da eine Schaufel herum, die irgendein nachlässiger Hurensohn aus einer früheren Schicht vergessen hatte. Er rannte zurück zu der Stelle bei der Weide und fing an zu graben. Er spürte nichts mehr von seiner Müdigkeit, sondern platzte fast vor Energie. Das würde sein Glückstag, dachte er. Es war auch Zeit. Er hatte es verdient.
Er war kaum einen Spatenstich tief ins Erdreich eingedrungen, da stieß er mit der Schaufel auf einen Gegenstand, der, wie sich bei weiterem Graben erwies, eine rechteckige Form hatte. Er klopfte ihn mit dem Schaufelrücken der Länge nach ab. Es klang dumpf, zu dumpf. Er konnte sich keinen Reim darauf machen, wozu die morsche Holzabdeckung gut gewesen sein konnte, und was sich in der Kiste im Boden befinden könnte. Es klang fast wie etwas, das mit einer Decke umnäht war – aber was sollte das sein? Er zerrte an der Kiste und versuchte sie aus dem Loch zu ziehen. Dann zog er den Mantel aus, trocknete sich mit dem Ärmel den Schweiß vom Gesicht und versuchte es noch einmal. Es war zwecklos. Das verdammte Ding war zu sperrig, zu schwer. Es ließ sich nicht bewegen.

Er kniete sich in das Erdloch und befühlte den mit dickem Stoff umnähten Gegenstand mit der Hand von oben bis unten; er war sich jetzt fast sicher, daß sich darin etwas anderes als Saatgut befinden mußte. Da kam ihm plötzlich ein Gedanke, der ihn stutzen ließ. Aber woher hätten sie denn Gewehre haben sollen? Und was sollten sie damit anfangen wollen?
Er zog sein Taschenmesser hervor und hatte gerade eine Öffnung in die Ummantelung geschnitten, als sich plötzlich wie aus dem Nichts ein Hund von hinten auf ihn stürzte. Er schüttelte ihn ab. Der räudige Köter war nicht sehr groß und eigentlich ziemlich mager, nach einer obligatorischen Runde von Geknurre und Gebelle verlor er jedenfalls das Interesse an dem Menschen und begann, an der Öffnung zu schnuppern, die Hoffnungsschwert in das äußere Futteral geschnitten hatte. Er schob den Hund zur Seite und wollte sich wieder an die Arbeit machen, doch das Tier gab keine Ruhe. Da packte er den Hund und schleuderte ihn in hohem Bogen aus dem Erdloch. Erst dann schlich sich das Tier japsend in die Dunkelheit zurück.
Er versuchte jetzt, das Sackleinen aufzureißen, doch hatte er so im Knien keine rechte Kraft und stieß mit seinen Ellenbogen immer an die Wände der Kuhle, die er gegraben hatte. Aber das Material war nicht sehr widerstandsfähig. Er holte erneut sein Taschenmesser hervor und begann, den Stoff aufzuschlitzen, doch nur, um darunter auf eine zweite Stoffhülle zu stoßen.
Gerade als sein Messer durch diese letzte Ummantelung stieß, kam der Hund wieder in das Erdloch auf ihn niedergesprungen, doch dieses Mal warf er ihn um, so daß er mit dem Kopf genau auf die Öffnung fiel, die er freigelegt hatte. Erst jetzt erkannte er, was er da ans Licht gebracht hatte. Es drehte ihm fast den Magen um. Während er bebte und zitterte, als ob er gleich ganze Felsbrocken hervorwürgen müßte, gelang es ihm irgendwie, sich aus der Grube zu befreien, woraufhin ihn eine langanhaltende Attacke schüttelte. Er begann zu husten und zu spucken und sich wie ein Rasender fast das Gesicht zu zerkratzen bei dem Versuch sich sauberzureiben und sauberzuwischen vor lauter Ekel und unbändiger Abscheu vor der Berührung mit dem verwesenden Leichnam.

Dann lag er erschöpft da. Dieses verdammte Bauernpack, zur Hölle mit ihnen allen! Dabei hatte er ihnen doch eindeutige Befehle gegeben. Und sie hatten noch gelächelt und genickt. Aber kaum kehrte man ihnen den Rücken, machten sie, was sie wollen. Äschert sie ein, hatte er befohlen. Das Land ist kostbar. Es muß für die Lebenden dasein, nicht für die Toten ... Gelächelt und genickt hatten sie und dann wie selbstverständlich doch wieder ihre Toten dort begraben. Wann würden sie sich je ändern?

Plötzlich spürte er, wie ihm etwas Feuchtes, Warmes die Wangen herunterlief, wie tropfendes Blut; und das einzige, woran er denken konnte, war, daß er sich in seiner hysterischen Raserei bei dem Versuch, sich von dem verfaulenden Fleisch zu befreien, ein Auge ausgequetscht haben mußte. Er heulte gellend auf, und sein irrsinniger Schrei schien endlos widerzuhallen, bis er in der Nacht verebbte. Dann trat eine unheimliche Stille ein. Ihm war, als befände er sich nicht mehr im Diesseits, als sei er kein Mensch mehr aus Fleisch und Blut.

Es dauerte eine ganze Zeit lang, und er mußte alle seine Kraft zusammenreißen, um sich zu konzentrieren und wieder zu Sinnen zu kommen, bevor aus dem schlotternden Häuflein Angst wieder der wurde, der er war. Er hatte den Eindruck, für Augenblicke völlig den Verstand verloren zu haben, denn das, was ihn in diesen Zustand geradezu tierischer Panik versetzt hatte, war nichts, gar nichts. Es waren ganz normale Tränen.

Er versuchte, sich zu bewegen, aber sein Körper war steif und schwer wie Blei. Als er schließlich seine Augen öffnen konnte, sah er, daß die meisten Fackeln fast abgebrannt waren. Und während er dort auf dem Boden lag und die noch halb im Dunkeln liegenden Erdhaufen um sich her betrachtete, war ihm, als nähmen sie allmählich die Gestalt einer Hügellandschaft an. Auch wenn es nicht Der Tag des Hellen Lichtes war, und auch die Weiden nicht in Blüte standen, auch wenn die Angehörigen des Hauses Li nicht an den Gräbern ihrer Ahnen knieten, um ihre alten Riten zu vollziehen, hörte er, wie Steinhüter mit feierlicher Stimme die Worte intonierte: »Oh, ihr Geister unserer erlauchten Vorfahren, wir, Eure Kinder, sind von nah und fern herbei-

gereist, um Euch im Leben nach dem Tode beizustehen, Euer in Ehren zu gedenken, Euch zu achten und alle Zeit Eure Werke und Taten in unseren Herzen zu tragen.
Wir, die wir noch in der irdischen Welt leben, bitten Euch, die Ihr für immer in der Unterwelt bleiben werdet, flehentlich unsere Fürsprecher zu sein …«
Noch nie hatte er das Grab seines Vaters besucht. Doch jetzt war es zu spät. Nun war die Hügellandschaft nicht mehr Ruhestätte seiner verstorbenen Ahnen, jetzt gehörte sie wieder den Lebenden.
Einen Augenblick lang hatte er den Eindruck, etwas zu hören, doch als er seinen Blick über das Feld schweifen ließ, sah alles aus wie zuvor, nur daß der Himmel wirkte wie ein gewaltiger Kessel, in dem bedrohlich schwarze Wolken kreisten, obgleich es kein Anzeichen dafür gab, daß ein Gewitter oder ein heftiger Regen losgehen würde.
Dann hörte er wieder dieses Geräusch … es war kaum wahrnehmbar und auch nicht etwa befremdend, sondern schien ihm sehr vertraut. Dennoch, in seinem verwirrten Zustand hätte er nicht sagen können, wo er das Geräusch zum letzten Mal gehört hätte, oder wie man es bezeichnete.
Dann, plötzlich, fiel es ihm wieder ein. Er richtete sich ruckartig auf. Obwohl das Geräusch aus dem Erdloch kam, das er ausgehoben hatte, war alles, was er in dem Grab erkennen konnte, ein wedelnder weißer Schwanz.

## *Stillschweigende Abkommen*

Noch immer halb wahnsinnig vor lauter Angst und dem inneren Chaos, das sein Grabungsabenteuer in ihm ausgelöst hatte, war Hoffnungsschwert stolpernd und immer wieder stürzend von den Feldern geflohen, bis er sich endlich völlig atemlos in seinen Wagen gerettet hatte und der Sturm losbrach.

Jetzt fand er sich in seinem geparkten Auto am Tor der Schule Nummer Drei wieder, wo früher der Hintereingang des Hauses Li gewesen war. Er hatte keine Ahnung, wie er von den ländlichen Bezirken dorthin gekommen war, nur daß er durch den schrecklichen Wolkenbruch gerast sein mußte wie ein Selbstmordkandidat. Auf seiner Uhr war es zwanzig nach neun. Die Straßen standen immer noch unter Wasser, obwohl es jetzt nur noch tröpfelte. Er wußte nur das eine: Selbst wenn er damit gegen die Bestimmungen der Partei verstieß und einen Verweis riskierte, heute Nacht mußte er mit irgend jemandem reden. Nach wie vor noch ganz verwirrt, begriff er jedoch, daß es, um verbotene Gedanken preiszugeben, eines Menschen bedurfte, dem man vorbehaltlos trauen konnte, und daß dafür leider nur Bergkiefer infrage kam, der ewige Schwarzseher, der noch dazu an nichts auf der Welt glaubte. Mit ihm zu sprechen bedeutete, Ehre und Stolz zu beflecken – zur Hölle mit den hehren Werten.
Er öffnete das Handschuhfach, nahm seine Zigaretten, stieg aus dem Wagen und rannte, den Mantel über dem Kopf, an den verwaisten Gebäudeteilen vorbei, die früher die Unterkünfte für die Bediensteten der Lis gewesen waren, zu dem ehemaligen Lagerraum, den Champignon zu einer kleinen Werkstatt umfunktioniert hatte, in der sie Kostüme schneiderte, und wo sie sich ihre eigene Wohnung eingerichtet hatte. An der Tür sah er sich um, ob ihn auch niemand beobachtete, und klopfte sachte.
Champignon antwortete: »Goldweide?«
Er zuckte zusammen, als er die dröhnende Stimme der Frau hörte, und klopfte dann noch einmal.
»Was möchte die Gnädige Frau denn von mir um diese Zeit?«
Er sagte immer noch nichts, und als die Tür endlich geöffnet wurde, zwängte er sich schnell hinein und schloß sie hinter sich. Er stand vor dem Gemälde, das Champignon und Kleiner Panda auf die fensterlose Rückwand des Raumes gemalt hatten – eine Mondpforte, die auf sonnenbeschienene Alleen führte.
»Du? Was machst denn du hier?« fragte Champignon und musterte ihn von oben bis unten. »Und was zum Teufel ist passiert? Du siehst ja aus, als ob du in ein Grab gefallen wärest!«

Er stutzte: Wie konnte sie das wissen? Einen Augenblick lang fragte er sich, ob sie nicht vielleicht zu vorlaut und apolitisch war, als daß er ihr trauen konnte, doch dann gab er seiner Verzweiflung nach und schickte sie ins Wohnhaus. »Bleib unter irgendeinem Vorwand dort und schick Bergkiefer her.«
Sie zuckte mit den Schultern und wollte zum Kleiderschrank gehen. »Laß mich dir erst etwas anderes zum Anziehen geben.«
Er ergriff ihren Arm. »Nun tu, was ich gesagt habe. Ich muß ihn sofort sprechen.«
»Was ist denn los?«
»Das geht dich nichts an.« Er sagte das in dem Befehlston, mit dem er sonst Genosse Kuo aus dem Amtszimmer abtreten ließ.
Sie sah ihn mit argwöhnischen Blicken an, zuckte erneut die Achseln, zog dann ihre Schuhe aus, krempelte ihre Hosenbeine hoch, nahm einen Schirm und ging hinaus.
Er fühlte sich plötzlich wie ausgelaugt. Mit einem Ruck zog er die Decke vom Bett und ließ sich in den Sessel sinken. Er konnte die Augen kaum noch aufhalten, als ihm auf dem Nähtisch ein unfertiges Kostüm auffiel. Es war gelb, in der Farbe eines blühenden Strauches. Er sah ihn förmlich vor sich – winzige Blättchen an geschmeidig biegsamen, langen Zweigen, schon in Blüte, bevor sich das Blattgrün ganz entfaltet hat. Jetzt fiel ihm auch der Name ein. Forsythien.
Bei der Eröffnung des Volkstheaters, ein oder zwei Monate nach der Befreiung, hatte Sommerwünsche ein Kleid in dem gleichen Farbton getragen. Schon damals hatte er sie um ihr kindhaftes Vertrauen in die Partei beneidet. Kein Mensch konnte so voller Unschuld und Aufrichtigkeit glauben wie sie. Selbst heute während der endlosen politischen Ansprachen im Zuge der verschiedenen Massenkampagnen, sei es, um gemeinsames Zeitungslesen zu propagieren oder bei den Aufklärungsveranstaltungen gegen den Sittenverfall, saß Sommerwünsche im Gegensatz zu den anderen, die den ganzen Tag strickten, lasen oder vor sich hindösten, mit wachem Blick da und starrte zum Rednerpult, so aufmerksam wie ein Schulmädchen, das endlich die Erlaubnis hatte, bei den etwas besseren Schülern mitzumachen, und zu

ihrer Freude plötzlich bemerkte, daß sie in Wahrheit die Lieblingsschülerin des Lehrers ist. »China hat sich erhoben. Und damit auch ich.« Wenn sie solche Wahrheiten von sich gab, dann klangen sie niemals banal oder phrasenhaft.
Als die Tür aufging, fuhr er in die Höhe.
»Champignon hat wirklich nicht übertrieben. Du siehst verboten aus!« sagte Bergkiefer.
»Ich bin ausgerutscht und hingefallen.« Hoffnungsschwert lächelte schwach.
»Nun, mein geschätzter Parteisekretär ...« Sein Schirm klemmte, und Bergkiefer versuchte vergeblich, ihn zu schließen. »Ich hoffe, du hast mich in dieses Unwetter hinausgelockt, um mir die gute Neuigkeit zu verkünden, daß Genossin Ying ihre Meinung letztlich doch geändert hat. Nichts würde mich glücklicher machen, als auf eure Hochzeit anzustoßen.«
Nicht schon wieder dieses abgegriffene Thema. Hoffnungsschwert warf die Decke von sich, nahm ihm den Schirm ab und klappte ihn mit einem Handgriff zu.
Dabei war er näher an die Glühbirne getreten, die von der Decke herabhing, so daß Bergkiefer ihn zum ersten Mal deutlich sehen konnte. Es waren nicht die Striemen in seinem Gesicht, die ihn so mitgenommen aussehen ließen, oder die blutunterlaufenen Augen oder sein verfilztes Haar, sondern es war diese bedrohliche Mischung aus Panik und Wildheit, die von ihm ausging wie der Geruch von Schweiß und Fieberhitze. Noch ehe Bergkiefer recht begriff, was eigentlich los war, hatte Hoffnungsschwert ihn etwas unsanft vorwärtsgeschoben und dann regelrecht in den Sessel gestoßen.
»Ich muß mit jemandem reden, oder ich explodiere! Hast du gehört, ich explodiere ...!«
Plötzlich begriff Bergkiefer, was Entsetzen bedeutete. Der Studiengehilfe des Jungen Herrn zu sein, war eine Sache, selbst als Hoffnungsschwerts Freund betrachtet zu werden – obgleich ihre Freundschaftsbeziehung ein Grund war, warum er stets so bemüht war, nicht aufzufallen oder irgend etwas von sich zu geben, das auch nur

im geringsten gegen die gängige Linie der Partei verstieß. Aber sich zum Vertrauten des Parteisekretärs machen zu lassen? Ebensogut hätte er auf einem Tiger durch die Stadt reiten können. »Hab Mitleid«, wollte er schreien. »Wenn du unbedingt explodieren mußt, dann tu das sonstwo, aber nicht genau vor meinen Augen. Du wirst es schon überleben, aber ich nicht.« Doch statt dessen brachte er nur kleinlaut hervor: »Bist du dir sicher, daß du nicht bereuen wirst, mich ins Vertrauen gezogen zu haben?«

Es war Hoffnungschwert, der die Stimme erhob und aufgeregt losschrie: »Den ganzen Tag über habe ich sie graben lassen, und den ganzen Tag lang haben sie nichts aus der Erde geholt – kein einziges verdammtes Saatkorn! Und genau das ist es, was die Leute zu Essen haben werden. Gar nichts!«

Bergkiefer hörte nur halb zu. Es war unmöglich, Hoffnungsschwert in seinem Wortschwall zu bremsen, es sei denn, er wäre aufgestanden und hätte den Raum verlassen – doch das konnte er ihm nicht antun, nicht dem Jungen Herrn, der sich ihn zum Bruder ausgesucht hatte; nicht Hoffnungsschwert, der ihn davor bewahrt hatte, lebendigen Leibes begraben zu sein – er blieb in seinem Sessel sitzen und spürte, wie jeder einzelne Moment seines wunderbaren Glücks, das er seit der Zeit erleben durfte, als er mit Sommerwünsche den Jangtse flußabwärts gefahren war, ihm entglitt wie Wasser, das durch seine Finger rann. Der Parteisekretär würde seinen Willen bekommen, während er sich selbst mit den Erinnerungen an verflossenes Glück begnügen müßte. Doch damit würde er sich nicht zufriedengeben können, genausowenig wie mit den Erinnerungen an die Nachmittage nach den Unterrichtsstunden, wenn er den Goldfischen zusah, wie sie am Rand seines Schattens knabberten, während er darauf wartete, daß sein Sohn zu ihm käme, um mit ihm in den Garten zu gehen, und der Gesang seiner Frau vom Haus herüberdrang, als wollte sie die Zweige der Zypresse mit dem zarten Klang ihrer Stimme vor Wonne erzittern lassen.

»Bergkiefer, hör mir zu«, beschwor ihn der Junge Herr. »Du mußt mir zuhören!«

Bergkiefer wendete den Blick ab. Er sah runter auf seine Hände. Sie waren zu Fäusten geballt. »Nein. Dieses Mal hörst du mir zu«, preßte er zwischen zusammmengebissenen Zähnen hervor. »Damals, als du von den Toten zurückgekehrt bist, zurück in unser Leben, da haben wir ein stillschweigendes Abkommen getroffen, nämlich, daß es einige Dinge gibt, über die wir lieber nicht sprechen wollten. Damals wie heute war uns beiden klar, daß nichts Gutes daraus entstehen würde, wenn wir sie beim Namen nennen, wir würden nur unabsehbaren Schaden anrichten ...«

Als Hoffnungsschwert jetzt seine eigenen bösen Vorahnungen, die er damals zu bedenken gegeben hatte, laut und deutlich ausgesprochen hörte, wuchs in ihm noch das unbedingte Bedürfnis, seine Meinung sagen zu müssen. Er sprang auf und wollte Einspruch erheben.

»Du bleibst jetzt sitzen und hörst mir zu!« schrie Bergkiefer mit einer Stimme, die noch ärgerlicher war, als er eigenlich beabsichtigt hatte.

Völlig verblüfft über die ungewohnte Heftigkeit seines Freundes, sank Hoffnungsschwert wieder auf seinen Stuhl zurück.

Bergkiefer schluckte schwer. Und dann, als er sich wieder halbwegs beruhigt hatte, sprach er langsam, als habe er einen Schüler vor sich, der gerade ein wenig verwirrt war, und hob jedes Wort, auf das es ankam, besonders hervor. »Warum sollten wir an diesem Abkommen etwas ändern? Bis jetzt hat es sich doch als sehr sinnvoll erwiesen.«

»Vielleicht war es für dich sehr sinnvoll, aber –«

»Nein, nicht nur für mich. Es war für jeden einzelnen Betroffenen sehr sinnvoll. Und ich meine für jeden einzelnen.«

Hoffnungsschwert schüttelte heftig den Kopf. Nicht für mich, dachte er. Nicht für denjenigen, der allein aufwacht und allein schläft, nicht für denjenigen, der allein lebt.

»Jetzt gilt es mehr denn je, verschiedene Dinge unausgesprochen zu lassen. Du hast Verpflichtungen. Du selbst weißt am besten, wofür das alles. Und auch ich trage Verantwortung. Wir beide wissen, welche. Ich bin nicht mehr dein Studiengehilfe. Ich bin Ehemann. Ein Vater. Laß uns so weitermachen wie bisher. Laß uns nicht mehr darüber sprechen. Wenn dir unsere Freundschaft überhaupt etwas bedeutet, dann sei so gut und tu mir den Gefallen. Bitte, ich flehe dich an.«

Er zitterte, und Hoffnungsschwert dachte, »kann es möglich sein, daß mein Studiengehilfe Angst vor mir hat? Aber warum, ich habe doch nichts getan, wofür ich eine solche Reaktion verdient hätte? Hat Sommerwünsche ihm vielleicht gesagt, daß sie mich immer noch liebt? Wenn es nur so wäre.«

»Bitte, ich flehe dich an.«

»Ja doch, ist ja schon gut. Du brauchst nichts mehr zu sagen. Ich werde schon aufpassen. Aber wäre es von meinem ältesten Freund tatsächlich zu viel verlangt, mich jetzt einfach mal ausreden zu lassen?«

»Das kannst nur du beurteilen.«

An der Art wie er dies sagte, erkannte Hoffnungsschwert, daß Bergkiefer sich in dem Augenblick an ihn als Parteisekretär wandte; theoretisch jedoch waren der offizielle Repräsentant der Partei und der Zivilist eine Person. Die Parteipolitik rief lediglich jeden einzelnen Bürger dazu auf, sich selbstkritisch zu betrachten, Bummelanten auf die Sprünge zu helfen und die Gesellschaft entsprechend der sozialistischen Ideale umzuformen. Aber er hatte nie versucht, die Anforderungen zu bagatellisieren, die von der Partei an die Menschen gestellt wurden, besonders dann nicht, wenn dadurch jemand gezwungen war, seinen eigenen Freund zu denunzieren. Aber ebensowenig konnte er diejenigen als begriffsstutzig oder als Bummelanten abtun, die sich jedes intimen Umgangs enthielten, um nur ja keine Vertrautheit entstehen zu lassen. Ganz sicher hatte sein Studiengehilfe nichts von ihm zu befürchten.

»Bergkiefer, wir sind unter uns. Niemand außer Champignon weiß, daß ich hier bin, und ich schwöre dir, ich werde niemals irgend etwas tun, das dich kompromittieren könnte.« Doch noch während Hoffnungsschwert das sagte, war ihm klar, daß kein Parteimitglied das Recht hatte, irgend jemandem dieses Versprechen zu machen.

Bergkiefer seufzte, was Hoffnungsschwert als ein Zeichen seiner Zustimmung verstand.

Wieder lief er im Zimmer auf und ab. »Ich kann nicht mehr schlafen. Ich werde verfolgt von dem Gezirpe der Grillen. Im vorletzten Sommer kam mir das Gekreische der Grillen so laut vor, als säßen sie direkt in meinem Kopf. Du erinnerst dich, in dem Sommer, als auf meinen Befehl hin auf den fruchtbaren Ackerböden Tausende von Gräbern eingeebnet wurden. Einer der Bauern grub zwischen den Reihen von Kohlköpfen nach dem Sarg seines Vaters. Bei jeder Schaufel Erde weinte er. Seine Frau kniete vor Angst heulend wie ein wildes Tier auf dem Boden und warf immer wieder Erde in das Loch, wofür der treue Sohn von einem Bauern die nicht minder treue Landestochter wieder und wieder schlug. Ich konnte nichts anderes tun, als mich dem höllischen Gezirpe der Grillen zu überlassen.«
»Erinnerst du dich noch an die berühmte Grille, die mein Vater in diesem antiken Käfig hielt, der aus einem Kürbis gefertigt war? Einmal kniete ich wegen einer Bestrafung in seinem Zimmr und hielt die Luftlöcher zu und ...«
Während die durchnäßten Schuhe des Parteisekretärs bei jedem Schritt quietschten und auf dem Lehmboden des Raumes eine nasse Spur hinterließen, saß Bergkiefer nur schlaff in seinem Sessel wie ein altes Faktotum, das es unendlich satt hat, in die Angelegenheiten einer Familie hineingezogen zu werden, die sich immer noch einbildete, sie sei der Mittelpunkt seines Lebens.
In Gedanken spazierte er wieder mit Kleiner Panda durch den Garten und erinnerte sich an jenen Nachmittag, als sich ein Spatz, der inzwischen wie alle Vögel und Insekten sehr selten geworden war, vorsichtig wippend auf einem Wasserbehälter niedergelassen hatte. Das Gefäß war aus Porzellan gewesen, und sein zerbrochener Rand hatte ihn vor dem Pfandleiher bewahrt, weshalb es jetzt ein wenig zweckentfremdet als Goldfischglas diente. Er hatte still dagestanden, während der argwöhnische Besucher blitzschnelle Blicke nach rechts und links warf, dann ins Wasser pickte, sich ein Tröpfchen die Kehle hinunterrollen ließ und dann näher heran hüpfte und das Köpfchen so keck aufrichtete, als wollte er fragen, »wann sind wir eigentlich zu Feinden geworden? Und worum ging es eigentlich?«
Und dann hatte Kleiner Panda plötzlich begonnen, in ausgelassener

Wildheit immer wieder die Tür zuzuschlagen, um der kleinen Kreatur Angst zu machen, die daraufhin blind vor Panik versuchte, durch die dichte Hecke längs der Gartenmauer zu entkommen ...
Hoffnungsschwert blieb einen Augenblick stehen, um sich eine Zigarette anzuzünden, und ging dann weiter. »Haben meine Kritiker vielleicht doch recht? Bin ich tatsächlich von dem, was sie ›bourgeoise Rührseligkeit‹ nennen, verseucht? Habe ich mir diese Krankheit vielleicht im Bauch meiner Mutter zugezogen oder durch das Erbgut meines Vaters? Ich kann mich nicht einmal verteidigen. Was kann bloßes Mitgefühl schon ausrichten, wenn die Bedürfnisse des Volkes so unermeßlich groß sind? Was nutzt schon ...«
In der Tat. Was nutzt das? Bergkiefers Kopf pochte. Er biß die Zähne fest aufeinander. Er durfte jetzt nicht mehr sagen, als damals während der Kampagne gegen Die Vier Plagen, als die Kinder auf Kochtöpfe schlugen, oder mit Kies gefüllte Dosen schüttelten, um Lärm zu machen; nicht mehr als damals, als sie schreiend die Treidelpfade und Wege entlangliefen, von Häusern und Bäumen herunterkreischten, um die kleinen Getreidediebe immer wieder aufzuscheuchen, bis sie völlig entkräftet vom Himmel fielen, um die Erde mit ihren gefiederten Leichnamen und ihrem Blut zu bedecken. Wie stolz die Kinder über jeden Absturz waren! Was für ein barbarisches Vergnügen! Immer wieder hatte er sich gesagt, daß sie unschuldige Kinder waren, die nur ihren Eltern gehorchten, ihrer Bürgerpflicht nachkamen, ihre natürliche Empfindsamkeit für einen höheren Wert verleugneten, nach revolutionären Idealen strebten, irgendwie anders waren, als er in seiner Kindheit gewesen ist, der Waisenjunge, der er war, der Diener.
Der Spatz im Garten war immer höher geflattert, taumelte kurz in der Luft, als ob er verzweifelt ums Überleben kämpfte, und schoß dann unter Aufbietung aller seiner Kraftreserven über die Gartenmauer hinweg. »Er ist fort, Kleiner Panda«, hatte er gesagt. »Du kannst jetzt aufhören.«
Kleiner Panda hatte nur einen kurzen Moment lang ein wenig schmollend dreingeschaut und war dann zu dem Wasserbehälter gelaufen und begrüßte strahlend jeden einzelnen Fisch mit Namen. »Wie geht's dir, Nummer Eins? Nummer Zwei? Nummer Drei? Nummer Vier?«

Urprünglich waren die Zierfische für den Unterricht gedacht, doch die Spezies, die sein Sohn ausgewählt hatte – mit hängenden Augen, die aussahen wie rohe Eier, und langen, eleganten Schwanzflossen –, waren auch für Bergkiefer eine Quelle fortwährender Freude geworden. Vielleicht weil er selbst als Kind keine Haustiere haben konnte? Oder war der erfolglose Dichter in ihm von der grotesken Schönheit dieser Fische fasziniert ...?

Wieder drückte Hoffnungsschwert eine Zigrette aus. Es lagen bereits fünf Kippen auf dem Boden.

»... Ich habe mich der Partei angeschlossen in der tiefsten Überzeugung, daß es der Wahrheit entsprach, was Mao gesagt hat – daß die Revolution kein Tanzvergnügen ist, daß es dabei nicht gerade kultiviert zugeht, oder gemütlich, daß es kein elegantes Fest ist, auf dem man sanft, höflich und bescheiden miteinander umgeht. Ich habe mich angeschlossen, weil ich etwas leisten wollte, das wirklich nur mit der Partei zu machen ist, für ein Ziel, das nur durch die Parteiarbeit erreichbar ist.

Ohne die Partei wäre das Haus Li heute ein Nest von Verrätern, kein Heim für Schulkinder, und China wäre immer noch unter der Knute fremder Mächte, die sich einen Dreck um meine Landsleute scheren; China wäre immer noch in der Gewalt von korrupten Aristokraten, die sich für etwas Besseres halten mit ihrer Sippenwirtschaft, und sich über das einfache Volk hermachen wie die Aasgeier und es aussaugen, ohne von irgend jemandem zur Rechenschaft gezogen zu werden.

Ohne Disziplin würde die Partei zerfallen, sich in einzelne Cliquen auflösen, sich zersetzen, bis aus ihr dieser sprichwörtliche Scherbenhaufen geworden ist, der, verdammt noch mal, überhaupt niemandem etwas nützt. Und was würde dann aus China? Chaos! Wieder einmal, ein weiteres Mal. Wenn ich überhaupt etwas weiß, dann ist es das: Wenn sich in China noch einmal das Krebsgeschwür der Orientierungslosigkeit ausbreiten sollte, dann würde es dieses Mal fatale Folgen haben, dann wäre unser Land dem sicheren Untergang geweiht ...«

Bergkiefer dachte voller Bitternis: »Für mich gibt es da gar nichts, das ich tun könnte, um China zu retten, Hoffnungsschwert. Ich will le-

diglich meine Familie retten, die Nachmittage mit Kleiner Panda; aber du und deine Partei ...«
Obwohl das Zimmer bereits bis unter die Decke zugequalmt war, paffte Hoffnungsschwert immer weiter eine nach der anderen, als ob er etwas in der Hand halten müßte, um nicht andernfalls auf alles einzudreschen, was sich ihm in den Weg stellte. »Und deshalb wahre ich pflichtgemäß Disziplin und führe meine Befehle aus, erkläre Häßliches für schön und Schwieriges für leicht, bringe die Leute auf Kommando zum Reden oder zum Stillschweigen und opfere meine Gegenwart ebenso wie ich meine Vergangenheit hergegeben habe, für eine Zukunft, die ich vielleicht niemals erleben werde; eine Zukunft, die beweisen wird, daß alles, was wir im Namen des Kommunismus vornehmen, unbedingt der Mühe wert ist. Aber ich finde keinen Schlaf. Ich werde von Grillen verfolgt ...«
»Und ich bin verfolgt von dem Traum, den ich mit jedem Tag erleben darf«, dachte Bergkiefer. »Und ich werde alles tun, um diesen Traum nicht zu verlieren. Wenn es doch nur eine Insel gäbe, auf der sich weder Kapitalisten noch Kommunisten herumtreiben, weder Revolutionäre noch Konterrevolutionäre, weder Linke noch Rechte, Unterdrücker noch Unterdrückte; und auch keine Bauern – seien sie reich, weniger reich oder arm. Wie schön wäre es, wenn es zwischen Himmel und Erde nur ihn, seine Frau und sein Kind gäbe. Sie würden Pilze sammeln und Kräuter, würden fischen und jagen, im Meer baden ... Was würde es ihn dann noch kümmern, daß er mit Leib und Seele aufging in seiner Rolle als Ehemann und Vater?«
Doch daran wollte er jetzt nicht denken. Er heftete seinen Blick auf das Wandgemälde und hörte Kleiner Panda sagen: »Papa, Papa, heute darfst du auswählen.«
Sich jeden Abend eine Bühnenrolle zu wünschen, zu der Sommerwünsche dann mit ihrer hübschen Stimme für die kleine Zuhörerschaft sang, war zu einem unentbehrlichen Teil ihres Familienrituals geworden.
»Wer soll ich sein?«
Darüber brauchte er nicht lange nachzudenken. Schon seit einiger Zeit war er ganz ergriffen von der Person. »Mu Guiying.«

Sommerwünsche ging ans andere Ende des Raumes und sah zur Wand, während er ihrem Sohn kurz den Schauplatz und den Hintergrund der Handlung auseinandersetzte.
»Als die Stadt Hangchou während der Sung-Dynastie vom Staat der Liao belagert wird, geht der Stadtkommandeur die Generalin um Hilfe an und fordert sie auf, Verstärkungstruppen nach Hangchou zu schicken. Obgleich sie ein Kind erwartet, gehorcht sie. Ihr Mann aber ignoriert alle militärischen Pflichten und weigert sich, in den Krieg zu ziehen. Er glaubt, seine Frau würde ihm seine Feigheit schon aus lauter Liebe verzeihen. Doch er irrt sich. Sie befiehlt seine Hinrichtung ...«
Bergkiefer wäre heute an der Reihe gewesen, eine Rolle zu wählen. Doch er hatte vorgegeben, Papa sei aus wichtigen Gründen verhindert.
Der Boden war inzwischen voller Asche und Zigarettenstummeln, und Hoffnungsschwert hatte gerade die leere Schachtel gegen das Fenster geschleudert. Der Wind, der draußen tobte, rüttelte an den Scheiben, und die beiden Freunde starrten lange in die Nacht und beobachteten das Unwetter. Ganz in Gedanken verloren zündete Hoffnungschwert ein Streichholz nach dem anderen an und löschte es wieder, bis der beißende Geruch von Schwefel sich im ganzen Zimmer ausgebreitet hatte. Als habe ihn ein plötzlicher Hauch von Amoniak aus seiner Benommenheit geweckt, wurde ihm schlagartig bewußt, in welcher befremdlichen Art er gesprochen und wie grob er sich gegeben haben mußte. Erst jetzt fand er allmählich wieder zurück zu seiner Rolle als Parteisekretär.
Ärgerlich sah er zu Bergkiefer hinüber. Wie konnte jemand nur so taktlos sein, dieses Unglück einfach so mit anzuschauen? Was war das für ein Freund, der einfach zusah, wie er sich halb zu Tode grämte und nicht ein einziges Mal eingriff, um ihm irgendwie zu Hilfe zukommen? Er schleuderte ihm mit zusammengekniffenen Augen einen herausfordernden Blick zu.
Bergkiefer murmelte irgend etwas vor sich hin.
»Nun mach doch den Mund auf, du lahmer Feigling!« herrschte Hoffnungsschwert ihn an. »Sag endlich was!«

Doch zu seinem Erstaunen schrie Bergkiefer keineswegs zurück, sondern stand auf, ging ganz ruhig auf den Nähtisch zu, wo er mit den Fingerspitzen sachte den Saum des noch unfertigen Kleides berührte, und zitierte dann mit sanfter Stimme ein Gedicht von Tu Fu:

»Den ganzen Tag tönen Flöten und Lauten
in der Stadt aus Brokat:
Halb geht es unter
im Rauschen des Flusses,
halb verklingt es ungehört.
Denn es ist ein Lied des Himmels:
Unter Sterblichen so selten zu vernehmen.«

Während er die letzte Zeile wiederholte, klappte Bergkiefer den Schirm auf und ging zur Tür hinaus. Er warf sie krachend hinter sich ins Schloß.

Wie gelähmt vor Zorn, schloß Hoffnungsschwert die Augen.

Er stand da und ihm war, als hörte er eine Ewigkeit nichts anderes als dieses unausgesetzte Trommeln des Regens. Es schüttete und schüttete, und der Regen prasselte auf die Bodenplanken der Fähre nieder, bis ihn plötzlich die brennenden Schläge trafen, die sein Vater ihm versetzte. Lauter und lauter dröhnte das Trommeln des Regens. Dann, auf einmal, hörte es auf.

Eine unheimliche Stille war plötzlich eingetreten. Da fiel sein Blick auf das Wandgemälde, und er konnte seine Augen kaum mehr abwenden. Doch je länger er die Mondpforte anstarrte, desto gewisser wurde ihm, was dahinter lag: es war ein Wald voller Eukalyptus, Kiefern und wildwuchernden Gräsern. Und da war ein ausgetrampelter Fußpfad, der um einen riesigen Felsblock zu einer winzigen verlassenen Tempelanlage führte. Aber heute Nacht war jemand im Inneren des kleinen Tempels. Dort war der Mensch, an den er sich hätte wenden sollen, um Verständnis zu finden.

# Weißhaariges Mädchen

In derselben Nacht saß Sommerwünsche im Volkstheater und starrte in den Spiegel. Er war in Elfenbein gerahmt und trug sehr lebendige Schnitzereien von verschiedenen Szenen aus dem Leben der Lis, als sich die Familie noch auf dem Höhepunkt ihres Ruhmes befand. Zu aller Erstaunen hatte Jade ihr dieses alte Erbstück vermacht, als Kleiner Panda geboren wurde. Nachdem Hoffnungsschwert zurückgekehrt war, hatte sie den Spiegel jedoch von Sommerwünsche zurückverlangt. »Die Dinge sind nicht mehr, wie sie einmal waren«, hatte sie gesagt. »Von Rechts wegen gehört er der Frau meines Sohnes.«

Aber anstatt nachzugeben, hatte Sommerwünsche dieses Mal gelogen. »Natürlich«, sagte sie. »Hab ich es dir denn nicht erzählt? Ich habe ihn längst Hoffnungsschwert gegeben.« Der Kader hatte keinen Sinn für Sentimentalitäten; warum hätte er sie also bloßstellen sollen?

Wie üblich war sie nach der Abendvorstellung erschöpft, aber hellwach. Sie hatte es durchaus nicht eilig, sich die Schminke zu entfernen, oder auf ihrem Heimweg bei diesem Regen durch Berge von totem Laub zu waten. Der Umkleideraum war menschenleer. Die anderen hatten die Gelegenheit genutzt, als es für kurze Zeit aufgehört hatte zu regnen, und waren gleich, nachdem der Vorhang gefallen war, nach Hause gegangen. Sie genoß es, mit sich allein zu sein. Der Schein der Lampe tauchte den kleinen Raum in ein warmes, trauliches Licht, was ihr nach dem geschäftigen Tumult im Theater immer sehr wohltat. Das Schminkzimmer schien sich dann in ein heimliches Refugium zu verwandeln, in dem sie ungestört verbotenen Gedanken nachhängen konnte. All die buntfarbigen Kostüme an den Kleiderhaken riefen Erinnerungen in ihr wach an die herrlichen Gewänder, die sie früher getragen hatte, besonders wenn sie Rollen spielte, in denen sie in die Welt der Schatten tauchte. Die Gewänder waren über und über mit eben solchen Perlen bestickt, die man in die Münder der Toten legte, waren mit jenen Goldmünzen besetzt, mit denen man die Augen der Blinden bedeckte, und mit Requisiten aus Pappmaché, die man verbrannte, um für ein Leben nach dem Tod das Glück geliebter Menschen zu beschwören. Trotz ihrer morbiden Doppeldeutigkeit hatten diese vertrauten Utensilien etwas Tröstliches für sie. Sie waren Teil der Heldinnen, die sie stets mit größter Hingabe verkörpert hatte.

Auch dieser Abend war nicht anders verlaufen. Ihre Interpretation des Weißhaarigen Mädchens, das durch einen lüsternen und grausamen Großgrundbesitzer augenscheinlich in den Wahnsinn getrieben wurde, war ein Triumph gewesen. Auf der Bühne fühlte sie sich immer sicher. Sie wußte genau, was sie zu sagen hatte, beherrschte ihre Rolle perfekt. Wenn sie es wünschte, konnte sie das Publikum zum Lachen bringen oder weinen lassen. Sie wußte immer exakt, was sie tun mußte, was von ihr erwartet wurde, was als nächstes passierte und am wichtigsten, sie wußte, wie das Stück zu Ende gehen würde.

Die Sommerwünsche vorzustellen, die Bergkiefer geheiratet hatte, war unendlich viel schwieriger.

So wie sie es seit Hoffnungsschwerts Rückkehr immer getan hatte, sobald sie mit sich allein war, setzte sie sich nieder und verfiel in Erinnerungen, als ob das beständige Wiederholen dieses schicksalhaften Augenblickes sie irgendwie unempfänglicher machen könnte gegen den nie versiegenden Schmerz. Hätte man ihre große Liebe dort vor ihren Augen aus einem Sarg gezerrt, es hätte sie nicht mehr entsetzen können, als ihn plötzlich im Hause Li leibhaftig vor sich zu sehen. In der Aufregung hatte niemand bemerkt, daß sie, um ihm nicht geradewegs in die Arme zu stürzen, aus dem Zimmer gerannt war, um Kleiner Panda zu holen. Zwischen dem Kissen hatte er fest auf ihrem Bett geschlafen. Sie hatte ihn in die Arme genommen und dabei so heftig an sich gedrückt, daß er aufgewacht war. Aber das kleine Kind hatte nicht angefangen zu schreien. Er hatte sie nur mit festem Blick aus runden Augen angesehen, als ob er genau gespürt hatte, daß seine Mutter die Zerbrechlichere von ihnen beiden war und daß der leiseste Schrei von ihm sie wie einen Kristall hätte zerspringen lassen. Dann waren ihr die Knie weichgeworden, und sie mußte sich aufs Bett setzen. Das kleine Kind hatte sie nur freundlich angelächelt, und aus diesem Lächeln hatte sie viel Kraft geschöpft.

Sie mußte ihn dann umgekleidet haben, denn das nächste, an das sie sich erinnerte, als Champignon rief, war, daß er seinen neuen roten Anzug trug, die Tigerschuhe und den Hut, und sie keine andere Wahl hatte, als aus dem Zimmer hinaus auf die Bühne zu treten.

Der ganze Raum schien zu schaukeln wie der *Pavillon der Elfen*, von Wind und Wellen geschüttelt. Aber sie mußte so tun, als ob alles ganz normal sei, dabei hatte der Fremde ihr von weitem bereits ihre Stichworte geliefert, die sie so dankbar aufgegriffen hatte, wie ein Ertrinkender den rettenden Baumstamm ergreift, an dem er sich festhalten kann. Andernfalls wäre sie möglicherweise außer sich geraten und auf ihn losgegangen, um ihn zu schlagen, zu umarmen, hätte gewünscht, er sei tot, oder ihr Sohn sei niemals geboren worden, hätte die Götter verflucht, die sie aus heiterem Himmel mit einem einzigen Hieb aus ihren höchsten Glücksgefühlen gerissen hatten, um sie in einen Abgrund finsterster Verlassenheit zu stürzen. Sie hatte Gefühllosigkeit mit Gefühllosigkeit beantwortet. Es war der schwierigste Auftritt ihrer gesamten Laufbahn.

Wie lange würde sie dieses Schauspiel noch spielen müssen? Konnte sie diese Rolle überhaupt ewig weiterspielen? Und wieviel schwerer sie ihr fiel, seitdem sie vergangene Woche sein silbernes Etui hervorgeholt und ihm eine Zigarette angezündet hatte.

Geistesabwesend strich sie das kleine Photo ihrer Familie glatt, das an die Wand geheftet war. Dann fuhr sie mit den Fingern in das Salbentöpfchen und entnahm ihm einen Tupfer kühler Creme, den sie sich auf der Stirn verteilte. Aus den Tiefen ihrer Erinnerung schien ein fernes Trommeln von Pauken aufzusteigen ... dann ein junger Mann und sein Mädchen, ausgelassen und fröhlich, wie sie hinter Fässern voller gekochter Krebse und Aale vorbeiliefen, vorbei an dem Kräuterhändler, dem Schlosser und dem Korbflechter, wie sie rannten, um die leuchtend bemalte Sänfte zu erreichen, in der die Braut getragen wurde. Je näher sie der Sänfte kamen, desto lauter dröhnten die Paukenschläge. Immer lauter. Erst beim Quietschen von Rädern wurde ihr klar, daß der Lärm nicht von Kesselpauken herrührte, sondern das fauchende Motorgeräusch eines Autos war, das jemand draußen einzuparken versuchte. Von dem kleinen Tempel flogen ihre Gedanken zu der Wegkreuzung zwei Tage danach. Was wohl aus der Braut geworden war, fragte sie sich. Ob sie wohl noch ihrer Schwiegermutter half oder einen Sohn adoptiert hatte, ob sie in ihren Träumen immer noch ihren Mann umarmte, oder hatte sie inzwischen begonnen, die hölzerne Gedenktafel zu hassen ...?

Als schließlich ihr Gesicht vollständig mit Creme verschmiert war, konnte sie sich selbst kaum noch wiedererkennen hinter der gespenstischen Maske. Sie lehnte sich näher heran und seufzte schwer, wodurch das Glas beschlug, und sich das fahle Spiegelbild trübte. Wenn sie nur selbst so einfach von der Bildfläche verschwinden könnte, abtauchen könnte in die Quellen des Gelben Flusses der Ewigkeit. Aber selbst wenn sie den Mut hätte, die verwickelten Drähte zu kappen, die sie hielten, was würde aus Hoffnungsschwert und Bergkiefer werden? Waren sie denn nicht ebenso eingebunden in ihr gemeinsames Schicksal? Es gab kein Entkommen. Sie mußten weitermachen wie bisher, gefangen in Treue und Verzicht.

Mit dem Ärmel putzte sie das Glas des Spiegels wieder sauber, befeuchtete dann den Waschlappen im Becken und begann, sich von der dichten Schicht aus Schminke und Creme zu befreien. Anschließend spülte sie ihr Gesicht mit Wasser, tupfte es mit dem Handtuch trocken und betrachtete sich nachdenklich. Ihre Haut glänzte und ihre Augen leuchteten. Wie kam es nur, daß nichts ihre Qual verriet? Kein noch so erfahrener Maskenbildner könnte ein Trugbild schaffen, das so täuschend perfekt war.

Dann öffnete sie eine Schublade, entnahm ihr die gelbe Seidenschärpe und begann sie so fest um den Spiegel zu wickeln, wie vor langer Zeit die Frauen ihre Füße banden, um sie zu goldenen Lilien zu formen. Wenn Bergkiefer doch nur nicht von früh bis spät lächeln würde, dachte sie. Wenn er ihr bei den Mahlzeiten nur nicht immer die allerbesten Stücke auf den Teller legen wollte. Das Kind nicht so vergöttern würde. Wenn er nur energischer wäre ... wie Hoffnungsschwert.

Sie starrte zur Türschwelle, die sich in der Fensterscheibe spiegelte, und wünschte, Hoffnungsschwert wäre bei ihr. Doch er würde sie niemals besuchen. Sie schloß die Augen und stellte sich Feuerfrosch vor – in der einen ausgestrecken Hand ein Fetzen Papier, in der anderen ein Stück Holzkohle. Doch sie konnte nicht mehr den gutmütigen Jungen in ihm sehen, nur den Mann, der er jetzt war, wann immer sie sich zufälligerweise bei offiziellen Anlässen begegneten. So nüchtern, so kühl.

Sie stellte ihm die eine Frage, die ihr wie glühende Kohle im Halse steckte: »Denkst du noch jemals an den kleinen Tempel im Wald? Jemals?«

Aber er antwortete, als ob er zu den Leuten auf einer der politischen Veranstaltungen sprach, die seit Gründung der Volksrepublik immer öfter in der Schule, zwischen den Theaterproben oder bei Nachbarschaftstreffen abgehalten wurden. »Denkt daran, China hat sich erhoben. Wir Chinesen sind jetzt nicht mehr die Schachfiguren der Imperialisten, oder die Sklaven von Großgrundbesitzern und Kapitalisten.«

Sie wollte den Parteisekretär aus ihren Gedanken verbannen, doch sie konnte es nicht. »Laß doch nur einmal dein Herz sprechen«, sagte sie. »Gesteh deine Liebe ein, Hoffnungsschwert. Laß es zu.«

Er nickte. Aber er gab nur die ewig gleichen Sprüche von sich, die inzwischen jeder auswendig konnte. »Gestehe, und die Partei wird dich mit Nachsichtigkeit behandeln. Es ist sinnlos, sich zu weigern. Die Verfehlungen, die du früher begangen hast, sind offensichtlich. Mach es dir nicht selbst noch schwerer. Tu, was du tun mußt!«

»Oh, sag mir, was ich tun muß!«

»Du mußt dich mit ganzem Herzen der Partei widmen … gib der Partei dein Herz!«

»Warum weigerst du dich selbst in meinen Träumen, mit mir zu sprechen? Ist das deine Rache?«

Er lächelte. Einen flüchtigen Augenblick lang lächelte er wie früher. Doch dann geronn sein Lächeln zu einer Maske von Falschheit. »Im alten China war Rache der Zweck der Bestrafung – jetzt geht es um

Reformen. Reformen, Sommerwünsche, damit du wieder in die Gesellschaft aufgenommen werden und einen Neuanfang machen kannst.«

Einen Neuanfang machen. Wie sollte das möglich sein?

Mit beiden Händen legte sie vorsichtig den Spiegel an seinen Platz zurück, zu den fadenscheinig gewordenen Schuhen, die sie nie getragen hatte, in eine zusammengefaltete Decke – ein nicht halb so wertvoller Talisman wie der, den sie ihrer großen Liebe überlassen hatte. Dann schob sie die Schublade zu. In ihrer seelischen Angespanntheit hatte sie bei dem schabenden Klang des Holzes die Vorstellung, als würden sich auch langsam die Türen ihres Herzens schließen. Plötzlich war auch ihre unnatürliche Wachheit wie fortgeblasen, und sie fühlte sich müde, so schrecklich müde, daß sie den Kopf auf die Tischplatte legte und einschlief.

Sie hätte nicht sagen können, wie lange sie so geschlafen hatte; ob es eine Stunde, eine Minute oder zwei gewesen waren. Doch als sie wieder zu sich kam, hatte sie die seltsame Gewißheit, daß irgend jemand draußen am Fenster stand und sie beobachtete. Aber es war niemand zu sehen, nur die winzigen Gesichter ihres Mannes und ihres Kindes, die auf dem kleinen Foto in die Kamera lächelten. Sie streckte die Hand aus und bedeckte ihnen die Augen.

*

Hätte Hoffnungsschwert nicht gerade in diesem Augenblick aus der Dunkelheit draußen vor der Tür zu ihr hineingeschaut und diese Geste gesehen – so nahe, daß er seine Lungen hätte füllen können mit dem Duft ihres Parfüms, so nahe, daß er das Rascheln ihres Kleides hören und fast das rote Band berühren konnte, das sie sich ins Haar geflochten hatte – er wäre glücklich und voller Übermut die paar Schritte zu Sommerwünsche hinübergegangen, um sie in die Arme zu schließen, hätte darauf bestanden, ihr endlich das zu sagen, was er weder ihr noch irgendeiner anderen Frau je zuvor gesagt hatte, wäre gemeinsam mit ihr in die Unendlichkeit eingetreten – oder wäre es eine Oase gewesen –, aus der es kein Zurück mehr gäbe. Aber er hatte die Geste mit angesehen, hatte die Frau seines besten Freundes beobachtet, wie sie die Hand ausstreckte, um die Photographie zu liebkosen, die ihren Mann zeigte, der ihr gemeinsames Kind auf den Armen hält.

## *Blechbuddhas*
## *(1957)*

Bergkiefer war mitten in der Menge geladener Besucher, die sich dichtgedrängt ins Theater schoben. Obwohl auf riesigen Tafeln darauf hingewiesen wurde, daß die angekündigten Theatervorstellungen abgesetzt worden waren, war alle ganz aufgeregt in Erwartung der bevorstehenden Eröffnungsfeier, von der man sich etwas ganz Besonderes zu versprechen schien. Jeder mit seiner persönlichen Eintrittskarte in der Hand, drängten die Leute vor Stolz ganz beschwingt vorwärts, verrenkten sich die Hälse nach dem einen oder anderen Prominenten, sahen mit finsteren Blicken an irgendwelchen Emporkömmlingen herab oder begrüßten Bekannte, doch vor allem beglückwünschte sich jeder einzelne dazu, ein ausgewähltes, repräsentatives Mitglied der verschiedenen Schulen, Nachbarschaftskomitees oder Arbeitsverbände von Wen Shui zu sein.
Er lächelte voller Spott. Irgend etwas mußte da schiefgegangen sein. Warum hätte man wohl ausgerechnet ihn hierhin einladen sollen? Von hinten gestoßen, bat er die Kader vor ihm um Verzeihung, und als er eingekeilt nicht weitergehen konnte, entschuldigte er sich bei den Vorzeigegenossen aus der Arbeiterschaft, die hinter ihm nachdrängten. Von allen Seiten gestoßen und geschoben, hätte er am liebsten einfach alle vorbeigelassen. Doch er wäre unangenehm aufgefallen, wenn er sich bei einer wichtigen Verantaltung wie dieser nicht interessiert gezeigt hätte. Damit hätte er seine politische Unzuverlässigkeit verraten, die er all die Jahre so geflissentlich zu verbergen versucht hatte. Also drängelte auch er weiter.

Quer über die Bühne gespannt hing ein riesiges rotes Spruchband mit fünf Fuß großen Schriftzeichen: »Laßt hundert Blumen blühen! Laßt hundert Lehrmeinungen miteinander streiten!«
Als die Arbeiter der Seidenfabrik aufrecht stehend lautstark in ein Lied zu Ehren des Sozialismus einstimmten, ließ er sich auf einen der Sitze im hinteren Teil des Saales gleiten. Nach einigen weiteren Chorgesängen nahmen die Studenten die Herausforderung an und begannen ihrerseits zu singen, aber lauter noch, und dann brach der Wettstreit erst richtig los, als eine Arbeitervereinigung nach der anderen links und rechts der Gänge in ihr jeweiliges Lied einstimmte und versuchte, die anderen zu übertreffen. Am Schluß führte dann Sommerwünsche mit dem Opernchor auf den vorderen Sitzreihen die gesamte Zuhörerschaft in ein letztes abschließendes Lied:

»Südlich des Flusses ernten wir fetten Reis,
Östlich Kornkammern prall voll mit Hirse,
Mit rotem Sorghum und weißer Baumwolle.
Auf Bergen, die in den Himmel ragen
weiden wir Herden von Schafen und Rindern.
Breit wie ein Meer ist der Fluß,
Und seine Ufer duften im lauen Wind.
Genau hier sind wir daheim ...
Seht doch nur die Pracht unseres Vaterlandes!
Laßt uns dankbar sein für den Segen des Sozialismus!«

Dann wurden die versammelten Gäste über Lautsprecher zur Ordnung gerufen, und aus den Seitenkulissen kam ein Dutzend einheitlich in dunkelblauen Gabardine gekleidete Männer auf die Bühne marschiert. Sie nahmen auf den für sie bereitgestellten Stühlen an einem langen schmalen Tisch Platz, der mit einem makellos weißen Tuch drapiert war, auf dem Teetassen und in einer akkuraten Linie aufgestellte flache Tontöpfchen mit Frühlingslilien standen. Als letzter kam der Parteisekretär des Distrikts herein und setzte sich auf den Stuhl in der Bühnenmitte.
Bergkiefer war sehr überrascht, Hoffnungsschwert in dieser offensichtlich überaus stabilen Verfassung zu sehen. Nicht das geringste

Anzeichen von Mitgenommenheit oder Kummer war ihm anzumerken, im Gegenteil, er schien voller Selbstvertrauen, ja, fast ein wenig zu gutgelaunt zu sein. Er wandte sich mit kräftiger, volltönender Stimme an das Publikum.

»Genossen, vor zwei Monaten hielt der Parteivorsitzende Mao Tsetung vor der Zentralen Volksregierung eine grundlegende Rede mit dem Titel ›Über die richtige Behandlung von Widersprüchen im Volke‹. Bis zum heutigen Tag ist seinem Aufruf, den diese Rede beinhaltet, in vorbildlicher Weise nachgekommen worden. Ich habe die besondere Ehre, euch jetzt über wichtige Fortschritte unterrichten zu dürfen …«

Ein Murmeln ging durch den Saal.

Die Botschaft des Ersten Vorsitzenden war beispiellos. In seiner geheimen Ansprache hatte Mao jene Parteimitglieder angeprangert, die sich angemaßt hatten, zu beurteilen, wessen Ansichten und welche Meinungen akzeptabel seien oder nicht. Dies sei einzig das Recht der Massen. Er hatte zugegeben, daß zuviele Unschuldige als Konterrevolutionäre gebrandmarkt worden seien, und erklärt, daß sie niemals hätten verurteilt und eingesperrt oder gewaltsam oder mit Zwangsarbeit hätten umerzogen werden dürfen. Konstruktive Kritik dürfe nicht unterdrückt werden, »weder mit der Zuchtrute noch mit der Narrenkappe.« Das Volk solle stets ermutigt werden, alles offen auszusprechen und zu sagen, was es denke. So käme alles auf den richtigen Weg, alle Ungerechtigkeiten kämen so zur Sprache.

Bergkiefer spürte, wie die Menschen, die zu Anfang recht spöttisch reagiert hatten, zunächst argwöhnisch und schließlich zunehmend verwirrter wurden, gegen Ende der langen Rede ganz offensichtlich völlig entwaffnet waren.

Als Hoffnungsschwert endlich seinen Vortrag beendete, applaudierten ihm die Leute stürmisch. War dieser strahlende Parteisekretär tatsächlich der gleiche Mann, der in jener stürmischen Nacht seinem ältesten Freund sein Herz ausschütten wollte und sich so verletzlich gezeigt hatte? Natürlich war er das. Und natürlich war er es, der veranlaßt hatte, daß Bergkiefer zu dieser Veranstaltung eingeladen wurde. Er hatte ihn hierher kommen lassen, damit er selbst Zeuge würde von dieser dramatischen Rückversicherung der Partei und ihrer gerechten Sache, damit er mit eigenen Augen sähe, wie groß Hoffnungsschwerts Vertrauen in die Angelegenheiten der Partei war.

Nun, er war gekommen und hatte den Vortrag mit angehört. Er war auch klug genug, zu applaudieren. Wie könnte er auch nicht? Die übrigen Zuhörer klatschten immer noch.

Seine Gedanken trugen ihn weit fort zu einem verlassenen Abschnitt der uralten Deichanlagen, zu einer kleinen Hütte, nicht viel größer als eines der Wachhäuschen, die man zur Erntezeit aufzustellen pflegte. Dort war es gewesen, wo ihm seine eingeschworenen Brüder Socken voller Kieselsteine um die Knöchel gebunden hatten und ihm versprachen, daß ein verkrüppelter Junge davon tapfer und stark werden würde. »Glaub uns! Glaub uns!«

Armer Junger Herr, dachte Bergkiefer. Einmal mehr hat er sich von Hoffnungen verleiten lassen.

Nach jener beispiellosen Erklärung des Großen Vorsitzenden Mao Tse-tung, »erblühten« die Menschen regelrecht, ob sie Parteimitglieder waren oder nicht. Ganz gleich wie schwerwiegend oder wie bissig ihre Kritik ausfiel, ihre Meinung wurde abgedruckt. Der Parteisekretär beim *Tageblatt der Jugend Chinas* beklagte die mißliche Lage des Landes und zog schrecklich vom Leder gegen die Zyniker, die vorgaben, auf die Sache der Partei zu setzen, gegen Speichellekker und inkompetente Stümper. Der Landwirtschaftsminister forderte Wiedergutmachung für diejenigen, die zu Unrecht verurteilt worden waren. Der stellvertretende Vorsitzende des Nationalen Verteidigungskomitees prangerte öffentlich Chinas Großen Bruder an – die Sowjetuniuon –, nach dem Zweiten Weltkrieg die Industrie im Nordosten des Landes geplündert und China in den blutigen und kostspieligen Krieg mit Korea getrieben zu haben. Pfarrer und Priester erklärten, die Partei sei zu einem Instrument der Unterdrükkung geworden. Studenten forderten Demokratie. Arbeiter warfen den Kadern Arroganz vor und bezichtigten sie, in großem Stil

Günstlingswirtschaft zu betreiben. Bauern verlangten die sofortige Auflösung der Kollektive.

Nur einige wenige Intellektuelle hielten sich zurück. Wie hätten sie sicher sein können, daß die Partei sie nicht morgen für das bestrafen würde, wozu sie sie heute noch ermunterte?

Zu diesen vorsichtigeren Bürgern gehörte auch Bergkiefer sowie das gesamte Kollegium der Schule Nummer Drei. Hier waren der Parteisekretär der Schule und die Lehrerschaft übereingekommen, ihre politischen Diskussionen darauf zu beschränken, lediglich die veröffentlichten Berichte über die jüngsten Entwicklungen der neuen Bewegung vorzutragen. Sie waren überzeugt, daß dieses belanglose Spektakel nicht von allzu langer Dauer sein würde.

Es war jetzt die letzte Woche im Mai, und Bergkiefer ging zu seinem Stuhl hinter dem einzigen Tisch im Versammlungsraum. Er war für den Protokollführer reserviert, der normalerweise als letzter das Wort hatte, wenn in der Regel bereits jeder, einschließlich des Parteisekretärs Hua, daran dachte, nach Hause zum Mittagessen zu kommen. Auf diese Weise kam er meistens mit ein paar harmlosen Bemerkungen davon, die er zu dem Gesagten abgab. Bisher hatte diese Strategie funktioniert, aber trotzdem war er wie immer beunruhigt.

Mit einem flüchtigen Blick auf seine Lehrerkollegen, die in Zweier- oder Dreiergruppen miteinander sprachen, fragte er sich, ob er womöglich irgendeinen von ihnen in der Vergangenheit gekränkt haben könnte. Bildete er sich nur ein, daß Chen ihm gerade einen etwas mißbilligenden Blick zugeworfen hatte? Es ist wahr, gestern, als sie ihn gefragt hatte, ob er irgendeine Idee hätte für den Unterrichtsplan, entschuldigte er sich. Aber sie hatte nur gelächelt und gesäuselt: »Natürlich, du solltest dich nicht verspäten und mit Kleiner Panda einen Malkasten kaufen gehen.« Dennoch, was hatte sie damit gemeint, als sie hinzufügte, daß Jungen »wie er« eine Lieblingsbeschäftigung brauchten? Bitte, Genossin Chen, dachte er mit flehentlichen Blicken, ich hatte niemals unfreundlich zu dir sein wollen.

Was war nur los mit ihm? Gewöhnlich waren diese wöchentlichen

Treffen eher langweilig als bedrohlich. Diese Geständnisse, zu viel oder zu wenig Hausaufgaben aufgegeben zu haben, und die Beschuldigungen, zu der einen oder anderen Unterrichtsstunde zu spät erschienen zu sein, waren doch nur Lappalien. Hatte er nicht sogar erlebt, wie sich Freunde zusammengesetzt und sich irgendwelche Pflichtverletzungen ausgedacht haben, die der andere angeblich verbrochen haben sollte, nur damit auf diese Weise beide etwas zu den Besprechungen beisteuern konnten? Vielleicht hätte er sich mit einem von diesen Leuten anfreunden sollen. Aber mit wem? Wang wäre wohl umgäglich genug, aber er brachte seine ganze Zeit nur damit zu, den Frauen den Hof zu machen. Und Gu war einfach zu gutmütig. Die einzige, die in Frage gekommen wäre, war Fang. Außer ihm selbst hatte nur sie schon an der Schule Unterricht gegeben, als Jade noch die Schirmherrin war. Aber eine Freundschaft zwischen einer so verschwiegenen Frau wie Fang und einem so verschwiegenen Mann wie er selbst hätte die anderen nur argwöhnen lassen, daß sich hinter der ganzen Verschwiegenheit irgendwelche Geheimniskrämereien abspielten. Und der Rest – das waren alles Schwätzer.

Während seine Lehrerkollegen miteinander fachsimpelten, beschäftige er sich damit, die Bleistifte mit einem Taschenmesser zu spitzen. Vielleicht sollte er versuchen, an ihren Unterhaltungen teilzunehmen, oder vielleicht auch, wie sie alle, sein zweites Frühstück in der Schule einnehmen ... Das Messer rutschte ab, und er schnitt sich in den Finger. Es war nur eine leichte Wunde, aber als ein Tropfen Blut auf das schneeweiße Blatt Papier fiel, mußte er sich zusammenreißen, um nicht aufzuschreien. Er verfluchte sich selbst. Warum mußte er nur aus jeder Mücke einen Elefanten machen.

Als er Hua, den Parteisekretär der Schule, an der Tür entdeckte, wie er die Anwesenden durchzählte, senkte er unwillkürlich den Blick. Der wohlbeleibte Mann, ein Teilnehmer des Langen Marsches, hatte für seine Schützlinge nur Geringschätzung übrig, ganz so, als seien sie im Gegensatz zu ihm, dem Arbeitsbüffel, nur kleine verspielte Äffchen; Lehrer waren für ihn nur schwache, heimtückische und verschlagene Kreaturen, die nichts taugten und nur versuchten, ihn für dumm zu verkaufen. Das war schon vor fünf Jahren seine Einstellung gewesen, als er das erste Mal in der neueröffneten Schule Nummer Drei erschienen war, und daran hatte sich seitdem auch nichts geändert. An diesem Mann war jedoch nicht vorbeizukommen, deswegen hatte Bergkiefer von Anfang an eifrig darauf geachtet, seinem Vorgesetzten zu gefallen und stets nur das Beste über ihn zu sagen. Doch das hatte alles nichts genutzt. Er war nur so naiv, geglaubt zu haben, daß es etwas nutzte. Für den Unsicheren wird alles, was er tut, um sich zu schützen, zur Bedrohung. Hua verachtete schon seinen bloßen Anblick.

Als Bergkiefer jetzt wieder aufsah, hatte Hua sich nicht vom Fleck gerührt. Was hatte er vor? Für einen kurzen Moment trafen sich ihre Blicke. Doch anstatt wie gewöhnlich, sich sogleich mit verfinsterter Miene wieder abzuwenden, lächelte Hua. Aber das sicherlich rein äußerliche Lächeln des Parteisekretärs, das ganz ungekünstelt, fast gutmütig wirkte, erstarb sogleich, noch bevor Bergkiefer es erwidern konnte.

Zufrieden, daß der Lehrkörper vollständig erschienen war, kam der Parteisekretär dann mit den Händen auf dem Rücken in den Versammlungsraum geschritten wie ein General aus einem Opernstück, der im selben Augenblick den Anwesenden seinen Plan für die nächste Schlacht enthüllen würde. Seine Äffchen huschten artig zu ihren Stühlen, die in einem Kreis aufgestellt waren, und setzten sich. Statt jedoch selbst auf seinem Stuhl Platz zu nehmen, dem einzigen mit Armlehnen, genau gegenüber dem Tisch des Protokollführers, zog Hua plötzlich eine Packung Zigaretten aus der Tasche und bot jedem in der Runde eine an. Alle waren entgeistert; Hua, dem einer der Schüler, dessen Vater sogar noch weiter marschiert war als der Parteisekretär selbst, den Spitznamen »Fette Packratte« verpaßt hatte, war berüchtigt dafür, sprichwörtlich alles zu horten, vom Pfirsichkern bis hin zu zerrissenen Gummibändern. Sie waren tatsächlich alle dermaßen überrascht, daß jeder einzelne, ob Raucher oder nicht, sich eine Zigarette nahm. Bergkiefer, der eine Gelegenheit gekommen sah, sich freundlich zeigen zu können, verrenkte sich regelrecht die Arme, um möglichst vielen seiner Kollegen Feuer anzubieten, bevor er sich selbst seine Zigarette anzündete. Obwohl ihm gleich mit dem ersten Zug ganz schwindelig wurde, und er schrecklich zu husten begann, rauchte er tapfer weiter.

Während noch jeder an seiner Zigarette paffte und versuchte, diese erbarmungslos freundliche Geste zu begreifen, rief Hua die Versammlung plötzlich zur Ordnung. Doch er verzichtete darauf, sich über die Leitartikel des *Völkischen Tageblatt* auszulassen.

»Genossen, unser Großer Vorsitzender Mao hat erklärt, daß es in unserer Gesellschaft noch zwei verschiedene Formen des Antagonismus gibt.«

Irgendwie klang er seltsam unnatürlich. Bergkiefer fragte sich, ob der Parteisekretär möglicherweise an einer Halsentzündung litt, da er für gewöhnlich schon bei normaler Stimmlage problemlos die lautesten Streitgespräche überdröhnte. Oder hatte er Fieber? Huas Gesicht, so rund und flach und braun wie ein Tonteller, glänzte.

»Zunächst sind das diese in ... infamen Intrigen, die von irgendwelchen übelmeinenden Personen außerhalb des Landes in...inszeniert werden. Diese gilt es, mit Gewalt zu bekämpfen. Sie stellen eine Bedrohung des Volkes dar.

Die andere Form des Antagonismus liegt im Volk selbst begründet und beruht sozusagen auf Mißverständnissen. Sie braucht nicht mit Gewalt bekämpft zu werden. Aber manche der Kader haben das nicht begriffen ... sie wußten es nicht ...« Hua machte eine Pause und wischte sich mit dem Ärmel den Schweiß von der Stirn.

»Anstatt Überzeugungsarbeit zu leisten, haben sie die Dinge zu weit getrieben. Sie haben Fehler gemacht. Haben nicht auf das Volk gehört. Sie haben die Leute dahingehend beeinflußt, nichts von sich zu geben und nichts zu sagen, was unsere Arbeit hätte effektiver werden lassen. Aus diesem Grund sind wir nicht so erfolgreich wie wir sein könnten.

Deshalb ... möchte die Partei, daß ihr freimütig von allem berichtet. Erzählt mir also ... alles, was ihr mir zuvor nicht sagen wolltet ...«

An dieser Stelle verstummte er. Die Äffchen räusperten sich und rutschten nervös auf ihren Stühlen hin und her. Dann senkte sich nach und nach tiefes Schweigen über den ganzen Raum, so wie sich eine Sandwolke allmählich auf den Grund des Ozeans setzt. Die Stille schien immer schwerer und schwerer zu werden, und es war, als ob jeder nur darauf wartete, daß irgendein anderer seiner Kollegen mit etwas weniger Beharrungsvermögen als er selbst das Schweigen endlich bräche. Aber niemand faßte sich ein Herz. Bergkiefer flüchtete sich in Gedanken zu seinem Sohn, der ihn sicherlich schon erwartete. Er sah Kleiner Panda, wie er ein Buch vor sich auf den Knien liegen hatte, doch sein Blick war voller Ungeduld fest auf die Tür gerichtet. Dann wiederholte Hua plötzlich seine Aufforderung mit einer solchen Lautstärke, daß jeder vor Schreck zusammenzuckte. Als daraufhin erneut niemand den Mund aufzumachen wagte, winkte er mit den Armen und munterte sie auf: »Nun kommt schon! Fühlt euch frei zu sagen, was ihr wollt! Es ist der Wunsch unseres Großen Vorsitzenden Mao. Nur zu!« Er sah zu Liang, einem Aktivisten, der eigentlich immer irgend etwas zu sagen hatte. Doch der Mann sah nur verlegen fort und wischte sich den Staub von den Schuhen. Dann lächelte er erst Wang, dem Junggesellen, ermutigend zu, dann dem kahlköpfigen Liu, der die sechste Klasse unterrichtete, und schließlich dem jungen Liu, der immer einsprang, wenn einer der Lehrer aus Krankheitsgründen oder ähnlichem verhindert war. Alle senkten sie nur schnell den Kopf und schwiegen. Hua dachte, daß er sich vielleicht nicht klar genug ausgedrückt hatte, und wiederholte seine Eingangsrede noch einmal, wobei er über haargenau die gleichen Worte stolperte wie vorher.

Doch nicht einer wollte den Anfang machen, obwohl Hua seine verachteten Schützlinge geradezu anflehte, sich über ihn zu beschweren. Bergkiefer hatte fast Mitleid mit dem alten Leuteschinder, aber eben nur fast. Sollte er ruhig auch einmal schwitzen, um seine Quote an kritischen Bemerkungen seitens seiner Untergebenen zu erreichen. Wie oft hatten sie bei vorangegangenen Versammlungen schwitzen müssen, um ihr Soll zu erfüllen.

Hua rief schließlich voller Ungeduld Liang beim Namen – der daraufhin behauptete, daß er sich schon immer frei gefühlt habe, zu sagen was er wollte. »Im Übrigen«, fügte er hinzu, »hege ich nicht die leiseste Kritik an Ihnen.«

Als nächste wurde Fang namentlich aufgerufen. Doch auch sie hatte keinerlei Kritik anzumelden. »Absolut nichts zu beanstanden!«
Die anderen schauten sich nun mit wissendem Lächeln an, griffen diesen Ausdruck auf und meinten reihum alle nur: »Absolut nichts zu beanstanden!«
Hua knirschte vor Ärger förmlich mit den Zähnen und spuckte dann vor sich aus. Der dicke gelbgrüne Schleimfetzen landete genau auf Bergkiefers Schuh.
Ihre Blicke trafen sich.
Doch Bergkiefer weigerte sich innerlich, auch nur einen Ton zu sagen. Er nahm nur schweigend sein Taschentuch hervor, wischte seinen Schuh ab, faltete es wieder säuberlich und steckte es fort. »Er soll mir doch gestohlen bleiben«, dachte er bei sich, »sowas von gestohlen.«
Daraufhin geriet Hua fast außer sich. Mit ausgestrecktem Finger zeigte er drohend auf Bergkiefer, seine Augen quollen aus dem Kopf und er brüllte ihn an: »Erzähl mir nicht, daß du nichts gegen mich hättest, Lehrer. Du platzt ja fast!« Dann, mit der gleichen aggressiven Geste, zeigte er auf jeden anderen im Raum und brüllte lauter und immer lauter: »Und du auch! Und du! Und du! ...«
Nach diesem lächerlichen Wutausbruch schien sich die Lage etwas geklärt zu haben. Aber vielleicht täuschte das auch nur, weil jetzt niemand mehr rauchte, besann sich Bergkiefer sogleich. Möglicherweise herrschte ja nach wie vor dicke Luft.
Obwohl niemand so weit zu gehen wagte, offen zu kichern, lungerten die Lehrer jetzt wie gelangweilte Schuljungen mit verschränkten Armen in ihren Stühlen, zutschten sich die Zahnlücken sauber oder zwirbelten mit den Fingern in ihrem Haar herum. Huas Nasenflügel bebten. Er kochte vor Wut. Bergkiefer fragte sich, ob der alte Haudegen während seiner Soldatenzeit jemals in eine solche Verlegenheit geraten war wie jetzt durch ihre Passivität. Er hielt es für ziemlich unwahrscheinlich, denn im Kampf hatte Hua handeln können, hier aber waren ihm aufgrund der Parteidisziplin die Hände gebunden, und er mußte diese selbsterniedrigende Tortur wohl oder übel über sich ergehen lassen – eine Tortur, die nicht recht losgehen wollte, die

aber nun einmal stattfinden mußte. Und wozu? Um im Dienst der Partei sein Bestes zu geben.
Bergkiefer fand keinen rechten Gefallen an dieser zynischen Verdrehung. Was auch immer der Mann als Kader falsch gemacht haben mochte, es hatte eine Zeit gegeben, da war er mutig und aufopferungsbereit gewesen, was er von sich selbst nicht gerade behaupten konnte. Und Hua beurteilte sie völlig richtig. Sie waren wirklich nichts weiter als Affen; jeder machte nur nach, was der andere gerade tat, und allesamt paßten sie sich an, um den Problemen aus dem Weg zu gehen. Warum? Die Antwort war offensichtlich. Aus Angst. Kein Zweifel, wie für ihn selbst, war Angst auch für alle anderen das vorherrschende Motiv für ihre Angepaßtheit.
Doch während er so dasaß und sich über die schweigende Runde seine Gedanken machte, kam ihm noch eine andere, weniger augenscheinliche und komplexere Antwort in den Sinn. Tausende von Jahren hatte der Konfuzianismus den Chinesen gepredigt, die Familie über das einzelne Individuum zu stellen, eine hierarchische Rangordnung einzuhalten, und nicht an die generelle Gleichwertigkeit aller Menschen zu glauben, hatte sie gelehrt, Harmonie zu wahren, anstatt Konflikte auszutragen. Auf diese Weise haben sie Generation für Generation gelernt, sich der Autorität unterzuordenen, sich jeder persönlichen Meinungen zu enthalten und Belastungen jeder Form zu ertragen. Und jetzt plötzlich verlangte die Kommunistische Partei das genaue Gegenteil, andernfalls müßten sie teuer dafür bezahlen. Kein Wunder, daß sie –
Plötzlich merkte Bergkiefer, wie ihn jemand am Ärmel zupfte. Erschrocken sah er zu Hua. Irgendwie sah der Parteisekretär verändert aus. Jedenfalls grinste er, als hätte er gerade eigenhändig ein feindliches Hauptquartier ausgehoben. Bergkiefer zog Fang am Ärmel, die links von ihm saß, um die Warnung an sie weiterzugeben.
»Genossen«, brüllte Hua, »Unser Großer Vorsitzender Mao hat auch gesagt, daß diejenigen, die nicht mit der Sprache herausrücken wollen, nicht unsere Freunde sind. Bisher hat nicht einer in diesem Raum etwas von sich gegeben. Bisher ist hier also niemand ein Freund. Wenn ihr keine Freunde seid, was seid ihr dann?«

Er deutete mit dem Finger auf Liang und fragte, »bist du ein Freund?«
»Das bin ich.«
»Beweise es!«
Liang war ihm in die Falle gegangen und mußte nun irgend etwas von sich geben. Stotternd begann er ein paar der Beispiele öffentlicher Kritik an den Kadern zu zitieren, die in den Zeitungen abgedruckt waren.
»Na, und ist das auch deine Meinung?«
»Nun, sie sind sehr wichtige Leute und sollten wissen, wovon sie sprechen.«
»Tun sie das deiner Meinung nach?«
»Nicht immer.«
»Wann zum Beispiel nicht?«
»Ich bin auch der Meinung, daß in einigen Fällen die Lehrer ihre Schüler besser beurteilt haben.«
»Besser als wer? Sprich es schon aus!«
»Als Sie.«
Hua wandte sich daraufhin an einen anderen, ob auch er der Meinung sei.
»Ja.«
Die Antwort war kaum zu hören. Bergkiefer hob kurz den Kopf, um zu sehen, wer es war, der da geantwortet hatte, und beugte sich dann wieder über sein Protokoll.
»Was sonst noch?«
»Manchmal verstehen Lehrer es besser, zu unterrichten.«
»Was sonst noch.«
So ging es weiter. Hua wühlte wie ein Besessener, um alle möglichen verbotenen Gedanken ans Tageslicht zu fördern, jede Verstellung zu demaskieren, alte, unbeglichene Rechnungen auszugraben, die aus Furcht vor Schwierigkeiten tief hinter vorsichtig formulierten Höflichkeiten verborgen waren. Mit fast perversem Vergnügen drang er in die Gemüter der Leute ein und schien ganz vergessen zu haben, daß das Erz, nach dem er schürfte, zu Waffen umgeschmiedet werden würde, die sich gegen ihn selbst richten würden. Zunächst waren die

Bemerkungen der Lehrer noch mild und zurückhaltend, doch dann wurden sie immer scharfzüngiger und schließlich geradezu unverschämt.

Nachdem sie jahrelang nachgegeben, sich zurückgehalten und alle möglichen Demütigungen ertragen hatten, bissen die Lehrer nun zu, rissen sich förmlich darum, ihre Meinung zu sagen und ihren Aggressionen Luft zu machen, bis sie ganz außer Atem waren. Mit einer so schrillen Vehemenz fielen sie über den Parteisekretär her, daß sie selbst ganz erstaunt waren. Keiner von ihnen hatte geahnt, welchen Zorn sie im tiefsten ihrer Seele hegten. Sie bezichtigten ihn der Arroganz und Selbstgerechtigkeit, warfen ihm vor, ihnen aus reiner Bosheit alles mögliche zu unterstellen, nannten ihn dumm, autoritär und bürokratisch. Sie präsentierten einen niederschmetternden Bericht seiner Verfehlungen und klagten darüber, wie sehr sie und ihre Familien unter ihm hatten leiden müssen, was die Schüler und die Schule, ja, die Partei und das ganze Land seinetwegen zu ertragen gehabt hatten. Einen Machtmißbrauch nach dem anderen warfen sie ihm vor, bis Hua ganz kleinlaut zusammengesunken war und in düsteres Schweigen verfiel.

Nur auf eine einzige Stunde angesetzt, hatte die Versammlung inzwischen bereits viel länger gedauert. Es war für Bergkiefer kaum noch hell genug, sein Protokoll zu schreiben. Seine Hand schmerzte, und in seinem Kopf drehte sich schon alles. Einerseits freute er sich unbändig darüber, daß seine Kollegen ihre so lange aufgestaute Wut herausließen, doch andererseits war er ganz entsetzt über soviel Torheit.

Hua richtete sich mühsam auf. Ihm war deutlich anzusehen, wie sehr ihn die Vorwürfe der Lehrer getroffen hatten. Die Augen starr auf einen Punkt mitten in dem Kreis der Stühle gerichtet, erklärte er mit bebender Stimme: »Alle Beschwerden werden an die entsprechenden Stellen weiterge –«

»Setz dich hin!« unterbrach Liang ihn. »Wir sind noch nicht fertig. Bis jetzt hatte Bergkiefer noch keine Gelegenheit, etwas zu sagen.«

»Ja, setz dich wieder hin!« riefen jetzt auch die anderen.

Hua stolperte ganz irritiert wieder rückwärts zu seinem Stuhl. Bergkiefer zitterte leicht und wollte folgsam seinen Bleistift an Fang übergeben. Doch der Stift fiel ihm aus der Hand und rollte über den Boden. Während er hinterherging und sich nach ihm bückte, hoffte Bergkiefer, die Mine möge abgebrochen sein. Das gäbe ihm die Gelegenheit, während er ihn neu anspitzte, einen Moment lang nachzudenken.

»Laß nur, ich habe meinen eigenen«, sagte Fang.

Er ging an seinen Platz zurück, sich peinlich bewußt, daß alle Blicke auf ihm ruhten. Er sagte etwas und warf dann einen scheuen Blick auf den Parteisekretär. Für einen kurzen Moment verließ ihn aller Mut, so daß er eine Sekunde lang keinen Ton hervorbrachte. Augenblicklich schien die Stimmung im Raum von ungestümer Erwartung in nüchternes Mißtrauen umzuschlagen. Augenblicklich war nicht Hua der Außenseiter, sondern er, Bergkiefer.

Er konnte förmlich den Gestank von Panik und Abscheu riechen. Schon jetzt konnte er sie zischeln hören »Verräter! Verräter!« Ihm war zumute, als schrumpfte er vor lauter Scham dahin, bis nichts mehr von ihm übrig war als ein jammerndes Häuflein Elend. Während er aus dem Fenster zu der Zypresse hinüberstarrte, sprach er mit einer Stimme so leise wie das ersterbende Summen einer Mücke am Ende des Sommers. Doch dann fand er seine Fassung wieder. Er erinnerte an die großen Errungenschaften der Revolution, für die jeder von ihnen gleichermaßen Stolz empfand, an die Parteiführung, ohne die es kein Neues China gäbe, und an die Opfer derjenigen, die den Kopf während der vielen Jahre nie hatten sinken lassen, als noch niemand wußte, was die Zukunft bringen würde.

Alles das legte Bergkiefer in breiter Ausführlichkeit dar, obgleich er wußte, daß hier jetzt nichts davon zur Debatte stand. Hua schien ihm als einziger zuzuhören.

»Aber ich möchte diejenigen unter uns, die niemals ein Opfer erbracht haben, niemals gekämpft haben, fragen, können wir uns wirklich einbilden, zu wissen, was getan werden muß, und wie es getan werden muß? Sind wir tatsächlich so vollendet, daß wir über jede Neuerung erhaben wären? Sind wir so weise, daß wir es uns leisten können, jeden Ratschlag zurückzuweisen? Ich, für mein Teil jedenfalls, halte mich nicht für so perfekt, gut oder weise.«

Oder ehrlich, hörte Bergkiefer sie in Gedanken sagen und bohrte weiter. »Darüber hinaus, als der Blechbuddha noch in der Schule aufgestellt war, haben wir uns da nicht verhalten wie abergläubische alte Weiber und den Tod gefürchtet, als sei diese Blechstatue tatsächlich ein wahrhaftiger Gott? Haben wir nicht ehrfürchtig den Kotau vor ihm gemacht? Ihm nicht die Füße gewaschen?«
Bei der Bemerkung gluckste jemand auf. Dann folgte ein bitteres Lachen. »Blechbuddha!« rief einer. »Das ist gut.«
»He, Blechbuddha!« schrie ein anderer.
Hua sah verstört auf und blickte sich nervös um, als ob er im Raum nach der angesprochenen Gottheit suchte.
»Blechbuddha!«
Er warf einen flüchtigen Blick zur Tür. Dann fuhr er herum und sah hinter sich. In dieser steifen und linkischen Haltung verharrte er einen Augenblick in großer lauter Verwirrung. Schließlich wendete er sich wieder langsam und müde zu seinen mitleidlosen Peinigern um.
»Blechbuddha!«
»Ja?« sagte Hua.
»Erklär diese Sitzung jetzt für geschlossen!«

## Schwüre

Die Zeit der Blüten endete ebenso abrupt, wie sie begonnen hatte. Kritik, die zuvor als die Blume des sozialen Lebens dargelegt wurde, galt jetzt als giftiges Unkraut, und Kritiker, die als Patrioten geehrt wurden, verfolgte man nun als Reaktionäre. Es wurde eine Quote festgelegt, wonach landesweit fünf Prozent der Angestellten jeder einzelnen Arbeitsgruppe während der Versammlungen förmlich zu vernehmen waren.
Genosse Hua beschuldigte den Feigling, der ihn als Blechbuddha

tituliert hatte, ein Reaktionär zu sein. Und sobald deutlich wurde, daß sich das Vergeltungsbedürfnis des Parteisekretärs ausschließlich gegen Bergkiefer richtete, schloß sich der Rest des Lehrkörpers erleichtert und voll schuldbewußter Dankbarkeit Huas Rachegeschrei an. Niemand protestierte gegen den Schwall von Anschuldigungen – nicht einmal der Beschuldigte selbst.

Nimm dich in acht! sagte sich Bergkiefer. Gezwungen, sich auf einen Kinderstuhl zu setzen, mit den Knien ans Kinn gezogen, saß er vor der Reihe seiner früheren Kollegen und wagte nicht, sich zu rühren. Er ließ den Kopf hängen, um diesen feindlich gesinnten Fremden nicht in die Augen schauen zu müssen, die in ihm nicht einen Menschen sahen, der genau so verwundbar war wie sie selbst, sondern einen Hund. Zugegebenermaßen war die Kreatur einmal handzahm gewesen, aber jetzt nicht mehr. Jetzt war er ein tollwütiger Köter, der jeden von ihnen, einschließlich aller, die sie lieben, beißen würde, wenn man nicht aufpaßte. Deshalb mußten achtbare Bürger zum Wohle der Gesellschaft zuerst zuschlagen, und zwar so schnell und hart wie möglich.

Nur mit einem grenzenlos selbstverleumderischen Geständnis hatte er eine vage Chance, seine Bestrafung ein wenig zu mildern. Mit gebeugtem Kopf setzte der Ehemann von Sommerwünsche und Vater von Kleiner Panda also der Versammlung auseinander, welche Strafe er für die anmaßenden, verräterischen und revolutionsfeindlichen Gedanken verdient habe, die er insgeheim hegte, wie unabdingbar es sei, daß er dafür zur Rechenschaft gezogen würde, und wie gerecht die Sache seiner Ankläger sei. Als sein Monolog schließlich endete, wandte sich selbst Hua, der ihn während der ganzen Zeit in unerbittlicher Strenge im Auge behalten hatte, von diesem schrecklichen Anblick ab, den Bergkiefer jetzt bot, nachdem er sich mit seiner Selbstbezichtigung auch des letzten Restes von Ehre und Stolz beraubt hatte.

Bis zur Urteilsverkündung hatte er seinen alltäglichen Dienst zu versehen wie gewohnt. Doch keiner seiner Schüler erschien zum Unterricht, und auf der Straße grüßte man ihn nicht mehr. Der Sommer verging, dann der Herbst.

*

Es war am Morgen des 22. Dezember. Sommerwünsche saß auf der Bettkante ihres Sohnes und hielt seine Hand. Die Augen von Kleiner Panda waren geschlossen, aber wie schon so viele Male zuvor hatte sie den Verdacht, daß der kleine Faulenzer weder schlief noch krank war. Mit einiger Anstrengung gelang es ihr, die Decke etwas höher zu ziehen und seine Schultern zuzudecken. »Wenn ich nur«, dachte sie, »wenn ich nur einfach zu ihm unter die Decke kriechen könnte ...« Aber wie sollte sie? Sie war ja kein Kind mehr. Sie war ... ja, was war sie? Für die Partei war sie ein Mitglied, dem eine letzte Chance eingeräumt worden war, zwischen sich und dem Reaktionär einen deutlichen Strich zu ziehen. Für die Arbeitskollegen am Theater war sie eine Schauspielerin, die man in gleichem Maße beneidete, wie man sich über sie erhob. Für Jade, Goldweide und Champignon war sie eine Mutter, die allein in der Lage war, ihren Sohn vor einem Leben zu bewahren, für das es weder Hoffnung noch Zukunft gab. Für ihren Mann war sie eine Ehefrau, die sich aus Barmherzigkeit von ihm scheiden lassen mußte. Für ihren Sohn war sie eine Mutter, die alle ihre zauberhaften Begabungen verloren hatte.

Sie starrte auf die Hand von Kleiner Panda. Sie war so groß wie die Hand ihres Zwillingsbruders, als sie sie das letzte Mal gehalten hatte; nur war seine Hand weder warm noch beweglich oder weich gewesen. Sie betrachtete ihre eigenen Hände, von denen Champignon immer behauptete, sie könnten die Strahlen des Mondes einfangen oder mit einer einzigen Geste ganze Gewitterstürme auslösen. Aber wozu taugten sie jetzt? Sie konnte damit nicht ein einziges Herz anrühren, nicht eines Menschen Ansicht ändern. Sie waren so unnütz. Sie ballte ihre Hände zu Fäusten, grub sich ihre langen Fingernägel tief ins Fleisch, immer tiefer, bis der Schmerz, den sie herbeigesehnt hatte, unerträglich wurde und sich ihr Griff von selbst wieder löste. Ihre zarten Handballen waren mit tiefen Kerben gezeichnet. Sie lächelte bitter. Diese Form von Schmerz wenigstens brauchte man nicht zu verbergen.

Langsam verschwanden die roten Kerben wieder, und es blieben nur die Linien zurück, die das Schicksal in die Hände aller Menschen zeichnet – Linien, so unverwischbar wie die Bahnen der Gestirne, so schwach und zart wie Spinnenfäden. Ihre Gedanken schweiften weit fort, von einem Erinnerungsfetzen zum nächsten, jeder einzelne von einem drohenden Unheil kündend, bis sie bei dem Bildnis jener gigantischen Kämpfer stehenblieben, die mit glühendem Blick, die Arme in unversöhnlicher Bedrohlichkeit in die Höhe gestreckt, die Tore der Tempel bewachen. Wie von selbst schwebten ihre Arme empor, bis sie eben diese Pose einnahmen; aber so, mit den Händen in der Luft, als ob sie über ihrem Kopf einen Säbel hielt, mußte wohl zu anstrengend und eine zu unnatürliche Positur gewesen sein, denn plötzlich wurde sie sich dessen gewahr, daß sich ihre Hände in rätselhafter Selbständigkeit wieder gesenkt hatten und brav auf der Taille ihres Kleides lagen. Ein Handgelenk lag auf dem anderen. Die Finger lagen aneinander und waren leicht nach oben gekrümmt. Diese Stellung war vollkommen entspannt. So hätte sie ewig sitzen bleiben können.

Wieder versank sie in tiefes Grübeln. In Gedanken suchte sie die verschiedenen Möglichkeiten, mit denen sie alle ihre Schwierigkeiten mit einem Schlag beenden könnte. Sie wußte genau, wie so etwas ging. Sie brauchte ja nur das Repertoire ihrer Theaterrollen durchzugehen. Hatte sie nicht ganz spielerisch einen Strick über eine der Dachsparren der Kulissen geworfen, sich einen Gifttrank aus Opium, aus giftigen Pilzen und Wurzeln zusammengemischt, hatte sie sich nicht in einer ihrer Rollen in ein Schwert gestürzt? Wie leicht war es, zu sterben, wirklich, ganz leicht …

Plötzlich hörte sie die Stimme eines Kindes rufen. »Mutter?«

Doch als sie sich im Zimmer umsah, war alles wie zuvor.

Dann die Stimme einer Frau. »Wie sollen wir unser wichtigstes Fest begehen, wenn einer von uns fehlt? Ich geh sie holen …«

»Nein, laß mich! Diesmal laß mich!« Es war Feuerfrosch, die auf den Grund des Flusses hätte sinken sollen. Von Anfang an war es Feuerfrosch, die sich den Kopf an einem Stein hätte stoßen sollen.

»Ich muß ihr nach …«

»Mutter, nicht!«

Wie vertraut ihr die Stimme jetzt erschien. War es ihre eigene oder die ihres Sohnes? Das änderte auch nichts. Nur die Dringlichkeit, mit der die Stimme bat, war wirklich, so wirklich wie die Beklemmung, die ihr die Kehle zuschnürte. Sie durfte nicht wie eine Leiche ihre Hände in den Schoß sinken lassen. Durfte nicht verbotene Gedanken haben. Aber was, wenn die Götter längst wußten, was sie sich da ausmalte in Gedanken an das Gift, an den Strick oder das Schwert? Was wäre, wenn sie noch ganz andere Strafen gegen sie verhängten ...? Entsetzt beugte sie sich zu Kleiner Panda herab, um sich zu vergewissern, daß sein Herz noch schlug. Doch sie vernahm nur das Trommeln ihres eigenen Herzen und wollte gerade die Decke hochreißen, als sich das Kind bewegte. Es zog Arme und Beine an die Brust und machte sich ganz klein.

Sie fiel auf die Knie. Oh, barmherzige Kwan Yin, allwissender Buddha, heiliger Jesus, großmütiger Allah und all ihr Götter, die ihr Macht über uns Sterbliche habt, oh, hört mich an, hört mich bitte an. Rettet meinen Mann. Rettet uns. Sagt mir, was ich tun muß. Bitte, bitte, gebt mir ein Zeichen ...

Sie begann sich im Kotau zu verbeugen, besann sich dann jedoch. Sie wollte keinen weiteren Fehler zu begehen. Die Partei hatte gelehrt, daß keine Götter existierten, daß Religion nichts weiter sei als Aberglaube, ein zersetzerisches Erbe aus der Zeit des Feudalismus, nichts weiter als ein Werkzeug übler Tyrannen zur Unterdrückung der Massen.

Nur mühsam richtete sie sich aus ihrer knienden Haltung auf und suchte mit den Händen ungeschickt nach dem nächstbesten Gegenstand, an dem sie sich hochziehen konnte. Dabei stieß sie das Porträt des Großen Vorsitzenden vom Tisch, und es fiel zu Boden. Als sie den Rahmen mit beiden Händen aufhob und ehrfürchtig wieder an seinen Platz stellte, schien ihr, als verfolgte sein Blick sie bei jeder Bewegung sehr aufmerksam, als hoben sich seine Mundwinkel leicht zu einem gütigen Lächeln.

War dies das Zeichen, um das sie gebetet hatte? Bedeutete es möglicherweise, daß sie sich mit einem Brief an den Großen Vorsitzenden wenden sollte? Vielleicht könnte er ja ... Doch dann fielen ihr wieder die warnenden Worte ein, die Hoffnungsschwert zu ihr gesagt hatte:

daß der Brief Peking nie erreichen würde, und selbst wenn, Peking ihn nur zurückschicken würde – nicht an sie, sondern an Hua.
Sie schlüpfte ins Bett neben ihren Sohn.

Später am selben Abend saßen sie dicht aneinander gekauert vor der großen Kohlenpfanne. Gleichgültig wie oft er neue Kohlen nachlegte oder die alten neu anstocherte, sie zitterte. Er redete ihr zu, den Tee zu trinken, den er ihr aufgegossen hatte. Er zog ihr die Schuhe aus, wickelte seinen Pullover um ihre Füße und rieb sie.
Plötzlich mußte er laut lachen.
Das kam so unerwartet und schien so unpassend, daß sie, weit entfernt davon, in sein Lachen einzustimmen, sich nur schrecklich beunruhigt fühlte.
»Nein, nein, nein ...« Ganz offensichtlich versuchte er, ihr etwas zu sagen, das sie beruhigen sollte, aber anstelle Worte kam nur dieses Lachen, bis er es endlich irgendwie deichselte, sich wieder zu beruhigen, indem er sich mit den Händen die Wangen hielt. »Ich bin nicht verrückt geworden. Es ist nur ... mir ist nur gerade die Antwort eingefallen.«
»Die Antwort?«
»Auf die Frage, die ich mir seit Monaten stelle. Warum mußte das alles gerade mir, Bergkiefer, passieren? Das ist ganz klar. Ich verstehe gar nicht, warum ich darauf nicht viel früher gekommen bin ...«
Wie konnte er nur so sorglos klingen, viel sorgloser als je zuvor? Seit seinem Geständnis war ihr alles, was er sagte und tat, ein einziges Rätsel gewesen. Weder wünschte er diejenigen zum Teufel, die ihn quälten, noch beschwerte er sich oder verzagte. Statt dessen schien er zufrieden, als sei alles völlig im Lot.
»Sommerwünsche, paß mal auf. Wie viele Leute gibt es in meiner Arbeitsgruppe?«
Warum fragte er sie das?
»Wie viele, meine liebe Frau?«
Was sollte sie schon tun, als ihm nachgeben? »Zehn.«
»Wieviel sind fünf Prozent von zehn?«
Sie konnte nur mit dem Kopf schütteln.

Er schnippte mit dem Finger und jubilierte: »Ein halbes! Ein halbes! Meine Damen und Herren ... oh, Verzeihung, die falsche Ära. Genossen, ich habe das Glückslos gezogen. Ein halbes!«

Er ist verrückt geworden, dachte sie. Mein Mann ist verrückt.

»Verstehst du nicht? Mit meinem zu kurz geratenen Bein bin ich der einzige, der an der Schule beschäftigt ist und irgendwie einem halben Prozent ähnelt. Einen anderen hatte der Schulsekretär nicht.«

Und wieder mußte er lachen, während er ihr sanft übers Haar streichelte. »Ein übler Witz. Bitte, entschuldige mich. Ich weiß, wie schwer es für dich war in den letzten Monaten.«

»Warum waren diese Monate nicht auch für dich hart?« fragte Sommerwünsche und suchte in seinen Augen nach einer Antwort, die sie verstehen könnte.

»Vielleicht weil du genug für uns beide gelitten hast. Vielleicht weil ich wußte, daß es früher oder später passieren mußte, und als es dann schließlich soweit war, aller Kummer, der mich gequält hatte, plötzlich verschwand, während ich auf den Urteilsspruch wartete. Vielleicht weil ...«

Er verstummte mitten im Satz.

»Weil?« trieb sie ihn an, seine Erklärung zu vollenden. Sie wollte das unbedingt begreifen.

Er nickte. »Vielleicht weil ich auch einmal eine Hauptrolle haben wollte, die nur ich spielen kann.«

Was meinte er damit? Sie hatte genau zugehört und hatte jedes einzelne Wort verstanden. Aber was meinte er? »Ich versteh das nicht«, sagte sie.

»Ach, meine Liebe, ich bin mir nicht sicher, ob ich es selbst verstehe.« Er hielt sie in den Armen und wiegte sie liebevoll. Dann sagte er wie zu einem schläfrigen Kind, dem er anhand eines Gleichnisses etwas zu erklären versuchte – langsam und mit sanfter Stimme: »Als die Flut kam, hätte ich darin umkommen können, aber ich überlebte. Als mein Bein nicht weiter wachsen wollte, hätte ich auch zum Bettler werden können, aber meine Schwester hatte ein Zuhause für uns gefunden, wo man uns einkleidete und ernährte, wo der Sohn des

Familienoberhauptes mich wie seinen eigenen Bruder behandelte. Ebenso hätte ich ohne jede Bildung aufwachsen können, statt dessen aber hat mich die Gnädige Frau zur Schule gehen lassen. Als mich das Haus Li nicht mehr brauchte, fand ich eine Christliche Missionsstation, die Verwendung für mich hatte. Als dann der Krieg losging, konnte ich mich in Sicherheit bringen. Als ich krank wurde, hätte ich sterben können, aber du und die Mönche, ihr habt mich wieder gesund gepflegt. Als Liebe für mich nichts weiter war als ein bloßes Wort, hast du mich gelehrt, sie in ihrer ganzen Bedeutung zu empfinden. Als wir dachten, unser bester Freund sei tot, kam er zurück zu uns.«

Sie stieß ihn von sich. »Hoffnungsschwert ist kein Freund!«

»Das meinst du nicht so.«

»Doch. Das meine ich genau so. Er ist kein Stückchen anders als der ganze Rest. Er kommt überhaupt nicht mehr, um dich zu besuchen.«

»Du darfst ihm das und überhaupt nichts vorwerfen. So weit sich Hoffnungsschwert und ich uns auch am Ende voneinander entfernt haben, als es darauf ankam, haben wir beide wieder zum Herzen der Mitte zurückgefunden. Du mußt wissen, daß er tatsächlich bei mir war. Aber ich habe ihm das Versprechen abgenommen, nie wieder zu kommen.«

Sie schleuderte mit den Füßen den Pullover von sich und setzte sich fort von ihm, auf einen anderen Stuhl. »Wie hatte Hoffnungsschwert so etwas versprechen können? Er ist nicht mein Freund. Und wenn du behauptest, er sei einer, dann bist du selbst nicht mein Freund. Ich habe überhaupt keine Freunde, nicht einen einzigen, nicht einen einzigen ...«

»Das meinst du doch nicht so.«

»Jade, Goldweide, sogar Champignon. Sie sind alle gegen mich. Nie hören sie damit auf, mich zu drängen, einen klaren Trennstrich zu ziehen durch eine ...« Selbst wenn sie so aufgeregt war wie jetzt, brachte sie es nicht über sich, das Wort »Scheidung« auszusprechen. Er streckte seine Hand aus. Aber Sommerwünsche ignorierte sie und starrte nur auf die Jalousien, als seien auch sie ihre Feinde; außer dem leisen Knistern der verglühenden Kohle herrschte tiefes Schweigen.

Sie konnte solchen sprachlosen Pausen nie lange standhalten – schon gar nicht in Situationen wie dieser, wenn sie sich eher äußerlich aufregte, als diesen Ärger auch tatsächlich zu empfinden. Irgendwie hatte sie sich fast willentlich in diese Heftigkeit hineingesteigert. Jetzt merkte sie, wie schnell sich dies Ungestüm wieder verflüchtigte. Seufzend fragte sie sich, wie viele Versprechen wohl schon eingefordert und wie viele Versprechen abgegeben worden waren aus Freundlichkeit, um ihretwillen ... um ihretwillen ...

»Sommerwünsche ... meine Liebe ...«

Er ruft mich, dachte sie.

»Ich wollte keine Geheimnisse vor dir haben. Ich hatte immer vor, es dir zu sagen, habe es aber dann doch immer wieder aufgeschoben. Es war soviel leichter ... bis jetzt.«

Warum jetzt? Nein, sag es mir nicht, wollte sie aufschreien. Ich habe nichts dagegen, wenn du Geheimnisse hast. Ich bin noch nicht so weit. Nicht jetzt!

Er wischte ihr tiefernst die Tränen fort. »Hoffnungsschwert kam zu mir, sobald er von der Anschuldigung gehört hatte. Erst war er einen Augenblick lang sprachlos gewesen und dann ganz außer sich geraten. Doch wir wußten beide von Anfang an, gleichgültig in welcher Form er Protest einlegen würde, nichts konnte mehr ungeschehen gemacht, nichts mehr verändert werden. Ich bat ihn, es gar nicht erst zu versuchen. Jeder Einspruch hätte noch viel schlimmere Folgen nach sich ziehen können – nicht nur für mich, sondern für ihn. Er meinte, das sei ihm gleichgültig. Ich sagte, daß es mir nicht egal sei, daß ich ihn brauche, daß du ihn brauchst und auch Kleiner Panda.

Er fragte, warum das Leben auf einmal so grausam geworden sei. Ich antwortete ihm, daß das Leben schon immer so gewesen sei. Alles habe einmal ein Ende.«

Nicht weiter, wollte sie sagen. Bitte. Nicht weiter.

»Schließlich hat mir Hoffnungsschwert dann das Versprechen gegeben, daß er seinen Ruf in der Partei nicht gefährden wollte und daß er mich nicht wieder aufsuchen würde, nur auf meinen ausdrücklichen Wunsch hin. Er würde Bergkiefer, den Reaktionär, vergessen ... Das mußt auch du mir versprechen.«

»Das kann ich nicht.«
»Denk an unseren Sohn. Würde es dir gefallen, wenn er den Rest seiner Tage im Bett verbrächte? Wenn man mich erst einmal deportiert hat, darf niemand je wieder meinen Namen in den Mund nehmen, damit Kleiner Panda lernt, nicht mehr von seinem Vater zu sprechen. Da meine Existenz ihm nur schaden kann, muß ich aufhören zu existieren. Achte darauf.«
Sie konnte dieses Zitterns nicht Herr werden. »Aber ... ich weiß nicht.«
»Tu so, als befändest du dich auf der Bühne ...« Er schwieg einen Augenblick und sagte dann das gleiche noch einmal, als ob er zu jemand anderem sprach. »Tu so, als befändest du dich auf der Bühne. Und dann, dann mußt du heiraten ...« Wieder machte er eine Pause und nickte kaum wahrnehmbar. »In einem Jahr oder so, wenn unser Sohn mich vergessen haben wird ...«
»Wie könnte Kleiner Panda seinen eigenen Vater vergessen?«
»Du mußt ihm dabei helfen, genauso wie du ihm geholfen hast, laufen zu lernen – mit Geduld, Aufmerksamkeit und Ausdauer. Denk immer daran, daß jeder noch so unvermeidliche Sturz dich mehr schmerzen wird als ihn, daß alles nur zu seinem Besten ist. Er muß einen klaren Strich ziehen. Er muß jemand anderen Papa nennen ...«
»Du verlangst zu viel.«
»Ich bitte um etwas, das nur du und mein Sohn mir geben können. Wenn man mir schon nicht das Glück läßt, das ich erleben durfte« – seine Stimme klang jetzt kräftiger – »dann werde ich wenigstens meinen Seelenfrieden brauchen, um das Kommende ertragen zu können.«
»Was ist mit mir? Wie soll ich damit fertig werden?«
»Irgend jemand wird immer bei dir sein, um dir beizustehen.«
»Kleiner Panda ist noch ein Kind.«
»Ich meine nicht unseren Sohn. Ich meine ...«
Ihre Blicke trafen sich. Sie wendete sich ab und schaute den Pullover an, den sie davongeschleudert hatte. Er war alt. Die Farben verwaschen. Er hatte Löcher, um die sich schon längst jemand hätte küm-

mern müssen, doch sie hatte sie nie bemerkt und wußte ohnehin nicht, wie man stopfte. Jetzt war es zu spät. Ihr Mann hatte vor, sie fortzugeben, genauso wie ihr Vater sie einst fortgegeben hatte. Nur jetzt war es an jemanden, den sie kannte, und nicht an ein Kleinkind, sondern an einen Mann ... Sie weinte jetzt ohne alle Scham.

»Nicht doch. Es ist alles gut, wirklich, alles gut. Erinnerst du dich an die Lektion, die du gelernt hast und von der du deiner Mutter so gern erzählt hättest, bevor sie verschwand? Daß es ganz gleichgültig war, wie sehr viel mehr sie deinen Bruder geliebt hatte, daß es genug war zu wissen, daß sie auch dich geliebt hat? Nun, diese Wahrheit gilt immer noch ... nur, daß ich mehr Glück habe als du damals. Ich habe die Chance, die du nie hattest. Du konntest deiner Mutter nie davon erzählen, aber ich kann es dir sagen. Liebe Frau, in deinen Worten sollst du es hören, und es kommt mir von Herzen – es ist genug zu wissen, daß du auch mich geliebt hast.«

Unter heftigstem Schluchzen klammerte sie sich an ihn, um ihre Scham zu verbergen, bis sie sich leergeweint hatte und sich so schwach fühlte wie ihr eigener Schatten.

Er nahm ihr Gesicht in seine Hände und lächelte sie lange und voller Zärtlichkeit an. »Er wird dir ein guter Ehemann sein und unserem Sohn ein guter Vater. Und ... ja, du mußt ihm Kinder schenken, obwohl er bei unserer letzten Begegnung törichterweise geschworen hatte, niemals einen anderen Sohn als Kleiner Panda zu haben. Aber unser Freund verdient noch weitere Kinder.

Und du, meine liebste Frau, wirst singen, für ihn, für sie beide und für all die Leute, die dich lieben. Du wirst tanzen. Du wirst ihre Herzen erleuchten, wie nur du es verstehst.«

»Was ist mit meinem Herzen? Spielt mein Herz überhaupt keine Rolle?«

»Natürlich spielt es eine Rolle. Deswegen mußt du tun, um was ich dich bitte. Und du mußt wissen, daß alles, was mir in Zukunft widerfährt, nichts weiter ist als eine winzige Rückzahlung für den enormen Vorschuß an Glück, den ich während der Zeit in Anspruch genommen habe, als wir Mann und Frau waren. Was sonst war es schließlich? Dieser Bettler hat das Leben eines Fürsten geführt. Niemand – nicht jetzt und nicht später – kann mir je meine Erinnerungen streitig machen. Denke daran, denke vor allem daran. Was auch immer geschehen wird, ich habe gelernt, was Glückseligkeit bedeutet.«

Teil fünf

# *Scherben*

## *In schlechter Verfassung*
## *(1966)*

Zwanzig Mann haben sich dick verpackt in einer Reihe entlang der Wand auf ihre Matratzen zum Schlafen gelegt. Einer mit dem Kopf an den Füßen des nächsten. Von keinem ist mehr zu sehen als seine Schuhe. Sie schließen Wetten ab, wie kalt es draußen wohl ist. Bergkiefer tippt auf höchstens dreißig Grad unter Null. Er erinnert sich noch: Das letzte Mal, als man ihnen erlaubt hatte, den Tag über im Gebäude zu bleiben, war das Quecksilber auf vierzig Grad unter Null gefallen. Die anderen tippen auch heute auf vierzig Grad, mindestens vierzig Grad. Doch Bergkiefer, weder Spieler noch Träumer, ist anderer Meinung. Ein neuer Tag, ein neues Glück. Er lächelt.

Lächeln – dieses Vermächtnis aus Zeiten seiner Vaterschaft, aus Zeiten, da er noch verheiratet war, seiner Natur entsprach es nicht, einfach zu lächeln – dieses Lächeln war in seiner gegenwärtigen Verfassung fast zu einem Reflex geworden. Wenn ihn irgend jemand fragte, »wie kannst du nur?« lächelte er bloß und zuckte die Achseln. Es war einfacher so. Ihnen erklären zu wollen, inwiefern das Lächeln Beweis seiner Zugehörigkeit zur Gattung Mensch war, inwiefern es die Qual linderte und der Seele wohltat, hätte sie womöglich nur in Verwirrung gestürzt, wenn nicht gar ihn selbst.

Seit seiner Ankunft hier vor zweitausendneunhundertfünfundsechzig Tagen verweigerte er jeden Brief und jedes Paket und zeigte sich bei den unmöglichsten Gelegenheiten plötzlich heiter und vergnügt.

Schon eine Woche später waren die Wachen überzeugt, daß der neue Gefangene kurz davor war überzuschnappen. Möglicherweise hatten sie recht. Andererseits jedoch war er vielleicht niemals klarer bei Sinnen gewesen. An welchem Maßstab wollte irgend jemand schon festmachen, wann Realität zur Wahnvorstellung wurde? Es war die Zeit des ›Großen Sprungs nach vorn‹, als Mao die Massen aufforderte, an einem Tag die Arbeit von zwanzig Jahren zu leisten, damit China innerhalb eines Jahrzehnts ein industrialisiertes Land wie Großbritannien sein würde; die Zeit, als die gesamte Nation an irgendwelchen Tiegeln in den Hinterhöfen rund um die Uhr schuftete, um alles, was aus Metall war, zusammenzuschmelzen und einen Stahl herzustellen, der sich schließlich als restlos unbrauchbar erwies, bis es im ganzen Land kaum noch einen Topf gab, in dem man hätte Wasser kochen können; die Zeit, als Sämlinge so dicht wie Haar gesetzt wurden, und noch dazu in einem Boden, auf dem selbst die anspruchslosesten Unkräuter nicht gedeihen wollten, und man das Ganze dann mit riesenhaften Ventilatoren belüftete und mit Flutlicht bestrahlte, wofür eine Unmenge kostbarer und knapper elektrischer Energie verschwendet wurde; die Zeit, als blühende Obstgärten abgeholzt wurden, um auf abschüssigen Felshängen Weizen zu säen, obwohl jeder Dorfidiot wußte, daß Getreide dort niemals aufgehen würde; als jeden Tag lauthals neue Rekordernten verbucht wurden, während die Landbevölkerung sich an Baumrinde satt essen durfte.

Nur mit Irrsinn wäre zu erklären gewesen, daß der Gefangene Nummer 5799, wenn die Wachen ihm eine zusätzliche Arbeitsstunde verpaßten, lediglich lächelte und statt dessen gleich zwei Stunden länger arbeitete; daß er, wenn er den Befehl erhielt, zwei Stunden früher als alle anderen aufzustehen, gleich drei Stunden früher aufstand; daß, wenn ihm für einen Tag das Essen gestrichen wurde, er nur lächelte und gleich jede Nahrungsaufnahme überhaupt verweigerte, bis die Wachen einen Hungerstreik befürchteten und ihm befehlen mußten, wieder zu essen.

Sicher hatte er nie vor, irgend etwas auszuhecken, schon gar kein Verbrechen. Zumindest nicht am Anfang. Es hatte sich einfach so ergeben. Vielleicht war er ja nur dem Vorbild der anderen gefolgt – dem Vorbild von Kollaborateuren, die sich aus Feigheit oder Zynismus bei anderen einschmeichelten; dem Vorbild von Anhängern der kommunistischen Lehre, die vor lauter Schuldgefühlen oder aus Arglosigkeit versuchten, die Verbrechen wieder gutzumachen, die sie, ohne es zu wissen, gegen die Partei, die sie für unfehlbar hielten, begangen hatten. Aber vielleicht war er auch einfach zu blauäugig, um das Nächstliegende zu begreifen – daß eine Strafanstalt wie ein Schmelztiegel war, der unweigerlich jeden einzelnen veränderte, ganz gleich, was für ein Mensch er war, ob er irgend etwas Besonderes darstellte, oder einer war wie er, den niemand jemals eines zweiten Blickes für würdig gehalten hatte.

Erst später, viel später, als selbst der unbarmherzigste Gefängniswärter den »verrückten Krüppel« nicht länger zu mißhandeln versuchte, fand er schließlich auch Gefallen daran, Unrechtes zu tun. Genausowenig war er sich darüber im klaren, daß seine Mithäftlinge seine Art, sich zu geben, irgendwie mochten, bis sie Nummer 5799 eines Tages regelrecht hochleben ließen. Es geschah während des Anwesenheitsappells, nachdem der Gefängniswärter, den sie Röntgenauge nannten, ihm befahl, die Kopfbinde abzunehmen, die jeder zum Schutz gegen den Frost ums Gesicht gewickelt hatte – der gleiche Wärter, der am Tag zuvor seinen traurigen Versuch entdeckt hatte, sich einen Schnurrbart wachsen zu lassen, was verboten war. »Denkst du, du könntest mich verarschen?« schrie er. »Steh da nicht dumm herum. Zeig mir dein verdammes Gesicht!«

Nummer 5799 gehorchte. Da brach plötzlich schreiendes Gelächter los, was ebenso verboten war wie Schnurrbärte, und umfing den makellos rasierten Reaktionär, der jetzt nicht einmal mehr Augenbrauen im Gesicht hatte.

Welche Ironie, daß solch ein törichter Streich zusammen mit den uralten Geschichten, die er auf Lager hatte, ihm plötzlich eine Form von Anerkennung einbrachte, die er nie zuvor erlebt hatte – auf einmal hatte er einen großen Kreis von Freunden, auch wenn sich einige darunter befanden, die schlichtweg widerlich waren. Jetzt käme nicht einmal der gemeinste Gangster, kein Dieb, Vergewaltiger oder Mörder mehr auf die Idee, seinen Essensnapf auf den Boden zu stoßen, wenn sie aufgegessen und ihren Napf bereits ausgeleckt hatten, während er immer noch wie ein unbekümmerter Feinschmecker sein Essen löffelte, der nur zu nicken brauchte, um einen Nachschlag zu bekommen. Andere, die langsam aßen, waren nicht so gefeit gegen einen plötzlichen Störfall. Die Suppe war dann unweigerlich verloren, und die Kohlbrocken, die auf den Boden in den Dreck fielen, gehörten jedem, der schnell genug war.

Ja, ja! Es war dreißig Grad kalt und kein Grad kälter. Er seufzte auf. Das war wirklich keine Herausforderung. Nummer 5799 hatte hier draußen in der Wildnis länger zugebracht als jeder andere. Er kannte sich aus …

Aber warum waren sie es dann, die nachts seelenruhig schnarchten, während er mit weit aufgerissenen Augen in die Dunkelheit starrte wie ein Toter? Er würde bald tot sein, wenn er so weitermachte und nicht schlief. In den acht Jahren seit seiner Ankunft hier hatte er nur selten etwas mit Schlafstörungen zu tun gehabt, aber heute nacht hielten ihn die winzigsten Kleinigkeiten wach wie etwa der Atem seines Matratzennachbarn, der an seinen Füßen zu Eis gefror, ein unerträglicher Juckreiz oder sein knurrender Magen. Er schloß die Augenlider, zwang sich, nichts mehr zu denken. Er tat, als ob er schliefe.

Vergeblich. Seine Gedanken rasten voraus. Er mußte an morgen denken, an den schrecklichen Marsch, den sie zurücklegen müssen, um zu der Baustelle zu gelangen, daran, wie ausgelaugt er sein würde, wie weit er sich hinter den anderen herschleppen, wie schneidend scharf der Wind sein würde und wie seine Ohren vor Kälte brennen würden, an die blutunterlaufenen Augen der Wölfe, die dort in der Einöde an der Grenze zur Sowjetunion umherstreiften …

Er durfte nicht daran denken, was mit ihm passierte, wenn er jetzt nicht schlief. Er versuchte sich abzulenken, an eine Begebenheit zu denken, die ihm früher einmal widerfahren war, an die Worte, die er ausgesucht hatte, um sie zu beschreiben, um sie sich einzuprägen, Worte, die – wenn ihm das Schicksal jemals wieder eine Gelegenheit zum Schreiben schenken sollte – er zu Papier bringen würde …

Hier war im Winter ein Tag wie der andere. Der Himmel war wie ein Helm aus Blei, den niemand ertrug. Die Erde, nackt. Nach allen Richtungen hin gnadenlos flach, bis auf die lange, klaffende Wunde, die das Dynamit in den gefrorenen Boden gerissen hatte. Auch wenn der Wind unablässig heulte, und die Schaufeln und Harken der Arbeiter nie verstummten, alle Geräusche ließen die uranfängliche Stille dieses Ortes nur noch tiefer erscheinen.
Es gab keine Wachen hier an der Baustelle. Sie haben schon die roten Fahnen aufgestellt, mit denen sie die Grenzen markieren, jenseits derer nicht einmal ein kräftiger, gesunder und wohlgenährter junger Mann überleben könnte. Diese Grenzen hatte noch nie einer zu überschreiten versucht. Außerdem mußten Gefangene, wenn sie hoffen wollten, die Kälte zu überleben, ununterbrochen arbeiten. Warum sollte sich also irgendein Wächter die Füße in den Bauch stehen? Hier waren sie überflüssig.
Ein Trupp von Zwangsarbeitern plagte sich unten im Graben ab, der im Sommer eine Wasserstraße sein würde, und schaufelte den gefrorenen Boden hinauf, wo ihn ein anderer Trupp in Empfang nahm und glattharkte. Ein Fremder, der zum ersten Mal käme, um diese Baustelle zu besuchen, würde keinen Unterschied erkennen zwischen denen, die schaufelten, und denen, die harkten – sie sahen alle genauso ausgemergelt und erbarmungswürdig aus mit ihren dampfenden Köpfen. Aber die Gefangenen wußten genau, warum einer eine leichtere Arbeit aufgetragen bekam als ein anderer. Für sie gab es nichts Wichtigeres auf der Welt.
Plötzlich zerriß ein Ruf die Stille, aber niemand kümmerte sich darum: Die Männer glaubten, der Wind spielte ihnen einen Streich, denn wer von ihnen würde schon seine Kräfte derart verschleudern? Jedes Fünkchen Energie mußte wohlüberlegt eingeteilt werden wie die Kohlsuppe, damit ihre Lungen weiterpumpen und ihre Gliedmaßen funktionieren konnten.
»He, du Glückspilz von einem Hurensohn!«
Es war also doch nicht der Wind.
»Hark um Gottes willen schneller. Diesen verdammten Schotter aus dem Loch zu schaufeln ist schlimm genug. Ich will ihn nicht

noch unnötig hoch hinauswerfen müssen.« Es war der neue Mitgefangene, der erst noch kapieren mußte, daß hier nur ein verdammtes Arbeitstier überleben konnte. Jetzt schrie er immer weiter, lauter und lauter. »He, was hältst du davon, mich einmal oben arbeiten zu lassen? ... He, was muß man anstellen, damit man hier einen gemütlichen Job kriegt? ... He, du Glückspilz ...«

Der mit der Harke gleich oben am Erdwall ignorierte das Geschrei nach Gerechtigkeit, so gut er konnte, bis er von der Ironie der Situation so bewegt war, daß er einfach etwas sagen mußte. »Du meine Güte, wer hätte gedacht, daß es noch einen Menschen auf dieser Welt gibt, der ausgerechnet mich beneidet?«

»Wie zum Teufel sollte ich nicht? Du kannst da im Trockenen stehen und vor dich hinwursteln, während ich mir hier das Kreuz verbiege und dabei durch diesen eiskalten Scheiß waten muß. Wann bin ich endlich an der Reihe? Wann?«

»Bald, mein Guter. Bald.«

»Wann?«

»Wenn du nur noch einen Schritt weit vom Grab entfernt bist wie ich.«

Noch immer außerstande, einschlafen zu können, fragte Bergkiefer sich, was wohl aus dem neuen Gefangenen geworden sein mochte. War der Mann tot, oder war er schon längst mit einer Gruppe in ein anderes Lager noch näher an die Grenze verlegt worden? Oder gehörte er zu den Gefangenen, die vorzeitig entlassen worden waren, als durch die Politik des ›Großen Sprungs nach vorn‹ eine der verheerendsten Hungerkatastrophen der Geschichte heraufbeschworen worden war und es nicht einmal für die Lagerwärter genügend Nahrungsmittel gegeben hatte, geschweige denn für die unzähligen Lagerinsassen? Während seine Mitgefangenen darum gebetet hatten, unter den Glücklichen sein zu dürfen, die die Freiheit wiedersehen könnten, hatte er nur gedacht: Was würde meine Heimkehr schon bringen? Überhaupt nichts. Denn selbst wenn die Behörden ihm damals seine alte Aufenthaltsgenehmigung wieder ausgestellt, ihm wieder seinen Arbeitsplatz an seiner alten Schule zugewiesen und ihn öffentlich rehabilitiert hätten, in den Augen der Leute wäre er ein

Aussätziger geblieben. Schlimmer noch, seine Anwesenheit hätte seiner Familie und seinen Freunden unendlich viel Unglück und Kummer bereitet.
Wie man im Lager durchkam, wußte er. Zu Hause jedoch? Sicherlich waren Sommerwünsche und Hoffnungsschwert damals längst verheiratet und hatten bereits ein Kind, oder Sommerwünsche erwartete wenigstens eins, und er, der ihrer Verbindung seinen Segen gegeben hatte, wäre moralisch dazu verpflichtet gewesen, sich ein Leben lang im Rahmen ihrer gemeinsamen Freundschaft zu bewegen. Bis zum Ende seiner Tage hätte er sich wie sein eigener Gefangener fühlen müssen und wäre gezwungen gewesen, auch noch sein eigener Kerkermeister zu sein. Was wäre ihm dann noch geblieben? Nicht einmal der Trost, Fröhlichkeit, Freundschaft und Treue erwidert zu haben, und nicht einmal die Genugtuung, Kleiner Panda wenigstens das eine Geschenk gemacht zu haben, das einigen Wert hat, das einzige Geschenk, das ein Reaktionär seinem Sohn machen kann – nämlich nicht vorhanden zu sein. Nein, er hätte nicht einmal die Aussicht gehabt, in Frieden mit sich selbst sein Leben zu beschließen.
Er hatte sich damals vorgestellt, nicht im Diesseits, nicht Ehemann, Vater oder Freund zu sein, sondern sich jenseits der Quellen des Gelben Wassers zu befinden. Von dort hatte er sie alle sehen können, die Pfade, die ins Nichts führten, die Flüsse, die sich bald in diese, bald in jene Richtung wanden und sich am Ende doch unabänderlich ins Meer ergossen, die Landschaften der Vorsehung. Als sich sein Name schließlich auf keiner der Glückslisten befand, war er folglich auch nicht enttäuscht. Überhaupt nicht …
Jetzt fiel es ihm wieder ein: Der übellaunige Lagerinsasse damals war einer derjenigen gewesen, die vorzeitig entlassen wurden. Hätte er seinerzeit mit ihm tauschen können, wäre er heute daheim …
Daheim? Das Lager war sein Heim.
Für jemanden, der nicht im Lager lebte, mußte sich das ganz absurd anhören – wie das Gesabber eines ausgehungerten Schwachsinnigen, der sich immerzu selbst ins Gesicht schlug, bis es anschwoll und doppelt so dick wurde wie normal, nur damit die anderen ihn darum

beneideten, daß er reich genug war, zu essen und zu essen und dick und rund zu werden. War er vielleicht auf dem Wege, zu diesem Charakter zu werden, wie ihn Lu Xun entworfen hatte, um seine verlogenen und moralisch festgefahrenen Zeitgenossen zu verhöhnen? War er ein neuer Ah Q? Ein Narr, der sich selbst etwas vormachte?
Nein! Ah Q hat die Tatsachen entstellt. Ah Q hätte das Arbeitslager Nr. 5 ein Paradies genannt. Bergkiefer konnte darin keinen Augenblick lang etwas anderes sehen, als was es war – die Hölle. Nur hier würde ein Mann, der keinen Funken Kraft mehr in den Knochen hat, aus Angst vor der Kälte fürchten, weniger arbeiten zu dürfen. Nur hier war ein zum Tode Verurteilter dankbar für das unglaubliche Verfahren, achtundzwanzig Fen von seinen Lieben daheim einzutreiben, um damit die Kugel zu bezahlen, mit der ihn der Henker hinrichten wird, weil sie auf diese Weise wenigstens endlich erfuhren, wo er sich überhaupt befand. Nur hier schlief man mit seinen schmutzigen, halbgefrorenen Schuhen eng an den nackten Körper gepreßt, als seien sie ein ganz besonders wertvolles Erinnerungsstück, weil Schuhe, die nicht von menschlichem Fleisch gewärmt wurden, einfroren und dann bei der Arbeit nicht getragen werden konnten, und ohne Arbeit ...

Immer noch konnte er nicht einschlafen. Er fragte sich, wozu um alles in der Welt er in diesem Augenblick überhaupt gut war – außer dazu, den Läusen und Bettwanzen ein endloses Festessen zu bescheren ...

Plötzlich kam ihm die veranschaulichende Darstellung der natürlichen Nahrungskette in Erinnerung, wie sie in einem der Lehrbücher abgebildet war. In leicht abgewandelter Form. Nummer 5799 mußte unwillkürlich lächeln. Man konnte sich seiner und seiner Mithäftlinge ja gar nicht entledigen, selbst wenn man wollte. Sie waren absolut unabdingbar für diesen natürlichen Kreislauf des Lebens. Genau wie für das System der Revolution selbst. Wenn man die Schuld nicht auf Volksfeinde wie ihn laden konnte, wen sollte man dann zur Rechenschaft ziehen?

In diesem Augenblick stieß sein Matratzennachbar ihn mit der Ferse an die Nase. Er gab das Signal pflichtgemäß weiter. Einige Augenblicke später war jeder einzelne auf der Schlafmatte bereit, eine Kehrtwendung zu machen, denn wenn sie sich nicht alle auf einmal umdrehten, drehten sie sich überhaupt nicht um: Die Matte ließ kaum Platz für einen Furz, geschweige denn, daß man sich umdrehen konnte, wie und wann man gerade mochte. Als der Lagewechsel ohne Murren und Fluchen vollzogen und jeder wieder sicher auf seiner anderen Körperseite gelandet war, mußte Bergkiefer erneut lächeln.

## *Verkehrte Welt*

Während der Regierungszeit von Kaiser Qian Long ließ der zehnte Patriarch des Hauses Li ein Kellergewölbe mauern, um die Neujahrsgabe einzulagern, die ihm unter all den Geschenken, die seine Bewunderer dem Hause seiner Vorfahren schickten, die liebste war – eine Wagenladung Birnen, so aromatisch wie schwerer Wein, so fest und frisch wie Eiszapfen. Für ihn war dieses Geschenk weit mehr wert als Gold oder Silber, denn mit jedem Bissen wurden Erinnerungen wach an diejenigen, die diese Früchte gezüchtet hatten und an die unschätzbaren Lehren, die er als junger Verwaltungsbeauftragter aus ihrem Vorbild gezogen hatte.

Als er noch seinen Dienst in einem Distrikt nicht weit von der Geburtsstätte des Konfuzius entfernt versah, hatte er beobachtet, wie die bescheidenen Bauern dort jede einzelne Knospe umhegten, die in den kleinen Obstgärten ihrer Familien erblühte. Sie widmeten sich ihrer Aufgabe so hingebungsvoll wie die Jünger des Weisen selbst. In Jahren, wenn der Winter bis tief in die Frühlingszeit hinein andauerte, legten sie gar ihre zerlumpten Mäntel ab, um die Bäume damit zu schützen. Und er hatte erlebt, wie die Bäume sie belohnten, als sich die Erntezeit näherte. Von da an hatte er beschlossen, die Menschen dort ebenso zu umsorgen, wie sie ihre Bäume umsorgten,

und sie nur entsprechend der Birnen zu besteuern, die sie verkauft hatten.
Auf diese Weise erfreute er sich einer langen, glänzenden Karriere; und um seine Lehrmeister zu ehren, ließ er einen Spezialisten das unterirdische Gewölbe bauen, in dem die Früchte ihrer Arbeit nicht verderben würden. Als ob der Reichtum des ganzen Landes dort untergebracht sei, ließ er dann den Eingang unter der Vertäfelung des Fußbodens verstecken, so wie ein Kunsttischler das Geheimfach der Schmucktruhe einer reichen Dame verbirgt. Kein Wunder also, daß im Laufe der Zeit – und weil das Gewölbe schließlich nicht mehr benutzt wurde – spätere Generationen vergaßen, daß es je existiert hatte.
Ein paar Monate nachdem Champignon in den kleinen Lagerraum eingezogen war, fiel eines Tages ein Putzeimer um. Sie staunte nicht schlecht, als das Wasser im Handumdrehen im Boden versickert war und nichts als ein wenig Feuchtigkeit zurückblieb. Da entsann sie sich eines Tricks, den die Zauberer ihr als Kind beigebracht hatten, als sie noch auf den Jahrmärkten Vorstellungen gab, und während sie auf jede Ecke der Ziegelsteine drückte, die ein bißchen schwerer zu erreichen waren, entdeckte sie den Mechanismus, der den Eingang des Gewölbes öffnete.
Als sie jedoch einen flüchtigen Blick hineinwarf und der geheime Raum nichts weiter zu sein schien als ein Versteck für Skorpione, Spinnen, Würmer und Ratten, vergaß sie die Entdeckung gleich wieder und erinnerte sich während der folgenden zwanzig Jahre eigentlich nur noch an die Existenz des Gewölbes, wenn die Wände des Lagerraumes einen neuen Anstrich brauchten oder ausgebessert werden mußten, bis zu dem Tag nach Jades Schlaganfall. Denn etwa um diese Zeit hatte der Große Vorsitzende die Kulturrevolution eingeleitet und ließ die jungen Leute gegen alte und neue Feinde der Nation zu Felde ziehen. Feinde galt es überall aufzuspüren, vom Obersten Staatsrat bis hin zu jedem Privathaushalt, damit die Volksrepublik, egalitären Idealen entsprechend und gesäubert von Übeltätern und allem, dem noch etwas von den sogenannten ›Vier Überholten Werten‹ anhaftete – das waren alte Gebräuche, alte Ge-

wohnheiten, alte Kultur und altes Denken –, wiedergeboren werden könnte. Bis dahin hatte das Kellergewölbe in Jades Wohnbereich gelegen.

*

Nun liegt Jade im Sterben, und Hoffnungsschwert hält an ihrem Bett Wache. Er weiß nicht, wie lange er schon dort ist. Vielleicht ein paar Minuten, vielleicht Stunden. Er sitzt auf einem niedrigen Schemel mit dem Rücken gegen einen Haufen faulender Kohlköpfe, die Störenfriede abschrecken und das Bett verbergen sollen, auf dem seine Mutter liegt, und das aus Holzlatten zusammengezimmert ist. Zu müde, einen Ärmel zurückzuschieben, um einen Blick auf die Armbanduhr zu werfen, starrt er nur abwesend auf die schlafende Kranke. Das matte Leuchten der Rapsöl-Lampe, das, von den drei verspiegelten Glasplatten reflektiert, etwas kräftiger wirkt, läßt Jades Blässe noch fahler erscheinen. Ihr Gesicht ähnelt eher einer wächsernen Maske, und ihre Züge sind kaum zu erkennen. Wären da nicht die Pockennarben, hätte er ruhigen Gewissens behaupten können, dieser Frau nie begegnet zu sein. Das wäre fast besser für sie alle beide.
Der Gedanke, seine eigene Mutter zu verleugnen, erschreckt ihn nicht. Ihn erschreckt jetzt überhaupt nichts mehr; jetzt, da die persönlichen Bindungen, die wie Ankertaue des Lebens gewesen waren, zu langen Lederriemen geworden sind, mit dem jeder einzelne durchgeprügel wird; jetzt, da die ganze Welt aus den Angeln gehoben worden ist.
Er bemüht sich mit aller Kraft, wach zu bleiben. Aber nach so vielen schlaflosen Nächten ununterbrochenen Verhörs durch die Roten Garden, denen er ausgeliefert gewesen war, nachdem sie die Parteizentralen besetzt hatten, gelingt ihm dieser Willensakt, die Augen offen zu halten, gerade mal so lange, wie Jade für einen ihrer mühsamen Atemzüge braucht …

*Die Sonne ist so grell über dem Tiananmen Platz, daß seine frischvermählte Ehefrau die Augen unschön zusammenkneifen muß, um dem Papierdrachen nachzuschauen, der wie eine Kette von Gold-*

fischen hoch oben in den Lüften schwebt. Und dennoch ist sie so reizend anzusehen. Zauberhafter als je zuvor, scheint es ihm. Höher und höher hinauf schießt der Luftdrachen mit seinem langen Schwanz, als ob er den Saum des Hermelinmantels einer unsichtbaren Gottheit streifen wolle, der an diesem wunderbaren Tag zweifellos von dort oben auf die Menschen herunterlächelt.

Ganz hingerissen von ihrer Anmut, schlingt er von hinten seinen Arm um ihre Taille, und selig wie zwei ausgelassene Kinder tollen sie um das Heldengrabmal, während der Wind ihr vergnügtes Lachen seidenzart wie Papierdrachen himmelwärts trägt.

Fremde sehen ihnen ungläubig nach und staunen mit offenen Mündern.

Er winkt ihnen übermütig zu. »Seht nur genau her, Kameraden«, ruft er. »Einen Glückspilz wie mich werdet ihr nie wieder zu Gesicht bekommen.«

Da plötzlich bleibt sie unvermittelt stehen. Die Schnur des großen Papierdrachens ist vollständig abgespult. Unter Mühen versucht sie, die Leine der im Wind davonfliegenden Fische wieder aufzurollen, doch vergeblich. Sie rennt voraus, damit die Schnur sich ein wenig lockert. Doch der Nordostwind geht zu scharf. Er bläst den Drachen höher und höher hinaus. Jetzt sind ihre Arme ganz ausgestreckt, und der Wind zerrt. Sie verliert den Halt, rutscht und hüpft nur noch auf Zehenspitzen über den Boden.

Er rennt ihr nach. Ihr Rock ist einen Fingerbreit ... dann eine Armlänge ... entfernt.

Sie verliert einen Schuh, dann den zweiten, verliert den Boden unter den Füßen, hebt ab und steigt höher und höher empor. Verzweifelt sieht sie zu ihm herab.

»Laß los, Sommerwünsche, du mußt loslassen.«

»Wie soll ich denn?« schreit sie. »Wie soll ich Bergkiefer denn loslassen?«

»Laß los, Liebste, du mußt loslassen.«

Doch sie hört ihn nicht. Der launische Wind verschluckt seine Worte.

»Wer ist dort?«
»Was ...?«
»Willst du dich über mich lustigmachen? Ich will wissen, wer da ist!«
Beim Anblick des Lampenlichts, das fast ohne zu flackern brennt, erinnert Hoffnungsschwert sich wieder, wo er sich befindet – in einer dumpfen Gruft. Er zieht die Ohrenschützer an seiner Mütze weiter herab und knöpft sie fest, um seinen halbgeschorenen Schädel zu verbergen. Dann erhebt er sich und zieht seinen Schemel ein, zwei Schritte durch den winzigen Raum an ihr Bett heran. »Ich bin es, Mutter. Hoffnungsschwert.«
»Oh, barmherzige Kwan Yin, ich hab so lange, so lange auf dich gewartet«, sagt Jade. »Ich habe so lange gewartet. Oh, mein geliebter Sohn, du kannst es dir gar nicht vorstellen ...«
Solcherlei überspannte Gefühlsausbrüche waren ihm inzwischen ein Greuel geworden, besonders wenn sie auch noch tatsächlich ernsthaft empfunden wurden. Seit den endlosen Verhören, denen er als Parteisekretär von Wen Shui den jungen Fanatikern ausgeliefert war, die immer wieder ganz unvermittelt lauthals in Ruhmeshymnen auf den Großen Steuermann des Staatsschiffes ausgebrochen waren, hatte er begonnen, diese Form von Leidenschaftskundgebungen so sehr zu hassen, daß er sich jetzt automatisch in eine tiefe Starrheit zurückzieht. Er sitzt nur da und wartet, bis seine Mutter sich ausgeweint und wieder beruhigt hat, um dann selbst etwas zu sagen. Doch er findet kaum aufrichtige Worte. Was er sagt, klingt hohl und abgedroschen. »Ich bin gekommen, sobald ich konnte. Wirklich, sobald es mir möglich war. Ganz bestimmt. Du glaubst mir doch?«
»Ich glaube dir, mein Sohn ...«
Wie kann sie ihm denn glauben?
Sie streichelt seinen Arm. »Ich verstehe ja. Ich verstehe ja.«
Was ihn betrifft, er versteht überhaupt nichts.
»Glaub nur nicht, ich wüßte nicht, was hohe Offizielle wie du auszuhalten haben ...«
Er schreckt zusammen. Ist es möglich, daß sie weiß, was passiert ist?

»Du bist ständig für die Partei unterwegs«, sagt sie. »Mußt immer noch länger bleiben und noch länger. Ich weiß Bescheid. Das weiß ich noch von damals ... aus meiner Zeit beim Nachbarschaftskomitee. Die Parteiarbeit hört nie auf.«

Seine gemischten Gefühle aus Erleichterung und Ungläubigkeit lassen ihn fast laut auflachen.

»War sie groß und trug das rote Staatsemblem?« fragt sie plötzlich.

Bis sie die Frage wiederholt, glaubt er, nicht recht gehört zu haben. Wie kam sie denn jetzt auf die Nationalflagge?

Sie fuchtelt mit den Händen in der Luft und ergreift seinen Kragen. »Oh, sag doch, sie trug doch auch das Nationalemblem unseres Staates, riesig groß.«

Um zu verhindern, daß sie ihm in ihrer Aufregung die Mütze vom Kopf reißt und so das unverkennbare Anzeichen seines Niedergangs aufdeckt – nein, schlimmer, viel schlimmer, das Zeichen seiner tiefsten Demütigung –, beugt er sich zur Seite, wobei sein Blick auf die Glasreflektoren der Lampe fällt. Gleich dreifach starrt ihn sein eigenes Gesicht aus den Spiegeln an, so fahl, so finster, daß er sich im ersten Augenblick kaum wiedererkennt. Augen voller Bitternis, die anklagend auf den Parteisekretär des Distriktes Wen Shui gerichtet sind: Nicht sie, du bist es, der den Verstand verloren hat. Wie kannst du vergessen, daß sie seit ihrem Schlaganfall blind ist?

Da ruft Jade seinen Namen. Er dreht sich wieder zu ihr um und nimmt ihre Hände. »Sag, war es so eine, wie bei den Anlässen, wenn sich der Große Vorsitzende in der Öffentlichkeit zeigt?« fängt sie umgehend wieder an zu fragen.

Was ist er doch für ein Idiot. Sie meint nicht die Nationalflagge, sondern spricht von einer Staatslimousine. Dieses Mal muß er wirklich lachen, ein unkontrolliert prustendes Lachen, das gar nicht mehr aufhören will, bis er endlich wieder zu sich kommt. Er schaut seine Mutter jetzt mit fast wehmütigem Lächeln an. Schlaganfall hin oder her, Jade ist eben Jade. Er nimmt sie in die Arme und fragt sich, wie es wohl kommen mag, daß ihre beständige Aufmerksamkeit, wie die jeweiligen Personen in höheren Staatsämtern ausstaffiert wären, was ihm früher immer so schrecklich peinlich gewesen war, ihm seine Mutter

jetzt auf einmal so liebenswert macht. Ausgerechnet jetzt, da er nicht den geringsten Einfluß mehr hat, jemandem auch nur den kleinsten Wunsch zu erfüllen. Jetzt, da es zu spät ist.
Er ergreift die Gelegenheit, sie für ihre Beharrlichkeit zu belohnen, und erklärt im tiefsten Ton der Überzeugung: »Wie recht du hast, Mutter. Es war genau so eine große Limousine mit dem Staatsemblem auf der Kühlerhaube, wie sie auch der Große Vorsitzende bei öffentlichen Anlässen benutzt.«
Erst jetzt, als sie vor Entzücken in die Hände klatschen will und ihre Arme zu ihm ausstreckt, wird offenbar, wie hinfällig die kranke Frau bereits ist: ihre langen, spitzen Finger, ehemals das einzige Attribut an ihr, das die Frauen des Hauses Li als halbwegs vergleichbar mit der Schönheit von Steinhüters erster Frau durchgehen ließen, gleichen jetzt gesprenkelten Bambustrieben, die aus Mangel an Luft und Licht ganz verwelkt aussehen. Sie wirkt, als würde sie jeden Augenblick zu Staub zerbröseln wie vertrocknete Blätter unter den Tritten eines Wanderers.
»Erzähl mir mehr – mehr.«
Er denkt nach ... das einzige Mal, daß er in einer dieser großen Limousinen nach sowjetischem Vorbild gesessen hatte, war in der Hauptstadt gewesen, wohin sie gefahren waren, um ihr Hochzeitsfest zu feiern. Die Limousine war beim Hotel Peking vorgefahren, um Sommerwünsche eilig zu einer offiziellen Verantaltung in der Großen Halle des Volkes zu bringen. Um den weißbehandschuhten Chauffeur zu beeindrucken, saß sie ganz aufrecht da und hatte ihre Augen streng auf die Kappe des Fahrers gerichtet, während sie so tat, als sähe sie gar nicht die leuchtenden Flaggen, die von den Laternenpfählen entlang der Straße des Ewigen Friedens herabflatterten, als seien sie nichts anderes als gewöhnliche Tücher, die dort zum Trocknen aufgehängt waren. Nur dadurch, daß sie immer wieder verstohlen seine Hand drückte, verriet sie, wie stolz sie war, wie sie innerlich triumphierte. Auch er war ganz aufgeregt vor Stolz gewesen.
Jetzt hingegen. Er schluckt. Er hat einen scheußlichen Geschmack im Mund. Wie hätte er vorhersehen können, wohin diese Spritzfahrt führen würde? Er muß aufhören, an der Strecke, die sie gefahren

waren, weiter nach Auffälligkeiten zu suchen, die ihn hätten warnen müssen. Da war nichts. Weder die Begebenheit noch irgendeine andere ist von Bedeutung.

»Nun?« fragt Jade wieder. »Willst du mir nicht mehr erzählen?«

Mutter ist wie ein Kind, denkt er und fährt in seiner Geschichte fort, die er sich für sie ausdenkt. »Unter uns gesagt«, sagt er, »meine Limousine wahr haargenau das gleiche Modell, das auch der Große Vorsitzende immer benutzt, bis hin zu den gestreiften Gardinchen, den wunderbar gearbeiteten Armlehnen, den goldglänzenden Armaturen und Knöpfen und dem handgeknüpften kostbaren Teppich.«

Wieder will sie ihm applaudieren. »O ja ... und von deinem Sitz hinter den Gardinen konntest du sicher sehen, wie die Leute dich beneidet haben, wo immer du entlanggefahren bist und wo immer du anhalten ließest, nicht wahr?«

»Ja, das ist wahr. Und« – an dieser Stelle macht er eine dramatische Pause – »wie die Leute selbst meine Mutter beneideten.«

»Aja! Damit ist mein größter Lebenswunsch in Erfüllung gegangen. Mit einem allseits so geachteten Sohn kann ich erhobenen Hauptes zu den Gelben Quellen hinüberschreiten. Jetzt brauche ich nichts mehr zu fürchten ...« Sie unterbricht sich, um sich die Nase zu schneuzen, und fährt fort. »Die Angehörigen des Hauses Li werden alle dort sein, um mich in Empfang zu nehmen. Niemals wieder werden sie mich wie eine Fremde behandeln, wie sie das mein ganzes Leben lang getan haben. Oh, Hoffnungsschwert, du hast deine Mutter so unendlich stolz gemacht.«

Solange er sich entsinnen kann, war für Jade der einzige Grund seiner Existenz immer nur der gewesen, sie stolz zu machen. Dieser Gedanke hatte ihn sein Leben lang empört und abgeschreckt. Doch jetzt, da sie die Tat für vollbracht erklärt und er befreit ist von dieser Pflicht, fühlt er einen tiefen Schmerz, als ob bitterste Trauer zentnerschwer auf seinem Herzen lastet. Noch ehe er begreift, was er tut, ruft er laut nach ihr wie ein treuer Sohn vor dem Altar seiner Ahnen – und fällt auf die Knie.

Sie sucht ihn mit tastenden Händen. »Nicht«, sagt sie. »Es ist Kadern verboten, den Kotau zu machen.«

# Sümpfe

Während Hoffnungsschwert bei seiner Mutter wacht, sitzt Sommerwünsche in dem privaten Speiseraum des Shanghai-Hotels und spielt in ihrem Essen herum. Die samtenen Plüschvorhänge, die Kristallüster und all der feinziselierte Messingzierat stammen noch aus den Zeiten, als Europäer in dem Hotel das Sagen hatten und man die Stadt, die mitten in den Sümpfen errichtet worden war, das Paris des Orients genannt hatte. Seit der Befreiung war es bevorzugt von hohen Persönlichkeiten der Partei besucht worden. Früher noch wäre sie ganz begeistert gewesen bei dem Gedanken, der Ehrengast in einem solch exklusiven Szenarium zu sein. Doch seitdem sie jetzt schon sieben Jahre lang alle paar Monate im ganzen Land auf Gastspielreisen unterwegs ist, hat sie sich daran gewöhnt, überall gefeiert zu werden, und betrachtet inzwischen die vielen Abendgesellschaften, zu denen sie eingeladen wird, um mit lauter fremden Menschen zu speisen, als den Preis, den sie für ihren Ruhm bezahlen muß.

So berühmt ist sie mittlerweile, daß die lokalen Funktionäre und ihre zahllosen Freunde, immer wenn sie in der Stadt ist, ihren Besuch zum Anlaß nehmen, sich auf Staatskosten zu ausführlichen Gelagen mit kostbaren Weinen und vorzüglichen Speisen zu treffen. Deshalb war auch die Einladung heute abend für sie nicht gerade überraschend. Doch sie ist überaus erstaunt darüber, daß sie jetzt an einem kleinen viereckigen Tisch einzig dem Gastgeber gegenübersitzt, Genosse Wang (oder hatte er gesagt »Huang«?), sowie einem jüngeren Mann, der ihr nur als sein Adjutant vorgestellt worden war. Kein Zweifel, sie versuchen etwas Rücksicht auf sie zu nehmen, immerhin hatte sie gerade erst drei Wochen lang im Krankenhaus liegen müssen.

Während sie mit den Pfefferschoten auf ihrem Teller spielt und sie säuberlich in eine Reihe schiebt, denkt sie, wäre sie doch nur nie nach Shanghai gekommen, hätte sie doch nur nie von dem Krankenhaus Nr. 27 gehört und niemals die Putzfrau auf ihrer Station gebeten, ihr Geschichten zu erzählen.

»Teilen Sie nicht die Vorliebe unseres Großen Vorsitzenden für scharfe Speisen?« erkundigt sich Genosse Wang. Er ist ein Mann mit spärlichem Haarwuchs. Das weiße Hemd, das er trägt, ist außergewöhnlich fachmännisch geschneidert, und man erkennt auf den ersten Blick, daß es von entscheidend besserer Qualität ist, als die Hemden jedes weniger hochgestellten Parteimitglieds.
»O doch, natürlich«, antwortet sie und nimmt im gleichen Augenblick eine der winzigen grünen Paprikaschoten, mit denen Champignon ein komplettes Fleischgericht gewürzt hätte, stippt sie in die rote Pfeffersauce und verspeist sie, ohne auch nur mit der Wimper zu zucken. Dann ißt sie noch eine. Und noch eine.
Genosse Wang nickt anerkennend. »Na ja«, meint er, »wenn ein eiserner Magen allein schon Beweis für Staatstreue wäre, dann könnte man Sie dort ganz oben auf einer Stufe mit Tantchen Tschiang einordnen.«
Erst versteht sie nicht gleich, doch dann begreift sie, daß er natürlich auf Tschiang Tsching anspielt, die Frau des Großen Vorsitzenden. Sie begreift auch, daß sie jetzt etwas sagen sollte. Aber was? Hoffnungsschwert hatte ihr untersagt, jemals eine Meinung zu der Frau abzugeben, deren persönliche Ansichten jetzt im Bereich der Künste sakrosankt waren; nicht einmal in den eigenen vier Wänden. Aus Verlegenheit und um Zeit zu gewinnen, entschuldigt sie sich und angelt umständlich unter dem Tisch nach ihrer Serviette, die ihr »zu Boden gefallen ist«. Dieser Trick klappt immer. Entweder ist die bedrohliche Unterhaltung nach dem Wirrwarr, den sie auf diese Weise veranstaltet, beendet, oder ihr ist irgend etwas zu ihrer Rettung eingefallen, wenn sie schließlich wieder auftaucht.
Während sie eine der grünen Gewürzschoten aus dem Geflügelgericht pickt, um nun ihrerseits den hohen Gastgeber ein wenig zu provozieren, setzt die Schauspielerin das gewinnendste Lächeln auf, zu dem sie imstande ist, und reicht Wang die Pfefferschote. »Hätten Sie wohl Vergnügen daran, ihre Eingeweide selbst mal auf die Probe zu stellen?« fragt sie ihn.
Doch anstatt belustigt zu sein, wie sie erwartet hatte, überhört er nur ihre Bitte und ruft den Kellner heran, um mehr Wein zu bestellen.

Als sich der Jüngere dann demonstrativ über eine Hummerschere beugt, und sich mit hochkonzentriertem Gesicht, als gäbe es nichts Wichtigeres auf der Welt, daran macht, die letzten Fleischbrocken daraus hervorzupulen, beginnt sie sich zu fragen, ob hinter diesem förmlichen Abendessen vielleicht mehr steckt als die übliche Courtoisie. Haben sie vielleicht diesen erhabenen Ort ausgesucht, um besonders delikate Parteiangelegenheiten zu behandeln? Einen speziellen Auftrag vielleicht? Eine Reise ins Ausland? Eine Rolle in einer von Madame Tschiangs neuartigen revolutionären Opern oder Filmen?

Sie war selbst lang genug Kader gewesen, um zu wissen, daß sie wachsam und diszipliniert bleiben muß und abzuwarten hat, bis die ranghöheren Parteifunktionäre bereit sind, sie zu informieren. Deswegen macht sie ihrem Gastgeber Komplimente zu seiner treffsicheren Wahl des ausgezeichneten Weines, und er scheint von ihren Artigkeiten recht angetan zu sein.

Während die Männer sich darüber unterhalten, wer aus ihren Reihen in der letzten Zeit befördert oder nicht befördert worden war, gibt sie vor, sich sehr für ihr Gespräch zu interessieren, ist mit ihren Gedanken in Wahrheit jedoch bei einem ganz anderen Thema. Sie fragt sich, wie lange wohl das Geschäft des Hotels geöffnet haben mochte. In solch einem vornehmen Haus würde man doch sicherlich das eine oder andere kaufen können, das woanders nicht so leicht zu finden wäre, denn sie würde daheim gern jeden mit einem Geschenk überraschen. Vielleicht würde sie sich sogar selbst etwas leisten, sozusagen, um ihre Genesung zu feiern – obgleich sie eigentlich nicht wirklich etwas Ernsthaftes gehabt hatte, und hätte Hoffnungsschwert sich nicht die Mühe gemacht, alle Vorkehrungen für sie zu treffen, hätte sie wahrscheinlich überhaupt keinen weiteren Gedanken an ihre verschleppte Erkältung verschwendet. Aber er war unerbittlich gewesen. Ihre Stimme sei ein Geschenk für die Massen und verdiene die allerbeste medizinische Fürsorge. Nie zuvor hatte sie solch liebevolle Anteilnahme in irgend jemandes Blicken gesehen, deshalb wollte sie ihm den Gefallen tun und hatte ihre Sachen gepackt. Als sie dann schließlich bei der Krankenstation angekommen waren, hatte er sie, wie immer, vollständig von seiner Sicht der Dinge überzeugt, und sie war ganz aufgeregt bei der Aussicht, ein weiteres Mal in den Genuß von Privilegien zu kommen, die normalerweise nur Kaderoffizieren vorbehalten waren, die sich besonders verdient gemacht hatten. Selbst Mitglieder des Politbüros, hatte er ihr in strikter Vertraulichkeit zugeraunt, flüchten sich vor ihren kleinkarierten Gehilfen und lästigen Pflichten, vor Zeitungen und Telefongesprächen in das Krankenhaus Nr. 27, um sich hier einzuquartieren und verwöhnen zu lassen und einen verdienten Monat lang abzuschalten.

Doch schon nach dem ersten Tag war sie drauf und dran, aus dem Krankenhaus zu flüchten und heimzufahren. Aber wie hätte sie das tun können? Hoffnungsschwert verachtet zwar Leute, die ihre Position mißbrauchen, um zu gewissen Vergünstigungen zu kommen. »Haben die keine Ehre?« sagt er dann immer ganz wütend. »Haben diese Leute denn überhaupt keinen Stolz?« Doch um für sie in dieser berühmten Klinik so kurzfristig und für einen so langen Aufenthalt einen Platz zu bekommen, mußte er das Unvorstellbare getan und gegen seine eigenen Prinzipien verstoßen haben. Aber was noch schwerer wiegt, ist, daß er derjenige war, der Erholung brauchte, nicht sie.

Nacht für Nacht während des ganzen Monats bevor sie sich trennen mußten, wachte sie immer schlagartig auf, wenn sie im Schlaf nach ihm tastete und ihn nicht auf seiner Seite des Bettes fand. Er saß dann in der Dunkelheit und rauchte. Und wenn sie das Licht anknipste und ihn fragte, was er habe, zuckte er nur stumm die Achseln und deckte sie so behutsam und zärtlich wieder zu, wie er wohl das Baby zugedeckt haben würde, das ihnen vom Schicksal nicht vergönnt war.

Diese Anfälle von Schlaflosigkeit ließen ihn schneller altern als all die Jahre davor; sprichwörtlich über Nacht waren seine Schultern zusammengefallen und seine Schläfen ergraut. Wie also hätte sie gegen seinen Wunsch die Klinik verlassen können und ihm weitere Sorgen aufbürden sollen, wo er doch bereits soviel Kummer hatte, Kummer, von dem sie keine Ahnung hat, sich nicht einmal vorstellen kann, Kummer, den er immer mit sich allein ausmachte? Wie also hätte sie –

Ihr Gastgeber stellt irgendeine Frage.

»Ja, bitte?«

»Genossin, sicherlich sind Sie ihm ja schon begegnet.«

»Wem?«

»Lincoln Chen.«

Als sie antwortet, daß sie bisher noch nicht das Vergnügen gehabt habe, aber ihr der Name irgendwie bekannt vorkomme, blickt Genosse Wang zunächst ganz verärgert drein und lacht dann plötzlich laut auf. »Nur eine hervorragende Schauspielerin wie Sie kann etwas Unglaubliches so glaubhaft erscheinen lassen. Es ist ja wohl unumstritten, daß inzwischen ganz China von Lincoln Chen gehört hat, schließlich ist er derjenige, der – « Mitten im Satz unterbricht er sich, um zu husten, dann wendet er sich an seinen Gehilfen und fügt hinzu: »Nun, wir werden uns an ihre Vorstellung erinnern, nicht wahr? Das ist ja besonders bemerkenswert, da Chen doch bekanntlich jahrelang ein Förderer ihres Mannes war.«

Bei der Erwähnung von Hoffnungsschwert erstarrt sie. Unter normalen Umständen beziehen Kader nicht so ohne weiteres Verwandte in ein Gespräch ein, ohne einen besonderen Grund. Dieses laxe Verhalten ist in aller Regel denen vorbehalten, die mit der Partei nichts zu tun haben. Sollte sie ihren Ärger darüber vielleicht zum Ausdruck bringen? Doch bevor sie sich darüber klar wird, wechselt Huang (oder heißt er Wang?) das Thema, um sich – was ohne Zweifel nur ein Ablenkungsmanöver ist, um sein Gesicht zu wahren – mit seinem Untergebenen darüber auseinanderzusetzen, wie man am besten eine Zwiebel schält, ohne daß einem die Augen tränen. Sie beglückwünscht sich dafür, mehr Selbstdisziplin gewahrt zu haben, als er …

Die Klinik Nr. 27 ist, wie ihr ein paar Tage später klarwurde, voll von Leuten, die offensichtlich alle irgendein Liebesverhältnis hatten, von dem niemand etwas wissen durfte. Obwohl der Wagen, auf dem die Speisen zu den verschiedenen Krankenzimmern gefahren wurden, an jeder Tür anhielt, hätten die Patienten, die dort anscheinend untergebracht waren, auch alle in den Wehen liegen können, so selten wie sie einen von ihnen zu Gesicht bekam. Wenn sie tatächlich einmal eine mit Pyjama bekleidete Gestalt ziellos durch die Flure schlurfen sah, dann schien die betreffende Persönlichkeit sie offensichtlich als viel zu jugendlich zu erachten, um sie auch nur eines Nickens zu würdigen. Die Krankenhausbelegschaft hingegen platzte grundsätzlich ohne jegliche Vorwarnung zu ihr ins Zimmer herein – nur um ihr dies und jenes zu verbieten und sie zu warnen, ihren Zustand nicht zu verschlimmern, indem sie das Fenster öffnete, das ohnehin keinen schöneren Blick freigab als auf die gegenüberliegende nackte Hauswand. Was war hier los? Was hatten sie alle? Kein Mensch, selbst wenn er die ansteckendste Krankheit mit sich herumschleppte, hätte sich so ausgestoßen und isoliert fühlen können wie sie.

Bloß eine ältliche Putzfrau aus der Nachtschicht ließ sich herab oder wagte es, mit ihr zu reden. Ihre Stimme war nur ein hauchdünnes Flüstern, und sie sprach von nichts anderem, als von Geistern und den unheimlichen Begebenheiten, die sie in diesem Krankenhaus schon erlebt hatte. Ob die verehrte Parteigenossin wisse, daß die Klinik vor der Befreiung ein Entbindungsheim gewesen sei und daß hier Totgeburten die ganze Nacht an den Brüsten ihrer Mütter gesaugt hätten? Am Morgen hätten die Frauen dann keine Milch mehr gehabt, und auf ihren Brüsten seien blaßrote Abdrücke von winzigen Händen gewesen. Ob sie wisse, daß später auch einmal der Geist einer Frau hier in der Klinik herumgespukt sei und die Türschlösser aufgebrochen hätte, um nach den Beinen zu suchen, die ihr tags zuvor von einer Straßenbahn abgetrennt worden waren … daß eine andere Tote hier umhergegeistert sei und Wasserpfützen auf den Treppen hinterlassen hätte, und zwar immer Samstag abends, genau zu der Zeit, als sie ertrunken war … daß eine andere einmal das gleiche Fenster im dritten Stock geöffnet hätte, aus dem sie zuvor in den Tod gesprungen war, und daß ihre Großmutter, die daraufhin vor Schreck gestorben sei, den Notruf aktiviert und die Krankenschwestern alarmiert hätte, um sie auf Patienten aufmerksam zu machen, die sich umbringen wollten? Ob sie wisse, daß …

Wieder wird Sommerwünsche von ihrem Tischherrn aus ihren Gedanken gerissen. Wo sie logiere, wenn sie zu Vorstellungen nach Peking reise, will er wissen. »Bei Freunden?« fragt er.
»Nein. Ich bevorzuge das Peking-Hotel.«
»Ich verstehe. Da quartieren sich ja auch viele Ausländer ein. Inzwischen müssen Sie ja eine Menge Ausländer kennen.«
Sommerwünsche schüttelt den Kopf. »Ich spreche leider nicht eine einzige Fremdsprache.«
»Ach, tatsächlich? Ich war mir sicher, daß mir verschiedene Leute erzählt hatten, sie hätten Sie auch auf Englisch singen gehört.«
Sie erklärt ihm, daß sie zwar in anderen Sprachen singen könne, jedoch die Sprache nicht spreche. »Immer wenn ich eingeladen werde, vor wichtigen ausländischen Besuchern unserer Regierung etwas vorzutragen, dann lerne ich ein Lied ihres jeweiligen Heimatlandes.«
Der Kader lächelt nur schwach und wendet sich dann wieder seinem Kollegen zu. Dieses Mal tut sie nicht einmal mehr so, als ob sie sich für das Gespräch der beiden interessiere.
Einer der Oberkellner, der sich protzig fünf Kugelschreiber in der Hemdtasche festgeklemmt hat – das übliche Merkmal von Bediensteten in höherer Stellung –, paradiert stolz mit einem ganzen Korb voller lebender Hummer an ihrem Tisch vorbei zum Foyer. Sie seufzt. Hoffnungsschwert liebt diese Delikatesse. Aber was hilft es, selbst wenn sich der Küchenchef hinreißen ließe, ihr den Gefallen zu tun, die kostspielige Liebesgabe für ihren Mann würde die weite Heimreise kaum überleben.
Das hundertste Mal verflucht sie sich, auch nur mit dieser Putzfrau gesprochen zu haben und vor allem sie gefragt zu haben: »Fürchtest du dich denn gar nicht vor diesen Geistern?«
»Nein, die stören mich nicht. Aber die Patientinnen, die manchmal so laut kreischen, die machen mir angst. Und noch schlimmer sind die, die so schrecklich leiden und dabei keinen Mucks von sich geben und keine einzige Träne vergießen.«
»Ach, erzähl mal! Wer?«
»Oh, von denen gab es viele, aber besonders das eine Mädchen, das

hier in der Klinik mit einem Kind niederkam – zu der Zeit, als hier noch ein Entbindungsheim war –, dieses Mädchen werde ich nie vergessen. Es war am ersten Tag, als ich hier zu arbeiten angefangen habe. Damals war ich nicht Reinemachefrau, sondern habe mich um die Neugeborenen gekümmert. Ich sehe das Mädchen noch genau vor mir ...« An dieser Stelle machte die alte Frau eine Pause und zeigte mit ihren Händen einen Rahmen gegen das Licht wie ein Photograph, der für ein Porträt Maß nimmt. »Ich sehe ihr Gesicht genau so klar wie deins. Nein, noch deutlicher ... damals waren meine Augen noch in Ordnung ...«

»Erzähl weiter!«

»Ihr Neugeborenes war der erste Säugling, den ich auf dem Arm hatte. Im Gegensatz zu anderen jungen Frauen hatte sie keinen Grund, traurig zu sein. Ihr Mann war reich und konnte seinen Blick nicht von ihr abwenden, auch nicht, als sein Kind ins Zimmer gebracht wurde. Und dabei war das Baby nicht etwa irgendein unnützes kleines Mädchen oder sonstwie in irgendeiner Art deformiert ... wenn man nicht gerade das winzige Muttermal als Deformation bezeichnen will. Für mich war es einfach ein kleiner dunkler Fleck auf dem Bauch, aber andere schworen, daß es haargenau aussah wie ein Eisvogel.«

Überzeugt, daß es auf der Erde kein zweites solches Muttermal geben konnte, ergriff Sommerwünsche die knochigen Hände der Alten und drückte sie fest gegen ihre Wange. Sie war ganz hingerissen von der Tatsache, dieser guten Frau begegnet zu sein, die ihren Mann genau in dem Augenblick, als er zum ersten Mal in seinem Leben das Licht der Welt erblickte, in eben diesen Händen gehalten hatte.

Obwohl die Frau damals von dem denkwürdigen Moment ebenso ergriffen war wie Sommerwünsche jetzt von dem seltsamen Zufall, schien sich die Alte doch weniger für das Neugeborene interessiert zu haben als für seine Mutter. Und je länger die beiden jetzt miteinander redeten, desto schlechter schienen sie sich zu verstehen. Nein, sie war jung, noch ein Mädchen. Ja, sie brachte ihr Kind im Frühjahr 1919 zur Welt. Nein, ihr Teint war makellos. Ja, sie war hübsch, sehr hübsch, aber trauriger als eine Mutter von zehn Mädchen, die gerade ihren ersten Sohn zur Welt gebracht hatte, eine Totgeburt. Nein, sie irre sich auf keinen Fall – ihr Name war nicht Jade, und sie hatte nicht eine einzige Pockennarbe im Gesicht.

Immer und immer wieder dieselben Fragen und dieselben Antworten, bis die Putzfrau sich plötzlich an eine weitere Person von damals erinnerte ... an die Frau, die den Vater zum Krankenhaus begleitet hatte. »Was für eine Hexe das war. Über alles und jedes hat sie sich beschwert, und nichts konnte ich ihr recht machen. Wie ich das Kleine hielt, es wusch, es Bäuerchen machen ließ, alles und jedes, als wäre ich eine Schwachsinnige und sie die glückliche Mutter. Ha! Das wäre sie vielleicht gern gewesen, aber die hatte keine Chance! Nicht einmal, wenn sie ein ganzes Leben lang breitbeinig über die Welt gelaufen wäre und eine ganze Armee von Bauern bestochen hätte, von denen jeder einzelne so geil gewesen wäre wie ein Kamel, das die ganze Seidenstraße abgeklappert hat, um sein Weibchen zu bespringen.«

Die alte Frau lachte überraschend derb auf, warf einen schuldbewußten Blick auf ihren Wischlappen und erhob sich vom Platz. »Ich kann dir sagen, die hatte ich nur anzusehen brauchen, da wußte ich, daß die trockener war als ein Furz, aber ...« Plötzlich war ein Geräusch auf dem Flur zu hören gewesen, und die Frau verstummte mitten im Satz, schnappte sich ihren Putzlappen und grummelte irgend etwas von verschmutzten Böden. Dann entfernte sie sich eilig, und Sommerwünsche war allein mit sich, um den Schleier von Hoffnungsschwerts geheimnisvoller Geburt zu lüften. Sie flehte die Götter an, ihr die Kraft und gebotene Achtsamkeit zu schenken, niemanden je ahnen zu lassen, was sie heute in Erfahrung gebracht hatte, denn Geheimnisse preiszugeben, die so tief in den Herzen der Menschen begraben lagen, wäre, als ob man einen Toten aus seinem Sarg zerren wollte ...

»Genossin, jetzt ist das Essen verzehrt, und du hast so wenig gesagt. Wir müssen dich jetzt bitten, etwas angestrengter nachzudenken und uns alles zu sagen, was du von diesem Verräter Lincoln Chen weißt, der sich vom Dach des Revolutions-Museums gestürzt hat, um der

gerechten Strafe durch das Volk zu entgehen. Die Partei ist sich völlig im Bilde über jede Einzelheit seiner Aktivitäten und seiner Clique von Revisionisten. Aber wir wollen dir die Chance geben, uns alles in deinen eigenen Worten zu sagen. Fang an mit der Zeit in Chungking, während des Krieges …«
Der Gehilfe nimmt ein Notizblock hervor.
»Und vergiß nicht, uns auch von den anderen engen Freunden deines Mannes zu berichten, diesem Reaktionär, Bergkiefer und den Chinesen, die sich ins Ausland abgesetzt haben, diesen Tangs.«
Das Verhör begann.

## *Treuherz*

Als Hoffnungsschwert Rapsöl nachgießt, damit die Lampe nicht ausgeht, versinkt Jade in Schlaf. Ihr Atem geht flach, klingt aber nicht mehr so schwer wie vorher. Auch er nimmt wieder auf seinem Schemel Platz und döst vor sich hin. Doch schon im nächsten Augenblick fährt er wieder hoch, als der Anflug eines Lächelns über ihre Lippen zu huschen scheint (oder bildet er sich das nur ein?). Unwillkürlich muß er daran denken, wie die Roten Garden zwei Wochen zuvor das Haus der Li »gesäubert« hatten. Alles, was sie nicht abtransportierten, hatten sie zerfetzt, verbrannt oder zerschlagen, sie hatten das ganze Anwesen auf den Kopf gestellt. Jetzt kämpft er gegen den Schlaf an. Er muß sich das Bildnis der Frau ins Gedächtnis brennen, die ihn zur Welt gebracht hat und die er niemals wieder sehen würde. Wenn sie erst einmal von ihnen gegangen ist, wird es nichts und niemanden mehr auf der Welt geben, der ihm oder irgend jemandem sonst zeigen könnte, wer Jade gewesen war.
Plötzlich muß er an damals denken, als er von zu Hause fortging, um nach Nanking zu reisen. Er kann sich nur schwer konzentrieren. In Erinnerung sieht er seine Mutter vor sich, und Schuldgefühle

plagen ihn. Erneut spürt er dieses Stechen im Herzen, wieder und wieder...

Sie hatte unaufhörlich auf ihn eingeplappert, während sie in seinem Zimmer herumfuhrwerkte und zu Bällchen zusammengeknülltes Papier aufsammelte, ein Kissen aufklopfte, eben wie an jedem beliebigen anderen Tag – sie schien eine ganz andere Person gewesen zu sein als die, die sie noch Anfang der Woche war, als sie aus Leibeskräften kreischend gedroht hatte, sie würde sich aufhängen, wenn er sie verließe, und er sie nur mit der Lüge beruhigen konnte, daß dort an den Universitäten von Nanking alle hohen Staatsbediensteten ihre Examina absolviert hätten. Immer noch plappernd war sie dann plötzlich verstummt, hatte in den Spiegel geschaut, sich einen Finger mit Spucke befeuchtet und ihre langen Ponyfransen geordnet, die ihre vernarbte Stirn bedeckten. Diese altvertraute Geste, die er nun schon seit seinen Kindertagen wer weiß wie oft beobachtet hatte, hatte ihn plötzlich so unerträglich tief gerührt, daß er den Blick senken mußte, um ihr nicht in die geschwollenen roten Augen zu sehen. In diesem Moment hatte er, vielleicht zum ersten Mal überhaupt, einen Anflug von Mitgefühl für sie empfunden. Jade war wirklich sehr tapfer gewesen. Das war mehr, viel mehr, als er ihr zugetraut hatte ...

Plötzlich schießt ihm der Gedanke durch den Kopf, daß es ja nun jeden Augenblick keine einzige Menschenseele mehr gäbe, die ihn noch ›Sohn‹ nennen würde. Diese Vorstellung läßt ihn in eine so grenzenlose Trauer versinken, wie es eben angesichts des Todes seiner Mutter nur ein solch unerwarteter und höchst unpassender Gedanke vermag. Dann sieht er in Gedanken sich selbst während der ›Zeremonie des feierlichen Zugriffes‹, wie er sich in der Runde umschaut und verzweifelt das Gesicht seines Vaters sucht – er sieht seinen Vater, wie er auf seinem Totenbett liegt und seinerseits voller Verzweiflung nach seinem Sohn Ausschau hält. Wehmütig denkt er an diese Armbanduhr, die nie funktionierte. Erst nachdem er sie jahrelang mit sich herumgetragen hatte, konnte er sich endlich wieder von ihr trennen. Sie war das einzige Geschenk, das ihm sein Vater je persönlich ausgehändigt hatte – wenn man etwas ein persönliches Geschenk nennen kann,

das einem so lieblos übergeben wird wie eine Handvoll Münzen, die einem leprösen Bettler vor die Füße geschleudert werden –, und dabei war sie während seiner ersten beiden Schuljahre sein allerliebstes Besitzstück gewesen. Nach einem Vortrag über die Tugend der Pünktlichkeit hatte Steinhüter die Uhr aus der untersten Schublade seines Schreibtisches gefischt, wo er die Ausschußartikel einer kleinen Fabrik aufhob, die einstmals im Besitz des Familienverbandes gewesen war. Sein Sohn hatte sie selbst dann noch getragen, nachdem die Aufziehwelle verlorengegangen und das Glas zerbrochen war; erst als das Armband völlig unbrauchbar und irreparabel geworden war, hatte er sie abgelegt.
Als er sich dessen bewußt wird, daß er selbst jetzt im Angesicht von Jades Tod nicht an seine Mutter, sondern an Steinhüter denkt, senkt er den Kopf. Auch wenn er mit all den Verbrechen, derer sie ihn bezichtigen, nicht das geringste zu tun hat, ist er gleichsam dennoch schuldig. Ihm fällt wieder die kleine silberne Anstecknadel ein, die er als Kind gestohlen hatte. Er muß an seinen besten Freund denken, der nicht mehr bei ihm ist und der ihn angefleht hatte, ihn in der Vergangenheit ruhen zu lassen, als sei er tot, damit er nicht immer und immer wieder aufs neue sterben müsse. Er erinnert sich, was dort oben in der Welt der Mächtigen vor sich geht.
Er erträgt nicht den Gedanken an Sommerwünsche, aber er versucht etwas Trost in der Tatsache zu finden, daß ihnen wenigstens die Qual erspart bleibt, wie andere, mit einem Eimer Wasser zwischen sich, in Alarmbereitschaft zu sein, ihren kleinen Sohn oder ihr Töchterchen vor dem Steppenbrand zu retten, der zur Zeit über China hinwegfegt.
Bis zu dem Zeitpunkt, als Sommerwünsche ihn von seiner alten Haltung abbringen konnte und Hoffnungsschwert sich schrecklich damit gequält hatte, welches Leid Bergkiefer wohl ertragen mußte, und wie unerklärlich es doch war, daß Steinhüter auf der einen Seite einen seiner Söhne so sehr hatte lieben können, während er den anderen aus tiefster Seele verachtete, war er der Überzeugung gewesen, daß er selbst keine Kinder haben wollte, sondern ein guter Vater für Treuherz sein mußte – der Name, den er für Kleiner Panda aus-

gesucht hatte, als er in das Alter gekommen war, mit einem ernsthafteren Jungmänner-Namen angeredet zu werden. Nicht viel später jedoch hatten die Ärzte bei ihr Geschwüre in der Gebärmutter gefunden, die anschließend entfernt worden waren. Von dem Tag an flüsterte sie oft, wenn sie Treuherz anblickte: »Wenn ich dir nur einen Sohn hätte schenken können.« Und er antwortete dann: »Aber das hast du doch, einen Sohn, der großgewachsen ist und in bester Verfassung, einen Sohn, der ebenso hübsch ist wie seine wunderschöne Mutter.« Was er ihr nicht sagte, war, wie sehr ihn Treuherz an Bergkiefer erinnerte. Beide trugen sie stets Bücher in ihren Taschen herum, so wie andere Kleingeld bei sich hatten. Beide brauchten sie dringend Ordnung um sich herum. Keiner von ihnen machte großartige Anstrengungen, Freunde zu gewinnen, und niemand, dem die Ehre zuteil wurde, ihre Freundschaft erwerben zu können, wollte sie je wieder missen.

Er denkt bei sich: Wenn du dich, mein Studiengefährte, je in meiner Schuld gefühlt hast, weil ich es zufälligerweise war, der dich damals befreit hat, als du in Chungking verschüttet warst, mein lieber Freund, laß dir sagen, daß dein guter Sohn diese Schuld inzwischen hundertfach beglichen hat. Wenn Treuherz bezüglich des Kellergewölbes nicht gelogen und Beschützer des Vaterlandes und ihre Kollegen bei den Roten Garden nicht dazu überredet hätte, den Distrikt-Sekretär zur Strafe in das gleiche Verlies zu sperren, in das zum selben Zweck schon die Lis ihre Sklaven einzuschließen pflegten, dann hätte ich jetzt nicht die Gelegenheit, mich von meiner Mutter zu verabschieden.

Seine Augen fallen ihm zu. Überwältigt von einer Müdigkeit, die so unerbittlich von ihm Besitz ergreift wie sein Kummer selbst, schläft er ein …

*Der Mond steht hoch am Himmel, aber das Anwesen ist in Schatten getaucht. Er bestaunt den elegant geschwungenen Schattenriß der Hausdächer, die sich schwarz gegen den hellen Nachthimmel abheben, und bewundert die Laternen, die wie gewaltige Regentropfen an den Ausgußröhren kleben, die von den Dachrinnen herabhängen.*

*Nichts ist jetzt zu erkennen von der abblätternden Farbe und den verzogenen Holzbalken, den zerplatzten Fliesen und zerbrochenen Ziegeln. Ein leichter Windhauch weht den entfernten Klang von Lauten und Flöten herüber, ein seltenes Lied.*
*Er läuft durch die Pfützen. Seine Schuhe sind klein, nicht größer als die eines kleinen Jungen. Auch seine Hände.*
*Als er aufschaut, sieht er seinen Vater und sagt: »Ich bin so schnell gekommen, wie ich konnte, wirklich. Du glaubst mir doch, oder?«*
*»Ich glaube dir, mein Sohn ...« Auf Steinhüters Gesicht liegt ein breites Lächeln.*
*Hand in Hand schlendern sie zur Ahnenhalle.*
*»War sie groß und trug das rote Staatsemblem, mein Sohn?«*
*Er weiß nicht gleich, was er antworten soll. Dann erinnert er sich.*
*»Nein, Vater, es war die Flagge mit der aufgehenden Sonne.«*
*Sein Vater weint und weint und schrumpft zusammen, bis er nur noch die Größe eines Kindes hat.*
*Hand in Hand schlendern sie zur Ahnenhalle.*
*Er läuft durch die Pfützen. Seine Schuhe sind groß. Männerschuhe. Seine Hände sind Männerhände.*
*Als er hinunterschaut, sieht er Kleiner Panda und fragt: »Warum weinst du?«*
*»Ich habe keinen Vater, ich habe keinen Namen.«*
*»Bergkiefer ist dein Vater. Treuherz ist dein Name.«*
*Der Junge fragt: »Wo ist mein Vater? Warum lebt er nicht mit Mutter und mir zusammen? Hast du ihn fortgeschickt, damit du an seine Stelle treten kannst?«*
*Er weint und weint und schrumpft ...*

»Bist du noch da?«
»Ja, Mutter.«
Jade nimmt seine Hände in die ihren und betet. »Oh, barmherzige Kwan Yin, ich danke dir, daß du Hoffnungsschwert ein letztes Mal zu mir geschickt hast. Nun kannst du mich getrost hinübergeleiten, wenn du möchtest. Deine ergebene Dienerin ist bereit.«
Hoffnungsschwert löst seine Hände aus ihrem Griff und bestürmt sie

nun regelrecht mit Versprechungen und Zusicherungen. Voller Verzweiflung protestiert er gegen ihren herannahenden Tod, doch kann er auch damit keinen Funken Helligkeit herbeizaubern, der ein klein wenig Licht auf die Jahre werfen könnte, die vor ihm lagen. Um das Ende des langen, dunklen Tunnels, der sich vor ihm auftut, sichtbar werden zu lassen, bedürfte es der Scheinwerferlichter eines entgegenkommenden Zuges, hört er eine matte Stimme in seinem Innersten sagen.
Jade tut einen schweren Seufzer, der mehr einem Schaudern gleicht. »Sei nicht traurig um mich«, sagt sie. »Langsam zu sterben ist kein Segen. Ich bin dankbar, auf diese Weise fortzugehen.«
Er weiß nicht, was er sagen soll ... doch ebensowenig erträgt er ihren Gleichmut, der ihn verwirrt, weil er ihn an ihr nicht kennt. Irgend etwas muß er tun. Er ringt die Hände. Er fingert an den Ohrenklappen seiner Kopfbedeckung und hätte sich das verdammte Ding am liebsten heruntergerissen. Dann steht er auf und geht im Raum auf und ab.
Plötzlich – wahrscheinlich, um ihren rastlosen Sohn auf andere Gedanken zu bringen, wie er glaubt – beginnt Jade selbst ganz außer sich zu geraten. »Zur Hölle mit diesen verdammten Teufeln! Die glauben, weil ich blind und bettlägerig bin, könnten sie mich für dumm verkaufen. Aber ich weiß genau, was das für welche sind. Nichts als undankbare Betrüger sind sie, Verräter und Diebe!«
Er bleibt stehen. Sie weiß also Bescheid! Sie mußte schon die ganze Zeit über Bescheid gewußt haben. Hatte er sich von seinem eigenen Wunschdenken täuschen lassen? Wer macht hier wem die ganze Zeit etwas vor?
»Wenn ich nur daran denke, diese beiden Schnüffler in mein Haus gelassen zu haben ...«
Zwei? Nur zwei? Zu Hunderten haben sie die Parteizentralen gestürmt, und mindestens acht Mann waren es, Treuherz, Beschützer des Vaterlandes, und noch sechs weitere, als sie ihn hergebracht hatten und ihn in den »Kerker« warfen. Sie kann nur Goldweide und Champignon meinen, die, indem sie ihre sterbende Herrin hier unten vor den Roten Garden versteckt hatten, ihr eigenes Leben riskierten.
»Es wäre besser gewesen, ich hätte die Pest und alle Seuchen der Welt ins Haus gelassen als sie!«

Aus Furcht, etwas Unrechtes über die beiden treuen Freundinnen zu sagen, nimmt er Jade in die Arme und wiegt sie beruhigend; doch sein beharrliches Schweigen und seine Weigerung, ihr zuzustimmen, schüren nur ihren Ärger, und obgleich sie kaum noch Luft bekommt, steigert sie sich in immer wildere Beschimpfungen gegen Goldweide und Champignon.

Sie sagt, nach ihrem Schlaganfall sei sie in Ohnmacht gefallen und erst hier wieder zu sich gekommen, ohne sehen oder gehen zu können. Die beiden Frauen hätten ihr eingeredet, dieses neue Zimmer sei ideal für ihre Genesung. Sie behaupteten, daß sie wie eine Kaiserin auf den Heiligen Berg getragen worden sei, in einer wunderbar geschmückten Sänfte, und befände sich hier in irgendeinem Sanatorium, in dem Nonnen, die ein Schweigegelübde abgelegt hätten, wilde Kräuter sammelten, exotische Tiere züchteten und all diejenigen wieder gesund machten, die ihre Tinkturen tränken, ihren neumodischen Ritualen folgten und ihre Regeln achteten.

Er hat keine andere Wahl, als ihr zuzuhören. Ein weiteres Mal ist er ein schweigsamer Zeuge. Ein weiteres Mal fragt er sich, wie eine gute Tat so vollständig fehlschlagen konnte.

Ihr sei, was die beiden da von sich gaben, von Anfang an verdächtig erschienen: Wenn sie sich in den Bergen befände, warum hörte sie nie das Knistern verbrennender Kienäpfel in der großen Kohlenpfanne, warum war nie auch nur der Hauch von verbrennenden Kiefernzapfen zu riechen? Die beiden versuchten ja nur, ihr etwas vorzuspielen, wenn sie hier um sie herumschwänzelten und so taten, als ob sie sich um sie kümmerten, während sie im Sterben läge. Jeden Morgen sei Goldweide stundenlang damit beschäftigt, ihr das Haar zu frisieren und ihr Gesicht zu schminken, so daß ihre Besucher immer ganz hingerissen sind und ihr Komplimente machen ... aber warum riecht die Creme nie nach Honig, und jedesmal, wenn sie umgezogen wird, fühlen sich ihre Kleider an wie grobes Baumwollgewebe? Und warum sind die Besucher, die hier auftauchen, um sie mit ihren Abenteuern zu unterhalten, nie Leute, die sie kennt? Warum klingen sie alle, als kämen sie aus Champignons Heimatdorf? Zu jeder Mahlzeit bereiten sie angeblich eines ihrer Lieblingsgerichte, aber jeder Mundvoll schmeckt immer nur wie eine neue Variante aus billigem Bohnenquark …

Sie unterbricht sich, um wieder zu Atem zu kommen.

»Mutter, du hast lange genug geredet. Du mußt dich jetzt ausruhen.«

Sie schüttelt den Kopf. »Ich habe noch die ganze Ewigkeit, um mich auszuruhen.« Ihre Stimme scheint jetzt kräftiger zu sein, als ob sie Kraft daraus bezieht, ihren Ärger abladen zu können.

Sie sagt, daß sie ihnen am Anfang glauben wollte und alles eine ganze Zeit lang mitgemacht habe, aber dann, eines Nachts, sei sie von dem Gebrüll irgendwelcher jungen Leute wach geworden. Sie hatte deutlich hören können, wie oben gestritten wurde. Bruchstückhaft war das Geschrei zu ihr hier in das Zimmer gedrungen, und es war ganz eindeutig, daß sie über sie herzogen. Am lautesten schimpften Goldweide und Champignon! Sie sei sich fast sicher, daß sie gehört hatte, wie sie schrien: »Wir spucken auf Jades Grab!«

Als sie am nächsten Tag eine Erklärung verlangte, seien die zwei zunächst ganz sprachlos gewesen. Und nachdem sie miteinander getuschelt hätten wie zwei Verschwörerinnen, hätten sie dann, anstatt zu antworten, ihrerseits gefragt, ob irgend jemand, der noch ganz bei Trost sei, Kindern mitten im Krieg erlauben würde, auf Hausdächern herumzuspielen. Natürlich nicht! Sie habe sicherlich nur einen schlechten Traum gehabt.

Aber der Traum kam wieder und wieder. In der dritten Nacht hatte sie sich dann bemüht, während des Krawalls wach zu bleiben, bis er wieder vorbei war. Unterdessen habe sie sich ein Haar ausgerissen, um einen Knopf gewickelt und festgebunden. Dann noch einen Knopf und noch einen. Das habe sie gemacht, bis alle Knöpfe mit einem Haar versehen waren – etwas, das man im Traum unmöglich zustande bekäme.

Am Morgen als sie aufgewacht sei, habe sie dann die Knöpfe untersucht und überall das festgebundene Haar gefunden – der Beweis dafür, daß sie während der ganzen Zeit wach gewesen war. Sie hätte fast einen neuen Schlaganfall bekommen.

Mit einer Stimme, die jetzt vor lauter Wut zu einem boshaften Fauchen geworden ist, fragt sie, wie die beiden Frauen es wagen können, ihr einen solch üblen Streich zu spielen? Wie können sie es wagen, sie revolutionsfeindlicher Verbrechen zu bezichtigen? Wie können sie wagen, über sie zu sprechen, als sei sie bereits tot? Die Antwort liegt ihrer Meinung nach auf der Hand: Weil sie allein ist und hilflos, weil sie ihre geheime Gefangene ist.

Aber warum? Warum tun sie das? Für sie gibt es nur die eine schlüssige Erklärung, nämlich weil sie kein Stück besser sind als ihre habgierige angeheiratete Verwandtschaft, von denen sich seit der Befreiung kein einziger in Wen Shui gezeigt hat, um ihr seine Aufwartung zu machen oder seine Schulden zu begleichen. Alle steckten sie unter einer Decke und hätten nur im Sinn, ihr Haus und Hof abzugaunern.

»Aber was kann ich gegen all ihren Lug und Trug unternehmen? Gar nichts. Wenn ohnehin jedermann glaubt, ich sei bereits tot, wer sollte es da merken, wenn sie mich hier vergiften? Niemand. Also spiele ich weiter das dumme Huhn, für das sie mich halten, während die Betrügerinnen zusammenraffen, was sie können.

Ich bitte um meinen pelzgefütterten Mantel. Verkauft. Ich frage nach meinem Schmuck. Verkauft. Ich möchte in ein anderes Zimmer verlegt werden, etwas weiter fort von der Küche, weil es hier nach Kohl stinkt. Geht nicht. Alle Zimmer seien besetzt. Ich bitte, ins Freie gebracht zu werden. Nicht erlaubt.«

Er hatte befürchtet, daß es dazu kommen würde – daß Jade den tatsächlichen Umständen irgendwann auf die Schliche kommen könnte. Aber wenn es überhaupt eine Situation gibt, in der die Tatsachen nicht das geringste mit der Wahrheit zu tun haben, dann ist das jetzt der Fall. Natürlich könnte er ihr erklären, wie die Dinge sich tatsächlich verhalten, aber nicht ohne dadurch auch gleichzeitig den Vorteil preiszugeben, der darin besteht, daß Jade eben nicht die ganze Geschichte kennt. So dürftig und gering dieser Vorteil für ihn auch sein mochte und wie sehr ihm diese Inkonsequenz auch widerstrebte, für ihn ist der einzige Strohhalm, an dem er sich noch festhalten kann, der, daß Jade nicht weiß, was wirklich geschehen ist. Jeder moralische Mensch in seiner Situation würde sich ebenso verhalten.

»... Diese Verräterinnen müssen bestraft werden. Oh, wie ich darum gebetet habe! Wie ich darauf warte! Schwör mir, mein Sohn, daß du mich rächen wirst!«
Was sollte er schon darauf antworten?
»Schwör es – du mußt es schwören!«
Wie hätte er sich schon weigern sollen?
»Mutter, ich schwöre ... Ich schwöre dir, daß der Gerechtigkeit Genüge getan wird.«
Noch in der gleichen Stunde ist Jade tot. Auf ihrem Gesicht liegt ein Ausdruck von Stolz.

*

Treuherz ist sehr kräftig und hat keine Schwierigkeiten, seinen Vater zu überwältigen, als Hoffnungschwert aus dem Lagerraum herauskommt. Mit der einen Hand packt er ihn bei der Kehle und mit der anderen reißt er ihm die lächerliche Kopfbedeckung herunter, als hätte Hoffnungsschwert versäumt, sie abzunehmen.
Dann halten er und seine Gefährten dem Parteisekretär von Wen Shui eine donnernde Strafpredigt und stoßen ihn anschließend unsanft auf die Ladefläche des Lastwagens, steigen ein und nehmen auf ihren Sitzen Platz. Sobald der Motor angelassen wird, schlafen sie ein. Die jungen Männer sind ganz erschöpft davon, Revolution zu machen.
Hoffnungsschwert wartet auf einen günstigen Augenblick, dann steckt er den Fetzen Zeitungspapier, den er im Schuh hatte, in einen der Stiefel von Treuherz. Auf der einen Seite sind spitze Haken hingekritzelt, die nur jemand mit einer lebhaften Phantasie als Berge deuten kann, und auf der anderen Seite ist eine Karte vom Nordosten Chinas abgebildet, auf der in groben Strichen eine Kiefer ganz in der Nähe der russischen Grenze gezeichnet ist.
Bei der Parteizentrale angekommen, stoßen ihn die Roten Garden wieder vom Lastwagen herunter, wobei sie ihn als Kapitalisten und Verbrecher beschimpfen.
Ohne Widerstand zu leisten, läßt Hoffnungschwert sich durch die altvertrauten Korridore schieben, deren Wände jetzt fingerdick mit

Plakaten beklebt sind, auf denen in riesigen Schriftzeichen ehemals hohe Kader der Partei verunglimpft werden, an Gruppen junger Leute vorbei, die miteinander runde Plastikscheibchen austauschen, auf denen das Konterfei des Großen Vorsitzenden abgebildet ist, an Toilettenräumen vorbei, in denen einige von Maos bekanntesten ehemaligen Deputierten jetzt die Klosettschüsseln schrubben, vorbei an Horden Jugendlicher, die im Begriff sind, irgendwelche Razzien gegen Schulen, Krankenhäuser und Bürogebäude vorzunehmen, um sich über ›die Oberstinker‹ herzumachen, ›die feigen Säcke‹ und ›falschen Schlangen‹ – jeder einzelne von ihnen sicherlich ein schlagkräftiger Raufbold, aber ohne die leiseste Ahnung, was Kommunismus eigentlich bedeutet. Hoffnungsschwert fragt sich, wie lange er sich wohl noch vor diesen minderjährigen Bengeln verneigen muß, die gerade erst in den Stimmbruch gekommen sind, vor Gören, denen man gestern erst die Kleinmädchenzöpfe abgeschnitten hat.

Treuherz faßt Hoffnungsschwert bei den wenigen Haaren, die man ihm auf seinem halbgeschorenen Kopf gelassen hat, und stößt ihn tiefer. »Los, verbeug dich! Tiefer! Tiefer!«

Dann wird er in sein ehemaliges Büro gestoßen. Weitere Befehle werden ihm entgegengeschleudert. »Halt dein Maul!«

»Von euch dreckigem Revisionistenpack will niemand mehr etwas hören.«

»Wo ist dein Schild?«

Er geht auf die Knie und tastet in der Dunkelheit nach dem Holzbrett, dann steckt er den Hals durch die Drahtschlaufe, an der die rechteckige Tafel befestigt ist, auf der kopfüber die Schriftzeichen seines Namens gepinselt waren und dann mit einem riesigen schwarzen X wieder durchgestrichen wurden.

»Dein Hut!«

Mit einiger Mühe greift er um das sperrige Holzschild herum und setzt sich seine entwürdigende hohe Narrenkappe wieder auf den Kopf.

»Laß dich ohne dein Schild und deinen Hut nicht von uns erwischen!« Dann wird die Tür mit einem Krachen zugeschlagen und von außen verriegelt.

Er wartet einen Augenblick, bis sich die Schritte entfernt haben, dann schleppt er sich durch das Zimmer, aus dem man seinen Schreibtisch, seinen Stuhl und die Akten entfernt hat, und schaut hinaus durch einen Schlitz zwischen den Brettern, mit denen die Fenster vernagelt worden sind. Draußen kann er die hochgewachsene, stolze Gestalt von Treuherz erkennen, wie er zu einem Bataillon von Rotgardisten eilt, die damit beschäfigt sind, Gegenstände in ein riesiges Feuer zu werfen.

Er muß unvermittelt lächeln. Verdammt, denkt er, auch Sommerwünsches Junge würde einen unverschämt guten Schauspieler abgeben! Doch wie immer fühlt er sich auch jetzt wieder wie ein Dieb, als er so voller Stolz zu Treuherz hinausschaut. Es war zwar Bergkiefer selbst gewesen, der jedem einzelnen persönlich das Versprechen abgenommen hatte, sich zu verhalten, als hätte der Vater von Kleiner Panda nie existiert, aber am Ende war er, Hoffnungsschwert, es doch allein, der davon profitierte. Er hatte auf diese Weise einen treuen Sohn gewonnen.

Nachdem etwa eine Stunde vergangen ist, wird die Tür wieder krachend aufgerissen.

Unter Fluchen zerren die Roten Garden den Parteisekretär von Wen Shui aus dem Zimmer und stoßen ihn den Korridor entlang …

## *Zehntausend Jahre*

Goldweide und Champignon graben. Sie kommen nur sehr langsam vorwärts. Der Lehmboden unter dem Kellergewölbe ist sehr hart. Als die Grube endlich tief und breit genug ist, können sie ihre Glieder kaum noch bewegen. Und dennoch, als sie ihre Herrin jetzt von ihrem Bett aufheben und in den Armen halten, fühlen sie, daß sie ihnen irgendwie vergeben hat. Irgendwie schien sie zu verstehen, daß ihr Täuschungsmanöver in keinem einzigen Augenblick darauf angelegt war, eine blinde alte Frau hinters Licht zu führen, sondern um die Tochter eines verräterischen Kaufmanns und die zweite Frau des Patriarchen des Hauses Li vor einem Schicksal zu bewahren, das noch schlimmer gewesen wäre als der Tod. Zu dieser Gewißheit kamen die beiden wohl, weil Jade die Freundlichkeit hatte, fast nichts zu wiegen.

*

Goldweide und Champignon gehen einen menschenleeren Abschnitt des Flußufers entlang. Hin und wieder bleiben sie stehen und schauen sich um. Wieder flüstert Champignon: »Müssen wir wirklich?« Und wieder nickt Goldweide. Champignon zieht unter ihrem Umhang eine Decke hervor, in die der antike Spiegel gehüllt ist sowie die zerschlissenen Schuhe, und schleudert die Gegenstände, die den Makel der ›Vier Überholten Werte‹ an sich haben, ins Wasser.

*

Sommerwünsche steigt aus dem Zug, der aus Shanghai kommt, und betritt ein fremdes Land, in dem an jeder Mauer Wandzeitungen kleben und überall Spruchbänder herumflattern, auf denen in riesigen Schriftzeichen Familien und Freunde, Nachbarn und Kollegen und sogar völlig unbekannte Leute der verschiedensten Verbrechen bezichtigt werden, die sie in diesem oder einem anderen Leben begangen haben sollen. Sie betritt ein Land, in dem rote Ampeln bedeuten, daß man gehen darf, und grüne, daß man anhalten muß; wo Jugendliche zu Erwachsenen ernannt werden und die Älteren wie Knirpse behandelt werden, die es zu züchtigen gilt; ein Land, in dem gute Menschen wie Hoffnungsschwert auf die Anklagebank gestellt werden und schlechte Leute wie Cassia und ihr Vater sich schon längst nach Taiwan abgesetzt haben; wo Haß gepredigt wird und man nur einen Menschen lieben darf, einen untersetzten, mittelmäßig begabten Bauernsohn mit Halbglatze, eine Person namens Mao.

*

Champignon schneidet Löcher in Sommerwünsches dunkelblaue Hosen und Jacke und näht dann Flicken auf die Löcher.

Sommerwünsche sieht sich die Arbeit mit kritischem Blick an und schimpft: »Du glaubst doch nicht, daß ich das auf der Sraße tragen kann. Versuch's noch mal. Es muß häßlicher sein.«

*

Sommerwünsche merkt, daß ihr Schubladenschrank leergeräumt ist, sagt aber nichts. In den Vorhängen ist eine Katze verendet, die sich dort verfangen hatte. Wen werden sie für dieses abscheuliche Verbrechen verantwortlich machen?

*

Treuherz und Beschützer des Vaterlandes stürmen zusammen mit anderen Rotgardisten die volkseigene Düngemittelfabrik, um dort die Verbrecherbande auszuheben, die es gewagt hat, sich mit besserwisserischen Sprüchen über die Ideologie der Partei zu erheben. Einen sperren sie in die Besenkammer und versiegeln die Tür, indem sie sie mit Papierstreifen zukleben, auf die sie ein riesiges X malen. Einen anderen stecken sie in den Geräteschuppen, einen dritten in den Heizungsraum, den vierten in den Kleiderschrank, bis all die Oberstinker, die feigen Säcke und falschen Schlangen eingesperrt sind.
Dann stürmen sie weiter, um das gleiche auch in dem volkseigenen Elektrizitätswerk zu machen, dem volkseigenen Krankenhaus, dem volkseigenen Forschungszentrum und dem volkseigenen Theater …

*

Goldweide und die anderen Frauen der Nachbarschaft sitzen auf Bänken im Schulhof und frieren. Während sie das Kleine Rote Buch anstarren, das sie fest in den Händen halten, hören sie zu, wie ein zehnjähriges Mädchen, das sein eigenes Exemplar hat, daraus vorliest.
Gestern, als Champignon ihr Kleines Rotes Buch in den Schoß legen wollte, um sich die steifgefrorenen Finger etwas warmzublasen, war es ihr aus der Hand geglitten und die *Reden des Großen Vorsitzenden Mao* in den Dreck gefallen. Heute fehlt Champignon.

*

Sommerwünsche sieht, daß einer der Speere in der Requisitenkammer zerbrochen ist. Wen werden sie für dieses abscheuliche Verbrechen verantwortlich machen?

*

Champignon ist wieder zurück. Sie beugt den Kopf über das Kleine Rote Buch. Um nicht zu grinsen, beißt sie sich auf die Lippen. Innerlich triumphiert sie. Diese kleinen Kommunistenmonster werden ihr so leicht nicht wieder »eine Lektion« erteilen wollen, wie sie das nannten. Sie, als ein alter Hase im Schauspielergewerbe, kennt ihren Text besser als diese Anfänger. Sie kann das Kleine Rote Buch von der ersten bis zur letzten Zeile auswendig hersagen. Sie hat sie in ihrem eigenen Spiel geschlagen.

*

Sommerwünsche hört ein Wimmern. Es kommt aus einem Kleiderschrank, der mit weißem Papier zugeklebt ist, auf dem ein großes X prangt. Dann stürzt sie in das Foyer, wo sie jemand anderen stöhnen hört. Es kommt aus der Besenkammer, die auch mit weißem Papier zugeklebt ist, auf das ein großes X gemalt ist. Dann stürzt sie in ihr Umkleidezimmer. Es ist leer. Aber selbst hier hört sie noch das Wimmern.

*

Der bebrillte Kader fordert mit strenger Miene: »Erzähl uns jetzt von den Tangs und eurer geheimen Verbindung zueinander seit Chungking.«
Zum hundertsten Mal gibt Hoffnungschwert ihm Antwort.

*

Treuherz und die Abteilung von Rotgardisten, die sich den Namen »Der Osten ist Rot« gegeben hat, durchwühlen gemeinsam die Wohnung des Schul-Parteisekretärs Hua, die vollgestellt ist mit Gegenständen. Alles, was sie von den Regalen und aus den Schubladen zerren, ist alt, aber nichts davon kann als Gegenstand klassifiziert werden, der in die Kategorie der ›Vier Überholten Werte‹ fiele. Erst als sie mit ihren Äxten die Fußbodendielen aufbrechen, entdecken sie ein Schwert, auf dessen Scheide Chrysanthemen eingraviert sind, sowie einige Bajonette und eine Sammlung von Messern. Augenblicklich beschuldigt Treuherz den alten Soldaten, ein Saboteur zu sein, und die anderen schnallen sich das Koppel ab, um ihn für seine Schandtaten durchzuprügeln. Doch Hua kommt ihnen zuvor, indem er sich ein Messer ins Herz rammt.

*

Der bebrillte Kader fordert mit strenger Miene: »Erzähl uns von den Tangs und wie ihr euch verschworen habt, den Wiederaufbau der Deichanlage von Wen Shui zu sabotieren.«
Hoffnungsschwert hätte um ein Haar lauthals losgelacht.

*

Sommerwünsche fragt: »Was klingt sonst noch wie die Schriftzeichen für ›Speer‹ und ›Katze‹?«
Goldweide zögert. »Ich bin für Spielereien wirklich nicht in Stimmung.«
»Denk nach! Bitte, denk nach!«
»Nun, mir fällt wirklich nichts anderes ein, als vielleicht … Aber das kann es nicht sein.« Jeder, der zum Scherz oder mißbräuchlich den Namen des Großen Vorsitzenden ausspricht, wird erschossen.

*

Sommerwünsche sitzt in der ersten Reihe im Stadion des Volkes, ganz in der Nähe des Platzes, wo Hoffnungsschwert im vergangenen Jahr feierlich die Eröffnung der Fußballwettkämpfe verkündet hatte. An ihrer rechten Seite sitzt Treuherz und links Champignon und Goldweide. Die Zuschauertribünen sind brechend voll von Jugendlichen, die alle in alte, abgelegte Uniformen von Soldaten der Volksbefreiungsarmee gekleidet sind, einen breiten Ledergürtel umgeschnallt haben und rote Armbinden tragen. Im Chor schreien sie: »Mao! Mao! Zehntausend Jahre Mao!«

Wie vielen solcher Massenkundgebungen würden sie noch beiwohnen? Fünfzig? Hundert? Wird sie die Rolle spielen können, die ihr jedermann innerhalb und außerhalb der Partei zugedacht hat – die Volksmassen gleichermaßen wie ihr Mann, ihr Sohn, ihre Freunde und Feinde? Sie darf weder denken noch fühlen, darf nicht sie selbst sein. Das wäre der Aufführung abträglich, und sie darf niemanden enttäuschen. Jetzt sind die letzten Vorübungen zu Ende. Champignon gibt ihr einen leichten Stoß. Ach ja. Noch die Kräuterpillen, um ihren Hals geschmeidig zu machen und ihre Stimme kräftiger werden zu lassen. Da treten schon von rechts drei Wachen auf die Bühne, die den Übeltäter an Händen und Füßen gefesselt hinter sich herziehen. Bei dem Tumult, der sich daraufhin unter den Stadionbesuchern ausbreitet und wie eine Welle von Erdbeben von einer Zuschauerreihe zur nächsten übergreift, hält sie sich an ihrem Sitz fest und beobachtet gespannt das Geschehen. Voller Kummer erkennt sie Hoffnungsschwert mit seinem halbgeschorenen Schädel und seinen dünnen Socken. Warum hatte er sich seinen Kopf nicht vollständig glattrasiert, bevor die Roten Garden kamen und ihr Heim verwüsteten? Dann hätte der Dicke dort ihn wenigstens nicht derart an den Haaren zerren können. Warum hatte er sich nicht sein dickstes Paar Socken angezogen, in der Nacht, als sie ihn abgeführt haben? Dann wären jetzt seine Fußknöchel nicht ganz blutig gescheuert. Mein lieber Mann, du hattest unrecht, als du meintest, es spiele überhaupt keine Rolle mehr, was du jetzt noch tun oder lassen wolltest, sagt sie insgeheim zu ihm. Siehst du, da war noch so vieles, was wir hätten bedenken können.
Während sie auf ihren Auftritt wartet, legt sie ihre Maske an und flüchtet sich in andere Gedanken …

*Es ist Nacht. Um den Mond liegt ein heller Lichthof. Sie trägt das Nachtgewand, das Champignon ihr genäht und Goldweide anschließend bestickt hatte. Es war aus der Seide gefertigt, die er für sie gekauft hatte – ein weitfließender Seidenumhang, viel zu elegant, um im Bett getragen zu werden. Er wirkt feiner und zarter als die Flügel einer Libelle und hat die Farbe blühender Forsythien.*
*Plötzlich hört sie ein Lied. Wer mag da singen? Dann errötet sie, als sie*

*merkt, daß diese unbekannte und zugleich so mädchenhafte, fröhliche Melodie ihrem eigenen Innersten entströmt. Sie lächelt sich zu, als sie in den Spiegel schaut, dessen elfenbeinerner Rahmen fein beschnitzt ist mit Episoden aus der Geschichte derer von Li, als die Familie noch auf dem Höhepunkt ihres Ruhmes war. Sie betrachtet das Porträt, das Treuherz zum Andenken an ihren Hochzeitstag gemalt hat. Es ist mehr als bloß ein Abbild; es ist eine Landkarte seines Herzens.*
*Da klopft es an der Tür. Ihr Mann ruft sie mit sanfter Stimme. Wie schon seit den Tagen, als sie noch ein Knirps war, gerade mal so alt wie ihr kleiner Sohn, durchfährt sie wieder ein entzücktes Schauern, als sie ihn hört. Und er nennt sie nicht »Feuerfrosch« oder »Sommerwünsche«, sondern spricht sie mit ihrem rechtmäßigen Namen an – »meine Frau«.*
*Sie schaut zur Tür und flüstert: »Tritt ein, mein Mann« … und sobald sie dieses letzte Wort ausgesprochen hat, hört sie den Lärm von Gongs, Flöten und Glocken. Dann sieht sie den Allmächtigen Beherrscher der Meere, der seine siegreiche Hand hebt, und im gleichen Augenblick überfluten sie süßlich-herbe Erinnerungen, die so unaufhaltsam auf sie einströmen wie die Kähne, die den Jangtse befahren. Plötzlich befällt sie die ungewisse Furcht, es könnte womöglich ein Geist sein, den sie zu sich in ihr Bett ließe.*
*Dann geht die Tür auf. Der Nordostwind brennt ihr in den Augen.*
*Er legt zärtlich seine Hände um ihr Gesicht und lächelt sie an. Eine Träne löst sich. Er küßt sie fort. Dann noch eine und noch eine. Ihr schwindelt. Da nimmt er sie auf seine Arme und trägt sie durch das Zimmer.*
*Sie umschlingen einander.*
*Schließlich sind es keine Geister, die ihr zwischen den Decken des Bettes auflauern. Dort empfangen sie nur seine Lippen, seine Hände, seine Zärtlichkeit, sein Verlangen, seine Liebe …*

»… Mao, Mao, zehntausend Jahre Mao! Zehntausend Jahre Mao, Mao! …«
Wieder spürt sie einen leichten Stoß von links. Sie erhebt sich von ihrem Sitz und tritt auf die Bühne. Irgend jemand drückt ihr ein

Megaphon in die Hand. Sie darf nicht weinen, noch nicht, noch nicht. Sie schwingt jetzt eine Faust gegen den Übeltäter, der in der »Flugzeug-Position« vornübergebeugt und die Arme nach hinten von sich gestreckt, dasteht. Dann beginnt sie ihre Schimpfkanonade. Das Publikum ist bald ganz still und hört nur noch zu.

»Jawohl, ich weiß über diesen räudigen Revisionisten besser Bescheid als irgend jemand sonst. Ich bin seine Frau und kenne ihn, seitdem er ein Kind war. Seine Familienangehörigen waren über Generationen nichts als ein Haufen tyrannischer Großgrundbesitzer. Sein Vater besaß Fabriken, in denen Hunderte zu Tode geknechtet wurden, und seine Mutter war die Tochter eines besonders verachtenswerten Kapitalisten, der mit Begeisterung die japanischen Besatzer unterstützt hat. Schon als Junge hatte er ...«

Länger als eine Stunde gelingt es ihr, die Zuhörerschaft in der Weise zu unterhalten, doch dann merkt sie, daß die Jugendlichen ihres Solovortrags allmählich müde werden und am liebsten von ihren Sitzen aufspringen möchten, um die Angelegenheit selbst in die Hand zu nehmen. Mit einem Nicken ruft sie Goldweide, Champignon und Treuherz zu sich auf die Bühne, damit auch sie von dem Unrecht berichten, das ihnen der Übeltäter angetan hat.

Doch das reicht dem Publikum nicht.

Die Schauspielerin bespuckt den Delinquenten. Dann auch die anderen drei.

Doch die Zuschauer wollen mehr.

Sie schlägt ihn als erste. Dann drängen auch die anderen herbei, um ihn zu ohrfeigen. Dann prügeln und treten sie ihn reihum und schlagen schließlich alle vier auf ihn ein.

Jetzt schreit das Publikum nach Blut.

Sie zieht ihren Schuh aus.

Champignon geht um das Opfer herum und nimmt den Schaulustigen für einen Augenblick die Sicht. Hoffnungsschwert hebt den Kopf und wirft Sommerwünsche einen flüchtigen Blick zu. Mit den Augen beschwört er Sommerwünsche, um Gottes willen weiterzumachen. Sie schlägt ihn mit der weichen Sohle ihres Schuhs und trifft sein Ohr. Der Hieb schmerzt schrecklich. Doch nicht genug. Mit gesenktem

Kopf bittet er die Heldin dieses Schauspiels, stärker zuzuschlagen. »Bitte, ich flehe dich an«, sagt er mit krächzender Stimme.
Da nimmt sie den Schuh andersherum in die Hand, so daß ihn bei dem nächsten Schlag der Absatz treffen muß. Sie holt aus und zögert einen Augenblick lang.
»Bitte. Du bist meine Frau. Ich bitte dich.«
Dann schlägt sie zu. Der Schuh verletzt ihn stark genug, daß Blut fließt. Jetzt johlt die Menge vor Begeisterung.
Nun kann Sommerwünsche weinen. Für das Publikum sind es die lauten, traurigen Tränen einer Frau, die ein Leben lang belogen und betrogen wurde und nun endlich, endlich ihre Rache hat. Heiße, nasse Tränen strömen ihr über das Gesicht, während sie das Megaphon zur Hand nimmt und die Menschenmassen zu einem Triumphgeschrei animiert, in den sie alle in kürzester Zeit wie im Chor einfallen.
»... Zehntausend Jahre ... Zehntausend Jahre ...«
Schließlich entfernen die Wachen den Delinquenten wieder von der Bühne, um ihn vor dem Zugriff der Massen in Sicherheit zu bringen. Diese Vorstellung war überstanden. Sie darf abtreten und ist frei. Frei bis zum nächsten Auftritt.

*

Goldweide nimmt an einer Nachbarschaftsfeier zu Ehren eines Volkshelden teil, des verstorbenen Schul-Parteisekretärs Hua.

*

Sommerwünsche sitzt in der ersten Reihe des Volkstheaters. Es ist brechend voll von Jugendlichen, die mit alten, abgelegten Uniformen von Soldaten der Volksbefreiungsarmee bekleidet sind, einen breiten Ledergürtel umgeschnallt haben und rote Armbinden tragen ...

*

Champignon geht am Krankenhaus vorbei, wo sie den ehemaligen Chefchirurgen der Klinik sieht, der Sommerwünsche das Leben gerettet hatte. Er trägt eine Narrenkappe und eine hölzerne Tafel um den Hals. Er fegt den Bürgersteig. Sie wendet sich nicht ab, senkt nicht den Blick. Sie tut auch nicht so, als ob sie ihn nicht sähe, sondern grüßt ihn mit einem kaum merklichen Nicken. Dem Arzt schießen Tränen der Dankbarkeit in die Augen.

*

Sommerwünsche sitzt in der ersten Reihe der Aula der Schule Nummer Drei. Sie ist brechend voll von Jugendlichen …

*

Treuherz marschiert mit der Abteilung von Rotgardisten davon, die sich den Namen »Der Osten ist Rot« gegeben hat; die anderen bleiben noch auf dem Schulgelände, um zu diskutieren, wie sie ihre Splittergruppe nennen sollen.

*

Sommerwünsche sitzt in der ersten Reihe im Veranstaltungssaal der landwirtschaftlichen Volkskommune …

*

Sommerwünsche weckt Goldweide mitten in der Nacht auf und fragt sie: »Können wir denn gar nichts tun, um ihn zu retten?«

Goldweide hat sich inzwischen daran gewöhnt, zu den unmöglichsten Stunden geweckt zu werden. Augenblicklich steht sie auf. »Warum fragst du mich das jetzt?«

»Wenn sie nur wüßten … Wenn Hoffnungsschwert bloß nicht Jades Sohn wäre …«

Goldweide fühlt sich einer Ohnmacht nahe: Woher und was weiß Sommerwünsche? Jade und Steinhüter sind beide tot, und sie selbst hat niemals auch nur ein Sterbenswörtchen über ihr Geheimnis verlautbaren lassen. Während sie sich wieder setzt, stammelt sie: »Aber … aber er ist doch ihr Sohn.«

»Was, wenn ich beweisen kann, daß Hoffnungsschwert nicht einen Tropfen Blutes dieses Verräters von einem Großvater oder seiner Tochter in den Adern hat? Würde das nicht beweisen, daß er kein Verräter der Revolution ist? Würden sie ihn nicht freilassen?«

Goldweide schüttelt den Kopf.
»Das würden sie. Ich bin sicher, sie würden ihn freilassen.«
»Sommerwünsche, hör auf mich. Du darfst so etwas nicht sagen. Du darfst nicht ...«
»Warum nicht? Es ist die Wahrheit. Es könnte etwas nutzen.«
Goldweide schüttelt sich, als ob sie hofft, sich dann besser konzentrieren zu können. Sie muß ruhig bleiben. »Arme Sommerwünsche«, denkt sie bei sich. »Für eine gefeierte Schauspielerin wie dich, die schon überall herumgekommen ist, ist es ziemlich erstaunlich, daß du dich, wenn es um die ernsthafteren Dinge des Lebens geht, verhältst wie ein Kleinkind, das nicht einmal weiß, wie es am Daumen lutschen soll.«
Dann sagt sie: »Hör mal, meine Liebe, wenn diese Dinge der Wahrheit entsprächen, meinst du nicht, daß seine Amme dann davon wüßte und selbst ihre Zweifel an Jade haben würde? Meine Liebe, wenn es etwas nutzte, diese Zweifel zu melden, meinst du nicht auch, daß ich die erste wäre, die es täte?«
Sommerwünsche nickt. »Aber ...«
»Und im übrigen hat Hoffnungsschwert denn nicht auch Steinhüters Blut in den Adern?«
Sommerwünsche beißt sich auf die Unterlippe, damit sie aufhört vor Nervosität zu beben, und murmelt: »Ach, das habe ich ganz vergessen.«

*

Die Zellentür schlägt schwer ins Schloß. Hoffnungsschwert taumelt zu seinem Feldbett, läßt sich darauffallen und schläft auf der Stelle ein.
Eine heisere Stimme brüllt zu ihm herein: »Setz dich hin. Setz dich dahin, wo wir dich sehen können.«
Er richtet sich auf und rückt an das Fußende der Pritsche, von wo aus er das Paar Augen hinter dem schmalen Sehschlitz in der Tür erkennen kann.

*

Beschützer des Vaterlandes reißt Treuherz die rote Armbinde ab und wirft ihn aus der Brigade von Rotgardisten mit dem Namen »Der Osten ist Rot« hinaus, weil er vorzeitig nach Hause gegangen ist, um sich auszuruhen, anstatt sich an einer weiteren Razzia gegen das Theater des Volkes zu beteiligen.

*

Sommerwünsche wälzt sich schlaflos in ihrem Bett. Was sind das nur für Monster, die ohne auch nur mit der Wimper zu zucken Menschen vernichten, die sich nichts haben zuschulden kommen lassen?
Was sind das für Leute, wenn nicht Menschen wie sie selbst?

*

Treuherz geht um das Wasserbecken herum, in dem die Goldfische waren, bevor man offiziell beschlossen hatte, daß auch ihnen der Makel der sogenannten ›Vier Überholten Werte‹ anhafte. Er schlägt wieder und wieder die Handballen gegeneinander aus Ärger darüber, daß ihn kein einziges der zehn Bataillone von Rotgardisten, die es in Wen Shui gibt, aufnehmen will.

*

Hoffnungsschwert sitzt in seiner grauen Gefängniszelle, den Kopf in die Hände gestützt.
Eine rauhe Stimme brüllt zu ihm herein: »Bist du krank?«
Er schüttelt den Kopf.
»Bist du sicher?«
»Wenn ich das wirklich wollte, wäre ich schon vor langem gestorben«, sagt er und denkt bei sich: »Die Wahrheit ist, daß ich nicht den Mut habe, mich meinem alten Lehrer Lincoln Chen auf der glorreichen Liste chinesischer Helden anzuschließen, die mit ihrem Freitod Schande über einen ungerechten Herrscher bringen.«
Wenige Augenblicke später geht die Zellentür auf. Es ist der Gefängnisarzt. Hoffnungsschwert knöpft sein Hemd auf.

*

Tag für Tag liegt Treuherz auf seinem Bett und tut nichts anderes, als auf das Regalbrett zu starren, auf dem seine Tagebücher und Sammelalben mit Photographien und Zeitungsartikel gestanden hatten, bevor Champignon alles verbrannte.

*

Hoffnungsschwert sitzt in seiner grauen Gefängniszelle und versucht die Namen all derer zu nennen, die in dem Dorf dort im Osten gelebt hatten, damals, als auch er sich dort aufhielt. Er braucht nicht lange nachzudenken. Die meisten von ihnen waren miteinander verwandt. Den Rest der Woche verbringt er damit, eine Skizze ihrer Landparzellen anzufertigen, die über das ganze Dorf verstreut lagen wie die einzelnen Teile eines Puzzlespiels.

*

Hoffnungsschwert sitzt in seiner grauen Gefängniszelle. Er hustet.
Eine rauhe Stimme brüllt zu ihm herein: »Bist du krank?«
Er schüttelt den Kopf.
»Bist du sicher?«
Er nickt.
Wenige Augenblicke später geht die Zellentür auf. Es ist der Gefängnisarzt. Hoffnungsschwert knöpft sein Hemd auf.

*

Im Theater des Volkes sitzt Sommerwünsche allein auf den Stufen zwischen dem Treppenabsatz des zweiten und dritten Stockwerks. Ihre Aufgabe ist es, darauf zu achten, daß die Männer, die als »Stinker« entlarvt worden waren und jetzt oben im Probenraum schlafen, nicht ausbrechen, sondern eingesperrt bleiben, bis man sie mit Lastwagen irgendwohin aufs Land verfrachtet, wo sie mit Zwangsarbeit umerzogen werden sollen.
Plötzlich hört sie von unten ein leises Knirschen. Als sie in das halbdunkle Treppenhaus hinabschaut, kann sie erkennen, daß sich dort eine Person mit schlohweißem Haar herumtreibt. Sie reibt sich die Augen und schaut noch einmal genauer hin. Auf der Treppe ist nie-

mand, aber sie ist sich sicher, daß Han, die die Eintrittskarten verkauft, noch im Haus ist. Sommerwünsche hält sich mit beiden Händen den Mund zu, und auf einmal beginnt ihr Herz zu rasen, daß ihr ganz schwindelig wird. Sie fleht: »Geh fort, geh bitte fort.«

Dann hört sie das Knirschen erneut.

Sie kann sich nicht entscheiden, ob sie husten sollte oder nicht. Ein Husten würde sicherlich reichen, die Frau augenblicklich zu verscheuchen.

Aber was würde sie tun, wenn nicht ein fremder Mann dort oben schliefe, sondern Hoffnungsschwert?

Andererseits wiederum, was würde passieren, wenn sie jetzt einfach so täte, als merkte sie nichts, und einer von den »Oberstinkern« würde aufwachen und sähe Han dort oben im Probenraum? Vielleicht würde der ja den Rotgardisten melden, sie hätte ihre revolutionären Pflichten vernachlässigt oder, schlimmer noch, sie sei selbst eine Konterrevolutionärin?

Was sollte sie tun angesichts der Tatsache, daß Hans Mann morgen abgeholt wird und möglicherweise nie wiederkommt? Was hätte sie selbst getan, wenn dies ihre allerletzte Chance wäre, Hoffnungsschwert auf Wiedersehen zu sagen?

Sie tut so, als sei sie die tapferste Frau der Welt, schließt die Augen fest und beginnt, ganz leicht zu schnarchen. »Oh, barmherzige Kwan Yin«, betet sie, »gib, daß Han leise ist wie das Mondlicht, laß sie flink wie eine Maus in das Zimmer und wieder hinausgehen, bitte, bitte, laß die anderen tief und fest schlafen, damit niemand etwas merkt.«

*

Hoffnungsschwert sitzt in seiner grauen Gefängniszelle. Er seufzt. Eine heisere Stimme brüllt zu ihm herein: »Bist du krank?«

»Du brauchst den Arzt meinetwegen nicht herzubemühen. Mach dir um mich keine Sorgen.«

»Wer macht sich denn um dich Sorgen? Von mir aus kannst du verrecken, nur nicht während meiner Dienstzeit. Mir soll keiner vorwerfen, ich hätte einem Scheißkerl wie dir geholfen, sich der Gerechtigkeit des Volkes entzogen zu haben.«

Ein paar Minuten später …

*

Treuherz gelingt es, sich durch die Massen von Jugendlichen hindurchzuzwängen, die sich auf dem vollgestopften Zug drängen, seinen Kopf zum Fenster rauszuschieben und zu winken.
Sommerwünsche winkt zurück. Er sieht so glücklich aus wie damals, als er noch Kleiner Panda hieß und nach der Schule die Goldfische mit Brotkrümeln gefüttert hatte. Er ruft ihr irgend etwas zu, das untergeht in dem Abschiedsgetöse der klirrenden Zimbeln und dröhnenden Pauken der Musikkapelle, und zeigt auf die große rote Blume, die an ihrer Bluse befestigt ist. Es ist eine Papierblume, die den Müttern überreicht wurde, die ihre Kinder veranlaßt haben, sich freiwillig für die Besiedlung der Grenzgebiete zu melden.
Doch in Wahrheit hatte Treuherz selbst sie darum gebeten, ihn gehen zu lassen. Er hatte gesagt, das sei seine letzte Chance, sich selbst und allen anderen zu beweisen, daß er zu etwas nütze ist. Wie sollte er das in Wen Shui jemals schaffen, wo jeder wußte, daß sein Vater ein Reaktionär und sein Stiefvater ein Revisionist ist? Sie konnte ihm die Bitte nicht abschlagen. Er hatte recht. Sie mußte ihn gehen lassen.

*

Zwischen hohen grauen Mauern geht Hoffnungsschwert langsam durch einen schmalen, nach oben hin offenen Gang. Ein paar Schritte weiter führen die Mauern um eine Ecke herum, und er bemüht sich angestrengt, die Schritte seiner Mitgefangenen zu hören, die Schritte der anderen menschlichen Wesen, die für ihn so unsichtbar sind wie er für sie, hinter den Ecken vor und hinter ihm, den schmalen Gang entlangschlurfen. Er fragt sich, ob sie Fremde sind oder ob es Leute sind, die er früher einmal täglich gesehen hatte. Doch er weiß, daß er es nie erfahren wird. Über sich sieht er einen schmalen Streifen des Himmels, der genauso grau ist wie die Mauern.

*

Treuherz lugt zum Fenster hinaus, als der Zug die Fahrt verringert und anhält. Es ist die letzte Station vor der nordöstlichen Staatsgrenze. Überall stehen Stapel von Holzkisten auf dem gefrorenen Boden herum, und hier und da sind Gruppen von Menschen zu sehen, an deren Gesichtern er erkennen kann, welche Eiseskälte dort draußen herrscht. Doch ihre Köpfe dampfen. Sonst ist das ganze Land bis zum Horizont weit und leer. Nie zuvor hat er so etwas Schönes gesehen. Hier kann er ein neues Leben beginnen.

*

Tagsüber arbeitet Sommerwünsche bei einer Schule des Siebten Mai, etwa fünfzig Li weit von Wen Shui entfernt, auf dem Lande und transportiert mit einer Schubkarre Blumenerde.
Nachts wohnt sie politischen Veranstaltungen bei, während sie eigentlich sterbensmüde ist. Rund um die Uhr ist sie umgeben von völlig fremden Menschen, und es herrscht eine Atmosphäre, in der jeder jeden bespitzelt, ob nicht vielleicht einer von ihnen irgendwelche konterrevolutionären Gedanken hegt.
Wenn sie im Bett liegt, fürchtet sie, die Augen zu schließen, weil sie im Schlaf sprechen und etwas Verbotenes sagen könnte, fürchtet, daß einer im Schlafsaal es hören und sie morgen konterrevolutionärer Träume bezichtigen könnte.

*

Jahrein, jahraus sitzt Hoffnungsschwert im Vernehmungszimmer und weigert sich, ein Geständnis abzulegen. Nur einmal scheinen seine versteinerten Gesichtzüge aufzubrechen, als er geschwächt und völlig übermüdet plötzlich den Eindruck hat, als hätten sich alle seine Ankläger, die da vor ihm am Tisch sitzen, auf geheimnisvolle Weise verwandelt und die Gestalt Bergkiefers angenommen. Genau wie sein Studiengehilfe das vor langer Zeit immer getan hatte, scheinen sie dort schweigsam mit den Fingern zu zählen, um ihm ausreichend Zeit zuzumessen, noch einmal zu überdenken, was er getan hat, noch einmal sorgsam abzuwägen, ob er nicht vielleicht doch im tiefsten Inneren einen Fehler begangen hatte.

Er hört, wie eine leise Stimme in ihm all die politischen Kampagnen aufzählt, welche von der Partei seit der Befreiung beschlossen worden waren und an denen er sich in seiner Rolle als Kaderoffizier beteiligt hatte: die Landreform, die Kampagne zur Unterbindung konterrevolutionärer Aktivitäten, die Kampagne gegen die ›Drei grundsätzlichen Antis‹, dann die Kampagne gegen die ›Fünf grundsätzlichen Antis‹, die Aktion, mit der das Land von Konterrevolutionären gesäubert werden sollte, die Kollektivierungsmaßnahmen, die Kampagne gegen Reaktionäre, die Bewegung ›Des Großen Sprungs Vorwärts‹ ... und vergiß nicht die Unzahl von Verurteilten, die als Folge der Kampagnen in Arbeitslager deportiert oder noch übler behandelt wurden – die Millionen von Menschen ...

*

Langsam geht Hoffnungsschwert den Gefängnisgang an den hohen grauen Mauern entlang, als er plötzlich einen einzelnen Grashalm entdeckt, der in den Zementfugen Wurzeln geschlagen hat. Das leuchtende Blattgrün des winzigen Pflänzchens erfüllt ihn mit unbeschreiblicher Freude. Er geht auf die Knie, um es mit einem Speicheltropfen zu tränken, und betet, daß es leben bleiben möge.

Er muß an seine Frau denken, an seinen Sohn und seine Freunde, die sich selbst so großes Leid angetan hatten, als sie ihn schlugen, die ihm damit jedoch vor der Wut des Pöbels bewahren konnten, vor einer so schrecklichen Erniedrigung. Schweigend hebt er den flehenden Blick. Gesegnet seien sie und mögen sie glücklich sein, die Retter unserer Menschenwürde.

Teil sechs

# *Nordstern*

## *Frühlingsfest*
## *(1971)*

Wirklich glücklich war Treuherz eigentlich nur gewesen, als er noch mit seinem Papa unter einem Dach gelebt hatte. Aber die Erinnerung an diese schönen Jahre seiner Kindheit hat er unter vielen Mühen so gut er konnte aus seinem Gedächtnis getilgt. Im Alter von neun Jahren war er durch diese Überforderung regelrecht krank geworden. Die Krankheit hatte in der Weise begonnen, daß er unter irgendeinem Vorwand der Schule ferngeblieben war. Das war an dem Morgen gewesen, nachdem man Bergkiefer tags zuvor gezwungen hatte, sich am Schuleingang auf einen Stuhl zu setzen, um über seine Verbrechen nachzudenken. Im Vorbeigehen hatten die Lehrer und Schüler damals über seinen Vater getuschelt und ihn wild angestarrt oder gar bespuckt. Als er dann schließlich wieder nach Hause kam, hatte er Kleiner Panda in den Arm genommen und ihm die Tränen abgetrocknet, aber ihm mit keiner Silbe etwas erklärt, sondern dem kleinen Jungen nur schweigend einen Finger auf den Mund gelegt, wann immer er etwas sagen wollte. Auf diese Art hatte Kleiner Panda gelernt, was er zu tun hatte.

Während er bis dahin noch unter beliebigen Vorwänden von der Schule fernblieb, war es eines Morgens bitterer Ernst geworden. Er konnte einfach nicht mehr zur Schule gehen. Das war ein paar Wochen, nachdem er auf dem Wandbrett im Badezimmer nur noch zwei von den drei Zahnbürsten gesehen hatte und sein Vater sowie alles, was ihm gehörte, aus dem Haus verschwunden war. Doch er wußte, was er zu tun hatte, und stellte keine Fragen, und niemand erklärte ihm etwas.

Die Ärzte versprachen, sie könnten ihm helfen, wenn er ihnen nur verraten wollte, warum er so lustlos in seinem Essen herumstocherte. Er hat es ihnen aber nicht verraten. Sie hätten ohnehin nur über ihn gelacht. Wie hätte er ihnen sagen sollen, daß er keinen Appetit mehr habe, weil eine blaue Zahnbürste fehlte? Mehr als ein Jahr verging, bevor er sich endlich wieder in die Schule wagte. Das Foto von seinem Papa, das er hinter dem Spiegel in seinem Zimmer versteckte, hatte er zerrissen und das Klosett hinuntergespült; er war jetzt nicht mehr Kleiner Panda, und der Mann, den er Vater nannte, war Hoffnungsschwert.

Die Feinde des Volkes zu verachten, egal wer sie sind, war eine Grundvoraussetzung für jemanden, der ein guter Mensch sein wollte. Wurde das nicht täglich in der Schule, von den Zeitungen und im Radio gepredigt? Und mehr als alles andere wollte Treuherz ein guter Mensch sein. Er war ein ausgesprochen guter Schüler und mit Interesse und Fleiß bei der Sache – obwohl noch lange, nachdem bereits überall Haß herrschte, er bei dem bloßen Anblick eines verendeten Goldfisches, der blaß und bewegungslos an der Wasseroberfläche schwamm, vor unsagbarem Unglück ganz außer sich geraten konnte und hemmungslos zu weinen anfing. Er konnte sich das beim besten Willen nicht erklären und bemühte sich deswegen um so entschlossener, niemals auch nur den kleinsten Fehler zu begehen, durch den seine Existenz ebenso ausgelöscht werden könnte, und von ihm nichts als Schweigen, nicht einmal der Klang seines Namens übriggeblieben wäre. Gewissenhaft achtete er auf alles, was er tat, und schrieb es in sein Tagebuch. Parallel dazu legte er Sammelalben an, in die er alle Abbildungen und Artikel aus den verschiedenen Zeitungen heftete, die über die stetige Karriere der gefeierten Schauspielerin berichteten sowie über die Aktivitäten des Distrikt-Parteisekretärs, denn beide arbeiteten bis spät in die Nacht und waren häufig geschäftlich außerhalb der Stadt unterwegs. Vor allem aber hatte er diese Sammelalben angelegt, weil er befürchtete, daß ein Junge, der seinen Vater vergessen konnte, daß eine Frau, die ihren Ehemann vergessen konnte, und ein Mann, der seinen besten Freund vergessen konnte, möglicherweise nicht in der Lage sein würden, zu verhindern, auch andere Menschen zu vergessen.

Obwohl Champignon immer zu Hause war, um sich um ihn zu kümmern, sprach sie mit so großer Offenheit über alles, was nicht mit Reaktionären zu tun hatte, so daß er, aus lauter Furcht, ihre Redseligkeit könnte ansteckend sein, Gespräche mit ihr zu vermeiden versuchte. Auch in der Schule ging er jedem aus dem Weg – sowohl den wenigen, die immer noch so taten, als hätte er die Masern, wie auch den vielen, die ihm als dem Sohn des höchsten Parteifunktionärs von Wen Shui das Beste von ihren Pausenmahlzeiten anboten. Beschützer des Vaterlandes war die einzige Ausnahme; dessen Vater war selbst verschwunden, daher wußte er, wie man sich zu verhalten hatte. Aus Freundschaft zu ihm nahm Treuherz weiterhin an den Tischtenniswettkämpfen teil, denn sonst hätten die anderen seinen Partner aus der Mannschaft geworfen. Doch so oft er irgend konnte, vergrub Treuherz sich hinter Büchern, natürlich nicht ohne sich zuvor im Badezimmer eingeschlossen und sie alle einmal gründlich durchgeblättert zu haben: Es war ja möglich, daß irgendein Reaktionär einen Notizzettel zwischen den Seiten gelassen hatte.

Bei jenen seltenen Gelegenheiten, wenn die Familie einmal eine ganze Mahlzeit über zusammen war, erzählte seine Mutter meistens mit allem Charme, über den sie verfügte, eine fröhliche Begebenheit nach der andern, die sie auf ihrer letzten Gastspielreise erlebt hatte, wobei sie sich an den unmöglichsten Stellen unterbrach, um ihrem Sohn einen Kuß auf die Wange zu drücken oder ihren Mann so lange mit ihrem wunderbaren Lächeln zu betrachten, bis der vor lauter Verlegenheit errötete und ganz schräg grinsen mußte, so lange, bis beide schließlich, Mann und Sohn, wieder bis über die Ohren verliebt waren in Sommerwünsche. Sie rührte bei solchen Gelegenheiten ihren Teller kaum an. »Ich bin so voll von Geschichten, die ich euch alle noch erzählen muß, daß ich zum Essen gar keine Zeit habe«, pflegte sie zu sagen und begann dann, sie mit einem weiteren ihrer Abenteuer zu erfreuen.

Wenn er mit Hoffnungsschwert allein aß, beschränkte sich ihre Unterhaltung für gewöhnlich auf Sommerwünsche oder ihre Geschichten, auf eine Zeichnung, die er gerade fertiggestellt hatte, ein Buch, das er gerade las, oder auf das, was zur Zeit an der Schule oder beim Tischtennis los war – sie redeten meistens über nichts Besonderes. Aber irgendwie gab ihm mehr als alles andere allein die Tatsache, mit seinem Vater zusammen zu sein, das Gefühl, mit der Welt im reinen zu sein.

Die Jahre vergingen, aber für ihn schien sich kaum etwas wirklich zu verändern – bis zum Anbruch der Kulturrevolution. Damals riet Hoffnungsschwert ihm, Vertrauen in die Partei zu haben, und er ermutigte ihn, dem Aufruf des Großen Vorsitzenden nachzukommen und sich seinen Klassenkameraden anzuschließen und Mitglied bei den Roten Garden zu werden. Mao, der Große Steuermann, hatte recht. Irgend etwas war schrecklich schiefgegangen. In ihrer jetzigen Form konnte die Gesellschaft nicht belassen werden. Sie war ungerecht. Die Menschen waren nicht alle gleich. So viele Kader waren Heuchler. Sie riefen andere dazu auf, sich vorbehaltlos und uneigennützig der Sache des Landes zu widmen, während sie sich selbst nur jeden erdenklichen Vorteil verschafften und nichts anderes im Sinn hatten als ihre eigene Macht. Nur Chinas Jugend war noch unverdorben und frisch und verkörperte die wahrhaften Ideale der Revolution.

Später, als die ganze Welt aus dem Gleichgewicht zu geraten schien, hatte er aus lauter Zuneigung und Bewunderung für Hoffnungsschwert den Mut gehabt, ihm die Möglichkeit zu verschaffen, seiner Mutter Lebewohl zu sagen, aber darüber hinaus hatte er nicht gewußt, was er denken oder tun sollte. Waren Liebe und Freundschaft nichts weiter als ein Vorspiel für Betrug und Verrat? Mußten so viele Menschen, so viel Kraft und Material für einen höheren Wert geopfert werden? Was waren das für höhere Werte? Wessen Sohn war er – der seiner Mutter, oder Maos Sohn? Warum hatte Hoffnungsschwert ihm die Landkarte zugesteckt – damit er Bergkiefer suchte oder damit er sich von ihm fernhielte? Warum hat Beschützer des Vaterlandes nie auf den Brief reagiert, den er ihm unter seiner Zimmertür durch-

gesteckt hatte – war sein Angebot, wieder Freunde sein zu wollen, zu früh gekommen, oder war es zu spät gewesen? Weil er weder ein noch aus wußte, hatte er sich schließlich entschlossen, dieser Verwirrung und Desorientiertheit zu entfliehen, indem er sich freiwillig meldete, bei den armen Bauern in den Grenzgebieten zu leben und noch einmal ganz von vorn anzufangen.
Wieder ist sein Vater verschwunden, und er muß lernen zu vergessen.

Er hatte sich jetzt bereits zum vierten Mal hintereinander verpflichtet, während des jährlichen Frühlingsfestes die einwöchigen Ferien in der ›Kommune der Ewigen Helligkeit‹ zu verbringen. Aber alle seine Genossen, die sich wie er freiwillig für den Einsatz gemeldet hatten, als Bauern und Arbeiter die Sumpflandschaften hier in den nordöstlichen Grenzgebieten urbar zu machen, hatten dieses Jahr beschlossen, während der Ferien alles, was sie an das frustrierende Leben hier erinnerte, hinter sich zu lassen und zurück zu ihren Familien in die Städte zu fahren. Wie hätte er selbst es jedoch ertragen sollen, jetzt, da seine Mutter fort war, um an einem Umerziehungsprogramm teilzunehmen, und sein Vater im Gefängnis saß, das Frühlingsfest in Wen Shui zu feiern, auch wenn Goldweide und Champignon noch daheim waren?
Allein, inmitten dieser unwirtlichen Felder, die nie genügend Weizen abwarfen, um auch nur die zweihundert Freiwilligen zu ernähren, die hier in den trostlosen Wohnheimen aus Lehmziegeln hausten, geschweige denn irgendeinen Überschuß erbrachten, hatte er sich bereit erklärt, die defekte Motoregge reparieren zu lassen, obgleich er keine große Hoffnung hatte, daß daran noch etwas zu machen war. Als sein Brief, den er Beschützer des Vaterlandes anläßlich des Frühlingsfestes geschickt hatte, ungeöffnet wieder zurück kam, beschloß er, die Egge etwas weiter nach Norden zu bringen, wo er hoffte, jemanden zu finden, der sie zu dem Maschinentechniker in den Arbeitslagern transportieren würde, den sie Kleiner Bruder nannten und von dem die Bauern behaupteten, daß er sie wieder instand setzen könnte. Aber jedes Unternehmen, gleichgültig wie langwierig, aussichtlos oder schwierig es auch sein mochte, war besser, als hier

mit seinen schwarzen Gedanken auch nur noch einen Augenblick länger herumzusitzen; denn die Mühe, alle aufkeimenden Erinnerungen aus seinem Herzen zu verbannen, war ihm in dieser unendlichen Leere der Großen Nordischen Wildnis, in der auch Bergkiefer lebte, immer schwerer gefallen, und immer öfter fragte er sich, ob nicht vielleicht der Tod einem Leben in selbstauferlegter Gedankenflucht vorzuziehen wäre.

Er machte sich sogleich auf den Weg, um das für die Jahreszeit besonders milde Wetter zu nutzen. Es gab nur eine einzige Straße, so daß er sich unmöglich hätte verlaufen können. Auf der Strecke wollte er hin und wieder anhalten, um zu zeichnen. Die Ernährung war kein Problem. Während die meisten seiner Kameraden auf Zuschüsse von daheim angewiesen waren und andere die Bauern bestahlen, die etwas fruchtbarere Felder bestellten und ohnehin nie etwas für die Freiwilligen übrig hatten, sondern sie jetzt auch noch verächtlich als unfähige Faulenzer und moralisch verkommene Städter bezeichneten, gehörte er selbst zu den Glücklichen, die etwas besaßen, das sie eintauschen konnten, um sich mit dem zu versorgen, was sie brauchten. Als Gegenleistung für seine Neujahrsbildchen, Zeichnungen von pausbäckigen kleinen Kindern und Glückskarpfen, hatte er genügend Gebäck, Süßigkeiten, Trockenfrüchte und gekochte Eier zusammenbekommen, um sich die ganze Woche davon zu ernähren. Er verpackte den Proviant und band ihn zusammen mit seiner Schlafmatte, seinem Bettzeug und seinem Zeichenmaterial auf die Motoregge und brach auf.

Er wollte seinen Augen nicht trauen, als er zwei Tage später, es begann bereits zu dunkeln, gleich an der Straße an einem Baum befestigt ein Schild sah, das die Aufschrift trug ›Landgewinnungs-Lagerplatz Nr. 9‹. Diese weite, trübgrüne Landschaft, in der letztes Jahr erst drei der neuen Freiwilligen umgekommen waren, als sie in den Sümpfen versanken, war zu einer einzigen herrlichen schneeweißen Fläche gefroren. Er beschloß, die Nacht über neben dem Baum zu kampieren. Morgen wollte er dann ein paar Skizzen dieser seltsam geformten, halb toten, halb lebendigen Bäume anfertigen, die sich so bizarr gegen den unberührten Schnee abhoben und der ganzen Szene etwas Skurriles gaben, das genau seiner gegenwärtigen Gemütsverfassung entsprach.

Er dachte, das Geräusch, das er gehört hatte, käme von Vögeln, die sich mit der Morgendämmerung zu regen begannen, und schloß wieder die Augen. Doch als ihn wenig später das gleiche Geräusch erneut aufweckte, fragte er sich, ob er vielleicht geträumt habe, denn dieses Mal hatte es geklungen wie das Lachen seiner Mutter. Aus irgendeinem Grund sah er dann auf den gefrorenen Sumpf hinaus, doch obgleich er dort zwei Gestalten erkennen konnte, die einen selbstgefertigten Schlitten hinter sich herzogen, auf der eine dritte Person stand, war er zunächst nicht weiter erstaunt, denn halb schlafend, halb wachend war er noch zu benommen, um sich bei dem unerwarteten Anblick irgend etwas zu denken.
Der gellende Freudenschrei, den er kurz darauf hörte, riß ihn allerdings endgültig aus seinem Dämmerzustand, und er wäre augenblicklich in die Höhe gefahren, wenn er nicht bis zum Hals dick vermummt in seinen Decken gesteckt hätte. Die drei Getalten dort drüben waren Wirklichkeit! Instinktiv drückte er sich noch flacher an den Boden, um nicht entdeckt zu werden und um zu sehen, was da vor sich ging.
Zuerst glaubte er, die Person, die dort auf dem Schlitten eine imaginäre Peitsche schwang, müsse ein Kind sein ... und dann hatte er den Eindruck, sie sei verrückt oder betrunken, denn während er sie so beobachtete, warf sie plötzlich ihre Mütze hoch in die Luft und ließ ihr Haar flattern. Sie hatte außergewöhnlich langes Haar, so lang wie die mit Augenflecken besetzten Schwanzfedern eines Pfaues, mit denen auf der Theaterbühne nur der kaiserliche Prinz oder der höchste General geschmückt sind; es war ebenso lang, wie Sommerwünsches Haar damals noch gewesen war, als er es gemeinsam mit seinem Papa trockengekämmt hatte. Wer war diese Frau, die es wagte, ihr schönes Haar so lang wachsen zu lassen und es so voller Stolz vorzuführen? Alle anderen Frauen hatten sich ihr Haar abgeschnitten und trugen es seit Beginn der Kulturrevolution ganz schlicht und kurz, höchstens ein bis zwei Fingerbreit über den Ohren.

»Schneller, schneller!« rief sie. »Ich will schneller fahren!«
Die beiden Gestalten, die den Schlitten zogen, die eine groß, die andere klein, rannten schneller, wurden nach ein paar Schritten jedoch wieder langsamer, hielten dann ganz an und ließen sich auf den Boden purzeln.
»So müde könnt ihr doch noch gar nicht sein«, beklagte sich die Schlittenfahrerin.
»Wir sind es aber ... Junge Herrin«, keuchte eine männliche Stimme. »Wir sind es aber.«
»Dann steigt ihr auf den Schlitten, und ich ziehe euch«, rief sie und lief fröhlich lachend und mit schwebenden Bewegungen zu den beiden hinüber, wobei sie mit ausgestreckten Armen in der Luft ruderte, als ob diese Bewegungen für sie das Normalste der Welt wären, als ob sie in einer Schar von schnatternden und gemächlich mit den Flügeln schlagenden Gänsen gen Süden flöge. Treuherz, ganz fasziniert von der ungezwungenen Natürlichkeit der seltsamen Erscheinung, begriff erst, als sie bei dem kleinen Mann angekommen war und ihm die Schlittenleine abnahm, daß er sie »Junge Herrin« genannt hatte, eine Form der Anrede, die man höchstens noch bei Diskussionsrunden hörte, wenn irgendwelche aufgebrachten Mitbürger ihrer Empörung über den einen oder anderen Feind der Revolution Luft verschaffen wollten.
Dann sah er, wie die beiden Gestalten die Köpfe schüttelten und, wild mit den Händen gestikulierend, es offenbar ablehnten, mit dem Schlitten gezogen zu werden. Erst als er das vergnügte Kichern der langen Person hörte, hatte Treuherz den Eindruck, daß es sich bei ihr um eine Frau handeln mußte, die selbst aus der Entfernung noch höher gewachsen zu sein schien als Champignon. Als sie dann zu sprechen begann und in sehr höflichem Ton sagte: »Junge Herrin, seid doch vernünftig. Wie könnten wir es zulassen, daß Ihr uns auf dem Schlitten zieht? Das ist einfach ausgeschlossen. Ganz ausgeschlossen ...«, da erkannte er, daß sie ursprünglich aus dem Süden stammen mußte. Was, um alles in der Welt, mochte sie wohl hierhin verschlagen haben?
»Nun, ihr könnt euch ja abwechseln«, schlug die mit dem wehenden

Haar vor. »Große Schwester ist zuerst an der Reihe und danach Kleiner Bruder.«
Alles an den dreien war so befremdlich, so phantastisch, daß Treuherz es ganz und gar nicht mehr für unmöglich hielt, daß der kleine Mann sich tatsächlich als der Maschinentechniker herausstellen könnte, dessentwegen er hierhin gekommen war; das wäre lediglich ein zusätzlicher Schnörkel gewesen an dieser verblüffenden Geschichte, die ihn sehr stark an die schicksalsschweren Parabeln erinnerte, die Bergkiefer ihm immer zu erzählen pflegte und zu denen Sommerwünsche dann ihr pantomimisches Gestenspiel aufführte.
Plötzlich liefen die zwei, die den Schlitten gezogen hatten, davon und ließen die Junge Herrin stehen; wie Kinder, die Haschen spielten, tollten sie johlend und vor Vergnügen quietschend umher, während Junge Herrin ihnen nachrannte, mal dem einen, mal dem anderen, nach links, nach rechts, im Kreis herum. Einer gegen zwei, das war gar nicht so einfach.
Sein Magen knurrte, doch er rührte sich nicht vom Fleck, denn jetzt hatte Junge Herrin, die einmal hierhin, einmal dorthin schoß und der bei ihrem ausgelassenen Toben ganz heiß wurde, damit begonnen, sich ein plumpes Kleidungsstück nach dem anderen vom Körper zu reißen und es in hohem Bogen in die Luft zu schleudern. Mit solch selbstvergessenem Eifer fuhr sie fort, sich zu entkleiden, daß er einen Moment lang glaubte, sie würde im Handumdrehen splitternackt über das Eis hüpfen. Es war wohl ein winziger Rest von Schamgefühl in ihr, der sie davon abhielt, auch noch den letzten Fetzen Stoffes abzuwerfen, der in geradezu skandalöser Art rot gefärbt war und nur so etwas wie lange Unterwäsche sein konnte; oder war sie tatsächlich wirklich vor lauter Anstrengung so rot geworden, denn im nächsten Augenblick ließ sie sich erschöpft auf das Eis fallen, gerade in dem Moment als die Lange sich hinter den Kurzen schlich, der gerade mal halb so groß war wie sie selbst, um sich dort zu verstecken. Treuherz mußte sich zusammenreißen, um nicht lauthals in ihr Lachen einzufallen. Plötzlich wurde ihm klar, daß er schon seit Jahren nichts so Komisches mehr gesehen hatte.
Jetzt stand die Sonne bereits am Horizont. Kleiner Bruder und Große

Schwester stiegen auf eine niedrige Erhebung und winkten und riefen, daß Junge Herrin sich nun ankleiden und nicht zu spät kommen solle, das Frühstück würde bald gerichtet sein.

Einen Augenblick lang erwog Treuherz, Kleiner Bruder zu veranlassen, mit ihm nach Hause zu gehen, verwarf dann aber die Idee, als Junge Herrin das Seil aufnahm und mit dem Schlitten im Schlepp die Straße entlang in dessen Richtung ging. Sie sang dabei. Doch ihr Gesang tat fast weh in den Ohren. Und dann versuchte sie sogar zu tanzen, aber das war, um es milde auszudrücken, nicht viel mehr als ein ungeschulter Versuch. Fast schämte er sich ein bißchen für sie – oder war er nur um ihre Sicherheit besorgt? –, jedenfalls sah er aufmerksam nach, ob die Straße auch frei war, obgleich auf diesem Abschnitt der Strecke wohl selten mehr vorbeikam als ein Bus am Tag oder drei, vier Lastwagen oder ein Dutzend Karren. Zu Fuß würde schon gar keiner vorbeikommen, denn während der Frühlingsfeiertage waren die Bauern kaum bereit, ihre Schlafmatte zu verlassen. Und trotzdem entfuhr ihm ein erleichterter Seufzer, als er sah, daß alles frei war.

In dem mattgoldenen Licht des beginnenden Tages wirkte die energiegeladene kleine Elfe, wie sie dort, frei von ihrer schweren, gefütterten Kleidung und über und über in das rote Trikot gehüllt, daherlief, wie eine lodernde Flamme; je länger er sie betrachtete, desto stärker schien er die Wärme spüren zu können, die von ihr ausging. Jetzt konnte er erkennen, daß sie etwa so alt sein mußte wie er selbst, und obgleich ihr Gesicht nicht unbedingt das war, was andere hübsch genannt hätten, wünschte Treuherz, er wäre auch nur halb so mutig wie der Schüchternste unter allen seinen Kameraden. Die würden jetzt wohl husten oder ihr Bettzeug zusammenrollen, in der Hoffnung, sie würde dadurch Notiz von ihnen nehmen. Aber die Gewohnheit, niemals die Aufmerksamkeit auf sich zu ziehen, war so tief in ihm verwurzelt, daß er weiterhin eng an den Boden geschmiegt in Deckung blieb.

Nach wie vor mit dem Schlitten im Schlepp, begann sie jetzt voller Ernst, immer schneller und schneller zu rennen. Als ob sie nun niemand Unbekannter mehr, sondern eine altvertraute Freundin wäre, sah er ihr ganz begeistert zu. Ihre Bewegungen hatten jetzt überhaupt nichts Linkisches mehr an sich. Hätte er nur seinen Skizzenblock griffbereit. Wenn er doch diese sorglose Ausgelassenheit irgendwie festhalten könnte.

Sichtlich außer Atem rutschte sie ein paarmal aus, rannte aber mit solch glühendem Eifer weiter, als befände sie sich in einem Wettrennen und hätte sich in den Kopf gesetzt, alle Rekorde zu brechen, bis der Schlitten schließlich umkippte und sich die Zugleinen derart verhedderten, daß sie stehenbleiben mußte. Sie zerrte einige Male energisch an den Leinen, bis der Schlitten wieder auf den Kufen landete, doch entglitt ihr dabei das Zugseil, so daß das Gefährt allein davonschoß und die Leine mit sich zog.

Treuherz erschrak: Der Schlitten kam geradewegs auf ihn zu.

»Komm zurück!« schrie sie. »Komm augenblicklich zurück.«

Ihrer Stimme klang so unerbittlich und streng, daß er fast erwartete, der Schlitten würde gehorchen und gleich in einem Bogen zu ihr zurückfahren, anstatt einfach allmählich langsamer zu werden, bis er stillstand. Schon bevor das kleine Gefährt ganz zum Stillstand gekommen war, konnte er erkennen, daß jemand liebevoll zarte, blühenden Pflaumenzweige auf das Holz des Schlittens gemalt hatte; durch den Anblick dieser zierlichen Blüten, die im Winter aufgingen, wenn alle anderen Blumen längst abgestorben waren, war er so überwältigt von einem Gefühl tiefster Sehnsucht und Zärtlichkeit, daß er gar nicht merkte, wie bedrohlich nahe der Schlitten war. Erst als ein Schneeball, der dem ungehorsamen Ausreißer gegolten hatte, noch dichter neben ihm zerplatzte, kam er wieder zu sich. Vor Enttäuschung, nicht getroffen zu haben, machte das Mädchen ein ganz traurig schmollendes Gesicht – es hatte sein Herz erobert.

Wie hätte er auch nur ahnen sollen, was da in seinem Herzen vorgegangen war, wo er doch noch nicht einmal versucht hatte, sich auch nur mit einem einzigen der etwa siebzig weiblichen Wesen anzufreunden, die in der Kommune lebten? Er hatte immer geglaubt, daß es nicht nur die ausdrückliche Empfehlung der Partei war, sich bis zum siebenundzwanzigsten Lebensjahr von Frauen fernzuhalten, bis man in dem Alter wäre, in dem man gesetzmäßig berechtigt ist zu

heiraten, sondern er hatte es, auch wenn sich viele der Freiwilligen ganz anders verhielten, für natürlich gehalten. Wie hätte er also auch nur ahnen können ...?
Die Antwort auf diese Frage kam ihm, als ihm plötzlich eine Erinnerung aus Kinderzeiten durch den Kopf schoß. Wie oft hatte er als kleiner Junge zufällig mit angehört, wenn sein Papa und seine Mama im Dunklen an seinem Bett standen, wie Bergkiefer ihr zugeflüstert hatte: »Ich habe dich von dem Augenblick an geliebt, als ich dich das erste Mal sah.«
In diesem Augenblick machte Junge Herrin plötzlich eine abweisende Handbewegung, drehte sich auf dem Absatz um und ging, als ob sie der Schlitten nun nicht mehr interessierte, einfach davon. Während er ihr nachsah, bis sie hinter der niedrigen Erhebung verschwunden war, wußte er nicht recht, ob er nun froh war oder es bedauerte, nicht entdeckt worden zu sein.
Wieder knurrte sein Magen, und dieses Mal stand er auf. Er war sich sicher, sie würde nach dem Frühstück zurückkommen, um ihre Sachen zu holen. Dann könnte er ihr erneut zuschauen und sich über ihren Anblick erfreuen.

Doch er hatte sich geirrt. Kleiner Bruder kam allein. Aber vielleicht war das genauso gut, denn solange er nicht ihrem Zauber ausgeliefert war, den ihre Anwesenheit auf ihn ausübte, konnte er unbefangener mit dem Maschinentechniker sprechen und ihn um Hilfe bitten. Gemeinsam schoben sie die defekte Motoregge in die Werkstatt gleich bei einem der Arbeitslager, wo Kleiner Bruder das Gerät wieder in Ordnung brachte, während Treuherz detaillierte Skizzen des Arbeitsganges anfertigte. Während der ganzen Zeit sagte keiner von ihnen auch nur ein einziges überflüssiges Wort, und doch schien es, als brachte ihr Schweigen den Respekt zum Ausdruck, den beide voreinander empfanden.
Es herrschte ein diffuses Zwielicht, als sie zum ›Landgewinnungs-Lagerplatz Nr. 9‹ zurückkamen. Aus Dankbarkeit bot Treuherz Kleiner Bruder alle Süßigkeiten und Trockenfrüchte an, die er bei sich hatte.

Aber Kleiner Bruder lehnte mit Kopfschütteln und wilden Handbewegungen ab, genau wie er zuvor abgelehnt hatte, sich mit dem Schlitten ziehen zu lassen. »Behalt du mal deinen Poviant. Statt eines Geschenkes, würdest du mir vielleicht eine Frage beantworten? Du brauchst natürlich nicht, wenn du nicht willst. Ich hab Verständnis dafür ...«

Treuherz antwortete, ohne die Frage abzuwarten. »Ich bin der Sohn von Bergkiefer, einem Reaktionär«, sagte er einfach.

Kleiner Bruder nickte nur und ging dann durch das gleißende Licht, das sich auf der Oberfläche des gefrorenen Sumpfes gebildet hatte, davon.

Treuherz dachte, daß sie sich wahrscheinlich niemals im Leben wiedersehen würden. Doch wieder hatte er sich geirrt. Als nach den Frühlingsfeiertagen alles aus den Städten zurückgekehrt war, kam Kleiner Bruder zu Besuch in die ›Kommune der Ewigen Helligkeit‹, um unter ihren Mitgliedern einen Lehrling auszusuchen. Die zuständige Kaderführung in den Arbeitslagern hatte dem Maschinentechniker das außerordentliche Privileg eingeräumt, die Person selbst auszuwählen, die ihm für eine Ausbildung als Techniker geeignet schien, sowie die Methode selbst zu bestimmen, nach der die Ausbildung erfolgen sollte. Obgleich Kleiner Bruder die Bewerber vor seinen strengen Auswahlkriterien warnte, hoffte doch jeder, das glückliche Los würde auf ihn fallen, nicht zuletzt, um endlich von der Feldarbeit und den Anstrengungen der Landgewinnung fortzukommen. Der Bewerber mußte außerordentlich verschwiegen und ein exzellenter und peinlich genauer Zeichner sein. Treuherz konnte sich als einziger für den Ausbildungsplatz qualifizieren.

## *Zum allerersten Mal*

Das seltsame Mädchen auf dem Schlitten hieß Cinders. Den Namen hatte sie von ihrem Vater bekommen, einem General der Kuo-mintang, der jeweils so aussah wie der Soldat, dessen Porträt sie zuletzt angefertigt hatte und der stets in einer Uniform mit glänzenden Knöpfen steckte. Nur sein Gesichtsausdruck war immer der gleiche – ein von Herzen kommendes Lächeln. Ohne irgendeine Erinnerung an ihren Vater und ohne auch nur eine Photographie von ihm zu besitzen, ließ sie ihn stets so aussehen, wie es ihr gerade gefiel. Obgleich sie nicht wußte, ob er überhaupt noch am Leben war, war sie überzeugt davon, daß er mit seinem allerletzten Atemzug nichts anderes als ihren Namen sagen würde. Desgleichen war sie der festen Überzeugung, ihn besser zu kennen als irgendein Mädchen auf der Welt, das ein Leben lang Tag und Nacht mit seinem Vater verbracht hatte, es je könnte.

Während der zwanziger Jahre war er als junger Militär-Attaché an der Chinesischen Botschaft in den Vereinigten Staaten von Amerika beschäftigt gewesen und hatte während der Dienstzeit in Übersee seine Englischkenntnisse dadurch verbessert, daß er Präsident Abraham Lincoln, der immer ganz aufmerksam in seinem gewaltigen Marmorsessel saß und ihm zuhörte, Nacht für Nacht ein Kindermärchen vortrug. Jahre später, als seine Tochter dann geboren wurde, hätte er sie fast Gläserner Schuh genannt, nach dem Kleidungsstück, das zu dem glücklichen Ausgang des Märchens führte. Aber seine belesene Frau, die sich normalerweise jedem seiner Wünsche fügte, war mit dem Namen nicht einverstanden. »Mein lieber Mann«, sagte sie. »Unsere Tochter nach einem Schuh zu nennen ist einfach würdelos.« Auf diese Weise hatte sie dann statt dessen den Namen der Titelheldin des Märchens bekommen.

Cinders hatte auch keine Erinnerung an ihre Mutter, und ebensowenig besaß sie von ihr eine Photographie. Aber ein Blick in den Spiegel sagte ihr genau, wie die Frau ausgesehen hatte. Jedenfalls haben Kleiner Bruder und Große Schwester, die sie nie anders als mit ›Junge Herrin‹ ansprachen, das mehrfach bestätigt.

Kleiner Bruder war der Chauffeur ihres Vaters gewesen, obwohl er kaum über das Armaturenbrett schauen konnte, wenn er hinter dem Steuerrad saß. Auf diese Weise sei er für potentielle Attentäter wenigstens nicht so leicht zu erwischen, hatte ihr Vater immer zu ihm gesagt. Große Schwester war die persönliche Bedienstete ihrer Mutter gewesen, obgleich sie von hinten eher aussah wie ein Mann. Sie sei auf diese Weise ein noch besserer Schutz, hatte ihr Vater immer ganz stolz gesagt. Wo auch immer die beiden gemeinsam auftauchten, lösten sie schallendes Gelächter aus. Aber der General – ein unverbesserlicher Ehevermittler mit allen Neigungen dieser vielversprechenden Profession – sah in jedem Stück Kohle ein Juwel und sagte immer nur, daß sie ein ganz hervorragendes Paar abgäben. Beide waren sie tüchtig, furchtlos und loyal; sie waren im gleichen Dorf geboren worden und stammten beide aus armen Familien, die für andere Leute das Land bestellten; und beide waren sie jeweils das jüngste von acht Geschwistern, obwohl er drei Jahre älter war als sie.

Der General selbst hatte den Traugottesdienst abgehalten. Er hatte zu diesem Anlaß auf seine Kosten auch ein prächtiges Festessen ausrichten lassen, zu dem alle Bewohner ihres Heimatdorfes geladen wurden, hatte zahllose Akrobaten und Zauberer verpflichtet und – damit es auch Musik gab – eine hervorragende Kapelle engagiert, die von einem ausgesprochen gutaussehenden Hornisten geleitet wurde. Der glückliche Heiratsvermittler hatte damals keinen einzigen Tanz ausgelassen.

Bedienstete in der Weise zu ehren war noch nie dagewesen. Doch einmal war die großzügige Geste des Generals dann zehntausendfach vergolten worden. Denn eines Tages, es war im Sommer 1949, als die siegreiche kommunistische Armee in den Süden marschiert war, um Shanghai einzunehmen, befanden sich der Chauffeur und die persönliche Bedienstete auf dem überfüllten Bahnhof und drängten sich durch die Menschenmenge und hüpften und winkten, um noch einmal einen Blick auf den General werfen zu können, der mit seiner Frau und seinem Töchterchen zu ihren Sitzen im letzten Zug ging, der sie in den Süden, nach Foochow, bringen sollte. Dort gab es Schiffe, die in ein sicheres Asyl und zu Verwandten nach Taiwan auslaufen würden. Als sie sich endlich an einem Zugfenster zeigten, öffnete es der General und gab Cinders ein letztes Mal ihrer Amme für einen Abschiedskuß in den Arm. Doch das zweijährige Kind, fest entschlossen, auch jetzt sein Lieblingsspiel zu spielen, wehrte sich mit Händen und Füßen gegen die Liebkosung der Frau und schlang statt dessen seine Ärmchen um den Hals von Kleiner Bruder. »Huckepack!« verlangte es. »Huckepack!«

Plötzlich ruckte die Lokomotive an. In Sekundenschnelle hatte sich die gesamte Menschenmenge in einen einzigen verrückt gewordenen Haufen verwandelt. Alles schlug um sich, schubste und stieß, um nur irgendwie auf den Zug zu klettern – selbst durch jede noch so kleine Öffnung – und sich dort festzuhalten, um an Ort und Stelle zu bleiben, was auch immer geschehen mochte. Dann nahm der Zug Fahrt auf und trennte Familien, Freunde und Geliebte.

Als sie viele Wochen später noch immer kein Sterbenswort von dem General gehört hatten, tauschte Kleiner Bruder fast den gesamten Erlös, den er für das Abschiedsgeschenk seines Herrn bekommen hatte, einen Goldbarren in der Größe eines Ziegelsteins, gegen einen heruntergekommenen Lastwagen ein, packte die Bücher darauf, die die Frau des Generals zurücklassen mußte, und fuhr mit Großer Schwester, die das fröhlich auf und ab hüpfende Kind auf dem Schoß hielt, in die entfernteste Region der Großen Nordischen Wildnis, wo sich eine Familie von armer bäuerlicher Herkunft niederlassen konnte, ohne viele Fragen beantworten zu müssen.

Für die wenigen Menschen, die in den darauffolgenden Jahren durch Zufall auf dieses einsam in einer Landschaftssenke gelegene Haus stießen, in dessen drei Zimmern sich an jeder Wand Bücher bis unter die Decke stapelten, war diese kleine dreiköpfige Familie wie keine andere. Die Bücher – ihr Anteil dessen, was vom Besitz ihrer früheren Herrschaften im Zuge der Landreform konfisziert worden war – waren sehr nützlich, um Zugluft und Staub abzuwehren und im Sommer die kühlere Nachtluft im Haus zu halten, während im Winter damit die Eiseskälte ein wenig gemildert werden konnte. Die beiden waren durchaus gastfreundlich, doch sprachen sie kaum ein Wort. Die Eltern behandelten ihre Tochter, als sei sie das Familienoberhaupt, während der Mann des Hauses der einzige von ihnen war, der jemals – allerdings überaus selten – auf dem Markt gesehen wurde. So karg ihre Mahlzeiten auch waren, das Mädchen erhielt grundsätzlich die Leckerbissen; desgleichen trug sie niemals ein Kleidungsstück, das geflickt worden wäre, wie minderwertig das Gewebe, aus dem es angefertigt war, auch immer gewesen sein mochte; und obwohl es zahlreiche Aufgaben zu erledigen gab, wurde dem Mädchen nie gestattet, irgendeine niedrige Hausarbeit zu verrichten.

Seinen Arbeitsplatz als Werkzeug- und Maschinenschlosser der Lageranstalten hatte Kleiner Bruder ergattert, indem er einerseits eine etwas seltsame Beichte abgelegt und andererseits eine auf den ersten Blick ziemlich großmäulige Behauptung aufgestellt hatte. Er hatte nämlich gesagt, daß er mit dem bißchen Hirnschmalz, das er besaß, nur funktionieren konnte, wenn man ihn ganz alleine arbeiten ließ, und hatte frech behauptete, mit seinen hypergeschickten Händen jede Maschine wieder instand setzen zu können, ganz gleich, wie alt oder modern, wie herunterkgekommen oder falsch behandelt sie auch sei. Als sich diese Prahlerei tatsächlich als wahr erwies, verschwendete die zuständige Kaderführung keinen weiteren Gedanken an ihn, sondern akzeptierte Kleiner Bruder, der sich ebenso tadellos verhielt, wie er klein war, als das, was er eben war, als einen unersetzbaren Arbeiter. Später dann, während der Phase intensivster politischer Kampagnen, als selbst diejenigen ihr unerschütterliches Vertrauen in die Partei zur Schau stellen mußten, die wie er von Geburt her dem ländlichen Proletariat angehörten und damit nach offizieller Meinung die wahren Träger der kommunistischen Revolution waren, gerade dann gab unweigerlich immer irgendein lebensnotwendiges Arbeitsgerät den Geist auf, dem Kleiner Bruder gerade dann seine ganze Aufmerksamkeit widmen mußte.

Da Große Schwester ohnehin nie auf dem Markt zu sehen war, vermißte sie dort auch niemand. Aus eben diesem Grund fiel es auch niemandem auf, daß Cinders niemals in der Schule erschien. Von dem Unterricht, den die Generalsgattin einst ihrer persönlichen Bediensteten erteilt hatte, profitierte nun auch das kleine Mädchen und lernte lesen, so daß es sich mit Hilfe der Bücher von der Unzulänglichkeit seiner eigenen Erfahrungsmöglichkeiten befreien und immerfort weiterbilden konnte. Aus den Seiten dieser Bücher traten endlose Scharen von Personen hervor; ob Prinzen oder Totengräber, alle kamen sie mit Geschichten daher, zu denen das Mädchen zahllose Bilderchen malte und die es sich wieder und wieder nacherzählte, bis sein abgeschiedenes kleines Reich auf diese Weise bald bunt bevölkert war.

Obwohl sie sich von der Welt fernhielt, wagte die kleine Familie jedoch nicht, sich auch von den täglichen Nachrichten auszuschließen, denn mit den Tagesnachrichten wurden auch die politischen Kampagnen bekanntgegeben. Kleiner Bruder baute ein Radio, sammelte ausgelesene Zeitungen und berichtete alles, was er sah und hörte. Doch selbst als Cinders größer geworden war, fühlte sie sich durch diese Berichte nicht veranlaßt, ihre Zurückgezogenheit aufzugeben. Was hatte die Gesellschaft der Tochter eines Generals der Kuo-min-tang schon zu bieten als ihren unerbittlichen Haß und ihre tiefste Verachtung? Deswegen beschloß sie, ihr Leben zu genießen und niemals einsam oder gelangweilt zu sein. Schließlich hatte sie doch all die Bücher, die sie lesen konnte, und die vielen Bilder, die sie noch malen wollte, und Kleiner Bruder und Große Schwester, die ihr Gesellschaft leisteten. Außerdem verfügte sie über eine grenzenlose Vorstellungsgabe, und die hatte sie noch nie im Stich gelassen. Sie brauchte einen Vater, der gut zu ihr war, und den hatte sie. Ansonsten war sie so beschaffen, daß sie das, was sie nie besessen hatte, auch nie vermissen würde. Sich ein anderes Leben zu wünschen war für sie so dumm, als ob ein Fisch die fixe Idee hätte, unbedingt auf dem Trocknen leben zu wollen.

Zum ersten Mal war Cinders auf den Skizzenblock aufmerksam geworden, als er Kleiner Bruder, der auf seinem Stuhl eingenickt war, während er darauf wartete, daß sich die Junge Herrin ins Bett begeben würde, vom Schoß gerutscht war. Auf dem Einband stand in Schönschrift der Name des Lehrlings, den der alternde Maschinentechniker vor einiger Zeit unter den gebildeten jungen Leuten, die irgendwo im Hinterland lebten, ausgesucht hatte. Die einzelnen Blätter des Skizzenblocks waren gefüllt mit allen möglichen schematischen Darstellungen irgendwelcher Motoren, aber zu Cinders' Erstaunen auch mit ganz anderen Zeichnungen, die mit Technik nichts zu tun hatten.

Sie fand diese Skizzen bewundernswert – knorrige Kiefern in diesigen Nebelschwaden, eine untergehende Sonne, die sich allmählich über den Bergen im Westen senkt, breite Flüsse, die sich durch bewaldete Landschaften schlängeln, Goldfische, die in einem Bassin umherschwimmen, zierliche Darstellungen von blühenden Pflaumenzweigen, die ihr irgendwie bekannt erschienen. Sie konnte nicht einen Fehler entdecken. Ebensowenig konnte sie auch nicht bei einer einzigen Abbildung nur das geringste Anzeichen entdecken, daß an irgendeiner Stelle nachgebessert worden wäre – nirgendwo auch nur einen einzigen eigenwilligen und unpassenden Schnörkel oder einen plötzlichen zeichnerischen Einfall, der dann unvollendet geblieben wäre. Diese vollkommene Makellosigkeit irritierte sie. Aus allem, was sie je gelesen hatte, hatte sie gelernt, daß ein wahrer Künstler es wagt, Fehler zu machen. Sie hatte den Verdacht, daß der Lehrling möglicherweise seinen eigenen Eingebungen und Gefühlen nicht traute, vor allem nicht seinen Gefühlen, und deshalb allzulange darüber nachgrübelte, was er tun müsse.

Dennoch, sie war ganz fasziniert. Dann blätterte sie zurück zu der Zeichnung mit der untergehenden Sonne und setzte mit ein paar Strichen die Rückenansicht einer kleinen, den Blick zum Himmel gewandten Figur in den Sonnenball.

Eine Woche später entdeckte sie das Skizzenbuch in dem Werkzeugkasten von Kleiner Bruder. Die gleiche kleine Figur war jetzt auf jeder einzelnen Zeichnung zu sehen, sie fehlte nur auf einer einzigen, die sie noch nicht kannte. Es war die Darstellung eines blühenden Pflaumenbaumes und einer leeren Bank, von der der Schattenriß einer sitzenden Person, die jedoch noch nicht in das Bild gezeichnet worden war, über den Schnee fiel.

Bei dem Anblick mußte sie laut auflachen. Dann sah sie auf ihre Füße und begann ganz vorsichtig zu zeichnen. Sie fing bei ihrem schmutzigen schwarzen Schuh an; doch als sie fertig war und das Skizzenbuch gerade zuklappen wollte, kam ihr die Idee, noch einen zweiten sitzenden Schattenriß auf den Schnee zu zeichnen.

Es waren Monate vergangen, bis ihre jeweiligen Selbstbildnisse auf diese Weise bis in alle Einzelheiten vollendet waren, und immer noch waren sie einander nicht begegnet. Dennoch empfand sie eine unbändige Erregung, wann immer sie einen Blick auf den jungen hübschen Mann mit der gerunzelten Stirn und den tiefernsten Augen warf, der dort in der Zeichnung neben ihr saß, und sie wußte, daß dieses Gefühl Liebe war. Diese Gewißheit war keinesfalls absonderlich für jemanden, der das Rauschen des Ozeans hören konnte, ohne auch nur in seine Nähe gekommen zu sein, für eine Frau, die den Duft von Parfums riechen konnte, die sie niemals angelegt hatte, die sich von Eltern geliebt fühlte, die fort waren, ohne die geringste Erinnerung zurückgelassen zu haben. Für sie bestanden die Kunst und das Leben gleichermaßen aus der Verlockung von Geheimnissen, für die es keine Erklärung gab.

Als sie Treuherz das erste Mal sah, lief er neben Kleiner Bruder her, der gerade dem ersten Menschen, den er je zu sich nach Hause eingeladen hatte, den Gebrauch eines Gegenstandes erklärte, den er in seinen hohlen Händen hielt. Sie gingen am Haus vorbei zu dem Schuppen, in dem der Lastwagen vor sich hin rostete, mit dem die Familie in die Wildnis gekommen war. In diesem Schuppen wurden verschiedene Seilstücke, Drähte, Metallteile und diverse andere ausrangierte Gerätschaften aufbewahrt, die vielleicht später einmal irgendwie zu gebrauchen sein würden. Er sah nicht auf. Er sprach nicht. Doch sie spürte, daß er genau wußte, daß die Frau aus ihrer gemeinsam erstellten Zeichnung hinter der offenen Tür des Hauses stand und ihn beobachtete.

Sie versuchte zu hören, was sie sagten, bis die Stimme von Kleiner Bruder immer schwächer wurde und die Scharniere des Schuppentors quietschten. Dann fuhr sie fort, in dem Buch zu lesen, das sie fest gegen die Brust gepreßt hatte, während sie die Szene beobachtete.

Als es dunkel wurde, trug Große Schwester eine Decke und etwas zu essen in den Schuppen, und Kleiner Bruder kam allein zurück ins Haus. Cinders fragte ihn nicht nach dem Lehrling. Das hatte sie auch vorher nicht getan. Eine Junge Herrin nahm von einem fremden Burschen keine Notiz, und noch viel weniger zog sie Erkundigungen über ihn ein – schon gar nicht, wenn er so blendend aussah wie Treuherz, schon gar nicht, wenn er so tat, als ob er sie vorhin hinter der geöffneten Tür nicht bemerkt hätte und damit verriet, daß er irgend etwas an ihrem Selbstporträt in ihrer gemeinsamen Zeichnung auszusetzen hatte. Welchen Grund hätte er sonst für sein Verhalten gehabt haben sollen? Doch so enttäuscht sie von seiner vermeintlichen Reaktion auch war, sie liebte ihn immer noch; ja, genaugenommen liebte sie ihn dadurch noch mehr, denn waren es nicht gerade die Fehler, die den wahren Künstler ausmachten? Und da sie es zu Hause nie anders erlebt hatte, sondern immer bekam, was sie sich wünschte, war sie auch jetzt überzeugt davon, daß irgendwann, irgendwie auch er sie lieben würde.

Während der Lehrling nun seine Ausbildung erhielt, indem er lernte, den alten Lastwagen wieder instand zu setzen, las sie, nur einen Steinwurf entfernt, monatelang ein Buch nach dem anderen. Der Inhalt jeder Seite war angereichert von den murmelnden Stimmen, die aus dem Radio drangen, das Kleiner Bruder im Schuppen deponiert hatte und das ihr immer sagte, daß Treuherz noch bei der Arbeit war. Doch nur einmal konnte sie verstehen, was gesagt wurde – als er die Lautstärke hochdrehte, während die unerhörte Nachricht verlesen wurde, daß amerikanische Offizielle, zum ersten Mal seit der Befreiung, Peking einen Besuch abgestattet hatten. Sie fragte sich, ob das möglicherweise bedeutete, daß nun auch andere unversöhnliche Feinde, wie Generäle der Kuo-min-tang, die Hauptstadt besuchen würden.

Sie las auch, als der Lehrling und Kleiner Bruder den Lastwagen aus dem Schuppen heraus zu der grasbewachsenen leichten Anhöhe bei dem Sumpf schoben, wo sie während des Winters Schlitten gefahren war, und als dann der Lastwagen plötzlich nicht mehr zu sehen war, empfand sie fast so etwas wie Verlustangst.

Als das Gefährt verschwunden war und mit ihm der Lehrling, konnte sie nicht mehr stillsitzen – geschweige denn lesen oder sprechen. Sie hatte das Gefühl, irgend etwas in ihr sei heillos in Unordnung geraten, als sei sie falsch zusammengesetzt worden. Was war geschehen mit ihr, mit der Frau, die immer getan hat, was sie wollte, ohne sich dabei um die Welt sorgen zu müssen? Jetzt plötzlich begriff sie, daß diese Welt eigenen Gesetzen folgte und genauso unbeständig war wie der Schnee, der im Winter den Sumpf bedeckte. Treuherz war davongefahren, ohne ihr auch nur ein Zeichen zurückzulassen. Sie war verloren.

Sie ging ziellos umher. Tag für Tag. Überall lief sie umher, in jede Richtung, nur nicht dorthin, wo die Reifenspuren hinführten.

Dann, eines Nachts, verlockt von dem hellen Schein des Vollmonds und als ob sie es mit ihrem trotzig vorauseilenden Schatten aufnehmen wollte, lief und lief sie, bis sie schließlich auf den Lastwagen stieß, der auf einer Wiese stand, mit den Rädern über einer frischgegrabenen Montagegrube. Er war in ein fast unwirkliches Licht gehüllt und fühlte sich kalt an. Sie preßte sich gegen das Blech, in der Hoffnung, auf diese Weise ihren glühendheißen Körper etwas abkühlen zu können.

Als sie auf dem Armaturenbrett den Skizzenblock liegen sah, verschlug es ihr fast den Atem. Hatte Treuherz ihn für sie dort liegengelassen? War das das Zeichen? War der Moment endlich gekommen? Sie betete, daß es so sei. Dieses Mal würde sie sich anders zeichnen – hübscher, viel hübscher. Sie hoffte nur, daß sie sich nicht irrte, und kroch dann in den Wagen. Als sie sich den Skizzenblock genauer besah, erkannte sie, daß die Seite, auf der sie ihr Selbstporträt gezeichnet hatte, verschwunden war ... statt dessen war dort jetzt eine Zeichnung von jemandem, der mit langem, wehendem Haar einen Schlitten eilig hinter sich herzog, und ohne daß sie sich's versah, lachte sie vor Freude kurz laut auf. Das war mehr als bloß ein Zeichen. Die kleine Skizze strahlte so viel Fröhlichkeit aus, daß selbst sie, als Betrachterin und als die Person, die auf dem Bildchen dargestellt war, die heitere Stimmung der Zeichnung förmlich spüren konnte. Sie drückte den Block fest gegen ihre Brust und rollte sich hinter dem

Steuerrad zusammen, als ob sie das Gefühl auf diese Weise ganz für sich allein in ihrem Herzen bewahren wollte, und schaute dankbar einer Wolke nach, die sich in diesem Augenblick vor den Mond schob und sein helles Licht ein wenig dämpfte.
Sie träumte, daß der unverbesserliche Ehevermittler seinen Mantel mit den glänzenden Knöpfen auszog und ihn Treuherz umhängte und daß dann Musik erklang, die eine hervorragende Kapelle spielte, die ein ausgesprochen gutaussehender Hornist leitete. Dazu tanzten Treuherz und sie selbst, und Mutter und Vater, Kleiner Bruder und Große Schwester, alle Menschen, vom Prinzen bis zum Totengräber, alle, die ihr kleines Reich bevölkerten, tanzten und tanzten und ließen keinen Tanz aus.
Als sie wieder aufwachte, saß Treuherz neben ihr und betrachtete sie.
Die Vorstellung, die sie sich von ihm gemacht hatte, als sie zum ersten Mal seine Zeichnungen betrachtet hatte, schien sich jetzt als sehr richtig zu erweisen. Treuherz traute tatsächlich seinen Eingebungen oder Gefühlen nicht, vor allem nicht seinen Gefühlen. Es half nichts, daß er seine Empfindungen durch die Zeichnung von dem jungen Mädchen, das mit langem, wehendem Haar einen Schlitten hinter sich herzieht, längst offenbart hatte; er saß schweigend ein wenig abgerückt von ihr auf der Sitzbank und überlegte viel zu lange, was er tun sollte, so daß sie es schließlich war, die ihre Hand nach ihm ausstreckte.
Hand in Hand saßen sie mit baumelnden Beinen auf der Bank des Lastwagens, dem, wie Kleiner Bruder nach seiner heutigen Begutachtung herausgefunden hatte, nichts weiter fehlte als Treibstoff. Sie kommunizierten schweigend – doch es war nicht das Schweigen wie das einer Mauer oder eines leeren Raums, sondern es war ein reiches, verlockendes Schweigen, so beredt wie ein Garten, den die Götter selbst bestellten. Nur Schweigen konnte den Zauber einer Liebe noch tiefer werden lassen, die in ihm wachgerufen worden war, als er sie damals so herrlich impulsiv und ungezwungen auf dem Eis gesehen hatte – den Zauber einer Liebe, die in ihr durch jene Zeichnung hervorgerufen worden war und deren Vollendung Monate in Anspruch

genommen hatte. Beide schienen zu begreifen, daß Worte zwischen einem Mann und einer Frau, die aus so verschiedenen Welten zueinandergefunden hatten, sie möglicherweise wieder zu Fremden werden lassen könnten.

Er nahm ihr Gesicht in beide Hände und verglich ihre Züge mit denen, die ihn seit dem Tag verfolgten, an dem ihn ihr fröhliches Lachen geweckt hatte. Es waren genau die gleichen, nur heute konnte er sich selbst in ihren Augen erkennen.

Bis zu diesem Augenblick hatte sie ihn noch niemals lächeln sehen, nicht einmal einen ganz kurzen Augenblick lang. Jetzt aber lächelte er ein Lächeln, das aus tiefster Seele kam. Sie umarmte ihn. Dann hob sie den Blick zum Himmel und wünschte sich mit der ganzen Kraft ihres Herzens, diesen Augenblick bis in alle Ewigkeit im Gedächtnis zu behalten, bis sie, uralt und ergraut, ihre Augen zum allerletzten Mal schloß. Sie wünschte sich, niemals die Position all der Sterne zu vergessen, die in diesem Augenblick am Himmel standen, niemals den wunderbaren Duft des heraufziehenden Herbstes, der in der Luft lag, das Geräusch des Grases, das sich in dem leichten Nachtwind bog, das Gefühl seiner Hand in der ihren und die harte Stelle an der Spitze seines Mittelfingers, die Zeichenstift und Federhalter dort hinterlassen hatten ...

Irgend jemand flüsterte »Ich liebe dich.« Und einen atemlosen Augenblick lang begriff sie nicht, daß es ihre eigene Stimme war, die sie gehört hatte.

»Noch bevor du gewußt hast, daß es mich gibt«, flüsterte er, »habe ich dich schon geliebt. Und selbst wenn es mich eines Tages nicht mehr gibt, werde ich dich immer noch lieben.«

Und zum allerersten Mal küßten sie sich ... beide küßten zum allerersten Mal.

Dann, als der Kuß beendet war, streifte er ihr die schmutzigen schwarzen Schuhe von den Füßen, und sie entdeckten einander.

Gleich am nächsten Abend trafen sich die Liebenden wieder auf der Wiese und legten sich nach einem erneuten Leidenschaftstaumel eng umschlungen hinten auf die Ladefläche des Lastwagens. Cinders mußte eingeschlafen sein, denn als sie aufwachte, war Treuherz nicht mehr neben ihr, sondern lief draußen um das Gefährt herum. Sie ging zu ihm.

Hand in Hand schlenderten sie im Kreis um das Fahrzeug, ohne ein Wort zu sagen, bis er nach einer Weile plötzlich stehenblieb und versonnen in die Ferne starrte. Das Schweigen war jetzt anders als zuvor. Irgendwie war sie nicht mehr darin einbegriffen. Seine Gedanken schienen jetzt alle nur der Welt zu gelten, aus der er gekommen war und die sie selbst nie gesehen hatte, sie schienen einer Horde von Geistern zu gelten, die sich dort drängten.

Sie ließ seine Hand fahren.

Da nahm er sie fest in die Arme und umklammerte sie wie ein Ertrinkender, der es geschafft hat, endlich wieder an der Wasseroberfläche aufzutauchen. Er drückte sich so verzweifelt an sie, als sei sie das einzige, das ihn davor bewahren konnte, wieder zurück in sein nasses Grab gerissen zu werden.

Sie bekam kaum noch Luft.

Ohne sie zu fragen, erklärte er seine Absicht, gleich morgen ihren Vater um Erlaubnis zu bitten, sie in vier Jahren heiraten zu dürfen, wenn er siebenundzwanzig sein würde, alt genug, um nach dem Gesetz eine Ehe eingehen zu können, und dann, bevor sie noch in der Lage gewesen wäre, etwas darauf zu antworten, verkündete er, daß seine Leiden nun beendet seien. Er würde sich ihr und ihren Eltern in ihrem abgeschiedenen Tal anschließen und ein Leben in Harmonie führen. Er würde endlich brechen mit einer Welt, die keinen Sinn mehr für ihn hätte. Er lachte ein bitteres, verzweifeltes Lachen, in dem keine Spur von Fröhlichkeit lag, und verkündete dann, daß seine Gebete nun endlich erhört worden seien – er würde sie heiraten, er würde in die Gesellschaftsklasse derer einheiraten, die die wahrhaf-

ten Träger der kommunistischen Revolution seien, in das ländliche Proletariat.
Sie erstarrte. Sie war doch keine Bäuerin.
»Wie könnte ich sonst davonkommen?« flüsterte er und dachte an seinen Vater, den Reaktionär; an seine Mutter, die die Umerziehungsmaßnahmen durchlief; an seinen Stiefvater, den Revisionisten. »Wie sonst sollte ich all dieser Verwirrung entfliehen und noch einmal ganz von vorne anfangen?«
Diese letzten Worte hatte sie nicht mehr gehört. Als es ihr endlich gelang, sich aus seiner Umarmung zu befreien, erkläre sie dem unverschämten Fremden rundheraus, daß sie überhaupt nicht daran dächte, ihn zu heiraten.
Er wollte sich verteidigen, doch sie hielt sich nur die Ohren zu. Er versuchte, sie wieder in die Arme zu nehmen, doch sie wehrte sich. Er hielt sie fester. Da ließ sie ihn wissen, daß sie die Tochter eines Generals der Kuo-min-tang sei.
Er ließ von ihr ab. »Wie kann Kleiner Bruder denn ein General der Kuo-min-tang sein?«
Sie verpaßte ihm eine Ohrfeige. »Er ist nicht mein Vater!«
Sie sah nicht die Hoffnungslosigkeit in seinen Augen, als er sich abwandte. »Was für ein Mann bist du eigentlich?« schrie sie. Und selbst als er schon längst in der Dunkelheit verschwunden war, schrie sie noch: »Was für ein Mann bist du? Was für ein Mann ist Treuherz eigentlich?«

*

Kleiner Bruder erklärte den zuständigen Offiziellen, daß der Unfall passiert sein mußte, als der Lehrling seine Zigarette fallen gelassen hatte, während er Benzin in den Tank füllte.
Als die Kader und die Polizisten wieder fort waren, nahm er den Skizzenblock aus seiner Werkzeugkiste und überreichte ihn Cinders mit beiden Händen, während er eine förmliche Verbeugung vor ihr machte. Sie konnte sich nicht erinnern, je zuvor gesehen zu haben, daß Kleiner Bruder und Große Schwester einander umarmt oder geweint hätten.

Die Frau, die sie großgezogen hatte, beteuerte, daß sie stets ihr Bestes gewollt hatten.
Der Mann, der sie beschützt hatte, sagte, daß alles nur seine Schuld sei, daß es einzig an ihm läge.
Cinders fragte: »Was?«
Kleiner Bruder erwiderte: »Solch einen unachtsamen Lehrling ausgesucht und ihm beigebracht zu haben, ein Streichholz anzureißen.«
Cinders hielt den Skizzenblock fest an ihr Herz gedrückt und öffnete ihn nicht, bis sie die verkohlte Stelle auf der Wiese erreicht hatte. Verdrehte Metallteile, die in Klumpen auf dem Feld verteilt herumlagen, waren alles, was von ihrem kleinen Glückshafen übriggeblieben war. Der Geruch der verbrannten Erde war jetzt in der Julihitze kaum erträglich. Ihr schwindelte. Sie mußte weinen.
In dem Skizzenblock lag ein Brief.

Cinders,
Du hast gefragt, was für ein Mann Treuherz eigentlich sei? Ich bin jemand, der es leid ist, ewig auf der Flucht zu sein, ein Mann der begriffen hat, daß er niemals aus seinem eigenen Schatten heraustreten kann.
Ich war neun Jahre alt, als mein Vater plötzlich aus meinem Leben verschwand, und nach außen hin habe ich mich seitdem bemüht, den Mann zu vergessen, nicht mehr an ihn zu denken. Dir will ich gestehen, daß ich lange Zeit eine Photographie von ihm hinter meinem Spiegel versteckt hatte. Morgens war ich immer gleich glockenwach, nur um zu verhindern, daß irgend jemand anders den Spiegel herumdrehen und das Bild entdecken würde. Jedesmal hab ich am ganzen Körper gezittert, hab geschwitzt und hatte Magenschmerzen vor lauter Furcht und Nervosität, es so genau zu betrachten wie nur möglich, um mein eigenes Spiegelbild mit dem Foto meines Vaters zu vergleichen. Immer wieder, bis ich jeden einzelnen unserer Gesichtzüge sorgsam untersucht hatte.
Was wäre geschehen, wenn ich mich über Nacht verändert hätte? Wenn die Leute plötzlich *seine* Nase in meinem Gesicht gesehen hätten? Die Nachbarn hätten dann gesagt: Wie der Vater, so der

Sohn. Der Lehrer hätte mein rotes Halstuch zurückverlangt. Die Leute hätten mich gequält, genau wie sie meinen Vater gepeinigt haben. Die Kinder hätten mich gemieden wie einen tollwütigen Hund, und die Partei hätte dann keine andere Wahl gehabt, als mit mir zum Wohle des Volkes genau das gleiche zu machen, was sie mit meinem Vater getan hat – sie hätte eines Tages auch mich ohne irgendeine Vorwarnung verschwinden lassen, und niemand, nicht einmal die, die mich gemocht haben, hätten noch von mir gesprochen oder auch nur meinen Namen erwähnt, ebensowenig wie sie je wieder von meinem Vater gesprochen oder seinen Namen erwähnt haben, Bergkiefer.

Pssst ... das darf ich ja selbst nicht.

Ich habe während all der Zeit nicht einmal mitbekommen, ob es ein sonniger oder ein kalter Morgen war, ob der Himmel klar oder verhangen, die Bäume grün oder unbelaubt waren, ob die Gehwege trocken waren oder feucht von kleinen glitzernden Regenpfützen – aber ich wußte immer genau, daß es Morgen war, denn ich stand schon wieder vor dem Spiegel und starrte hinein, während sich mein Magen vor Angst verkrampfte. Dann, mit einem Mal, von einem Herzschlag zum nächsten, geronn die Liebe, die mich so vollständig durchströmt hatte wie mein Blut, plötzlich zu einer tiefen Abscheu, die so mitleidlos war wie Stein, so zäh und brackig wie Teer.

Zu meiner Erleichterung wuchs ich heran, ohne daß ich die verräterischen Gesichtszüge meines Vaters angenommen hatte.

Ebenso wuchs ich in der festen Überzeugung auf, daß Vergessen, Haß und Einsamkeit das Normalste der Welt sei. Bis ich plötzlich Dich sah, wie du mit Deinem Schlitten im Schnee herumgetollt bist. Erst da habe ich mich wieder erinnert, daß es auch Freude gibt. Dann habe ich Deine Zeichnungen gesehen und mich erinnert, daß es auch die Liebe gibt. Dann hatte ich Dich in meinen Armen und dachte, das sei der Neuanfang meines Lebens.

Aber wo in dieser Welt können zwei Menschen, die so verschieden sind wie Du und ich, Hand in Hand unter einem blühenden Pflaumenbaum sitzen?

Treuherz.

Die Seite mit dem blühenden Pflaumenbaum im Schnee war wieder an ihrem ursprünglichen Platz im Skizzenblock. Aber der Mann und die Frau, die da auf der Bank saßen, erschienen ihr nun so fremd, daß sie sich gar nicht mehr ganz sicher war, ob es tatsächlich das Paar war, das sie gemeinsam gezeichnet hatten. Wie zwei Unbekannte wirkten sie, völlig ausdruckslos wie die Porträts der traditionellen Ahnenbildchen, die von Fremden angefertigt wurden und nur dazu dienten, die junge Generation an ältere Menschen zu erinnern, die sie nie zu Gesicht bekommen hatte, die nur dazu dienten, die Trauernden zu erinnern, um wen sie eigentlich trauerten.
Unter ihrem Schattenriß stand in säuberlicher Schönschrift auf den Schnee geschrieben: »Wenn nur mein Vater hier wäre, um mich bei meinem rechtmäßigen Namen zu nennen.«
Cinders zog ihre Bluse aus, wickelte das Skizzenbuch darin ein und beschwerte das Bündel mit Steinen, damit es der jetzt immer wütender aufkommende Sturm nicht fortriß. Dann schlüpfte sie aus ihrer Hose, band die Beine zusammen und kroch, indem sie die Hose hinter sich herzog, in immer größer werdenden Kreisen über die verkohlte Stelle auf der Wiese, wobei sie jede Handbreit nach ihm absuchte und die Reste seiner Gebeine aufsammelte.
Die ganze Nacht über kniete sie, ohne zu merken, daß sie an Händen und Knien blutete, und hielt die beiden Bündel eng umschlungen.
Bei Morgengrauen bestattete sie Treuherz in der Grube, in der er gestanden hatte, um die Unterseite des Lastwagens reparieren zu können und um zu beweisen, daß er ein guter Lehrling war – in der Grube, die er selbst ausgehoben hatte. Sie begrub seinen Skizzenblock und seinen Brief, um ihn an sie zu erinnern.

Noch Wochen danach saß sie, ob schlafend oder wachend, vor dem Erdfleck und starrte auf den Schatten, der dort regungslos lag. Wieder und wieder murmelte sie die Worte, die sie nie zu ihm gesagt hatte, und bat ihn um Vergebung. Hätte er geschwiegen und nicht gesprochen, sie wäre für immer verrückt geblieben. Aber er hatte gesprochen.
Drei Monate nach seinem Tod erhob sich der Schatten von dem Erd-

flecken, richtete sich auf und verwandelte sich nach und nach bis in alle Einzelheiten zu Treuherz. Er trug jenen Mantel ihres Vaters, den mit den glänzenden Knöpfen. Er flüsterte ihren Namen und ermahnte sie, gut auf sich zu achten. Unser Kind braucht eine Mutter, sagte er. Eine starke Mutter.

Da begriff sie, daß er ihr verziehen hatte und sie wieder liebte wie zuvor. Ein Vater würde sein Kind nicht jemandem überlassen, der kein gutes Herz hätte. Doch noch bevor sie ihre Tränen hinunterschlucken und etwas erwidern konnte, kniete er sich nieder und berührte ihre Schuhe. Dabei lächelte er ein Lächeln, das aus tiefster Seele kam. Dann war seine Erscheinung verschwunden. Sie wußte jetzt, daß es der Mutter seines Kindes bald wieder gutgehen und sie stark sein würde. Denn was immer ihr geschehen werde und wo immer sie auch hinginge, neben ihr würde stets der Schatten von Treuherz sein.

*

Kleiner Bruder und Große Schwester sprachen nicht von dem Lehrling oder ihrem Zustand, doch als es schließlich so weit war, half Große Schwester bei der Geburt des Babys, und Kleiner Bruder erzählte ihr von einem früheren Häftling aus Wen Shui namens Bergkiefer, der jetzt in der Hütte bei den hohen Birken lebte. Kleiner Bruder erklärte nicht, warum die Junge Herrin diese Information haben sollte oder wie er das herausbekommen hatte. Vielleicht hatte er die Gefangenen oder die Wächter belauscht, als sie sich gerade über den hinkenden Reaktionär vom Jangtse unterhielten, oder er hatte sich zu einer Verschlußakte im Arbeitslager Zutritt verschafft, um alles zu lesen, was darin an Wahrem und Unwahrem über einen Gefangenen namens Bergkiefer stand. Vielleicht hatte er so viele Monate gebraucht, den richtigen Lehrling auszuwählen, weil der Mann, den er brauchte, genau seinen hohen Anforderungen entsprechen mußte – weil er ebenso ein Eigenbrötler sein mußte wie Cinders, weil er zu ihr passen und ihr ein liebevoller Freund sein mußte, wie es ja auch der Fall gewesen war. Vielleicht hatte Treuherz seine letzten Stunden damit zugebracht, dem alten Maschinentechniker eine Nachricht aufzuschreiben, mit der Bitte, sie anschließend zu vernichten, weil ein solch antirevolutionärer Akt wie ein Selbstmord schließlich nur dazu benutzt würde, dem armen Mann die Schuld daran zu geben. Und wenn er einen Sohn oder eine Tochter gehabt hätte, diese Schuld zusammen mit allen anderen charakterlichen Eigenschaften gleich auch noch auf das Kind zu übertragen. Aber vielleicht war auch alles nur so gekommen, weil es selbst hier in der Wildnis kein Entrinnen gab vor den immer wiederkehrenden Zyklen der Geschichte.

## *Ein neues Leben*
## *(1972)*

Als Bergkiefer seine fünfzehn Jahre schwerster Lagerarbeit dort in der Großen Nordischen Wildnis abgeleistet hatte, wurde er angewiesen, eine Unfallstation zu führen, nicht weit von seiner ehemaligen Haftanstalt entfernt. Der Anstaltsleiter war sehr erfreut darüber. Er hatte schon lange Angst vor dem Tag gehabt, an dem der Häftling vom Jangtse, der während der letzten drei Jahre als Gefängnisarzt gedient hatte, schließlich nicht mehr dasein würde, um seine Gelenkschmerzen zu lindern, und war dem Schicksal dafür dankbar – obgleich weniger das Schicksal damit zu tun hatte, daß der Mann in die Krankenstation gleich in der Nähe versetzt worden war, sondern eher die Bemerkungen seiner Frau, die sie im rechten Moment bei den maßgeblichen Personen hatte fallen lassen.
Die Station lag am Rande einiger Landwirtschaftskommunen, in die gebildete Jugendliche aus den Städten verbannt worden waren, die einstmals wegen ihres revolutionären Eifers als Rotgardisten gefeiert, nun aber, als lästige Faulenzer betrachtet, ein Leben im Hinterland fristeten, um ›von den Bauern zu lernen‹. Die Krankenstation bestand aus einem einzigen Raum, in dessen Mitte sich ein Herd und der

Schornstein befanden. Obwohl hohe Birken sie wie ein Windschutz umstanden, der von allen Richtungen her weitaus sichtbar war, lag sie einsam und abgelegen. Bergkiefer genoß diese Abgeschiedenheit, nachdem er so viele Jahre mit zwanzig Menschen einen Schlafsaal geteilt hatte.

Es ist wahr, er hätte lieber unterrichtet. Aber ausgestattet mit dem, was die Mönche ihm im Kloster der Unbekümmerten Gelassenheit gelehrt und was er aus den medizinischen Büchern gelernt hatte, die er im Laufe seines Lebens schon alle kopieren mußte, sowie mit der Erfahrung, die er während der Zeit sammeln konnte, als er sich um die Kranken und Verletzten im Arbeitslager gekümmert hatte, fühlte er sich mindestens ebenso qualifiziert wie sein barfüßiger Vorgänger mit seiner mittleren Reife und seiner sechsmonatigen medizinischen Ausbildung.

Anders als andere, denen die Rückkehr in ihre Heimatstädte verweigert worden war, beklagte er sich nicht über sein Schicksal, denn er hatte nie seinen Entschluß geändert, den er fünfzehn Jahre zuvor gefaßt hatte, daß er weit fort bleiben wollte vom Jangtse, damit die Harmonie gewahrt bliebe. Hier in der Wildnis plagten ihn die nie versiegenden Verlockungen, die allgegenwärtige Trauer um das Leben, das er hinter sich gelassen hatte, und die Qual aller Qualen, die Hoffnung, nicht so sehr. Hier würde er zwar weiterhin ein Sklave bleiben, aber immerhin einer, der allein entschieden hatte, wer sein gestrenger Herr sein würde – nämlich er selbst, Bergkiefer. Hier würde er mit anderen Menschen zusammenleben können, die genau wie er unwiderruflich entwürdigt worden waren, die nichts zu gewinnen und nichts zu verlieren hatten; Kameraden, mit denen er den Augenblick und das Schicksal teilen konnte, denen er nichts vorzumachen brauchte, denen gegenüber er keinen ehrerbietigen Blick aufsetzen mußte; Brüder, die ihm von sich aus einen Löffel Kohlsuppe abgegeben hatten, während sie jeden anderen erwürgt hätten, der es gewagt hätte, ihnen die gleiche Menge vom Teller zu stehlen. Hier würde er niemals Geldmangel haben, denn ein Diebestrio im Lager hatte ihm aus Dank und zur Belohnung für seine medizinische Hilfe eine Landkarte vermacht und die Hälfte ihres Diebesguts. Hier würde er wieder anfangen können zu schreiben; nichts Anspruchsvolles, vielleicht ein Tagebuch.

An einem Spätnachmittag, Monate nachdem er zum Gefängnistor hinausgeschlurft war, lungerten er und zwei seiner alten Matratzennachbarn, Glatze und Maestro, auf den Stufen der Unfallstation, schälten Erdnüsse und ließen eine mit Branntwein gefüllten Steingutflasche kreisen. Ein leichter Windhauch verbreitete den Geruch stehender Wasserpfützen und reifenden Getreides. Über dem Horizont hing der blasse Mond, dessen beleuchtete Seite so zart und schmal war wie ein Glühfaden.
»Der Professor hat wieder mal einen Brief verfaßt«, verkündete Bergkiefer, womit er sich auf einen weiteren Matratzennachbarn aus dem Gefängnis bezog, der, im Gegensatz zu ihnen drei, legal in seine Heimatstadt zurückkehren durfte.
Alle brachen daraufhin in Gelächter aus. Ein Brief hatte den Mann ins Gefängnis gebracht und ein weiterer war der Grund gewesen, daß man das Strafmaß schließlich verdoppelt hatte. Es brauchte nicht erwähnt zu werden, daß er seine zweite Epistel, in der er den Premier von der Unmenschlichkeit der Sicherheitskräfte unterrichten wollte, dem falschen Postboten ausgehändigt hatte, einem Sexualtäter, den sie Gigolo nannten und der in Kürze entlassen werden sollte. Ohne Gigolos Wissen, der so freundlich sein wollte, den Brief weiterzuleiten, hatte dessen eifersüchtige Ehefrau, die weder lesen noch schreiben konnte, wie immer seine Briefe heimlich geöffnet und sich nun auch diesen von ihrem Cousin laut vorlesen lassen. Ihr Cousin war der Polizeichef.
Jetzt konnten sie darüber lachen. So tragisch die Begebenheit auch war, man hatte sie sich so oft wieder und wieder erzählt, daß sie inzwischen beinahe witzig erscheinen mochte. Trotzdem, sie lachten fast ein wenig zu lang.
»Nun, mach weiter, was schreibt er?« fragte Maestro.
»Er sagt, das erste, was er getan hat, als er zu Hause ankam, war, sofort ins öffentliche Bad zu flitzen.«
»Das kann ich gut verstehen«, meinte Glatze. »Aber was ich über-

haupt nicht verstehen kann, ist, warum *du* sofort *hierhin* gekommen bist, als du endlich wieder in Freiheit warst ...« Dabei klopfte er auf die Stufe. »Und ich? Ich hab mich sofort über einen Napf Nudeln hergemacht. Ich hab immer noch den Geschmack der Schalotten im Mund, den Geschmack von Paprikaschoten und Sesamöl ...«
»Bitte, nicht schon wieder ...« Maestro hielt wie ein Dirigent die Hand in die Höhe. »Haben wir über Essen nicht genug geredet, daß es für die nächsten paar Leben reichen sollte – über diese und jene Speise, wer sie angerichtet und wer sie verzehrt hat, wie und woraus sie hergestellt wurde, wann und wo wir sie zum ersten und zum letzten Mal gegessen haben, welche Gerichte wir in der Zwischenzeit zu uns genommen haben, was es dazu gab, was besser dazu gepaßt hätte, immer und immer wieder, jahrein, jahraus? Schön, Essen ist eine unabdingbare Notwendigkeit, aber ich weigere mich, darüber noch ein Wort zu verlieren, und will auch nichts mehr davon hören. Bitte, um meinetwillen, keinen Ton mehr von Essen.«
Nach diesem Wortschwall saßen sie einen Augenblick lang fast ein wenig benommen da. Jeder machte sich so seine eigenen Gedanken. Unter ihnen drei waren derlei Ausbrüche beinahe so regelmäßig, wie das wohl unter Brüdern der Fall gewesen sein müßte, dachte Bergkiefer. Aber es war weniger die Häufigkeit, die ihn beeindruckte – sondern eher, wie es immer wieder dazu kam. Kürzlich war er über einen Patienten hergefallen, der, nachdem er eine Tablette eingenommen hatte, drauf und dran war, das Wasser fortzuschütten, das im Glas übriggeblieben war. Bevor er sich's versah, schrie Bergkiefer den armen Jungen dermaßen an, bloß das Wasser nicht auszugießen, daß alle Patienten in der Hütte, und er selbst nicht minder, ganz entsetzt waren über sein geradezu panisches Getöse. Natürlich entschuldigte er sich sogleich. Erst später war ihm klargeworden, was diesen Anfall ausgelöst hatte – es waren die endlosen Plackereien der letzten Jahre, als er unter der erbarmungslos brennenden Sonne schuften mußte, ohne einen einzigen Schluck zu trinken.
Maestro brach das Schweigen. »Mach weiter mit dem Brief.«
»Was?« Bergkiefer sah sich um. Er brauchte etwas Branntwein.

Glatze reichte ihm die Flasche, doch noch bevor Bergkiefer genug getrunken hatte, zog er sie wieder sanft zurück. »Nur mit der Ruhe, mein Freund«, sagte er.
Bergkiefer nickte und erwiderte sein Lächeln. Der Schluck hatte ihn etwas entspannt, und er las den Vers vor, den der Professor zu Ehren des Bades geschrieben hatte:

»Welch Gottesgeschenk wäre doch das Reinigungsbad,
wollte dieser beleibte Papst seine Schäflein nicht belehren,
wie sündiges Verbrechen erst den wahren Schmutz freilegt,
der tief in jedem noch so einfachen Menschen steckt.«

Selbst Maestro befand diese Spitze eines Glucksens wert, bis Glatze auseinanderlegte, was auf der Hand lag. »Na, sieh mal einer an! Er ist kaum daheim, da schießt er schon wieder den Vogel ab, und zwar gleich zweifach – den Großen Vorsitzenden *und* die Kriminellen, die in den Postbüros mit Wasserdampf die Briefe öffnen, die aber, zu seinem und zu deinem Glück, Bergkiefer, vor lauter Halbbildung nicht begreifen, worum es geht. Weißt du noch –«
»Oh, bitte …« Abermals hielt Maestro die Hand in die Höhe, um Glatze zu bedeuten, sie nicht schon wieder vom Thema abzubringen. Doch erneut zog Glatze die Hand nur herunter und wollte fortfahren, was die alten Freunde natürlich aneinandergeraten ließ – selbstverständlich wußten sie alle drei sehr genau, daß ihre Zuneigung ihnen solcherlei Gezänk gestattete, ohne daß es schwerwiegendere Folgen gehabt hätte.
Bergkiefer fluchte. »Wollt ihr nun hören, was er schreibt, oder nicht?«
»Ich hör auf, wenn Maestro aufhört. Was denkt der eigentlich, wer ich bin? Vielleicht der Paukenspieler, den er aus dem Raum geworfen hat, als er seine berühmte *1812* aufgenommen hat?«
»Der Mann war kein Paukenspieler«, erwiderte Maestro. »Nicht einmal wenn er sich bis unter die Achseln juwelenbesetzte Uhren um den Arm gebunden hätte, wäre der imstande gewesen, den Takt zu halten. Für den waren Noten, Pausenstriche und Haltebögen nichts weiter als Soßenflecke auf Schmierpapier. Außerdem ist der der letzte, den du zu bemitleiden brauchst. Während wir Gräben ausheben

mußten, hatte dieser schamlose Sprücheklopfer es doch tatsächlich fertiggebracht –«

Glatze beendete den Satz an seiner Statt: » – einen Hubschrauberflug mit Madame Maos Mannschaft zu ergattern und geradewegs ganz nach oben zu kommen.«

»Wer hat dir das erzählt?«

»Das brauchte mir niemand zu erzählen. Das ist doch überall das gleiche. Die, die das Zeug hätten, gehen in den Knast. Die, die es vielleicht hätten, bekommen einen Einzelfahrschein zur Schule des Siebten Mai. Und diejenigen, die es ganz bestimmt nicht haben, regieren das Land.«

Maestro ließ ein tiefes Seufzen hören, das so wehmütig klang wie das Arpeggio einer Harfe, und fuhr dann fort, die bebrillte Madame Mao mit ihren hervorstehenden Zähnen zu verwünschen, weil sie Beethovens Musik auf den Index gesetzt hatte.

»Oh, bitte«, machte Glatze ihm nach und winkte mit seiner erhobenen Hand, »laß uns nicht wieder davon anfangen ...«

Bergkiefer ergriff seine Hand und drückte sie runter. »Der Professor fand die lärmenden Badegäste zuerst alle ganz in Ordnung, aber als er dann sein Handtuch abnahm und ins Becken steigen wollte, seien sie förmlich erstarrt. Alle sahen ihn an. Er schaute sich um, ob sich vielleicht irgendein vollbusiges Mädchen versehentlich in das Männerbad verlaufen hätte. Aber da war niemand hinter ihm, weder männlich noch weiblich. Dann drehte er sich wieder zu den Leuten um. Sie waren nach wie vor ganz sprachlos. Starrten immer noch. Er fragte sich, ob sie ihn kannten. Aber wie hätten das alles Bekannte sein sollen? Hielten sie ihn vielleicht für einen entwichenen Häftling? Aber sie starrten nicht auf seinen kahlrasierten Schädel. Irgendwie schienen sie so zu glotzen, weil er nackt war. Aber warum sollten sie? Sie waren doch alle nackt.

Eine Zeitlang stand er einfach da – bis er gegenüber, auf der anderen Seite des Ganges, einen Spiegel erblickte. Da bekam er plötzlich vor Staunen selbst nicht mehr den Mund zu. Das Spiegelbild gehörte zu niemandem, den er kannte. Zwei geschwollene Augen auf einem klapprigen Knochengerüst ...«

Maestro schüttelte den Kopf, ohne etwas zu sagen, und stürzte dann in einem Zug den restlichen Branntwein herunter. Glatze zuckte mit den Schultern und öffnete eine neue Flasche. Er nahm einen langen kräftigen Schluck und reichte sie dann Bergkiefer, der sie mit einer schweigenden Geste dem Mond zum Gruß entgegenhielt und dann trank und trank.

In diesem Augenblick machte es keinen Sinn, überhaupt etwas zu sagen, denn jeder von ihnen dachte das gleiche. Sie waren alle davon ausgegangen, daß Spiegel im Arbeitslager verboten waren, weil Glas so leicht kaputtging, so zerbrechlich war; jetzt begriffen sie, wie sehr sie sich geirrt hatten. Spiegel waren hart, hart genug, um mit einem einzigen Blick alle Selbstachtung eines Menschen zu zerschlagen.

Als auch die zweite Flasche leer war, erhob sich Maestro und begann mit geschlossenen Augen die Birken zu dirigieren, während er die Ouvertüre der Komposition *1812* vor sich hinsummte. Dabei schwenkte er die Arme und warf den Kopf, um dem Wind seinen Einsatz zu geben, beugte sich vor und weiter vor, um die Streichinstrumente zu dämpfen, bis er schließlich tösend die Treppe hinunter in den Schmutz purzelte. »Wer war das ... wer zum Teufel hat an meinem Podium gewackelt?« murmelte er, während er sich hilflos umschaute.

Es war Glatze, der zu seiner Rettung herbeigestolpert kam und nach bestem Vermögen versuchte, das traurige Häuflein durch Schieben und Ziehen wieder in irgendeine menschenähnliche Gestalt zu bringen und die Treppe hinaufzuhieven – nur um verdutzt festzustellen, daß er, endlich oben angekommen, nichts weiter als einen Schuh in Händen hielt. Er blinzelte. Dann schaute er an sich herab, schwankte und besann sich, sich nicht zu weit vornüberzulehnen, nahm den rechten Fuß hoch, dann den linken. Alles in Ordnung, beide waren noch an ihrem Platz. Er grinste breit. »Wer gehört hier rein? Wem fehlt ein Schuh? Wem?«

Bis dahin hatte Bergkiefer nicht recht darauf geachtet, was dort vonstatten ging. In Gedanken war er bei einer ganz anderen Zusammenkunft von Freunden, einer, die in einer Nacht stattgefunden hatte, als der Mond hell leuchtete. Drei Freunde standen vor dem Eingang

einer Höhle, die in die Klippen von Chungking getrieben worden war. Wie ahnungslos sie damals gewesen waren. »Auch wenn es nicht in unserer Macht lag, zur gleichen Stunde geboren worden zu sein, so geloben wir doch, am gleichen Tag in den Tod gehen zu wollen. Am gleichen Tag ... am gleichen Tag ...«
»Verdammt, wem zum Teufel gehört das Ding?« brüllte Glatze.
Da stürzte sich Bergkiefer plötzlich auf den Schuh. »Gib her. Der gehört Feuerfrosch.« Er drückte die Trophäe fest gegen die Brust und erklärte: »Den hat Goldweide genäht. Und der Junge Herr ... er, nein, nein, wir beide ... wir, er und ich, wir haben ihn ihr gegeben ... an dem Tag, als sie fortging ...«
Bevor die beiden anderen in ihrem Rausch irgend etwas darauf antworten konnten, taumelte er davon, den Schuh in die Höhe haltend, während er wie ein Wüstennomade, der im Sand steckengeblieben war, und den seine Genossen im Stich gelassen hatten, laut schrie: »Wartet ... wartet auf mich ...«

Bergkiefer lag, alle viere von sich gestreckt, auf dem Rücken und konnte sich beim besten Willen nicht entsinnen, wie er in diesem von hohem Gras umstandenen Bett gelandet war, bis er mit der linken Hand hinaufgriff, um einen Halm fortzuwischen, der ihn kitzelte. Dabei schien er die Sterne am Himmel durcheinanderzuwirbeln. Ich träume wohl, dachte er und blinzelte. Aber das Funkeln leuchtete nur noch stärker, noch glitzender, als wollte es den Abend in ein geheimnisvoll feierliches Licht tauchen.
Übermütig ruderte er nun mit der Hand in der Luft herum. Wie konnte ein normaler Sterblicher und so gänzlich unsportlicher Mensch wie er in diesem Ozean von Sternen schwimmen, staunte er. Dann streckte er sein linkes Bein in die Höhe und ließ es schwer wie einen Meteor zu Boden fallen. Es war, als ob er mit dieser Bewegung in einem weiten Bogen das Glitzern vom Himmel wischte. Er mußte lachen. Wie verheißungsvoll! Was nun? Er reckte die rechte Hand empor. Sie hielt einen Schuh.
Ein Schuh? Er zuckte zusammen. Offensichtlich hatte er einen schweren Rausch gehabt. Es schienen Stunden zu vergehen, in denen

er völlig bewegungslos dahockte, den Kopf in die Hände gestützt, und sich verfluchte, eine solche Unmenge von Branntwein in sich hineingeschüttet zu haben. Jetzt war ihm zumute, als könnte das leichteste Wimpernzucken die funkelnden Sterne vor seinen Augen in ein Inferno verwandeln und seinen vom billigen Fusel schweren Kopf wie eine geballte Dynamitladung explodieren lassen.

Er zwinkerte. Wundersamerweise folgte keine Explosion. Sein Schädel blieb intakt. Es ging ihm jetzt schon ein wenig besser. Mit geschlossenen Augen nahm er die Brille ab und putzte mit einer Ecke seines Hemdes den Schmutzfilm ab. Langsam, ganz langsam versuchte er, seinen Kopf zu bewegen. Es tat nicht mehr weh. Es ging ihm gut. Tatsächlich, erstaunlich frisch fühlte er sich, fast jünger als zuvor … er fühlte sich an einen Moment erinnert, als er vor vielen Jahren aus einem tiefen Schlaf aufwachte, nachdem ihn das Liebkosen des milden Windes und die Wärme der Sonne fast heimtückisch eingelullt hatten. Als hätten sich die Elemente mit dem trägen Plätschern des Jangtse zusammengetan, so hatte damals das Wasser des Flusses, das monoton gegen die alte Deichanlage schwappte, den übermütigen Jungen Herrn und seinen erschöpften Studiengehilfen in den Schlaf gewiegt.

Die Brille wieder an ihrem Platz, sah er deutlicher. Der Dichter in ihm war selig. Vor ihm, über ihm, um ihn her, die Luft war voller Glühwürmchen, die ihn umwogten wie ein Meer von kleinen Lichtern. Fünfzehn Jahre lang hatte er sie jedes Frühjahr gesehen, diese Leuchtkäfer, die einzigartige Pracht dieser Wildnis. Aber jetzt sah er sie mit anderen Augen, als freier Mann. Jetzt erst begriff er plötzlich, daß er wieder frei war und unschuldig. Es war, als sähe er die Welt zum ersten Mal. Wenn er es jemals in Frage gestellt haben sollte, nie wieder würde er daran zweifen, daß nicht irgendein Mensch der genialste, der großartigste Dichter auf Erden ist, sondern einzig die Natur.

Als er sich jedoch schließlich erhob, nach den Birken Ausschau hielt und den Weg zurück zur Unfallstation suchte, erkannte er nichts wieder. Der glitzernde Ozean von Glühwürmchen schien ihm die Sicht zu nehmen. Doch … er konnte nicht glauben, daß er sich in dieser Ebene verlaufen hätte.

Aus der Ferne drang das kräftige Schreien eines Säuglings zu ihm herüber. Seltsamerweise fühlte er sich dadurch keineswegs beunruhigt. Irgendwie schien dieses wundersame Phänomen zu der Überfülle der heutigen Nacht zu passen. Er fühlte sich von den Kinderschreien magisch angezogen; zunächst ging er ganz langsam, dann mit einemmal, ohne sich darüber klarzuwerden warum, lief er schneller und schneller, ganz wie damals, als sein Herz vor lauter Stolz und Dankbarkeit heftig in ihm zu schlagen begann, wenn er in der Dunkelheit aus dem Bett kletterte und noch halb schlaftrunken zu seinem kleinen Sohn taumelte, um ihn auf die Schultern zu nehmen, ihm Versprechungen zu machen.
Dann erstarben die Schreie, und es war wieder still wie zuvor. Aber er kehrte nicht um, sondern ging weiter durch das hohe Gras, obgleich der Untergrund hier zunehmend morastiger wurde, bis er an den Rand eines nicht sehr großen runden Brandfleckes in der Wiese kam, in dessen Zentrum sich etwas befand, das aussah wie ein alter Baumstumpf.
Nein, kein Baumstumpf. Was es auch sein mochte, es schaukelte hin und her. Er war sich ganz sicher, es schaukelte hin und her. Das war ein Mensch. Jetzt konnte er es genau sehen. Es war ein Mädchen mit einem kleinen Kind. War es eine Fremde, oder eine seiner Patientinnen?
Er hockte sich ins Gras. Jetzt mußte er sich ruhig verhalten, damit er sie nicht erschreckte. Kein Zweifel, es war eine verzweifelte Mutter, die sich in die Dunkelheit hinausgeschlichen hatte, um eine abgelegene Gegend zu finden, wo sie – von niemandem belauscht, von niemandem beobachtet und gegen jeden mütterlichen Instinkt – ihr Neugeborenes der Obhut der Götter überlassen würde. Das wäre nicht das erste Mal gewesen, daß sich ein glückloses Mädchen zu einer solchen Tat hinreißen ließ. Und es wäre auch nicht das letzte Mal, denn Frauen, die noch nicht fünfundzwanzig Jahre alt waren, und Männer unter siebenundzwanzig, die jeden Tag Seite an Seite arbeiten mußten, machten sich automatisch strafbar, wenn sie sich ineinander verliebten.
Und es gab ja auch Vergewaltigungen …

Jetzt waren die Glühwürmchen verschwunden.
Da blitzte plötzlich etwas auf. War es ein Messer? »Nicht!« schrie er. »Tu's nicht! Bitte nicht ...« Er richtete sich vom Boden auf und rannte mit seinem hinkenden Bein so schnell er konnte zu dem Mädchen. Doch auf halbem Weg wurde er wieder langsam, denn mit einemmal war er sich gar nicht mehr so sicher, daß es vielleicht doch nur ein Baumstumpf war, der dort mitten auf dem verbrannten Platz in der Wiese stand. Die Gestalt hatte sich nicht geregt und keinen Laut von sich gegeben.
Aber jetzt hörte er wieder die Schreie eines Säuglings. Er trat vorsichtig näher und konnte sie jetzt endgültig klar erkennen. Es war eine Mutter mit ihrem Kind.
»Du hast sie aufgeweckt.« Der Stimme nach schien das Mädchen sehr selbstsicher, sehr jung zu sein. Sie bedeutete ihm, sich neben sie zu setzen. Ein silberner Armreif glitzerte auf.
Wortlos gehorchte er.
»Hier, halt sie mal kurz«, sagte sie und legte das eingewickelte Baby entschlossen in seine Arme. Dann erhob sie sich mit einiger Mühe aus ihrer kauernden Stellung und lief ein paar Schritte etwas unbeholfen auf und ab, wobei sie das eine Bein leicht nachzog. In ihrer blauen Hose und ihrem blauen Kittel wirkte sie einen kurzen Augenblick lang wie eine Miniaturausgabe von Bergkiefer selbst.
Ein Traum, dachte er. Das muß ein Traum sein.
Dann erinnerte er sich an alte Fertigkeiten, die, wenn man sie einmal gelernt hat, nie wieder vergißt, streichelte das kleine Kind und flüsterte ihm einen Vers von Meng Haoran in sein winziges Öhrchen, die gleichen Töne, dieselben Rhythmen, über die sich ein viertel Jahrhundert zuvor schon ein anderes kleines menschliches Wesen gefreut hatte, das ebenso vor Lebensfreude sprudelte und mit dem Händchen seinen Daumen fest umschlossen hielt.

»Fort von meinem Bett im Walde, des Frühlings müde,
Betrat ich einen Pfad von Blumen.
Ein Eisvogel wies mir den Weg,
Wo der Rote Kiefernkobold lebt.

Wie die Flamme im goldenen Tiegel
Waren Pfirsichbäume, zauberhaft in Blüte! –
Wie ewig jugendfrisch sein Antlitz,
Von rubinrot fließenden Wolken!«

Als das kleine Kind ganz still geworden war und er jede kleine Wimper in seinem schlafenden Gesichtchen gezählt hatte, blickte er auf und sah, wie das Mädchen tanzte. Jetzt war ihr Hinken verschwunden.

»Ich hasse es, wenn mir ein Bein einschläft. Du nicht?« sagte sie und zeigte auf Bergkiefers Fuß.

»Mein Bein ist nicht eingeschlafen.«

»Oh ...« Sie beugte sich vor und berührte seine ergrauenden Schläfen so selbstverständlich und unbefangen, als ob sie schon ihr ganzes Leben den Reis mit ihm aus einem Napf gegessen hätte. »In deinem ehrenwerten Alter kann einem der frostkalte Wind schon mal unangenehm in die Knochen fahren.«

»Das ist wohl wahr. Aber ich hinke schon immer. Ich bin mit einem zu kurzen Bein zur Welt gekommen.«

Sie nahm diese Nachricht ebenso zur Kenntnis, wie er sich mit der Tatsache abgefunden hatte, ein mißgebildetes Bein zu haben, und setzte sich ohne viel Aufhebens nahe vor ihm auf den Boden. Doch sie schüttelte nur den Kopf, als er ihr den Säugling reichen wollte.

»Das machst du sehr gut«, sagte sie.

Als die Morgendämmerung anbrach und es allmählich heller wurde, erkannte er, daß sie nicht unbedingt Gesichtszüge besaß, die man schön genannt hätte, wenn man sie einzeln betrachtete: Ihre Augen lagen zu weit auseinander, und auch die Form ihrer Nase brachte einen nicht gerade ins Schwärmen; desgleichen schien ihr Mund allzu groß geraten. Doch wie ein naives Kunstwerk einen gefangennehmen kann, war er von der Gesamtkomposition ihrer Physiognomie ganz hingerissen. Er mußte sich beherrschen, nicht seinem Verlangen nachzugeben, seine Hand auszustrecken, um sie zu berühren und sich zu vergewissern, daß diese elfenhafte Erscheinung tatsächlich existierte. Er räusperte sich und fragte, was sie hier mache.

»Ich komme oft hierhin.«
Er schaute sich um; aber was gab es hier schon außer verbrannter Erde. »Warum?«
Da verzog sich ihr Gesicht langsam zu einem bittersüßen Lächeln, daß ihm ganz eng ums Herz wurde. »Das ist ein Geheimnis«, sagte sie, während sie einen Finger auf ihre Lippen legte.

Als er Stunden später wieder nach Hause zurückkehrte, fand er die Unfallstation verlassen. Seine alten Lagerkameraden waren fort. Er grinste fast ein wenig erleichtert, mit sich allein sein zu können. Niemand würde ihn fragen, wo er die Nacht verbracht hatte.
Doch bei Bedarf hätte er seine Abwesenheit mit einem einzigen Satz erklären können – durch Zufall sei er einem jungen Mädchen begegnet, das ein Kind auf den Armen hielt, und habe sich ein paar Augenblicke lang unterhalten; dann hätten sie noch eine Zeitlang schweigend dagesessen, bis die ersten Sonnenstrahlen am Horizont erschienen waren, woraufhin das Mädchen mit dem Kind aufgestanden und davongegangen sei. Das war's.
Sachlich gesprochen war's das wirklich. Aber was war damit schon gesagt? Über eines war er sich nämlich im klaren – so sicher wie über die Tatsache, daß er die letzten fünfzehn Jahre seines neunundfünfzigjährigen Lebens hier in der Wildnis verbracht hatte – und das war, daß von diesem Morgen an bis ans Ende seiner Zeit das namenlose Mädchen irgendwie der Mittelpunkt seines Lebens sein würde.

Während dieses Sommers und den Herbst über kam Cinders oft zu der Unfallstation, allerdings immer nur spät am Abend und auch nur, wenn Bergkiefer allein war. Sie klopfte niemals oder kündigte ihr Kommen sonstwie an, sondern saß am liebsten schweigend mit ihrem Baby im Arm auf der Treppe, bis er auf sie aufmerksam würde. Darauf mußte sie nie lange warten. Er sah oft hinaus. Sie lasen dann die Bücher, die sie mitgebracht hatte, trugen sich gelegentlich auch Poesie vor, doch meistens betrachteten sie nur das Baby, dem sie bisher versäumt hatte, einen Namen zu geben, das sie jedoch fütterte, als ginge es darum, die Götter selbst bei Laune zu halten.
Nur sehr allmählich konnte er sich zusammenreimen, wer sie war. Noch schwieriger war es, etwas über das Kind in Erfahrung zu bringen. Ebenso wie sie zog er es vor abzuwarten; das fiel ihm jetzt, da er die Lebensmitte überschritten hatte, nicht mehr schwer – im Gegensatz zu früher, als das Leben noch vor ihm lag mit allen seinen Überraschungen, guten wie schlechten, als Leidenschaft noch eine vielversprechende Entdeckung zu sein schien.

In vielerlei Hinsicht waren sie einander erschreckend ähnlich, bei weitem nicht nur in ihrer gemeinsamen Vorliebe für Bücher und die Stille der Zurückgezogenheit. Er konnte sich selbst nicht erklären, wie – in einem Land, in dem je nach den Launen des Großen Vorsitzenden Mao an einem Tag die Kader gegen die Bürger aufgehetzt und am nächsten Tag die Bürger gegen ihre Kader aufgewiegelt wurden; in einem Land, in dem das Denunziantentum herrschte und selbst die heiligsten Bande des Lebens zerriß, die Familie – wie ein solches Vertrauen, wie zwischen ihnen beiden, eine derart unzeitgemäße und gegen alle Regeln der Logik verstoßende seelische Übereinkunft existieren konnte. Er wußte nur, *daß* sie existierte.
Eines Abends, als sie miteinander lasen, begann Cinders plötzlich aus unerfindlichen Gründen zu kichern. Als Bergkiefer sie fragte, was sie so erheiterte, schüttelte sie nur den Kopf und kicherte um so mehr. Er

nickte wissend. Manches, sei es noch so harmlos und unverfänglich, konnten junge Frauen einfach nicht aussprechen.
Sie errötete. »Nein, nein, ich muß nur über das Kindchen lachen.«
Wieder nickte er. Es war wirklich eine Wonne, diesem Kind zuzuschauen.
»Sieh dir doch nur mal ihre Augenbrauen an.«
»Augenbrauen?«
»Siehst du denn nicht? Sie hat überhaupt keine.«
Was war in sie gefahren? fragte er sich. Diese Albernheit paßte gar nicht zu ihr. Um ihr nicht in die Augen sehen zu müssen, betrachtete er das winzige Gesichtchen des Kindes, wie es mit rosa Wangen aus dem geblümten Stoff schaute, in das es gewickelt war. Selbst in seinem Schlummer war es entzückend. Wie ein Strauß Blumen lag es dort zwischen ihnen mitten auf dem Tisch. Noch ein kleiner Phantast mehr, der jetzt mit der Hilfe derer, die es umsorgen, zu träumen lernt, daß sich eines Tages alle seine Wünsche erfüllen würden. Lange Zeit saß er dort in Gedanken verloren an eine ferne, nebelhaft stille Vergangenheit, die er – außer in ihrer prägenden Auswirkung auf sein gesamtes Leben – fast vergessen hatte.
Als er aus seinen Tagträumen aufwachte, war Cinders glücklicherweise wieder ganz in ihr Buch vertieft, so daß ihm für den Augenblick weitere wunderliche Einfälle des jungen Mädchens erspart blieben.
Ein paar Tage später öffnete er wieder einen Brief vom Professor, der ihm einmal im Monat schrieb. Dieses Mal war er an den »Hochverehrten Herrn Ohne Haare« adressiert und enthielt ein Scherzgedicht zur Erinnerung an den Tag, als er den Wärter im Lager in Rage gebracht hatte, weil er eines Morgens zum Vergnügen aller seiner Mitgefangenen ohne ein einziges Haar auf dem Kopf und ohne Augenbrauen zum Appell erschienen war. Erst da begann er sich zu fragen, ob Cinders neulich vielleicht doch nicht ganz grundlos herumgealbert hatte; ob sie vielleicht schon vor der Nacht mit den Glühwürmchen irgend etwas von ihm gehört hatte. Aber von wem? Wenn ja, dann hatte es nur jemand aus dem Lager sein können.
Bei ihrem nächsten Besuch legte Cinders ein Bündel zusammengerollter Papierblätter auf den Tisch und meinte, »für dich.«

»Zeichnungen?«
Sie nickte.
Er hatte gerade damit begonnen, das Band aufzuknoten, als sie ihn im Ton einer sehr selbstsicheren Jungen Herrin ermahnte: »Es gehört sich nicht, ein Präsent in Gegenwart desjenigen zu öffnen, der das Geschenk gemacht hat.«
»Ich bin sicher, diese Regel braucht nicht auf Künstler und ihre Werke angewendet zu werden.«
Offensichtlich geschmeichelt davon, als Künstlerin tituliert zu werden, beendete sie das Thema, indem sie um etwas Tee bat.
Als sie in dieser Nacht den Brandfleck auf der Wiese erreichten, wo sie sich das erste Mal begegnet waren, fragte er sie wie immer, ob er Kindchen die restliche Strecke bis zu ihr nach Hause tragen dürfe. Wie immer erwiderte sie: »Nein, noch nicht.« Doch im Fortgehen glaubte er, gehört zu haben, wie sie hinzufügte: »Bald.«
Er heftete die Zeichnungen an die Wand gegenüber von seinem Bett und schlief bald ein, nachdem er sie noch eine Weile betrachtet hatte. Es waren Porträts von dem kleinen Kind – einmal allein, dann mit Cinders und dann zusammen mit ihr und einem jungen Mann, den er nicht kannte. Mit ein paar kühnen Tintenstrichen hatte sie genau das Unschuldige getroffen, dieses unbezähmbar Melancholische, das ihr und dem Kind gleichermaßen im Gesicht stand.
Am nächsten Tag war plötzlich bitterer Winter ausgebrochen. Und es blieb eine ganze Zeit eiskalt, so daß Cinders ein Weile lang nicht mehr kam. Doch dann eines Nachmittags, als der Schnee und das Eis gerade zu tauen begannen, kam sie wieder zu der Unfallstation. Dieses Mal klopfte sie wie wild an die Tür. »Komm schnell!« schrie sie. »Und nimm deinen Arzneikoffer mit.«
»Das Baby?«
»Ja! Sie ist allein. Kleiner Bruder und Große Schwester sind in ihr Dorf gereist, um das Fest des Reinen Glanzes zu begehen.« Sie stürmte voraus und davon, bevor er noch fragen konnte, was eigentlich passiert sei.
Er schnappte sich seinen Koffer, den er immer an der Tür hatte, und stürzte ihr nach. Er tat, was er konnte, um mit ihr Schritt zu halten,

aber die ununterbrochene Schreibtischarbeit während der letzten Tage und Nächte hatte ihn ganz steif werden lassen, und obendrein mußte er noch auf den Nebel und den Schneematsch achten, um nicht hinzufallen und sich zu verletzen; er durfte Cinders nicht aus den Augen verlieren.

Endlich hielt sie an, um ihn vor einem spiegelglatten Abschnitt des Weges zu warnen. Endlich hatte er Gelegenheit, die schwere Holzkiste von einer Schulter auf die andere zu wuchten, konnte er sich kurz verschnaufen und ein paar Mal durchatmen, nachdem er sich einen Augenblick lang zwang, nicht mehr zu keuchen. Er wollte etwas sagen, doch bevor er auch nur fragen konnte, wie weit es noch sei, rannte sie schon wieder weiter über die verbrannte Stelle auf der Wiese hinweg und rief: »Schnell! Oh, bitte, mach schnell!«

Dann plötzlich war sie verschwunden. Etwas weiter voraus konnte er ein Dach erkennen.

Als das kleine Haus schließlich vor ihm lag, mußte er fast weinen. Aus irgendeinem Grunde war das Gebäude in eine Bodensenke hineingebaut worden, als wollte man es vor lästigen Blicken schützen, doch leider konnte es auf diese Weise auch nicht von der Sonne beschienen werden. Wieder und wieder fiel er hin, während er sich abmühte durch die tiefen Schneewehen zum Eingang zu stapfen.

Irgendwie gelang es ihm, die Treppen hinaufzuklettern. Oben angekommen stützte er sich einen Augenblick schwer gegen den Türpfosten, weil er vor Erschöpfung nichts mehr sehen konnte. Er bekam kaum noch Luft, und sein Herz raste so schnell, daß er befürchtete, im nächsten Moment zusammenzubrechen. Er glaubte förmlich, das Rasseln seiner Lungen und das Schlagen seines Herzens zu hören. Doch er durfte jetzt nicht schlappmachen, er mußte zu dem Baby.

Als er sich ein wenig erholt hatte, merkte er, daß es nicht seine Lungen waren, was dort so bedrohlich rasselte, sondern daß es die Seiten eines Buches dort auf einem Stapel waren, die im Durchzug flatterten.

Er richtete sich auf und schob die Tür zu.

»Hier! Hier drinnen!«

Er schleppte seine Kiste in das angrenzende Zimmer und sah Cinders, wie sie am ganzen Körper zitternd auf dem Boden kauerte.

»Ich kann nicht … Ich wage nicht hinzusehen.« Sie zeigte auf einen großen Korb, der an einem Flaschenzug hoch über dem Boden von den Deckenbalken herabhing, so daß Wölfe nicht an ihn herankamen. »Hol du sie runter.«

Er löste das Seil vom Haken und ließ das Behältnis herab. Noch ehe der Korb auf dem Boden war, konnte er sehen, wie das Kind darin seine kleine Faust bewegte. Sogleich versicherte er der jungen Mutter, daß es noch lebte, und Cinders kam zu ihnen herübergeeilt. Doch er stellte sich ihr in den Weg, damit sie nicht die roten, geschwollenen Striemen sähe, die das Gesichtchen des Kindes entstellt hatten. An dem regelmäßigen Atem der Kleinen konnte er jedoch deutlich erkennen, daß keine wirkliche Gefahr mehr bestand.

»Dem Mädchen wird es bald wieder gutgehen …« sagte er und hielt Cinders an den Schultern. »Ich verspreche es dir.«

Plötzlich stand ihr von Freude bis zu tiefster Besorgtheit jede Gemütsregung ins Gesicht geschrieben. »Bist du sicher? Wie kannst du dir da sicher sein?«

»So sicher wie du und ich hier stehen.«

»Laß sie mich selbst sehen«, sagte sie und versuchte vergeblich, um ihn herumzugehen.

»Nein, noch nicht.«

»Kann ich sie denn nicht wenigstens einen kurzen Moment lang in die Arme nehmen?«

Er brachte sie zur Tür. »Der Kleinen wird es bald wieder ganz gutgehen, aber ich muß sie jetzt verarzten.«

»Laß mich dabei helfen.«

»Später. Bleib solange im Zimmer nebenan. Ich werde dich rufen, wenn es soweit ist.«

Sie wollte etwas einwenden, nickte dann jedoch.

Während er die Salbe bereitete, gegen das, was so aussah wie Spinnenbisse, hörte er Cinders' Stimme schwach durch die geschlossene Tür dringen. Sie scheint zu beten, dachte er.

Erst als er fertig damit war, die Bißwunden zu behandeln, fiel ihm plötzlich auf, wie groß das Baby bereits geworden war. Erst jetzt hörte er auch deutlich Cinders im Nachbarzimmer: »Mach sie wieder ge-

sund. Sie ist alles, was ich habe. Mach sie wieder gesund. Sie ist alles, was du hast ...«
In den folgenden paar Monaten nach dieser Nacht schrieb Bergkiefer nur einige wenige Zeilen in sein Tagebuch.

*

Cinders war wieder da. Das Baby auch. Ich habe sie sitzenlassen.

*

Ich bin traurig. Solch eine Schwärze habe ich noch nie zuvor empfunden. Wie eine riesenhafte störrische Bestie hockt sie draußen an der Pforte meines Bewußtseins, um mich zu plagen, sobald ich erwache.
Ich sitze da. Starre. Habe rabenschwarze Gedanken.
Ich bete um ewigen Schlaf.

*

Ich bin in einem Bleikasten eingesperrt, den nur ich sehen kann. Das ist mein Zuhause.

*

Wenn sie nur etwas lesen würde, anstatt ständig über ewig dieselben Vorfälle zu plappern.

*

Um mal von ihnen fort zu kommen, habe ich das Wochenende im Lager zugebracht. Dieses Mal ohne daß der Anstaltsleiter nach mir geschickt hätte.

*

Habe Maestro gesucht. Er ist irgendwohin gegangen.

*

Cinders hatte es mir nicht sagen wollen, tat es dann aber in einem Anflug von Gemütserregung doch. Eigentlich wollte sie immer mal wieder hier und da den einen oder anderen Hinweis fallenlassen; damit der Schlag nicht ganz so heftig für mich wäre und mir genügend Zeit bliebe, das Kindchen in mein Herz zu schließen. Nur jemand mit dem Namen einer ausländischen Märchenfigur kann glauben, daß Zeit alles wäre, was ich brauche.

*

Mein Sohn ist tot. Gestorben auf einer Wiese, da, wo jetzt nur noch ein Brandfleck zu sehen ist; er ließ seine Mutter zurück; und Hoffnungsschwert, der ihn geliebt hat wie ein Vater; Cinders und ein ungeborenes Kind.

Wie sollte ich von meinem eigenen Kummer sprechen?

## Selbstachtung
## (1979)

Die ganze Nacht über winselten die Hunde, was bedeutete, daß ein heftiger Schneesturm heraufziehen würde. Aber als bei Morgendämmerung der Himmel völlig wolkenlos war, schlugen Hoffnungsschwert und Sommerwünsche alle Warnungen und halbherzigen Hilfsangebote ihrer Gastgeber in den Wind und verließen die Parteizentrale zu Fuß, allein. Die Ortsansässigen wunderten sich über diese Eile – denn schließlich hatten die Besucher hier nirgendwo einen Grabhügel, den sie zu pflegen hätten. Aber vielleicht waren sie ja gekommen, um den Pflaumenbaum zu sehen, von dem die Bauern behaupteten, daß der Geist eines toten Lehrlings ihn mitten auf einen Brandfleck in der Wiese gepflanzt hätte, die seitdem nie wieder grün geworden sei. Aber würde irgend jemand, der so lange auf dieses Wunder gewartet hatte, riskieren, von einem Schneesturm überrascht zu werden?

Die Antwort lag in einem Briefumschlag, der an den stellvertretenden Amtsleiter des Kultusministeriums in Peking adressiert war. Als

Hoffnungsschwert ihn öffnete, fand er jedoch keinen Brief darin, sondern nur eine selbstgefertigte Landkarte dieser Gegend hier, in deren Mitte jemand einen Pflaumenbaum gezeichnet hatte, unter dem das Word »Treuherz« stand. Als er die säuberlichen Schriftzeichen sah, wußte er sofort, wer der Absender war. Es hätte auch keine andere logische Erklärung dafür gegeben, warum jemand die Unfallstation eingezeichnet hatte – wenn nicht um anzuzeigen, wo Bergkiefer zu finden sein würde. Das einzig Unbegreifliche war, warum Sommerwünsche und er jetzt nach mehr als zwanzig Jahren hierher gerufen wurden.

Sie wanderten in östlicher Richtung zu der verbrannten Stelle auf der Wiese. Erst gegen Mittag, als jeder, selbst der ausgebuffteste Kenner des heimtückischen Wetters in dieser Gegend, den Rückweg angetreten hätte, machten sie sich auf den Weg, um bei den Birken Unterschlupf zu suchen. Das erste Schneegestöber ging jetzt bereits los, und bald setzte auch der Sturm ein. Als sie von den Bäumen in der unendlichen weißen Landschaft schließlich nichts mehr erkannten, wurde Sommerwünsche – die nur noch selten die Wohnung verlassen hatte, jedoch mit keiner Silbe irgendeinen Zweifel an dieser langen Reise aufkommen ließ – allmählich unruhig. »Bist du dir sicher, daß wir in die richtige Richtung gehen?«

»Nach unseren Aktionen in den Tunnelgängen damals, könnte ich selbst im Schlaf jede Himmelsrichtung genau bestimmen.«

»Aber das ist ...« Mit gerunzelter Stirn schaute sie ganz finster drein, während sie sich zu konzentrieren versuchte. Dann seufzte sie: »Ich bin ganz durcheinander. Die Jahreszahlen summen mir wie ein Schwarm von Wespen durch den Kopf. Sag schnell, wie lang ist das schon her?«

»Fünfunddreißig Jahre.«

Sie stöhnte. »Du mein Schreck, dann sind wir verloren.«

»Sind wir nicht«, sagte er und klopfte ihr freundlich auf den Arm, mit dem sie sich so fest bei ihm untergehakt hatte, wie ein Seemann einen Knoten bindet. »Als ich in den Tunnelgängen arbeitete, bin ich in Gedanken jeden Zoll unzählige Male abgeschritten – Au! Das tut weh.«

Sie lockerte ihren Griff, mit dem sie ihre Fingernägel in seine Hand bohrte, doch sie wirkte sehr aufgebracht. »Mußt du denn ausgerechnet jetzt ... davon sprechen?« zischte sie. Mit fast sechzig Jahren war sie abergläubischer als je zuvor, und er selbst konnte nach zehn Jahren Einzelhaft, die er abgesessen hatte, nur weil er sich durch gewisse Verlautbarungen ideologischer Verbrechen schuldig gemacht hatte, nur wenig tun, um sie von der irrtümlichen Vorstellung abzubringen, daß verschiedene Äußerungen die Macht besäßen, denjenigen ins Unglück zu reißen, der sie so achtlos ausspräche. Er wußte, daß sie ihrer Liste verbotener Worte ständig neue Formulierungen hinzufügte, die auszusprechen sie so sehr fürchtete. Er wußte auch, daß dadurch, daß sie verschiedene Themen wegen Sommerwünsches abergläubischer Furcht nicht mehr besprechen konnten, sich zwischen ihnen eine Leere breitgemacht hatte, die ihr Beziehungsleben allmählich etwas einsilbig machte. Doch ihr leidenschaftliches Gefühl füreinander war nicht in Gefahr, wenngleich ihr Umgang miteinander nicht mehr ganz so spontan und ungetrübt war, sondern auf seiner Seite immer häufiger Mitleid und Ungeduld aufkam, während sie selbst sich häufig verzweifelt und hilfebedürftig gab.

Anfangs, als sie nach Peking gezogen waren, hatte er nicht verstehen können, warum sie um keinen Preis mit dem Dienstwagen oder dem Bus fahren wollte und warum er sich das ganze nächste Jahr lang damit abzufinden hatte, daß sie sich ständig und überall verspätete. Erst als sie plötzlich ihr Fahrrad verkaufte und begann, immer seltener die Wohnung zu verlassen, fanden Champignon und er die Ursache für Sommerwünsches Ängste heraus. Sie hörten, wie Nachbarn erzählten, daß sie etwa in der Zeit, als Sommerwünsche ihr Rad verkaufte, eine Fahrradfahrerin gesehen hätten, die in die Eingangspforte ihres Grundstücks gefahren sei. Genosse Xu hatte sogar bemerkt, daß er Sommerwünsche erkannt habe, wie sie den Unglücksort verließ. Doch sie hatte niemals ein Wort über den Vorfall verlauten lassen, und als sie nach dem Grund fragten, war sie sofort aus dem Zimmer gegangen, als das Wort ›Unfall‹ fiel. Schließlich begriffen sie, warum sie sich so sonderbar verhielt. Die Götter, die niemals gewollt hatten, daß Sommerwünsche sich ihres gestohlenen Lebens erfreute, hatten bereits den Unfall mit dem Jeep arrangiert, doch als dann Hoffnungsschwert überlebte, war Treuherz bei einem Unfall zu Tode gekommen. Ihrer Meinung nach warteten die Götter nur die Gelegenheit ab, sie oder die, die sie liebte, bei irgendeiner Unvorsichtigkeit zu überraschen, warteten nur darauf, endlich Rache zu nehmen, darauf, einen Unfall zu inszenieren.

Wieder fühlte er ihre Fingernägel auf seiner Haut. Dieses Mal wischte sie ihm den Schnee vom Gesicht.

»Hoffnungsschwert, was ist los? Bist du sicher, wir haben uns nicht verlaufen?«

»Nein, meine Liebe. Wir laufen ganz bestimmt in Richtung Norden.«

Sie nickte, und während sie weitergingen, dachte er, wieviel schrecklicher die zehn Jahre seiner Einzelhaft für sie selbst gewesen sein mochten. Tatsächlich, in den zwei Jahren, in denen er wieder auf freiem Fuß war, hatte er sich manchmal fast in seine Gefängniszelle zurückgesehnt. Dort hatte es kein Wenn und kein Aber gegeben, dort stand er nie unter dem Druck, Entscheidungen treffen zu müssen. Der stellvertretende Verwaltungschef im Kultusministerium! Zum Lachen! Eher der Stellvertretende Minister in Sachen Frustration, so kam er sich vor; wie einer, der zu gleicher Zeit dem Himmel und der Hölle diente. Nach Maos Tod und der darauf folgenden Inhaftierung seiner Witwe und ihrer Bande waren die politischen Angelegenheiten des Landes hoffnungslos dem Debakel der miteinander um die Macht streitenden Splitterparteien ausgeliefert, während das Problem der Amtsnachfolge ungelöst blieb.

Plötzlich blieb sie wie angewurzelt stehen. »Da draußen ist jemand«, flüsterte sie. »Irgend jemand beobachtet uns.«

Diesmal bildete sie sich das nicht nur ein. Auch er konnte durch den wehenden Vorhang des herumwirbelnden Schnees erkennen, daß dort in der Ferne irgend etwas war, aber nicht wer oder was, und ob es sich auf sie zu oder von ihnen fort bewegte, bis plötzlich eine weibliche Stimme rief. Sommerwünsche erstarrte vor Schreck und trat dann ängstlich hinter ihn. »Peking hat jemanden geschickt, um uns auszuspähen«, flüsterte sie mit zitternder Stimme. »Alle, denen wir hier begegnet sind, waren Männer.«

Er wollte gerade einwenden, das sei unmöglich, doch dann fiel ihm etwas anderes ein. Zehn Jahre lang war er imstande gewesen, seine Widersacher am Klang ihrer Schuhe in den Betonkorridoren zu erkennen. Seitdem waren sie in den verschiedensten Masken aufgetaucht, die so wechselhaft und verblüffend waren wie das gesamte politische Klima.

Sommerwünsche wimmerte. »Das darf doch nicht wahr sein. Wir sind fast am Ziel, und jetzt müssen wir umkehren.«

»Einen Dreck werden wir tun!« dachte er auf einmal ganz angewidert von dieser fast infektiösen Furchtsamkeit, die er sich in seiner Zelle hatte vom Leib halten können, die aber hier draußen das ganze Land zu beherrschen schien. »Laß uns nachsehen, wer da ist«, sagte er.

Sie wollte ihn zurückhalten. In ihren Blicken stand Angst. Sie war immer dort, doch für gewöhnlich nur als ein schwacher Schimmer. Jetzt blitzte ihr das blanke Entsetzen aus den Augen. Er versuchte sie zu beruhigen. Er erklärte ihr erneut jeden einzelnen Schritt, den er unternommen hatte, um die Erlaubnis zu erhalten, den Brief in Empfang nehmen zu dürfen; einen Brief, versehen mit allen nötigen offiziellen Stempeln, die Genehmigung, Peking zu verlassen, um hier in der Großen Nördlichen Wildnis den Ort zu besuchen, an dem ihr Sohn zu Tode gekommen ist. »Daran kann niemand etwas auszusetzen haben. Ich habe nichts verbrochen.«

»Was hast du denn vorher verbrochen?« sagte sie am ganzen Körper zitternd.

Er sagte ihr das gleiche, was er sich selbst immer wieder einredete, wenn er sich beruhigen wollte: »Vorher war vorher. Jetzt ist alles anders. Die Partei hatte ihre Fehler zugegeben. Das gesamte Politbüro war in der Großen Halle des Volkes, als vergangenen Monat eine Gedenkfeier zu Ehren von Lincoln Chen abgehalten wurde. Sie haben mich rehabilitiert. Und nicht nur das. Sie haben mich nach Peking versetzt und befördert.« Er sagte ihr jedoch nicht, wie oft er sich schon gefragt hatte, ob die Partei ihm mit diesen Ehren tatsächlich einen Gefallen erwiesen hatte.

Sie lächelte matt, dann flüsterte sie ihm hinter vorgehaltenen Händen ins Ohr: »Liu Shaoqi und Lin Piao sind auch befördert worden. Beide kamen in der Hierarchie gleich nach ihm, du weißt schon« – an dieser Stelle machte sie eine Pause und wies mit einem Finger an ihr Kinn, wo der Große Vorsitzende ein Muttermal gehabt hatte – »und beide« – wieder machte sie eine kurze Pause – »beide sind nicht mehr unter uns.«

Einen Augenblick lang wußte er nicht, was ihn mehr irritierte – die Art und Weise, in der seine Frau sprach, oder die Methode, nach der die Partei vorging. Doch vor allem war er über sich selbst ganz verärgert, daß er so gereizt auf Sommerwünsche reagierte. Wie sollte sie nicht mit Schrecken daran denken, was ihm zustoßen könnte, wenn selbst Liu, der vor der Kulturrevolution nach Mao noch der zweite Mann an der Staatsspitze gewesen war, in seiner Gefängniszelle an seinem eigenen Erbrochenen ersticken konnte; und auch Lin, der anschließend nach Mao der zweite Mann im Staate gewesen war, mit seinem Flugzeug abgeschossen wurde – während in beiden Fällen erst Jahre später nach außen drang, was sich tatsächlich ereignet hatte?

»Es wird schon alles gutgehen«, sagte er und umarmte sie. »Wir sind ja zusammen.«

Aus dem Nichts tauchte plötzlich eine fremde Gestalt auf. Es war eine Frau. Als ob sie von einem großen Hund überrascht worden wären, starrten sie sie an – bewegungslos, stumm, wachsam, argwöhnisch. Es war Hoffnungsschwert, der sich zuerst wieder fing. Ob die Genossin ihnen den Weg weisen könnte zu dem Pflaumenbaum auf der abgebrannten Wiese, fragte er.

Die Frau verbeugte sich leicht. »Bitte, folgt mir. Der Sturm wird noch heftiger werden.« Als Sommerwünsche sich nicht rühren wollte, fügte die Fremde hinzu: »Wir hatten Sie erwartet – wir hatten seine Mutter erwartet.« Bevor die beiden etwas erwidern konnten, hatte sie sich umgedreht und ging voraus. Sie lief schnell. Arm in Arm eilten sie hinter ihr her.

Als die Reihe von Birken endlich in dem Schneegestöber sichtbar wurde, waren sie bereits bis auf fünfzig Schritte an die Krankenstation herangekommen. Sommerwünsche war ganz außer Atem. Zum

ersten Mal, seitdem sie aufgebrochen waren, ließ sie Hoffnungsschwert jetzt los. »Geh du voran.«
»Verschnauf dich einen Moment. Ich warte auf dich.«
Sie schüttelte den Kopf. »Was soll ich denn sagen in Anwesenheit der Frau? Bitte, geh und schick ihn zu mir heraus.«
Er zögerte. »Bist du dir auch sicher, daß du hier draußen bleiben willst?«
In stolzem Ton erklärte sie: »Es ist nicht das Wetter, wovor ich mich fürchte.«
Sie nahm ihren Plastikumhang und ihren Schal ab. Dann wischte sie sich den Schnee von der Kleidung und entfernte den Lehm von ihren Schuhen. Sie strich sich das Haar glatt. Es war kurz. Champignon hatte geweint, als sie es abgeschnitten hatte, um es auf die allgemein akzeptierte Länge zu bringen, knapp unterhalb der Ohren in einem geraden Schnitt quer über den Nacken; aber zu Beginn der Kulturrevolution war es Sommerwünsche egal gewesen. Jetzt zerrte sie grob an ihrem spröden, ergrauten Haar und spürte fast mit Genugtuung den Schmerz; sie konnte den Gedanken nicht ertragen, daß Bergkiefer nicht die Frau wiedersehen würde, die er in Erinnerung hatte, sondern nur ein altes Weib, das mit dieser üblichen wattierten, dunkelblauen Kluft bekleidet war, wie sie jeder trug.
Es war richtig, was die Leute sagten, daß die Sonne einen schneller altern läßt. Im Gegensatz zu Hoffnungsschwert hatte sie sich während der Jahre, in denen sie voneinander getrennt gewesen waren, fast immer unter freiem Himmel aufgehalten, als sie mit der Schubkarre Erdarbeiten erledigen mußte. Aus Furcht, man könnte sie als politisch auffällig brandmarken und ihr vorwerfen, sie hielte an eitlen, dekadenten Vorstellungen fest, hatte sie dabei nie gewagt, einen Hut zu tragen oder sich ordentlich zu waschen. Auch wenn Hoffnungsschwert bei seiner Heimkehr behauptet hatte, er habe während seiner Haftzeit fast zu sprechen verlernt, wußte sie, daß ihm in Wahrheit der Schreck, sie nach all den Jahren so verändert wiederzusehen, die Sprache verschlagen hatte. Außer seinem ergrauten Haar und daß er jetzt fast mager war, hatte er sich im Gegensatz zu ihr kaum verändert. Sie hätte sich natürlich leicht mit Schminke,

Puder und Rouge etwas für ihn zurechtmachen können, aber wären dann ihre Nachbarn nicht sogleich wieder über sie hergefallen und hätten ihr vorgeworfen, die Welt mit bourgeoisem Schmutz zu überziehen?

Bis Hoffnungsschwert und die Frau die Hütte erreicht hatten, war es anscheinend dunkel geworden, denn das Licht, das aus dem kleinen Haus drang, als die Tür geöffnet und wieder geschlossen wurde, tat ihr in den Augen weh. Während sie wartete, daß sich die Tür wieder öffnen und Bergkiefer heraustreten würde, stand sie dort draußen im Sturm so still, wie sie konnte, und bemühte sich, wie sie das als Schauspielerin zu tun pflegte, sich mit langsamen, gleichmäßig tiefen Atemzügen auf ihren Auftritt zu konzentrieren. Doch es wollte der Schauspielerin, die schon längst keine Bühne mehr betrat, nicht recht gelingen, sich in ihre Rolle zu vertiefen. Wieder und wieder schien der gnadenlose Wind ihr zuzuraunen: »Nur ein altes Weib wie alle anderen ...«

Wie sollte sie diesem entsetzten Blick jetzt ein zweites Mal, nun in Bergkiefers Gesicht, standhalten? Der herabpeitschende Schnee brannte ihr im Gesicht wie Sand. Wieder zerrte sie an ihrem Haar.

Da plötzlich sah sie, wie Bergkiefer auf sie zugelaufen kam. Er hatte eine Laterne in der Hand, die er hoch über dem Kopf hielt. Während er sich ihr näherte, sah sie ein breites Lächeln auf seinem Gesicht. Möge dieses Lächeln nicht verblassen, flehte sie innerlich, wenn er ihr gegenüberstünde und erkannte, wie sehr sie die Jahre verändert hatten.

»Oh, Sommerwünsche«, sprach er. »Du bist so wunderschön wie immer.«

Da fiel sie vor ihm auf die Knie und verbeugte sich.

*

Keiner von beiden erinnerte sich, was danach geschah, was sie gesagt oder ob sie überhaupt miteinander gesprochen hatten, doch Bergkiefer hatte danach in sein Tagebuch geschrieben, daß beide, als sie schließlich ins Haus eingetreten waren, begriffen hatten, daß Eltern nur gemeinsam Erlösung finden konnten in der Trauer um ihr durch den Tod entrissenes Kind, daß Eheleute nur gemeinsam die Selbstachtung wiederfinden konnten, ihre Mitschuld am Tode ihres Kindes zu ertragen.

## *Erneutes Wiedersehen*

In seiner Zelle, mit keinem anderen Lesestoff als dem *Völkischen Tageblatt* und Maos gesammelten Werken, hatte Hoffnungsschwert sich unzählige Male ein erneutes Wiedersehen der eingeschworenen Brüder im Herzen der Mitte ausgemalt, so unwahrscheinlich es auch sein mochte, daß sie noch einmal zusammenkommen würden. Desgleichen hatte er sich die Umstände, unter denen ein solches Treffen stattfinden könnte, in allen nur möglichen Varianten vorzustellen versucht. Aber niemals war er auf die Idee gekommen, daß sie diesen besonderen Augenblick wie jeden beliebigen Tag des Lebens verbringen könnten – ausgelassen über die wunderlichen Begebenheiten während der Zugfahrt schwatzend, über ihre Gesundheit oder das Wetter.

Ebenso undenkbar war es gewesen – denn sogar jetzt, mehr als zwei Jahre nach dem offiziellen Ende der Kulturrevolution, gingen selbst die engsten Verwandten einander aus edlen oder weniger edlen Beweggründen vorsichtshalber lieber aus dem Wege –, daß sie sich durch die Anwesenheit von Fremden nicht im geringsten gestört fühlen würden. Wie es sich ergab, wurden ihm die Frau, die sie zu den Birken geführt hatte, und ihr kleines Töchterchen nicht vorgestellt. Die Kleine hatte Sommerwünsche mit einer Ehrfurcht angeschaut, wie jemand, der endlich einmal den Mond zu Gesicht bekommt, von dem ihm andere Nacht für Nacht erzählt hatten. Stattdessen machten sie sich in der Kochnische zu schaffen, wie Goldweide es zu tun pflegte, wenn Hoffnungsschwerts Vater Freunde zu Besuch hatte. Sie selbst empfingen in ihrer Wohnung in Peking, nur ein paar Lis vom politischen Epizentrum entfernt, niemals Freunde; denn auch das Vergnügen, Gäste zu haben, war wie die meisten Freuden, die das Leben lebenswert machten, den Massenkampagnen zum Opfer gefallen.

Möglicherweise lag es an dem Sturm, daß alles so anders zu sein schien. Noch nie hatte er sich eine solche Kulisse wie in dieser vom Schnee halb zugewehten Hütte vorgestellt, in der sich Bücher wie Ziegelsteine einer Mauer bis unter das Dach stapelten. Doch selbst wenn ihm der Schauplatz für ihr Wiedersehen vertraut gewesen wäre, nicht einmal in seinen lebhaftesten Phantasien hätte er sich die Akteure in dieser übermütigen Stimmung vorstellen können, die sich in Worten nicht beschreiben ließ, in der sie sich jedoch alle drei zu befinden schienen. Die Situation erinnerte ihn an jene Sommernachmittage, als der Junge Herr, sein Studiengehilfe und der Sohn eines Grabpflegers die Arme unter dem Kopf verschränkt am Ufer des Jangtse faulenzten und den Möwen am Himmel nachschauten; nur diesmal waren es die drei Freunde, die sich kühn emporschwangen und den Stürmen trotzten – kreisend und gleitend, mit weitgespannten Flügeln.

Selbst als sie ohne Schuhe um die Kohlenpfanne herumsaßen, sich Finger und Zehen wärmten und dabei ihr Bier schlürften, fragte er sich, wie das alles möglich sein konnte. Wie war es möglich, daß sie so grenzenlos gleichgültig waren gegenüber einer Welt, die sich doch schließlich gegen sie verschworen, sie getrennt hatte und immer noch getrennt hielt? Nicht ein einziges Mal trat ein verschämtes Schweigen ein. Ganz natürlich und ungezwungen saßen sie beieinander, ohne pathetisch Vergangenheit oder Zukunft zu beschwören, so sorglos und unbeschwert wie in einem milden Sonnenlicht schwebende Staubflocken. Gelassen und vollkommen entspannt überließen sie sich ganz diesem Moment, überzeugt, daß sich alles zum Besten wenden würde – aber gemächlich. Für sie stand die Zeit still.

»Auf unser Wiedersehen!«

»Auf diesen Tag!«

»Auf uns!«

Bergkiefer wollte gerade eine weitere Flasche öffnen, als die Frau in noch ausgelassenerem Ton als die einander zuprostenden Freunde rief: »Zu Tisch!«

Folgsam erhoben sie sich und wirbelten dann in großer Geschäftigkeit um den Tisch herum, wobei sie einander immer wieder in die Quere kamen und anrempelten, während sie abräumten, um anschließend die Eßstäbchen, Löffel, Schüsselchen und Tassen sowie die abertausend Zutaten für das feierliche Fleischgericht zu decken und die Stühle an ihre Plätze zu stellen.

Als schließlich alle vier gemütlich am Tisch saßen und aßen, sich die Gewürze mischten, mit ihren Eßstäbchen hauchdünn geschnittene Scheiben von rohem Lammfleisch in die brodelnde Sauce tunkten, die auf dem Holzkocher in der Mitte des Tisches köchelte, sagte Bergkiefer: »Ich glaube, jetzt ist der geeignetste Augenblick gekommen, euch Cinders vorzustellen, meine Frau. Morgen werdet ihr unsere Tochter kennenlernen; sie schläft schon.«

Während Hoffnungsschwert vor Staunen ganz sprachlos war, streichelte Sommerwünsche der Frau freundlich mit der Hand über die Wange. »In dem Augenblick, in dem ich dieses Haus betrat, habe ich gewußt, daß ihr drei eine Familie seid«, sagte sie.

Hoffnungsschwert glaubte ihr kein Wort. Er hatte den Verdacht, man führe ihm hier ein abgekartetes Spiel vor. Aber als er Bergkiefer einen strengen Blick zuwarf, riß dieser sogleich die Hände in die Höhe, als wollte er seine Unschuld beteuern. »Sieh mich nicht so an. Ich hab es ihr keinen Augenblick früher gesagt als dir, ganz bestimmt nicht.«

An Sommerwünsche gewendet fragte Hoffnungsschwert: »Wie konntest du das wissen?«

Sie zuckte mit den Schultern. »Oh, das kann ich nicht erklären. Ich wußte es einfach.«

Er begriff nicht recht, warum oder über wen er sich ärgerte. »Das ist doch albern. Nun denk doch mal nach!« sagte er, bedauerte jedoch sogleich, in so gereiztem Tonfall gesprochen zu haben.

Sommerwünsche, an seine Art gewöhnt, nickte jedoch nur abwesend, während sie sich mit der Hand ans Kinn faßte und nachdenklich in die Luft schaute, als ob die Antwort sich irgendwo in den duftenden Speisedämpfen verbarg, die von dem Saucentopf aufstiegen. »Nun, laß mich mal überlegen ... ja, ich glaube, weil Bergkiefer uns einander nicht vorgestellt hat.«

»Und was ist daran so ungewöhnlich, wenn selbst ›Danke‹ und ›Bitte‹ zu sagen schon als scheinheiliger Blödsinn aus feudalistischer Vorzeit betrachtet wird?«

»Aber *er* denkt nicht so.« Sie warf Bergkiefer einen Blick zu. »Du hast doch sicherlich nur einen geeigneten Moment abgewartet, nicht wahr?«

Als er ihren Blick mit einem langen, dankbaren Lächeln erwiderte, erkannte Hoffnungsschwert die tiefe Vertrautheit, die nach wie vor zwischen Bergkiefer und Sommerwünsche bestand, eine Vertrautheit, wie sie nur zwischen einem Mann und einer Frau existieren konnte, deren Seelen einander so nahe standen, daß kein Einfluß dieser Welt sie trennen könnte. Jetzt sah er Sommerwünsche das erste Mal seit langer Zeit wieder, wie er sie damals gesehen hatte, als er nach seiner jahrelangen Haft endlich zu ihr durfte – sah sie als die einzigartige Erscheinung, die sie war, als die Frau, bei deren bloßem Auftritt bereits alle anderen Anwesenden auf der Bühne zu grauen, nichtssagenden Figuren zu verblassen schienen. Er fühlte sich auf einmal wie ein Störenfried, wie ein Eindringling.

Um nicht aufdringlich zu wirken, richtete er seine Aufmerksamkeit darauf, die letzten Bissen aus dem Topf zu fischen, die noch übriggeblieben waren, und machte Cinders Komplimente für das gelungene Mahl.

Mit einem frechen, aber sehr gewinnenden Lachen antwortete Cinders: »Das scheint dir nur so, weil du so einen Riesenhunger hast.«

»Nein, nein, das meine ich wirklich so. Ganz im Ernst«

»Aha!« meinte Cinders daraufhin und drohte spaßend mit dem Finger. »Dann bist *du* wohl derjenige, der diese makellose Schärpe zur Schau trägt.«

Einen Augenblick lang zögerte er und wußte nicht gleich, was er auf ihre Bemerkung erwidern sollte, mit der sie auf das anspielte, was jener Weise einmal über einen Mann gesagt hatte, der ganz besonders

schönfärberisch daherredet. »Na, offensichtlich ist mir mein Ruf vorausgeeilt.«
»Tatsächlich?«
»Es muß schon so sein. Wie solltest du sonst wissen, was ich am Ministerium mache?« Er schwieg einen Moment und freute sich über ihre Verwirrung. »Nichts als reden, reden, reden –«
»– zu Gästen und Besuchern des Hofes.«
Als er sah, wie schlagfertig Cinders zur Stelle war, um das Zitat zu vervollständigen, mußte er lachen. Er freute sich für seinen alten Freund. Seine Frau hatte nicht nur Witz, war selbstsicher, jung und voller Anmut, sie war auch gebildet.
Während Bergkiefer mit seinen Eßstäbchen leicht an ein Schüsselchen schlug, fragte er: »Was gibt es so Spaßiges bei euch?« Und auch Sommerwünsche stimmte ein, »ja, was gibt es? Bitte, laßt mich nicht außen vor.«
Nicht nur in Gesellschaft, sondern selbst wenn sie unter sich waren, hatte Hoffnungsschwert längst aufgegeben, Sommerwünsche irgend etwas zu erklären, das auch nur im entferntesten mit Literatur zu tun hatte. In der Hoffnung, das Thema zu beenden, erklärte er: »Unter dem Einfluß meines geschätzten Studiengehilfen wollten Cinders und ich gerade unsere Kenntnisse der *Analekten* ein wenig auffrischen und ein paar Zitate aus Buch Fünf austauschen.«
Wieder war Cinders zur Stelle. »Aber wir sind dermaßen ins Stocken geraten, daß wir lachen mußten. Eigentlich stehen die geeignetsten Aussprüche für dieses Spiel ja auch in Buch Eins. Deswegen fange ich noch mal von vorn an, mit einem anderen Zitat ...« Sie unterbrach sich, um ihr Glas auf das Wohl der früheren Ehefrau ihres Mannes zu erheben. »Und dieses Mal soll Sommerwünsche es ergänzen.«
Sommerwünsche zerrte an ihrem Haar und bat: »Nein, nein. Ich habe, glaube ich, doch keine Lust, bei dem Spiel mitzumachen. Ich kann das nicht, wirklich.«
Doch Cinders ignorierte ihre Einwände. »Mach dich bereit. Ich fange an – ›Freunde aus Fernen Landen –‹«
Wie aus der Pistole geschossen und jubelnd vor lauter Stolz und

Glück vervollständigte Sommerwünsche den berühmten Ausspruch: »– ist das nicht eine Wonne?«

Hoffnungsschwert sah zu Bergkiefer und schüttelte ungläubig den Kopf. »Deine Cinders ist wirklich eine Diplomatin, die uns der Himmel geschickt hat«, dachte er. Nur jemand von solchem Kaliber hätte ein Zitat ausgesucht, das jeder kennt.

Auch Bergkiefer schüttelte den Kopf, als wollte er so den schweigsamen Kommentar seines Freundes erwidern, und sagte dann: »Darauf laßt uns trinken. Auf die beiden glücklichsten Ehemänner ganz Chinas.«

Als die Männer nach ihrem Bier griffen, faltete Sommerwünsche ihre Serviette auf und legte sie sich wie eine lang herabfallende Manschette über den Arm, um dann jene umständlichen Bewegungen zu vollziehen, mit denen früher einmal wohlerzogene junge Mädchen ihr Lächeln verbargen, auch wenn dadurch die Freude, die in ihren Augen lag, noch stärker zum Ausdruck kam. »Oh, Bergkiefer«, sagte sie, »deine neue Schülerin hat so gut von dir gelernt.«

Wieder hob er abwehrend die Hände. »Ich würde nicht wagen, Cinders etwas lehren zu wollen. All diese gewichtigen Buchbände gehören ihr, nicht mir.«

Da erhob sich die Schauspielerin plötzlich von ihrem Stuhl, vollführte einen eleganten Schwung mit den Armen und verbeugte sich voller Ehrerbietung vor der jungen Gelehrten. Alle lachten und applaudierten vor Vergnügen.

Als sich die fröhliche kleine Gesellschaft endlich wieder beruhigt hatte, hielt Hoffnungschwert den Moment für gekommen, die vergangen Jahre etwas zu enträtseln, und um einen Anfang zu machen, forderte er Cinders auf, ihnen von ihrem Leben und ihrer Bibliothek zu berichten.

Während Cinders erzählte, wie Kleiner Bruder es stets irgendwie fertiggebracht hatte, sich der politischen Veranstaltungen seiner Produktionsgenossenschaft zu entziehen, deckte Bergkiefer den Tisch ab. Er mußte es vermeiden, solange Cinders ihre Geschichte erzählte, Sommerwünsche gegenüber Platz zu nehmen. Was würde geschehen, wenn sie einen besorgten Blick in seinem Gesicht entdeckte? Ein Zukken seines Fußes? Wenn er nur aus Versehen den Atem einen Augenblick zu lange anhielte? Jedes dieser Anzeichen könnte sie unweigerlich mißtrauisch werden lassen.

Wieder und wieder wusch er den gleichen Essensnapf, ohne darauf zu achten, daß seine Hände von dem halbgeschmolzenen Schneewasser in der Spülschüssel schon ganz taub waren. Er machte sich große Sorgen wegen Sommerwünsches intuitiver Begabung, Stimmungen und Gefühle so leicht zu erfassen. Er und Cinders mußten größte Vorsicht walten lassen, damit sie nicht versehentlich etwas erführe, was sie niemals wissen durfte. Wie zart und verletzbar sie ausgesehen hatte dort draußen im Schnee, so zerbrechlich wie ein Papierdrachen, der bei tobendem Sturm an einem seidendünnen Faden flatterte.

Um Hoffnungsschwert machte er sich keine Sorgen. Er würde schon nicht so dumm sein, in Sommerwünsches Gegenwart irgendeine böse Ahnung anzusprechen, die Cinders' Geschichte möglicherweise auslösen könnte. Mit Sicherheit würde er begreifen, daß Bergkiefer mit jeder kleinen Irreführung nur Sommerwünsche schonen wollte. Im übrigen, wenn es wirklich darauf ankam – in einer tatsächlichen Extremsituation –, hatte Hoffnungsschwert in ihrer Gegenwart immer kühlen Kopf bewahren können. Was hätte dies besser beweisen können als sein Verhalten bei seiner Rückkehr ›von den Toten‹, als er seine Sehnsucht nach ihr und seine tiefe Qual so vollständig vor ihr verbergen konnte, daß Sommerwünsche am Ende geglaubt hatte, sie bedeutete ihm überhaupt nichts mehr? Und während all der Jahre, in denen Sommerwünsche fälschlicherweise mit seinem besten Freund verheiratet gewesen war, hatte Hoffnungsschwert nicht einen Augenblick diese unerträglich versteinerte Maske von seinem Gesicht genommen.

Bergkiefer verfügte nicht über solche Gaben. Hätte er kurz zuvor nicht mit seinen Eßstäbchen geklopft und sie ihm auch nur einen Augenblick länger in die Augen gesehen, dann hätte sie erkannt, daß er niemals eine andere Frau geliebt hatte als sie; daß seine Beziehung zu Cinders rein väterlicher Natur war und sie nur zum Schein geheiratet hatten.

In aller Unschuld hätte sie dann gefragt ›warum‹?, und alles wäre verloren gewesen.

Er räumte gerade das Geschirr fort, als Cinders den Höhepunkt ihrer Geschichte erreichte, wie sie und Bergkiefer einander begegnet waren. Er unterbrach seine Arbeit und drückte sich an die dünne Trennwand des Raumes, um zu hören, was sie sagte.

»... Kleiner Bruder hat den jungen Männern nie recht getraut, die hierhin in die Wildnis geschickt worden waren, um das Land urbar zu machen und hier zu siedeln. Er hatte immer behauptet, daß eines schönen Tages jeder einzelne von ihnen, selbst der glühendste Idealist, alles fallen lassen würde, um zurück in die Städte zu fliehen. Irgendwann wäre ihnen klargeworden, wie unnachgiebig dieses Land ist und wie ungeeignet sie selbst waren für ein genügsames Leben als Bauern.

Kleiner Bruder fand auch die Einheimischen nicht passend. Die Leute hier konnten kaum lesen oder schreiben. Bergkiefer war natürlich viel zu alt, aber zu ihm, einem konservativen Menschen, der die alten Werte hochhielt, hatte Kleiner Bruder Vertrauen. Solche Leute schätzen die Vorzüge der Einsamkeit, auf sie kann man sich verlassen.«

»Gutes Mädchen«, dachte Bergkiefer. »Du machst deine Sache ganz wunderbar.«

»... Als Bergkiefer uns zum ersten Mal besuchen kam, führte er beim Anblick all der Bücher einen regelrechten Veitstanz auf. Große Schwester sah in ihm nur einen Mann, der doppelt so alt war wie ich und ein krankes Bein hatte. Ich selbst begegnete in ihm einen Seelenverwandten, der mir ein guter Ehemann sein würde. Und ich habe mich nicht getäuscht.«

Hoffnungsschwert fragte, wann sie geheiratet hätten.

»Auf der Stelle.«

»Einfach so?«

Cinders' Lachen kam wie auf Stichwort, klang jedoch keineswegs einstudiert, und mit dem richtigen Quentchen Ironie fügte sie hinzu: »Ihr Hohen Tiere von der Partei solltet eigentlich wissen, daß keiner von uns allzugroße Auswahlmöglichkeiten hat, jedenfalls nicht in diesem Leben. Ganz im Ernst, ich wollte unbedingt ein Kind und –«

»Nimm dich in acht«, flehte Bergkiefer sie insgeheim an. »Das Minenfeld liegt genau vor dir.«

»– in seinem Alter war es am besten, nicht mehr lange zu warten. Er hatte nicht die Gelegenheit gehabt zu sehen, wie Kleiner Panda zum Mann heranwuchs. Er brauchte eine zweite Chance.

Selbstverständlich hatte niemand eine blasse Ahnung, daß der Lehrling, den Kleiner Bruder ausgewählt hatte und der mir selbst noch nicht zu Gesicht gekommen war, in Wahrheit eben sein Kleiner Panda war. Als Kleiner Bruder schließlich irgendwie herausbekommen hatte, wie sich tatsächlich alles verhielt, war Treuherz bereits ... war es zu spät.«

Es trat eine Pause ein, in der niemand etwas sagte.

»Cinders, sprich weiter«, wollte Bergkiefer sie am liebsten bitten. »Du darfst ihr keinen Augenblick Zeit zum Nachdenken geben. Mach weiter! Mach weiter!«

Aber sie sagte nichts mehr, und um ein Haar hätte er riskiert, zum Tisch zurückzugehen, als Hoffnungsschwert fragte: »Was ist aus Kleiner Bruder geworden und aus Großer Schwester?« Seine Stimme klang gespannt.

Dieses Mal sagte Cinders die Wahrheit.

»Als unser Kindchen zwei Jahre alt war, sagte Kleiner Bruder eines Tages zu mir, seine Arbeit sei nun getan. Ich dachte zunächst, er spräche von seinem letzten Lehrling, dessen Ausbildung so gut wie abgeschlossen war, und begriff nicht, daß er mich meinte. In dieser Nacht, nachdem er seine Lieblingsspeise, Schweinefleisch mit Dampfnudeln, zu sich genommen hatte, schlief er ein und wachte nicht mehr auf.

Nicht lange danach wurde Große Schwester krank. Als Bergkiefer nichts Außergewöhnliches feststellen konnte, zeigte sie auf ihren Bauch und meinte, ihre Milz sei ärgerlich geworden über diejenigen in der jenseitigen Welt, die sich über ihren Mann lustig machten, weil er so klein sei, und ihn wegen seiner Größe für minderwertiger hielten.

Sie sagte, ich solle nicht weinen ... Ich hätte ja jemanden, der sich um mich kümmere, und auch ich hätte jemanden, um den ich mich küm-

mern könne … außerdem warte Kleiner Bruder darauf, daß sich ihm ihr Geist im Jenseits anschlösse und ihre Handgelenke mit einem roten Band zusammengebunden werden könnten. Nur wenn sie in der Weise aneinandergebunden seien, könnten sie sicher sein, einander wiederzufinden, um im nächsten Leben vereint zu sein. Gemeinsam, meinte sie, könnten sie jeder Heimsuchung die Stirn bieten und ihren Stolz wahren, gleichgültig, was ihnen geschehe, egal wie sehr andere sie verspotteten.
Dann strich Große Schwester mein Haar glatt und steckte es mir hinter den Ohren fest, genau wie sie es früher immer getan hatte, als ich noch klein war und sie mir das Lesen beibrachte. Als jede Haarsträhne an ihrem Platz war, starb sie, um wieder bei ihrem Mann zu sein …«
Während Cinders' Stimme verhallte, schlich sich Bergkiefer in das Hinterzimmer, bei dessen Bau ihm dankbare Patienten, seine alten Kameraden aus dem Gefangenenlager und Kleiner Bruder geholfen hatten. Jetzt schlief die Tochter seines Sohnes Treuherz dort, und in der Nacht wollte er hier auch Sommerwünsche und Cinders unterbringen. Er mußte daran denken, wie er das Unvermeidliche verhindern könnte. Wie er verhindern könnte, daß Hoffnungsschwert die unvermeidliche Frage an Cinders richten würde, was sie über den Unfall wüßte. Natürlich würden zwangsläufig Tränen fließen.
»Der Unfall? Ich war nicht dabei …« sagte Cinders und unterbrach sich, um einen Schluck Tee zu trinken.
Oh, gnädige Kwan Yin, betete Sommerwünsche, laß mich nichts von dem Unfall hören. Es war das gleiche Stoßgebet, das sie schon unzählige Male gen Himmel geschickt hatte, seitdem sie vom Tod ihres Sohnes erfahren hatte. Wozu noch Einzelheiten? Die würden ihn auch nicht wieder zurückbringen, würden ihre Qual nur noch unerträglicher werden lassen.

Seit diesem Augenblick, als Sommerwünsche vom Tod ihres Sohnes erfahren hatte, war ihr einziger Gedanke, daß die Götter erneut Vergeltung geübt hätten. Sie wurde magerer und magerer. Was würde geschehen, wenn der Rachedurst der Götter noch immer nicht gestillt wäre? Wenn sie mit jedem weiteren Tag, den sie am Leben blieb, in Wahrheit einem anderen seine Lebenszeit stahl, einem, den sie liebte – Hoffnungsschwert? Was sollte werden, wenn sie, wie ihre Mutter, den Verstand verlöre?

Um nicht verrückt zu werden, mußte sie sich verstellen, sich in Phantasien flüchten. Aber es gab keinen Feuerfrosch, der nun in die Kleidung *ihres* Sohnes schlüpfen konnte, um seinen Platz einzunehmen. Sie war allein, verrichtete Erdarbeiten mit ihrer Schubkarre, weit entfernt vom Jangtse, unter lauter fremden Menschen, die jede ihrer Bewegungen meldeten. Wenn sie so tat, als sei Treuherz bei ihr, würde man sie einsperren, genau wie man ihren Ehemann eingesperrt hatte.

In welche Phantasien sonst konnte sie sich flüchten? Sie konnte so tun, als ob sie genau wüßte, daß ihr Sohn nicht gelitten hatte, als er starb, sondern friedlich hinüberglitt in das Reich, in dem ihr Vater, ihre Mutter und ihr Zwillingsbruder auf ihn warteten, um ihm ein Heim zu geben. Welchen anderen Trost gab es für eine Mutter, die ihr einziges Kind verloren hat? Sie wollte die genaueren Umstände seines Todes um nichts in der Welt erfahren. Sie weigerte sich, die Kommune aufzusuchen, in der ihr Sohn gearbeitet hatte. Was würde geschehen, wenn jemand, der bei dem Unfall dabeigewesen war, ihr eine andere Geschichte über den Hergang des Geschehens erzählte?

Aber sie stand zu tief in Bergkiefers Schuld, deswegen hatte sie, als sie seinen Brief mit der Landkarte erhielt, keine andere Wahl gehabt, als in dieses unendliche, menschenleere Land zu reisen, in dem Treuherz gearbeitet hatte, vielleicht wie seine Mutter, allein.

Und jetzt, da Hoffnungsschwert und sie hier in diesem abgeschiedenen kleinen Notkrankenhaus saßen, durch den Schneesturm vor jedem möglichen Störenfried abgeschirmt, wie sollte er nicht danach fragen, wie sich der Unfall zugetragen haben könnte? Wie sollte Cinders nicht daran denken, daß jede Mutter, deren Kind zu Tode gekommen ist, die Umstände des Unglücks erfahren wollte? Sommerwünsche wußte sich keinen Rat, wie er sie daran hätte hindern können, weiterzusprechen …

»Nein, ich war nicht dabei«, sagte Cinders noch einmal. »Niemand war dabei. Aber Kleiner Bruder hat mir erzählt, daß aus allem, was er am Unglücksort gesehen hatte, und durch das, was er von Maschinen verstand, der Vorgang so blitzschnell vonstatten gegangen sein mußte, daß der Lehrling nichts gemerkt haben konnte und ganz bestimmt nicht leiden mußte.«

Sommerwünsche hätte am liebsten laut aufgeschrien. Oh, Kwan Yin, Dank sei deiner Barmherzigkeit. Plötzlich war ihr zumute, als ob sie schwebte; wie von Zauberhand war plötzlich alles, was sie in den vergangenen Jahren belastet hatte, alle Einschränkungen, die ihr auferlegt, und die vielen Ansprüche, die an sie gestellt worden waren, wie fortgeblasen. Sie fühlte sich so frei und unbeschwert, daß ihre Seele emporzuschweben schien wie ein Papierdrachen, der sich zum Vergnügen der Kinder auf den Böen, die vom Jangtse herüberwehen, in die Lüfte erhebt.

Derart beschwingt hörte sie kaum, als Hoffnungsschwert fragte, ob die Behörden eine Untersuchung des Falles angeordnet hätten.

»Sie waren hier. Haben nur gesagt, daß Unfälle eben passieren können. Das war alles.«

»Das war alles?«

Sommerwünsche legte ihm die Hand auf den Mund. »Bitte, keine Fragen mehr. Mein Sohn ist tot. Nichs kann ihn mir wiederbringen.«

Als Cinders Anstalten machte, sich vom Tisch zu erheben und fortzugehen, hielt Sommerwünsche sie auf, indem sie ihre Hand ergriff und sie gegen ihr Herz drückte. »Wie kann ich dir für diese Gabe je danken? Niemand hat mir jemals etwas so Wertvolles geschenkt. Ich werde ewig in deiner Schuld stehen und dich von heute an in meine Gebete einschließen.«

Cinders sah zunächst sie, dann Hoffnungsschwert an. »Ich verstehe nicht. Ich hab dir doch gar nichts geschenkt. Ich habe überhaupt nichts getan, womit ich solche Dankbarkeit verdient hätte.«

»Doch, das hast du. Du hast mir die Frage beantwortet, die ich um nichts in der Welt stellen wollte, obgleich ich, mehr als alles andere, genau darauf eine Antwort brauchte; aber du mußt …« Mitten im Satz hielt sie inne, als ob sie vergessen hätte, was sie sagen wollte. Und als sie den Faden dann wiedergefunden hatte, schienen ihr die rechten Worte nicht einzufallen, als könnte sie sich nicht konzentrieren, als sei sie in Gedanken weit fort.

»Wenn doch nur ... nein, nicht wenn ... Ich kann es nicht ... ich würde verrückt werden ... Und dann, begreifst du das nicht, würden sie mich in einen Käfig sperren wie den armen Tanzbären, den sie nach unserer Vorstellung auf die Bühne gebracht hatten, und dann ... dann ginge es mir noch schlechter als selbst den armseligsten Kreaturen.«

Sie schluckte schwer und begann dann hemmungslos zu weinen, während sie am ganzen Körper zitterte. Sie mußte an die Bosheit der Götter denken, die sich ein Vergnügen daraus machten, mit der Todesangst hilfloser Menschen zu spielen. Ihr kamen Frauen aus ihrem Bekanntenkreis in den Sinn, die die Kulturrevolution scheinbar unbeschadet überstanden hatten, nur um anschließend zusammenzubrechen, als sie hörten, daß es endlich vorbei war. Sie erinnerte sich zum Beispiel an eine Frau, die für sechs Nichten und Neffen die alleinige Verantwortung getragen hatte, während sich die Eltern der Kinder Resozialisierungsmaßnahmen unterziehen mußten. Als die Eltern dann wieder zurückkamen, hatte sie wahllos fremde Kinder auf der Straße aufgegriffen und sie mit Slogans aus der ›Mao-Bibel‹ traktiert, den gleichen Parolen, die sie zuvor wie Beschwörungsformeln ununterbrochen ihren kleinen Schützlingen eingepaukt hatte, um ihre jungen Seelen zu retten. Oder eine andere Frau, die das Zimmer ihres Sohnes genau in dem Zustand belassen hatte, in dem es in der Nacht gewesen war, als sie ihn abgeholt hatten. Seine Brille lag immer noch in dem aufgeklappten Buch, und unter dem Bett lag noch sein zweiter Schuh, den er sich nicht mehr hatte anziehen können; und als dann ihr Sohn ebenso überraschend zurück nach Hause kam, sein Augenlicht verloren hatte und sein linkes Bein, weil die Ärzte aus Angst vor politischer Kontamination seine Diabetes nicht behandelt hatten, hatte sie alles, was im Zimmer war, aus dem Fenster geworfen und sich dann selbst hinausgestürzt. Oder eine andere, die vorgegeben hatte ...

Als Cinders versuchte, vorsichtig ihre Hand zurückzuziehen, klammerte sich Sommerwünsche noch fester an sie. Sie wußte, daß sie

Cinders weh tat, doch sie konnte nicht anders. Sie starrte nur stumm auf ihre eigenen Finger, die sich vor ihren Augen in die Klauen eines wilden Tieres zu verwandeln schienen.

»Hör auf! Hör sofort auf!«

Nur die Dringlichkeit in Hoffnungschwerts Stimme brachte sie wieder zur Vernunft. Als sie aufschaute und Tränen in seinen Augen sah, schien sie vor sich selbst zu erschrecken und beeilte sich, ihn zu beruhigen. »Mein lieber Mann, du mußt dir keine Sorgen um mich machen. Ich bin in Ordnung. Wirklich, mir geht es gut. Ich muß Cinders nur noch etwas sagen ...«

Auf einmal schienen Cinders' Hände zu brennen wie glühende Kohlen, und Sommerwünsche ließ eilig von ihr ab. Dann kauerte sie sich auf ihrem Stuhl zusammen und begann wieder, an ihrem Haar zu zerren, während sie eine Weile lang mit leerem Blick vor sich hinstarrte. Schließlich heftete sie ihren Blick auf Cinders. Aber als sie jetzt erneut zu sprechen begann, war ihre Stimme so dünn und leise, als ob sie zu sich selbst flüsterte:

»Nein! Nicht dumm sein. Wie kann ich erwarten, daß du das verstehst? Das ist unmöglich. Du hast ihn ja niemals lächeln gesehen. Hast ihn nie in deinen Armen gehalten. Hast ihn nie sagen hören, daß er dich braucht, dich liebt.

Nur jemand, der vor Sehnsucht nach ihm, vor ohnmächtiger Trauer, ihn für immer verloren zu haben, fast den Verstand verliert, kann ermessen, was es bedeutet, zu wissen, daß Treuherz nicht leiden mußte ... nicht leiden mußte ... Nur der kann verstehen.«

Dann sagte sie nichts mehr. Doch das Schweigen, das sich jetzt über die kleine Gesellschaft legte, war so übervoll von unausgesprochenen Gedanken – Gedanken, die ihr selbst, die Hoffnungsschwert und Cinders durch den Kopf gingen –, daß die Stille endlos lang schien.

Dann plötzlich glitt Sommerwünsche von ihrem Stuhl und brach auf dem Fußboden zusammen. Sie streckte ihre Hand nach Cinders' Füßen aus und wimmerte: »Oh, barmherzige Kwan Yin, ich danke dir, daß du auf meine Gebete geantwortet hast. Daß mein Sohn nicht die schrecklichste aller Qualen erleiden mußte – die Qual zu wissen, daß er alles und jeden, alles was er war, all seine Erinnerungen an

Glück und Unglück für immer verlassen mußte. Oh, Kwan Yin ... ich danke dir, daß du meinen Sohn vor der schrecklichsten aller Qualen verschont hast, daß er nicht begreifen mußte, schon bald, so bald die ganze Welt zurücklassen zu müssen und niemals mehr zurückzukehren.«

## Bekenntnis

Es war noch nicht fünf Uhr, als Hoffnungsschwert erwachte. Sogleich fielen ihm die Frauen ein. Sommerwünsche war nach ihrem Nervenzusammenbruch schnell wieder zu sich gekommen und hatte Bergkeifer gebeten, ihr jene Kräutertinktur zuzubereiten, die er früher nach den Theatervorstellungen immer für sie aufgebrüht hatte, damit sie schnell einschlafen konnte. Danach hatte sie wieder munter dahergeredet, als ob nichts Außergewöhnliches vor sich ging oder vorgefallen sei. Cinders dagegen war sehr schweigsam und hatte nur angespannt auf ihre Schuhe gestarrt, so als fürchtete sie, daß sie sich davonmachen würden, wenn sie den Blick abwendete. Hoffnungsschwert hatte sich an das gehalten, wozu Bergkiefer ihm geraten hatte, und Cinders in Ruhe gelassen, während er selbst sein Teil dazu beitrug, den Eindruck zu erwecken, als sei alles in bester Ordnung.

Er konnte sich nicht erinnern, was im einzelnen gesprochen wurde, aber irgendwie hatte er den Eindruck, als stünde jedem eine tiefe Entschiedenheit im Gesicht geschrieben; die gleiche Entschlossenheit, die auch Steinhüter im Blick hatte, wenn er ihm in seinen immer wiederkehrenden Alpträumen im Schlaf erschien; die gleiche Entschlossenheit, die den Bäuerinnen im Gesicht gestanden hatte, als sie auf Zehenspitzen über das Kürbisfeld gelaufen waren; wie sie Treuherz ins Gesicht geschrieben war, als er den Parteisekretär von Wen Shui zusammengestaucht hatte; die gleiche verbissene Entschlossenheit, die ihm selbst im Gesicht gestanden haben mußte, davon war er überzeugt, als er jede einzelne Aussage auf jeder Seite der unzähligen Darlegungen, die er für die Gefängnisbehörden über jeden Aspekt seines Lebens bis weit vor seine eigene Geburt abgefaßt hatte, noch einmal ausdrücklich unterschrieben hatte.

Cinders erwachte erst aus ihrer starren Haltung, als Sommerwünsche verkündete, daß sie nun zu Bett gehen wolle. Er hatte noch gewartet, bis sich die Tür zum Hinterzimmer schloß und Bergkiefer dann gefragt, ob mit Cinders auch alles in Ordnung sei. Bergkiefer hatte ihm beruhigend zugenickt und sich seinerseits nach Sommerwünsches Befinden erkundigt.

Auch er hatte daraufhin genickt. Aber als sei er sich dessen doch nicht ganz so sicher, hatte er dann zu erklären begonnen, daß sie einfach übermüdet gewesen sei von der langen Reise und dem anstrengenden Marsch durch den Schnee und daß man ja eigentlich unter den gegebenen Umständen nichts anderes erwarten konnte, als daß sie etwas überspannt reagieren würde. »Sie wird morgen schon wieder in Ordnung sein, wenn sie ausgeschlafen hat.«

»Ja«, sagte Bergkiefer. »Am besten gehen wir jetzt auch zu Bett.«

Dann begannen beide damit, Bücher aus der Wand zu nehmen, um eine provisorische Schlafstelle zu bauen.

Am nächsten Morgen, es war noch dunkel, verspürte Hoffnungsschwert plötzlich das starke Bedürfnis, sich endlich einmal gründlich mit seinem Freund auszusprechen, und wartete voller Ungeduld, daß Bergkiefer aufwachen würde. Als er dann im selben Augenblick ein leises Rascheln von Bergkiefers Schlafstelle hörte, fragte er sich, ob sein alter Studiengehilfe womöglich immer noch über das Talent verfügte, seine Gedanken lesen zu können, oder ob es lediglich dem Umstand zu verdanken sei, daß sie beide so lange in Gefangenschaft gewesen waren und die Gefängnisuhren immer noch in ihnen tickten.

»Hoffnungsschwert, bist du wach?«

»Ja. Aber ich fühl mich völlig gerädert, als hätte ich keinen Augenblick lang geschlafen.«

»Es tut mir leid.«

»Was sollte dir leid tun?«
»Daß ich dir den Brief geschickt habe. Kannst du mir verzeihen? Vielleicht hätte ich die Vergangenheit ja ruhen lassen sollen. Daß sie jetzt so verwirrt ist, ist ganz allein meine Schuld.«
Hoffnungsschwert setzte sich auf und zündete sich eine Zigarette an. »Das wäre schön, wenn ich dich oder sonst wen dafür verantwortlich machen könnte, aber es ist ganz allein meine Schuld. Wie dem auch sei, es war abzusehen, daß so etwas einmal passieren würde. Schon seit meiner Entlassung war sie ständig kurz davor, die Kontrolle über sich zu verlieren und durchzudrehen, und wenn du es genau wissen willst, ich bin erleichtert, daß es hier passiert ist und nicht sonstwo.«
Er zog den Zigarettenrauch tief in seine Lungen. Er mußte kurz husten, inhalierte jedoch erneut und noch tiefer, als ob er allen Mut zusammennähme, Gedanken in Worte zu fassen, die er nie zuvor einer Menschenseele anvertraut hatte. Bis jetzt hatte Stolz ihn davon abgehalten, in das allgemeine Geschrei der leidgeprüften Menschen einzufallen, die alle Schuld an Chinas Misere der sogenannten Viererbande zuschoben. Dieser Gedanke war natürlich lächerlich. Ebenso hätte man behaupten können, daß ein paar Stangen Dynamit ein Erdbeben auslösen könnten. Stolz hatte ihn auch davon abgehalten, sich in die Reihe derer einzugliedern, die wie unter Zwang ihre Kleidung auszogen, um sich gegenseitig ihre Narben vorzuführen, während sie dabei geflissentlich außer acht ließen, wieviel Blut auch an ihren Händen klebte, das sie während der Kulturrevolution in Strömen vergossen hatten. Wie er sie bedauerte und zugleich verachtete. Während er die Zigarette ausdrückte, fragte er sich, wie es nur möglich sei, daß er sich als Sellvertretender Minister mit seinem eigensinnigen Stolz auch nur im geringsten über all jene anderen Verantwortlichen erheben konnte.
»Ist alles in Ordnung, Hoffnungsschwert?« fragte Bergkiefer. »Komm, ich gieß dir einen Tee auf.«
Zur Hölle mit Tee. Sprechen mußte er. Er ergriff Bergkiefers Arm und zog ihn fast ein wenig grob wieder hinunter auf die ausgebreiteten Bücher, aus denen sie sich nachts zuvor ihr Bett gebaut hatten. »Ich

muß dir etwas sagen, aber nicht in Gegenwart von ihnen ...« Seine Stimme klang genauso schrill wie die des verwöhnten Jungen Herrn, und während er sich mit den Fingern durchs Haar fuhr, war er selbst ganz erstaunt, wie mühelos er und Bergkiefer, der ihn sogleich darum bat, etwas ruhiger zu sprechen, wieder in die Verhaltensmuster ihrer Kindheit zurückfielen.

Er zündete sich noch eine Zigarette an und überlegte laut, wie er beginnen sollte.

»Fang einfach irgendwo an. Ist doch egal.«

Als er erst einmal zu sprechen begonnen hatte, wollte er gar nicht mehr aufhören. Auf einmal schien er ein solch übermächtiges Verlangen zu verspüren, seine vermeintliche Grausamkeit zu beichten, mit der er glaubte, Sommerwünsche behandelt zu haben, daß er alle Vernunft fahren ließ und, ohne ein Blatt vor den Mund zu nehmen, drauflos redete. Diese ganze Kulturrevolution sei nichts als eine endlose Orgie des Hasses gewesen, aber war das etwa Grund genug? Bei den geringsten Zugeständnissen hätten ihn die Volksmassen sicherlich in der Luft zerfetzt wie neugierige Kinder, die einer Küchenschabe die Beine ausreißen, aber war das ein Grund? Wie hatte er ihr nur die schwierigste Rolle zuweisen können – eine Rolle, die er, der in jeder Hinsicht der Stärkere war, aus purem Starrsinn und hartnäckigem Stolz immer weit von sich gewiesen hatte? Eine Vorstellung nach der anderen hatte sie geben müssen. Fünfzig-, hundertmal war sie auf der Bühne über ihn hergefallen. »Jedesmal, wenn sie diesen Auftritt absolvierte, kam der Moment, in dem ich fürchtete, sie würde gleich vor lauter Entsetzen nicht mehr weitermachen können, womit sie das ganze Spektakel ruiniert hätte. Jedesmal, wieder und wieder habe ich sie beschworen fortzufahren, mich zu beschimpfen und zu schlagen, damit die Leute mein Blut sähen. Nicht einmal hat sie mich im Stich gelassen. Aber jedesmal, nach jedem dieser Auftritte konnte ich deutlicher erkennen, in welcher Gefahr sie sich befand, all das seelisch nicht mehr verkraften zu können und daran zugrunde zu gehen. Und trotzdem habe ich sie gedrängt, weiterzumachen, weiter und immer weiter ... Als man diesen Spuk endlich für beendet erklärte und ich in Einzelhaft gesperrt wurde, hätte ich fast ...«

»Ich hatte mir schon gedacht, daß man dich womöglich vorgeführt und sogar öffentlich gedemütigt und geschlagen hatte, aber Einzelhaft ... Wie lange?«

»Zehn Jahre.«

Bergkiefer murmelte irgend etwas wie: »So lange?« Aber im Zuge der Kulturrevolution war einfach alles möglich gewesen, was sollte ihn da noch überraschen? Da er ein ganzes Leben mit Büchern verbracht hatte, hatte er gelernt, selbst die unglaublichste Nachricht mit fast kühler Sachlichkeit aufzunehmen. Auch jetzt stellte sein Gehirn sogleich eine sehr nüchterne Berechnung an, wonach die schlichte Statistik dieser Aussage bedeutete, daß beide, sowohl der Studiengehilfe als auch der Junge Herr, länger von Sommerwünsche getrennt gelebt hatten, als daß sie mit ihrer Ehefrau zusammen gewesen waren.

Hoffnungsschwert warf die Decke zurück und begann im Zimmer auf und ab zu gehen – vier Schritte nach vorne, vier Schritte zurück; nicht mehr und nicht weniger, aus lauter Gewohnheit. Dabei mußte er daran denken, wie lange ihm jede Sekunde in der Gefängniszelle erschienen war und wie schnell dagegen die Jahre vergangen waren. »Meine Güte, was war ich für ein Held gewesen. Auf Schritt und Tritt habe ich nichts als gekämpft. Da habe ich auf diesem verdammten Schemel gehockt und die Vernehmungsoffiziere angegafft, bis sie völlig aus der Fassung grieten und sich von ihren gepolsterten Stühlen erhoben, sich hinter dem Tisch hervorbequemten und auf mich eindroschen. Nie habe ich ein Wort gesagt, nie auch nur ein Geständnis unterschrieben, auch nur einen einzigen Namen preisgegeben. Was für ein Held ich bis zum Schluß gewesen bin.«

Er spuckte aus. »Held! Ein Held, der seiner Frau die ganze Schmutzarbeit überließ. Sie redete und unterschrieb, sie log und log und log, bis sie jedes Quentchen ihres Verstandes eingebüßt, bis sie ihre Seele verloren hatte. Und alles nur, weil ich es so von ihr wollte. Ich, ihr liebender Ehemann! Ich war der Kader, der ihr eingeschärft hat, Politik niemals in Frage zu stellen. Ich hatte ihr das Versprechen abverlangt, immer an die Partei zu glauben und jeden Befehl fraglos auszuführen, gleichgültig, wer dadurch zu Schaden käme – ohne

Rücksicht auf die Konsequenzen. Sie hat ihre Versprechen mir gegenüber immer gehalten.«

Er war nicht in der Lage, weiterzusprechen, brachte es nicht fertig, zuzugeben, daß er sogar aus seiner Zelle heraus jede ihrer Bewegungen steuern konnte, weil sie inzwischen nicht mehr Herr ihrer selbst war und keine eigene Meinung mehr besaß, sondern eine willfährige Puppe geworden war. Nur, Sommerwünsche war nicht aus Holz.

»Ist es da noch verwunderlich, daß sie halb wahnsinnig geworden ist? Um mich als Held aufzuspielen, habe ich offenen Auges, habe ich absichtlich und ganz bewußt die Frau benutzt, die mich geliebt hat, die mir niemals etwas abschlagen konnte, die seit ihrem zwölften Lebensjahr der festen Überzeugung war, daß es für sie nichts Ehrenvolleres, Wunderbareres oder Erstrebenswerteres geben könnte, als meine Frau zu sein. Ich habe sie einer Meute von Teufeln überlassen, obgleich ich wußte, daß sie niemanden auf der Welt besaß, bei dem sie hätte Hilfe finden können, nicht einmal bei sich selbst. Und bis heute glaubt sie, daß sie alle ihre Schwierigkeiten selbst zu verantworten habe, daß ich gänzlich unschuldig sei.

Kannst du dir vorstellen, daß es in ganz China auch nur noch einen einzigen Menschen gibt, der so töricht wäre?« Er schluckte schwer und war dankbar, daß es noch zu dunkel war, als daß jemand die Tränen eines Helden hätte sehen können.

»Sie sagt immer, daß es nicht meine Schuld, sondern daß es ihr Schicksal sei. Es scheint, als ob ihr vor Chungking irgendeine alte Hexe einen dieser albernen Orakelsprüche von Blitz und Asche mit auf den Weg gegeben hat, an den sie glaubt. Was für ein Witz! Ich, der zweite Sohn des Hauses Li, Stellvertretender Kultusminister, ehemaliger Parteisekretär von Wen Shui – und Held! –, ich soll meine Rettung, meine Ehre und meine politische Rehabilitierung der Quacksalberei irgendeines Scharlatans zu verdanken haben. Und sie ist zu naiv und blind, um zu sehen, was ich ihr angetan habe.«

»Aber du irrst dich.«

»Was meinst du, ich irre mich?«

»Ich meine, du wirfst dir zu Unrecht was vor. Schließlich ist doch nicht sie im Gefängnis gelandet, sondern du.«

Er lachte verächtlich. »Mein lieber Freund, du sitzt hier schon zu lange in der Wildnis fest. Du kannst dir nicht vorstellen, was für ein Erholungsheim die Gefängniszelle sein kann.«

In Erinnerung an all die Jahre, in denen er mit zwanzig Mitgefangenen in einem Raum schlafen mußte, dachte er, daß er sehr wohl eine Vorstellung davon hätte, sagte aber nichts dazu. »Wie dem auch sei«, meinte er, »was hättest du schon daran ändern können?«

Wieder lachte Hoffnungsschwert. »Alles hätte ich ändern können, wann immer ich gewollt hätte.«

»Das glaub ich dir nicht. Aber nehmen wir mal an, du hast recht – warum hast du dann nichts geändert?«

»Warum nicht? Zuerst hatte ich mir eingeredet, mein Selbstmord würde ihr mehr schaden als nutzen. Aber das war nur eine Ausrede, nicht der Grund. Ich mußte gut zehn Jahre lang mit einer Kolonie von Ameisen zubringen, bevor ich endlich begriff, was der wahre Grund war. Die traurige Tatsache ist, daß ich nicht den Mut hatte, diese Welt zu verlassen, ohne zu wissen, was aus ihr würde. Ich mußte am Leben bleiben, weil ich ihre dummen Gesichter sehen wollte, wenn sie mich schließlich für unschuldig erklärten. Wie hätte ich Schluß machen sollen, solange man mich für ebenso einen Verräter hielt wie meinen verfluchten Bruder? Oder hätte ich sterben sollen wie mein armer Vater – dessen ganze Schuld darin bestand, verzweifelt gewesen zu sein vor lauter Hilflosigkeit, bis schließlich kein Hahn mehr nach ihm gekräht hat? Ich mußte beweisen, daß ich unschuldig und gerecht war und von Herzen aufrichtig. Ich mußte gewinnen. Und um zu gewinnen, mußte ich am Leben bleiben.

Und als wir dann durch den Unfall Treuherz verloren, konnte ich nicht sterben, weil nun niemand mehr da war, der dem Haus Li wenigstens ein Fünkchen Ehre zurückgegeben hätte …«

Es gab nichts mehr, was die beiden hätten sagen können. Bergkiefer stand auf, um Wasser heiß zu machen, und Hoffnungsschwert zündete sich eine weitere Zigarette an. Als sie schließlich miteinander Tee tranken, bedauerte er sein Geständnis bereits – nicht weil er sich Bergkiefer gegenüber offenbart, sondern weil er sein schlechtes Gewissen erleichtert hatte.

Inzwischen war die Schwärze der Nacht gewichen, und das graue Morgenlicht drang in das Zimmer. Auf dem Boden konnte er die Serviette liegen sehen, die Sommerwünsche dort fallen gelassen hatte, nachdem sie daraus jenen weit herabfallenden Kleiderärmel gemacht hatte. Ohne ihren Zauber war die Serviette nichts weiter als ein Stück Stoff.

Schließlich brach Bergkiefer das Schweigen. »Solange die Frauen noch schlafen, laß mich dir kurz erklären, warum ich dich hergebeten habe. Weißt du, obwohl Cinders und ich verheiratet sind, haben wir nie als Mann und Frau gelebt ...«

»Wessen Kind ist sie dann?«

»Ihr Name ist Nordstern, und sie gehört zu uns allen ...«

## *Das Schwert des Himmels*

Als Bergkiefer ihm im Flüsterton Cinders wahre Geschichte erzählt hatte, wagte er kaum, aufzublicken und Hoffnungschwert in die Augen zu sehen. Er fürchtete, daß jetzt, nachdem Hoffnungsschwert gerade erst von Treuherzens Selbstmord erfahren hatte, jede Vertrautheit Emotionen entfesseln würde, die sie beide nicht riskieren oder im Zaum halten könnten. Wie schon früher spürte er wieder diese ungeheure Bedrohung, die ihm so oft alle Daseinsfreude geraubt und ein alltägliches Familienleben fast unmöglich gemacht hatte. Er ging aus dem Zimmer, um mehr Tee zu holen.

Als er zurückkam, war er entsetzt über den gebrochenen alten Mann, den er dort in einer Wolke von Tabakrauch auf Hoffnungsschwerts Stuhl sitzen sah. Plötzlich fühlte er sich ganz verloren. Vorsichtig nahm er wieder seinen Platz am Tisch ein, und erst jetzt wurde er sich plötzlich mit brennender Gewißheit der unumstößlichen Tatsache bewußt, daß ja fast ein ganzes Menschenleben verstrichen war. Wie kam es nur, daß ihm das früher nie so recht klargeworden war?

Er war doch nie ein Mensch gewesen, der den Kopf in den Sand gesteckt hatte. Deswegen konnte er auch nicht glauben, daß Realitätsflucht der Grund gewesen war. Es mußte an irgend etwas anderem liegen.

Vielleicht weil er schon von Kind an nie besonders lebhaft gewesen war, weil ein Studiengehilfe oder der Bedienstete eines adligen Jungen Herrn schon von Hause aus etwas erwachsener sein mußte, als er es dem Alter nach tatsächlich war, oder weil ein Gefangener niemals sehr widerstandsfähig oder souverän war – waren vielleicht das die Gründe, warum er kaum jemals darüber nachgedacht hatte, daß ja auch er selbst älter wurde? Oder lag es daran, daß Heilkundige wie er, die selbst mit einem körperlichen Makel ausgestattet sind, allzu gutgläubigen Patienten immer gerne dazu rieten, vor der Gebrechlichkeit des menschlichen Körpers auf der Hut zu sein, gleichgültig in welchem Stadium des Lebens sie sich befinden mochten? Oder lag es daran, daß fast ein halbes Jahrhundert zwischen ihm und Nordstern lag, für die mit jeder Morgendämmerung die ganze Welt neu erstand, und in deren Gegenwart alt zu sein einfach unentschuldbar war?

Jetzt, da er sich plötzlich mit anderen Augen sah, konnte er seine eigene Sterblichkeit nicht länger ignorieren. Aber hatte er das denn wirklich getan? Vielleicht lag ja, ohne daß er es gewußt hätte, irgend etwas von dieser selbstbetrügerischen Sinneshaltung in seinem Brief, den er nach Peking geschickt hatte. Er war fast ein wenig belustigt darüber, mit welcher Meisterschaft er sich all die Zeit selbst hinters Licht geführt hatte: er hatte geglaubt, daß durch die neue chinesische Politik, mit der Deng Xiaoping das Land der übrigen Welt zu öffnen schien, nun möglicherweise auch bessere Lebensaussichten für Cinders und das Kind bestünden; deswegen hatte er die beiden Kader aus Peking zu sich in den Norden gebeten. Vielleicht war ja jetzt die Zeit gekommen, da er sich mit dem Gedanken an seinen eigenen Tod beschäftigen mußte. Aber wohl eher nicht. Hatte der alte Mönch ihm nicht prophezeit, daß er, wenn er die Lungentuberkulose überstehen würde, lange genug am Leben bliebe, um ein Buch zu schreiben? Das war es, was er jetzt in Angriff nehmen mußte.

Plötzlich bekam Hoffnungsschwert einen so heftigen Hustenanfall, als ob er sich die Seele aus dem Leib husten wollte. Mit seiner fleckig geäderten Hand schlug er sich auf die eingesunkene Brust. Unwillkürlich mußte Bergkiefer daran denken, wie dieser stolze Mann einst in seiner Soldatenuniform durch die zerbombten Straßen von Wen Shui paradierte und die ganze Stadt durch den bloßen Anblick seiner stattlichen Erscheinung wieder Hoffnung geschöpft hatte. Er sah Kleiner Panda wieder vor sich, wie er auf seinen Schultern thronend an seinem Haar zog; und fast noch lebendiger erklang in ihm auf einmal Sommerwünsches fröhliches Lachen, so harmonisch wie das Glockengeläut eines Tempels – so gänzlich anders als gestern abend, als die Schauspielerin diese frischen, jugendlichen Töne angeschlagen hatte, um die kleine Gesellschaft von ihren Ängsten zu befreien.

Er betrachtete eine Zeitlang gedankenvoll die bitteren Teeblätter auf dem Boden seiner Tasse, als ihm plötzlich einfiel, daß er ganz vergessen hatte, von seinem Besuch in Wen Shui zu erzählen, um seiner sterbenden Schwester beizustehen. Das war einige Tage nachdem Champignon klugerweise Hoffnungsschwert dazu veranlaßt hatte, mit Sommerwünsche nach Peking zurückzureisen, da Sommerwünsche nicht ertragen konnte, Goldweide so leiden zu sehen. Doch das eilte nicht, dachte er. Hoffnungsschwert brauchte jetzt Zeit, um mit dem Gedanken fertig zu werden, daß Treuherz Selbstmord begangen hatte. Das Geheimnis von Hoffnungsschwerts Geburt, daß der Junge Herr und sein Studiengehilfe in Wahrheit Onkel und Neffe waren, wollte er für sich behalten.

In Gedanken an seine Schwester kam ihm wieder jener Tag in Erinnerung, an dem das Haus Li die Zeremonie des feierlichen Zugriffes zu Ehren des kleinen Hoffnungsschwert begangen hatte; wie wunderbar sie damals im Steingarten ausgesehen hatte mit Jades altem, ehemals purpurrotem Kleid, das vom häufigen Waschen schon ganz ausgeblichen und nun zartlila gefärbt war mit einem Schatten von Blau. Merkwürdig, daß ihm diese Farbe immer dann so lebhaft in Erinnerung kam, wenn Cinders ihm die Buchtitel heraussortierte, die er ihr gerade auf einer Liste zusammengestellt hatte. Und welches Entsetzen Jade damals in ihm auslöste, als das kleine Kind all die Miniaturspielzeuge links liegengelassen und statt dessen nach Bergkiefers Fußknöchel gegriffen hatte. Aber er warf der Gnädigen Frau nichts mehr vor; er hatte damals einfach nicht begriffen, was für eine verschreckte und gequälte Frau sie gewesen war. Erst lange nach ihrem Tod, als er die Hand seiner sterbenden Schwester hielt, die im Halbschlaf alle möglichen Geheimnisse preisgab, hatte er die Wahrheit erfahren.

Er war dem Himmel dankbar, daß Goldweide wenigstens gegen Ende ihres Lebens etwas mehr Freude erfahren hatte, daß es ihr vergönnt gewesen war, ihren heimlichen Sohn nach all den Jahren der Gefangenschaft endlich doch wieder in Freiheit sehen zu dürfen.

Er begann seinen heißen Tee zu schlürfen. Aber das Geräusch, das er dabei machte, wirkte inmitten des Schweigens so überaus unpassend und fast beleidigend, daß er es lieber darauf ankommen ließ, sich die Zunge zu verbrennen, und trank die Tasse mit einem Zug leer. »Welcher von Treuherzens beiden Vätern mochte wohl schwerer an seiner Schuld tragen?« fragte er sich – der Reaktionär, der es unterlassen hatte, seiner Frau und seinem Sohn etwas über Politik beizubringen, oder der Kader, der sie in dieser Angelegenheit allzu gründlich unterwiesen hatte.

Sie saßen immer noch am Tisch, als aus der Küche plötzlich das Klappern von Geschirr zu hören war und Cinders ihnen zurief, daß sie sich entschuldige, so lange geschlafen zu haben und als letzte aufgestanden zu sein.

Als letzte? Hatte sie gesagt ›als letzte‹? Wie konnte sie denn die letzte sein. Er stand von seinem Platz auf und stürmte ihr ins Schlafzimmer nach. Es war leer. Die Decken waren gefaltet. Obwohl es kein weiteres Zimmer gab, in das Sommerwünsche und Nordstern möglicherweise gegangen sein konnten, war er drauf und dran, laut ihre Namen zu rufen, als er entdeckte, daß das Fenster entriegelt war. Darunter, auf dem Lehmboden, hatte geschmolzener Schnee schwarze Flecken zurückgelassen.

Er drehte sich um und stieß fast mit Hoffnungsschwert zusammen, der Cinders festhielt und beruhigend auf sie einzureden versuchte:

»Du mußt mir glauben. Nie, niemals würde sie dem Kind etwas antun.«
Mit panischem Blick schaute Cinders zu Bergkiefer, dem sie mehr vertraute.
Der bestätigte nur, was Hoffnungsschwert gesagt hatte. »Niemals«, sagte er, während er mit dem Kopf nickte.
Doch wie das Schwert des Himmels schwebten drohend die Worte im Raum, die keiner zu sagen wagte – »Niemals würde sie dem Kind etwas antun, nicht absichtlich.«
»Bleib du hier und bereite das Frühstück vor«, sagte er, während er ihr beschwichtigend über das Haar strich. »Wir werden sie finden und heimbringen.«
Entsetzt hielt sie sich die Hände vor den Mund und schüttelte heftig den Kopf. Sie weinte.
»Nein, du kannst nicht mit uns kommen«, sagte er im Fortgehen, während er sich noch eine wärmere Jacke überwarf. »Was ist, wenn sie zurückkommen, solange wir unterwegs sind?«
Draußen hatte es aufgehört zu schneien, doch der Wind heulte und fauchte noch. Die Wolken lagen tief über der Landschaft und bedeckten alles wie ein eisernes Leichentuch. Die beiden alten Männer faßten einander am Arm und stemmten sich gegen den Wind. Ihre Kleidung flatterte an ihren Körpern, während sie den Fußspuren im Schnee folgten, in denen noch der Lehm des gestampften Fußbodens der Hütte klebte. Erst als sie zu den Birken kamen, waren die großen und kleinen Fußabdrücke vom Schnee bedeckt, der von den Bäumen herabgeweht war. Es gäbe nur einen Ort, zu dem es Sommerwünsche hingezogen haben konnte, beruhigte Bergkiefer seinen Freund, und er kenne den Weg.
Sie kamen nur langsam voran. Zwischen ihnen fiel kein einziges Wort. Sie atmeten schnell und flach die bitterkalte Luft ein, was ihnen das Sprechen fast unmöglich machte.
Weiter draußen, in der offenen Ebene, war der Wind noch schneidender. Bergkiefer ballte die Fäuste und gab Hoffnungsschwert Zeichen, es ihm nachzumachen. Er bedauerte, daß er Strümpfe angezogen hatte. Hätte er sich die Zehen mit Lappen umwickelt, wäre die Gefahr

weniger groß, daß sie abbrachen wie Eiszapfen. Doch daran durfte er jetzt nicht denken. Wie damals im Arbeitslager, mußten sie jetzt alles andere vergessen und sich nur auf das eine konzentrieren: nicht zu stürzen, einen Fuß vor den anderen zu setzen und nur nicht anzuhalten.

Die Kälte wurde immer unerträglicher. Unter dem Schal, den Bergkiefer sich um den Kopf gewickelt hatte, fühlte er sein Gesicht wie eine Maske aus Eis. Er betete nur, daß Sommerwünsche und Nordstern nicht allzu lange, bevor sie auf ihr Verschwinden aufmerksam geworden waren, die Wärme des kleinen Hauses verlassen hatten. Aber wenn doch? Wenn sie schon in der Dunkelheit losgegangen waren?

Er versuchte nicht daran zu denken, was möglicherweise auf sie zukommen würde, sondern dachte lieber daran, wie gut sie gestern abend gespeist hatten und welch klirrendkalte Nächte er in der Vergangenheit erlebt hatte – als er Winter für Winter mit Glatze, Maestro und dem Professor immer weiter und weiter marschieren und Tag für Tag die gefrorene Erde aufgraben mußten, obwohl sie vor lauter Hunger bereits einen so feinen Geruchssinn entwickelt hatten, daß sie schon an einem einzigen Rülpser erkannten, was einer im Lager gestohlen hatte, um seinen Bauch zu füllen ... als Wochen vergingen, während derer es nicht ein Gramm Schmalz in den Suppentöpfen der Gefängnisküche gegeben hatte, um ihre Eingeweide zu fetten; ihnen beim Pinkeln der Urin gefror, bevor er das Loch im Boden erreicht hatte; sie immer wieder endlos teuflische Qualen erlitten, für nichts und wieder nichts ... als sie abgemagert und ausgemergelt bis auf die Knochen waren, ihre Zähne verfaulten und ihnen vor Kälte Finger und Zehen abfroren, wenn man sie sich nicht selbst abhackte, in der Hoffnung, auf diese Weise krank geschrieben zu werden und wenigstens ein paar Tage nicht hinaus ins Wetter zu müssen; als sie wie Mumien in ihre schmutzigen, säuerlich stinkenden und vor Läusen starrenden Lumpen gehüllt nur den einen Gedanken hatten, nicht zu krepieren – Kreaturen, die nichts besaßen und sich nichts weiter erhofften, als zu überleben, und es am Ende tatsächlich irgendwie geschafft hatten, am Leben zu bleiben.

Ohne daß er sich dagegen wehren konnte, zogen Erinnerungen auf an all die jungen Männer, die viel kräftiger und gesünder gewesen waren als er selbst – Ehemänner und Väter, Brüder und Söhne, die sich nur eine, höchstens zwei Minuten verschnaufen wollten und die, als dann der Frühling kam und das Eis schmolz, immer noch dort saßen …

Er durfte jetzt nicht an sie denken, jetzt keine Gefühle zulassen. Er ballte die Fäuste. Als sie sich der Stelle näherten, wo der Brandfleck war, erschien ihm der Pflaumenbaum, der dort vor ihnen wie ein eisüberzogenes Skelett in der Landschaft stand, einen kurzen Augenblick ganz unwirklich. Mit einem Ärmel fuhr er sich über die Brillengläser. Als er dann die Augen ein wenig zusammenkniff und genauer hinsah, konnte er einen Schatten erkennen, der sich am Fuß des Baumes zu ducken schien. Er stieß Hoffnungsschwert an und nickte ihm zu. Dann arbeiteten sie sich weiter durch den Schnee vor.

Als sie dort angekommen waren, wo er damals in der Glühwürmchen durchschwärmten Nacht gewartet hatte, um die verzweifelte junge Mutter nicht zu stören, sah er es deutlicher. Es war Sommerwünsche, die dort gegen den Stamm des Baumes gelehnt im Schnee saß. Sie trug nichts weiter als Unterwäsche und hielt ein Bündel von Kleidungsstücken auf ihrem Schoß. Nordstern war nirgendwo zu sehen. Laut rufend und immer wieder stolpernd und stürzend rannten sie weiter, bis sie endlich bei ihr ankamen.

Eine Berührung und Bergkiefer erkannte sofort, daß seine wahre Frau tot war. Er unternahm nichts, als Hoffnungsschwert sie unter Tränen zu schütteln und zu schlagen begann, sie umarmte und in seiner rasenden Verzweiflung wachzuküssen versuchte. Er beugte sich herab und nahm das Kleiderbündel in den Arm. Dann trug er Nordstern heim.

# Verheißungen
(1989)

Es war spät am Abend des dritten Juni. Hoffnungsschwert stieß aus Versehen die Teetasse um, die er auf dem Schoß gehalten hatte. Er war wohl vor lauter Erschöpfung eingenickt. Noch ganz benommen machte er sich nicht die Mühe, ein Geschirrtuch aus der Küche zu holen. Statt dessen starrte er auf den Fleck und sah zu, wie er sich auf dem moosgrünen Sofabezug ausbreitete. War der Stoff wohl aus Shandong oder aus Sinkiang? Sein Studiengehilfe hatte immer einen Finger ins Wasser getaucht und dann die Umrisse der verschiedenen Provinzen auf die Steinplatten am Uferdamm des Jangtse gezeichnet, und von ihm verlangt, die Namen der einzelnen Gebiete zu nennen, bevor die Sonne die Konturen fortgetrocknet hätte.

Doch heute war es ihm gleichgültig, welcher Provinz der Fleck ähnelte. Heute war da nur ein Fleck mehr zwischen lauter alten. Gähnend warf er einen Blick auf die Wanduhr – es war neun; noch drei Stunden bis zu seiner gewohnten Schlafenszeit. Jeder vernünftige Mensch wäre jetzt zu Bett gegangen. Keine Bittsteller weder an der Vorder- noch an der Hintertür, die er hätte beschwichtigen müssen. Keine Besucher, um die er sich kümmern müßte. Keine Briefe zu schreiben. Keine Stapel von hochwichtiger Post, nie wieder Staats- oder Geheimakten, die er noch lesen müßte. Bei diesem Gedanken mußte er unwillkürlich ein wenig lächeln vor Genugtuung.

Anders als seine Nachbarn – sämtlich pensionierte Kader wie er, Stellvertretende Minister oder ranghöhere Regierungsbeamte – vermißte er keineswegs, nun nicht mehr zur Elite der oberen Staatsbediensteten zu gehören. Sollten sie nur weiter darum schachern, wer von ihnen in den Schlagzeilen der ausländischen Presse erschiene und über wen sich die jungen Frauen ihre hübschen Münder zerrissen. Sollten sie doch ihrer Eitelkeit frönen und sich die Bäuche bei diesen großartigen Festessen vollschlagen, die die verschiedenen irgendwie zu Macht und Reichtum gekommenen Auslandschinesen aus Anlaß ihrer Heimkehr gaben. Auf das Wohl der Tangs von Singapur anstoßen? Nur wenn Ihre Durchlaucht Cassia ihre jährlichen Wallfahrten zu den mondänen Badekurorten Europas aufgäbe und der Hochwohlgeborene Archibald Tang, der Dieb und ehemalige Landwirtschaftsminister, aus dem Grab stiege und in der Großen Halle des Volkes Arsen tränke. Mit Rachegedanken hatten seine guten Nachbarn nichts im Sinn; sie bevorzugten statt dessen den absoluten Gedächtnisschwund, und zwar um so begeisterter, je öfter sie zu solchen Festessen eingeladen wurden. Er mied diese eitlen Schäferstündchen hoher Diplomatie. Er hatte Wichtigeres zu tun als das. Seine dringlichste Aufgabe war, jeden Tag rechtzeitig auf die andere Seite der Stadt zu kommen, bevor die zahnlose Straßenhändlerin dort an der Ecke von Jianquomen ihr leckeres Tofu und die feurige Szetschuan-Sauce ausverkauft haben würde.

Sein Lächeln erstarb, als er daran denken mußte, wie die arme Frau sich fast an ihrer eigenen Zunge verschluckt hatte, als er ihr Angebot, für ihn eine Portion zurückzulegen, ausgeschlagen und gedroht hatte, sein Tofu woanders einzukaufen. Vielleicht hätte er nicht so schreien sollen, aber er hatte schließlich allen Grund, ihrer Freundlichkeit zu mißtrauen. Seitdem der großmächtige Deng Xiaoping verkündet hatte, daß reich zu werden ›ein ehrenhaftes Lebensziel‹ sei, hatten solcherlei Gefälligkeiten unweigerlich dazu geführt, daß die Leute schließlich die unglaublichsten Ansprüche zu stellen begannen und Bestechung und Korruption aus dem täglichen Leben nicht mehr fortzudenken waren. Aber vielleicht lag er mit seiner Vermutung damals ja auch gar nicht so verkehrt. Es war wohl möglich, daß er aufgrund seines Alters die Dinge nicht mehr ganz im rechen Licht sah, aber schließlich ging es ums Prinzip und nicht bloß um eine Portion Tofu.

Er seufzte. Natürlich war es albern, jeden Morgen durch die ganze Stadt zu fahren, um eine Portion Tofu zu ergattern, bevor die Vorräte ausverkauft wären. In Wahrheit tat er das auch nur, um die Zeit totzuschlagen. Er haßte es, in der Wohnung herumzusitzen und sich etwas vorzujammern, wie sehr die Zeiten sich geändert hätten. Alles hatte sich geändert, und zwar so sehr, daß er kaum noch wußte, was er hoffen, denken oder glauben sollte.

Noch immer ganz benommen, taumelte er zum Balkon, wo er Nordstern vermutete, die dort allabendlich in der Nische zwischen den Mauervorsprüngen, bei Wind und Wetter barfuß und nur mit einem Nachthemd bekleidet, ihre rituellen Gedenk- und Meditationsübungen abhielt. Doch die Nische war leer. Wo steckte sie?
Plötzlich fuhr er zusammen. Jetzt fiel es ihm wieder ein. Heute nacht war keine Nacht wie jede andere. Schon seit sieben Wochen hatte es keine gewöhnliche Nacht mehr gegeben – nicht seitdem die Studenten begonnen hatten, gegen Korruption und für demokratische Verhältnisse auf die Straßen zu gehen, und die Partei die friedlichen Studentendemonstrationen als unpatriotisch gebrandmarkt hatte, nicht mehr, seitdem die jungen Leute den Tiananmen-Platz besetzt hielten und sich eine Million gewöhnlicher Bürger mit ihnen solidarisiert hatten und mit ihnen durch die Straßen zogen, nicht mehr, seitdem die Verhandlungen abgebrochen und das Kriegsrecht ausgerufen worden war, seitdem die Pekinger Bevölkerung sich zusammentat, um der Regierung gemeinsam die Stirn zu bieten.

*

Hoffnungsschwert lehnt sich über das Balkongeländer. Die Leute sind alle wieder auf den Beinen. In langen Reihen stehen sie an den Fahrbahnrändern und drängen sich auf den Kreuzungen, wo verlassene Busse, Berge von Fahrradrahmen und Straßenmarkierungs-Steine aus Beton als Barrikaden dienen. Sie beobachten gespannt eine unendlich lange Kolonne von Geländewagen, Lastern und Transportern voll mit bewaffneten Soldaten. Man kennt den Anblick. Aber dennoch, was für ein Wahnsinn! Zivilisten gegen die Volksarmee. Waren denn alle Ideale, für die er gekämpft hatte, nichts als Lügen?
Mit dem Feldstecher schaut er hinüber zu der Brücke, die von der Truppenkolonne überquert werden mußte, um auf den Platz zu kommen, den die Studenten noch immer besetzt halten – unter ihnen: Nordstern. Zunächst kann er nichts weiter erkennen als gestikulierende Leute, doch dann plötzlich bricht Chaos aus. Soldaten klettern

aus den Fahrzeugen und stellen sich in Formation auf. Heute nacht tragen sie nicht kurzärmelige Hemden wie sonst, sondern sind in voller Montur angerückt, mit Helmen und Gewehren.
Plötzlich schießt ihm der Gedanke durch den Kopf, daß seiner Enkelin etwas zustoßen könnte, und er greift sich ans Herz. Nein! Nicht sie. Sie ist die Beste von allen, die ihm je nahegestanden hatten. In ihr leben sie fort. Was bliebe von ihnen übrig, wenn auch sie umkäme?
So schnell es seine siebzig Jahre zulassen, stürzt er aus der Wohnung und hämmert wie rasend auf den Fahrstuhlknopf. Aber die Götter kennen heute nacht keine Gnade. Der Fahrstuhl scheint irgendwo steckengeblieben zu sein. Kalter Schweiß bricht ihm aus. Er darf nicht eine Sekunde verlieren. Aber er darf auch nicht zu unbedacht die Treppe hinunterrennen. Ein Knochenbruch, und jede Chance, den Platz rechtzeitig zu erreichen, wäre dahin. Vorsichtig tastet er sich das dunkle Treppenhaus hinunter, einhundertacht Stufen. Alle Lampen sind aus der Fassung geschraubt. Die verfluchten Leute, die sich an Gemeineigentum vergreifen.
Draußen vor dem Haus fällt ihm beim Anblick der zahllosen Reihen von Fahrrädern nicht ein, wo er sein eigenes abgestellt hat. Auch das Kennzeichen auf dem Nummernschild hat er vergessen. Welcher Idiot hat nur jedes einzelne Rad schwarz gestrichen? Er versucht mit seinem Schlüssel ein Fahrradschloß nach dem anderen.
Hat er etwa irgend jemanden beleidigt? Vielleicht die Wangs vom ersten Stock? Oder die Changs vom dritten? Etwa den Fahrstuhlführer? Wer hat sein Rad geklaut? Er verflucht sie alle.
Endlich findet er es.
Der Straßenverkehr in dieser sonst so ruhigen Nacht bringt ihn ganz durcheinander. Ein erstaunliches Aufgebot an Verkehrsteilnehmern bevölkert die Straßen. Er radelt an Kinderwagen vorbei und an Rollstuhlfahrern in ihren selbstgebauten Vehikeln, überholt eilig laufende Männer und Frauen, die, ob alt oder jung, alle zu der Brücke stürmen. Der verwirrende Betrieb macht ihn fast panisch. Aus allen Ecken strömen sie herbei, mehr und immer mehr Menschen. Niemand kümmert sich um das Spektakel, das er mit seiner Fahrradklingel ver-

anstaltet. Alle paar Meter ist er gezwungen, jemandem auszuweichen, anzuhalten und erneut in die Pedalen zu treten. Er bettelt und brüllt, sie sollten eine Gasse freimachen, doch niemand nimmt davon Notiz. Sein Bitten und Flehen geht unter in dem Lärm und dem Gezeter der Massen.

Schließlich versucht er es in einer weniger verstopften Seitenstraße. Er fährt, so schnell er kann, doch es scheint ihm, als käme er dem Platz kaum näher, während der Tumult lauter und immer aufgeregter wird.

»Schützt die Studenten!«

»Sie sind Patrioten!«

»Die Volksarmee wird nicht schießen, nicht auf uns, nicht auf das Volk!«

Da plötzlich verliert er die Kontrolle über das Rad und stürzt in die Menschen, die er wie Mah-Jongg-Figuren mit sich zu Boden reißt. Unter unablässigem Gemurmel, daß es ihm leid täte, daß er sich entschuldige, versucht er, ohne weiter auf seine Opfer zu achten, sich wieder herzurichten und sein Gefährt wieder flott zu bekommen. Erst dann sieht er, daß die Leute, in die er hineingefahren ist, sich wieder formiert haben – jeder mit der linken Hand auf der Schulter seines Vordermanns, während sie in der rechten einen Stock halten. Es ist eine Gruppe von Blinden – Männer, Frauen und Kinder, die geschworen haben, sich den Panzern in den Weg zu legen. Gebannt und mit offenem Mund starrt er ihnen nach, wie sie, zur Orientierung mit ihren Stöcken gegen den Bordstein klopfend, einer nach dem anderen an ihm vorbeimarschieren. Mit Entsetzen kommt ihm wieder jene schreckliche Situation in Erinnerung, als er vor vielen Jahren um ein Haar mit seinem Jeep den Roten Teufel überfahren hätte, dem die Kuo-min-tang beide Augen ausgestochen hatten. Er wäre damals um nichts in der Welt für diesen unbezähmbaren Helden nach Yenan gegangen. Ob der Mann wohl noch lebt? Was würde er sagen, wenn er jetzt hier an Ort und Stelle wäre? …

»Seniler Idiot«, brüllt da plötzlich jemand.

Was? Er blinzelt.

»Rettet die Studenten! Leute, rettet die Studenten!«

Er steigt wieder aufs Fahrrad und fährt weiter, während er wie ein Mantra ununterbrochen das gleiche vor sich hinmurmelt: »Ich muß sie retten, muß zum Platz kommen, nichts anderes zählt mehr.«
Er strampelt und strampelt, bis er fürchtet, sein Herz würde ihm gleich ein Loch in die Brust reißen und er schließlich, schweißgebadet und nach Luft ringend, mit den Füßen bremsend, weit nach vorn über die Lenkstange gebeugt, in einer Gruppe von Arbeitern zum Stehen kommt.
»Komm, alter Mann, laß mich dich irgendwohin bringen, wo du in Sicherheit bist.«
Er faßt den Arm des Fremden. »Bitte ... bring mich ... bitte ... der Platz. Bevor sie anfangen zu schießen.«
»Hast du es denn nicht mitbekommen? Sie haben schon damit begonnen.«
Das ist doch nicht möglich. »Bist du dir sicher? Wo?«
»In der Gegend von Muxudi. Ein Freund hat mich gerade von dort angerufen. Er sagt, die Soldaten seien völlig verrückt geworden. Er mußte wie ein Wurm auf dem Bauch in seine Wohnung zurückkriechen, um nicht von einer Kugel getroffen zu werden.«
Nordstern, warum hast du nicht auf mich gehört? Ich wußte doch, daß es dazu kommen würde. Er muß irgendwie zu dem Platz kommen, deswegen bittet er den Arbeiter, ihm zu helfen.
Der Mann stöhnt. »Aber dorthin ist doch jetzt jeder Soldat Chinas unterwegs.«
»Ich bitte dich.«
»Du wirst dort überhaupt nichts ausrichten können. Du wirst nur im Wege stehen.«
»Es geht um Leben oder Tod.« Hoffnungsschwert reicht ihm sein Portemonnaie.
Der Mann lacht. »Heb dir das mal lieber für dein Begräbnis auf«, sagt er.

*

Mit Blick auf die Straßenlaternen entlang der Allee des Ewigen Friedens sitzt er seitwärts auf dem Gepäckträger, der über dem Hinterrad angebracht ist. Er hat den Kopf an den Rücken des jungen Mannes gelehnt. Seine Füße fliegen über den Asphalt, während sie vorbeimarschierende Menschen überholen, die Stirnbänder tragen mit der Aufschrift »Bis in den Tod«. Motorradfahrer verkünden das Neueste von den Aktionen der Soldaten, Zivilisten besetzen Straßenkreuzungen, Fahrradkulis transportieren ausländische Kameramänner auf ihren dreirädrigen Gefährten, Taxis und Busse, voll mit Sympathisanten der Studentenbewegung, fahren an ihnen vorbei: ein gewohnter Anblick, seitdem die Studenten mit ihren Versammlungen begonnen haben. Die gleichen Menschen, die jahrelang ohne jedes Mitgefühl gegeneinander losgegangen waren, um sich ihren Vorteil zu sichern, sei es an Bushaltestellen oder sonstwo im täglichen Leben, sind über Nacht plötzlich alle wieder füreinander da. Tief im Herzen spürt er einen Stich vor lauter Mitleid und Stolz. Und Furcht. Überall dröhnt aus Lautsprechern: »Bürger, bleibt zu Hause! Studenten, kehrt an eure Universitäten zurück. Die Armee wird den Tiananmen-Platz heute nacht räumen.«

Irgendwoher ist Gesang zu hören – die ›Marseillaise‹: »... Wohlan des Vaterlandes Sohn, Der Tag des Ruhmes brach an!«

Aus der Ferne klingt automatisches Gewehrfeuer herüber.

Sirenen heulen.

Der Nachthimmel ist mondlos. Gegen Osten und Westen liegt ein Glühen am Horizont. Überall laufen Menschen in heller Panik auseinander.

»Damit kommen sie nicht durch«, ruft der junge Mann in den Wind. »Ich lebe auch hier!« Einen Moment lang fürchtet Hoffnungsschwert, der Fremde könnte ihn im Stich lassen und sich den davonlaufenden Leuten anschließen, doch statt dessen tritt er kräftiger in die Pedalen und spurtet förmlich auf die gipserne Freiheitsstatue zu, die Studenten zu Anfang der Woche aufgestellt hatten. An dem Tag, erinnert er sich jetzt, war der Himmel ganz klar, und es ging ein leichter Wind. Inzwischen war der Hungerstreik abgebrochen worden, und die allermeisten Studenten hatten den Platz geräumt. Anders als er glaubten viele Leute innerhalb und außerhalb der Partei, daß die Lage sich ohne Gewaltanwendung wieder beruhigen würde. Doch er

selbst hegte keine solche Hoffnung. Rot ist die Lieblingsfarbe beider Seiten, und dementsprechend würde unweigerlich Blut fließen.
Er hatte die Statue schon vorher gesehen, als er im Laufe der Woche mehrfach vergeblich zum Platz geradelt war, um Nordstern auszureden, alles aufs Spiel zu setzen für etwas, das ohnehin nicht zu erreichen war. Aber erst heute nacht fällt ihm auf, wie die Figur mit beiden Händen die Fackel hochhält, als ob sie das Porträt beleuchten wollte, das dort weiter vorn an den alten Toren der Verbotenen Stadt hängt. Er betrachtet das rötliche Gesicht des Großen Vorsitzenden, ein Gesicht, das nie altert. Selbst aus der Entfernung kann man diesem angedeuteten Lächeln, diesen rätselhaften schwarzen Augen nicht entkommen.
Er klopft dem jungen Mann auf die Schulter. »Laß mich dort drüben bei den Zelten absteigen. Das Fahrrad kannst du behalten.«
»Meinst du das ernst?«
»Ganz ernst.«
Die Ruhe über dem riesenhaften, von Scheinwerfern in ein künstliches Licht getauchten Platz wirkt fast unheimlich. Es ist gerade dieses völlige Nichtvorhandensein jeglicher Alarmstimmung – wie damals die undurchschaubaren Gesichter der Bauern, die bereit waren für ihre Sache selbst ihr Leben hinzugeben –, was ihn jetzt in Richtung auf das Monument der Märtyrer zutreibt, dorthin, wo die jugendliche, leicht metallisch klingende Frauenstimme aus einem Megaphon die Mitstudenten aufruft, ruhig auf ihren Plätzen sitzenzubleiben. Was auch geschehe, sagt Nordstern, ihre Aktion mußte unbedingt gewaltfrei und friedlich bleiben.
Er stolpert und fällt hin. Benommen schaut er auf und sieht im Spiel der Lichter und Schatten undeutlich eine schmale Gestalt auf sich zukommen. Er versteht nicht gleich, ob er halluziniert und Gespenster aus der Vergangenheit zu erkennen glaubt oder ob die Person wirklich Nordstern ist, bis sie sich neben ihn auf den Boden kniet und ihn in die Arme nimmt. »Bist du verletzt, Großvater?«
Er schüttelt den Kopf.
»Ich hatte schon befürchtet, daß du meinetwegen hierher kommen würdest.«

»Kind, die Geschosse sind echt.«
Sie nickt.
»Ihr könnt nicht gewinnen. Ihr könnt nur verlieren.«
Wieder nickt sie.
»Meinst du denn, ich wüßte nicht, was du fühlst? Ich wollte auch ein Held sein. Aber ich habe begriffen, daß die einzigen Helden, die China je gehabt hat, tote Helden sind.«
»Großvater, ich wollte niemals eine Heldin sein, und mir liegt auch jetzt nichts daran. Ich habe Angst, schreckliche Angst, aber ich muß bleiben.« Ihr tränenerstickter, sorgenvoller Blick raubt ihm alle Hoffnung.
Er küßt ihre Stirn. »Dann bleib ich auch, um deine Hand zu halten.«
»Das geht nicht. Ich habe jetzt nur dich, niemanden sonst, und ...« Sie unterbricht sich und steckt ihm einen Briefumschlag in die Tasche. Dann fährt sie fort. »Es gibt ein paar allerletzte Wünsche, die nur du mir erfüllen kannst.«
Die Aussicht, so plötzlich alleingelassen zu werden, macht ihn wütend. Auf sie. Auf all diejenigen, die gestorben sind. Auf den General, der durch Zufall in einer Zeitschrift auf die Geschichte einer Künstlerin gestoßen ist, die ein preisgekröntes Bild von einem Baby gemalt hatte, das seine kleinen Ärmchen zu dem Fenster eines abfahrenden Zuges ausstreckt. Wütend auf Cinders, die sich entschlossen hatte, nicht bei ihm in Peking zu bleiben, sondern zu ihrem längst verlorengeglaubten Vater in die Vereinigten Staaten gereist war, um dort gleich noch Vorkehrungen zu treffen für den Druck von Bergkiefers Manuskript. Wütend auf alles seit Deng Xiaopings Reformen, ob es nun eine Verbesserung oder eine Verschlechterung der allgemeinen Verhältnisse darstellt. Wütend auf die ganze Welt. Die Götter. »Was ist mit meinen eigenen Wünschen?« fragt er. »Was ist mit mir?«
Sie lächelt. »Oh, Großvater, wie oft hast du gesagt, daß meine und deine Wünsche haargenau die gleichen sind. Und du würdest mich niemals belügen.« Es ist dieses gleiche ermutigende Lächeln, das in ihrem Gesichtchen stand, als sie gerade sieben Jahre alt war und er nicht davon ablassen konnte sie anzuschauen, wie sie ihm gegenüber

im Zugabteil saß, während sie zur Hauptstadt reisten, fort von der Wildnis des Nordens, fort von Sommerwünsche, die dort in dem gefrorenen Boden neben verkohlten Knochen ihre letzte Ruhestätte gefunden hatte. Bergkiefer und Cinders hatten ohne das kleine Mädchen kaum leben können, es aber dennoch in Hoffnungsschwerts Obhut gegeben, damit es eine ordentliche Ausbildung erhielte und bessere Zukunftschancen haben würde. Doch damals hatte ihm das Mädchen nichts bedeutet, im Gegenteil. Er wollte nicht mehr daran denken, wie Bergkiefer jahrelang von Sommerwünsche gesprochen und in Erwartung von Nordsterns neuem Leben in Peking dem Kind damit einen Enthusiasmus eingeimpft hatte, der wunderbaren Frau in jeder erdenklichen Weise ähnlich zu werden; wollte vergessen, wie spielerisch Sommerwünsche Kinder in ihren Bann ziehen konnte; statt dessen wollte er lieber glauben, daß seine Frau noch am Leben sein könnte, wenn das Kind intelligent genug gewesen wäre, ihn und die anderen zu wecken, anstatt sich in die Nacht davonzustehlen; wenn das Kind kräftig genug gewesen wäre, zurück zu laufen und Hilfe zu holen; wenn das Kind den Anstand besessen hätte, die Kleidung seiner Großmutter zu verweigern.

Jetzt hilft Nordstern ihm schweigend auf die Füße. Ohne ein Wort zu sagen, umarmt sie ihn. Dann, mit einer Stimme, die so klingt, als käme sie von einer weit entfernten Bühne zu ihm herüber, flüstert sie: »Ich hab dir doch davon erzählt, wie Großmutter mir, als wir damals zu dem Pflaumenbaum gegangen waren und sie diesem Eisvogel nachschaute, das Lied vorgesungen hatte, das ihre Mutter immer sang. Aber ich konnte nie vergessen, was sie außerdem wieder und immer wieder vor sich hingemurmelt hat, während sie ihre Kleidung auszog, um mich zu wärmen und mich dort im Schnee in den Armen hielt. Ich hab nie ganz verstanden, was sie damit gemeint hatte, deswegen habe ich keinem davon erzählt. Aber ich glaube, heute nacht begreif ich endlich, was in ihr vorgegangen sein mußte. Weißt du, sie sagte –«

Das ist nicht fair. Nein! Nicht jetzt. Nicht hier. »Nein, bitte nicht ...«

»Immer und immer wieder hat sie gesagt: ›Ich wollte doch nur ein Mensch aus Fleisch und Blut sein, doch nur ein menschenwürdiges Leben führen.‹«

Er benutzt fast ausschließlich die schmalen Seitengassen, durch die die Truppenfahrzeuge mit den bewaffneten Soldaten nicht hindurchpassen, und versucht, nicht auf die Rauchwolken am Himmel zu achten, den Geschützlärm und den Gestank von Furcht und Heldenmut, will nur weg von den Lebenden, den Verwundeten und den Toten. Als er in die Straße einbiegt, in der er wohnt, sieht er, daß vor dem Haus Panzer aufgefahren sind, an denen ein zerzauster weißhaariger Mann entlangläuft, der etwa im gleichen Alter wie er selbst sein mochte. Er hält einen Besen in der Hand. Daran hängt ein zerfetztes Kleidchen aus Organsin, kaum größer als ein Schal. Es ist gelb und blutverschmiert. Er schwenkt es vor den Gesichtern der Soldaten, die auf den Panzern hocken, und schreit: »Seht, seht her, was ihr getan habt! Mein Herz habt ihr getötet, meine Leber, meine Milz, meinen liebsten Schatz auf Erden. Seht, seht nur her, was ihr getan habt!«
Er steigt die einhundertacht Stufen zu seiner Wohnung empor. Auch hier oben sind die Gewehrschüsse und der Lärm der rollenden Panzer zu hören. Irgendwie findet er die Kraft, sich noch durch die Wohnung zu schleppen und Balkontür und Fenster zu schließen, was jedoch nicht viel hilft. Dann läßt er sich auf den nächstbesten Stuhl fallen, der fast unter ihm zusammenbricht. Noch nie hatte er gewagt, sich auf das edle Möbelstück zu setzen. Als Nordstern den Stuhl aus Huali-Holz in lauter Einzelteile zerlegt bei einem Altwarenhändler entdeckte, hatte sie den Geschäftsführer gefragt, ob die Hölzer ursprünglich zu einem Tisch oder zu einem Stuhl gehörten. Der Mann hatte nur die Achseln gezuckt und dann das Kostbarste, was er besaß – das hölzerne Gebiß, das er im Mund trug –, verwettet, daß sich jedes einzelne Teil, ob es nun zu einem Stuhl oder einem Tisch gehörte, irgendwo bei ihm im Laden befände und zu einem besonders günstigen Preis zu haben sei. Hoffnungsschwert hatte schon die Klinke in der Hand, als Nordstern ihn zurückhielt. »Was können wir schon verlieren, Großvater? So oder so, es ist eine echte Antiquität!«
All die rätselhaften Einzelteile wieder zusammenzusetzen hatte mehr Zeit in Anspruch genommen, als sie geglaubt hätten. Da saß der alte Ingenieur, der in seinem Leben nur Tunnels konstruiert hatte, und baute wieder! Kaum hatten sie den Stuhl, ein Möbelstück aus der

Zeit der Ming-Dynastie, zusammengesetzt, stellte sie die Kostbarkeit an der gläsernen Schiebetür auf; schließlich sei der Stuhl »ein gemeinsames Werk, das es wert war, im allerbesten Licht betrachtet zu werden«.

Wie er jetzt so dasitzt auf dem etwas instabilen antiken Möbelstück, mit dem Rücken zum Balkon, versucht er wieder, sich Nordstern vorzustellen, barfuß, als siebenjähriges Mädchen mit einem Nachthemd bekleidet, wie sie in den Himmel starrt, nach Nordosten, in den Regen – eingehüllt in das herbstliche Mondlicht. Der Wind entflicht allmählich ihre Zöpfe, und er sieht ihre kleinen rosaroten Zehen unter einer Bettdecke aus Schnee vor sich. Bevor Nordstern erwachsen geworden war, hatte er ihre rituellen Gedenk- und Meditationsübungen nie sonderlich beachtet, obgleich sie damit gleich in der ersten Nacht ihrer Ankunft in Peking begonnen hatte. Mit den Jahren hatte er dann gelernt, sie so großzuziehen, wie Bergkiefer und Cinders es sich gewünscht hatten, denn inzwischen fiel ihm das Atmen so schwer, daß es leichter war zu nicken, als nein zu sagen. Er hatte dem Mädchen überhaupt kaum mehr Beachtung geschenkt als jedem anderen Möbelstück im Haus und sie sogleich in die Obhut Champignons gegeben, um sich, wie gewohnt, einzig seiner Arbeit zu widmen. Ganz wie sein eigener Vater, war er im Laufe der Zeit zu einem recht hartherzigen alten Mann geworden. Daß in ihren Adern das gleiche Blut floß – daß Bergkiefer, ihr Großvater, der Bruder seiner leiblichen Mutter war –, hatte ihn ebensowenig beeindruckt, wie es seinen Vater gekümmert hatte, daß er Steinhüters Sohn war.

»Nordstern verdient ein besseres Leben, als wir ihr bieten können«, hatte Bergkiefer immer gesagt. »Sie ist etwas Besonderes. Eines Tages wirst du begreifen, was uns gleich zu Anfang klar wurde – daß sie ein Segen der Götter ist.« Warum hat er nur solange gebraucht, bis zu Nordsterns fünzehntem Geburtstag, bis er endlich begriff, daß sein alter Studiengehilfe die reine Wahrheit gesagt hatte? Noch rätselhafter war, wie – in der Zeitspanne, die zwischen einem Blitz und dem darauffolgenden Donnerschlag gelegen hatte – der Meinungsumschwung bei ihm plötzlich zustande gekommen war. Er erinnert sich noch ganz genau, wie das vonstatten ging ...

Es war in einer Septembernacht, als in allen Himmelsrichtungen zugleich wie wild die Blitze zuckten und der Donner so heftig grollte, daß die Fensterscheiben klirrten. Irgendwie hatte er bei dem tosenden Unwetter an Chungking denken müssen. Wie jung er damals noch war und wie hochmütig er bisweilen dahergeschwätzt hatte, als er kaum an etwas anderes denken mochte als daran, wie er es irgendwie seinen Vorfahren nachmachen könnte, wie er sich irgendwie aus ihrem Schatten erheben könnte. Er erinnert sich noch genau, wie Sommerwünsche gesagt hatte, daß dieses furchterregende Wetterleuchten und der sintflutartige Regen womöglich eine Botschaft aus dem Jenseits zu ihnen herabspülen könnten und wie er nur spöttisch gelacht hatte. Daran muß er jetzt immer denken, wenn es blitzt, und dann möchte er sie am liebsten um Vergebung bitten.

»Verzeih mir.« Unzählige Male hatte er diese Worte schon vor sich hingemurmelt, seitdem er sie das erste Mal ausgesprochen hatte, damals unter dem Pflaumenbaum, als sie von ihm gegangen und es zu spät gewesen war. Doch zur gleichen Zeit hatte er auch immer gebetet, daß sie ihm nur bitte bloß niemals verzeihen möge – nicht dem Jungen, der die silberne Anstecknadel gestohlen hatte, und nicht dem Mann, der sie gedrängt hatte, ihn zu schlagen –, sondern daß sie sich an alles Unrecht, das er ihr je im Leben zugefügt hatte, erinnern möge, daß in ihr das Verlangen nach Vergeltung so übergroß werden möge, daß sie aus dem Reich der Toten zu ihm zurückkäme, um ihn gnadenlos zu jagen.

»Verzeih mir, verzeih mir …«

Eine unendlich matte kleine Stimme fragte ihn: »Was sollte ich dir denn verzeihen?«

Er fuhr erschreckt herum. In der Nische zwischen den Mauervorsprüngen erkannte er eine vertraute Gestalt. Waren seine Gebete endlich erhört worden? Er hätte vor Dankbarkeit fast geweint, als ein Blitz ihr Gesicht erhellte. Es waren Feuerfroschs Gesichtszüge, die von dem fahlen Mondlicht leicht verändert schienen. Man hatte den Eindruck, als könnte sich die Gestalt im nächsten Augenblick wieder zu jenem wunderschönen Traumbild verwandeln, das dort über die wackelige Bühne und zurück in ihr gemeinsames Leben geschwebt war, als draußen die Bomben begannen, auf Chungking niederzugehen. Bis zu diesem Augenblick hatte er Nordstern bestenfalls so empfunden, wie man nicht allzu belastende, doch auch nicht unbedingt geringe Geldschulden empfindet, und er war jetzt gerade im Begriff, sie zu begleichen. Von diesem Augenblick an hatte Hoffnungsschwert begriffen, daß ebenso wie es Steinhüters Schicksal war, beim Anblick seines zweiten Sohnes seiner eigenen Schande ins Antlitz sehen zu müssen, es nun *sein* Schicksal war, beim Anblick von Sommerwünsches Enkelin unweigerlich die Züge der Frau zu sehen, die er so sehr geliebt hatte.

Nachdem er begonnen hatte, Nordstern wirklich zu mögen, entdeckte er, daß sie nicht nur ein Spiegelbild Sommerwünsches war, sondern zugleich all die einzigartigen Talente ihrer Vorfahren verkörperte. In ihr fand er Bergkiefers Gleichmut, Cinders Originalität und die Seelengröße von Treuherz. Er fragte sich oft, ob Nordstern wohl ebenso viele Gaben geerbt hätte, wenn sie Brüder und Schwestern gehabt hätte. Doch sie war ein Einzelkind, von der Natur so reich beschenkt, ein Segen der Götter.

*

Der Ming-Stuhl knarrt, als er aufsteht. Wie ein Schlafwandler, den jemand bei der Hand genommen hatte, läßt er sich, von einem inneren Impuls getrieben, in ihr Zimmer führen. An den Wänden hängen einige der Porträts, die Cinders hier in der Wohnung für ihre erste Ausstellung gemalt hatte. Einige Porträts stellen Leute dar, die er sehr gut kannte, bei anderen müßte er raten – doch was die Ausstellung damals betrifft, so ging es in allen Gemälden um eine gemeinsame Grundidee. So unterschiedlich das Thema auch dargestellt und der Aufbau der einzelnen Bilder auch arrangiert war, jede Figur befand sich in einem Zugabteil und streckte beide Arme aus einem weitgeöffneten Fenster hinaus, um nach irgend etwas zu greifen oder irgend jemanden zu berühren, den der Betrachter nicht sehen konnte.

Über ihrem Bett hängt der Fächer, den Cinders in der Hand gehalten hatte, als sie vor fünf Jahren plötzlich mit all ihren Reisetaschen in der Tür gestanden hatte. Obwohl er ein paar Wochen zuvor gemeinsam mit Nordstern Bergkiefer an dessen Krankenbett besucht hatte, war sein Tod für ihn völlig überraschend gekommen und hatte ihn sehr erschüttert. Zugleich seinen alten Studiengehilfen und besten Freund, seinen eingeschworenen Bruder und Blutsverwandten zu verlieren, ist, als würde einem der Boden unter den Füßen fortgerissen: Er hatte danach seinen Posten am Ministerium aufgegeben und war zu Hause geblieben, um darauf zu warten, daß Nordstern aus der Schule käme; hatte Cinders in intellektuelle Kreise und bei Künstlern eingeführt, sich seinem Hobby, der Kalligraphie, gewidmet und sich mit der Poesie der T'ang-Zeit beschäftigt.

Er vermeidet, den Fächer anzuschauen, auf dessen Rand Bergkiefer noch auf seinem Totenbett ein Gedicht geschrieben hatte, dem er den Titel »Heimkehr« gegeben hatte. Er kann nicht ertragen, es jetzt noch einmal zu lesen. Mehr als je fehlt ihm sein Freund in diesem Augenblick; ein Freund, der stets großzügig über alle seine Exzesse hinweggesehen hatte; ein Freund, der die Entwicklung seines Lebens vom ersten Tag an begleitet hatte.

In seiner Not wünscht er, doch nur nicht darauf bestanden zu haben, daß Nordstern ihre Ausbildung in China beendet. Wenn nur das Mädchen nicht ausgerechnet ihm ihren Letzten Willen anvertraut hätte. Wenn Cinders wenigsten hier wäre anstatt in New York, um diese Qual mit ihm gemeinsam zu tragen.

Kraftlos lehnt er im Türrahmen, bis er plötzlich einen Zettel entdeckt, der in der einen Ecke des Spiegels festgeklemmt ist. Ein Zitat von Lu Xun steht darauf: »Vertraue nur denen, die zweifeln.« In der gegenüberliegenden Ecke des Spiegels steckt eine Seite, die aus einem Notizblock herausgerissen worden ist. Auf die hatte sie geschrieben: »Schweigen ist die schmerzhafteste Lüge!«

Sicherlich hatte sie sich die Zitate zur eigenen Erinnerung aufgeschrieben; doch als fühle er sich ertappt, senkt er vor lauter Scham den Kopf.

Da fällt sein Blick auf das alte Kalenderblatt, das sie bei ihrem letzten Ausflug aufs Land in einem Müllkasten fanden und das Nordstern unter die Glasplatte des Schreibtisches geschoben hat. Über den Zif-

fern ist ein noch älteres Theaterplakat abgedruckt, das eine wunderschöne junge Frau in einem Kostüm aus uralten Zeiten zeigt.
Auf dem niedrigen Tisch steht das Grammophon. Er legt die Nadel auf die Schallplatte und lauscht Sommerwünsches Stimme.
Ermattet läßt er sich auf Nordsterns Bett sinken. Er betet. Er träumt. So viele Träume …

*Er fliegt auf dem Rücken eines Drachen dahin. Er ist wie gebannt vom Anblick der Zauberperle der Allmacht, die der Drache zwischen seinen Zähnen hält. Die scharfen Schuppen des Drachenleibes schneiden sich in sein Fleisch, doch er erträgt den Schmerz, ohne eine Miene zu verziehen. Wie ein dunkler See spazieren, genau unter ihnen, mit den Armen untergehakt, schwarzhaarige Menschen einher: auf ihren Schultern sitzen kleine Mädchen und Jungen, die hin und her schaukeln wie Akrobaten auf ihren widerspenstigen Fahrrädern. Weiter vorn sind Krieger in eisernen Rüstungen zu erkennen und riesenhafte Gürteltiere.*
*Plötzlich hört er Gesang.*
*Dort unten kann er sie sehen. Sie winkt ihm zu. Er freut sich unbändig. Feuerfrosch. Der Himmel glüht im Osten, im Westen.*
*Halt! Er muß absteigen. Muß sie warnen.*
*Der Fahrstuhl funktioniert nicht …*
*Er sitzt in einer großen Halle unter einer Kuppel goldener Sterne. Die Wände erheben sich hoch hinauf bis zu den Wolken; sie sind aus Marmor und mit zinnoberroten Fliesen vertäfelt, die aus Felsbrocken gehauen wurden, die, wie man sich erzählt, von einem Steinbruch stammen, der sich auf der dunklen Seite des Mondes befindet. In der Halle befindet sich nichts weiter als der knorrige Baumstumpf der alten Zypresse, auf dem er hockt.*
*Er wartet. Auf etwas Bestimmtes? Auf einen Menschen? Die Jahreszeiten gehen vorüber. Wieder ein neuer Winter, ein neuer Herbst. Er ist von einer unbestimmten Dumpfheit wie benommen.*
*Endlich ist sie da. Wie ein hauchdünnes, sonnendurchflutetes Gespinst schwebt sie durch diese eigentümliche, unendlich weiträumig erscheinende Halle, von dem fernen linken Flügel hinüber bis weit*

*nach rechts und zurück, wo sie zuerst aufgetaucht war. Dann ist sie wieder verschwunden, und er befindet sich allein in diesem Dom der Stille.*
*Von unsichtbaren Händen gehalten, erscheint ein Tablett vor ihm, auf dem ein in Elfenbein gefaßter Spiegel steht, Kristalle, ein Spielzeughammer und ein Brief. Das Papier ist blau. Doch obgleich ihm die Handschrift so vertraut ist wie seine eigene, kann er nicht entziffern, was darauf steht. Er blickt auf das Spiegelbild eines weißhaarigen Mannes, der eine Maske vor dem Gesicht trägt. Sie ist starr. Sie ist plump. Sie scheuert auf der Haut. Er reißt sie herunter. Doch darunter ist eine andere Maske. Wieder und wieder reißt er die Maske von seinem Gesicht, führt schneller und schneller immer die gleiche Bewegung aus, bis seine Sehnen nachgeben, zerreißen, seine Gliedmaßen an ihm herabhängen wie bei einer Marionettenpuppe …*
*Er hält Fremde an. Erklärt. Er ist der Verwalter von Himmel und Hölle, der sein Amt gewissenhaft erledigt. Die Jahre, in denen er sich ihrer Probleme angenommen hat, haben ihm einen Ehrenplatz in den obersten Gremien beider dieser mächtigen Reiche eingebracht. Er hat eine Familie. Seine Angehörigen sind stolz aufeinander und auf ihre Ahnen. Er hat den Winter seines Lebens erreicht. Bereut nichts mehr. So beharrlich wie die Morgendämmerung jeden neuen Tag begrüßt, so beharrlich sammelt er nun alle seine Erwartungen ein, die er an sein Leben gestellt hatte. Er ist der Mann geworden, der er immer sein wollte …*

Als er erwacht, ist sein Hemd naß vor Schweiß. Beim Ausziehen stößt er auf den Brief, den Nordstern ihm in die Tasche gesteckt hatte.

Geliebter Großvater,
Du erinnerst dich sicherlich an Bergkiefers Geschichte von dem wunderbaren Vogel, der sich im Garten eines Prinzen niedergelassen hat. Diesen Vogel hat es natürlich nie gegeben. Und doch lebt dieses Geschöpf in mir. Wenn ich mein Leben lassen muß, dann möchte ich sterben, während ich den Himmel erkunde, nicht nach und nach, nicht Feder für Feder in einem Käfig.

Ich weiß sehr wohl, daß möglicherweise auch ich, wenn ich zu einer anderen Zeit geboren worden wäre, mich dem Chor derer angeschlossen hätte, die nur dem Prinzen Loblieder singen. Und ich bin stolz, von der Natur mit einer kreativen Gabe beschenkt worden zu sein, die mich in die Lage versetzt, mehr zu vollbringen, als nur den Vorstellungen der Reichen und Mächtigen Genüge zu tun.
In der untersten Schublade meines Schreibtisches liegen Bergkiefers Tagebücher und ein paar Geschichten, die ich aus dem Gedächtnis aufgeschrieben habe, Geschichten, die Du mir erzählt hast, und Menschen, die wir beide gemocht haben. Versprich mir, daß sie nicht verlorengehen werden.
Deine Enkelin

*

Als dann die Panzer auf den Platz des Himmlischen Friedens rollen, wagt er nicht, die Wohnung zu verlassen, weil Nordstern ja möglicherweise nach Hause zurückkommen oder anrufen könnte.
Er kann sich denken, was in der Stadt vor sich geht, aber er weiß es nicht genau. Er besitzt keinen Fernsehapparat, und sein Radio funktioniert nicht mehr. Aber von dem Balkon aus kann er immer noch Feuer lodern sehen und Soldaten, die auf den Straßen patrouillieren. Er wagt auch nicht, sich anderswo zu erkundigen, für den Fall, daß sie es vielleicht irgendwie geschafft haben sollte, den versteckten Kameras zu entkommen. Es gibt nichts, was er tun, nichts, womit er die endlosen Minuten füllen könnte. Er zwingt sich, aufrecht zu sitzen und zu lesen, was sie geschrieben hat.
Zunächst versteht er kein Wort von all dem. Seine Augen gleiten die Zeilen entlang, ohne die Bedeutung der Schriftzeichen zu erfassen, als seien sie Reiskörner, die eines wie das andere aussehen. Wieder und wieder beginnt er von vorn, bis er schließlich, wenngleich auch kaum wahrnehmbar, ihre Stimme zu hören meint. Doch dann allmählich scheint der Rhythmus ihrer Sprache, der Schwung, ihre Stimme und ihr Temperament mit jeder Seite deutlicher zu werden, während er selbst ruhiger und immer gewisser ist, daß Nordstern nichts geschehen, daß sie überleben wird.

Während er liest, vergeht der ganze Tag und die Nacht. Die meisten Begebenheiten, die Nordstern dort aufgeschrieben hat, sind ihm bekannt, doch zu seinem Erstaunen entsteht aus der Summe der verschiedenen Ereignisse vor seinen Augen eine Geschichte, die viel mehr enthält als das, was in ihren gemeinsamen Tagen vorgefallen ist, und selbst mehr als das, was in der Zeit geschah, als sie getrennt voneinander gewesen waren. Doch ihn verwundert die Tatsache keineswegs, daß fast alle der beschriebenen Geschehnisse stattgefunden hatten, lange bevor Nordstern geboren worden war. Wie lebhaft doch Erinnerungen sein können. Und scheinen nicht auch die Jahre aus weiter zeitlicher Distanz betrachtet, viel abwechslungsreicher gewesen zu sein?

Er sieht zum Fenster hinaus. Unten auf dem Hof macht ein einzelner Soldat Nahkampfübungen. Als der junge Mann eine Kombination aus Scherensprung und Tigerwürgegriff vollführt, löst sich eine Träne in Hoffnungsschwerts Gesicht. Sie schmeckt irgendwie salziger als früher, scheint ihm.

Warum nur hatte es nicht sein sollen, daß sie drei zusammen alt werden durften? Was für eine absurde Frage. Ihnen war es ja nicht eimal vergönnt gewesen, die Jahre gemeinsam zu verbringen, in denen sie noch jung waren.

*

Das Telefon klingelt. Es ist Nordstern. Sie meldet sich nicht mit Namen, sagt nur: »Wir müssen uns treffen. Du erinnerst dich ja, wann und wo.«

Ob er sich erinnerte? Schon als sie noch ein Kind war, hatte sie ihn ständig gedrängt, sich zu erinnern. Kein Zweifel, Champignon hatte ihr den Trick erklärt, wie er während der Mahlzeiten aus der Reserve zu locken war, und wie sein Schweigen zu brechen sei. Er hatte begonnen, Geschichten des berühmten Hauses Li zu erzählen – wie er und sein Studiengehilfe sich mit einem zerlumpten Gassenjungen angefreundet und dann, viel später, Brüderschaft geschlossen hatten. Aber damals war es die Vergangenheit der drei Freunde, die ihn so sehr in Anspruch genommen hatten, nicht Nordstern.

So viele vertane Jahre. So viele Jahre, bevor sie mit ihren Ausflügen aufs Land begonnen hatten, bei denen sie nach Gegenständen suchten – einstmals verächtlich als Relikte der kapitalistischen Bourgeoisie verurteilt, dann wieder heiß begehrt –, Gegenstände, die den brandschatzenden Roten Garden entgangen waren. Es war ihre Idee gewesen, die Wohnung, die mangels stilvoller Möbelstücke nach der Kulturrevolution fast unmöbliert und später aus lauter Achtlosigkeit auch leer geblieben war, mit Gegenständen auszustatten, wie in dem Zuhause, das Sommerwünsche damals in Wen Shui für ihn eingerichtet hatte. Jede Entdeckung eine Erinnerung. Jede Erinnerung eine Entdeckung. Viel, viel mehr als das bei restaurierten Möbelstücken der Fall gewesen wäre. Als Champignon 1987 starb, war das letzte, was sie gesagt hatte, daß sie ihr Gelübde eingehalten habe. Die Aufgabe, die ihr zugedacht war, habe sie vollbracht: Das Zusammengehörigkeitsgefühl, das sich zwischen dem Mädchen und ihm entwickelt hatte, war so unauflösbar geworden wie die Bande einer Familie.

Das große Glücksgefühl, das seine Familienmitglieder unweigerlich immer dann überfiel, wenn sie heimkamen ins Haus Li, hatte ihn schon als Junge fasziniert. Manche von ihnen waren nie vorher im Haus Li gewesen. Andere hatten dem Haus niemals wieder einen Besuch abgestattet, nachdem sie in ihren Brautsänften davongetragen worden waren. Wieder andere hatten sich so bitterlich gestritten, daß sie freiwillig über Jahre dem Familienverband ferngeblieben waren. Er hatte immer unterstellt, daß diese ungeheure Glückseligkeit, welche die Menschen bei ihrer Heimkehr befiel, aufgesetzt und gespielt gewesen sei. War es denn möglich, fragte er sich jetzt, daß die Geschichten, die Steinhüter immer zum Fest des Reinen Glanzes intoniert hatte, tatsächlich mehr als ein Ritual gewesen waren? Daß die Bande, die zwischen Vater und Sohn, zwischen Bruder und Bruder und Mann und Frau, zwischen einer Generation und der nächsten wie Geburt und Tod untrennbar miteinander verknüpft waren?

Wer ist schon in der Lage, dem Traum zu widerstehen, der für alle so unterschiedlich ist, und den doch gleichzeitig alle Menschen teilen?

Dem Traum, der jeden Sohn und jede Tochter ein Leben lang verfolgt, gleichgültig ob sie nun ein Heim verloren oder den Schutz eines gemeinsamen elterlichen Daches und die Geborgenheit eigener Gartenmauern nie erfahren haben.
Er ist dazu nicht in der Lage.

*

Im Mondlicht erinnert das Haus Li mit seinen windschiefen Säulen und den allmählich zerfallenden Ziergiebeln an einen von allen Menschen verlassenen Ort, der übersät ist von den Gebeinsplittern eines Drachen, den man aus seinem Grab gerissen hat. Selbst der Felsbrokken vom Wuhsi-See, das Geschenk des Kaisers, ist verschwunden. Seine Vernunft sagt ihm, daß man den Stein wahrscheinlich gesprengt und den Schotter mit gewöhnlichem Schutt vermischt hat. Aber irgendwie ließ die Schönheit des Steines, der beim Betrachter eine so unendliche Vielzahl von Assoziationen hervorrufen konnte, diese logische Überlegung nicht recht zu; deswegen glaubt er, daß ein Fremder, der die Wunder des Lebens noch zu schätzen weiß, den Felsbrocken abtransportiert und in Sicherheit gebracht hat.
Jetzt, da er die Grillen zirpen hört, muß er vor lauter Wehmut unwillkürlich lächeln.
Vielleicht gibt es einen Grund dafür, daß er sich seit seiner Pensionierung so oft hierhin zurück gezogen hatte, um ein wenig Frieden zu finden. Nicht unter noch so großen Mühen könnte die einzigartige Schönheit, die seine Vorfahren hier errichtet und die andere dann einfach zerstört hatten, je wieder aufgebaut werden. Gute Taten sind nun einmal zum Scheitern verurteilt, und der Mensch wird bis in alle Ewigkeit sterblich und unausweichlich das Opfer der Geschichte bleiben.
Er muß nicht lange warten, bis sie kommt.
»Wirst du mir helfen, von hier fortzukommen?«
Er nickt. Er hat für sie getan, was jeder Mensch täglich macht, um wenigstens das Geringste erledigt zu bekommen, das er selbst jedoch noch nie zuvor getan hatte – nicht einmal als sein bester Freund in die Verbannung geschickt worden war und ihn seine weinende Frau

um Hilfe angefleht hatte. Er hat die entsprechenden Beamten bestochen und diejenigen benachrichtigt, denen er vertrauen konnte. Bergkiefers ehemalige Mithäftlinge werden einen jungen Mann bis zur Grenze begleiten. Auf der anderen Seite wird Cinders auf ihre Tochter warten. Auch wenn das Gelübde, das der Junge Herr, sein Studiengehilfe und die Tochter des Grabpflegers einst abgelegt hatten, nicht eingehalten worden war, so würden doch ihre Seelen beieinander sein und in Nordstern fortleben.

»Kommst du mit mir?«

Er hatte jede Frage erwartet, außer dieser. Dennoch antwortet er, ohne auch nur einen Augenblick nachzudenken: »Ich kann nicht.«

»Warum nicht?«

Er weiß es eigentlich selbst nicht recht. Vielleicht wegen des Briefes, den Steinhüter ihm geschrieben hatte? Vielleicht weil er nicht den Wunsch hat – oder ist es Mut, der ihm fehlt? –, seine Welt mit all ihren Geistern zu verlassen. Vielleicht erfährt er hier zwischen den Ruinen seines Elternhauses auch mehr als nur Frieden? »Es ist zu spät für mich. Das, was man verloren hat, ist für immer fort.«

»Großvater, achte gut auf dich.« Sie lächelt. Es ist wieder dieses gleiche ermutigende Lächeln. »Du mußt hier sein, um mich in Empfang zu nehmen, wenn ich heimkomme.«

SERIE PIPER

## Anita Shreve

### *Das Gewicht des Wassers*

*Roman. Aus dem Amerikanischen von Mechtild Sandberg. 292 Seiten. SP 2840*

»Anita Shreve ist eine clevere Mischung aus schaurigem Kriminalfall und psychologisch ausgefeiltem Beziehungsdrama gelungen.«

Der Spiegel

### *Gefesselt in Seide*

*Roman. Aus dem Amerikanischen von Mechtild Sandberg. 344 Seiten. SP 2855*

Maureen, die junge Journalistin, lebt mit ihrem Mann Harrold und ihrem kleinen Töchterchen Caroline in einer trügerischen Idylle. Denn niemand ahnt, wieviel Gewalt und Mißhandlung Maureen von ihrem Mann ertragen muß. Und sie schweigt, vertraut sich niemandem an, entschuldigt seine Handlungen vor sich selbst. Erst nach Jahren flieht sie vor ihm. Für eine kurze Zeit findet sie in einem kleinen Fischerdorf Unterstützung, Zuneigung und Liebe. Aber Harrold spürt sie auf, und die Tragödie nimmt ihren Lauf.

### *Eine gefangene Liebe*

*Roman. Aus dem Amerikanischen von Mechtild Sandberg. 253 Seiten. SP 2854*

Durch Zufall stößt Charles Callahan in der Zeitung auf das Foto einer Frau, die ihm seltsam bekannt vorkommt. Es ist Siân Richards, die er vor einunddreißig Jahren als Vierzehnjähriger bei einem Sommercamp kennengelernt hatte und die seine große Sehnsucht blieb. Überwältigt von den Erinnerungen schreibt er ihr und bittet um ein Treffen. Auch für Siân war die Geschichte mit Charles nie beendet, sehr zart sind die Bilder der Vergangenheit, sehr heftig das Verlangen. Und aus der unerfüllten Liebe von einst wird eine leidenschaftliche Affäre. Aber beide sind inzwischen verheiratet, haben Kinder und leben in verschiedenen Welten. Sie geraten in einen Strudel von Ereignissen, die unaufhaltsam auf einen dramatischen Höhepunkt zusteuern. Am Weihnachtsabend entschließt sich Charles zur Wahrheit – und zwingt damit Siân zu einer lebenswichtigen Entscheidung, die tragische Folgen hat.

## Anita Shreve

### *Die Frau des Piloten*

*Roman. Aus dem Amerikanischen von Christine Frick-Gerke. 277 Seiten. SP 3049*

Für Kathryn war klar, daß sie zu niemandem auf der Welt ein so inniges, so vertrautes Verhältnis hatte wie zu ihrem Ehemann Jack. Bis zu seinem plötzlichen Unfalltod: denn nun tut sich für sie ein Abgrund an schrecklichen Vermutungen und Gewißheiten auf.
Eigentlich war ihre Ehe glücklich, ja sogar leidenschaftlich gewesen. Ihre Geschichte hatte begonnen in jenem Haus am Meer, mit seinen hohen Fenstern, durch die man den blaugrünen Atlantik sehen kann. Eines Tages hatte Jack ihr dieses Haus tatsächlich geschenkt – als Besiegelung ihrer großen Liebe.
Unfaßbar ist für Kathryn daher die Nachricht seines plötzlichen Todes – Jack, Pilot bei einer großen amerikanischen Fluggesellschaft, ist mit einer vollbesetzten Passagiermaschine vor der irischen Küste abgestürzt. Die Medien munkeln von Selbstmord – aber Kathryn will es einfach nicht glauben. Was könnte ihr Mann vor ihr verborgen haben? Eine rätselhafte Londoner Telefonnummer, die sie in einem seiner Kleidungsstücke findet, weckt einen furchtbaren Verdacht in ihr …

### *Verschlossenes Paradies*

*Roman. Aus dem Amerikanischen von Heinz Nagel. 348 Seiten. SP 2897*

Die Nachbarskinder Andrew und das Adoptivkind Eden verband zuerst eine tiefe Freundschaft und dann innige, fast mystische Liebe. Doch ein entsetzliches Verbrechen, das Eden für immer zeichnete, setzte ihrer unbeschwerten Jugendzeit ein jähes Ende. Siebzehn Jahre später, die beiden haben sich inzwischen aus den Augen verloren, kehrt Andrew an den Ort des Geschehens zurück, eine ländliche Kleinstadt unweit von New York. Und erst jetzt beginnt er, diese unheilvolle, seltsam magische Liebesbeziehung zu entschlüsseln. Als die gespenstische Wahrheit über Edens Vergangenheit zur Gewißheit wird, erkennt Andrew die Gründe seiner Beziehung zu diesem Mädchen aus verlorener Zeit. Ein meisterhaft komponierter, poetischer Roman voll tiefgründiger Spannung.